ullstein

Das Buch

Ein wilder Garten mitten in North Carolina ist alles, was Tilly Silverberg von ihrem einst perfekten Leben geblieben ist. Seit dem Tod ihres Mannes lebt sie mit ihrem kleinen Sohn allein. Bis sie James Nealy kennenlernt. Eigentlich soll Tilly dem attraktiven Geschäftsmann mit einem neuangelegten Garten dabei helfen, seine Zwangsneurose zu überwinden. Doch die unkonventionelle Engländerin hat ihn sofort verzaubert. Als sie nach England verschwindet, folgt er ihr – immerhin sind die Britischen Inseln die Heimat der Gartenkunst. Tilly ist wenig begeistert, muss aber zugeben, dass James' Hartnäckigkeit sie beeindruckt. Sie willigt ein, ihm zu helfen, aber wird sie ihm auch ihr Herz öffnen können?

Die Autorin

Barbara Claypole White stammt ursprünglich aus einer ländlichen Gegend in England. Dann verliebte sie sich am New Yorker Flughafen in einen Amerikaner. Heute lebt sie mit ihrer Familie in North Carolina, USA.

BARBARA
CLAYPOLE WHITE

Der wilde Garten

Roman

Aus dem Englischen von Uta Hege

Ullstein

Besuchen Sie uns im Internet:
www.ullstein-taschenbuch.de

FSC
www.fsc.org
MIX
Papier aus verantwortungsvollen Quellen
FSC® C014496

Deutsche Erstausgabe im Ullstein Taschenbuch
1. Auflage April 2014

Titel der Originalausgabe: *The Unfinished Garden*
(Harlequin Books, S. A., Switzerland)
Umschlaggestaltung: ZERO Werbeagentur, München
Titelabbildung: © FinePic®, München
Satz: LVD GmbH, Berlin
Gesetzt aus der Dorian
Papier: Pamo Super von Arctic Paper Mochenwangen GmbH
Druck und Bindearbeiten: GGP Media GmbH, Pößneck
Printed in Germany
ISBN 978-3-548-28625-9

Für Larry und Zachariah
und für meine Eltern, Reverend Douglas Eric
und Anne Claypole White

Es wachsen viele Dinge im Garten,
die dort nie gesät wurden.
– Thomas Fuller, Sprüchesammlung, 1732

Die Sorge verleiht kleinen Dingen
einen großen Schatten.
– Schwedisches Sprichwort

1

Tilly beugte sich übers Geländer und stieß den Kupferkopf vorsichtig mit dem Besen an. Außer vor Schlangen und vor Krankenhäusern hatte sie vor kaum noch etwas Angst. Was sie eigenartig deprimierend fand. Weil man ab und zu einfach einen kleinen Adrenalinstoß brauchte, um zu sehen, wie herrlich aufregend das Leben war.

Ein schwanzloser Skink huschte neben ihren Gartenclogs vorbei, und zwei Kolibris schossen zwitschernd zwischen den verschiedenen Futterröhren hin und her, während im Wald der Falke nach seiner Gefährtin schrie.

Die Giftschlange jedoch rührte sich nicht vom Fleck.

Tilly hatte Isaac – ihrem kleinen Experten in Bezug auf all die grässlichen Kreaturen, die es in North Carolina gab – vor fünf Minuten offenbart, dass sie als Kind in England niemals irgendwelchen furchteinflößenderen Wesen als den Charolais-Rindern der Nachbarfarm begegnet war, und er hatte sie mit großen Augen angesehen.

Jetzt hüpfte er wie ein Wilder auf ihrer Veranda auf und ab und malte sich begeistert aus, wie er sich damit brüsten könnte, dass sein Kupferkopf viel größer war als all die Kupferköpfe, die seine Kumpel je gesehen hatten.

Was machte es schon aus, dass sie selbst an diesem Ort hier ebenso fremd war wie der mickrige Holunder, der zwischen all den Tropenpflanzen beinah unterging? Es war Isaacs Welt, und sie würde ihn niemals zwingen, von hier wegzuziehen. Denn drei Jahre zuvor hatte sie ihren Sohn bereits einmal im Stich gelassen, und das würde sie kein zweites Mal fertigbringen. Obwohl es ab und zu durchaus erfrischend wäre, irgendwo zu leben, wo die Luft im Sommer nicht so dickflüssig war wie abgestandene Lauch-Tomaten-Suppe.

Tilly holte japsend Luft. Dieses Jahr war es noch früher heiß geworden als gewöhnlich. Die hohen Temperaturen hatten schlagartig zum Frühjahrsende eingesetzt, und schon Anfang Juni war es jetzt so drückend wie normalerweise im August. Verflixt, dann würde sich in diesem Sommer wieder alles ums Gießen drehen. Und auch an diesem Nachmittag sollte sie wohl besser ihre Blumen wässern, statt vergeblich gegen eine komatöse Schlange vorzugehen. Oder ihre mehrjährigen Pflanzen umtopfen. Oder sich überlegen, wie sie ihre Hilfskraft feuern könnte. Auch wenn das natürlich hieß, dass sie einen Ersatz für Sari finden musste. Allerdings hatte sie die Kontrolle über ihr Geschäft längst verloren, auch schon bevor diese Nervensäge auf der Bildfläche erschienen war, die ständig anmahnte, dass irgendetwas endlich mal vorwärtsging. Vor kurzem hatte Isaac *Newton! Ein Gigant der Wissenschaft!* gelesen – weshalb das Trägheitsgesetz derzeit sein Lieblingsthema war.

Ach, hätte sie doch besser aufgepasst, als Sari wie ein wild gewordener Wikinger auf Red Bull in ihr Leben eingedrungen war. Dann hätte sie sofort bemerkt, dass es Sari nicht nur um den Job, sondern um eine Lebensaufgabe gegangen war. Erst gestern hatte sie sie dazu überreden wollen, irgendeinen reichen Kerl zu treffen, dem der Sinn nach einem schicken neuen Garten stand. Aber sie war keine Landschaftsgärtnerin. Ihr Geschäft, Piedmont Perennials, war ein Pflanzengroßhandel, sonst nichts. Und vor allem war der Kerl ein Webdesigner, und der würde sicher irgendwelche schicken Diagramme oder Skizzen sehen wollen. Dabei bekam sie nicht mal eine halbwegs ordentliche Einkaufsliste hin.

Isaac hörte auf zu hüpfen. »Und was machst du jetzt?«

Wenn ich das nur wüsste. Die Schlange zu töten käme nicht in Frage. Das könnte sie ihrem Sohn, der Kriechtiere abgöttisch liebte, niemals antun, und vor allem schreckte auch sie selbst vor dieser Vorstellung zurück. Doch genauso wenig brächte sie es jemals über sich, eine Schaufel unter Mr Kupferkopf zu schieben und ihn in den Bach zurückzuwerfen, aus dem er gekommen war.

Tilly grinste Isaac an. Wie das Stroh bei einer Vogelscheuche lugten blonde Haarsträhnen unter seiner verblichenen Baseballkappe hervor, die Vorderseite seines T-Shirts steckte unter dem Gummiband seiner mit Spiderman bedruckten Unterhose, und wie gewöhnlich waren ihm seine Shorts fast bis in die Kniekehlen gerutscht. Er war ziemlich klein für einen achtjährigen Jungen. Sie brauchte ihn nur anzusehen, und schon bekam sie kaum noch Luft vor lauter Angst, dass ihm vielleicht irgendwann mal irgendwelche Jungs, die größer und vor allem stärker waren als er, irgendwas zuleide täten. Hauptsächlich aus diesem Grund, und nicht weil er ein Mathe-As und, anders als sie selbst, von Biologie, Chemie und selbst Physik total begeistert war, ließ sie ihn auf eine private Montessorischule gehen.

»Der Schlingel muss verstehen, dass er hier nicht bleiben

kann«, erklärte sie. »Denn dieses Grundstück ist bereits besetzt.«

Wie nicht anders zu erwarten, fing der Junge an zu kichern, als sie mit der für sie typischen Mischung aus englischer Blasiertheit und jener Lässigkeit, die den Amerikanern eigen war, über die Schlange sprach. Durch sein Gelächter gewann Tilly kostbare Sekunden, um zu überlegen, wie in dieser Sache vorzugehen war. Denn er durfte keinesfalls auf den Gedanken kommen, seine Mutter käme nicht mühelos zurecht mit sämtlichen Problemen, die das Leben ihnen stellte. Außer wenn es um Schlangen – oder Krankenhäuser – ging. Aber jetzt war sicher nicht der passende Augenblick, um sich in ihren Phobien zu ergehen.

»Wir könnten doch den Wildhüter vom Wandertag der Schule anrufen«, schlug Isaac ihr vor. »Rettet der nicht auch Schlangen, die sonst niemand haben will?«

»Du bist ein Genie, Glückskäfer. Was würde ich bloß ohne dich machen?«

Sie hatte gedacht, seine schmalen Schultern würden sich vor Stolz über ihr Lob straffen, aber er runzelte nachdenklich die Stirn und sah auf einmal David derart ähnlich, dass sich Tilly auf die Lippen beißen musste, um ihren Schmerz zu unterdrücken.

»Was glaubst du, was Daddy mit der Schlange machen würde?«

Tilly fing das Was-würde-wohl-Daddy-machen-Spiel bereits seit längerem nicht mehr von sich aus an, obwohl sie immer noch voller Erinnerungen war. An David, der aus einem Alptraum aufschreckte und hilfesuchend bat: »Versprich mir, Babe, dass du mich nie verlassen wirst.« An David, der sie an seine Brust zog und mit heißem Atem raunte: »Gott. Du machst mich einfach geil.« An David, wie er, das Baby Isaac in den Armen, schlafend auf dem Sofa lag.

Isaac war erst fünf gewesen, als David gestorben war. Wie viele der Erinnerungen ihres Kindes entsprangen wohl weniger seinem eigenen Gedächtnis als den zahllosen Geschichten, die sie über ihren toten Mann zum Besten gab? Wusste Isaac noch, wie leidenschaftlich David oft gewesen war? Über welche ansteckende Energie er verfügte? Und dass er darauf bestanden hatte, dass sie Mottenkugeln um den Sandkasten herum verteilte, damit keine Schlange in die Kiste kroch? David hatte die Insekten und die Kriechtiere, von denen es hier nur so wimmelte, gehasst. Eigentlich hatte er, abgesehen von seinem Status als jüngster Professor in ganz North Carolina, so gut wie alles an diesem Bundesstaat gehasst.

Tilly musste lächeln, als sie daran dachte, wie er einmal auf die Couch gesprungen war und mit einem seiner Fachbücher nach einem der unheimlichen Krabbeltiere geworfen hatte, die über den Fußboden gewuselt waren.

Er hatte einfach in allem, was er tat, einen unglaublichen Elan gehabt.

»Was Daddy machen würde?« Tilly kratzte ihren Unterarm, der mit frischen Sandflohbissen übersät war. »Er würde einen Wutanfall bekommen und darauf bestehen, ins schlangenfreie Manhattan umzuziehen.«

Und wenn David irgendwas entschieden hatte, dann war es auch geschehen.

»Daddy hätte uns gezwungen, von hier wegzugehen? Das ist ja gemein.«

Aber war es das wirklich? Sie starrte auf den Wald, der sie

Nacht für Nacht mit einem Wall aus unheimlichen Tierlauten umgab. Das Land, auf dem sie lebten, hatte außer ihr und David niemand haben wollen. Das unfertige Haus hatte wie eine Ruine ausgesehen, der Müll eines Jahrzehnts hatte den überwachsenen Bach verstopft, und nachdem der ursprüngliche Bauherr hatte einsehen müssen, dass sein Geld für eine Fertigstellung seines Traumhauses nicht reichte, hatte er das Baumaterial, das er nicht mehr hatte gebrauchen können, kurzerhand im angrenzenden Wald verteilt. Trotzdem hatte Tilly sich in dieses Grundstück auf den ersten Blick verliebt. Wilde Dreiblatt-Feuerkolben hatten durch den Waldboden gelugt, und die ungezähmte Schönheit der Umgebung hatte sie entzückt. Doch sie hatte England aus einem bestimmten Grund verlassen, und auch wenn sie immer noch das Daddy-Spiel mit Isaac spielte, gab es diesen Grund nicht mehr.

Tilly sprach nie über Davids Tod, aber trotzdem hallte die Erinnerung daran wie ein dauerhaftes Echo täglich in ihren Gedanken nach. Der Arzt auf der Intensivstation hatte ihr verschiedene Möglichkeiten aufgezeigt und von ihr wissen wollen, wie sie weiter vorgehen sollten. Dabei hatte sie im Grunde niemals eine Wahl gehabt. Ein Augenblick blinden, unangemessenen Vertrauens, die Annahme, sie wüsste, was er wollte, und der eine kurze Satz: »David hat eine Patientenverfügung«, hatten genügt, um ihrer beider Leben zu zerstören.

Sie hörte das Klingeln des Telefons im Haus, harrte aber, wie der Kupferkopf, weiter völlig reglos aus.

An heißen Abenden roch die Umgebung anders. Wie ein auf 220 Grad gestellter Ofen, der nichts anderes briet als Luft.

Tilly nippte mit geschlossenen Augen an ihrem Gin Tonic, während Isaacs Basketball auf den Betonboden des Hofs aufschlug.

»Mom?« Isaac unterbrach die Wurfversuche Richtung Korb und klemmte sich den Ball unter den Arm. »Erwarten wir Besuch?«

Bitte nicht wieder dieser geschwätzige Wildhüter, der am Tag zuvor wegen des Kupferkopfs gekommen war. Der Kerl war einfach ein Schwadroneur.

Ein silbernes Cabrio – *ein Alfa Romeo, echt schnieke* – bog schwungvoll von der Einfahrt in den Hof und hielt direkt unter dem Korb. Verdammt, es war zu spät, um sich heimlich ins Haus zu schleichen, abzusperren und so zu tun, als wäre niemand da. Der bärtige Fahrer setzte die Sonnenbrille ab, kniff sich mit den Fingern in den Nasenrücken, blieb aber ansonsten völlig reglos sitzen.

»Wer ist das?«, fragte Isaac im Flüsterton.

»Ich habe keinen blassen Schimmer«, antwortete Tilly ihm.

Der Fahrer öffnete die Tür, stieg aber immer noch nicht aus.

Isaac schob sich hinter seine Mutter und stellte mit leiser Stimme fest: »Er sieht aus wie ein Pirat.«

»Wahrscheinlich hat er sich verfahren. Keine Bange, Glückskäfer, ich hab alles im Griff.« Sie versuchte, nichts von ihrem Gin Tonic zu verschütten, und trat schwankend auf den Fremden zu. »Kann ich Ihnen helfen, Sir?«

Der Fremde, der trotz sommerlicher Hitze ganz in Schwarz gekleidet war, antwortete nicht. Stattdessen nahm er einen Rucksack vom Beifahrersitz des Wagens, öffnete den Reißverschluss und drehte sich langsam zu ihr um.

»Sie sind ja barfuß«, stellte er mit missbilligender Stimme fest.

Sie blickte in den Fußraum seines Cabrios. »Und Sie haben Schuhe an.« Himmel, nicht mal ein Bonbonpapier lag im Inneren seines Gefährts herum. Echt beeindruckend.

»James Nealy«, stellte er sich vor.

Nealy … hieß das vielleicht, dass er Ire war? James Nealy war ein Name, der nicht wie ein Name, sondern eher wie ein knappes Schnalzen klang. Geschäftsmäßig und schnörkellos.

Er runzelte die Stirn, und Tilly rang nach Luft. Weil seine Augen einfach faszinierend waren. Hell und dunkel gesprenkelt wie die blankpolierten Tigeraugen, die man manchmal in den Auslagen der Juweliere sah. »Ich habe einen Termin um sechs.«

»Sie sind der Softwareentwickler? Verflixt. Ich dachte, ich hätte Ihnen abgesagt.«

Isaac kicherte.

»Ach ja?« Nahm sie etwa ein amüsiertes Aufblitzen in diesen Tigeraugen wahr?

»Tut mir leid. Ich meine – o je –, meine *reizende* Angestellte hätte Sie anrufen und Ihnen absagen sollen. Ich betreibe einen Pflanzenhandel, Mr Nealy, lege aber keine fremden Gärten an. Ich fürchte also, dass ich Ihnen nicht helfen kann.«

Jetzt reichte es ihr. Am besten würde sich Sari sofort nach einer neuen Stelle umsehen.

Lässig schwang sich James den Rucksack über die Schulter und stieg aus seinem pieksauberen Wagen. Er sah wirklich aus wie ein Pirat, obwohl er sich den Bart wahrscheinlich erst seit einer Woche wachsen ließ. Und auch sein graumeliertes Haar, das ihm wie ein glatter Vorhang in die Augen fiel, sich aber in seinem Genick zu dichten Locken kräuselte, war zu kurz für einen Freibeuter.

Aus irgendeinem Grund musste sie bei seinem Anblick an widersprüchliche Wetterphänomene denken – an einen starken Regenguss bei gleichzeitigem Sonnenschein oder an den leuchtend blauen Himmel, den man oft nach Tropenstürmen sah. Vielleicht lag es an der rasanten Fahrt in einem offenen Wagen, aber seine Haare sahen aus, als hätten sie sich von allen gängigen Frisurvorstellungen freigemacht. Ließ er sie vielleicht gerade wachsen? Kopfschüttelnd fuhr sich Tilly mit der Hand über den feuchten Nacken. Derart wirre Haare sollte man am besten kurz tragen, weil sie einfach nicht zu zähmen waren.

Er wandte ihr den Rücken zu, um die Wagentür zu schließen, hielt dann aber inne und trommelte mit dem Zeigefinger einen stummen Rhythmus auf seinen rechten Oberschenkel.

Isaac schob sich wieder neben sie. »Er sieht aus wie Mr Lezlie, wenn wir durch die Klasse toben. Als würde er gleich platzen, weil er nicht laut schreien kann.«

»Hmm.«

Insekten brummten durch den Wald, und dröhnend sprang der Generator an.

»Isaac, Schätzchen.« Tilly atmete die schwere, süße Luft der Tropen ein und hatte das Gefühl, als klammere sich die unerträgliche Schwüle wie ein erschöpftes Kleinkind an ihr fest. »Zeit, ins Haus zu gehen, wo es ein bisschen kühler ist.«

»*Ohhhh, Mommmm.*« Mit einem dumpfen Plopp fiel Isaacs Basketball auf den Beton, und als James den Ball mit seinem Fuß abfing, blickte der Junge ängstlich zu ihm auf.

Mit schräg gelegtem Kopf erkundigte sich James: »Duke oder Tar Heel?«

»Natürlich Tar Heel«, erklärte Isaac ihm stolz. Denn schließlich spielte dieses Team für die Universität, an der sein Dad Dozent gewesen war.

»Guter Mann.« James zwinkerte ihm zu.

Isaac hüpfte mit strahlendem Lächeln zur Garage, um den Ball dort zu verstauen, und nahm dann auf dem Weg ins Haus zwei Verandastufen auf einmal.

Okay, der Mann war nett zu ihrem Sohn gewesen. Dafür würde sie ihm fünf Minuten ihrer Zeit widmen.

James richtete sich wieder auf und sah auf sie herunter. Was die meisten Leute taten, da sie schließlich gerade einmal einen Meter fünfundfünfzig maß. Nur David hatte nie auf sie herabgesehen. Weil seine Größe rundherum ideal gewesen war.

Sie wischte sich die Handflächen an den abgeschnittenen Hosenbeinen ab und reichte ihm die Hand. »Ich bin übrigens Tilly. Tilly Silverberg.«

James zuckte fast unmerklich zusammen, seine Hand schoss nach vorne, berührte flüchtig ihre Fingerspitzen, dann zog er den Arm blitzschnell wieder zurück. David hatte immer möglichst fest und beidhändig die Hand des anderen umfasst und ihn dadurch zu einem Teil von sich gemacht. James' Hand jedoch war kühl, und sein flüchtiges Händeschütteln hatte eher zurückweisend als einnehmend gewirkt. Jetzt schüttelte er die Finger, als hätte er infolge der Berührung einen Krampf, und sah sie reglos an.

»Ihre Angestellte sprach am Telefon von fünfundzwanzigtausend. Aber wenn Sie wollen, verdoppele ich den Preis.«

Sari hatte bereits einen Preis genannt? *Moment mal.* Bot ihr dieser Mann tatsächlich fünfzigtausend Dollar an? Davon könnte sie das Haus neu einrichten, sich einen neuen Truck zulegen und auf eine Kreuzfahrt gehen. Nicht, dass sie Interesse daran hätte. Denn seit sie auf ihrer Hochzeitsreise pausenlos über der Reling ihres Boots gehangen hatte, ging sie Schiffen möglichst aus dem Weg. Warum war sie überhaupt bereit gewesen, am Great Barrier Reef zu schnorcheln, obwohl sie auch Schnorcheln furchtbar fand? Weil es immer einfacher gewesen war nachzugeben, wenn sich der selbstbewusste David etwas in den Kopf gesetzt hatte.

Doch nach seinem Tod hatte sie das Neinsagen gelernt.

Eine Krähe krächzte tief im Wald, und Tilly erschauderte. Sie hatte das Gefühl, als zuckten tausend Volt durch ihren Leib. Fünfzigtausend Dollar, doch um welchen Preis? Es gab einen Grund, weshalb sie bisher nie auf Saris Vorschlag, auch als Einzelhändlerin ihre Produkte anzubieten, eingegangen war. Und weshalb sie immer Sari die Bestellungen zu ihren Kunden bringen ließ. Sie hatte einfach nicht die Kraft, um sich ins Leben anderer Menschen einzubringen. Denn ihr eigenes Leben und das ihres Sohnes auf die Reihe zu bekommen war schon anstrengend genug.

Und vielleicht hatte Isaac, ihr weiser Zwerg, mit seiner Einschätzung von diesem Nealy recht gehabt. Er wirkte zum Zerreißen angespannt und wrang die Hände so nervös wie ein Priester, der das Zölibat gebrochen hatte und nun voll Bangen darauf wartete, dass ihn ein Blitzschlag traf. Am besten bliebe sie auch weiterhin bei ihrem Nein.

James schnippte sich die Haare aus der Stirn und bedachte sie mit einem so herausfordernden Blick, als sage er: »Na los. Nun fragen Sie mich schon, welcher unsichtbare

Dämon mir auf den Fersen ist.« Und beinahe hätte sie's getan, denn schließlich bestand die geringe Chance, dass sein Dämon ein Bruder des Dämons war, der sie selbst verfolgte.

Sie stieß einen abgrundtiefen Seufzer aus. »Ich kann Ihnen einen hervorragenden Landschaftsgärtner in Chapel Hill empfehlen.«

»Das ist nicht erforderlich.« James blickte sich um. »Ihr Grundstück sieht wunderbar geordnet aus, aber an den Grenzen Richtung Wald tobt sich die Natur nach Lust und Laune aus. Dort lösen sich sämtliche Strukturen auf, aber auf eine kontrollierte Art. Wenn man Ihren Garten sieht, denkt man an ein gutgeführtes Irrenhaus.«

Tilly verzog das Gesicht. War das etwa ein Kompliment?

»Die Pflanzen wachsen alle kunterbunt durcheinander«, fuhr er hektisch fort. »Aber ihre Höhe und die Farben sind genau ausbalanciert, und vor allem halten die passend in Form geschnittenen Büsche sie zusammen. Individualität innerhalb einer festgefügten Struktur. Das ist einfach perfekt.« Seine langen, schmalen Finger bildeten eine Art Kelch. »Rundherum perfekt.«

»Danke.« *Hmm.* Glaubte dieser Mann tatsächlich, Tilly hätte bei der Anlage des Gartens irgendeinen Plan verfolgt? Sie verließ sich bei der Arbeit rein auf ihren Instinkt. Seit dreizehn Jahren rackerte sie sich mittlerweile auf diesem Grundstück ab, und trotzdem kam es ihr so vor, als stünde sie noch ganz am Anfang. Doch wie sollte dieser Mann, der so in Eile war, dass er schon einen Kugelschreiber und sein Scheckheft zückte, so etwas jemals verstehen?

»Sagen wir, die erste Hälfte zahle ich sofort und den Rest, wenn Sie mit Ihrer Arbeit fertig sind?«

»Hören Sie, Ihr Angebot ist wirklich schmeichelhaft, aber ich habe ehrlich gesagt keinerlei Erfahrung mit dem Anlegen von Gärten.«

»Keinerlei Erfahrung? Und wie nennen Sie das hier?« Er zeigte auf den Pfad, der sich zwischen Traubendorn und Spindelsträuchern bis zu einer kleinen, von herabgestürzten Zedernästen umrandeten Lichtung schlängelte. Buntgefleckte herzblättrige Schaumblüten verwoben sich mit schwarzstämmigem Frauenhaarfarn, eine Gruppe Kaisernelken mit röhrenförmigen Blüten umarmte die Vogeltränke, die Tilly aus dem Sperrmüll an der Hauptstraße gerettet hatte, und die schlanken Stengel von einheimischem Wald-Weißwurz und Goldrute bogen sich im Hintergrund.

»Instinkt«, erklärte sie.

»Na gut. Dann zahle ich eben fünfzigtausend Dollar für Ihren Instinkt.«

Am liebsten hätte sie gelacht, doch die Hitze raubte ihr auch noch die letzte Energie.

»Mr Nealy.« Tilly beugte sich ein wenig vor und blickte ihn mit einem, wie sie hoffte, selbstbewussten Lächeln an. Als mache man die Tür für einen Fremden einen Spaltbreit auf, ohne dass man ihn über die Schwelle treten ließ. »Ich weiß Ihre Bereitschaft, mir eine so große Summe für meinen *Instinkt* zu zahlen, durchaus zu schätzen. Aber Sari hat erzählt, Sie würden gerade bauen und das Grundstück drum herum sei noch gar nicht angelegt.« Sie richtete sich wieder auf. »Deshalb brauchen Sie auf alle Fälle einen Landschaftsgärtner und nicht jemanden, der eine Gärtnerei betreibt.«

James zupfte ein dunkles Haar von seinem schwarzen T-Shirt, und Tilly seufzte tief auf. Hörte ihr der Kerl überhaupt zu? Dass er ihr das Doppelte des ursprünglich verlangten Honorars anbot, ohne auch nur eine Miene zu verziehen, deutete darauf hin, dass er zwar reich, aber nicht unbedingt vernünftig war. Doch Sari hatte ihr erzählt, er hätte nacheinander alle Landschaftsgärtner, Landschaftsarchitekten und auch Gärtnereien der Umgebung kontaktiert. Das war übergründlich, und wenn er die Arbeit der Person, die seinen Garten anlegte, genauso gründlich überwachte, hatte sie ganz sicher keine Lust, diese Person zu sein …

Falls sie das überhaupt jemals erwogen hätte, doch das war eindeutig nicht der Fall.

»Ich bin nicht für diese Arbeit ausgebildet«, sagte sie. »Deshalb muss ich nein sagen.«

Er wollte sich mit der Hand durchs Haar fahren, doch dann massierte er sich verlegen die Schulter, auf der sein Rucksack hing. »Sie haben eine ganz besondere Gabe, und ich bin bereit, dafür zu zahlen. Was spielt es da für eine Rolle, was für Zeugnisse Sie haben?«

Tilly wischte sich den Schweiß vom Haaransatz. Auf dem Gesicht von James lag nicht der kleinste Schweißtropfen, und sein engsitzendes T-Shirt wies nicht einmal unter den Armen irgendwelche Schwitzflecken auf. Sie hatte keinen Blick für Mode, doch mit Stoffen und Schnitten kannte sie sich aus. Und das schlichte schwarze T-Shirt hatte sicher mehr gekostet, als sie wöchentlich im Supermarkt ausgab. Jedenfalls mehr als das rote Tanktop, das sie selber trug und das sie im Secondhandladen für gerade einmal einen Dollar erstanden hatte.

James klappte sein Scheckbuch auf.

»Sie sind es anscheinend nicht gewohnt, dass Ihnen jemand eine Bitte abschlägt, oder?«, fragte sie.

»Ich brauche diesen Garten.« Er drückte zweimal auf das Ende seines Kugelschreibers.

Interessant. Brauchen und *Garten* in einem Satz. Das war eine Sprache, die sie gut verstand.

»Ich *brauche* diesen Garten«, wiederholte er und war plötzlich völlig ruhig.

»Das habe ich verstanden. Nur, dass er bedauerlicherweise unverkäuflich ist.«

Tilly sog genüsslich den Duft ihrer Gardenie ein, einer kleinen Diva, die sie ganz besonders liebte, weil sie sich selbst von widrigsten Bedingungen nicht unterkriegen ließ. Sie machte sich auf einen Wutausbruch gefasst, doch zu ihrer Überraschung hatte er plötzlich ein Lächeln im Gesicht. Ein Lächeln, das die harten Kanten und die Schatten, die auf seinen Zügen lagen, weicher werden ließ und Tilly auf ganz andere Art berührte als sein schlaffer Händedruck. Hätte er neben ihr in der Schlange an der Supermarktkasse gestanden und sie mit einem so warmen Lächeln angesehen, wäre sie vielleicht versucht gewesen, ihn verstohlen zu mustern. Obwohl sie so etwas bereits seit Jahren nicht mehr tat.

»Tut mir leid.« Sie schnippte einen Schweißtropfen von ihrem nicht sehr einladenden Dekolleté. »Ich bin immer ein bisschen gereizt, wenn es so heiß ist. Und selbst wenn ich bestimmt nicht unhöflich erscheinen möchte, kann ich Ihnen Ihre Bitte nicht erfüllen.«

»Dann sind Sie also eher ein Regen- als ein Sonnenmensch?«, erkundigte er sich und blickte prüfend gen Himmel.

»Stimmt. Ich bin ein echter Regenfan. Woher haben Sie das gewusst?«

»Sie haben einen englischen Akzent.«

Der Falke schwebte über ihnen hinweg und verschwand im Wald. »Die meisten Leute denken, dass ich aus Australien komme, weil ich in einer wilden Mischung aus englischem Akzent und amerikanischem Slang spreche und obendrein oft fluche. Wahrscheinlich weiß meine Stimme einfach nicht, wohin sie gehört.« Was bezweckte sie eigentlich damit, so offen zu sein?

»Und, geht's Ihnen selber auch so?« James bedachte sie mit einem interessierten Blick.

Sie hätte höflich mit den Schultern zucken oder unhöflich erwidern können, dass ihn das nichts anging, aber sie tat nichts von beidem. Denn urplötzlich wogte Sehnsucht nach ihrem geliebten Bramwell Chase in ihr auf, dem kleinen Weiler in Northamptonshire, in dem sie immer noch verwurzelt war. Und nach Woodend, dem vierhundert Jahre alten Haus, das ihre Familiengeschichte atmete. Haddington-Geschichte – aus jener Zeit, bevor aus ihr Mrs Silverberg geworden war.

»Manchmal.« *Mist.* Warum musste sie sich selbst immer durch Ehrlichkeit belasten? Die meisten Leute tischten anderen ständig irgendwelche kleinen Flunkereien oder sogar fette Lügen auf. Sie hingegen hatte gerade mal eine winzig kleine Wahrheit ausgesprochen, und schon ging ihre Unterhaltung in eine Richtung, die ihr ganz und gar nicht gefiel. »Aber Ihnen macht die Hitze offenbar nicht so zu schaffen.« Sie hatte eine raue Kehle und fuhr sich auf der Suche nach Feuchtigkeit mit der Zunge durch den trockenen Mund.

»Ich mag dieses Wetter auch nicht, bin es aber gewohnt.« James steckte sein Scheckbuch und den Kugelschreiber wieder ein, doch Tilly spürte, dass er sich deshalb noch lange nicht geschlagen gab. »Es erinnert mich an die Sommer meiner Kindheit, und die Kindheit prägt unser ganzes Leben, finden Sie nicht?«

Tilly sagte dazu lieber nichts. In der Silber-Akazie trällerte ein Goldkehlchen, doch sie dachte an das Lied der Schwarzdrosseln im Garten von Woodend zurück, an die sanft wogenden grünen Weiden, die Farnbüsche auf den Feldern und an die alten Bäume in der angrenzenden Chase, die im Mittelalter der Jagdwald der dort ansässigen Adligen gewesen war. Würde sie die Augen schließen, könnte sie vielleicht sogar den Lavendel ihrer Mutter riechen, dessen Duft stets über dem Garten und in allen Schränken ihres Hauses hing.

Sie merkte gar nicht, dass sie sich in Bewegung setzte, und ehe sie es sich versah, schlenderten sie und James gemächlich Richtung Wald. Ein zufälliger Beobachter hätte bestimmt gedacht, sie wären gute Freunde, die einen Spaziergang unternahmen. Was wieder einmal bewies, dass man am besten nicht mit den Augen, sondern mit dem Herzen sah.

»Wo haben Sie als Kind gelebt?« Na wunderbar. Sie hatte vorgehabt, die Unterhaltung zu beenden, nicht, sie fortzuführen. Doch wann hatte sie zum letzten Mal ein vertrauliches *Du-kannst-mir-alles-sagen-wenn-auch-ich-dir-alles-sagen-kann*-Gespräch mit jemandem geführt? Erst letzte Woche hatte ihr Rowena, ihre beste Freundin, seit sie beide vier gewesen waren, in einer bissigen Mail gedroht: »Wenn ich auch auf diese E-Mail keine Antwort kriege, kannst du gucken, wo du bleibst.« Doch Tilly hatte in den letzten Jahren zu ihrer Überraschung festgestellt, dass sich ihr Leben umso besser meistern ließ, je größer die Distanz zu anderen Menschen war.

Hatte James die Frage vielleicht nicht gehört? »Wo …«

»Auf dem Land in Illinois.«

Aha! Deshalb schwitzte er nicht. »Dann sind Sie also bäuerlicher Herkunft?«

»Ich gebe mir die größte Mühe, das zu verbergen.«

Tilly fischte das letzte Stückchen Eis aus ihrem Glas, schob es sich zwischen die Zähne, und das knirschende Geräusch, mit dem sie es zerbiss, übertönte das Gezirpe der Zikaden, das um diese Tageszeit zu einem ohrenbetäubenden Konzert anschwoll. »Hören Sie, ich schmelze hier draußen noch schneller als das Eis in meinem Gin, und allmählich wird es Zeit für unser Abendbrot. Ich muss Sie um Verzeihung bitten, dass ich Ihre Zeit vergeudet habe. Ich hätte Sari deutlich zu verstehen geben sollen, dass ich nicht die Absicht habe, mein Geschäft in eine andere Richtung auszudehnen.« Tatsächlich hatte sie zu ihr nichts anderes gesagt. Und als Ehefrau eines Dekans mit einem Studienabschluss im Fach Kommunikation könnte Sari nicht behaupten, dass sie das nicht verstanden hatte.

»Mit einem solchen Auftrag würde ich mich kopfüber in etwas völlig Neues stürzen, und damit käme ich im Augenblick beim besten Willen nicht zurecht. Ich freue mich darüber, dass Sie sich für meine Arbeit interessieren, aber helfen kann ich Ihnen nicht. Wir alle brauchen irgendwelche Dinge, Mr Nealy. Nur bekommen wir sie meistens nicht.«

»Ich bin neugierig. Was brauchen Sie?«

Tilly fuhr sich mit der Hand über den Mund und hielt sich das Kinn. »Frieden.«

»Im Nahen Osten?« Er neigte sich ihr zu, als sie weitersprach, als wollte er kein Wort verpassen.

»Meinen Frieden.« Tilly spürte deutlich, wie sie die Contenance verlor. »Dass die Welt verschwindet und mich allein lässt mit meinen Gedanken.« *Und mit meiner Schuld.*

Er hob den Kopf und sah sie fragend an. »Es ist ziemlich gefährlich, wenn man mit seinen Gedanken ganz alleine ist.«

Tilly unterdrückte ein *Warum*, weil sie nicht die geringste Lust hatte zu antworten. Ihre Gedanken waren wie zarte Setzlinge in einem Gewächshaus, da durfte kein Fremder kommen und mit Steinen darauf werfen.

Er blinzelte ein paarmal und bedachte sie mit demselben Blick wie das Rehkitz, das sie überfahren hatte, als sie einmal in der Dämmerung nach Creeping Cedars unterwegs gewesen war. Das arme schwerverletzte Tier hatte am Straßenrand gelegen, und seine weit aufgerissenen Augen hatten ihr gezeigt, dass es vor ihr flüchten wollte, aber ganz genau wusste, dass das unmöglich war.

Genau dieselbe Angst nahm sie jetzt bei James Nealy wahr.

Und das Einzige, dem sie sich nicht verschließen konnte, war Verletzlichkeit.

Plötzlich blitzte der kleine schwarze Ohrstecker, den James trug, in der Sonne auf. Eine schwarze Perle?

»Bitte«, sagte er. »Bitte zeigen Sie mir Ihren Garten.«

Auch ohne das zweite Bitte hätte Tilly sich dazu bereit erklärt. Trotzdem kippte sie den Rest von ihrem Gin herunter und stellte einschränkend fest: »Unter zwei Bedingungen. Dass Ihnen klar ist, dass ich Ihren Auftrag trotzdem nicht annehmen werde. Und dass ich vorher mein Glas auffüllen und auch Ihnen was zu trinken holen kann.«

Doch statt etwas zu erwidern, wanderte er schon über

den Pfad in Richtung Wald und trommelte nervös mit dem Zeigefinger auf den rechten Oberschenkel.

2

Schneller. James trat das Gaspedal ganz durch, obwohl ihm sogar die Höchstgeschwindigkeit noch zu langsam war. Vor fünfundzwanzig Jahren wäre er auf seiner Kawasaki, die den Spitznamen *Witwenmacher* nicht zu Unrecht trug, über die Feldwege der Farm seines Vaters gerast. Doch an diesem Abend preschte er in seinem offenen Alfa Romeo Spider zu den lauten Klängen der Gipsy Kings über eine Landstraße. Dabei dachte er an seine Lieblingsszene aus *Immer Ärger mit Bernie*, in der eine Leiche auf Wasserskiern gegen eine Boje schoss. Seine Miene blieb jedoch ernst. Kino-Slapstick war sonst für ihn wie eine Glücksdroge, doch an diesem Abend wirkte sie anscheinend nicht.

Er sah sein Gesicht im Rückspiegel. Mein Gott, würde in diesem Augenblick ein Fremder an seinem Cabrio vorbeifahren, so hätte dieser keine Ahnung von dem Grauen, das seinen Fahrer gepackt hielt. Im schlimmsten Fall würde er ihn wohl für einen Kerl mit einem Riesenkater halten, der am Modediktat der Achtziger festhielt, nur schwarze Klamotten zu tragen. Kein Mensch käme auf die Idee, dass er auch noch unter völlig anderen Zwängen litt. James hatte irgendwo gelesen, das Wichtigste sei es, im Hier und Jetzt zu leben. Auf Millionen Menschen ohne Zwangsstörungen traf das vielleicht zu. Für James hingegen war das Leben im Hier und Jetzt die Hölle. Und für ihn gab es daraus kein Entrinnen.

Würde er wohl jemals Frieden finden, oder wäre er für alle Zeit das Kind, das sich vor den Schreckgespenstern, die in seiner eigenen Psyche lauerten, halb zu Tode fürchtete?

Er spürte genau, wie die Bakterien in der Erde, die Tilly auf ihn übertragen hatte, neue Mutationen ausbildeten. Warum um alles in der Welt hatte er der Frau die Hand gereicht?

Mit quietschenden Bremsen hielt der Alfa auf dem Kies vor einer verlassenen Tankstelle, und James sprang aus dem Wagen. Bei noch laufendem Motor nahm er hastig eine von sechs Flaschen Sagrotan aus dem Handschuhfach und kippte sich den gesamten Inhalt über die Hände. Na toll. Jetzt waren seine Finger nicht mehr nur kontaminiert, sondern auch noch klebrig. Mit verzerrter Miene rieb er sich die Hände, bis die Haut brannte.

Ein Eichhörnchen huschte an ihm vorbei und wirbelte trockene Blätter auf, bevor es schimpfend im Wald verschwand. Kluger kleiner Nager. *Wenn ich könnte, würde ich selber auch vor mir abhauen, mein Freund.*

Während er sich die Hände trockenschüttelte, richtete er den Blick nach oben. Er brauchte einen weiten Himmel über sich. Einen Himmel wie in Illinois, nicht diesen jämmerlichen kleinen Fetzen Blau, den man vor lauter Bäumen kaum sah. Sogar in Chicago konnte er mehr Himmel sehen als hier in Chapel Hill, wo er rundum von Wald umgeben war. Und nachts war es so finster, dass er nicht mal mehr die eigene Hand vor Augen sah.

War es zu spät, um einen Rückzieher zu machen? Ja, das war es. Er hatte diesen Weg auf die einzige ihm mögliche Weise eingeschlagen – so entschlossen, wie er alles tat. Er konnte nicht nach Illinois zurück. Dafür hatte er gesorgt, indem er alles dort verkauft hatte – die Farm, das Unternehmen, das Apartment in Chicago mit Blick über den See. Alles außer seiner Kawasaki und dem Alfa Romeo.

Er hatte sich aus einem ganz bestimmten Grund auf den Weg hierher gemacht: um an der geplanten Versuchsreihe zur Konfrontationstherapie an der Duke Universität in Durham teilzunehmen und dadurch endlich, *endlich* einen Weg zu finden, sich von seinen Ängsten zu befreien.

Ein rostiger weißer Pick-up ruckelte an ihm vorbei, und das Rasseln der Ketten, die den Tierkäfig auf der Ladefläche sicherten, erinnerte James daran, dass sein Vater ihm als Jungen einmal im Suff angeboten hatte, ihn in einen Käfig einzusperren – es hatte ein Scherz sein sollen, den er jedoch nicht einmal ansatzweise amüsant gefunden hatte. Entschlossen kämpfte James gegen die Trauer an, die in ihm aufstieg. Damals hatte niemand, nicht einmal er selbst, verstanden, dass seinem seltsamen Verhalten und den ständig wiederkehrenden Zwangsgedanken eine Angststörung zugrunde lag. Und sein Vater? Der hatte bis zu seinem Tod geglaubt, dass sein einziges Kind unrettbar gestört war. Doch James würde ihm beweisen, dass er sich geirrt hatte. *Teufel noch mal.* Er würde seinem Dad beweisen, dass seine Befürchtung falsch gewesen war. Einmal hätte ihn die Zwangsstörung fast umgebracht. Doch er würde alles dafür tun, der normale Mann zu werden, der mit einem gleichmütigen Achselzucken zu sich selber sagen könnte: »Weißt du was? Einmal ist genug.«

Und obgleich sein ursprünglicher Plan gescheitert war, würde er jetzt ganz bestimmt nicht aufgeben. Denn selbst wenn er das wollte, würde ihn die Krankheit dazu zwingen, diese Sache bis zum Ende durchzustehen. Seine Zwangsstörung war der Grund für sämtliche Erfolge, die er bisher hatte feiern dürfen, aber auch für alle Fehlschläge, die er jemals erlitten hatte, für jede Geste, jeden Wunsch, jeden Gedanken, der ihm jemals durch den Kopf gegangen war.

Also käme jetzt die neue Variante seines Plans zum Zuge. 1b. Oh nein! 2a. Ungerade Zahlen riefen ein unangenehmes Kribbeln in ihm wach, und vor allem brachten sie ihm Pech. Aber dieser Plan versprach ihm Freiheit – Freiheit von den abendlichen Runden durch das Haus, um sich zu vergewissern, dass sämtliche Türen und Fenster sorgfältig verschlossen waren, Freiheit vom frühmorgendlichen Klingeln seines Weckers, das ihn Tag für Tag bereits um 4.30 Uhr aufs Laufband zwang. Freiheit, sich tatsächlich einmal auf das Minenfeld unverplanter freier Zeit zu wagen. Bisher öffnete er, wenn er nichts tat, unweigerlich Tür und Tor für sämtliche merkwürdigen Rituale, die sein fehlerhaft verschaltetes Hirn ihm aufzwang.

Sein Plan war genial in seiner Einfachheit: Er würde sich seiner Angst stellen. Und nicht einfach irgendeiner Angst, sondern der Mutter aller Ängste, unter denen er seit seiner Kindheit litt. Der größten Scheißangst von allen. Seiner Angst vor Erde und Schmutz.

James' Puls fing an zu rasen, und das Herz schlug ihm gegen die Rippen wie ein Presslufthammer. Er schluckte schwer gegen den metallischen Geschmack der Panik an, die in ihm aufstieg. Die Stimme in seinem Kopf übertönte alles, als sie in ihrem vertrauten monotonen Singsang unablässig wiederholte: »Du wirst sterben, du wirst sterben von all den Bakterien, die in der Erde sind.«

Er fing an, sich hin- und herzuwiegen. Denn er musste sich ja bewegen, weil auch Starre tödlich war. Die Stimme wies ihn an, sich eine Strähne seines Haars um den Finger zu wickeln, weil er sonst von den Bakterien in der Erde Krebs bekäme. Doch er brauchte nicht auf sie zu hören! Diese Vorstellung war vollkommen absurd. Reiner Gedankenmüll, sonst nichts.

Er könnte sich aber auch zweimal die Strähne um den Finger wickeln. Und dann noch zweimal und noch zweimal. Weil ihm die Zahl sechs besonders gut gefiel. Sie war weich und rund und ruhig. Doch diese Rituale halfen immer nur für kurze Zeit. Und indem er sie vollzog, nährte er das Monster seiner Störung noch. Es würde mächtiger und käme immer wieder, solange er sich seinen Anweisungen unterwarf.

Er trommelte sich mit den Fäusten auf den Oberschenkel. *Gib nicht nach, wickle dir nicht die Haare um den Finger. Wenn du zehn Minuten durchhältst, wird der Druck nachlassen.* Er zählte bis vierzig und brach ab. Zehn Minuten? Himmel, nicht mal eine einzige Minute hielt er durch.

War es verrückt gewesen, schon mit fünfundvierzig seine Arbeit aufzugeben, das Einzige, das ihm etwas Ablenkung von seinen irrationalen Ängsten bot? Jetzt konnte er seine Störung nicht mehr auf den Stress schieben, der mit der Leitung eines erfolgreichen Softwareunternehmens verbunden war. Nein, diese Zeiten waren vorbei. Jetzt konnte er weiter nichts mehr tun, als seinem fehlerhaft verschalteten Hirn zu folgen, ganz gleich, in welche Richtung es ihn auch trieb.

Ich und mein beschissener Schatten.

James klopfte auf seine Glücksuhr. *Tap, tap. Tap, tap. Tap, tap.*

Jetzt hatte er auch noch seine Uhr kontaminiert.

Die Panik saß ihm im Nacken. Die Bakterien in der Erde

bildeten Mutationen und vermehrten sich wie die Karnickel, aber er würde sich keine Haarsträhne um den Finger wickeln. Zischend atmete er ein, zählte dabei bis vier, hielt die Luft dann zwei Sekunden an und atmete vorsichtig wieder aus. *Eins, zwei, drei, vier. Noch einmal, James, noch einmal. Atme möglichst langsam ein, dann beruhigen sich dein Herzschlag und dein Hirn.*

Alles würde gut, wenn er erst eine Landschaftsgärtnerin – das hieß, nicht irgendeine Landschaftsgärtnerin, sondern Tilly Silverberg – dazu gebracht hätte, sich seines neuen, gut vier Hektar großen Grundstücks anzunehmen. Vordergründig, um es zu verschönern, doch in Wahrheit, weil er sie dabei beobachten und sehen wollte, wie ein Profi in der Erde grub.

Sie hatte ihm deutlich zu verstehen gegeben, dass sie, ganz egal, wie viel er ihr dafür bezahlen wollte, kein Interesse an dem Auftrag hatte, was er faszinierend fand. Vielleicht war es zynisch, doch er hatte bisher noch niemanden erlebt, der sich nicht kaufen ließ. Wenn schon nicht mit Geld, dann eben mit etwas anderem. *Brachte ihn das zu Plan 2b?*

James atmete weiter möglichst langsam ein und aus, bis sich seine Panik legte und er noch einmal den Augenblick durchlebte, als er durch den Garten dieser Frau in Richtung des angrenzenden Walds gegangen war. Sein Pulsschlag hatte sich verlangsamt, die Stimme in seinem Innern war verstummt, und er hatte gewusst: Die Frau, die dieses Zauberreich geschaffen hatte, hielt den Schlüssel zu seiner Genesung in der Hand.

Er hatte abends um sechs einen Termin bei ihr gehabt. Sechs, ein positives Zeichen, abgesehen von dem grässlichen Geschnatter, das bei dieser Überlegung über ihm erklang. James blickte hoch und sah eine Gänseschar in Lehrbuchformation, das hieß, in einem ungleichmäßigen und deshalb fehlerhaften V, bei dem eine Seite länger als die andere war, über die Bäume rechts der Straße fliegen. Symmetrie beruhigte seine angeschlagene Seele, aber wenn sie fehlte ...

Er riss den Kopf herum und suchte sich ein neues Ziel, eine Ablenkung, gleich welcher Art.

Hör auf. Hör bitte einfach auf.

Ein Bild von Tilly erschien vor seinem geistigen Auge. Sie bewegte sich so elegant wie eine Primaballerina, auch wenn sie ein scharlachrotes Top und eine an den Rändern ausgefranste, abgeschnittene Hose trug. Sie war eine Frau, die leuchtende Farben liebte und, einen Gin Tonic in der Hand, lachend durchs Leben zu wirbeln schien. Einzig ihre großen hellen Augen hatten unerklärlich traurig ausgesehen. Ja, sie war wunderschön, doch Schönheit hatte für ihn keinerlei Bedeutung. Er fühlte sich nur zu Frauen hingezogen, die es zwar vielleicht besser verstecken konnte, aber trotzdem mindestens ebenso angeschlagen waren wie er selbst. *Verdammt. Das ist nicht gut, das ist nicht gut.* Er war seit achtzehn Monaten allein und konzentrierte sich seither auf ein einziges Ziel – die grenzenlose Angst zu überwinden, unter der er schon seit seiner Kindheit litt. Und der Kampf gegen die Angst raubte ihm derart viel emotionale Energie, dass für Liebe und Verlangen kaum noch etwas übrigblieb. Außerdem war es wahrscheinlich besser, wenn er bis auf weiteres allein blieb. Besser für ihn selbst und auch für alle anderen. Und trotzdem ...

Obwohl er vor lauter Angst kaum Luft bekam, hatte er

trotzdem einfach lächeln müssen, als er Tilly Silverberg zum ersten Mal begegnet war.

Ihre Füße hatten ausgesehen, als würden sie im nächsten Augenblick zu einer Pirouette ansetzen. Dabei waren sie so klein gewesen, so verletzlich und so – nackt. Nackt und schmutzig. Voller Erde. Genau wie ihre Hand, von der die Erde auf seine Finger übertragen worden war. Es war der Schmutz, der sie vergiftete und jetzt auch ihn.

Verscheuch diesen Gedanken, James. Verscheuch das Bild.

Das Verscheuchen war die Hauptwaffe im Arsenal der kognitiven Verhaltenstherapie und klang genauso einfach wie das Setzen eines Blinkers, wenn man Auto fuhr. Du willst diesen Gedanken nicht? Dann wirf ihn einfach über Bord, und ändere die Richtung. Doch allein für die fünf Worte *Denk nicht mehr darüber nach* brauchte er mehr Kraft, als er im Augenblick besaß.

Warum, warum um alles in der Welt, hatte er einer Gärtnerin die Hand geschüttelt? Einer Frau, bei der sich der Dreck unter die Fingernägel schob?

Er musste sofort in seine Mietwohnung und alles in die Waschmaschine werfen, was er am Leib trug. Selbst die Turnschuhe müsste er waschen, außerdem sich selbst und das Äußere und Innere des Cabrios.

Diese zeitaufwendige Routine war seine Rettung, zugleich aber auch sein Fluch.

Aber vorher würde er noch auf die Toilette gehen und sich übergeben.

3

Der pochende Schmerz im rechten Schulterblatt, ein vertrautes Symptom ihrer verkrümmten Wirbelsäule, wurde kaum übertönt von der Kakophonie der Frühlingspfeifer. Oder waren das Anfang Juni bereits stinknormale Laubfrösche? Auch nach all den Jahren hier im Süden war ihr vieles immer noch vollkommen fremd. Zum gewohnten Vorlesen – dem Ritual, an dem sie selbst vielleicht noch mehr als Isaac hing – war sie an diesem Abend nicht gekommen, deshalb durfte Isaac im Schlafanzug noch mal vors Haus, um auf die Jagd nach Glühwürmchen zu gehen.

Das Telefon auf dem Flurtisch schrillte, und obwohl Tilly ein Gähnen unterdrücken musste, ging sie bereits nach dem ersten Klingeln an den Apparat. »Piedmont Perennials. Guten Tag.«

»Tilly? Hier spricht James Nealy.« Am Telefon klang seine Stimme dunkler. Und dadurch verführerischer?

Ach, verdammt. Warum vergaß sie jedes Mal, erst nach der Nummer eines Anrufers auf dem Display zu sehen? »Ach nein.«

»Ach ja.« Er legte eine kurze Pause ein. »Hören Sie, mir ist klar, dass Sie wahrscheinlich gerade Ihren Sohn ins Bett bringen.«

Zumindest wusste er, dass diese Zeit eher ungünstig für einen Anruf bei ihr war. Dafür bekam er einen halben Punkt.

»Und es tut mir leid, es tut mir wirklich leid. Ich weiß, ich habe bereits gestern Abend mehr als genug von Ihrer Zeit beansprucht, und Sie haben mir Ihren Standpunkt unmissverständlich klargemacht. Aber ich ...«, er zögerte, »... ich bin von Ihrem Garten nun einmal besessen, und zu Ihrem Leidwesen wird sich das auch nicht ändern. Also nennen Sie mir Ihren Preis und Ihre Bedingungen. Ich bin mit allem einverstanden.«

»Dann sollten Sie am besten damit einverstanden sein, sich nach jemand anderem umzusehen.«

»Das kann ich nicht.« Irgendwo im Wald krächzte ein Blauhäher. »Ich brauche Sie. Ihr Garten spricht mich einfach an.«

Sie lachte. Hatte sie etwa urplötzlich einen Fan? Und hatte es wohl David ebenso geschmeichelt, wenn er von einer Studentin angehimmelt worden war? Es fühlte sich auf jeden Fall nicht übel an. »Sind Sie sich in allen Dingen derart sicher?«

»Ich habe ein gutes Gespür, Tilly. Nur deshalb war ich in der Lage, mich bereits mit fünfundvierzig ganz aus dem Geschäftsleben zurückzuziehen.«

»Sie Glücklicher. Mein Gespür ist nicht besonders ausgeprägt.« Ein folgenschweres Fehlurteil hatte sie gelehrt, ihrer Intuition gründlich zu misstrauen. Trotz der drückenden Hitze erschauerte sie und kehrte gedanklich in den kalten weißen Raum im Krankenhaus zurück. Manchmal kam es ihr so vor, als hätte sie ihn nie wirklich verlassen und ein Teil von ihr säße noch immer dort.

Eine Holzbiene schwirrte an ihr vorbei. Sie suchte einen Ort, in den sie sich hineinbohren konnte, und nahm zielstrebig das Zedernholzgeländer der Veranda ins Visier. Eine kleine Biene und ein kleines Loch wären nicht weiter schlimm, doch aus kleinen Dingen wurden häufig große, und Tilly wollte erst gar nicht darüber nachdenken, wie das

Geländer aussähe, wenn ein ganzer Bienenschwarm darüber herfiele.

»Dann habe ich also noch eine Chance?«, fragte James.

Offenbar hatte ihr *Nein* nicht so nachdrücklich geklungen wie erhofft. »Ich würde Ihnen wirklich gerne sagen, dass Sie mir entsetzlich auf die Nerven gehen.«

»Diese Wirkung habe ich des Öfteren auf andere Leute. Allerdings verzichten sie bei diesem Satz normalerweise auf den Konjunktiv.«

Tilly musste gegen ihren Willen lächeln. Wenn der Kerl so weitermachte, würde sie sein Angebot vielleicht doch noch annehmen. »Sie haben recht. Es ist schon spät, und ich wollte gerade meinen Sohn ins Bett bringen.«

»Darf ich morgen noch mal anrufen?«

»Sie lassen einfach nicht locker, was?«

»Es tut mir leid, es tut mir leid.«

»Entschuldigen Sie sich immer derart oft?«

»Das ist eine meiner lästigeren Angewohnheiten.«

»Vielleicht sollten Sie daran arbeiten.«

Er atmete vernehmlich ein und antwortete ruhig: »Ich bin dabei.«

»Gute Nacht.« Bevor James noch etwas sagen konnte, legte Tilly eilig auf.

Sie scharrte mit den Schuhen ein wenig roten Staub zusammen und stellte sich vor, sie würde im Regen stehen. In einem englischen Sommerregen, der sanft auf die Dächer prasselte und frisch und kühl und sauber roch. Es hatte sie ein wenig aus dem Gleichgewicht gebracht, als James sie am Tag zuvor auf ihre Kindheit angesprochen hatte. Sie malte sich aus, wie es wohl wäre, wieder heimzukehren zu ihrer Mutter, zu Bree und Caitlin, ihren Zwillingsschwestern, und zu ihrer besten Freundin, die dort nach wie vor die Stellung hielt. Auch wenn Tilly einen neuen Namen hatte und bereits vor Jahren Amerikanerin geworden war, würde sie in ihrem tiefsten Inneren immer Britin bleiben und vor allem eine Haddington.

Isaac, der in einem ihrer Schattenbeete irgendwelche ekligen Krabbeltiere suchte, richtete sich auf und zog an seiner Schlafanzughose. »Denkst du gerade an Daddy?«

»Nein.« Ihr Blick folgte einer Dunstschwade, die gen Himmel stieg.

»An England?«

»Erwischt.« Verflixt, selbst einem Kind gelang es mühelos, sie zu durchschauen. Zum Glück musste sie nie irgendwelche Geheimnisse bewahren. »Ich habe an den wunderbaren Sommerregen dort gedacht. Und daran, dass es dort keine Schlangen gibt.«

Isaac zog eine Grimasse, als seien sie gerade in ihrem Truck bei geöffnetem Fenster an einem toten Stinktier vorbeigefahren. »Willst du wieder zurück?«

»Wie kommst du denn auf die Idee?« *Vermeide eine direkte Antwort, das ist schlau.*

»Weil du denkst, dass in England alles besser ist.« Isaac scharrte mit den Füßen, und das Schuldbewusstsein schnürte ihr die Kehle zu. »Aber ich will hier leben, in unserem Haus. Und zwar für immer.«

»Ich weiß, mein Schatz. So ging es mir als Kind mit Woodend auch.«

»Und, geht es dir noch immer so?«

Die Frage war nicht fair. Woodend war der Ort, an dem sie aufgefangen wurde, wenn sie aus dem Gleichgewicht geriet, und würde es für alle Zeiten bleiben. Noch immer wartete ihr Sohn auf eine Antwort, aber das, was sie wahrheitsgemäß hätte erwidern müssen, hätte er bestimmt nicht gern gehört.

»Woodend ist ein Ort voller Erinnerungen. Ich bin dort auf die Welt gekommen, habe dort deinen Dad kennengelernt …« Tilly starrte auf den Hartriegel, den sie sechs Monate nach Davids Tod gepflanzt hatten.

»Hier gibt es aber auch viele Erinnerungen, Mom. An dich und mich und Daddy.«

Doch die Trauer hatte all diese Erinnerungen nachhaltig getrübt. Wieder einmal hatte sie zu viel verraten und ihr Kind enttäuscht. Intellektuell war Isaac seinem Alter weit voraus, emotional jedoch war er noch lange keine acht.

»Du hast recht.« Tilly schwoll das Herz vor lauter Liebe. Manchmal brauchte sie ihr Kind nur anzusehen und bekam vor lauter Angst vor all den grauenhaften Dingen, die ihm widerfahren könnten, kaum noch Luft. »Tut mir leid. Ich bin heute ein bisschen nachdenklich.«

»Kein Problem. Das bin ich auch manchmal. Hey, ich muss mal Pipi. Soll ich das am Rand des Frühbeets machen, damit das Wild wegbleibt?«

»Bitte. Aber guck, dass du richtig zielst.« Tilly vernahm neben sich das Flügelschwirren eines Kolibris und wandte sich mit suchendem Blick um.

»Mommy?«

»Isaac?« Sie wirbelte herum.

Er stand mit heruntergezogener Pyjamahose da und starrte seinen Penis an. »Ich habe eine Zecke. Direkt neben meinem Pillermann.« Er fuchtelte mit der freien Hand herum, als schüttle er eine Rumba-Rassel. »Sie hat sich schon festgesaugt.«

»Keine Bange. Ich werde dir zeigen, wie du dieses Mistvieh abbekommst.« Endlich ein Problem, dem sie gewachsen war.

Über ihnen grollte dumpfer Donner, und der Wald versank zunehmend in Dunkelheit. Weshalb hatte sie die dunklen Wolken, die sich über dem dichten Blätterdach zusammenbrauten, nicht schon eher bemerkt? Plötzlich gab es einen Knall, der die Fensterscheiben klirren und sie selbst erzittern ließ. Sie machte einen Satz rückwärts, geradewegs in ein Spinnennetz, und sofort hafteten die klebrigen Fäden überall an ihr – weil sie einem winzig kleinen, beinahe unsichtbaren Krabbelwesen in die Falle gegangen war.

Ein Arm schob sich um ihre Taille, vertraute Finger streichelten die empfindliche Stelle über ihrer Hüfte, und heißer Atem kitzelte ihren Hals. Die Flügel des Ventilators durchschnitten die Luft in ihrem Schlafzimmer, und die Nachtluft war erfüllt vom quakenden Gesang der Laubfrösche. »Ich liebe dich«, wisperte David in dem weichen mittelatlantischen Akzent, hinter dem er seine Brooklyner Wurzeln verbarg.

Tilly versuchte, sich umzudrehen und die Narbe an seiner rechten Wange zu berühren, aber ihre Glieder waren zu schwer. Die Spottdrossel trällerte gut gelaunt in ihrem Nest, und Davids Arme zogen sich zurück.

Geh nicht, mein Liebster, lass mich nicht allein. Es ist doch nur ein Vogel. Er kann dir nichts tun.

Mit wild klopfendem Herzen fuhr sie aus dem Schlaf auf. Sie blickte Richtung Decke, hörte aber aus dem Zimmer über sich kein verräterisches Poltern, dass Isaac, der mit Rücksicht auf die Plüschechsen und -schlangen in seinem

Bett immer ganz am Rand seiner Matratze schlief, wieder einmal aus dem Bett gefallen war.

Das erste Dämmerlicht drang durch die Jalousien und zeigte, dass ein neuer Tag in ihrem Witwenleben angebrochen war. Außerdem klingelte das Telefon, dabei war es – sie blickte mit zusammengekniffenen Augen auf den hochmodernen Wecker ihres Mannes – gerade einmal sechs Uhr früh. Sie hoffte nur, dass es nicht noch mal James Nealy war, oder aber … Gott im Himmel, nein. Oh nein. Ihr Atem ging schneller, als die Erinnerung über sie hereinbrach.

Vor zehn Jahren, in einer stürmischen Novembernacht – der Regen trommelte aufs Dach, und die Luft erzitterte unter der Wucht des Unwetters –, hatte ihre Mutter angerufen und ihr mit ruhiger, aber fester Stimme offenbart: »Mit deinem Vater geht's zu Ende. Kommst du heim?« Und in einer milden Mainacht, in der sie die Frühlingspfeifer draußen im Wald zwitschern hörte, hatte eine von Davids Studentinnen sie weinend angerufen, weil David ins Krankenhaus gefahren worden war.

Anrufe zu nachtschlafender Zeit bedeuteten nichts Gutes. Aber wen betraf es dieses Mal? Rowena, eine ihrer Schwestern oder ihre Mum?

Eilig griff sie nach dem Telefon und fragte keuchend: »Ja?«

»Oh, du bist zu Hause. Gott sei Dank.«

»Mum? Warum rufst du um diese Uhrzeit an?«

»Habe ich dich etwa geweckt? Das tut mir furchtbar leid, Schätzchen.« Dies war nicht die Stimme einer Frau, die vierzig Jahre lang weiblichen Teenagern an einer kleinen Privatschule englische Geschichte eingetrichtert hatte. Und auch nicht die Stimme eine Frau, die zwei Babys durch plötzlichen

Kindstod verloren, aber ihre Angst und ihre Trauer so weit überwunden hatte, um zwei weitere Schwangerschaften durchzustehen und drei gesunde Töchter aufwachsen zu sehen. Es war die Stimme einer Frau, die nach dem Tod ihres Ehemanns auf Tauchstation gegangen war.

Ein halbvergessenes Bild ihrer Mutter drängte sich ihr auf: wie sie sich vor lauter Trauer in dem alten Schrank, einem Familienerbstück, verkrochen und sich rundheraus geweigert hatte, sich von jemand anderem herausholen zu lassen als von Tilly, der Tochter, von der sie nur ein Ozean trennte.

»Ob du mich geweckt hast?« Tilly rieb sich die noch müden Augen und fuhr mit betont munterer Stimme fort. »Du kennst mich doch, ich stehe immer mit den Hühnern auf. Ich bin frisch wie der Frühling.« Sie blickte noch einmal auf den Wecker. »Und gehe natürlich gerne schon um *sechs* ans Telefon.«

»Ist etwas nicht in Ordnung, Schatz?«

»Das sollte doch wohl eher ich dich fragen.«

Tilly rutschte über Davids Hälfte der Matratze und schwang die Beine aus dem Bett. Sie hatte immer von einem Teppich für ihr Schlafzimmer geträumt, aber David hatte nackte Holzböden geliebt. Vielleicht wäre sie ja diesen Winter so verschwenderisch und legte sich endlich einen Teppich zu. Oder vielleicht auch nicht.

»Ich bin ein bisschen unleidlich«, gab ihre Mutter zu. »Und da dachte ich, ein kleiner Schwatz täte mir sicher gut.«

Tilly knabberte an einem abgerissenen Stückchen Daumennagel. »Ist etwas passiert, Mum?«

Einen halben Tag entfernt, stieß ihre Mutter einen abgrundtiefen Seufzer aus.

»Mum? Du machst mir Angst.« Tilly wickelte die Telefonschnur um ihr Handgelenk und wickelte sie wieder ab. Klang die Stimme ihrer Mutter vielleicht irgendwie gedämpft? Hatte sie sich etwa abermals in ihrem Kleiderschrank versteckt? Tilly trommelte mit den Zehen auf den Boden. Wo zum Teufel waren ihre Flipflops?

»Du darfst dich nicht aufregen. Es geht mir wirklich gut. Ich hatte nur einen kleinen Sturz und habe mir dabei das Bein gebrochen. Wirklich lächerlich. Und meine linke Hand haben sie mit fünf Stichen genäht. Dort, wo Monty mich gebissen hat.«

»Er hat *was?*« Tilly richtete sich kerzengerade auf. Der nach General Montgomery benannte Spaniel ihrer Mutter war ein hoffnungslos verzogenes Tier.

»Schrei nicht so, Schätzchen. Es war ein Unfall. Eigentlich hatte er es ja auf den Igel abgesehen.«

»Den Igel?«

»Die ganze Geschichte ist mir furchtbar peinlich.«

»Ich komme heim, so schnell es geht.« *Sobald ich meine Flipflops finde.* Tilly kroch unters Bett. Oh, da waren ja die Bücher, die sie längst wieder in der Bibliothek hätte abgeben sollen, die Broschüre über Brustgesundheit, die sie längst verloren gegeben hatte, und so viele Wollmäuse, als hielte der gesamte Staub aus ihrem Haus dort seine Jahrestagung ab.

»Red doch keinen Unsinn. Du kommst *nicht* nach Hause.« Gott sei Dank benutzte ihre Mutter ihre Lehrerinnenstimme, die schon von Null-Toleranz gesprochen hatte, lange, ehe der Begriff auch in den Staaten angekommen war. »Es geht mir ausgezeichnet. Und jetzt komme ich mir vollkommen idiotisch vor. Ich hatte dich nur angerufen, um etwas zu jammern, nicht, damit du dir Sorgen machen sollst. Es ist perfektes Gartenwetter, und ich liege den ganzen Tag nur auf der Couch herum. Dabei wollte ich heute eigentlich die Wicken hochbinden.«

Typisch ihre Mutter, dass sie nicht den Unfall, sondern die dadurch bedingte Störung ihres Tagesablaufs tragisch nahm. Abgesehen von dem einen Zusammenbruch im Sommer vor zehn Jahren verlief das Leben von Mrs Virginia Haddington in geordneten Bahnen, und sie arbeitete täglich eine Liste ab, die mit speziell für diesen Zweck bestellter blauer Tinte geschrieben wurde. *Oh Gott.* Nach dem Tod des Vaters hatte sich Tilly zur Hüterin über die seelische Gesundheit ihrer Mutter aufgeschwungen und darauf geachtet, dass sie in den Garten ging und las und so oft wie möglich die Gesellschaft ihrer Freundinnen genoss. Doch in all den Jahren hatte Tilly nie darüber nachgedacht, ob ihre Mutter körperlich bei Kräften war. Okay, sie war inzwischen siebzig, aber bisher hatte sie sich noch nie etwas gebrochen oder so.

Mrs Haddington erklärte leicht verschnupft: »Das ist alles nur die Schuld dieses verdammten Rehbocks, der sich einfach dreist in meinem Gemüsegarten bedient. Ich bin am Ende meiner Weisheit, Tilly. Meine Saubohnen sind weg. Einfach verschwunden. Nicht mehr da. Als ich vor ein paar Tagen oben im Herrenhaus war, um Rowena dazu zu bewegen, sich zusammen mit uns um den Blumenschmuck für unsere Kirche zu kümmern …«

Tilly lachte spöttisch auf. Das war doch bestimmt ein Witz. Rowena konnte nur mit Mühe eine Brennnessel von einer Rose unterscheiden. Sie war eine Frau mit vielerlei Interessen, aber die Botanik zählte ganz eindeutig nicht dazu.

Ohne auf die Unterbrechung einzugehen, fuhr ihre Mutter fort. »Auf dem Weg zurück habe ich den Wildhüter getroffen und ihn gefragt, ob ich mir sein Gewehr ausleihen kann, aber der Taugenichts hat abgelehnt.«

Tilly verdrehte die Augen. Obwohl Virginia Haddington den Wildhüter seit über dreißig Jahren kannte, sprach sie ihn noch immer nicht mit seinem Namen an. Wobei die einzige Person im ganzen Dorf, von der er John gerufen wurde, seine Chefin war. Lord und Lady Roxton hatten die 1200 Hektar Wald und Farmland, die das Dorf umgaben und die seit Generationen im Besitz ihrer Familie waren, ihrem einzigen Kind an dessen dreißigstem Geburtstag überschrieben, sich nach Kreta abgesetzt und der sprachlosen Rowena zugesichert, dass sie keine Erbschaftssteuer zahlen müsste, wenn Lord Roxton frühestens sieben Jahre nach der Überschreibung starb. Also hatte sie ihre Karriere in der Kunstwelt Londons aufgegeben und sich an die Rettung des maroden Herrenhauses Bramwell Hall und der umliegenden Ländereien gemacht. Als frischgebackene Gutsherrin hatte sie große Teile des Ackerlands verpachtet, das verfallene Herrenhaus für Dreharbeiten vermietet, weil sich nur so genügend Geld für die Reparatur des Dachs verdienen ließ, und vor Erleichterung geseufzt, als vor ein paar Monaten die Sieben-Jahres-Frist überschritten war. Dafür, dass ein solches Anwesen in der modernen Zeit kaum wirtschaftlich zu führen war, hielt sich Ro erstaunlich gut, was allerdings bestimmt nicht ihren Eltern zu verdanken war.

»Einen Augenblick«, fiel Tilly ihrer Mutter abermals ins Wort. »Du wolltest wirklich Bambi erschießen?« Vielleicht wäre es ja an der Zeit für eine neuere Version des Daddy-Spiels: Was würde Granny tun, wenn sie auf eine Schlange träfe? Kein Problem. Sie würde ihr den Kopf mit ihrer Gartenhacke einschlagen und dann den Tee aufsetzen gehen. »Du kannst doch gar nicht schießen.«

»Unsinn. Mit dem Luftgewehr von deinem Onkel bin ich immer gut zurechtgekommen. Und vor allem sind Rehe große Nagetiere, Tilly, und so sollte man sie auch behandeln. Wenn ich Ratten habe, zahle ich den Kammerjäger, damit er ihnen den Garaus macht. Weshalb soll es dann plötzlich etwas anderes sein, wenn man ein Reh erschießt?«

Tilly biss sich auf die Lippe, denn sonst hätte sie den Köder garantiert geschluckt. Ihre Mutter und Rowena stellten sie immer als sentimentale Närrin hin, weil sie gegen die Jagd auf Füchse, Hasen und Fasanen war.

»Tut mir leid, Mum. Irgendwie schwirrt mir der Kopf, und vor allem bin ich noch gar nicht richtig wach.« Obwohl ihr schneller Puls eher das Gegenteil vermuten ließ. »Wie sind wir denn eigentlich von Igeln auf Rehe gekommen?«

»Einem Igel. Singular.«

Wieder verdrehte Tilly die Augen und erneuerte gedanklich ihren Schwur, als Mutter nicht jede noch so kleine Gelegenheit zu nutzen, ihren Nachwuchs zu belehren.

»Nun, da mir der *Wildhüter* nicht helfen wollte, habe ich mir eben selbst was ausgedacht. Dabei war ich wirklich kreativ. Als es Zeit für Montys Abendrunde durch den Garten war, habe ich die riesige Wasserpistole, die Rowena einmal Isaac geschenkt hat, mitgenommen. Wenn sich das verflixte Reh noch einmal hätte blicken lassen, hätte ich es damit nass gespritzt. Bei dem Labrador von unseren Nachbarn funktioniert das immer ausgezeichnet, wenn er durch die Hecke bricht und sich auf den armen Monty stürzt.«

Die Beschreibung *arm* traf Tillys Meinung nach ganz sicher nicht auf Monty zu. Er hatte schließlich kein Problem damit gehabt, ein neugeborenes Kaninchen totzubeißen und dann mit dem Kadaver den Fensterputzer zu erschrecken.

»Wobei ich immer noch der Meinung bin, dass diese Pistole als Geschenk für einen kleinen Jungen völlig ungeeignet war. Ich wünschte mir, Rowena würde endlich einen netten Mann finden, mit dem sie eine eigene Familie gründen kann.«

»Du wolltest von dem Reh erzählen, Mum.«

»Dem Reh? Ach ja, das Reh.«

Wieder keimte Angst in Tilly auf. Bereits als sie und Isaac Weihnachten daheim gewesen waren, war ihr aufgefallen, dass ihre Mutter oft vergaß, wovon sie gerade sprach. War das vielleicht ein erstes Anzeichen beginnender Demenz, oder ließ ihr Gedächtnis vielleicht infolge des jahrzehntelangen Gin-Genusses nach?

»Im Grunde war alles völlig banal. Statt des Rehs tauchte mit einem Mal ein Igel auf. Ich bin im Dunkeln über das dämliche Vieh gestolpert, und dann artete die ganze Sache aus wie in einem Sketch aus *Monty Python's Flying Circus.*«

Tilly musste lachen, als sie an die Lieblingskomiker ihres Vaters dachte, doch als ihre Mutter nicht mitlachte, brach sie eilig ab. »Und wie lange brauchst du einen Gips?«

»Acht Wochen.«

»Acht Wochen! Und wer hilft dir beim Baden und beim Anziehen, und wer geht mit Monty raus?«

»Ich komme schon irgendwie zurecht. Schließlich habe ich das Riesenglück, dass deine Schwestern erst in vierzehn Tagen nach Australien fliegen, und vor allem hat mir Marigold auch schon ihre tatkräftige Unterstützung zugesagt. Auch wenn sie ein ziemliches Drama aus der ganzen Sache macht.« Was bestimmt noch deutlich untertrieben war. Marigold, die schon seit vierzig Jahren Virginias Busenfreundin war, konnte mühelos ein Drama daraus machen, wenn bei irgendjemandem die Wäscheleine riss. »Glaub mir, Schätzchen …«, Mrs Haddington senkte die Stimme und klang plötzlich geradezu erschreckend weit entfernt, »… es ist etwas völlig anderes als die Sache vor zehn Jahren.«

»Du hattest noch mal eine Panikattacke, nicht wahr?«

Ihre Mutter zögerte etwas zu lange, ehe sie erklärte. »Es war nicht der Rede wert.«

»Okay, wir kommen, wenn die beiden anderen fliegen, und bleiben, bis du keinen Gips mehr brauchst. Kannst du vielleicht die Tickets für uns zahlen? Ich bin ein bisschen knapp bei Kasse, weil mein Pick-up mal wieder in der Werkstatt war.«

Wenn die Panikanfälle zurückgekommen waren, hatte Tilly einfach keine andere Wahl. Sie hatte dieses Geheimnis ihrer Mutter schon einmal gewahrt. Und wenn nötig, täte sie es abermals.

»Du solltest nichts überstürzen, Schatz. Was wird aus deiner Gärtnerei, wenn du sie während der Hauptsaison sechs Wochen lang allein lässt?«

»Ich habe doch Sari. Sie kommt sicher sehr gut mit allem zurecht.« Verdammt, dann konnte sie Sari nun doch nicht feuern.

Am Abend zuvor hatte sie Saris Nachricht auf ihrem Anrufbeantworter abgehört. Sie hatte darin von einem spontanen Ausflug an den Strand erzählt und dass sie in der Aufregung James' Telefonnummer verlegt und deshalb den Termin nicht hatte absagen können. Was natürlich alles durchaus nachvollziehbar war. Allerdings hatte die Gute irgendwie vergessen zu erwähnen, dass sie eine Heidenangst vor Wasser hatte – auch wenn sie abends vor dem Schlafengehen mit Vorliebe eine CD mit Meeresrauschen hörte. Tilly hatte den Versuch Saris, mit diesem Geständnis eine Vertrauensbasis von Frau zu Frau zwischen ihnen herzustellen, einfach ignoriert. Weil man, wenn man die Ängste eines anderen verstand, in dessen Welt hineingezogen wurde.

Konnte sie die Führung ihres Unternehmens einem Menschen anvertrauen, von dem sie dreist belogen worden war? Einer Angestellten, die nicht zehn Minuten ruhig am Schreibtisch sitzen konnte und es ganz bestimmt nicht schaffte, täglich stundenlang mit einem Gartenschlauch von Beet zu Beet zu ziehen? Zugleich jedoch verspürte Tilly eine seltsame Distanz zu ihren hiesigen Verpflichtungen, seit ihr geliebtes Woodend nach ihr rief.

»Außerdem darf ich ja wohl auf keinen Fall verpassen, wie du einen ganzen Sommer lang nur Däumchen drehst wie Gräfin Koks.«

Tilly liebte es, wenn ihre Mutter schallend lachte. Ein solches Geräusch erwartete man nicht von einer zierlichen Person, die niemals ohne roten Lippenstift oder Parfüm zum Frühstück kam. Dann aber brach das Lachen ab. »Es gibt noch einen Grund, aus dem du vielleicht lieber nicht nach Hause kommen solltest.«

»Ist im Dorf wieder der Rinderwahn oder die Maul- und Klauenseuche ausgebrochen?«

»Rowena hat einen neuen Mieter.« Ihre Mutter atmete tief durch. »Und zwar Sebastian. Er lebt wieder in Bramwell Chase.«

Tilly ließ den Hörer fallen, als hätte sie sich daran verbrannt.

4

James glitt aus dem ersten in den zweiten Krieger und streckte die Arme so weit wie möglich aus. *Bei der Kriegerstellung geht es um Stärke und um Ausdauer.* Seine Wadenmuskeln zogen sich zusammen, als ein Strom warmer Energie aus seinem Körper in den Boden floss, ihn dort verwurzelte und ihm neue Kraft verlieh. Er war unvollkommen, aber stark. Seine Gedanken wurden zu Wolken, die davonschwebten, und er konzentrierte sich vollkommen auf den Rhythmus seiner Atmung und verdrängte das Gefühl, das an ihm nagte. Wenn er sein Projekt anschieben wollte, war kein Platz für Ablenkung.

Er fand seinen Konzentrationspunkt – den Rand seiner Yogamatte –, verlagerte sein Gleichgewicht nach vorn und hob das rechte Bein und beide Arme hinter dem Rücken an. Er würde diese Stellung sechs Atemzüge halten, sich im abwärtsgerichteten Hund entspannen und sich anschließend mit einem Kopfstand für die Qual belohnen. Denn sobald er auf dem Kopf stand, bildeten sein Körper und sein Geist eine gerade Linie, und er war in vollkommenem Gleichgewicht.

Eins, zwei, drei, vier – er geriet ins Wanken – *fünf* … oh nein, schon wieder wogte dieses grässliche Verlangen in ihm auf. *Lass es an dir vorbeiziehen, James.* Verzweifelt kämpfte er dagegen an, aber es nützte nichts.

Mit einem resignierten Seufzer gab er auf, ließ sich rücklings auf die Yogamatte fallen und starrte die Decke an. Das da in der Ecke war doch wohl kein Fleck? Eilig setzte er sich auf. Ein Fleck, der ihm bisher nicht aufgefallen war? Schimmel? Anthrax? Er stand auf.

Immer mit der Ruhe, James. Ein Fleck ist oft einfach ein Fleck.

Es fiel ihm immer schwerer, seine eigenen Gedanken zu verfolgen. Denn der Schlafmangel, der Stress des Umzugs und die Tatsache, dass Tilly ihm gefiel, verliehen der Stimme ungeahnte Kraft.

Er hatte sich vor zwei Tagen zum letzten Mal bei Tilly gemeldet, und sie hatte ihn noch immer nicht zurückgerufen. Vielleicht war ja ihr Anrufbeantworter kaputt? Oder vielleicht rief sie ja erst an, wenn er seinen Kaffeebecher rechts neben dem Telefon abstellte, denn dort war schließlich sein angestammter Platz. Aber heute Morgen hatte er ihn links neben das Telefon gestellt. Er war von seiner Routine abgewichen und hatte so achtlos wie andere Menschen seinen Becher einfach nach Gutdünken abgestellt. Wenn das kein echter Fortschritt war.

Aber warum hatte sie noch nicht zurückgerufen?

Langsam gingen ihm die Zeit und die Möglichkeiten aus. Morgen würden sie und Isaac nach England fliegen. Das wusste er nur, weil Isaac es ihm erzählt hatte, als er bei seinem Anruf letzte Woche an den Apparat gekommen war. Isaac hatte ihm erklärt, seine Mom liefe wie ein hektisches Eichhörnchen durchs Haus, und man solle sie lieber nicht stören. Aber was, wenn er vergessen hatte, ihr auszurichten, dass James angerufen hatte? Was, wenn ihr Anrufbeantworter tatsächlich nicht mehr ging? Was, wenn der Fleck unter der Decke wirklich Anthrax war?

Warum hatte sie ihn nicht zurückgerufen?

In den vergangenen beiden Wochen hatten nur zwei Dinge seine Angst in Schach gehalten: Tillys Garten und ihr Lächeln. Und er musste beides wiedersehen.

James blickte auf die feuchte Duschkabine und versuchte, nicht daran zu denken, wie viel Schmutz und abgestorbene Hautzellen diverse Vormieter in seinem Bad zurückgelassen hatten. Zum letzten Mal hatte er als Student in einer Mietwohnung gelebt. Und hatte damals derart neben sich gestanden, dass ihm die Umgebung gar nicht aufgefallen war. Er wischte den beschlagenen Spiegel ab und warf das feuchte Handtuch in die Dusche. Für die Wäsche hatte er jetzt keine Zeit. Er versuchte, sich an diesem Gedanken festzuklammern, aber er entglitt ihm, und sofort stiegen die alten Zweifel in ihm auf und versuchten, sich in seinem Innern festzukrallen und ihn dazu zu bringen, die Entscheidung, die er gerade erst gefällt hatte, zu revidieren.

Es erschöpfte ihn, wenn er eine Entscheidung treffen musste, denn es galt dabei stets, alle Konsequenzen abzuwägen. Und sein Vorhaben hätte auf jeden Fall Konsequenzen, doch dieses Risiko würde er bereitwillig in Kauf nehmen. Weil er einfach wusste, dass Tilly ihm helfen könnte. Es mochte zwar lästig sein, dass der Gedanke an ein Wiedersehen glühendes Verlangen in ihm weckte, aber diese Emotion ließe sich durchaus in den Griff bekommen.

Der Psychiater in Chicago hatte ihm erklärt, seine Zwänge seien wie wilde Champignons, die immer wieder an verschiedenen Stellen aus dem Boden schössen. Deshalb müsse er beständig auf der Hut vor Situationen sein, die einen neuen Schub auslösen könnten. Zum Beispiel das Zusammensein mit einer Frau, die ihren Lebensunterhalt dadurch verdiente, dass sie in der Erde grub. Einer Frau, die kein Problem damit zu haben schien, dass es auf der Ladefläche ihres Trucks wie im Einkaufswagen einer Stadtstreicherin aussah. Falls sie sich bereit erklärte, seinen Garten doch noch anzulegen, müsste er sie fragen, ob sie damit einverstanden wäre, dass er ihren Wagen einer Grundreinigung unterzog.

James betrachtete stolz die kleine Tätowierung einer zusammengerollten schwarzen Schlange auf seiner rechten Hüfte. Sie diente ihm als beständige Erinnerung daran, dass er in Bezug auf Schlangen nicht nur frei von Ängsten, sondern richtiggehend mutig war. Außerdem hatte er Glück *– am besten nutzte er die gute Laune, die er gerade hatte –*, dass sein Körper auf so positive Art gealtert war. Aber vielleicht hatte er mit seiner Sportbesessenheit ja auch selbst dafür gesorgt. Die verdankte er seiner Entschlossenheit, zumindest seinen Körper im Griff zu haben, wenn sich sein Geist schon nicht beherrschen ließ.

James streckte sich und genoss die warme Luft, die seine Haut liebkoste. Endlich einmal war er frei von allen Stoffen, die ihn kratzen konnten. Wobei die Markenschildchen noch viel schlimmer waren. Dabei wies kein Kleidungsstück, das er besaß, auch nur das allerkleinste davon auf. Die amputierte er immer sofort, wenn er mit irgendeinem neuen Teil nach Hause kam.

Er schien fast entspannt zu sein, nur dass es dieses Adjektiv in Zusammenhang mit ihm einfach nicht gab. James war *nie* wirklich entspannt. Was hatte Sam, sein bester Freund seit zweiundvierzig Jahren, einmal über ihn gesagt? Er würde ständig unter Strom stehen. Ein passender Vergleich, der ihm durchaus gefiel. Vor allem, da nervöse Energie manchmal tatsächlich von Vorteil war. Gegen jemanden wie ihn kam keine noch so ausgeklügelte To-do-Liste jemals an.

Er beugte sich vor, und der Rand des Waschtischs drückte ihm in den Bauch. Seit seinem Rückzug ins Privatleben war es um seine Körperpflege schlecht bestellt. Zum letzten Mal hatte er auf der Highschool derart langes Haar gehabt, und der Anblick seines bärtigen Gesichts brachte ihn noch immer aus dem Gleichgewicht. Er hätte sich selbst fast nicht erkannt. Aber genau das hatte er mit dem Bartwuchs auch bezweckt, denn vielleicht ginge mit der äußeren Verwandlung eine innere Veränderung einher.

Summend ging er ins Schlafzimmer, schob die Tür des Schranks mit dem Ellbogen auf und blickte auf die Reihe langärmliger schwarzer Hemden, bevor er sein Lieblingsstück von Vivienne Westwood vom Zedernholzbügel zog. Warum denn auch nicht? Außer seinem Stolz hatte er nichts zu verlieren, und der war ihm seit jeher egal gewesen, wenn es ihm um eine Frau gegangen war.

5

Man musste es einfach bewundern, wenn eine Frau mittleren Alters ihre großen Brüste und die Rettungsringe oberhalb der Hüften noch dadurch betonte, dass sie möglichst engsitzende T-Shirts trug. Aber Sari, die noch raumgreifender war als die Nachtkerzen in Tillys Garten, hätte ihre Rundungen niemals in irgendeinem Übergrößen-Wallekleid versteckt. Und auch ihre knallroten Sandalen mit Keilabsatz, auf denen riesengroße Plastikblumen wie sterbende Motten flatterten, waren so hässlich, dass sie fast schon wieder modisch wirkten.

»Gesundheit«, wünschte sie sich selbst, als ein heftiger Nieser sie über eine freiliegende Baumwurzel stolpern ließ.

Denkt sie vielleicht, dass ich ihr insgeheim irgendeine Krankheit wünsche? Wütend stapfte Tilly in Richtung Gewächshaus.

»Es wäre langsam an der Zeit, die Einfahrt neu zu machen, Schätzchen.« Sari trottete so schnell es ging hinter ihrer Chefin her.

Wenn du nicht fünfmal die Woche so schnell angeschossen kämst, dass die Kieselsteine davonstieben, während du dich mit Bruce Springsteen zudröhnst, wäre meine Einfahrt noch wie neu. Aber Tilly verkniff sich heldenhaft einen bösen Kommentar. »Saris Raserdellen« nannte Isaac die Krater, die von den Reifen ihres Wagens in der Einfahrt herrührten. Schlaglöcher und Lärm, viel mehr hatte Sari ihnen bisher nicht gebracht.

»Ich würde euch morgen wirklich gerne zum Flughafen bringen. Aber du hast ja gesagt, dass du lieber ein Taxi nimmst. Bist du etwa noch immer sauer, weil ich diesen James nicht angerufen habe?« Saris Lächeln sah ein wenig drohend aus, und drei Jahre zuvor, als Tilly noch nicht ständig von Schuldgefühlen geplagt worden war, hätte diese Drohung ihre Wirkung sicher nicht verfehlt. Aber heutzutage? Mittlerweile gingen Tilly viel zu viele andere Dinge durch den Kopf.

»Du wirst viel zu beschäftigt sein, um uns zum Flughafen zu fahren, Sari«, stellte sie mit müder Stimme fest. »Und falls James noch einmal anruft, ignorier ihn einfach, ja?« *Genau wie ich meine Erinnerungen an Sebastian ignoriere.* Doch noch während sie dies dachte, tauchte ihre erste große Liebe vor ihrem geistigen Auge auf.

»Ich ha … be … den Kerl … gegoogelt.« Sari keuchte, als sie noch schneller laufen musste. »Und ich kann dir sagen, er hat … Geld … wie Heu.«

Sie erzählte weiter, dass James Nealy der Erfinder eines supertollen interaktiven Computerspiels mit mehreren Millionen Teilnehmern, unter anderem ihren beiden Söhnen, war, bei dem es um die Anhäufung von Reichtümern und die Erlangung der Weltherrschaft ging. Und vor allem hatte er mit diesem Spiel genug verdient, um nach dem Verkauf seines Softwareunternehmens in Chicago schon mit fünfundvierzig hier in ihrer Gegend in Pension zu gehen.

Sari schlug nach einer Mücke, die auf ihrem Arm gelandet war. »Du musst auch mal etwas Neues wagen, Tils, wenn du dir irgendwelche reichen und noch freien Kunden angeln willst.«

Tils. Eine sprachliche Bequemlichkeit, die einen bereits abgekürzten Namen noch weiter vernuschelte. Unwillkürlich schüttelte sich Tilly imaginäre Haarsträhnen aus der Stirn, die sie doch erst vor ein paar Wochen mit der Küchenschere abgesäbelt hatte. Dabei hatte sie das Gefühl, als knirsche es in ihrem Schädel. Setzte ihr Gehirn in der feuchten Hitze etwa Rost an? Sie schüttelte erneut den Kopf, und wieder knirschte es. Ein erschreckend deprimierendes Geräusch, wenn es wirklich ihren grauen Zellen entsprang.

»Du hast einfach keinerlei Visionen«, hielt Sari ihr vor.

»Da hast du völlig recht.« Weshalb hätte Tilly ihrer Angestellten widersprechen sollen? Sie hatte kein Interesse an Visionen. Ihr ging es allein darum, dass sie mit ihrem Sohn über die Runden kam. Was das Überleben ihres Unternehmens anging, hatten die Geschworenen noch nicht entschieden. Sie hatte das Projekt nach dem Tod ihres Mannes ziemlich spontan und planlos zur Bewältigung ihrer Trauer gestartet, und wie schon so häufig quälte sie auch jetzt die

Fantasie, dass die Firma pleiteging und sie und Isaac zurück nach England fliehen mussten. Nur, dass Isaac dort bestimmt nicht glücklich wäre, weswegen ihr Wunschtraum sein Alptraum war. Nein, Piedmont Perennials musste überleben, und deswegen war sie auf die Hilfe ihrer Angestellten angewiesen, die ihr schon seit Jahren furchtbar auf die Nerven ging.

»Also bitte, Schätzchen. Sieh dich doch mal um.« Sari ruderte mit den Armen wie eine übergewichtige Schwimmerin in einem Gummiring. »Du hast zwei Hektar Gartenparadies an einem Ort erschaffen, an dem vorher nur Urwald war. Du bist die geborene Landschaftsgärtnerin.«

Wie um alles in der Welt war es der Frau gelungen, sich in Tillys Leben einzuschleichen? Mit ihren dreifarbigen Cookies? Doch sie hatte Tilly schon mit ihren nasal gesprochenen Vokalen und den halbverschluckten Rs, die unüberhörbar auf »Brooklyn« verwiesen, in den Bann gezogen, noch bevor sie verkündet hatte, dass sie in Sheepshead Bay, nur zwei Straßen von Davids Elternhaus entfernt, aufgewachsen war und immer noch die dreifarbigen Cookies aus der Bäckerei in Davids altem Viertel kaufte. Diese Zartbitterschokolade-Mandel-Himbeer-Leckereien zergingen einem auf der Zunge, und sie hatte einen kleinen Vorrat dieser Schätze eingefroren und versprochen, sie schwesterlich mit ihr zu teilen. Doch als sie die Cookies endlich einmal mitgebracht hatte, waren sie schon hart und vertrocknet gewesen.

Der Helmspecht hämmerte an einem Baum und flatterte davon. Seinetwegen hatte Tilly die oben abgebrochene Pinie, die – wie Sari ein ums andere Mal betonte – viel zu dicht neben dem Gastank stand, noch immer nicht gefällt. Sari wusste einfach immer alles besser. Deshalb würde sie mit dem Geschäft auch sicher ein paar Wochen lang allein zurechtkommen.

»Dich hat mir der liebe Gott geschickt.« *Was bis zu dem Debakel mit James durchaus gestimmt hatte.* »Wenn du damals nicht meinen Truck beladen und damit so lange die Geschäfte abgeklappert hättest, bis der letzte Busch verkauft war, hätte ich die Pflanzen wahrscheinlich der Heilsarmee geschenkt.« *Was ebenfalls der Wahrheit entsprach.* »Aber du willst immer genau wissen, was als Nächstes kommt, während ich einfach zufrieden bin, wenn der Laden halbwegs läuft. Der Umgang mit den Großkunden ist einfach. Sie wollen ganz bestimmte Sachen zu einem bestimmten Datum, und die liefern wir dann pünktlich aus. Aber ein Designer, der sich einen neuen Garten wünscht?« Tilly erschauderte. »Ich wäre den ganzen Tag mit ihm zusammen, müsste nett und freundlich sein, und das wäre eindeutig zu viel für mich.«

Sari räusperte sich leise, und gemeinsam setzten sie den Weg zum Gewächshaus fort.

Sei nett zu Sari, Tilly. Oder tu wenigstens so. »Hör zu. Der Laden läuft, weshalb sollte ich also etwas riskieren? Man sollte das genießen, was man hat, denn bevor man sich's versieht, kann es vorüber sein. Du fährst an einem schönen Nachmittag auf der Schnellstraße zur Schule und willst deinen Sohn abholen, und plötzlich fährt dein Mann lachend in seinem MGB an dir vorbei ...«, Tilly stockte, als sie von ihrer kostbarsten Erinnerung der letzten Jahre sprach, »... und wirft dir eine Kusshand zu, bevor er weiterrast. Und zwölf Stunden später siehst du ihm im Krankenhaus beim Sterben zu. Denn er leidet an einer hypertrophen Kardiomyopathie, einer genetisch bedingten Herzkrankheit, von der in seiner Familie niemand je zuvor etwas gehört hatte.«

Du hast ihn sterben lassen und ihm nicht nur dabei zugesehen.

Tilly schlug sich mit der Faust gegen die Stirn, und im selben Augenblick wurde es vollkommen still im Wald.

Mittlerweile waren sie vor dem Gewächshaus angekommen, das direkt neben dem Studio, Davids Heiligtum und zugleich sein Arbeitszimmer, angesiedelt war. Der schwere, süße Duft des wilden Geißblatts wirkte auf Tilly wie ein Zuckerschub, auch wenn sich ihr Magen gleichzeitig zusammenkrampfte. Hier an diesem Ort müsste Davids Gegenwart zu spüren sein. Irgendwie wachte er sicher auch heute noch über sie, und sie müsste sich nur umdrehen, um seinen Geist so mühelos zu fangen wie ihr Sohn die Glühwürmchen im Hof. Aber trotz des Unsinns, den sie Isaac glauben ließ, war sein Vater nicht mehr da. Denn der Tod führte ins Nichts.

Zwischen den Bäumen zankten sich zwei Truthahngeier um die Eingeweide eines auf der Straße nach Creeping Cedars überfahrenen Igels. Zumindest in der Natur hatte der Tod noch einen Sinn. Im Rahmen eines kosmischen Recyclings dienten überfahrene Tiere als Festmahlzeit, gefallene Blätter boten Nahrung für das nachwachsende Grün, und in verrottenden Stämmen siedelten sich Käferkolonien an. Tilly starrte auf die riesengroße Eiche, die nur noch an einer Seite Äste trug. Der Baumchirurg, der sie behandelt hatte, hatte düster prophezeit, der Baum liege im Sterben, doch noch immer klammerte sich eine wunderbare Goldtrompete an ihm fest, und Tilly ließe niemals zu, dass dieser prächtige Ausdruck von Lebensfülle einer Axt zum Opfer fiel. In ihrer Obhut war die Eiche sicher, denn sie konnte mindestens so stur sein, wie David es gewesen war.

Tilly lächelte, als sie ihr Schild »*Lasst mich in Ruhe, ich bin bei der Arbeit*« sah, das über dem Gewächshauseingang hing. Normalerweise tauchte sie, sobald sie durch die Tür trat, in die wunderbare Ruhe dieses Ortes ein. Weil sie hinter dem matten Kunststoff, der nur das Licht hereinließ, das Gefühl hatte, als wäre sie alleine auf der Welt. Heute aber folgte Sari ihr und füllte Tillys Zufluchtsort mit jenem pudrigen Geruch, der einen auch in der Kosmetikabteilung eines Kaufhauses umfing.

Tilly umklammerte den Rand des Pflanzbeckens und atmete nur noch durch den Mund.

»Himmel.« Sari rang erstickt nach Luft. »Wenn ich hier was zu sagen hätte, wäre das blöde Plastik längst durch Glas ersetzt. Damit es hier drin etwas luftiger ist. Man fühlt sich ja sonst wie in einem Dampfkochtopf.«

Tilly malte mit den Zehen einen Engel in den erdigen Boden. *Bitte, lieber Gott, beschütze meine Gärtnerei vor dieser Frau.* Sari mochte die Arbeit im Gewächshaus vielleicht nicht übermäßig gerne tun, aber trotzdem müsste sie hier drin in den kommenden sechs Wochen täglich nach dem Rechten sehen. Tilly betrachtete ihr Kunstwerk und musste lächeln.

»Was ist?«, erkundigte sich Sari. »Findest du es vielleicht witzig, dass mir hier drin unheimlich ist?«

»Natürlich nicht.« Sie blickte wieder auf. »Obwohl ich mir nur schwer vorstellen kann, dass du jemals Angst vor irgendetwas hast.«

»Glaubst du nicht, dass jeder irgendwelche Ängste hat?«

Tilly griff nach einem Bündel weißer Plastikpflanzenschilder, legte sie dann aber wieder auf den Tisch zurück. »Also gut. Weswegen hast du solche Angst vor Wasser?«

»Weil ich als Kind mal fast ertrunken wäre, hätte sich nicht ein Fremder ins Meer gestürzt, während mein Dad am Strand gestanden und gebrüllt hat, dass ich mit den Beinen strampeln soll. Und das Einzige, was er danach gesagt hat, war: ›Warum hast du nicht auf mich gehört?‹ Das war ein ziemlich starkes Stück, denn schließlich konnte dieser Schweinehund selbst auch nicht schwimmen.«

Tilly hätte ihren eigenen Dad niemals als Schweinehund bezeichnet. Aber schließlich hatte er sie auch im eisigen Wasser vor der Küste Cornwalls immer festgehalten, bis sie eine halbwegs gute Schwimmerin gewesen war. Es vergingen manchmal Wochen, ohne dass sie an ihn dachte, doch sie spürte immer noch das Loch, das sein Tod in ihrem Leben gerissen hatte. Im gleichen Augenblick ging ihr James Nealys Satz über die Kindheit durch den Kopf.

»Ich werde ein paar Kostenvoranschläge zu Bewässerungssystemen einholen, während ihr in England glückliche Familie spielt«, erbot sich Sari. »Ich meine, also bitte. Die manuelle Bewässerung ist schließlich alles andere als kosteneffizient!«

Tilly seufzte. Sari hatte den Moment zerstört.

»Darüber haben wir doch schon gesprochen, Sari. Die Stromrechnung würde ein Riesenloch in meine Gewinne reißen.«

»Und was ist mit deiner Zeit? Ist es etwa besser, fünf Stunden am Tag herumzustehen und zuzugucken, wie das Wasser aus dem Schlauch auf deine Pflanzen fließt, als die Zeit damit zu verbringen, Pflanzen einzutopfen, die du dann verkaufen kannst?«

»Bewässerungssysteme können ausfallen, und das Schlimmste, was bei einem Schlauch passieren kann, ist, dass er leckt. Und vor allem, wenn ich spüre, wie das Wasser fließt, weiß ich, dass der Job erledigt ist.«

»Meine Güte, Tils. Jetzt werd mal locker. Willst du dir etwa dein Leben lang Sorgen über Dinge machen, die wahrscheinlich nie passieren?«

Wären sie beide Freundinnen gewesen, hätte Tilly ihre Angestellte darauf aufmerksam gemacht, wie dämlich dieser Satz gewesen war. Denn schließlich war das Schlimmste, was ihr je hatte passieren können, längst geschehen. Worüber musste sich ein Mensch danach noch Sorgen machen? Zischend sprang die Berieselungsanlage an und hüllte die frisch angewachsenen Stecklinge in einen feinen Wassernebel ein. Auch der Ventilator setzte sich mit einem leisen Surren in Bewegung, und ein heißer Luftschwall schlug Tilly entgegen.

»Deshalb musst du das Gewächshaus täglich kontrollieren.« Sie zeigte auf den Ventilator und zog mit dem Zeigefinger eine diagonale Linie durch die Luft. »Sieht du, wie der Ventilator den Wassernebel von dieser Saatkiste wegtreibt? Die Stecklinge werden vertrocknen, wenn du nicht darauf achtest, dass die Erde regelmäßig Feuchtigkeit bekommt.«

»Verstehe. War's das?«

»Nein. Siehst du den Sprühkopf hier?« Tilly pikste eine stotternde Düse an, und lauwarmes Wasser tröpfelte auf ihren Arm. »Der ist oft verstopft. Und dann sterben *diese* Setzlinge.«

»Okay. Setzlinge können sterben, alles klar. Aber jetzt muss ich hier raus. Wir sehen uns dann am Haus.« Sari riss die Tür auf, und im selben Augenblick schoss ein heller Van, wahrscheinlich der von FedEx, an ihnen vorbei. Nun, zumindest konnte sie Päckchen entgegennehmen, ohne dass irgendwelche Pflanzen dabei zu Schaden kamen.

Verflixt. Tilly stupste den Sprühkopf noch mal an. Wenn sie Sari ihren Laden überließ, steuerte sie garantiert auf eine Katastrophe zu. Aber wenn es mit Piedmont Perennials den Bach hinunterginge, sollte es vielleicht so sein. Dann müssten sie und Isaac in England bleiben. Aber vielleicht nicht in Bramwell Chase, nachdem Sebastian beschlossen hatte, heimzukehren. Geistesabwesend kniff sich Tilly in die linke Brust. Was er wohl vorhatte? Er hatte nie in Bramwell Chase gelebt. Sebastian kam aus Yorkshire, war aber berufsbedingt nach Hongkong umgezogen, und wie seine Mutter ihr in ihrem letzten Brief geschrieben hatte, hatte er sich dort sehr wohl gefühlt.

Mit vierzehn hatte er für sie die Welt bedeutet, und obwohl es knapp fünf Jahre später aus gewesen war und die beiden Versöhnungen und ein dritter Versuch kurz, bevor sie David kennengelernt hatte, fehlgeschlagen waren, hatte sie ihn stets als verflossene Jugendliebe betrachtet.

Als ihr Dad gestorben war, hatte sie darauf bestanden, dass David die gutbezahlten Vorlesungen, die er zu jener Zeit in Montreal gehalten hatte, fortsetzte, und war alleine heimgekehrt. (Hätte er sich je für die Finanzen der Familie interessiert, wäre ihm bewusst gewesen, dass sie es sich ganz einfach nicht hätten leisten können, dass er seine Arbeit sausen ließ.) Fest entschlossen, die Dinge zu Hause in die Hand zu nehmen, war sie dort auf der Bildfläche erschienen, doch die grenzenlose Trauer ihrer Familie hatte sie beinahe erdrückt. Bis Sebastian auf der Bildfläche erschienen war, sich um die praktischen Belange, die mit einem Todesfall einhergingen, gekümmert hatte, und sie ihre ganze Kraft darauf verwenden konnte, für ihre Mutter und ihre Schwestern da zu sein. Das hatte die Freundschaft zwischen ihnen beiden endgültig besiegelt. Hatte sie gedacht …

Es gab zahlreiche Entschuldigungen dafür, dass er sich in den darauffolgenden Jahren nie bei ihr gemeldet hatte. Er hatte geheiratet, war Vater geworden, war nach Hongkong umgezogen, und dort hatte sein zweites Kind das Licht der Welt erblickt. Aber dann war ihre Welt untergegangen. David war gestorben, sie wäre vor Trauer fast verrückt geworden, und Sebastian hatte ihr mit einer vorgedruckten Karte auch im Namen der Familie sein Beileid ausgedrückt. Und das würde ihm Tilly – wütend warf sie die Gewächshaustür hinter sich zu – bis an ihr Lebensende nicht verzeihen.

Sie hörte das Aufprallen eines Basketballs auf dem Beton und gutgelauntes Männerlachen. *Nein. Auf keinen Fall.* Sie ging um die riesengroße Bluteiche und stöhnte auf, als sie zwischen Saris mit zahlreichen Aufklebern verunziertem Passat und dem unordentlich geschichteten Brennholzstapel ein blitzblankes Cabrio stehen sah. Jetzt hatte sie endgültig die Nase voll. Sie hatte noch tausend Dinge zu erledigen, von denen sie die Hälfte einzig deshalb schon wieder vergessen hatte, weil ein wohlhabender Privatier ihrem Sohn Nachhilfeunterricht im Körbewerfen gab, ihrer einzigen Angestellten die Verlegenheitsröte eines Teenies in die Wangen trieb und sie selbst einfach nicht in Ruhe ließ.

Tilly blieb am Rand der Einfahrt stehen und stemmte die Hände in die Hüften. Wenn auch vielleicht nicht mehr ihrem Namen nach, so war sie doch in ihrem tiefsten Inneren noch immer eine Haddington. *Und deshalb war es für sie un-*

entschuldbar, einem anderen Menschen gegenüber unhöflich zu sein. Allerdings zeigte James Nealy ihr in dieser Hinsicht langsam, aber sicher ihre Grenzen auf.

Seit dem Telefongespräch mit ihrer Mutter hatte sie auf keinen seiner Anrufe mehr reagiert. Sie hatte gedacht, bis zu ihrem Abflug nach England hätte sich sein Interesse gelegt. Weil kein Mensch derart beharrlich war. Kein Mensch, anscheinend außer James.

Sie kochte innerlich vor Wut, fragte ihn aber in leichtem, fast jovialem Ton: »Wir oft muss ich Ihnen noch sagen, dass ich Ihnen nicht helfen kann?«

»Ich liebe Wiederholungen.« Als er grinste, blitzten zwei Reihen kerzengerader, strahlend weißer Zähne zwischen seinen Lippen auf. Dachte er vielleicht, er könnte sie mit seinem Charme bezwingen? Aber da hatte der arrogante Fatzke sich geschnitten, denn sie konnte garantiert noch sturer sein als er.

»Ich muss langsam los.« Sari ging auf ihren Wagen zu. »War wirklich nett, Sie kennenzulernen, James.«

»Wollen Sie mir vielleicht erzählen, was Sie hier machen?« Tilly sah ihn fragend an. Sie könnte es problemlos mit ihm aufnehmen.

»Wollen Sie mir vielleicht erzählen, warum Sie mich bisher noch nicht zurückgerufen haben?«

Tilly schob die Daumen unter ihren Gürtel und setzte ein herausforderndes Lächeln auf. Doch als Saris Passat mit quietschenden Reifen Richtung Straße schoss, erhaschte sie einen Blick auf ihren Sohn, und ihr Kampfgeist verflog. Der arme kleine Schatz. Vor lauter Furcht vor einem Streit hatte er hektische rote Flecken im Gesicht.

»Ich habe das Gefühl, als wäre immer ich diejenige, die

sich entschuldigt«, fing sie an. Was ja wohl völlig dämlich war, denn schließlich stellte nicht sie James, sondern James ihr seit Tagen nach. »Aber es tut mir leid. Wie Ihnen Isaac ja bereits am Telefon erzählt hat, muss ich wegen eines Notfalls in der Familie nach England. Und bevor wir morgen fliegen, habe ich noch ziemlich viel zu tun.«

Es gab einen Unterschied zwischen Beharrlichkeit, die sie bewunderte, und Dreistigkeit, die sie entsetzlich fand. Wenn man sie zu sehr bedrängte, machte sie die Schotten dicht. Das war schon immer ihre Strategie gewesen. Und obwohl sie kurz geschwankt hatte, weil James derart entzückt von ihrem Garten war, hatten sie die Tatsache, dass sie sich erst einmal um ihre Mutter kümmern musste, und seine unzähligen Telefonanrufe, die stets mit dem Satz »Vielleicht haben Sie ja meine letzte Nachricht nicht erhalten« begonnen hatten, abermals in ihrem Entschluss bestärkt, sein Ansinnen zurückzuweisen.

Und warum zum Teufel hatte er bei über dreißig Grad ein langärmliges schwarzes T-Shirt an? Vielleicht saß er ja lieber in klimatisierten Räumen als draußen in der Natur. Er hatte also keinerlei Gemeinsamkeit mit ihr.

James kreuzte immer wieder die Finger seiner linken Hand. »Ich glaube, das Eis der Maple View Farm ist in ganz Amerika berühmt. Und da es von hier nur zwei Minuten bis zu deren Eisdiele sind, hatte ich gehofft, dass Sie und Isaac mich vielleicht dorthin begleiten würden, wenn ich Ihnen verspreche, dass Sie spätestens in einer halben Stunde wieder zu Hause sind.«

»Können wir Eis essen gehen? Mit Schlagsahne und bunten Streuseln? Bitte, bitte, Mom.« Isaac sah mit seinem breiten Grinsen beinahe aus wie Joker, der Erzfeind von Batman.

»In diesem Aufzug kann ich mich wohl kaum irgendwo blicken lassen.« Tilly wischte ein Spinnweb von ihrem Oberteil.

»Sie sehen wunderschön aus«, sagte James in einem Ton, als verkünde er eine historisch verbürgte Tatsache. Okay, das nahm sie für ihn ein. Nicht wegen des netten Kompliments – auch wenn Tilly für Nettigkeiten so empfänglich war wie jede andere Frau –, sondern weil er, wenn er sie nicht hübsch fände, sicher rundheraus erklärt hätte: »Sie haben recht, Sie sehen entsetzlich aus.« Und auf vollkommene Ehrlichkeit hatten die Haddingtons schon immer großen Wert gelegt.

»Sollen wir meinen Wagen nehmen?«, fragte James den Jungen, und der platzte fast vor Begeisterung.

Der Wald engte sie häufig ein, doch vor der Eisdiele konnte sie endlich wieder einmal entspannt durchschnaufen. Als Tilly vor dreizehn Jahren zum ersten Mal an dieser Farm vorbeigefahren war, hatte ihr Herzschlag beim Muhen und dem Geruch der Kühe, aber auch als sie einen Fuchs sah, der über ein frischgepflügtes Feld schlich, vor lauter Freude ausgesetzt. Das offene grüne Land sah dem in Bramwell Chase einfach verblüffend ähnlich.

Die Szenerie hatte sich in dreizehn Jahren nicht verändert, und das war perfekt. Monotonie war Tillys Lebenselixier. Vielleicht tat die Gärtnerei ihr deswegen so gut. Sie liebte die Verlässlichkeit der Jahreszeitenwechsel, die Gewissheit, dass die Blüten an den Judasbäumen vom Herannahen des Frühlings kündeten, dass die Wandelröschen ihre ungekrönten Sommer-Schönheitsköniginnen waren, dass die Mädchenaugen jedes Jahr an Halloween den Garten in ein buntes Meer verwandelten. Und trotzdem – sie rutschte ein wenig hin und her und spürte an ihren schweißbedeckten Oberschenkeln das Kratzen ihrer abgeschnittenen Jeans – ging es beim Gärtnern wie im Leben auch oder vor allem um all das, was unerwartet kam.

Sie beäugte ihren Sitznachbarn, dessen Eiswaffel in der dicken Hülle aus Papierservietten wie eine Mumie aussah. Nachdem Isaac losgelaufen war, um über die Heuballen zu klettern, leckte James die beiden Kugeln Walnusseis mit der ihm eigenen Konzentration zu einem glatten, nicht tropfenden Rund zurecht.

Wie war sie hier gelandet? Weshalb in aller Welt saß sie in einem Schaukelstuhl neben einem Mann, dem sie bisher nach Kräften aus dem Weg gegangen war? Einem Fremden, der völlig in den Genuss seiner Eiswaffel versunken war, dessen Finger aber wie zum Zeichen dafür, dass sich irgendwas in seinem Inneren nicht kontrollieren ließ, ständig in Bewegung waren.

Jetzt stand er auf, schob den Mülleimerdeckel mit dem Ellbogen auf und warf die Waffeltüte unverzehrt hinein.

»Warum haben Sie so lange überlegt, welche Waffel Sie nehmen sollen, wenn Sie sie gar nicht essen?« Tilly knabberte sich durch das Ende ihrer Zuckerwaffel und saugte geschmolzenes Eis mit Schokostückchen durch das Loch.

»Es geht im Leben immer um Details, Tilly.«

Wenn sie miteinander sprachen, vergaß sie, dass sie keine Freunde waren. »Mögen Sie keine Waffeln?«

»Keine, die den ganzen Tag offen irgendwo herumgestanden haben.«

»Sie haben doch nicht etwa Angst, sich eine tödliche Krankheit einzufangen?«

»Doch, vielleicht.« Hinter seiner Spiegelsonnenbrille waren die Augen nicht zu sehen, aber ihr kam es so vor, als starre er sie reglos an. Das wieder einsetzende Schweigen schnürte ihr die Kehle zu, denn es war das Schweigen zwischen Fremden, die keine gemeinsame Geschichte und keinerlei Verständnis füreinander hatten. »Ich muss kurz rein und mir die Hände waschen«, sagte James und verschwand.

Eine Schlammwespe summte unter dem Verandadach, und plötzlich überfiel Tilly eine so lebendige Erinnerung, dass sie hörbar Luft holte. Sie hätte schwören können, dass sie Sebastians Kichern hörte, das immer so klang, als würde Mineralwasser aus einer Flasche sprühen, die man vorher geschüttelt hatte. In ihrem Gehirn herrschte anscheinend vollkommenes Chaos, wenn sie beim Anblick einer Wespe an den lachenden Sebastian dachte. Denn er hatte eine Heidenangst vor Wespen. Die hatte er immer schon gehabt und würde sie bis an sein Lebensende nicht mehr los, weil er sie sich nicht eingestand. Tilly atmete tief durch und wäre ums Haar an dem sirupartigen Hitzeschwall, der dabei in ihre Lunge drang, erstickt. Sebastian hatte nicht verdient, dass Tilly an ihn dachte. Und sie würde es nicht zulassen, dass er sich einfach in ihre Gedanken stahl.

Sie winkte Isaac, der mit zwei kleineren Jungen spielte. Dank des Charismas, das er von seinem Vater geerbt hatte, und des ausnehmend geschickten Umgangs mit anderen, der auch schon seinem Großvater eigen gewesen war, freundete sich ihr Sohn mühelos mit anderen Kindern an. Sie selber war als Kind nie so offen und vertrauensvoll auf andere zugegangen. Doch auf wundersame Weise hatte sich ihre Schüchternheit nach dem Tod von David schlagartig gelegt.

Die Ladentür ging wieder auf, und James kehrte zu ihr zurück. Er schüttelte sich das Haar aus der Stirn und sah sie lächelnd an. Automatisch grinste sie zurück. Denn sein freundlicher Blick ließ ihr einfach keine andere Wahl.

Ihr wunderbares Lächeln nahm ihm die Angst.

»Ich finde es unglaublich nobel …«, sagte er, als er sich wieder auf den Stuhl ihr gegenüber sinken ließ, »… dass Sie extra nach England fliegen, um dort Ihre Mutter zu versorgen.« Er zog an einem losen Faden am Saum seines T-Shirts.

»Meine Mutter kann durchaus allein für sich sorgen.« Tilly biss ein Stückchen von ihrer Waffel ab. »Ich gehe ihr nur ein bisschen dabei zur Hand.«

James erstarrte. Denn mit diesen Sätzen machte sie sich ganz eindeutig selber Mut. Er hoffte für sie, dass es so sein würde, wie sie sagte, und urplötzlich wünschte er sich, dass sie ihm von ihren Hoffnungen und ihren Ängsten, ihrer Familiengeschichte und all diesen Dingen erzählen würde.

»Haben Sie Geschwister?«, fragte er.

»Zwei Schwestern, Zwillinge. Acht Jahre jünger als ich. Sie waren Frühgeburten, deshalb hatte ich die Wahl, sie entweder zu bemuttern oder außen vor zu bleiben, bis sie größer sind. Und dann starb mein Vater und …« Tilly reckte den Kopf, bis Isaac wieder in ihrem Blickfeld war. »Langweiliger Familienkram.«

Bereits die paar Worte machten deutlich, weshalb sie gelegentlich so herrisch war und jetzt aus Pflichtgefühl zurück nach England flog. Endlich konnte er die Frau in einen Kontext stellen. »Sie sind also so etwas wie der Kitt, der die Familie zusammenhält.«

»So kann man vielleicht sagen.« Ihre Zustimmung erfüllte ihn mit freudigen Triumph, wie ein Kind, das von seiner Lehrerin gelobt wurde. Wann hatte sich zum letzten Mal jemand aufgrund seiner Worte gut gefühlt? Und wann hatte er jemand zum letzten Mal lange genug zugehört, um das überhaupt zu wollen?

Trotzdem sah sie traurig aus, und er kam sich vor wie ein Versager.

»Früher standen wir uns näher.« Tilly knabberte an einem Fingernagel, und er kämpfte tapfer gegen den aufwallenden Ekel an. »Aber irgendwann war ich diejenige, die auf Distanz gegangen ist. Nach dem Tod meines Mannes habe ich erst mal dichtgemacht. Die Tilly, die Sie heute sehen, ist weniger offen und vor allem viel unfreundlicher als die Tilly, die ich einmal war.«

Verdammt, damit hätte er nie gerechnet. »Ich dachte, Sie sind geschieden.«

»Schön wär's. Gott, nein, so habe ich das nicht gemeint. Sie sind doch wohl nicht geschieden, oder?«

»Nein. Ich war nie verheiratet.« Diesen einen Fehler hatte er glücklicherweise nie gemacht. Aber Tilly, eine Witwe? War er inzwischen derart mit sich selbst beschäftigt, dass er sogar für die Trauer anderer blind geworden war? Dabei kannte er dieses Gefühl selbst nur zu gut.

»Seit wann sind Sie verwitwet?« Er versuchte, Blickkontakt zu Tilly herzustellen, aber sie betrachtete konzentriert ihren nächsten Fingernagel. An dem würde sie doch wohl nicht auch noch kauen? Sah sie den kleinen Dreckfleck in Höhe der Nagelhaut etwa nicht? Panik wogte in ihm auf und vergiftete seine Gedanken. Unruhig rutschte er auf dem Stuhl herum und zählte lautlos die sechs Kühe auf dem Feld nebenan.

»Seit drei Jahren.«

»Tut mir leid.«

»Das braucht es nicht. Denn auch wenn es für mich war, als hätte mir jemand den Boden unter den Füßen weggezogen, habe ich zwei Leidenschaften – Mutterschaft und Gartenarbeit –, denen ich nach Lust und Laune nachgehen kann.« Ihre Stimme hatte einen unnatürlich hellen Klang. »Hey, wer braucht schon ein Beruhigungsmittel, wenn er stattdessen mit beiden Händen in der Erde wühlen kann?«

Gott Allmächtiger, wie konnte sie so etwas sagen? James zuckte zusammen und fuhr sich mit der Hand nervös durchs Haar. Die Kette, die seinen Schaukelstuhl mit den anderen verband, klirrte, und Tilly sah ihn mit großen Augen fragend an. Er sollte ihr den Grund für seine plötzliche Aufregung erklären, doch sein Mund war auf einmal ganz trocken, und er brachte keinen Ton heraus. Im Geiste hörte er die Stimme seines Vaters, der mit irischem Akzent und mit vom Jack Daniel's schwerer Stimme zu ihm sagte: *Himmel, James, was bist du doch für ein Idiot.* Deshalb hielt er sich von Frauen fern und hatte dem Verlangen abgeschworen. Auch wenn das manchmal alles andere als einfach war.

Isaac winkte ihm, und er versuchte, auf direktem Weg zu ihm hinüberzugehen, konnte dem Impuls aber nur während der ersten Meter widerstehen: Er musste exakt auf jeden zweiten Löwenzahn treten, sonst würde er dem Krebs erliegen, der sich aus der Erde auf ihn übertrug.

Tilly sah ihm hinterher, das spürte er genau. *Tu es nicht. Sonst hält sie dich wahrscheinlich für verrückt.* Aber er konnte die Krankheit und den Tod, die in der Erde lauerten, genau riechen. Und deshalb war es ihm egal, dass er in einem verrückten Zickzackmuster lief, wie ein Kind, das sich spielerisch verbot, auf die Spalte zwischen den Pflastersteinen auf dem Bürgersteig zu treten.

Endlich nahm die Panik wieder ab. Es war, als hätte er bei einem eingerosteten Getriebe den ersten Gang eingelegt und würde nun knirschend anfahren. Sein Puls schlug wieder fast normal, doch sein Versagen machte ihm schwer zu schaffen. Wieder einmal war er einem Zwang erlegen.

Und was war mit Tilly? Er sah über die Schulter dorthin, wo sie saß. War sie schockiert, verlegen, panisch, weil sie in Gesellschaft eines Verrückten hierhergekommen war?

Hatte sie etwas verpasst? Bis vor wenigen Sekunden hatte er mit ihr geredet, und dann war er plötzlich aufgesprungen und bahnte sich nun schwankend wie ein Kind bei einem Hüpfspiel den Weg über den Hof. Noch seltsamer als seine Art zu gehen war allerdings der Blick, mit dem er sie kurz bedachte, ehe er ihn hastig wieder vor sich auf die Erde richtete.

Verlegen. Er war eindeutig verlegen, und am liebsten wäre sie ihm hinterhergerannt und hätte ihn umarmt. Was jedoch vielleicht ein bisschen peinlich für sie beide wäre, deshalb ließe sie es besser sein. Trotzdem war es traurig, dass er ihr so wenig zu vertrauen schien. Denn vielleicht hatten die letzten anstrengenden Jahre ein wenig an ihrer Menschenfreundlichkeit gezehrt, aber bevor sie anfinge, Vorurteile zu hegen, würde ihr hoffentlich jemand kräftig die Leviten lesen.

Was hatte er am Telefon gesagt, als sie ihn auf seine unablässigen Entschuldigungen angesprochen hatte? Das sei eine seiner »lästigeren Angewohnheiten«. Also gab es da wohl noch andere. Gehörte diese Art zu gehen vielleicht dazu?

War das vielleicht ein Tick wie das Zucken seiner Hände? Vielleicht hatte er ja irgendeine Muskelkrankheit. Doch egal, woran es lag, sie stand fasziniert von ihrem Schaukelstuhl auf und ging ihm leise hinterher.

»Hey, James.« Isaac stürzte auf ihn zu. »Warum gehst du so komisch?«

Gute Frage, Glückskäfer. Die Antwort interessiert mich auch. Tilly machte halt und kratzte demonstrativ an einem unsichtbaren Mückenstich herum.

»Das ist einfach eine blöde Angewohnheit, die ich nicht ablegen kann«, antwortete James. »Verstehst du das?«

Bingo.

»Klar. Das sagt mein bester Kumpel auch immer, wenn er Ärger in der Schule kriegt.«

»Und weshalb kriegt er Ärger?«

»Weil er immer herumhüpft. Das tut seiner sensorischen Integration gut. Wenn er zapplig wird und dann hüpft, ist er nicht mehr so kribbelig.« Tilly musste lächeln, als Isaac seinen Schulfreund nachmachte. »Bist du auch weniger kribbelig, wenn du so komisch gehst?«

»Für eine kleine Weile. Aber danach wird's noch schlimmer. Dann werde ich noch kribbeliger, als ich vorher war.«

Faszinierend. Kribbelig klang weniger nach einer Muskelstörung als nach einem psychischen Problem. Dann hatte er also eine Störung wie die mangelnde sensorische Integration von Isaacs Freund und benahm sich deshalb manchmal so, als wäre er plemplem. In ihren Armbeugen hatte sich Schweiß gesammelt, doch sie wagte es nicht, sich zu rühren, und stand weiter stocksteif hinter James.

»Aber warum lässt du es nicht einfach sein, wenn du dich danach schlechter fühlst?«, fragte Isaac.

Noch vor James' Antwort wusste Tilly, *dass ihm gar nichts anderes übrigblieb.* Oh, sie kannte das Gefühl, Dinge tun zu müssen, die man gar nicht wollte, und in einem Leben eingesperrt zu sein, das man sich so niemals erträumt hatte. Sie führte das Leben einer Witwe, obwohl sie sich auch drei Jahre nach Davids Tod immer noch ganz wie eine Ehefrau fühlte.

James zog zwei zusammengefaltete Stofftücher aus der Tasche, deckte eine Hand doppelt damit ab und pflückte einen Löwenzahn. »Das tue ich, weil ich auf jede zweite gelbe Blüte treten muss.«

»Und warum?«

»Das befiehlt mir mein Gehirn.« James streckte Isaac die Blume hin.

»Kannst du deinem Hirn nicht sagen, dass du das nicht willst?« Isaac kaute nachdenklich an seiner Backe, so, wie er es immer tat, wenn er über seinen Mathe-Hausaufgaben saß.

James warf zweimal sein Haar zurück und lachte. Sicher fänden viele Frauen ihn attraktiv. Rowena würde ihn bestimmt als tollen Hecht bezeichnen. Wegen seines kilometerbreiten Grinsens, seines dunklen, warmen Lachens, der leuchtenden Augen und seiner Art zu sprechen – so vorsichtig, als dächte er eingehend über jedes seiner Worte nach. Oder vielleicht auch, als hätte er schon viel erlebt.

»Kriegst du manchmal Schluckauf?«, fragte James.

Isaac verdrehte die Augen. »Immerzu. Vor allem, wenn ich Babykarotten esse. Obwohl die echt lecker sind.«

»Das sind sie auf jeden Fall. Babykarotten sind mein Lieblings-Snack. Ich kriege davon glücklicherweise keinen Schluckauf, weil meine Form von Schluckauf wirklich grässlich ist. Auch wenn ihn niemand hören kann. Niemand außer mir.« Er machte eine Pause, und der Junge nickte weise mit dem Kopf. Bisher hatte James sich so verhalten, als wüsste er nicht, dass auch Tilly in der Nähe war, doch sie spürte genau, dass er nicht nur zu Isaac sprach. »Weißt du, ich habe diesen Schluckauf im Kopf. Der mich pausenlos immer wieder dasselbe denken lässt. Stell dir vor, du hättest die Idee, auf einen Löwenzahn zu treten. Dann würdest du das tun und dann rüber zu den Heuballen laufen, um dort herumzutollen. Dann wäre der Gedanke, auf den Löwenzahn zu treten, nicht mehr da. Aber wenn ich eine Idee habe, geht sie mir immer wieder durch den Kopf – *tritt auf den Löwenzahn, tritt auf den Löwenzahn*«, wies sich James mit donnernder Theaterstimme an, und Isaac kicherte vergnügt. »Es gibt auch einen Namen für diese Art von Schluckauf, aber die einfachste Erklärung ist, dass mein Gehirn an einem Gedanken hängenbleibt und einfach nicht mehr weiterkommt.«

Das Gehirn bleibt hängen. Tilly nickte langsam. *So, wie er es beschreibt, ergibt es durchaus einen Sinn.*

»Du meinst, wie dass dein Gehirn an dem Gedanken hängenbleibt, dass meine Mutter deinen Garten machen soll?«

»Genau.«

Isaac atmete vernehmlich ein. »Und wie kriegst du dein Gehirn wieder in Gang?«

Gute Frage. Gibt's für mich zumindest eine Rücktrittsklausel, falls der Kerl mich doch noch dazu überredet, seinen Garten anzulegen? Was natürlich, da sie schon am nächsten Tag nach England fliegen würde, äußerst unwahrscheinlich war. James schien ganz wild darauf zu sein, dass sie umgehend mit der Arbeit anfing, aber vielleicht würde sie ja erst zu Beginn des nächsten Schuljahres wieder zurück sein.

»Und wie wirst du deinen Schluckauf wieder los?«, erkundigte sich James.

»Meine Mom steckt einen Eiswürfel unter mein T-Shirt.« Isaac tat, als würde er erschaudern. »Was echt eklig ist.«

»Nun, wenn deine Mom mir helfen könnte, einen Garten anzulegen«, James nahm die Sonnenbrille ab und blickte Tilly an, »dann wäre das mein Eiswürfel.«

»Cool!« Begeistert wollte Isaac seine Hand ergreifen, aber James zog seinen Arm zurück. »Ich bin nicht gut im Händegeben. Das ist auch so eine dumme Angewohnheit, die ich nicht ablegen kann.«

»Kein Problem.« Kurzerhand hakte sich Isaac bei ihm ein, und sie sahen einander lächelnd an.

Armer James. Tilly konnte sich nicht vorstellen, wie es war, wenn man nicht Händchen halten konnte. Denn sie liebte das Gefühl, dass sie mit jemand anderem verbunden war. Händchenhalten war einfach ein herrliches Gefühl und fehlte ihr seit Davids Tod noch mehr als Küssen oder Sex. Denn David hatte gern ihre Hand gehalten und, sobald sie auf der Couch gesessen hatten, die Arme nach ihr ausgestreckt.

Tilly legte sich die linke Hand aufs Herz … und schrie im nächsten Augenblick auf. Ihre Zuckerwaffel in der anderen Hand war zerbrochen, und jetzt rann ihr halbgeschmolzenes Eis mit Schokoladenstückchen übers nackte Bein.

6

Mit hinter dem Kopf verschränkten Händen stapfte James durch seine Wohnung und bemühte sich, das Klatschen seiner Lederschlappen auf dem Holzboden zu ignorieren. Er könnte eine Clonazepam einwerfen, vielleicht würde ihm das ja helfen. Doch es ging nicht darum, eine ganz spezielle Angst zu unterdrücken, außerdem könnte er das Chaos widerstreitender und zur Hälfte gegensätzlicher Gefühle mit einer Pille ganz bestimmt nicht auflösen. Die Umrisse der Möbel, zwischen denen er umherging, sahen nicht anders aus als am Vortag. Nichts in diesem Raum – nicht einmal der Stapel alter *New-York-Times*-Ausgaben in der Ecke und die vier verschiedenen Fernbedienungen, die ordentlich nebeneinander rechts auf dem Couchtisch lagen – hatte sich verändert, weshalb also fühlte sich die Welt um ihn herum mit einem Mal so anders an? Lag es daran, dass er nicht mehr auf Erlösung hoffen konnte, seit Tilly verschwunden war?

Er riss die Balkontür auf und ließ sich schwerfällig auf einen der zwei gusseisernen Stühle fallen, die er in Chapel Hill erstanden hatte. Er hätte erst mal ausprobieren sollen, wie gut man darauf saß, doch er hatte einfach das Geschäft betreten, sie gesehen und gekauft. Aber schließlich hatte er die Stühle auch gebraucht, denn er hatte nur das Allernötigste aus seiner Wohnung in Chicago mitgebracht.

Der Mond am Himmel leuchtete so hell wie der Herbstmond in Illinois und rief eine Flut von Erinnerungen in ihm wach. Bei denen es ausschließlich darum ging, wie er sich abends heimlich aus dem Haus geschlichen hatte, ohne dass es ihm dabei um irgendwelchen Spaß gegangen war. Nein, bei jedem Ausflug hatte er falsche Beweismittel auf der ganzen Farm verteilt. Hatte Joints zwischen die Heuballen geworfen, leere Whiskeyflaschen zwischen den Maschinen abgestellt und aufgerissene Kondompackungen in den Pick-up seines Dads gelegt. Es hätte bestimmt nicht viel gefehlt, und sie hätten sich gegenseitig umgebracht. Vielleicht hatte sein Vater ja deshalb nachgegeben, als er sich eine Kawasaki anschaffen wollte. Weshalb sonst hätte er ihm gestatten sollen, sich eine so schnelle und gefährliche Maschine zuzulegen? Obwohl James mit seiner Kawasaki niemals irgendwelche Risiken eingegangen war. Er hatte sich ihr nie auch nur genähert, wenn er angetrunken oder high gewesen war, und hätte sie vor allem nie an jemand anderen verliehen. Noch heute rollte er den Witwenmacher einmal jeden Monat in den Hof, um ihn zu putzen und in der Erinnerung an all die Spritztouren in seiner Jugendzeit zu schwelgen. Dennoch würde er nie wieder auch nur den Motor anlassen. Denn er hatte sicher viele Fehler, aber Unbesonnenheit gehörte schon lange nicht mehr dazu.

Siehst du, Dad? James hob das Gesicht dem Mond entgegen. *Entgegen deiner Prophezeiung bin ich ein vollständig funktionierender Erwachsener.*

Vor wie vielen Jahren hatte er zum letzten Mal mit ihm geredet? James wusste genau, um wie viel Uhr donnerstags die Müllabfuhr vor seinem Haus erschien, aber wann er seinen Dad zum letzten Mal gesprochen hatte, wusste er nicht mehr. Natürlich spielte das jetzt auch keine Rolle mehr. Weil sein Dad genau wie seine Mom nicht mehr am Leben war.

Der Nachthimmel über Carolina war einfach spektakulär. Nie zuvor in seinem Leben hatte James ein solches Sternenzelt gesehen. Vielleicht sollte er sich ein Teleskop zulegen. Das würde bestimmt auch Isaac gut gefallen. Stöhnend vergrub er den Kopf zwischen den Händen.

Also bitte. Isaac ist nicht dein Kind.

Auch als Vater hatte er sträflich versagt. Zwar nahm Daniel seine Anrufe inzwischen entgegen, doch er weigerte sich immer noch, ihn Dad zu nennen. Was mehr als verständlich war. Denn diesen Titel hatte James ganz sicher nicht verdient. Er hatte mit glücklichen Familien einfach nichts am Hut. Das sagte er sich nicht aus Selbstmitleid, sondern einfach, weil er ehrlich war.

Er drehte die Handfläche nach oben und starrte seine Lebenslinie an. Das tat er nur sehr selten, weil sie in der Mitte in drei Linien überging. Und bei ungeraden Zahlen kam nie etwas Gutes heraus.

Am besten wäre es, er würde nicht länger über Isaac und Tilly nachdenken. Als Witwe und alleinerziehende Mutter hatte sie bereits genug am Hals. Da brauchte sie ganz sicher keinen Mann, der so anstrengend war wie er. Und als männliches Vorbild eines kleinen Jungen taugte er auf keinen Fall.

Vielleicht sollte er mit den Gedanken an die beiden wie mit seinen Zwängen umgehen – sie verscheuchen und, falls das nicht funktionierte, sich mit Logik und Dissoziation davon befreien. Aber vielleicht sollte er auch gar nicht versuchen, irgendwie dagegen anzukämpfen. Vielleicht sollte er sich ja einfach geschlagen geben und sich eingestehen, dass er dieser Frau und ihrem Sohn verfallen war.

Er warf einen Blick auf seine Uhr. Neun Uhr abends in North Carolina wäre zwei Uhr nachts in England. Wie oft hatte er inzwischen auf die Webseite der Fluglinie geschaut? Es war kein Problem, die Reiseroute zu verfolgen, da es jeden Tag nur einen Direktflug Raleigh-London gab. In fünf Stunden würden die beiden landen, danach müssten sie noch durch die Passkontrolle und den Zoll, und wie lange würde es dann wohl noch dauern, bis Tilly zu Hause wäre?

Ach, vergiss es, James. Halt dich an deinen Plan.

Aber das war unmöglich. Denn inzwischen kam ihm die Begegnung mit den beiden wie ein Wink des Schicksals vor. Seit Jahren hatte ihn sein Vertrauen jedes Mal in eine Sackgasse geführt, und deshalb hatte er inzwischen völlig dichtgemacht. Aber Isaac und Tilly hatten seine Abwehrmechanismen außer Kraft gesetzt, auch wenn er keine Ahnung hatte, wie.

Noch nie war er so kurz davor gewesen, einem Menschen sein Geheimnis zu enthüllen, wie gestern im Hof der Eisdiele. »Hi, mein Name ist James, und ich leide an einer Zwangsstörung.«

Hatte er Tilly und Isaac mit seinen alles andere als subtilen Hinweisen unbewusst auf die Probe stellen wollen? Wenn ja, dann hatten die beiden diese Prüfung mit Bravour bestanden.

Wieder blickte er in Richtung Milchstraße. Wenn nachher die Sonne aufging und sein Tag begann, war der von Tilly bereits halb vorbei.

7

Lächelnd atmete Tilly die nach angebranntem Kaffee und Desinfektionsmittel riechende Luft in der Kabine ein. Sie liebte das gedämpfte Licht, das Rascheln von Stoff, wenn sich die anderen Passagiere vor den Bildschirmen oder im Schlaf bewegten, und das gleichförmige Brummen der Motoren, wenn sie nachts über den Atlantik flog. Sie und Isaac hatten eine Zweierreihe und waren in warmes Dämmerlicht und kuschelige Decken eingehüllt. Besser konnte das Leben nicht mehr werden.

»Ich mag James.« Isaac schmiegte sich an ihre Seite, und sie kämpfte gegen das Verlangen an, ihn noch enger an ihre Brust zu ziehen. »Magst du ihn auch, Mom?«

Sie zerzauste ihm die Haare mit der Nase. Der Geruch von seinem Mango-Kinder-Shampoo war für sie der schönste Duft der Welt. »Du weißt doch, dass es mir manchmal etwas schwerfällt, neue Bekanntschaften zu schließen.« Was nicht wirklich eine Antwort war. Aber schließlich hatte Isaacs Frage sie auch völlig überrascht. Seit dem gemeinsamen Eisessen hatte sie keinen Gedanken mehr an James verschwendet. Obwohl sie noch immer ein bisschen angefressen war, weil sie sich für die paar Kilometer Heimfahrt in seinem Wagen auf ein Handtuch hatte setzen müssen. Wer um alles in der Welt kutschierte einen riesengroßen Plastiksack mit Reißverschluss voll sauberer Handtücher im Kofferraum seines Cabrios herum?

»Aber *magst* du ihn?«

Die Leute in der Reihe vor ihr hatten die Sichtblenden vor ihrem Fenster aufgelassen. Tilly spähte durch das kleine Loch, aber abgesehen von dem kleinen weißen Blinklicht am Ende der Tragfläche gab es nichts zu sehen.

»Ich schätze, schon.« Sie lehnte sich wieder zurück. »Obwohl ich wirklich nicht weiß, warum.«

»Spielt das denn eine Rolle?«

»Nein, wahrscheinlich nicht. Nur ist es normalerweise

so, dass man mit einem neuen Freund irgendwas gemeinsam hat. Wie zum Beispiel die Liebe zur Gartenarbeit.«

Isaac runzelte die Stirn. »Ro hasst Gartenarbeit, und trotzdem ist sie deine beste Freundin.«

»Das ist etwas anderes. Wir haben schon als Vierjährige im selben Boot gesessen. Würde ich bei ihr anrufen und *Hilf mir* sagen, wäre sie mit dem nächsten Flieger im Handumdrehen da.« So hatte es Ro nach Davids Tod gemacht. Sie war sofort nach Heathrow aufgebrochen, hatte eine Nacht lang dort campiert, am nächsten Morgen einen freien Platz in einem Flugzeug nach New York ergattert und nach einem kurzen Zwischenstopp die Reise Richtung Raleigh fortgesetzt. Tilly würde nie vergessen, wie das Taxi angebraust gekommen war, Rowena die Tür aufgerissen hatte, noch bevor es richtig angehalten hatte, und mit einem knappen *Wo ist Isaac?* auf sie zugelaufen war.

Tilly wickelte sich eine Strähne von Isaacs Haar um den Finger und stellte zutreffend fest: »Außerdem verwöhnt sie dich nach Strich und Faden.«

»Also … dann magst du ihn?« Isaac zupfte am Fell von Bownba, dem einst flauschig weichen Teddybären, der mittlerweile große Ähnlichkeit mit den überfahrenen Opossums hatte, die man ab und zu am Straßenrand liegen sah.

»Sicher nicht so sehr wie du.« Sollte sie sich Sorgen machen, weil ihr achtjähriger Sohn immer noch allabendlich mit seinem Teddybären schlafen ging? Sie versuchte, die Füße unter den Sitz vor sich auszustrecken, aber neben der zollfreien Flasche Gin, ihrem Leinenrucksack und ihren geblümten Boots war nirgendwo mehr Platz.

»Werden wir ihm helfen?«

Warum war ihr Sohn mit einem Mal so hartnäckig wie

ein Jack Russell Terrier? Verflixt. Sie hatte es genossen, dass seit ihrer Abreise der Abstand zwischen ihr und James, ihr und Sari, ihr und den alltäglichen Verpflichtungen stündlich zugenommen hatte, doch dank Isaac war jetzt plötzlich alles wieder präsent.

»Du musst verstehen, Isaac …« Ach, verdammt, jetzt saß er wie ein begossener Pudel da. »Es ist nicht so, dass ich dem Mann nicht helfen will, aber so penibel, wie er alle Dinge angeht, scheint er der geborene Perfektionist zu sein.« Oder, was noch schlimmer wäre, eine Jungfrau wie Sebastian, und noch eine Jungfrau hatte ihr gerade noch gefehlt. Obwohl es genau genommen schon seit Jahren keine Jungfrau mehr in ihrem Leben gab.

»Oh Mann. Dann ist er also das genaue Gegenteil von dir und mir.«

»Genau! Denk doch nur an all den Kram, den wir beide auf zwei Kontinenten angesammelt haben. Eine so zerstreute Frau wie ich würde einen Mann, der so akkurat und ordnungsliebend ist wie James, in den Wahnsinn treiben. Überleg doch mal. Es würde niemals funktionieren.« Sie müsste verrückt sein, sich je auf einen derart pedantischen Typen einzulassen. Warum nur hatte sie sich überhaupt bereit erklärt, noch einmal mit ihm zu reden, wenn sie im September wiederkam?

»Also, ich habe darüber nachgedacht«, erklärte Isaac mit feierlichem Ernst. »Ich hasse Schluckauf. Schluckauf macht mir Angst, weil ich will, dass er aufhört, aber nichts von dem, was ich versuche, funktioniert. Immer musst du mir dabei helfen. Das ist ein ganz schreckliches Gefühl, findest du nicht auch? Dass dein Körper nicht das macht, was er machen soll?«

»Klingt, wie wenn man älter wird«, murmelte Tilly so leise, dass er es nicht verstand.

»Und ich wette, es ist noch viel schlimmer, wenn dein Kopf nicht auf dich hört.« Isaac legte eine kurze Pause ein. »Deshalb sollten wir ihm helfen.«

»Das hast du nett gesagt, Glückskäfer. Ich werde über deine Worte nachdenken, aber jetzt brauchst du erst mal ein bisschen Schlaf.« *Und ich brauche meine Ruhe.* Tilly stopfte Isaacs Fleecedecke in die Spalte neben seinem Sitz und küsste ihn zärtlich auf den Kopf.

»Erzähl mir die Geschichte, wie du und Daddy euch kennengelernt habt.«

Tilly rang nach Luft. Im besten Fall würden sich bei dieser Erzählung vergangenes Glück und aktuelle Traurigkeit die Waage halten. Im schlimmsten Fall würde es jedoch in eine Form der Selbstverstümmelung ausarten, bei der die Wunde des Lebens, das sie vor drei Jahren verloren oder eher weggeworfen hatte, erneut bluten würde.

»Bitte!« Isaac sah aus riesigen Haddington-Augen zu ihr auf, die genauso hell waren wie die von Tillys Vater. Die Genetik war ein Geschenk des Himmels, denn bereits eine minimale Ähnlichkeit verband einen dauerhaft mit der Vergangenheit.

Tilly strich dem Jungen sanft die Haare glatt, doch die dichten blonden Büschel richteten sich sofort wieder auf. »Unsere Geschichte fängt in einem Sommer an.«

»In einem Sommer wie diesem, Mommy.«

»Aber dieser Sommer ist ein neues Kapitel in der unendlichen Geschichte von Isaac und Super Mom.« Tilly nahm ihre Popeye-Pose ein, und Isaac kicherte vergnügt. Doch angesichts ihres flauen Magens kam es Tilly nicht so vor, als schriebe sie den nächsten, aufregenden Abschnitt ihrer Lebensgeschichte, sonst hätte schließlich immer noch sie selbst die Kontrolle über die Ereignisse gehabt. So aber befand sie sich im freien Fall und wartete hilflos auf den großen Knall – wenn Sari ihre Gärtnerei zerstörte und Sebastian … Na toll. Jetzt musste sie sich auch noch mit Sebastian auseinandersetzen. Dabei hatte ihr James Nealy schon gereicht.

Isaac stupste sie an. »Bist du eingeschlafen, Mom?«

»Tut mir leid. Ich war gerade ein bisschen abgelenkt.« Wieder strich sie ihrem Sohn übers Haar. »Es war ein wunderschöner Sonnabend im Juni.« Vergangene Woche waren seither vierzehn Jahre verstrichen, und sie hatte eine neue Kerbe in ihren Überlebens-Totempfahl geritzt. Isaac kuschelte sich eng an ihre Seite, als wollte er wieder in sie hineinkriechen, und mit sanfter Stimme fuhr sie fort. »Ich hatte mich übers Wochenende von London nach Bramwell Chase geflüchtet. Oma war mit der Historischen Gesellschaft unterwegs, aber Opa wollte bis zum Mittagessen aus Northampton wiederkommen, denn wir hatten schon den ganzen Nachmittag verplant: Erst wollten wir die Rosen schneiden und danach spazieren gehen. Ich hatte gerade das Tor der Einfahrt für ihn aufgemacht, als ich …« Sie wollte sich nicht an jenen Augenblick erinnern. Nicht in dieser Nacht im Flugzeug. Am liebsten würde sie jetzt in dieser Nacht überhaupt an nichts mehr denken.

»Als du dieses seltsame Geräusch gehört hast, weil Daddy sich irgendeine alte Kiste ausgeliehen hatte, aber nicht wusste, wie man ohne Automatik fährt.« Isaac ahmte nahezu perfekt den englischen Akzent seiner Mutter nach, und sie nahm ihn noch ein wenig fester in den Arm.

»Dieser MG kam mit krachenden Gängen die Hauptstraße

heraufgeruckelt, und danach hat dein Vater immer gesagt, in jenem Sommer hätte er die beiden größten Lieben seines Lebens entdeckt: MGBs und mich. Natürlich nur, bis du geboren warst. Denn du warst ihm wichtiger als alles andere.«

Isaac machte ein Geräusch, das wie das Miauen einer jungen Katze klang.

»Daddy hat seinen MGB gleich nach seiner Rückkehr in die USA gekauft. Den Roadster Baujahr 1972, der einmal dir gehören wird.« *Falls er all die Jahre in der feuchten Garage unter einer Plane übersteht.*

Ihr Herz zog sich zusammen, als sie an die dunklen Locken und die blitzenden kastanienbraunen Augen dachte, denen sie sofort verfallen war. Auch später noch, wenn sie miterlebt hatte, wie David bei einer Vorlesung einen ganzen Saal in seinen Bann zog oder einen Raum voller Freunde unterhielt, hatte das übewältigende Gefühl ihrer grenzenlosen Liebe sie jedes Mal beinahe gelähmt. Denn egal, wie groß sein Publikum war oder wie weit entfernt sie selbst saß, seine Blicke hatten sie gefunden und ihr deutlich zu verstehen gegeben, dass nur sie ihm wichtig war. Sie presste sich die freie Hand ans Herz, aber trotzdem nahm der Schmerz noch zu. Wie hatte sie nur die drei Jahre ohne ihn und seine Liebe, ohne sein Bedürfnis, jedes Glück und jede Traurigkeit mit ihr zu teilen, überlebt?

Sie atmete vorsichtig ein. »Dann hielt der Wagen an, und der attraktivste Mann, den ich jemals gesehen hatte, streckte seinen Kopf durchs Fenster und rief: ›Hey, Sie. Können Sie mir helfen?‹ Und ich dachte, ›Sie können von mir alles haben, was Sie wollen‹.«

Isaacs Kichern löste sich in einem Gähnen auf. »Daddy war auf dem Weg zu einer Konferenz, aber er hatte sich verfahren, weil er keine Ahnung hatte, wie man eine Straßenkarte liest.«

»Niemand außer deinem Vater wäre je auf die Idee gekommen, dass man sich einfach in einem fremden Land hinters Steuer eines Wagens setzen kann und automatisch an sein Ziel gelangt. Als er mich gefragt hat, wo der Campus der Open University ist, musste ich so lachen, dass ich kein Wort sagen konnte, und dann hat er ebenfalls gelacht ...«

»Und im selben Augenblick kam Opa. Und fand Daddy sofort total nett.«

»Auf jeden Fall.« Wie hätte irgendjemand ihn auch nicht nett finden sollen? David hatte stets das rechte Wort, das passende Lächeln und den richtigen Gesichtsausdruck parat gehabt. Nur Tilly hatte je gesehen, dass sich hinter seiner selbstbewussten Maske ein zerbrechlicher, sensibler Mann verbarg.

»Deshalb hat er Daddy eingeladen, mit ins Haus zu kommen und mit ihm zusammen auf der Karte nachzusehen. Aber trotzdem ist er nie zu dieser Konferenz gekommen, weil er gleich bei dir geblieben ist«, führte Isaac schläfrig aus. »Und bevor er wieder heimgefahren ist, hat er dich gebeten, ihn zu heiraten. Und du hast ja gesagt.«

»Ich konnte deinem Vater einfach keine Bitte abschlagen. Obwohl ich damals dachte, dass er Witze macht. Aber wenn dein Vater etwas wollte, hat er sich von nichts und niemandem aufhalten lassen.« Sie erschauderte, denn unwillkürlich dachte sie bei diesem Satz an James.

Isaac überlegte kurz und sagte dann: »Aber das ist nicht immer gut, nicht wahr?«

»Nein.« Noch einmal küsste sie ihn auf den Kopf. »Aber an dem Tag war es das.«

Isaac blickte sie mit einem müden Lächeln an und klappte dann, als hätte jemand einen Schalter umgelegt, die Augen zu. Wenn er schlief, sah er noch jünger aus und erinnerte sie an das Baby mit dem Rosenknospenmund, das an ihrer Brust genuckelt hatte, an das Kleinkind, das die vollen Lippen seines Vaters geerbt hatte, und an den kleinen Jungen, der oft fröhlich durch die Lücke in seinem Gebiss pfiff, bevor ihm seine neuen Schneidezähne nachgewachsen waren. David hatte diese Zähne nie gesehen, hatte nie erlebt, wie er ein Buch las oder mühelos die Mathe-Hausaufgaben machte und erklärte: »Das war total leicht!« Vielleicht hätte sie sich zwingen müssen, David auch mal einen Wunsch abzuschlagen. Vielleicht säße er dann jetzt mit ihnen im Flieger. Vielleicht hätte er dann all diese Dinge erlebt.

Mit dröhnenden Motoren näherte sich das Flugzeug dem Ziel, und Tilly gab sich alle Mühe, nicht daran zu denken, dass Sebastian ebenfalls wieder in England war. Doch Bramwell Chase war derart klein, dass sie ihm garantiert irgendwann begegnen würde. Auf der Hauptstraße des Dorfs oder wenn sie am Badger Way die Abkürzung vom Dorfladen nach Hause nahm. Schon beim Gedanken an ein Zusammentreffen wurde Tilly schlecht.

Sollte sie ihm eine knallen und brüllen: »Hau ab, du Mistkerl?« Nein, das wäre lächerlich. Oder sollte sie knapp fragen: »Sollte ich Sie kennen?« Aber dann stünde sie wie ein Kleingeist da. Ach, hätte sie doch das Talent zu schnippischen Bemerkungen, so wie Rowena. Aus deren Mund genügte manchmal schon ein Einzeiler, damit der Angesprochene sich nach einem Strick umsah.

Wie hieß noch mal seine Frau? Und seine Kinder – wenn sich Tilly recht entsann, hatte er einen Sohn und eine Tochter. Einen Sohn mit Namen Archie, der genauso alt war wie Isaac. Vielleicht würden die zwei ja sogar Freunde.

Tilly griff sich an den Hals. Was, wenn Sebastian einfach bei ihr auftauchen und lächelnd fragen würde: »Na, erinnerst du dich noch an mich?«

Sie atmete erleichtert auf. Nein, dazu würde es ganz sicher nicht kommen. Der Kerl war schließlich aus gutem Grund in der Bankbranche erfolgreich. Er war alles andere als spontan und würde nie – noch nicht einmal für sie – auch nur das allerkleinste Risiko eingehen. Als Tilly ihm erklärt hatte, sie hätte sich mit einem anderen verlobt, hatte er nur kurz erklärt: »Dann schnappe ich mir dich eben beim nächsten Mal«, und war davonmarschiert.

Ob sie ihn nach zehn Jahren noch einfach so erkennen würde? Und er sie? Schließlich hatte sie sich in der Zwischenzeit die Haare abgesäbelt und sämtliche Kleider, die nicht in die Jeans-und-T-Shirt-Kategorie fielen, in den Secondhandladen gebracht. Und Sebastian wurde bald vierzig. Sicher hatte er inzwischen einen Bierbauch und schütteres, strähniges Haar. Ja, vermutlich hatte ihn das süße Bankerleben faul und feist gemacht.

Wahrscheinlich hatte sie ein durchaus zutreffendes Bild von ihm gemalt. Vor allem von der Glatze. Denn im Gegensatz zu David, dessen Haar für zwei gereicht hätte, hatte Sebastian sich bereits in jungen Jahren Sorgen um seinen zurückweichenden Haaransatz gemacht.

Doch als sie die Augen schloss und den Kopf gegen die Plastikkopfstütze sinken ließ, besuchte nicht David sie in ihrem Traum. Es tauchte ein vergnügt grinsender Junge auf, nach dem sie einmal süchtiger gewesen war als jeder Junkie nach dem nächsten Schuss.

8

Tilly entdeckte ihn, sobald die automatische Tür zur Seite glitt. Zumindest dachte sie, sie hätte ihn entdeckt. Aber vielleicht war es auch nur eine vom Schlafmangel und dem im Flugzeug ausgeschenkten Billig-Gin herrührende Halluzination. Denn der Mann, der mit dem Fuß gegen eine Säule gelehnt, mit zurückgelegtem Kopf, die Hände in den Taschen seiner weißen Jeans und die Wildlederjacke über dem Arm hinter der Absperrung stand, konnte unmöglich Sebastian sein. Nicht um acht Uhr morgens in der Ankunftshalle des Flughafens Heathrow. Nur, dass der neben ihm auf und ab springende Rotschopf, der aus voller Kehle »Haddy! Haddy! Hier sind wir, du Blindfisch!« schrie, eindeutig Rowena war.

Mit einem lauten Krachen prallte ihr Gepäckwagen gegen einen der verchromten Poller. *Wie hatte das passieren können?* Im einen Augenblick hatte sie den Metallgriff derart fest umklammert, dass kaum noch Blut in ihre Finger geflossen war, und im nächsten war ihr einziger Gedanke, wie sie am geschicktesten von diesem Ort verschwinden könnte. Sie machte auf dem Absatz kehrt, doch die Zollabfertigung hinter ihr hatte bereits dichtgemacht.

»Haddy!« Ihre Freundin winkte, und die Armreifen und Perlen an ihren Handgelenken klirrten laut. »Haddy!«

Isaac duckte sich unter der Absperrung hindurch und

stürzte auf Rowena zu. »Hallo, Rosy-Posy«, grüßte er sie kichernd, während er sich seiner Patentante in die Arme warf.

Sebastian hob den Kopf, hatte aber offenkundig keinerlei Interesse, ihn in Richtung seiner Exfreundin zu drehen. Er wirkte wie betäubt und hatte den Gesichtsausdruck von jemandem, der gerade erst aus einem schlechten Traum erwacht war und zu verstehen versuchte, wo er sich befand.

Tilly wurde ganz flau im Magen. Dann sah er also immer noch fantastisch aus. Vielleicht sogar noch besser als beim letzten Mal. Doch im Grunde hatte sie auch nicht wirklich erwartet, dass er zwischenzeitlich rotgesichtig, kahl und fett geworden war. Und dass sein Gesicht mit zunehmendem Alter noch markantere Züge bekommen würde, hatte sie sich immer schon gedacht.

»Mein kleiner Mann«, jubelte Ro und wirbelte den Jungen gut gelaunt im Kreis. »Du hast mir wahnsinnig gefehlt! Ich verbiete dir, mich jemals wieder zu verlassen.«

Isaac tauchte in einem Kaleidoskop aus Farben und Gelächter ab. Er wurde fast zur Gänze in Rowenas knöchellangen Rock gehüllt und klammerte sich an ihren türkisfarbenen Pulli, in dem nicht nur ihre Wespentaille, sondern auch ihr makelloser Busen vorteilhaft zur Geltung kam. Die Ärmel hatte sie so weit wie möglich hochgeschoben, damit niemand die löchrigen Ellbogen sah. Kaschmirpullis aus dem Secondhandladen – *Das nennt man Recycling, Haddy!* – waren ihr Standardoberteil, und sie trug sie immer, bis die Löcher größer waren als die noch intakten Stellen. Selbst an brütend heißen Sommertagen jammerte sie ständig darüber, wie ein Schneider zu frieren. Aber schließlich hatte sie sich nie um irgendwelche Konventionen geschert und bot als Gutsbesitzerin bei den Lunches, die sie für die Jagdgesellschaften auf ihren Ländereien gab, noch fröhlich Joints an. Wenn man mit ihr zusammen war, fühlte man sich wie in einer schillernden Seifenblase und hatte keine Ahnung, wann man wieder in der schnöden Wirklichkeit aufschlagen würde.

Wohingegen Sebastian einen stets daran erinnerte, wie wichtig Pflichtgefühl und Bodenhaftung waren. Tillys Herz setzte einen Schlag aus, als säße sie immer noch im Flugzeug, das gerade in eine Turbulenz geriet. Er legte offensichtlich großen Wert auf ein gepflegtes Äußeres. Die Manschetten seines blassblauen Leinenhemdes, das an genau den richtigen Stellen elegant zerknittert war, hatte er sorgfältig hochgekrempelt, und Tilly sah die teure Titanuhr, die er, wie damals die abgenutzte Timex, mit dem Zifferblatt auf der Innenseite seines Handgelenks trug, damit nur er die Uhrzeit daran ablesen konnte.

»Haddy!« Jetzt hüllte Rowena sie in den vertrauten Duft ihrer geliebten Mandarinenseife, in weiche Kaschmirwolle und den dichten Vorhang ihrer langen, krausen Haare ein. »Es kommt mir erst wie gestern vor, dass ich mir die Augen aus dem Kopf geheult hab, als ihr an Weihnachten wieder geflogen seid.« Sie schob Tilly um Armeslänge zurück. »Aber du siehst furchtbar blass aus. Isst du auch vernünftig? Kriegst du genügend Schlaf? Und warum antwortest du faules Stück nicht auf meine E-Mails? Ich war richtiggehend krank vor Sorge, weil du schon seit einer Ewigkeit nichts mehr von dir hast hören lassen.«

»Du hast mir auch gefehlt. Und jetzt sag mir, was der hier macht.« Sie deutete mit dem Kopf in Richtung Sebastian.

»Sei bitte nett zu ihm«, wisperte ihr Rowena zu. »Er hat eine harte Woche hinter sich.«

»Aber …«

»Schätzchen! Wie du seit Weihnachten gewachsen bist.« Rowena zog mit ihrer Rechten eine Linie oberhalb von Isaacs Schopf und unterhalb ihres Schlüsselbeins. »Du bist nur noch einen Kopf kleiner als ich.«

Tilly holte tief Luft, wirbelte herum und funkelte Sebastian wütend an. *Du zuerst.*

Er setzte wie in Zeitlupe ein schiefes Lächeln auf, stieß sich von der Säule ab und schlenderte, die Hände noch immer in den Hosentaschen, auf sie zu.

Im Lautsprecher ertönte eine Durchsage, und Rowena scherzte mit Isaac, indem sie betont langsam die Hand in ihre riesengroße Tasche schob. Isaac erriet irgendwas mit Clownsstimme, aber das alles bekam Tilly nur am Rande mit. Sie hörte nur Stimmengewirr, und selbst das wurde durch das wilde Klopfen ihres Herzens noch stärker verzerrt. Sebastian kam näher. *Poch.* Näher. *Poch.* Und näher. *Poch.*

Schließlich blieb er vor ihr stehen. Klopfte sein Herz vielleicht ebenfalls auf Hochtouren? Er zögerte – o je, er würde sie doch jetzt nicht etwa küssen wollen? –, und sein Grinsen wurde noch breiter. *Verdammt, er weiß genau, wie ich nackt aussehe.* Eine Plastiktüte raschelte, und Isaac jubelte vor Freude, aber Tilly drehte sich nicht um. Sie schmorte gerade in der Hölle, zerkochte zu einem dickflüssigen Brei, und das vor den Augen des Mannes, den sie niemals hatte wiedersehen wollen.

»Hallo«, sagte Sebastian.

»Hi«, antwortete sie nach einem tiefen Atemzug.

Er duftete wie ein distinguierter Herr, der bei exklusiven Abendessen Portwein oder Cognac trank und Zigarren rauchte. Hatte er auch früher schon Rasierwasser benutzt?

Sie wusste es nicht mehr. Seit zehn Jahren hatte Tilly nichts mehr mitbekommen von seinem Leben, weshalb er ihr jetzt als Fremder gegenüberstand. Trank er vor dem Abendessen gerne einen Cocktail? Tilly hatte keinen blassen Schimmer. Konnte er noch immer einen ganzen Sonnabend damit vertrödeln, in einem abgedunkelten Zimmer auf dem Sofa herumzulümmeln und sich irgendein blödes Cricketspiel im Fernsehen anzusehen? Woher sollte sie es wissen? Zwischen ihnen lag ein Jahrzehnt Funkstille, und sie hätte nicht mehr sagen können, wer er war.

»Wahnsinn! Der neue Dr. X! Guck mal, Mom. Guck mal, was mir Ro geschenkt hat!« Isaac zog am Ärmel ihrer Strickjacke. »Wenn man ihn auf den Kopf stellt, wabert all das grüne Zeug in seinem Bauch herum. Danke, Ro! Du bist die Beste! Endlich kann mein Action Man dem gemeinen Dr. X …«, Isaac senkte die Stimme auf ein Flüstern, »… zeigen, wo der Hammer hängt. Wir haben meinen Action Man doch mitgenommen, oder, Mom?«

»Na klar.« Sie musste schlucken. »Ich möchte dir jemanden vorstellen, Isaac. Das hier ist Sebastian, ein alter Freund von mir.« *Mein Ex.*

»Warum haben wir uns bisher noch nie gesehen?« Isaac schwenkte seinen Dr. X.

Genau, Glückskäfer. Warum haben wir uns seit zehn Jahren nicht mehr gesehen?

»Deine Mutter und ich haben vor einer ganzen Weile den Kontakt verloren.« Sebastians Lächeln wirkte etwas aufgesetzt. »Was wahrscheinlich meine Schuld gewesen ist.«

Hoffte er vielleicht, sie würde ihm widersprechen? Tilly zog sich das zerknitterte T-Shirt glatt.

»Wie ich sehe, bist du ein Fan von Action Man«, fuhr Sebastian fort. »Das ist mein Sohn Archie auch. Ich glaube, er hat die größte Action-Man-Sammlung der Welt, einschließlich der Museumsstücke, mit denen ich gespielt habe, als ich in eurem Alter war. Würdest du gerne mal an einem Wochenende zu uns kommen, damit ich ihn dir vorstellen kann?«

»Ja, bitte!« Das Gesicht von Tillys Sohn fing vor lauter Freude an zu glühen. »Lebt er in Bramwell Chase?«

»Mehr oder weniger.« Tilly hatte seine Stimmung immer schon von seinen Augen abzulesen vermocht, und auch jetzt bemerkte sie, dass er sie kaum merklich zusammenkniff. Er war ihr also doch nicht so fremd, das sollte sie beruhigen. Doch das war nicht der Fall. Sie fühlte sich wie im falschen Film, wusste nicht, wo sie ihre Hände lassen, wo sie hinsehen sollte – *ach, verflixt*. Das flaue Gefühl im Magen steigerte sich zu leichter Übelkeit.

Ro hakte sich bei Sebastian ein und nickte ihm aufmunternd zu. Einen Augenblick … seit wann waren die beiden Freunde? Früher war sie selbst immer der Mittelpunkt ihrer Menage à trois gewesen. Das war ebenso unstrittig wie dass Chrysanthemen im Herbst erblühen. Rowena und Sebastian hatten während ihrer Schulzeit um Tillys Gunst gewetteifert, und sie hatte den beiden einen Waffenstillstand aufgezwungen, mehr aber auch nicht.

Und jetzt hatte Rowena ihm ein Haus vermietet. Hatten sich die beiden etwa miteinander angefreundet, während sie weit weg gewesen war? Und falls das der Fall war, weshalb hatte ihre älteste und allerallerbeste Freundin das mit keinem Wort erwähnt?

»Archie ist im Internat«, sagte Rowena erklärend zu Isaac. »Wo sie einen einsperren und den Schlüssel wegwerfen.« Sie stieß ein bösartiges Lachen aus. »Aber hin und wieder haben die Schüler auch Freigang. Das heißt, dass er übers Wochenende dort verschwinden kann. Und dann fangen ja auch bald die Sommerferien an.«

Isaac riss die Augen auf. »Er geht in eine Schule, in der er auch schläft? Himmel. Dann muss er viel älter als ich sein.«

Sebastian entzog Rowena seinen Arm. »Ich glaube, ihr seid gleich alt. Richtig?«, fragte er niemand Besonderen.

»Fast auf den Tag gleich alt.« Tilly straffte ihre Schultern. *Volltreffer, Blödmann.*

Er spielte mit seinem goldenen Siegelring. Oh ja, sie konnte ihn immer noch auf die Palme bringen. Wieder schlug ihr Magen einen Purzelbaum. Warum konnte er nicht einfach weiterhin ein Fremder für sie bleiben?

»Mit so kurzem Haar habe ich dich noch nie gesehen«, stellte er mit vorwurfsvoller Stimme fest. »Ich habe dich gar nicht sofort erkannt.«

Aber ich habe dich erkannt. Sie verschränkte die Arme vor der Brust. *Ich hätte dich überall erkannt.*

»Sieht echt super aus, nicht wahr?« Rowena blickte zwischen ihnen beiden hin und her. »Wie bei einer Kreuzung aus Waldelfe und Johanna von Orléans.« Sie klatschte in die Hände. »Oh, wir haben uns bestimmt alle jede Menge zu erzählen. Wie in den guten alten Zeiten. Und, Isaac, ich verlasse mich darauf, dass du mir bei den Fasanenküken hilfst.«

Tilly ignorierte ihre Freundin und wandte sich wieder Sebastian zu. »Die langen Haare sind mir bei der Gartenarbeit immer ins Gesicht gefallen. Deshalb hab ich sie mit der Küchenschere abgesäbelt.«

»Mit der Küchenschere?«, fragte er leichthin, sah sie dabei aber reglos an. »Mit den kurzen Haaren siehst du jünger aus.« Und woher wollte er das wissen? Schließlich hatte er sie seit zehn Jahren nicht mehr gesehen. Er schnappte sich ihren Gepäckwagen und setzte ihn dadurch in Bewegung, dass er kurz mit seinem Waschbrettbauch dagegenstieß, dann marschierte er mit ihren Sachen davon. Er war eben durch und durch ein Gentleman. Aber trotzdem hätte er sie fragen können. Dann hätte sie erklären können, dass sie ihren Wagen lieber selber schob.

Tilly betrachtete ihre kleine Truppe und stieß einen Seufzer aus. Wem versuchte sie etwas vorzumachen? Es kostete unendlich viel Energie, jemanden zu hassen, und sie hasste Sebastian auch nicht. Nun, vielleicht ein bisschen. Natürlich war sie sauer, weil er sich nie mehr bei ihr gemeldet hatte, aber vielleicht war das ja auch sein gutes Recht gewesen. Denn er hatte sie geliebt, beschützt, begehrt, als sie geglaubt hatte, dass niemand dazu in der Lage wäre, und sie war nicht nur einmal, sondern dreimal – genauer gesagt zweieinhalbmal – aus der Beziehung ausgestiegen. Deshalb hatte er natürlich alles Recht der Welt, ihr seine Freundschaft zu versagen. Aber wenn er jetzt ein Kumpel von Rowena war, müsste sie ihn wieder in ihr Leben lassen. Allerdings wusste sie nicht, wie weit.

Sie betrachtete Sebastians Hinterkopf. Er hatte sein kurzgeschnittenes, zu einem schmutzigen Blond nachgedunkeltes Haar mit Gel zu ordentlichen Stacheln aufgestellt. Ein echter Banker-Haarschnitt. Kostspielig und makellos. Der ihm zugegebenermaßen ausgezeichnet stand.

Tilly und ihr Sohn saßen eingezwängt in Rowenas Discovery auf der Rückbank, die mit Schlammspritzern übersät war und nach nassem Labrador stank. Zum dröhnenden

Sound von Bob Marley rasten sie über die M25, die zwar keine Bandenwerbung hatte, Tilly aber trotzdem wie die reinste Rennstrecke vorkam. Eine Autobahn, auf der man dicht an einer riesengroßen Stadt vorbeigeleitet wurde, ohne dass man etwas davon sah. Eine Autobahn, auf der man nicht durch verlockende Ausfahrten zu Einkaufszentren oder Familienfreizeitparks vom Fahren abgelenkt wurde. Eine Autobahn, auf der man mit Höchstgeschwindigkeit von einem Punkt zum anderen gelangte. Zumindest sah das Rowena offenbar so.

Hätte David auf Sebastians Platz gesessen, hätte er darauf bestanden, dass Rowena hielt und ihm das Steuer überließ. Doch Sebastian wirkte völlig ungerührt, sowohl darüber, dass Rowena immer wieder abrupt die Fahrspur wechselte, als auch über die räumliche Nähe zu einer Frau, der er einst mit Engelszungen die Jungfräulichkeit abgeschwatzt hatte. Als die Tachonadel immer höher stieg, wandte er sich einfach ab und starrte aus dem Fenster.

»Gott, denkt dieser Idiot, er ist allein auf der Straße?« Rowena berührte fast die Stoßstange des französischen Lkws, der vor ihr fuhr, und drückte auf die Hupe. »Aus dem Weg, du Wichser!«

»Ro …« Tilly trat gegen die Rücklehne des Fahrersitzes.

»Fuck. Entschuldigung«, bat Ro, bevor Tilly erneut gegen die Lehne trat.

»Was bedeutet F …«

»Das ist ein verbotenes Wort«, erklärte Tilly laut. »Das du unter keinen Umständen benutzen darfst. Verstanden?«

Na, du bist ja eine abscheuliche Mutter, Tilly, schalt sie sich in Gedanken, als ihr Sohn den Kopf einzog. Sie herrschte Isaac sonst niemals an, und dass sie in der Bruthitze des

Wagens mit Sebastian gefangen war und in ihrer ganz privaten Hölle schmorte, war kein Grund, ihn derart abzukanzeln.

»Das ist ein schlimmes Wort, Glückskäfer«, setzte sie noch einmal ruhiger an und drückte seine Hand. »Oder eher ein Wort, das viele als schlimm ansehen. Was heißt, dass sie es als Beleidigung empfinden. Weshalb du es nicht benutzen solltest. Richtig, Ro?«

»Vollkommen richtig, Schätzchen. Du hast völlig recht. Hör immer auf deine Mummy und nicht auf die böse Tante Ro, die ein schlimmes Mundwerk hat.« Spielerisch schlug sie sich auf die rechte Hand.

»Aber …« Isaac blickte fragend zu Sebastian, wie der auf diese Unterhaltung reagierte. »Was bedeutet es?«

»Das muss ich hören«, murmelte Rowena und schaltete Bob Marley aus.

»Das ist ein hässliches Wort für Sex.« Tilly wurde idiotischerweise puterrot, denn schließlich hatten sie und Ro als Kinder die *National-Geographic*-Hefte begierig nach Aufnahmen nackter Eingeborener durchsucht und später in historischen Liebesromanen vergnügt die Sexszenen verschlungen. Und Sebastian hatte ihren Teenie-Körper besser gekannt als sie selbst. Weshalb also hatte sie jetzt das Gefühl, im Strudel eines Whirlpools gefangen zu sein, statt sich einfach stillvergnügt auf dem Strom ihrer eigenen Lebensgeschichte treiben zu lassen?

Isaac zog eine Schnute. »Hältst du mir jetzt wieder einen Vortrag über Spermien, Mom?«

Rowena bekam einen Lachkrampf, der sich anhörte wie ein Keuchhustenanfall durch die Nase, und der Discovery machte einen Schlenker.

»Darüber sollten wir am besten reden, wenn wir zwei alleine sind«, erklärte Tilly ihm.

Isaac grinste, denn er liebte Mutter-Sohn-Geheimnisse.

Auf einmal kicherte Sebastian los. Wie um alles in der Welt sollte sie nicht sofort auftauen, wenn sie dieses Kichern hörte? Sie dachte an den Ausdruck, den sein Gesicht immer dabei annahm: Ein Netz von Lachfältchen erstreckte sich um die Augen, er rümpfte die Nase und bleckte die Zähne, so dass man die charmante kleine Lücke zwischen seinen Schneidezähnen sah. In genau diesen Sebastian hatte Tilly sich verliebt – in den Jungen, der in der Heide Drachen steigen ließ und mit gekreuzten Beinen auf der Bank in ihrem Zimmer saß, seine Zigarette aus dem Fenster hielt und über irgendetwas lachte. Aber dann hatte sein Vater die Familie verlassen, und er hatte die Verantwortung für seine Mutter, seine Großmutter und sogar auch noch die für Tilly übernommen. Von da an war es mit ihnen bergab gegangen, denn je mehr er sie umsorgt hatte, umso weiter war sie davongelaufen.

Tilly hüstelte gekünstelt. »Meine Mutter hat erzählt, du wärst nach Bramwell Chase gezogen, Sebastian?«

Er hörte auf zu kichern. »Ich habe die Manor Farm gemietet.«

»Das hat mir meine Mutter auch erzählt.«

»Ich etwa nicht?« Rowena beugte sich übers Lenkrad. »Ich war mir sicher, dass ich das erwähnt hatte. Aber da du schon seit einer Ewigkeit nicht mehr auf meine E-Mails reagierst, könnte es natürlich sein, dass du sie gar nicht kriegst.«

Tilly biss sich auf die Lippe. Sich mit ihrer Freundin anzulegen war auch ohne Jetlag alles andere als leicht.

»Aber wie dem auch sei. Es ist eine fantastische Geschichte, deshalb wiederhole ich sie gern.« Rowena näherte sich einem BMW, blendete auf, und Tilly drückte sich in ihren Sitz. »Ich war in der Stadt, weil ich zur Bank musste. Ich will dir nicht zu nahe treten, Sebastian, aber Banker können einem wirklich furchtbar auf die Nerven gehen. Weil sie immer irgendwas von einem wollen. Ich bin also in die Bank, und da stand er plötzlich vor mir. Mein Gott, ich wäre fast gestorben.« Sie schlug so kraftvoll auf das Lenkrad, dass die Perlen ihrer Armbänder klirrten. »Kannst du dir das vorstellen?«

Allerdings, das konnte sie. Wahrscheinlich hatte Ro ohrenbetäubend gekreischt, die anderen Leute hatten sie verwundert angestarrt, und Sebastian wäre zwar vor lauter Peinlichkeit am liebsten im Erdboden versunken, hatte seine Verlegenheit aber geschickt mit zwei freundschaftlichen Wangenküssen überspielt. Er hatte ganz bestimmt nicht einfach dort gestanden und sie reglos angestarrt wie Tilly, als sie eben angekommen war. Sie zog ein Papiertaschentuch aus der Tasche und zerrupfte es.

»Ich hatte keine Ahnung, dass er nicht mehr in Hongkong war. Aber schließlich ist er für die Konten unserer Familie auch nicht zuständig, nicht wahr, Sebastian? Trotzdem sind wir zusammen essen gegangen« – Himmel, holte Ro wohl jemals Luft? –, »und dabei hat er mir erzählt, dass er eine Bleibe sucht, und ich dachte, die Farm mit all der frischen Luft wäre doch perfekt für seine Kinder. Deshalb hab ich ihn gefragt, ob er sie haben will.«

Tilly bedachte Rowenas Kopfstütze mit einem bitterbösen Blick. In ihren letzten Mails hatte sie davon geschwatzt, dass sie ihren Wildhüter bewusstlos neben einer leeren

Whiskeyflasche vorgefunden und dass Tillys Mutter sie zu Lamm und neuen Kartöffelchen nach Woodend eingeladen hatte, doch Sebastian hatte sie mit keinem Wort erwähnt. Außerdem war Rowena kein Mensch, der je Geheimnisse vor anderen hatte. Dafür war sie einfach viel zu offenherzig.

Rowena spielte mit den Heizungsreglern, und Tilly atmete gegen ihre Übelkeit tief ein. War sie etwa die Einzige, die in dem engen Wagen kurz vor einem Hitzschlag stand? Wenn sie sich übergeben müsste, wäre sie gespannt, wie Sebastian reagieren würde. Der Kerl war ja allergisch gegen Kotze.

Sie riss sich die Strickjacke vom Leib. »Bleibst du jetzt für immer hier?«

»Ja.«

»Ich dachte, du wolltest langfristig in Hongkong bleiben. Warum hast du es dir plötzlich anders überlegt?«

»Das war nicht ich, sondern Fiona.«

Tilly richtete sich auf und betrachtete die silbrige Unterseite eines Flugzeuges, das kurz zuvor gestartet war. »Dann hatte sie also genug von Hongkong?« Saßen in dem Flieger Urlauber und Geschäftsleute? Oder war er voller Menschen, die vor irgendetwas flohen?

»Sie hatte genug von mir.« Der Beifahrersitz ächzte, als er sich zu ihr umdrehte. »Hast du was dagegen, wenn ich eine rauche? Ich meine, vor deinem Sohn.«

Dann hatte er also immer noch nicht aufgehört. Und ja, es machte ihr was aus, wenn Isaac seinen Rauch einatmen musste. Nachdem sie bisher nur seine Frisur betrachtet hatte, fielen ihr jetzt zum ersten Mal die violetten Ringe unter den Augen auf. Sie schüttelte den Kopf und hoffte inbrünstig, sie hätte sich verhört, denn Sebastian als Single plus sie selbst als Single ergäbe eine komplizierte Gleichung. Und sie hatte Mathe schon immer gehasst. Sebastian kurbelte sein Fenster ein Stückchen herunter, und sie hörte das Knistern von Zellophan, das Klacken eines Feuerzeugs und dann Sebastians ersten, tiefen Zug an seiner Zigarette.

Sie rieb an einem Erdbeermarmeladenfleck auf ihrer Jeans. »Fiona hat dich verlassen?«

»Ja.« Er tat einen weiteren Zug.

»Tut mir leid.« Sie wollte ihn nicht hassen, hatte aber auch nicht vor, ihm zu verzeihen. Vielleicht war es ja möglich, dass er ihr zwar eigentlich egal wäre und trotzdem etwas leidtäte? Schließlich taten ihr sogar die überfahrenen Eichhörnchen auf der Straße nach Creeping Cedars leid, obwohl sie eine große Plage waren.

Inzwischen hatten sie den ausufernden Großraum London hinter sich gelassen, und draußen zog grünes flaches Land an ihnen vorbei. Wie anders doch die Aussicht auf ihrer heimischen I-40 war, denn sie führte durch ein dichtes Waldgebiet. Tilly verspürte einen Anflug von Wehmut, doch bevor sie überlegen konnte, was das zu bedeuten hatte, verspürte sie ein leises Unbehagen und lenkte den Blick wieder nach vorn.

Sebastian hatte den Rückspiegel zu sich gedreht und tat, als reibe er sich die müden Augen. Aber das war nur ein Vorwand, denn sie merkte genau, dass er in ihre Richtung sah. Dabei drückten seine Augen Neugierde, Verlangen, Wehmut – oder vielleicht Sehnsucht? – aus. Sehnte er sich so nach ihr, wie Tilly sich nach ihm gesehnt hatte, als David starb? Wenn sie nicht so weit weg säße, könnte sie sich ganz auf seine Augen konzentrieren. Waren sie grau, wie es in seinem Pass stand, oder schlammig grün wie Gewitterwolken, die sich im Ozean spiegelten? Bevor sie sich entscheiden konnte, wandte er sich wieder ab.

Na super. Es blieb ihr wohl nichts anderes übrig, als ihm zu verzeihen.

Sie wollte noch nicht aufwachen, doch die gedämpften Stimmen rissen sie vorzeitig aus dem Schlaf. Wo war sie? Ach ja, noch immer eingezwängt auf der Rückbank von Rowenas Wagen. Und Rowena flüsterte gerade: »Willst du, dass ich es Tilly sage?«, und Sebastian erwiderte: »Nein, das mache ich selber.«

Kurzerhand stellte sich Tilly wieder schlafend.

»Alles klar?«, fragte Rowena. »Sorry. Blöde Frage.«

»Allerdings, Schätzchen.« Abermals klackte ein Feuerzeug. »Die Frage war echt blöd.«

»Schätzchen?« So, wie er es ausgesprochen hatte, war eindeutig, dass das Kosewort als Scherz gemeint war. Aber dass er überhaupt ein solches Wort benutzte, wenn er mit Rowena sprach …? Tilly hielt den Atem an und hoffte, Sebastian würde endlich einmal etwas von seinen Gefühlen preisgeben, auch wenn das untypisch für ihn war. Aber er blieb stumm und zog sich in seinen Schutzpanzer zurück, wie eine Schildkröte, die mitten auf einer Schnellstraße gelandet war.

Tilly musste sich bewegen, weil ihr Hintern eingeschlafen war.

»Aha«, stellte Rowena fest. »Dornröschen und mein kleiner Prinz werden langsam wieder wach. Na, habt ihr beiden Süßen gut geschlafen?«

»Nicht besonders.« Tillys Nacken war verspannt, und sie drehte vorsichtig den Kopf.

»Wir sind da, Mom! Guck!« Isaac packte ihre Hand. »Wir sind da!«

Die links und rechts von efeubedeckten Mauern gesäumte Straße führte nun unter dem Schatten des silbrigen Blätterdachs von Hängebuchen hindurch. Am liebsten hätte Tilly vor lauter Glück laut geschrien, wäre aus dem Wagen gesprungen und hätte den Boden geküsst. Alles andere war egal. Sie war wieder zu Hause, an dem Ort, an dem das Leben völlig unverändert auf sie wartete. Sie öffnete das Fenster und sog die kühle Luft und den Geruch von frischgemähtem Gras in ihre Lungen ein. Keine Hitze, keine Feuchtigkeit, kein Zirpen von Zikaden wie in North Carolina, nur das Blöken von Schafen.

Inzwischen fuhren sie wieder durch hellen Sonnenschein, das Efeu ging in eine Weißdorn-Winden-Brombeerhecke über, und als Tilly das Zwitschern einer Blaumeise vernahm, schwoll ihr das Herz vor lauter Freude. Zum ersten Mal war Isaac im Sommer hier! Endlich würde er erleben, wie traumhaft schön England in dieser Jahreszeit war.

Eine Frau trabte auf einem Schecken an ihnen vorbei und tippte zum Gruß an ihren samtbezogenen Helm, ohne dass Rowena es auch nur zur Kenntnis nahm, denn sie jubelte begeistert auf: »Sonne! Oh, die Sonne!«, und wippte wie ein aufgeregtes Kind am Weihnachtsmorgen auf dem Fahrersitz auf und ab.

Sie hatte nur noch Augen für den Himmel, fuhr aber zum Glück nicht schnell. Durch ein Dorf würde sie schließlich auch niemals rasen.

»Also, mein Kleiner. Was sollen wir dieses Mal für einen Ausflug machen?«, fragte sie. »Immer, wenn Isaac hier ist, machen wir beiden einen Ausflug«, wandte sie sich abermals

Sebastian zu. »Wobei die Möglichkeiten jetzt im Sommer deutlich besser sind. Normalerweise kommen Tilly und ihr Sohn immer über Weihnachten. Wenn auch nicht, um Weihnachten zu feiern, denn das tun sie nicht.«

»Ihr feiert kein Weihnachten?« Sebastian hielt seine Zigarette aus dem Fenster und drehte sich kurz zu Tilly um.

»Mein Mann war praktizierender Jude.« Tilly sah der Rauchfahne, die durch das offene Fenster wehte, hinterher. »Und da wir einen liberalen Rabbi haben, haben wir auch Isaac im jüdischen Glauben erzogen. Er denkt, dass Jesus mit zwölf Rentieren am Nordpol lebt, nicht wahr, Glückskäfer?«

Isaac verdrehte die Augen. »Mom! Das habe ich geglaubt, als ich noch klein war.«

»Nach Davids Tod bin ich zum Judentum konvertiert. Weil ich das so für Isaac besser fand.« Und das war es auch. Denn schließlich hätte er wohl kaum als fünfjähriges Kind allein in die Synagoge gehen können. Damals hatte sie gedacht, es wäre ein letztes Geschenk an ihren toten Mann, und vielleicht hatte sie das tatsächlich geglaubt. Inzwischen aber war ihr klar, dass ihr Glaubenswechsel vor allem ein Akt der Wiedergutmachung gewesen war. *Nein.* Sie versuchte, den Gedanken zu verdrängen, aber sofort war er wieder da. Und mit ihm die Schuldgefühle, die für sämtliche Entscheidungen seit Davids Tod ausschlaggebend gewesen waren.

Sie fuhren langsam an der Friedhofsmauer und den Eiben vorbei, die man bei den Massengräbern für die mittealterlichen Pestopfer gepflanzt hatte. Hinter der Kirche erstreckten sich endlos die Felder und Wiesen, auf denen vereinzelte Kastanien wuchsen oder Schafe grasten.

Tilly hielt den Atem an. Nichts durfte dieses Glücksgefühl, das in ihr aufgestieg, zerstören, denn im nächsten Augenblick … Sie atmete erleichtert auf, als sie über eine kleine Hügelkuppe fuhren. Tufte rosafarbenen und roten Baldrians lugten aus den Grundmauern der aus Eisenstein erbauten, reetgedeckten Häuschen links und rechts der High Street, deren handtuchschmalen Vorgärten vor Lupinen, Rittersporn, halbverblühten Rosen und wild wuchernden Wicken überquollen. Tilly ließ den Blick über die Pflanzen wandern. Die Gärten von Bramwell Chase, in denen ungezähmte mehrjährige Pflanzen die mit Klee und Gänseblümchen übersäten Rasenflächen überwucherten, hatten ihr schmerzlich gefehlt. Weil sie, anders als die sorgsam angelegten Außenanlagen in Creeping Cedars mit den genau abgemessenen Quadraten stark gedüngten Grüns, den wie Soldaten aufgereihten Büschen und dem Übelkeit erregenden Geruch nach Hartholz-Mulch, noch richtige Gärten waren.

»Los, mein Herz«, wandte sich Rowena wieder Isaac zu. »Sag mir, wohin du willst. Bloß nicht wieder ins Legoland. Der Souvenirshop dort hat mich beim letzten Mal fast ruiniert. Wie wäre es mit dem Londoner Tower? Da kannst du dir angucken, wo sie die Leute enthauptet haben. Und die Kronjuwelen sind auch nicht schlecht.«

»Wie wäre es mit dem Safaripark in Woburn?«, schlug Sebastian achselzuckend vor. »Archie und Sophie …« – Ah, jetzt wusste Tilly auch, wie seine Tochter hieß – »… finden den ganz toll. Dort klettern einem die Affen auf die Kühlerhaube, und die Papageien fressen einem aus der Hand.« Isaac saß völlig reglos da und starrte ihn mit großen Augen an. »Und die Souvenirshops sind auch phänomenal.« Sebastian blickte Ro mit diesem Lächeln an, das aus nicht viel mehr als einem leichten Zucken seines rechten Mundwinkels bestand. Tilly rutschte nervös auf dem Sitz herum.

»Tolle Idee. Ich …«, begann Ro, aber im selben Augenblick ertönte ein blechernes »Rule Britannia« in ihrem Schoß. »Verflixt. Mein Handy«, schimpfte sie und wühlte in den Falten ihres Rocks. »Sebastian? Lenk bitte mal kurz für mich.«

Er klemmte sich die Zigarette zwischen den Lippen fest und schüttelte missbilligend den Kopf, trotzdem streckte er die Hand nach dem Lenkrad aus, während sie mit irgendjemandem am Handy sprach. In seiner Kindheit hatte ihn eine ganze Reihe von Frauen verwöhnt – seine Großmutter, die mit ihnen im selben Haus gelebt hatte, die Mutter und die beiden großen Schwestern –, aber trotzdem hatten sexuelle Anspielungen oder Zeichen unverhohlener Lust ihn immer nervös gemacht. Allerdings verrieten seine lässigen Bewegungen, als er sich dicht über Rowena beugte, dass er heutzutage offenbar mit seiner Sexualität im Reinen war. Das war schön für ihn und – Tilly rang nach Luft – eher schlecht für sie. Ihr Leben war erheblich einfacher gewesen, als sie angenommen hatte, dass Sebastian für sie gestorben war. Gott, sie musste endlich raus aus diesem Wagen.

»Cool«, erklärte Isaac. »Rowena kann ohne Hände fahren.«

»Das ist alles andere als cool«, widersprach ihm Tilly laut. »Es ist gefährlich und vor allem illegal.«

»Das war mein Dad. Danke, Sebastian.« Ro klappte ihr Handy zu und übernahm das Lenkrad wieder selbst. »Ich soll euch herzlich von ihm grüßen. Er und meine Mutter haben vor, ein Erholungsheim für ältere Engländer auf Kreta aufzumachen. Findest du, wir sollten investieren, Haddy? Dann könntest du mich in meinem Rollstuhl durch die Gegend schieben, und ich suche für jede von uns beiden einen geriatrischen Adonis aus. Ach, es gibt so viele Männer auf der Welt und nur so wenig Zeit.«

Vor Tillys geistigem Auge tauchten all die Exliebhaber ihrer Freundin auf. Die arme Ro hatte bisher noch nicht genug Liebe gefunden, während Tilly damit überschüttet worden war.

»Aber Isaac ist und bleibt mein Favorit.« Ro feuerte eine Salve Kusshände in seine Richtung ab. »Nicht wahr, Schätzchen?«

»Auf jeden Fall.« Isaac streckte die Brust heraus wie ein kleiner Macho und sah seine Patentante strahlend an.

Tilly räkelte sich und gähnte.

»Du wirkst ziemlich erledigt«, stellte ihre Freundin fest.

»Das bin ich auch.«

»Schade. Dann willst du bestimmt nicht mit uns Mittag essen. Aber ich habe vorhin schon zu Sebastian gesagt, dass du bestimmt zu müde bist. Wir haben für zwölf Uhr einen Tisch für zwei in der Flying Duck bestellt. Ich könnte auch dort anrufen und einen Tisch für vier bestellen, aber ich sehe, dass ihr völlig fertig seid.«

Isaac hüpfte schweigend auf dem Sitz auf und ab, um ihr zu demonstrieren, dass er alles andere als fertig war.

Tilly massierte sich die Schläfen. *Einen Tisch für zwei?*

»Ich hab eine viel bessere Idee!« Die anderen im Auto fuhren erschreckt zusammen, als Rowena mit Wucht auf die Hupe schlug. »Sonntagmittag essen wir einfach alle bei mir! Tilly, du bringst deine Mutter, und Sebastian, du bringst deine Kinder mit. Isaac? Es ist allerhöchste Zeit, dass deine

Tante Ro dir zeigt, wie man Croquet spielt. Ach, was rede ich denn da? Natürlich meine ich kein Croquet, sondern Cricket.«

»Ist das nicht so was wie Baseball? Das kann ich echt gut.«

Sebastian beugte sich vor und unterdrückte mit vorgehaltener Hand ein Lachen.

»Es ist offenbar dringend erforderlich, dass wir deinen kulturellen Horizont erweitern, Schätzchen«, tadelte Ro. »Und rein zufällig war dieser Mann, der gerade dabei ist, sich die Lunge aus dem Hals zu husten ...«, krachend ließ sie ihre Faust zwischen Sebastians Schulterblätter fallen, »... was im Übrigen ein wirklich guter Grund ist, niemals mit dem Rauchen anzufangen, weil das eine wirklich ekelhafte Angewohnheit ist ...«, dabei schnappte sie sich Sebastians Zigarette und zog selbst daran, »... also dieser Mann hier war der jüngste Schüler, der in der Geschichte des Rugby in der höchsten Junior-Liga spielen durfte, was eindeutig der ...«

»Totale Wahnsinn ist!«, brüllten Rowena und Isaac wie aus einem Mund.

Tilly knabberte an ihrem Daumennagel. Weshalb hatte sie vergessen, dass Sebastian einst als jüngster Spieler aller Zeiten in die höchste Junior-Rugby-Liga aufgenommen worden war? Doch vor allem – weshalb erinnerte sich Ro nach all den Jahren noch daran?

9

Während der Discovery wieder aus der Einfahrt schoss, versuchte Tilly, sich nicht wie die fallengelassene Heldin aus *Unglaubliche Geschichten* vorzukommen. Doch Rowena und Sebastian hatten sich auf irgendeine Art verschworen, und ihre Mutter? Als Tilly sie umarmte, konnte sie ganz deutlich ihre Knochen spüren. Sie war noch dünner als an Weihnachten, irgendwie geschrumpft, und sah vor allem deutlich älter aus als je zuvor.

»Du siehst erledigt aus«, stellte Virginia fest.

»Und du siehst müde aus. Das süße Nichtstun scheint recht anstrengend für dich zu sein.«

»Du kennst mich doch. Ich kann einfach nicht stillsitzen. Und plötzlich so viel Zeit zu haben …« – ihre Mutter räusperte sich kurz – »… gibt mir das Gefühl, alt und abhängig zu sein.«

Aus Richtung der Pferdekoppel begrüßten sie schrille Elster-Rufe und ein kehliges *Kuckuck*. Als Kind hatte sich Tilly über nichts so sehr gefreut wie über den ersten Kuckuck der Saison. Auch in ihrem Lieblingsgarten war alles so, wie es sein sollte. Über dem Kirschbaum war ein Netz gespannt, damit die Vögel nicht die Früchte fraßen, die Blumenrabatte wirkte wie ein blau-rosa-lavendelfarbenes Meer, und die steinerne Mauer war hinter den dichten Blüten der wild wuchernden weißen Rambler-Rose kaum zu sehen. Ihr Vater hatte sie gepflanzt und wie alle seine anderen Rosen liebevoll gepflegt. Wobei seine Frau sich immer eingemischt hatte, weil ihrer Meinung nach sie diejenige mit dem grünen Daumen war. Tilly ließ den Blick über das Grundstück schweifen, aber heute kam ihr Woodend wie ein lebloses Gemälde vor. Anders als bei ihren früheren Besuchen spendete die herrliche Umgebung ihr nicht den geringsten Trost.

Wenn Tilly an ihre Mutter dachte, war sie immer um die vierzig und pflügte mit steifem Hals und trockenem Haar durch die schwarzen Wellen vor der Küste Cornwalls. Heute Morgen allerdings sah sie weniger aus wie eine Frau, die dem Atlantik trotzte, als wie eine liebenswerte alte Dame, die nicht bemerkte, dass die linke Hälfte ihrer Seidenbluse aus dem Rockbund geglitten war.

»Gestern habe ich vor lauter Langeweile angefangen, ein Teedeckchen für den Kirchenbasar zu häkeln.« Ihre Mutter schob die Bluse in den Rocksaum und bauschte entschlossen ihre kurzgeschnittenen, dichten weißen Haare auf. »Was natürlich vollkommen idiotisch war.« Sie wies auf ihre bandagierte Hand. »Na, wie war dein Wiedersehen mit Sebastian?«

»Mum«, bat Tilly warnend.

Ihre Mutter zwickte beiläufig ein Blatt von der Lady-Hillington-Rose ab, die die Hintertür umrankte. »Ein schwarzer Fleck.« Sie schnalzte mit der Zunge. »Du musst sie dringend spritzen. Marigold hat mir erzählt, die beiden hätten sich im Streit getrennt. Sebastian und Fanny.«

»Fiona.« Tilly beobachtete zwei Spatzen, die in der steinernen Vogeltränke planschten. »Und woher weiß sie das?«

»Sie hat es von Sylvia gehört, und die wusste es von Beryl, die dieselbe Putzfrau hat wie Sebastian – Mabel Dillington. Aber das ist noch nicht alles.«

Tilly hätte immer gerne Augen wie Virginia gehabt. Augen, die man unmöglich ignorieren konnte. Augen, die so leuchtend blau waren wie der Himmel über Carolina. Tillys

Augen waren hell und durchscheinend wie zartblau bemaltes Porzellan. Sie sah damit ätherisch aus und nicht wie die wilden Amazonen, die schon immer ihre großen Vorbilder gewesen waren.

»Es gibt Hinweise darauf, dass Sebastian eine Beziehung hat.« Ihre Mutter sah sie reglos an.

Tilly scharrte mit ihren Doc Martens über den Kies aus Steinen gleicher Größe und in sandfarbenen Schattierungen. Anders als ihr eigener Kies, der aus Quarzklümpchen und grauen Steinsplittern bestand, war der Kies, den ihre Mutter in der Einfahrt liegen hatte, einfach makellos. »Ich hatte ganz vergessen, wie schnell haltlose Gerüchte hier im Dorf die Runde machen. Aber du solltest dich schämen, weil du darauf hörst.«

»Es ist eindeutig mehr als ein Gerücht. Und du brauchst gar nicht so scheinheilig zu tun. Gestern früh um sechs hat Mabel den Discovery vor der Manor Farm stehen sehen. Wo sind überhaupt Isaac und Monty hin?« Ihre Mutter humpelte die Steintreppe hinauf und verschwand durch die Hintertür im Haus.

Unglücklich hielt Tilly ihr Gesicht in die feuchte Morgenluft. Die Sonne war verschwunden, und ein feiner Nebel hatte sich über das Land gesenkt. *Dann schlafen die beiden also miteinander. Toll. Jetzt muss ich mir nur noch überlegen, wie ich ihnen bis zu meinem Rückflug in sechs Wochen aus dem Weg gehen kann.*

Ein leerer Truck ratterte die Hauptstraße hinunter. Leere Trucks – seit wann sagte sie nicht mehr Laster? – machten andere Geräusche als beladene. Wahrscheinlich lag es daran, wie sie in der Senke vor der Kurve aufkamen. Sie blickte durch das Tor, wo sie David zum ersten Mal begegnet war.

Dann starrte sie wieder auf das Haus, in das sie sich hatte flüchten wollen, nachdem er gestorben war. Durch ihre Schuld. Obwohl sie mittlerweile mit den Schuldgefühlen leben konnte, lauerten sie stets im Hintergrund. Und wenn sie müde war, wie jetzt, fühlten sie sich an wie eine heftige Migräne.

»Tilly! Telefon!«, rief ihre Mutter aus der Küche. »Ein James Nealy?«

»Na, hatten Sie einen guten Flug?« James umklammerte den Haltegriff des Laufbands, ließ ihn los und packte wieder zu. Sechsmal. Würde sie ihn anschreien? Ihm vorwerfen, er sei ein irrer Stalker? Aber obwohl ihm das seine Stimme gestern Abend immer wieder vorgehalten hatte, wusste er, dass er kein Stalker war. Trotzdem hatte er sich vorsichtshalber die in Carolina geltenden Gesetze zum Schutz gegen Belästigung genauestens eingeprägt.

»Schlafen Sie eigentlich nie?«, erkundigte sich Tilly. »Wenn ich mich nicht irre, ist es bei Ihnen gerade mal fünf Uhr.«

Er war darauf gefasst gewesen, dass sie ungläubig oder möglicherweise feindselig auf seinen Anruf reagieren würde, und jetzt fragte sie nach seinen Schlafgewohnheiten. Was zum Teufel sollte das bedeuten?

Das Laufband surrte unter ihm. »Ich treibe jeden Morgen zwischen vier Uhr dreißig und sechs Uhr dreißig Sport.« So viele Informationen hätte sie bestimmt nicht gebraucht.

»Sie stehen immer schon um halb fünf auf? Sind Sie ballaballa?«

Was zum Teufel sollte *ballaballa* heißen? So, wie es geklungen hatte, sicherlich nichts Gutes. Also ja, er hatte ihr zu viel von sich erzählt. Wahrscheinlich flippte sie gerade vollkommen aus und wählte über ihr Handy den Notruf der Polizei, weil er gegen das Gesetz zum Schutz gegen Belästigung verstoßen hatte, das auch *wiederholte Anrufe mit oder ohne anschließendes Gespräch zum Zweck der Beleidigung, Störung, Bedrohung, Belästigung oder Brüskierung der angerufenen Person* verbot. Hatte sein erneuter Telefonanruf sie vielleicht gestört?

»Haben Sie sich schon entschieden?«, versuchte er, einer möglichen Beendigung ihres Gesprächs durch Tillys Auflegen zuvorzukommen.

»James.« Ihre Stimme klang erschöpft. Er hätte mindestens noch eine Stunde warten sollen, um ihr die Gelegenheit zu geben, erst mal ihre Koffer auszupacken und sich nach der langen Reise umzuziehen. Aber er hatte sich schon zwingen müssen, erst sein Laufband zu besteigen, statt sofort in England anzurufen, um zu hören, ob sie gut angekommen war. »Ich habe Ihnen doch gesagt, dass ich Ihnen das im September sagen werde.«

»So lange kann ich nicht warten.«

»Sie sind schlimmer als ein kleines Kind. So fordernd wie Sie war Isaac nicht mal mit drei.«

Sein Pulsschlag beruhigte sich, als ihr weicher englischer Akzent an seine Ohren drang. Vielleicht könnte er sogar noch mal ins Bett krabbeln und etwas schlafen. Doch natürlich würde er zuerst unter die Dusche gehen. »Reden Sie mit allen Ihren Kunden in einem so unfreundlichen Ton?«

»Genau aus diesem Grund habe ich einen Großhandel, bei dem es Abnehmer meiner Pflanzen und keine Kunden gibt. Und nein, ich habe bisher noch nicht wieder über Ihren Vorschlag nachgedacht. Ich bin gerade nach einer zwölfstündigen Reise durch die Tür gekommen, und das Einzige, was mich jetzt interessiert, ist, wo ich meine Zahnbürste gelassen habe und ob irgendwo eine saubere Unterhose greifbar ist.«

»Ach ja?« Vor seinem geistigen Auge sah er Tilly, die nur einen scharlachroten String und Gartenhandschuhe trug. Er schüttelte sich das Haar aus der Stirn und stellte das Laufbahn etwas schneller ein.

»Wie haben Sie mich überhaupt hier aufgespürt?«, wollte Tilly wissen.

Indem Sari sich verplappert hat. Er hatte sie ausquetschen können wie eine Zitrone, nachdem er herausgefunden hatte, dass ihre heranwachsenden Söhne von seinem Computerspiel total begeistert waren.

»Man kann alles rausfinden, was man rausfinden will«, erklärte er. »Solange man entschlossen genug ist.« Das war keine Lüge, auch wenn seine Stimme ihm erklärte, dass es eine war.

»Ich bemühe mich wirklich um Geduld. Aber ich stehe gefährlich nah davor, Ihnen zu empfehlen, sich ins Meer zu stürzen. Allerdings flechte ich dann wahrscheinlich noch ein paar Kraftausdrücke ein.« Sie machte eine Pause und erkundigte sich dann: »Was macht Ihr stiller Schluckauf?«

»Wollen Sie das wirklich wissen?«, fragte er so leise, dass sie es beinahe nicht verstand.

»Traurigerweise ja.«

»Er ist schlimmer geworden.« Das Laufband knirschte vor Empörung, denn jetzt zwang er ihm ein noch höheres Tempo auf. So schnell war er bisher noch nie gelaufen.

»Dann werden Sie mich also weiter anrufen?«

»Ja.«

»In Ordnung. Zeit für einen Deal, Mr Nealy. In einer Woche werde ich Ihnen sagen, ob ich Ihren Garten anlege oder nicht – wenn Sie mich bis dahin nicht mehr anrufen.«

War das ein Ja oder ein Nein? Oder irgendein Zwischending? Er hasste Zwischendinge. Aber ein Vielleicht könnte sich in ein Ja verwandeln, oder nicht? »Okay.«

»Und …«

»Kommt jetzt etwa noch irgendeine Zusatzklausel?«, keuchte er.

»Ich hätte gerne eine Erwachsenen-Erklärung für den Schluckauf.«

»Wird sie … Ihre … Entscheidung … beeinflussen?« Inzwischen sprintete er fast. Rannte gegen die Stimme an, die in einer Endlosschleife wiederholte: *Wenn du es ihr sagst, dann hält sie dich für total verrückt.* Er versuchte, den Gedanken durch den Text von »Psycho Killer« zu verdrängen, kam aber über die erste Zeile nicht hinaus. Sie lautete sinngemäß: Verdammt noch mal, lass mich in Ruhe, denn ich stehe total unter Strom.

»Wenn man Leuten ein Etikett verpasst, ist das für mich nichts anderes, als wenn ich Schilder in die Blumentöpfe stecke«, meinte sie. »Und was auf diesen Schildern steht, ist mir vollkommen egal.« Er konnte hören, dass sie lächelte. »Also, jetzt mal Butter bei die Fische. Ich bin nämlich wirklich neugierig.«

»Was … steht … auf … Ihrem … Etikett?« Seine Schuhe trommelten rhythmisch auf das Band.

»Ich dachte, wir würden von Ihnen sprechen.«

»Ich … bin … nicht … wirk … lich … interessant.« *Abgesehen davon, dass du ein totaler Spinner bist.*

»Also gut. Okay. Wie wäre es mit einer kleinen transatlantischen Nabelschau?« Sie stieß einen abgrundtiefen Seufzer aus. »Ich bin eine Witwe, die von Schuldgefühlen zerfressen wird. Nein, das ist zu krass. Ich ertrinke nicht in meinen Schuldgefühlen. Sie lauern einfach immer irgendwo im Hintergrund.«

James atmete vernehmlich aus und drosselte sein Tempo, bis er nicht mehr rannte, sondern ging. »Sie sollten sich vor Schuldgefühlen hüten.« Tilly kannte also selbst das Grauen eines Traumas. Doch das war weder für sie selbst noch für ihren Jungen gut. »Schuldgefühle können derart mächtig werden, dass man kaum noch an was anderes denken kann. So geht es mir. Ich habe Gedanken im Kopf, die mich einfach nie loslassen. Zwanghafte Gedanken, die zu Zwangshandlungen führen. Gucken Sie doch einfach mal bei Wikipedia unter ›Zwangsstörung‹ und ›Kognitiver Verhaltenstherapie‹ nach. Das ist eine Therapie, die einem beim Umlenken unerwünschter Gedanken helfen soll. Vielleicht bringt sie Ihnen ja auch etwas.« Er schaltete das Laufrad ab. Es war erst fünf Uhr sechzehn, und der Tag war jetzt schon viel zu lang. »Ich rufe Sie in einer Woche wieder an. Um dieselbe Zeit.«

Damit legte er auf, beugte sich über die Haltegriffe des Laufbands und holte so tief wie möglich Luft. Er hatte es ihr tatsächlich gesagt? Hatte ihr von seiner Angststörung erzählt, die nach landläufiger Meinung lächerliche oder – schlimmer noch – bedauernswerte Kreaturen aus den Menschen machte? Wie den Fernsehkommissar, der seinen Berufsalltag nur meistern konnte, weil sein Assistent ihm alle zwei Minuten sagrotangetränkte Tücher reichte, oder die Bestie, die gezwungen war, eine ungerade Zahl von Menschen zu ermorden, oder den millionenschweren Einsiedler, der keine Türklinken berühren konnte und elend allein in irgendeinem Haus dahinvegetierte. James schlug sich mit den Handballen gegen die Schläfen. *Klopf, klopf. Klopf, klopf. Klopf, klopf.*

Er hatte bisher noch niemandem von seiner Zwangsstörung erzählt – weder seiner Familie noch seinen Freundinnen, noch den besten Freunden. Nur sein bester Kumpel Sam hatte vor Jahren einmal eine Vermutung in diese Richtung angestellt, ihn aber nie konkret darauf angesprochen, und genau so hatte er es bisher auch immer haben wollen. Denn sein Zustand ging nur ihn allein etwas an, und wenn er laut darüber spräche, hätte er sich ein Etikett verpasst. Tilly hatte recht – die Bezeichnung »Zwangsstörung« war nur ein Etikett. Doch ein Etikett, das stigmatisierte, weil es hieß, dass so jemand schwach und zu bedauern war. Was James verabscheute, weil es in ihm die Erinnerung an sich selbst als zehnjährigen Jungen wachrief, der am Grab der Mutter stand, sich vor der Zukunft und vor den Gedanken, die ihn einfach nicht mehr loszulassen schienen, fürchtete und sich verzweifelt wünschte, in die Menge einzutauchen, sich dort aufzulösen, die Person zu sein, an die sich niemand je wirklich erinnerte. Während er in Wahrheit die Person war, die die anderen gern vergessen hätten. Nur, dass das nicht möglich war.

Sie hasst dich, sie hat Angst vor dir, sie hält dich für verrückt.

Nein, nein. James presste sich die Handballen an die Stirn. Er hatte genug von all den Zweifeln, und sie sollten ihn nicht wieder in den Abgrund ziehen. Er würde nicht noch mal jener Mensch werden, der er gewesen war, bevor er beschlossen hatte, sich von seiner Firma, seiner Wohnung und dem elterlichen Hof zu trennen. Weil er sich nur retten könnte, wenn er noch mal ganz von vorn anfing.

Außerdem glaubte er nicht, dass Tilly sich vor irgendjemandem fürchtete. Und okay, er war ein bisschen seltsam. Er *war* seltsam. Na und? Er sollte der Welt zurufen können, dass er an einer Zwangsstörung litt, ohne Angst vor ihrer Reaktion zu haben. Vielleicht war es ja ein erster Schritt gewesen, sich Tilly zu öffnen. Auch sein Dad hatte nach seinem ersten Meeting bei den Anonymen Alkoholikern verkündet: »Ich bin Alkoholiker.«

Das war eine gute Theorie, die er verzweifelt glauben wollte. Es verlieh dem Menschen Kraft, wenn er eine Schwäche eingestand, aber bei seinem Gespräch mit Tilly waren ihm unbewusst Informationen rausgerutscht, und das war ihm bisher noch nie passiert. Andere Menschen sagten öfter irgendwelche Dinge, die sie hinterher bereuten, doch er selbst hatte das bisher immer vermieden.

Doch als sie zusammen zum Eisessen gefahren waren und er Andeutungen zu seiner Störung gemacht hatte, hatte nicht schon da ein kleiner Teil von ihm den Mut bewiesen, Tilly zu vertrauen, hatte nicht schon da ein kleiner Teil von ihm gewagt zu glauben, dass er endlich jemandem begegnet war, der ihn vielleicht verstand? Wie würde sie ihn wohl jetzt behandeln, wo sie von seiner Störung wusste? Würde sie jetzt nicht mehr ihn, sondern nur noch die Krankheit sehen? Wäre es überhaupt möglich, diese beiden losgelöst voneinander zu betrachten?

Sein Psychiater sagte immer: »Das sind nicht Sie, das ist die Störung«, doch eine so klare Trennung gab es für ihn nicht. Vielleicht war es die Störung, die ihn häufig so verrückte Dinge denken ließ, aber dadurch hatte sie ihn auch geformt, ihn zum Erfolg gedrängt und ihm das einzige Geschenk gemacht, an dem ihm wirklich etwas lag: die Fähigkeit zu sehen, wenn jemand anderer litt. Manchmal handelte er nicht nach diesem Wissen, weil er es nicht wollte, dennoch zogen ihn vor allem Menschen an, die nicht auf der Sonnenseite des Lebens standen, denn sie hatten sein ehrliches Mitgefühl. War er deshalb ein Altruist? *Wenn du ehrlich bist, umgibst du dich einfach gerne mit Menschen, die noch mehr Probleme haben als du selbst.* Das traf zwar nicht auf seine Freunde zu, aber ganz eindeutig auf all die Frauen, mit denen er sich bisher eingelassen hatte.

Seine Gedanken kehrten zurück zu Tilly. Die sein Angebot bestimmt annehmen würde. Ganz bestimmt sogar. Doch wenn sie erst einmal zusammenarbeiteten und sich deshalb täglich sehen würden, müsste er vorsichtiger sein. Würde sie nämlich hinter die Maske seines Etiketts blicken und damit die ganze Wahrheit erkennen, dann würde sie ihn niemals verstehen können. Und das wäre das Ende. Dann wäre es endgültig um ihn geschehen.

Im Heizkörper in ihrem alten Kinderzimmer gluckerte Luft. Tilly wühlte auf dem Bett in ihrer Reisetasche, die auf einer derart bunten Patchworkdecke lag, dass man schon vom bloßen Anblick Kopfschmerzen bekam. Tilly liebte die Erinnerung daran, wie sie in diesem Bett geschlafen hatte, auch wenn ihr nicht wirklich viel an einer Wiederholung dieses vermeintlichen Genusses lag. Die Matratze sackte in der Mitte ein, und jedes Mal, wenn sie in ihr Elternhaus kam, musste sie erst wieder lernen, die Arme und Beine anzuziehen, weil sie nicht in ihrem Doppelbett in Carolina lag. Tilly hatte sich immer ein noch größeres Bett mit jeder Menge bunter Kissen in verschiedenen Größen gewünscht. Doch mit der Begründung, dass er sie so nah wie möglich bei sich haben wollte, hatte David das stets abgelehnt.

»Was weißt du über Zwangsstörungen?«, fragte Tilly ihre Mutter, die mit einer Tasse Lady-Grey-Tee und dem Kreuzworträtsel aus dem *Daily Telegraph* in dem alten Stillsessel saß.

»Hat nicht Howard Hughes unter einer Zwangsstörung gelitten? Ich glaube, er hatte krankhafte Angst vor Keimen.« Mrs Haddington rührte in ihrem Tee und klopfte mit dem Löffel an den Rand der Porzellantasse. »Hat deine Frage etwas mit diesem James zu tun? Er klang sehr nett.« Klirrend ließ sie ihren Löffel auf die Untertasse fallen. »Und du brauchst gar nicht so zu grinsen. Ich bin vielleicht alt, aber deshalb noch lange nicht senil. Und ich kann noch sehr gut hören, wenn eine Stimme sexy klingt.«

Ihre Mutter konzentrierte sich ganz darauf, ihre Tasse auf dem Nachttisch abzustellen. Tilly war sprachlos. Virginia Haddington, die sich jahrzehntelang geweigert hatte, das berühmte S-Wort in den Mund zu nehmen oder auf die Fragen ihrer heranwachsenden Tochter über die Tatsachen des Lebens einzugehen – was bei ihr später einmal Sebastian übernehmen sollte –, hatte gerade einen Mann als sexy tituliert. Tilly schlang sich die Strickjacke fester um den Bauch. Jetzt, wo sie darüber nachdachte, wurde ihr bewusst, dass ihrer Mutter inzwischen auch das Wort *verdammt* mühelos über die Lippen kam. Dabei hatte sie Tilly dafür einmal geohrfeigt. Versuchte sie vielleicht, auf Augenhöhe mit ihren Töchtern zu bleiben, indem sie die Werte über Bord warf, die man ihr in der Kindheit eingetrichtert hatte? Oder war es Ausdruck einer persönlichen Krise? Von beginnendem Alzheimer?

»Ich gehe davon aus, dass dieser James Interesse an dir hat?«

»Warum fragst du das?«

»Wegen der Art, wie er deinen Namen ausgesprochen hat. So, als wäre er ein kostbarer Gegenstand. Als Lehrerin weiß ich außerdem, wann jemand etwas vor mir verbergen will. Also, ist er in dich verliebt?«

»Nein! Er möchte, dass ich einen Garten für ihn anlege.« War er in sie verliebt? Oh nein, auf keinen Fall. Doch mit einer Sache hatte ihre Mutter recht. James verbarg auf jeden Fall etwas vor ihr. Tilly blickte durch das Fenster auf den Rasen. Isaac spielte Fußball mit dem Ball, den sie ihm bei ihrem letzten Besuch gekauft hatte. In weniger als fünf Minuten hatte er den Schatz an Besitztümern, die Tilly nach ihren Aufenthalten in Woodend immer hier zurückließ, ausgegraben und im ganzen Haus verteilt. Jetzt legte er sich den Ball zurecht und wollte ihn gerade kicken, als Monty vorsprang, sich das Spielzeug schnappte und zerbiss.

»Landschaftsgärtnerei«, sinnierte ihre Mutter. »Dafür hast du ein Händchen.«

»Bitte, Mum. Halt dich da raus.« Tilly zog ein langärmliges T-Shirt aus der Tasche, stopfte es in die alte Kommode neben ihrem Bett und schob die Lade mit dem Hintern zu.

»Sei bitte ein bisschen vorsichtiger, Schatz. Das ist ein wertvolles Möbelstück.« Ihre Mutter blickte sie über den Rand ihrer Lesebrille hinweg an, deren Lapislazuli-Gestell das Blau ihrer Augen noch betonte. »Wenn du mich fragst …«, – *Oh, das habe ich ganz sicher nicht getan* –, »… solltest du das Leben nicht immer nur von außen als Zuschauerin betrachten, weil du dich nicht traust, mitten hineinzuspringen. Denn auch wenn du das anscheinend denkst, du bist nicht verantwortlich für Davids Tod.«

Tilly schluckte die aufsteigende Übelkeit herunter. »Aber so gut wie. Ich hab nämlich den Ärzten gesagt, dass er eine Patientenverfügung hat, Mum.«

»Du hast ihm seinen letzten Wunsch erfüllt, was wirklich löblich war.«

»Aber ich glaube an die Heiligkeit des Lebens. Außer, wenn es um Schnecken oder Japankäfer geht. Das weißt du ja.« Tilly atmete vernehmlich aus. »Und bevor du noch was sagst, ja, ich gebe zu, dass es seine eigene Entscheidung war. Als er diese Verfügung aufgesetzt hat, habe ich das akzeptiert. Aber ich weiß immer noch nicht, wie ich mit den Folgen *meines* Handelns leben soll.« Ach, wäre es doch nur so einfach. »Und wenn andere Leute mich bedrängen …«, sie sah ihre Mutter bittend an, »… hilft mir das ganz sicher nicht.«

»Oh, Schatz, ich weiß, die Trauer braucht ihre Zeit, aber trotzdem darfst du die Menschen, die dich lieben, nicht aus deinem Leben aussperren.«

»Nicht einmal, wenn sie mich zwingen wollen, einen wilden Boogie hinzulegen, obwohl ich viel lieber mit meinem Rollator durch die Gegend schlurfen will?«

»Nicht einmal dann. Weil du nämlich noch viel zu jung für einen Rollator bist.«

Tilly zog die Ärmel ihrer Jacke über die Hände, damit ihre Mutter nicht ihre geballten Fäuste sah. All das Reden, Denken, Leben hatten sie völlig erschöpft. »Ich hätte mich auf meinen Instinkt verlassen sollen, Mum. Ich hätte nichts von der Verfügung sagen sollen. Aber ich habe David immer nachgegeben. Einfach, weil's bequemer war.« *Hör auf, Tilly, es reicht.*

»Unsinn.« Ihre Mutter raschelte vernehmlich mit der Zeitung. »Du bist Kompromisse eingegangen – aber das gehört in einer Ehe nun mal dazu. Außerdem hätten nicht viele Frauen es mit David aufnehmen können. Aber du hast es geschafft.«

Tillys trockene Augen brannten, und am liebsten wäre sie in Tränen ausgebrochen. Doch was hätte sie dadurch erreicht? Für Selbstmitleid gab es in ihrem Leben keinen Platz. Schlimm genug, dass sie, wenn sie nicht schlafen konnte, immer noch den Atem ihres Mannes hörte, der, nachdem die Ärzte das Beatmungsgerät abgestöpselt hatten, rasselnd aus der Tiefe seiner Lungen aufgestiegen war.

Mrs Haddington nahm ihre Brille ab und klappte sorgfältig die Bügel ein. »Schuldgefühle gehören zum Tod dazu, Schätzchen. Aber das muss man auch akzeptieren, statt sich dagegen aufzulehnen, so wie ich.« Wie viele Euphemismen fände sie wohl noch für ihren Zusammenbruch? »Dein Vater wollte unbedingt zu Hause sterben, aber ich habe mir eingeredet, dass professionelle Krankenschwestern einen Krebspatienten während seiner letzten Tage besser pflegen könnten als ich selbst und dass ich alles noch schlimmer machen würde, wenn ich zuließe, dass er noch mal nach Hause kommt.« Sie schüttelte den Kopf. »Der arme Mann lag sowieso im Sterben. Wie viel schlimmer hätte es wohl noch werden können? Und nach seinem Tod habe ich mich in meine Schuld verbissen. Tu du das wegen David bitte nicht.«

Ihre Mutter meinte es natürlich gut, war aber völlig ahnungslos. Manche Taten waren einfach zu schlimm, um sie jemals zu vergessen oder zu verzeihen. Tilly bückte sich nach dem zusammengeknüllten Jeanshemd, das am Fußende des Bettes auf dem Boden lag, schüttelte es kraftvoll aus und warf es in den Wäschekorb. Warum um alles in der Welt hatte sie hauptsächlich ungewaschene Kleider eingepackt?

»Wie wäre es, wenn du erst mal gründlich ausmistest? Und zwar zuerst in Davids Studio. Wie wäre es, wenn du mit all den Sachen auf den Flohmarkt gehst oder die vielen Fachbücher der Uni schenkst und aus dem Arbeitszimmer einen Laden für Gartenzubehör machst?«

»Ich kann nicht einfach ein Geschäft eröffnen, Mum. Schließlich gibt es Baugesetze, in denen so etwas ganz genau geregelt ist. Außerdem atmet das Studio noch immer Davids DNA. Nur wegen dieses Studios haben wir das Haus damals überhaupt gekauft ...«

»Blödsinn. Du hattest dich in das Land verliebt, und David hat am Ende nachgegeben, weil er dich noch mehr verwöhnt hat als dein seliger Vater. Der mir immer noch entsetzlich fehlt.« Mrs Haddington betrachtete ihren Verlobungsring, auf dem ein riesiger Saphir inmitten einer Reihe kleiner Diamanten saß. »Er dachte, du hättest dich in North Carolina gefunden.«

»Wirklich?« Tilly lächelte ihre Mutter an, und sie erwiderte ihr Lächeln.

Plötzlich wurden schnelle Schritte und ein aufgeregtes »Mommy! Mommy!« auf der Treppe laut, und einen Moment später riss ihr Sohn die Zimmertür auf.

»Monty hat den Fußball in der Küche ausgekotzt. Können wir vielleicht losfahren und einen neuen Ball besorgen, wenn du den Boden saubergemacht hast?«

»Ich habe eine viel bessere Idee.« Tilly zog die Schublade ihres alten Frisiertischs auf und wühlte darin nach einer Medaille mit der Inschrift »1. Platz, 200 Meter Brustschwimmen«.

»Hier.« Sie drückte Isaac die Medaille in die Hand. »Ich verleihe dir den Orden dafür, dass du Monty hilfst.«

»Super. Und was muss ich dafür machen?«

Tilly legte ihm den Arm um die Schulter. »Erst mal wirst du lernen, wie man das Erbrochene von einem Hund aufwischt.«

Kreischend duckte sich der Junge unter ihrem Arm hindurch, und sie nahm lachend die Verfolgung auf. Auf dem Weg ins Erdgeschoss blieb sie auf der sechsten Stufe, die seit jeher furchtbar knarzte, stehen. Die Wohnzimmertür stand offen, und sie sah einen Karton neben der mit hübschen Schnitzereien verzierten Holztruhe, auf der bisher stets unzählige Fotos der Familie gestanden hatten. Packte ihre Mutter, die genau wie sie Erinnerungen hortete, ihre Vergangenheit zusammen? Und falls ja, warum?

Die Frage hinterließ bei Tilly einen bitteren Nachgeschmack. Woodend war eine Zeitkapsel, in der das Leben der Familie Haddington geborgen war. Seit Jahrzehnten waren selbst die Farben an den Wänden immer gleich geblieben, und wenn es nach Tilly ginge, würde das für alle Zeiten auch so bleiben.

10

Bramwell Hall verströmte eine Aura, die sich völlig von der sämtlicher anderer Orte unterschied, an denen sie je gewesen war. Das Anwesen lag abgeschieden hinter dem Friedhof, und obwohl der kühle Hauch der Geschichte durch die riesengroßen Räume wehte und das Haus mit seiner bröckelnden Fassade halb verfallen aussah, lebte ihre beste

Freundin darin, und deshalb hatte sich Tilly dort immer wohl gefühlt.

Die Uhr über den alten Stallungen schlug fünfzehnmal, am Ende des Parks blökten die Schafe, und vor Tillys geistigem Auge lief ein selbstgedrehter Film ab. Sie rannte hinter Ro durch den Nordflügel des Hauses, ließ zum silbernen Thronjubiläum der Queen vor dem Südflügel kleinere Kinder auf den Ponys reiten und saß während des Feuerwerks zu Ehren von Prinz Andrews Hochzeit angeschmiegt an Sebastian auf dem Rasen.

Sie blickte in Richtung der längs unterteilten Fenster in der oberen Etage, wo das Zimmer ihrer Freundin lag. Verdammt, da war es wieder – das Bild von Rowena und Sebastian, eng umschlungen im Liebesakt. Pfui.

Es war das reinste Kinderspiel gewesen, ihren Ex-Freund während der gesamten letzten Woche zu meiden. Nur einmal hatte sie die Rücklichter von seinem Jaguar gesehen, als sie abends vor dem Schlafengehen noch mal mit Monty vor die Tür gegangen war. Erheblich schwieriger war es gewesen, ihrer Freundin aus dem Weg zu gehen. Denn wie der Glöckchenlauch, der jedes Jahr im Mai an den unmöglichsten Stellen ihres Gartens aus der Erde lugte, tauchte auch Rowena mit Begeisterung zu den unmöglichsten Zeiten an den unmöglichsten Orten auf. Nur ein Mensch mit Selbstmordabsicht legte sich mit ihrer Freundin an, und Tilly hatte erst mal ihren Jetlag überwinden und sich überlegen müssen, wie in dieser Angelegenheit am besten vorzugehen war. Doch zu ihrer Überraschung hatte auch Rowena bisher höchstens ein paar flüchtige Gespräche mit ihr führen wollen. Was für ein Segen, doch zugleich war es auch entsetzlich traurig.

Denn in dreiunddreißig Jahren hatten sie nur einmal Streit gehabt. Mit fünfzehn, nachdem Tilly aus Versehen Rowenas Lieblings-Single – das ausnehmend schnulzige »Nights in White Satin« von The Moody Blues – runtergefallen war. Den dadurch entstandenen dicken Kratzer hatte ihr die Freundin ewig nicht verziehen. Wobei Rowena unter dem Streit noch mehr gelitten hatte als sie selbst. Denn ohne die Haddingtons war sie völlig auf sich gestellt gewesen. Aber sie war unmöglich zu zähmen, weil sie mindestens so stur wie Tillys Sumpfsonnenblumen war. Deshalb hatte Tilly die Friedensverhandlungen begonnen und versprochen, niemals wieder irgendwas zu tun, wodurch ihre Freundschaft einen Knacks bekommen würde. Weil ihr diese Freundschaft wichtiger war als alles andere. Die Sonne kam hinter einer Wolke hervor und tauchte den Sandstein des Gebäudes in ein goldenes Licht. Rowena hatte ihrem Sohn das erste Lächeln nach Davids Beerdigung entlockt, und Tilly erneuerte gedanklich das Versprechen, das bereits seit achtzehn Jahren galt.

Sie blickte auf Rowena, die mit ihren beiden schwarzen Labradors, Winks und Tiddly, auf einer karierten Decke lag. Abermals tauchte ein nicht jugendfreies Bild von Rowena und Sebastian vor ihrem inneren Auge auf, und sie erschauderte. Hatte auf der Webseite zu Zwangsstörungen nicht gestanden, dass man die Gedanken, die einem missfielen, kurzerhand verdrängen sollte? Eine nette Vorstellung, dass man Gedanken hin- und herrückte wie Möbelstücke. Nur, dass das anscheinend eine Heidenarbeit war. Woher in aller Welt nahm James nur die dafür erforderliche Kraft? Nicht, dass sie an ihn denken wollte oder sich entschieden hätte, seinen Garten anzulegen, doch mit der Erwähnung seiner

Störung hatte er sie neugierig gemacht. Denn schließlich wohnte auch in ihr ein ungläubiger Thomas, der sie zwang, noch einmal nachzusehen, ob ihre Haustür auch wirklich verschlossen war, bevor sie abends schlafen ging. Doch bei ihren Ausflügen ins Netz, wenn alle anderen schliefen, hatte sie gelernt, dass das ganz sicher nicht mit der Besessenheit, mit den ritualisierten Zwängen und den Heimlichtuereien der Menschen mit Zwangsstörungen zu vergleichen war. Wie fand James jemals Frieden, wenn er dauerhaft in Angst vor irgendwelchen Dingen lebte, die für andere selbstverständlich waren? War das eventuell der Grund dafür, dass er einen Garten haben wollte? Vielleicht suchte er nach einem Stückchen Universum, das er kontrollieren konnte. Aber da wäre ein Garten der verkehrte Ort. Weil es beim Gärtnern niemals um Kontrolle ging.

»Um Himmels willen, jetzt setz dich endlich«, forderte Rowena mit geschlossenen Augen. »Du machst mich total nervös, und vor allem stehst du in der Sonne.«

»Tut mir leid. Ich war gerade in Gedanken.«

»Und woran hast du gedacht?«

»Was für ein Glück ich habe, weil ich geistig vollkommen gesund bin.«

»Super.« Ihre Freundin riss den Mund zu einem Gähnen auf. »Dann kannst du dich ja um mich kümmern, wenn ich Alzheimer bekomme. Und jetzt setz dich endlich hin, und erzähl mir, wie's dir wirklich geht.«

»Das weißt du doch.«

»Oh nein, das weiß ich nicht. Da du mir schließlich während der gesamten letzten Woche möglichst aus dem Weg gegangen bist.«

Ach, verdammt, sie hatte es bemerkt. Es passierte Tilly

immer wieder, dass sie ihre Freundin unterschätzte. Auch wenn dieser Fehler allen anderen noch häufiger unterlief. Wie zum Beispiel dem jugendlichen Vandalen, den sie dabei erwischt hatte, als er ein Graffito an die Fassade ihres Hauses hatte sprühen wollen. Statt ihn anzuzeigen, hatte Ro den Kerl gezwungen, ein paar Wochen kostenlos für sie zu arbeiten. Und noch Jahre später sprach der Junge sie noch immer ehrfürchtig als Ma'am an.

Tilly ließ sich auf die Decke fallen, während Isaac ein Stück entfernt fröhlich einen Cricketschläger schwang. Sebastian und die Kinder spielten bei der Pferdeschwemme Cricket, und das zweistimmige Schnarchen aus Richtung der Liegestühle, die unter der zweihundert Jahre alten Zeder standen, machte deutlich, dass ihre Mutter und der Pfarrer eingeschlafen waren. Tilly und Rowena waren also ungestört.

»Und, hast du inzwischen einen Mann gefunden?«, fragte Ro.

»Und du?«

Rowena streckte sich und blickte Tilly mit dem offenen Lächeln an, das ihr trotz der völligen Vertrautheit, die seit Jahren zwischen ihnen herrschte, nicht das mindeste verriet. »Wie wäre es, wenn wir drei eine eigene Familie gründen würden? Du und ich und Isaac in meinem Haus? Hast du je darüber nachgedacht, mich dadurch glücklich zu machen, dass du endgültig wieder nach Hause kommst?«

»Das wäre mein allergrößter Traum. Nur wäre Isaac damit bestimmt nicht einverstanden.« Tilly legte sich gemütlich auf den Rücken und zupfte am Bund des kurzen Kleides, das sie trug. Was für eine Mahlzeit! Drei phänomenale Hauptgänge und vier verschiedene Nachspeisen, die alle herrlich schokoladig und den dreimaligen Nachschlag mehr als wert gewesen waren. Tilly rutschte auf der rauen Decke herum, durch die sich Grashalme bohrten, doch auf dem harten Boden und mit ihrem aufgeblähten Magen fand sie einfach keine Position, die auch nur halbwegs bequem war.

Aus Richtung der Zeder drang lautes Männerschnarchen an ihr Ohr.

»Glaubst du, dass der Pfarrer heiß auf deine Mutter ist?« Rowena zog wie schon als Kind die Umrisse der Wolken mit dem Finger nach. »So wie die zwei während der Nachspeise getuschelt haben, scheinen sie ziemlich dicke miteinander zu sein.«

»Er hat sie nur gefragt, ob sie Verdauungstropfen in der Tasche hat.«

»Verflixt. Ich würde mich so freuen, wenn sich deine Mum noch mal verlieben würde.«

»Ich mich auch, nur wird das sicher nicht passieren. Denn sie hat einmal zu mir gesagt, sie könnte niemals einen anderen als meinen Vater lieben.« Tilly rollte sich vorsichtig auf die Seite, stützte sich auf den Ellbogen und zog die Beine an. »Vielleicht braucht man irgendwann ja keine romantische Liebe mehr. Ich meine, Mum ist glücklich. Sie hat ein ausgefülltes Leben mit Marigold und ihren anderen Freundinnen. Wofür braucht sie also einen Mann?«

»Amen, Schwester. Ich finde auch, dass ein Vibrator besser ist, weil der einem keine Scherereien macht. Außerdem sind couragierte alte Jungfern einfach cool. Ich wünschte nur, dass meine Mutter etwas mehr von deiner hätte. Wenn meinem Vater irgendwas passieren würde, käme sie niemals allein zurecht.«

Tilly hätte ihrer Freundin gerne widersprochen, doch

trotz ihrer Schönheit hatte sich die ehrenwerte Lady Roxton nie aus dem Schatten ihres Mannes herausgewagt. Und aus Tillys Sicht hatte Lord Roxton sie genau aus diesem Grund geehelicht. Denn er hatte keine Konkurrenz, sondern ein Publikum gesucht. Und obwohl er seine Tochter liebte, tat er das auf jene gleichgültige Art, die deutlich machte, dass ihr Stellenwert für ihn geringer war als der seiner Hunde. Er behandelte seine Tochter meistens wie ein kostbares Gemälde. Das man schätzte, ohne sich deswegen Tag für Tag an seiner Schönheit zu erfreuen. Wenn Rowena Unsinn machte, zeigte das aus seiner Sicht, dass sie temperamentvoll war. Ein Wesenszug, der ihm an ihr genauso gut wie an seinen Vierbeinern gefiel. Anders als seiner Frau, die schwerelos durchs Leben glitt und nur für ihren Mann und dessen Erbe so etwas wie Leidenschaft empfand. All der Blödsinn, mit dem Ro in ihrer Jugend das Interesse ihrer Eltern hatte auf sich ziehen wollen, hatte ihr vielleicht das fröhliche Gelächter ihres Vaters eingetragen, ihre Mutter jedoch hatte sie dafür stets mit noch größerer Missachtung bestraft.

»Deine Mutter ist auf ihre Art doch durchaus cool«, erklärte Tilly jetzt.

»Schwachsinn. Sie sieht aus wie ein Juwel, ist aber einfach kein echter Mensch. Weißt du, wie wir immer getan haben, als wäre ich in Wahrheit deine Schwester, die direkt nach der Geburt von bösen Stiefeltern gekidnappt worden war?«

»Das hätten wir nicht tun sollen.«

»Nein. Aber in Woodend gab es immer jede Menge Haustiere, aus der Küche wehte Kuchenduft, du hast einem mit deinem Posaunenspiel halb taub gemacht, und deine Schwestern haben lautstark miteinander rumgezankt. Bei uns in Bramwell Hall gab es dagegen außer mir nur zwei Erwachsene, die so sehr mit sich und ihrer Leidenschaft beschäftigt waren, dass sie nicht mal mitbekommen haben, als bei mir die Pubertät anfing. Wusstest du zum Beispiel, dass es deine Mutter war, die mir Binden besorgt hat, als bei mir die erste Periode kam?« Ro schenkte sich Champagner nach. Von den beiden Flaschen, die Sebastians Mitbringsel gewesen waren, hatte sie wahrscheinlich eine ganz allein geleert. Tilly hätte nie im Leben so viel trinken können, ohne umzufallen, doch Rowena kam ihr immer noch stocknüchtern vor. »Hast du dich jemals gefragt, was für eine Mutter wohl aus mir geworden wäre?«

»Eine supertolle.« Tillys Puls fing an zu rasen. Das war die perfekte Einleitung zu einem klärenden Gespräch.

Sie streckte Rowena die gespreizten Finger ihrer Rechten hin, denn in ihrer Kindheit hatte Ro zum Zeichen ihrer Solidarität immer ihre eigenen Fingerspitzen darangelegt. Heute waren ihre Fingerspitzen hingegen kalt und rutschig, weshalb der Spitzturm nicht zustande kam und Tilly in die Luft griff.

»Archie und Sophie finden dich nett. Aber bitte, Ro, sei vorsichtig. Wenn du dich mit einem Mann mit Kindern einlässt, selbst, wenn der getrennt von deren Mutter lebt, könnte das zu jeder Menge Herzschmerz führen.« So, jetzt hatte sie's gesagt.

»Verdammt.« Rowena richtete sich ruckartig auf, und auf ihrer alabasterweißen Haut zeichneten sich hektische rote Flecken ab. Sofort nahmen auch ihre Hunde eine kerzengerade Haltung ein. »Wie kommst du denn auf die Idee, dass zwischen uns was läuft?«

»Mabel Dillington hat den Discovery morgens um sechs vor seinem Haus stehen sehen.«

Plötzlich drehte sich der Wind, so dass ihnen der Geruch nach Verrottung und Verfall von den frisch gedüngten Felder entgegenschlug.

»Sollen die alten Schachteln meinetwegen tratschen. Ist mir vollkommen egal.«

»Ihr braucht keine Angst davor zu haben, mir zu sagen, falls tatsächlich was zwischen euch läuft. Ich bin schließlich ein großes Mädchen.« Tilly zupfte an einem der Träger ihres Büstenhalters und fügte hinzu: »Wenn auch vielleicht nicht ganz so groß, wie ich immer hätte werden wollen.«

»Hör zu, Haddy, ich schlafe ganz bestimmt nicht mit Sebastian.« Sie leerte ihr Glas in einem Zug, warf es achtlos fort und ließ sich wieder auf die Decke fallen. Winks und Tiddly allerdings behielten ihre angespannte Haltung bei. »Hast du dir wirklich eingebildet, wir würden dich derart hintergehen? Jetzt verstehe ich, weshalb du mir seit deiner Ankunft möglichst aus dem Weg gegangen bist.«

»Und warum hast du dann die Nacht bei ihm verbracht?« Tilly befingerte den Saum von ihrem Kleid.

»Sprich mit Sebastian, Tilly. Weil das sein Geheimnis ist.«

Tilly? So hatte Rowena sie noch nie genannt – Sie nannte sie nie Tilly, sondern immer Haddy, Schätzchen oder blöde Kuh.

Tilly schüttelte den Kopf. »Wir hatten doch noch nie Geheimnisse voreinander.« Bisher hatten sie sich immer alles anvertraut, auch wenn Rowena sich ihre Gefühle nie anmerken ließ. Diese Überlebenstechnik hatte sie sich in der Kindheit angeeignet und in den Jahren auf dem Internat perfektioniert, als sie ein ums andere Mal wegen rebellischen Benehmens und schlechter Noten auffällig geworden und sogar zweimal abgehauen war. Nur in Kunst – einem nach Ansicht ihrer Mutter vollkommen nutzlosen Fach – hatte sie immer eine Eins gehabt.

Rowena starrte sie aus kalten grünen Augen an. »Es ist nicht immer gut, wenn man über alles spricht.«

»Ro …« Tilly packte die geballte Faust ihrer Freundin. »Du bist ein so wichtiger Teil meiner Vergangenheit, dass ich nicht mal sagen kann, wo dein Leben endet und mein eigenes beginnt. Nichts könnte daran jemals etwas ändern.«

»Nichts? Wie konntest du jemals denken, ich würde dich mit Sebastian hintergehen? Und dadurch das Risiko eingehen, dich zu verlieren?« Ro entzog ihr die Hand und wischte sich damit die Nase ab. »Unvorstellbar.«

»Also bitte. Jetzt werd mir bloß nicht rührselig. Ich liebe dich auch.«

Rowena schniefte laut.

»Wie lange bist du schon Sebastians Vertraute?« Sie bemühte sich um einen beiläufigen Ton, ihre Nerven waren aber zum Zerreißen angespannt, und sie verspürte ein kribbelndes Unbehagen in der Brust, im Hals und selbst in den Fingerspitzen.

»Seit deiner Hochzeit. Soll ich ehrlich sein? Wir hatten beide das Gefühl, von dir fallengelassen worden zu sein. Auch wenn es irgendwie erstaunlich ist, schweißt es zwei Leute unglaublich zusammen, wenn sie denselben Menschen lieben.« Ro schniefte ein zweites Mal. »Und dann hast du Sebastian noch mal das Herz gebrochen.«

»Ich verstehe nicht …«

»Nach dem Tod von deinem Vater ist Sebastian extra hier bei mir geblieben, um in deiner Nähe zu sein. Ich bin damals zwischen London und zu Hause hin- und hergependelt, und nachts haben wir oft noch stundenlang geredet. Das heißt, Sebastian hat geredet, und ich habe zugehört.«

Tilly blickte in den Himmel, der weniger blau als vielmehr weißlich war. Was für eine langweilige Farbe. Aber schließlich kam auch kaum ein Himmel gegen den in Carolina an, denn der war derart leuchtend blau, dass es einem in den Augen weh tat und man kaum noch etwas sah. Ein Ultraleichtflugzeug segelte mit der Thermik, ein Privatflieger vollführte Kapriolen am Horizont, und ein Düsenflieger strebte lautlos irgendeinen fernen Zielflughafen an. Am Himmel über Cornwall herrschte mindestens so viel Verkehr wie auf der Autobahn. Was machten die Menschen, wenn sie hier einmal allein sein wollten? Wohin zogen sie sich dann zurück?

Eine Hummel brummte neben ihren nackten Füßen. »Das habe ich nicht gewusst.« Sie richtete sich wieder auf und zog die Beine an. »Er tauchte einfach jeden Tag in Woodend auf, um sich um die Bankgeschäfte, den Notar, die Beerdigung und all den Kram zu kümmern. Ich habe nie auch nur gefragt, woher er kam. Gott, so egoistisch kann man doch gar nicht sein.«

»Du warst nicht egoistisch, Haddy. Du hast einfach um deinen Dad getrauert. Und der ganzen Welt erzählt, dass es dir gutgeht, obwohl das gelogen war. Sebastian wollte helfen, und das Wenigste, was ich tun konnte, war, ihm anzubieten, dass er bei mir wohnen kann. Du warst für deine Mum und deine Schwestern da und Sebastian und ich für dich.«

Unten bei der Pferdeschwemme schlug ihr Sohn erfolgreich einen Cricketball, und der Chor der Vögel und der Schafe wurde von Sebastians Jubelrufen übertönt. Tilly beobachtete, wie er seinen Wurfarm kreisen ließ, und spürte, dass auch Ro in seine Richtung sah.

»Falls du die Absicht hast, die alte Liebe wieder aufleben zu lassen«, fing Rowena an, »kann ich dir nur empfehlen, dass du dich beeilst. Denn die Hälfte der Damen aus dem Kirchenchor ist vollkommen verrückt nach ihm. Angeblich gibt es bei den Proben kaum ein anderes Thema. Auch wenn ich das beim besten Willen nicht verstehen kann.«

»Ich auch nicht«, pflichtete ihr Tilly grinsend bei. Sebastian trug hautenge weiße Jeans und ein schmal geschnittenes T-Shirt, unter dem sein makellos gebräunter Oberkörper vorteilhaft zur Geltung kam. Und auch seine Armmuskulatur machte die Frauen sicher schwach. Er hatte also nicht nur psychisch, sondern auch oder vor allem körperlich noch an Statur gewonnen. Was einfach eine hinreißende Mischung war.

»Warum hat er damals eigentlich das Cricketspielen aufgegeben?«, fragte Ro. »Hast du ihn dazu überredet?«

»Ich? Wohl kaum. Das war schließlich seine große Leidenschaft. Ich habe versucht, ihn dazu zu überreden, dass er damit weitermacht.«

»Seine große Leidenschaft warst ja wohl ganz eindeutig du.«

Ein Sperber segelte über die beiden Frauen hinweg, machte einen mühelosen Schwenk nach rechts und nahm die Verfolgung eines Finken auf.

»Durch die erste Liebe wird die Realität etwas verzerrt«, setzte sie an. »Wir dachten, wir würden für die Zukunft planen, dabei haben wir in Wirklichkeit nur Vater-Mutter-Kind gespielt. Ich habe mich auf eine Reihe imaginärer Babys eingestellt, während sich Sebastian in Gedanken auf die

Rolle des Ernährers vorbereitet hat, um ja nie so ein blöder Schuft zu werden, wie sein Vater es als Ehemann und Vater war.«

»Sein Vater wurde gestern in den Zeitungen erwähnt. Der konservative Abgeordnete mit seiner dritten Ehefrau. Sie sieht höchstens wie achtzehn aus.« Rowena pflückte zwei Gänseblümchen, schnitt den Stiel von einem mit dem Fingernagel auf und schob das zweite durch das Loch. »Hat es dir je leidgetan, dass du Sebastian das Herz gebrochen hast?«

»Wow! Das ist nicht fair. Wir haben uns einfach auseinanderentwickelt. Traurig, aber wahr.« Tillys Leben war ein Sumpf aus Schuldgefühlen und Bedauern, aber mit ihrer Beziehung zu Sebastian hatte sie bisher noch kein Problem gehabt. Zumindest bis er aufgehört hatte, mit ihr zu reden, war ihre Vergangenheit mit ihm ein sicherer Ort für sie gewesen. »Als ich gesagt habe, es wäre aus, hat er überhaupt nicht reagiert. Das ist ja wohl der Beweis dafür, dass das für ihn total in Ordnung war. Du weißt, dass er Konfrontationen hasst. Deshalb dachte ich, ich mache es ihm leicht.«

Rowena flocht die nächsten Gänseblümchen in die Kette ein. »Du irrst dich, Haddy. Er war damals total am Boden zerstört.«

Oh nein, das war er nicht.

Dicht gefolgt von drei jammernden Kindern schlenderte Sebastian auf ihre Decke zu. »Für heute reicht's«, erklärte er. »Ich alter Knacker kann nicht mehr!«

»Ihr kommt genau im richtigen Moment, Sophie.« Rowena hielt ihr die Gänseblümchenkette hin.

»Ist die für mich? Danke.« Das Mädchen fiel ihr strahlend um den Hals.

Isaac hüpfte wie ein Flummi auf und ab. »Wollen wir uns eine Hütte bauen?«, fragte er Sebastians Sohn.

Archie zuckte mit den Schultern, doch das Blitzen seiner Augen war Tilly hinlänglich vertraut.

Im Gegensatz dazu sah Sophie mit ihrem rundlichen Gesicht und den wilden blonden Locken ihrem Vater überhaupt nicht ähnlich. Deshalb konnte Tilly sie voller Bewunderung betrachten, wenn sie ihrem großen Bruder, der sie ständig unterbuttern wollte, heldenhaft Paroli bot. Aber wenn sie Archie ansah, stockte ihr der Atem, weil er mit seinen Gesichtszügen, der Mimik und der Haltung das genaue Ebenbild Sebastians war. Einzig seine Augen unterschieden sich von denen seines Vaters. Sie hatten das dunkle Blau des Salbeis, der in ihrem Garten wuchs.

»Hey, Soph«, wandte sich Isaac strahlend an das kleine Mädchen. »Willst du mitmachen?«

Sophie nickte nachdrücklich.

»Er kann gut mit Jüngeren umgehen.« Sebastian sah den Kindern hinterher.

»Weil er auf eine Montessorischule geht«, erklärte Tilly. »Wo die Kinder aus den unteren drei Klassen fast immer alle zusammen sind.«

Sebastian runzelte die Stirn. Er hatte offensichtlich keine Ahnung, was das heißen sollte, aber trotzdem würde er sie ganz bestimmt nicht bitten, ihm die Schule, die ihr Sohn besuchte, ein bisschen genauer zu erklären. Denn schließlich hatte er bereits während des Essens all ihre Versuche, eine Unterhaltung mit ihm zu beginnen, mit wenigen Worten abgewehrt.

»Sorry, Leute«, mischte sich Rowena lachend ein. »Aber es ist nicht zu übersehen, dass Sophie für Isaac schwärmt.«

Oh Gott, tatsächlich tänzelten die beiden Hand in Hand über die Wiese. Tilly zupfte an der Decke. Weil das wirklich seltsam war.

»Rowena«, wandte Sophies Vater seufzend ein. »Sie ist sechs und betet jeden Freund von ihrem Bruder an, der sich um sie kümmert. Gott, wie froh ich bin, dass endlich wieder mal die Sonne scheint.« Er ließ sich auf die Decke sinken, kreuzte die Beine und stützte sich rücklings auf den Ellbogen ab. »Du hast bestimmt vergessen, wie sehr wir auf dieser Seite des Atlantiks unter Sonnenmangel leiden.«

Dann sprach er sie jetzt also doch mal direkt an. Auch wenn es dabei nur ums Wetter ging. Fast hätte es Tilly vorgezogen, wenn er ihr verkündet hätte, dass er mit Rowena schlief.

»Können wir uns hier hinten eine Hütte bauen, Ro?«, rief Isaac von dem riesigen Jerusalem-Salbei-Strauch herüber, der dreimal größer war als der, den Tilly fünf Jahre zuvor in ihrem eigenen Garten angesiedelt hatte. Gärtnerinnenneid – mit dieser Emotion kam sie zurecht.

»Ich komme, Schätzchen!«, rief Ro zurück. Sie rollte sich behende auf den Bauch, richtete sich auf, bis sie auf allen vieren war, und ermahnte die beiden anderen mit erhobenem Zeigefinger, der mit dünnen Silberringen geschmückt war: »Ich werde mal nach den Plagegeistern sehen. Spielt schön miteinander, ja?«

Tilly hatte einen freien Blick in den Ausschnitt von Ros violettem Rüschenhemd. Und seinem angespannten Hüsteln nach hatte den Sebastian auch. Fröhlich sprang Rowena auf, und ihr langes, rötlich braunes Haar schimmerte im hellen Sonnenlicht, als sie über die Wiese lief.

»Sie ist eine dieser Frauen, die mit zunehmendem Alter

immer schöner werden, findest du nicht auch?«, bemerkte Tilly, doch Sebastian antwortete nicht. Er starrte auf das Schwinggatter am Rand des alten Walds, der seit siebenhundert Jahren das Jagdgebiet der Gegend war. Welche Geister rief er durch seinen Blick wohl an? Die zweier Teenager, die sich in das verfallene Witwenhaus am anderen Waldende geflüchtet hatten, um dort ungestört zu sein? Oder das vierzehnjährige Mädchen und den sechzehnjährigen Jungen, die sich an einem nebligen Novembersonntag an der Bushaltestelle begegnet waren? Eine Horde Jungen aus dem Dorf hatte sie aufgezogen, bis der wunderhübsche junge Kerl dazwischengegangen war. Natürlich wäre sie auch selbst mit der Situation zurechtgekommen, aber damals hatte sich Sebastian auf die Rolle des Retters und Beschützers festgelegt. Und heute, dreiundzwanzig Jahre später, trat er wieder in ihr Leben.

Großer Gott, mit seinem Aussehen hätte er problemlos auf den größten Laufstegen der Welt auftreten können. Ein fast vierzigjähriger Yuppie, der den Seiten eines Modekatalogs entstiegen war. Seine glatte, makellose Haut hatte einen warmen, goldfarbenen Schimmer. Während Tilly schon beim ersten Sonnenstrahl zahllose Sommersprossen und ein rötliches Gesicht bekam, wurde Sebastian schnell gleichmäßig braun. Wie stellte er als Blondschopf das nur an?

Seine Brauen waren noch immer etwas dunkler als sein Haar und weder zu buschig noch zu schmal. Hätte Tilly ihn nicht schon seit einer Ewigkeit gekannt, hätte sie vielleicht gedacht, dass ihr wunderbarer Schwung das Werk einer Kosmetikerin war. Und natürlich hatte er noch immer eine kerzengerade Nase in einer perfekten Größe, herrlich volle

Lippen sowie Augen, die ihre Farbe mit der Stimmung wechselten …

»Wir müssen reden«, sagte sie.

»Früher warst du nie so direkt.« Er verzog den Mund zu seinem schiefen Lächeln, das aber sofort wieder verschwand. »Was ist passiert?«

»Ich habe meinen Mann verloren.« Sie griff nach der Champagnerflasche. »Ich habe nicht die Absicht, mich mit dir zu unterhalten, wenn ich noch völlig nüchtern bin. Vielleicht trinkst du besser auch etwas.«

Er schnappte sich Rowenas leeres Glas und hielt es ihr hin. Tilly schenkte ihnen beiden ein, und die kleinen Perlen, die mit einem leisen Zischen in der Flöte aufstiegen, entfalteten ein zartes, blumiges Aroma und kribbelten leicht in Tillys Hals. Aber das alles fühlte sich irgendwie verkehrt an. Denn was hatten sie beide schon zu feiern? Sie waren zusammen, aber trotzdem einsam. Sie infolge eines Todesfalls und er, weil er verlassen worden war. Und sie hatte Rowena vorgehalten, rührselig zu sein. *Verdränge diese Gedanken, denk an etwas anderes.*

»Lass uns ein Stückchen gehen.« Sie stand auf und reichte ihm die Hand, doch statt sie zu ergreifen, sprang er ohne Hilfe auf.

Weder Tilly noch Sebastian achteten darauf, wohin sie gingen.

»Ich habe gehört, wie du und Ro im Wagen auf dem Weg vom Flughafen geflüstert habt. Über irgendwas, was du mir sagen musst.« Tilly, die noch immer barfuß war, hielt den Kopf gesenkt, damit sie nicht auf eins der Kleebüschel voller Hummeln trat.

Inzwischen hatten sie den Rand der ausgedehnten Parklandschaft erreicht. Majestätische Kastanien und Eichen wachten dort über die Schafe, die man friedlich auf den Wiesen grasen sah. Dies war die Landschaft ihrer Kindheit. Und nichts konnte sich mit ihr messen, wenn sie so wie jetzt im warmen Licht der englischen Sommersonne vor ihnen lag. Ihr Herz schlug einen Purzelbaum, als sie das Husten eines einzelnen Fasans und den fröhlichen Gesang einer Goldammer vernahm.

Ein schwarzgesichtiges Mutterschaf stakste über den verrosteten Zaun und blökte Tilly an.

»*Bäaah*«, antwortete sie.

»Meine Frau ist schwanger.« Sebastian marschierte einfach weiter.

Irrationale Eifersucht wogte in Tilly auf. Sie umklammerte den Draht des Zauns, und sein lautes Surren trieb die Schafe in die Flucht. Warum verlor sie jedes Mal die Fassung, wenn es um Sebastian ging? Warum rief er jedes Mal dieses Chaos völlig übertriebener Gefühle in ihr wach? Erst Hass, und jetzt urplötzlich Eifersucht? So war sie normalerweise nicht. Sie war weder gemein noch besitzergreifend, noch gedankenlos. Oder vielleicht doch? Wie war sie zu der Frau geworden, die versuchte, einen Mann dazu zu zwingen, Frieden mit dem jugendlichen Techtelmechtel zu schließen, das sie zwei vor einer Ewigkeit gehabt hatten, während er doch gerade erst von seiner Ehefrau verlassen worden war? Und natürlich liebte dieser arme Kerl Fiona immer noch. Das konnte selbst ein Blinder sehen. Oh Gott, sie musste sich endlich zusammenreißen.

Eilig rannte sie ihm hinterher. »Nun, das ist doch gut, oder etwa nicht? Für eine Versöhnung, meine ich.«

»Dafür ist es zu spät.«

»Unsinn. Du musst um sie kämpfen, wenn du sie noch liebst.«

Entschlossen hakte sie sich bei ihm ein, und sie schlenderten ziellos weiter. Sie hätte erwartet, dass er sich verkrampfen oder ihr mit einem Ruck den Arm entziehen würde. Schließlich hatte er die offene Zurschaustellung von Zärtlichkeiten immer schon gehasst. Als sie einmal versucht hatte, ihm auf der Straße einen Kuss zu geben, hatte er ihr vorgehalten, exhibitionistisch veranlagt zu sein. Heute aber nahm er die Berührung offenkundig gar nicht wahr.

Sie gingen an meterhohen Formschnitthecken, Beeten voll Lavendel und massiven, halb mit grauer Erde angefüllten, vom jahrzehntelangen Frost erkennbar angenagten Steinurnen vorbei. Wieder einmal stellte Tilly fest, dass sie den Anblick leerer Blumentöpfe, die im Sommer draußen standen, einfach nicht ertrug. Ob Rowena ihr vielleicht erlauben würde, ein paar rote Keulenlilien oder vielleicht zwei Zitronenbäume darin zu pflanzen? Im Hals verspürte sie das Gärtnerinnenkribbeln, was dem Kribbeln auf der Zunge eines Feinschmeckers bei der Lektüre der Rezepte eines Starkochs entsprach. Himmel, ohne Gartenarbeit war sie einfach nur ein halber Mensch.

Schockiert bemerkte sie, dass Sebastian sprach. Schließlich hielt sein Schweigen manchmal ewig an. »Ich wollte noch mehr Kinder. Fiona nicht«, erklärte er. »Deshalb habe ich mich sterilisieren lassen, nachdem Sophie geboren war.«

»Scheiße.«

»Allerdings.« Wieder sah er sie mit seinem schiefen Lächeln an. »Von meinem ehemaligen Squashpartner hat meine Frau anscheinend keine Sterilisation verlangt.«

»So ist's richtig. Behalt deine gerechte Empörung bei, und sag ihr, wie's dir geht.«

»Ich kann einfach nicht vernünftig mit ihr reden, Tilly. Denn ihre Hormone spielen vollkommen verrückt.«

»Wer sagt denn, dass du vernünftig mit ihr reden sollst? Schrei sie an. Sorg dafür, dass sie versteht, wie du dich fühlst!« Was ein völlig schwachsinniger Vorschlag war. Denn Sebastian und Schreien?

»Archie und Sophie haben schon viel zu viel Geschrei gehört«, erklärte er ihr kalt. »Und ein sauberer Schnitt wäre für sie das Beste.«

»Und was wäre für dich das Beste?«

Er entzog ihr seinen Arm. »Das spielt keine Rolle.«

Mittlerweile hatten sie das schmiedeeiserne Tor des ummauerten Gartens von Rowenas Mum erreicht.

»Setzen wir uns erst mal hin und genießen Lady Roxtons Garten«, schlug ihm Tilly vor.

Sie stieß mit der Hüfte an das Tor, das mit einem lauten Knarren aufging, und Sebastian folgte ihr hinein. Er hielt immer noch sein volles Sektglas in der Hand, und seine Stiefel knirschten auf dem feinen Kies, als er durch den Garten ging, während Tilly plötzlich stocksteif stehen blieb. Hinter den früher symmetrischen Umrandungen der Beete – die sich in der Zwischenzeit in wilder Anarchie in alle Richtungen entwickelt hatten – streckten die Spalierbäume zum Zeichen dafür, dass sie sich ergaben, hilflos die Äste aus. Was durchaus verständlich war. Die uralten Sträucher wurden von den Rosen und Clematis, die sich gegenseitig zu erwürgen drohten, überwuchert, einjährige Pflanzen, die sich anscheinend selbst in diesem Garten ausgesät hatten, kämpften mit dem wild wuchernden Unkraut um ein Minimum an Platz, und der Giersch nahm Salbei, Thymian und Weinraute die Luft.

Tilly bückte sich und riss entschlossen eine Handvoll Kreuzkraut aus. Rowena hatte einen Vollzeitgärtner, einen Mann fürs Grobe, der sein Leben mit dem Mähen des Rasens zu verbringen schien. Aber trotzdem. Wie konnte sie zulassen, dass er den Rest des Gartens keines Blickes zu würdigen schien? Ihre Mutter wäre fix und fertig, wenn sie diese Wildnis sähe. Aber überließ Rowena diesen Teil des Gartens vielleicht gerade deswegen sich selbst? Es brach Tilly das Herz, dass es Mutter und Tochter geben konnte, deren einzige Gemeinsamkeit anscheinend der Name war. Denn sie maß ihr eigenes Glück immer an dem von ihrem Sohn. Sie quoll vor lauter Liebe zu Isaac über und litt körperliche Schmerzen, wenn sie nicht mit ihm zusammen war. Sie würde niemals zulassen, dass zwischen ihnen jemals Hass oder auch nur eine Spur von Misstrauen entstand. Ein einziges Mal hatte sie ihn im Stich gelassen, als sie kampflos zuließ, dass sein Vater starb. Und aufgrund dieser einen schrecklichen Lektion kannte sie sich hinlänglich mit Fehlern und mit Reue aus.

Sebastian warf sich auf die Bank unter Lady Roxtons geliebter Gloria-Dei-Rose, ließ einen Arm über die Rückenlehne baumeln und schlug achtlos die Beine übereinander. Tilly ließ das Kreuzkraut fallen und setzte sich neben ihn.

»Wenn du Fiona nicht sagst, wie du dich fühlst, wirst du dir das nie verzeihen«, fing sie an. »Im besten Fall liebt sie dich noch. Und im schlimmsten Fall kannst du hinterher nach vorne blicken. Was hast du schon zu verlieren?«

Er zog den Arm von der Rücklehne der Bank und umfasste beidhändig sein Glas. »Ich wusste gar nicht, dass du unter die Philosophen gegangen bist.«

»Ich würde alles dafür geben, wenn ich noch einmal mit David sprechen könnte. Wenn ich ihn …« Aber weshalb sollte sie diesen Gedanken überhaupt zu Ende denken? Denn die Toten konnten schließlich nicht verzeihen. »An seinem letzten Tag – ich habe ihm noch nicht mal Lebewohl gesagt. Deshalb weiß ich aus Erfahrung, dass es wichtig ist, dass man eine Sache ordentlich zu Ende bringt.«

Sebastian verdrehte die Augen. »Ihr Amerikaner habt einfach ein Faible für den Therapiejargon, nicht wahr?«

»Du weißt, dass das eine unnötige Bemerkung war. Du aalst dich in deinem Selbstmitleid.« Tat sie selbst das etwa nicht? Früher war sie gut darin gewesen, andere zu trösten. Sie war immer eine durchschnittliche Schülerin gewesen, hatte aber ein besonderes Talent zum Zuhören gehabt. Sie hatte im Bus wildfremden Menschen gegenübersitzen können und nach einer Viertelstunde alles über sie gewusst. Wann hatte sie diese Fähigkeit verloren? Vielleicht sollte sie James Nealy wirklich zeigen, welche Freude man an einem Garten haben konnte. Vielleicht wäre das ja für sie beide die ideale Therapie.

»Selbstmitleid bringt dich nicht weiter«, wandte sie sich abermals Sebastian zu. »Das weiß ich aus Erfahrung.«

»Die Sache ist für mich erledigt, Tilly. Ich habe Fiona schon gesagt, dass ich mit der Scheidung einverstanden bin. Das Einzige, was ich im Gegenzug verlange, ist die Garantie, dass ich meine Kinder sehen kann, wann immer ich will.«

»Du meinst, du willst sie nicht dem Tauziehen aussetzen, dem du als Junge ausgeliefert warst?« Verdammt, jetzt hatte sie zu viel gesagt. Aber es regte sie einfach noch immer auf, dass ein Vater einem seiner Kinder den Vorzug vor den anderen hatte geben können, als wäre es eins von mehreren

Gerichten auf der Speisekarte eines Restaurants. Und Sebastians Vater hatte bei der Sorgerechtsverhandlung nie um seine Töchter, sondern nur um seinen Sohn gekämpft.

Sebastian umklammerte den Stiel seines Glases so fest, dass seine Fingerknöchel weiß hervortraten. »Es wäre mir lieber, wenn du meinen Vater nicht erwähnen würdest. Vor allem nicht, wenn meine Kinder in der Nähe sind.« Wie auch schon in seiner Jugend verriet nur das leichte Zucken seines Mundwinkels, dass sich hinter der gelassenen Fassade ein von heißem Zorn erfüllter Mensch verbarg.

»Du musst endlich loslassen, Sebastian.«

»Und warum? Du lässt schließlich genauso wenig los.«

»Das ist richtig. Aber ich bin Witwe. Also kann ich machen, was ich will, denn von irgendwem werde ich sowieso für mein Verhalten kritisiert. Ich trauere wahlweise zu viel oder zu wenig und habe entweder viel zu schnell wieder nach vorn geschaut oder hänge noch zu sehr den alten Zeiten nach. Inzwischen höre ich gar nicht mehr hin. Wobei meine Mutter denkt, ich hätte mittlerweile völlig dichtgemacht. Aber ich bilde mir ein, dass Isaac und ich mit unserem kleinen Leben ziemlich gut zurechtkommen.«

In der Hoffnung, zu dem sorgenfreien Freund aus ihrer Jugend vorzudringen, berührte sie flüchtig seinen Arm. »Ich dachte, du hättest eine Affäre mit Rowena.«

»Mein Gott, wie bist du denn auf diese Idee gekommen?« Stirnrunzelnd blickte er auf seinen Arm, als würden sich dort, wo ihre Hand gelegen hatte, Eiterbläschen bilden oder so. Sah Sebastian sie vielleicht als Krankheit an, bei der es, wenn man sie erst einmal hatte, keine Heilung gab?

»Ihr Wagen stand vor kurzem über Nacht vor deinem Haus. Erinnerst du dich noch?«

»Oh.« Er hob misstrauisch den Kopf. »Das meinst du.«

»Das meine ich.«

»Sie hatte mir zum Einzug was von ihrem Schlehenschnaps gebracht. Er schmeckt übrigens sehr gut, auch wenn ich dir nicht empfehle, in einer Nacht eine ganze Flasche von dem Zeug zu leeren. Denn das habe ich gemacht. Fiona hatte nämlich gerade angerufen und mir von der Schwangerschaft erzählt, als Rowena wie ein verirrter kleiner Hund auf meiner Schwelle stand. Was nach dem dritten Glas passiert ist, kann ich nicht mehr genau sagen«, fuhr Sebastian fort. »Aber am nächsten Tag wurde ich wach und merkte, dass ich vollständig bekleidet unter meiner Decke auf dem Sofa lag. Als das Zimmer sich nicht mehr gedreht hat, habe ich gesehen, dass Rowena unter ihrer alten Hundedecke aus dem Auto in einem der Sessel saß. Himmel, hat das Ding gestunken. Ich hab nur einmal kurz geschnuppert und mir gleich darauf die Seele aus dem Leib gekotzt. Ich weiß nicht, was beeindruckender war: dass sie mich ganz alleine hoch ins Bad gehievt hat – obwohl meine blauen Flecken mich vermuten lassen, dass sie mich die Treppe eher raufgeschleift und nicht getragen hat – oder dass sie meinen Kopf endlos lange über der Kloschüssel festgehalten hat.« Er erschauderte. Während eines Keuchhustenanfalls als kleiner Junge war er einmal beinah an Erbrochenem erstickt, und seither war es für ihn ein Graus, wenn ihm auch nur ansatzweise übel war.

»Dann hat sie mich krankgemeldet, was nicht mal gelogen war, denn ich hatte den Kater meines Lebens, und danach hat sie darauf bestanden, dass ich auch am nächsten Tag noch frei mache und sie zum Flughafen begleite, wenn sie euch abholen fährt. Vielleicht hatte sie Angst, ich würde mir was antun, und mich deshalb kurzfristig unter Beobachtung gestellt.« Nach einer kurzen Pause fügte er hinzu. »Vor allem dachte sie, dass es mir vielleicht helfen würde, dich zu sehen.«

»Aber das hat es nicht, nicht wahr?«

»Nein.« Er reichte ihr sein Glas, fischte eine zerdrückte Zigarettenpackung aus einer Gesäßtasche seiner Jeans und schüttelte einen Glimmstengel heraus.

»Du hast also nie aufgehört?«, erkundigte sich Tilly.

»Doch, ich hatte aufgehört. Aber extreme Umstände erfordern extreme Maßnahmen. Und ich hatte die Wahl – entweder, ich fange wieder mit dem Rauchen an, oder ich lasse mir einen Ohrring stechen.« Er klappte den Deckel seines Feuerzeugs zurück, zündete sich seine Zigarette an und nahm ihr sein Sektglas wieder ab.

»Der hätte dir wahrscheinlich gut gestanden. Damit hättest du bestimmt unglaublich sexy ausgesehen.«

Beinahe hätte er gelächelt, und sie gab die Hoffnung, dass er es vielleicht noch täte, erst nach mehreren Sekunden auf. »Meine Kunden wollen niemanden, der sexy ist. Außerdem wirkt es immer ein bisschen seltsam, wenn ein Mann in meinem Alter einen Ohrring trägt.«

Wie konnte er mit neununddreißig schon so alt sein? »Also bitte.« Tilly stieß ihn mit dem Ellbogen an, aber er zupfte sich einen Tabakkrümel von der Lippe und rutschte ein Stückchen von ihr ab. »Jeder hat das Recht, noch mal verrückt zu spielen, kurz bevor er vierzig wird.«

»Du weißt noch, wie alt ich bin?«

»Warum überrascht dich das? Sebastian Hugh Whitterton wird am zwölften September dieses Jahres vierzig. Ich vergesse nichts von Menschen, die mir wichtig sind.«

»Ich *war* dir einmal wichtig. Aber du hast keine Ahnung, wer ich heute bin. Menschen ändern sich.«

»Ich glaube nicht, dass sie das tun.«

Er starrte auf die Zigarette, die schlaff zwischen seinen Fingern hing, hob sie an den Mund und inhalierte tief. »Tilly …« Er blies den Rauch an ihr vorbei. »Wir bedeuten einander nichts mehr.«

»Das ist eine ziemlich zynische Sichtweise.«

»Die dazu passt, dass meine Welt ein zynischer Ort geworden ist.«

»Also wenn es um privates Elend geht, ist meins größer als deins.« Abermals stieß sie ihn mit dem Ellbogen an. *Bitte, Sebastian, nun entspann dich mal.* »Du bist noch ein echter Elends-Anfänger.«

Er bückte sich nach einer Rosenknopse, die, nie ganz erblüht und trotzdem bereits halb verwelkt, vor ihnen auf dem Boden lag, zupfte die Blütenblätter nacheinander ab und ließ sie auf die Erde fallen.

»Das ist eine Gloria Dei«, sagte Tilly. »Oder eher, es war.«

Endlich setzte er ein Lächeln auf und sah mit einem Mal so jungenhaft und so verletzlich aus, dass Tilly heißen Zorn auf seine unbekannte Ehefrau empfand.

»Wie kommst du damit klar?«, erkundigte er sich.

»Ich verbringe zu viel Zeit mit meinen Erinnerungen. Was als Überlebensstrategie eher ungeeignet ist.«

Staubmotten wirbelten durch die Luft, die nach toten Blumen, verrottenden Blüten und deswegen irgendwie nach Friedhof roch.

»Was ist dir von mir am stärkten in Erinnerung geblieben?« Seine Frage kam so unerwartet, dass sie nicht sofort auf eine eindeutige Antwort kam. Vielleicht das teuflische

Blitzen seiner Augen, das bedeutet hatte, dass er heiß auf sie gewesen war. Oder der wehmütige Blick, mit dem er sie angefleht hatte, ihn niemals zu verlassen. Oder das leuchtend rote Muttermal in seinem Nacken, das noch immer unter dem Haaransatz verborgen war?

»Alles«, sagte sie, weil es die Wahrheit war. »Und was weißt du noch von mir?«

»Dass du gerne schreist.« Als er grinste, war er urplötzlich wieder der schmale Sechzehnjährige in dem fleckigen Cricketdress, dem sie damals verfallen war. »Wenn du zum Orgasmus kommst.«

Tilly kämpfte gegen das Bild von seiner glatten, unbehaarten Brust an. »Warum hast du dich nach Davids Tod nicht bei mir gemeldet?« Uh, das hatte sie nicht fragen wollen. Oder zumindest jetzt noch nicht.

»Meine Güte, Tilly.« Als Sebastian zu ihr herumfuhr, stieß er mit den Knien gegen ihr Bein. »Kannst du nicht wenigstens mal eine Minute lockerlassen?« Er zögerte, weil er nicht wusste, ob er erst an seiner Zigarette ziehen oder etwas trinken sollte. Und hob dann erneut den Glimmstengel an den Mund.

»Tut mir leid. Das ist mir einfach rausgerutscht. Aber ich würde es wirklich gerne wissen.«

»Spielt das irgendeine Rolle? Spielt das jetzt noch irgendeine gottverdammte Rolle?«

Aus der Ferne drang ihnen das fröhliche Gelächter der Kinder ans Ohr.

»Ich fürchte, ja. Denn wir bewegen uns wieder im selben Dunstkreis.« Wie zum Teufel hatte er das nicht bedenken können, als er ins Dorf zurückgezogen war? »Unsere Kinder scheinen sich gut zu verstehen, meine beste Freundin ist inzwischen deine Seelentrösterin, und es wird sicher nicht mehr lange dauern, bis du auch von meiner Mutter wieder regelmäßig zu uns eingeladen wirst. Glaub mir, es spielt auf alle Fälle eine Rolle. Weil ich dir verzeihen können muss und ein Teil von mir das immer noch nicht kann.«

»Also gut.« Entschlossen stand er auf und straffte die Schultern. »Ich hatte keine andere Wahl.«

»So ein Blödsinn. Man hat immer eine Wahl.«

»Nein, ich hatte keine Wahl. Weil ich mir etwas vorgenommen hatte.« Er blies einen Rauchring aus, legte den Kopf zurück und beobachtete, wie er verweht wurde. »Dich zu vergessen.«

Jetzt erhob auch sie sich von der Bank, um ihn zu umarmen, aber wie in Zeitlupe wich er vor ihr zurück.

»Nach dem Tod von deinem Vater hatte ich mein eigenes Leben vorläufig auf Eis gelegt und mich sogar vorübergehend von der Bank freistellen lassen.« Während eines Augenblicks sah es so aus, als bräche er vielleicht in Tränen aus. Aber woher sollte sie das wissen? Sie hatte Sebastian niemals weinen sehen. War es vielleicht das, woran sie sich am besten aus der Zeit mit ihm erinnerte – die ständigen Versuche zu ergründen, was er fühlte, weil er ihr nicht die geringste Hilfestellung gab?

»Ich hatte dich nicht darum gebeten, das zu tun.«

»Ich weiß. Aber du wurdest völlig von der Trauer deiner Familie aufgesaugt, und für dich war niemand da. Nicht einmal dein Mann«, spie er verächtlich aus.

Wie konnte er es wagen, ihn zu kritisieren? »Ich hatte entschieden, dass David zu Hause bleibt, nicht er. Hast du eine Ahnung, wie viel ein Last-Minute-Ticket über den Atlantik kostet? Zwei hätten wir uns einfach nicht leisten können.« Das würde der Banker in Sebastian doch bestimmt verstehen.

»Ich war für dich da, bis du wieder nach Amerika geflogen bist. Und bevor du etwas sagst – ich weiß, du hast mir keine Hoffnungen gemacht …, aber trotzdem hatte ich diese idiotische Vorstellung, dass du zu mir zurückkommen würdest. Und nachdem du abermals verschwunden warst, habe ich zu Rowena gesagt, ab jetzt gäbe es dich für mich nicht mehr.« Er warf seine halbgerauchte Zigarette auf den Kies und trat sie aus. »Und weißt du was? Ich habe dich vergessen. Habe mich in eine andere Frau verliebt, den Job in Hongkong angenommen, und nach einem Jahr kam Archie auf die Welt. Ich war glücklicher als je zuvor im Leben. Nur war meine Frau das leider nicht. Ich konnte dich nach Davids Tod nicht kontaktieren. Konnte nicht riskieren, dass du mich erneut in deinen Bann ziehst. Weil Fiona stets der Überzeugung war, ich hätte dich mehr geliebt als sie, und weil ich nichts tun konnte, um ihr zu zeigen, dass dem nicht so war. Sie wollte meine uneingeschränkte Liebe, und dadurch, dass ich sie ihr nicht geben konnte, habe ich unsere Ehe letztendlich zerstört.«

»Sie hat sie zerstört, indem sie dich für einen anderen Mann verlassen hat.«

Er hob sein Sektglas an den Mund, zögerte und ließ es wieder sinken. »Ich kann dir nichts mehr geben, Tilly. Nichts.«

»Angenommen, dass ich gar nichts von dir will?«

»Der Gedanke macht mir noch größere Angst.« Er klang, als hätte sie ihn gleichzeitig verbal und körperlich in einem harten Kampf besiegt. »Dann hätte ich noch weniger als nichts.«

»Du hättest auch nein sagen können. Wenn du den Champagner gar nicht wolltest.« Sie wies auf das Glas in seiner Hand.

»Ich kann nicht, Tilly. Es ist einfach so, dass ich mich gegen dich noch nie behaupten konnte und es vielleicht immer noch nicht kann.«

Gott, sie wusste aus Erfahrung, was für ein Gefühl das war. »Seltsam.« Sie leerte ihr Glas in einem Zug. »Normalerweise steigt Champagner mir immer sofort zu Kopf. Aber jetzt bin ich noch nicht mal ansatzweise schwindelig. Weißt du, woran das liegt?«

»Für manche Dinge, die man tut, sollte man nüchtern sein.« Er strich sanft mit seinen Lippen über ihren Mund. »Frag mich nicht, warum ich das gemacht habe.« Er marschierte Richtung Tor. »Denn ich weiß es wirklich nicht.«

Schweigend verließen sie den Garten und gelangten zu einem wilden Dickicht, aus dem ihnen der Geruch von Torf und verrottendem Holz entgegenschlug. Dunkelgrüne Efeuranken bedeckten den Boden und krochen an den Stämmen der Druideneichen, die am Waldrand standen, herauf. Man hörte kein Zwitschern, kein Knacken im Unterholz, denn selbst die Tiere hatten diesem Teil des Anwesens den Rücken gekehrt. Doch an einem dicken Ast baumelten zwei alte graue Seile als Erinnerung an die Vergangenheit. Tilly strich mit einer Hand über den glatten Holzsitz, der an den Seilen befestigt war. Wie hatte sie vergessen können, dass hier einmal eine Schaukel gehangen hatte?

»Los.« Sebastian nahm ihr Glas und stellte es auf einen umgefallenen Stamm.

Sie nahm auf der Schaukel Platz und wäre beinahe auf den Waldboden geplumpst, als er das Brett von hinten packte.

Sie umklammerte die Seile, und obwohl die rauen Fasern ihr in die Handballen schnitten, hielt sie sich so gut wie möglich daran fest.

»Wie hoch willst du fliegen?«, fragte er.

Sie lehnte den Kopf zurück, bis er auf seiner Schulter lag, und erinnerte sich an das herrliche Gefühl, wenn er sich in ihr bewegt und sie dabei sanft gestreichelt hatte. Er war immer sanft gewesen und stets in Angst, ihr vielleicht weh zu tun. Bei diesem Gedanken wogte jahrelang vergessenes Verlangen in ihr auf.

»So hoch wie möglich«, antwortete sie.

Sebastian ließ die Schaukel los, und sie flog durch die Luft und schwang sich unter Einsatz ihrer Beine immer höher, bis sie nichts mehr spürte als die warme Luft, die ihr entgegenschlug.

Unter ihr lehnte sich Sebastian an eine Buche und sah ihr zu. Er stand reglos da wie eine Puppe, und auch seine Haltung und Mimik waren wie die einer Puppe völlig ausdruckslos.

11

Während die nachmittägliche Sonne auf ihn niederbrannte, stellte James den Motor seines Wagens ab. Er stieg aus dem Alfa, tätschelte zweimal die Tür und drückte sie dann vorsichtig zu. Sollte er sich vielleicht Gedanken machen, weil die längste engere Beziehung, die er in den letzten Jahren gehabt hatte, die zu seinem Wagen war? Abgesehen natürlich von der Freundschaft zu Sam. Mann, sie hatten sich seit achtzehn Monaten nicht mehr gesehen. Zeit, den alten Kumpel dazu zu bewegen, seiner Frau ein Männerwochenende abzutrotzen.

Das würde eine gute Ablenkung bieten. Ein Treffen mit dem alten Freund würde ihm neue Kraft verleihen, auch wenn ihm Sam bereits seit Jahren stets denselben Ratschlag gab: *Reiß dich zusammen, Mann. Hör endlich auf, dir immer irgendwelche klugen Frauen zu suchen, und mach dich stattdessen auf die Jagd nach irgendeiner heißen Braut mit einem möglichst großen Vorbau, aber nichts im Hirn.* Doch im Gegensatz zum IQ einer Frau war James ihre Körbchengröße vollkommen egal. Das wusste Sam, doch seit er selbst verheiratet und Vater dreier Kinder war, stellte er sich einfach gerne vor, dass es im Leben eines Junggesellen ausschließlich um feste Brüste und um Spitzentangas ging. Doch davon hatte James nicht einmal in der kurzen Zeit geträumt, in der er regelmäßig in der Kneipenszene unterwegs gewesen war. Nein, das Einzige, wovon er träumte, war genau das, was er nicht ertrug – ein normales Familienleben. Wenn auch natürlich mit einer geraden Kinderzahl.

James starrte auf den Garten, mit dem er seine Furcht besser als mit Whiskey in den Griff bekam. Er war hierhergefahren, um sich daran zu erinnern, dass es bei seiner Beziehung zu Tilly um die Bekämpfung seiner Ängste ging. Doch als er zum allerersten Mal in diese Einfahrt eingebogen war und sie dort stehen sah, war es um ihn geschehen gewesen. Eine winzig kleine barfüßige Frau mit Sommersprossen und kurzgesäbeltem blonden Haar. Doch sie hatte ihm ins Gesicht gesehen und nein gesagt. Eine selbstbewusste Frau, deren Liebe er verdienen wollte, auch wenn sie etwas deutlich Besseres verdient hatte als ihn.

Tillys Garten war ein wildes Durcheinander aus strahlendem Gelb, kräftigem Violett, schreiendem Rot und knalligem Orange. Er konnte sich nicht vorstellen, dass Tilly jemals etwas in Pastellfarben dort wachsen ließ. Auch seine Mom hatte für ihren Garten immer leuchtend bunte Blumen ausgesucht. Nicht, dass sie sich als Gärtnerin mit Tilly hätte messen können, aber trotzdem hatte sie durchaus Talent gehabt.

Er sah auf seine schwarze Uhr, das schwarze T-Shirt, die schwarze Hose und die schwarzen Turnschuhe. Wie es sich wohl anfühlte, wenn man ein Leben voller Farben führte, voll Gelassenheit und Spontaneität? Vielleicht sollte er auf dem Weg zurück in seine Wohnung noch ins Einkaufszentrum an der Uni fahren und sich eine neue Uhr zulegen. Irgendwas mit Farben. Eine rote Uhr. Tilly mochte Rot, oder nicht? *Verdammt.* Das wurde ja immer schlimmer.

Er raufte sich das Haar. Jetzt überlegte er bereits, was für einen Geschmack sie hatte. Führte sich bereits so auf, als hätten sie beide ein Verhältnis und als suche er nach einem passenden Geschenk für sie. Ein Gedanke, der ihn ängstlich, doch zugleich erwartungsfroh erschaudern ließ.

Übermorgen würde er sie wieder anrufen. Inzwischen hatte er fünf Tage durchgehalten, ohne ihren wunderbaren englischen Akzent zu hören, in den nur ab und zu ein hässlicher Amerikanismus eingeflochten war. Er vermisste ihre Stimme so sehr, dass er inzwischen eine neue Angewohnheit hatte – auch wenn das für jemanden mit einer Zwangsstörung eher lästig war. Er hörte jeden Morgen nach dem Aufstehen BBC. Aber das reichte nicht. Reichte beim besten Willen nicht.

Es hatte ihn erschöpft, sich nicht bei ihr zu melden. Doch sie hatten einen Deal, und er wollte sich unbedingt an seinen

Teil der Abmachung halten. Seine Angst vor Mogeleien jeglicher Art hatte ihm dabei geholfen, auch wenn seine Zwangsstörung ihm immer wieder Gedanken eingab, er sei Tilly gegenüber trotzdem unehrlich gewesen. Wie gerade jetzt wieder, wo ihm seine Stimme sagte, sie würde morgen nicht mit ihm reden, nachdem er sie belogen hatte. Aber wann sollte das gewesen sein? Wann hatte er ihr gegenüber je die Unwahrheit gesagt?

Verscheuch den Gedanken, du musst ihn verscheuchen, James.

Er hatte die letzte Woche sinnvoll nutzen wollen und einen virtuellen Rundweg über das noch kahle Grundstück angelegt, um ihn ihr zu schicken, wenn sie sich bereit erklären sollte, seinen Garten anzulegen. Unglücklicherweise hatte er dazu sein unfertiges Haus häufiger besuchen müssen als bisher. Und dabei den Bauleiter beinahe wahnsinnig gemacht. Er hatte jedes noch so winzige Detail mit ihm besprechen wollen, und der arme Kerl stand kurz davor zu kündigen. Was James durchaus verstand. Deshalb würde er ihm morgen eine Ruhepause gönnen und erst übermorgen wieder hinfahren.

Er hörte das Kreischen eines Falken, sah sich um und merkte, dass der große Vogel mit dem rostfarbenen Bauch in der alten, für ihn schmerzlich unförmigen Eiche Wache hielt. Waren Falken sesshaft? Hatte ihn, als er zum ersten Mal hierhergekommen war, bereits dasselbe Tier begrüßt? Als der Falke noch mal kreischte, ging ihm das Geräusch durch Mark und Bein.

James riss sich die Sonnenbrille von der Nase und blickte den Vogel an. »Ich weiß, mein Freund. Mir fehlt sie auch.«

12

Ein seltener Westwind rauschte in den Bäumen und kündigte die neue Arbeitswoche an. Er wehte schon seit Tagesanbruch durch den Garten, bestreute den Rasen mit den Blütenblättern welker Rosen und knickte die Malven um. Die rostige Wetterfahne knirschte, als die nächste Böe kam.

Tilly schob sich die Hände unter die Achselhöhlen. In Creeping Cedars wurden bei einem so starken Sommerwind umgehend die roten Fahnen als Warnung vor Waldbränden gehisst.

Das Pony auf dem Feld hinter ihr stieß ein unglückliches Wiehern aus. Das arme Tier versuchte schon den ganzen Morgen, vor sich selbst davonzulaufen. Sie empfand Mitleid mit ihm, denn am liebsten würde sie dasselbe tun. Warum nur war sie so nervös? Lag es an ihrem Telefongespräch mit Sari, bei dem ihre Angestellte beiläufig von einem Fünf-Jahres-Plan zum Ausbau des Geschäfts gesprochen hatte? Oder daran, dass Sebastians Geist allgegenwärtig war?

Als plötzlich ganz in ihrer Nähe eine Elster schrie, zuckte sie zusammen. Dabei war es völlig lächerlich, sich von einer steifen Brise und einem herrischen kleinen Tier erschrecken zu lassen. Monty schob mit einem leisen Wimmern seine Schnauze zwischen die Gitterstäbe des Gartentors, doch Tilly ignorierte ihn. Isaac war unten bei der Koppel und übte, möglichst weit entfernt von Fenstern und dem Hund, die Wurftechnik beim Cricket – wenn auch nur mit einem Tennisball. Sebastian hatte ihm fürs Wochenende eine neue Trainingseinheit versprochen, worüber der Junge überglücklich war. Tilly stopfte sich die Hände noch ein Stück tiefer unter die Achseln. Sollte sie ihm vielleicht absagen? Denn vielleicht suchte er ja nur einen Ersatz für seine eigenen Kinder, wenn sie an den Wochenenden bei der Mutter waren. Angenommen, er käme doch wieder mit seiner Frau zusammen? Was aufgrund der Schwangerschaft zwar eher unwahrscheinlich war, aber schließlich war er jedes Mal auch zu ihr selbst zurückgekehrt, wenn sie ihn wieder in ihr Leben gelassen hatte. Und wenn er sich mit seiner Frau versöhnte, würde er dann Isaac genauso fallenlassen wie sie selbst nach Davids Tod?

Sebastian. In den letzten vierundzwanzig Stunden hatte sie sich ein ums andere Mal gesagt, dass er nur wohntechnisch gesehen ein Single war. Aber er war wieder da, ging ihr nicht mehr aus dem Sinn und sah wahrscheinlich auch in einem dunklen, gutgeschnittenen Banker-Anzug rundherum fantastisch aus. Was er jetzt wohl gerade machte? Übertraf er sich möglicherweise selbst an Effizienz, während er an einem aufgeräumten Schreibtisch saß und einer loyalen Assistentin Anweisungen gab? Natürlich war der Tisch aus Mahagoni, und direkt gegenüber hing ein Aquarell an der sonst leeren Wand, auf dem man einen ungastlichen Streifen Yorkshire-Küste sah, einen Ort, an den er sich gedanklich flüchten konnte, wenn der anstrengende Job nach einer kurzen Pause rief.

Tilly kratzte sich unter den Armen. Die verdammten Sandflohbisse waren noch immer nicht verheilt. Als sie nach North Carolina gezogen war, hatten sie die Einheimischen vor den bekanntesten Gefahren – dem Tritt auf einen Kupferkopf, dem Öffnen des Kompostiererdeckels, unter dem gerne die Schwarzen Witwen saßen, oder einem Griff ins Unkraut, zwischen dem oft Giftefeu verborgen war – gewarnt. Doch die Dinge, die für sie am schlimmsten waren, waren beinahe unsichtbar: Zecken, die Krankheiten übertrugen, und die winzig kleinen roten Sandflöhe, deren Bisse sich anfühlten wie Brandwunden. Tilly kratzte sich noch stärker.

Und hielt plötzlich inne, als sie mit den Fingerspitzen tief unter der Haut auf einen kleinen, glatten, beweglichen Knoten traf.

Der Wagen ihrer Mutter brummelte im Leerlauf, und der Blinker tickte, als Tilly früh am nächsten Morgen in der Einfahrt stand. Anscheinend hatte man aus ihrer Stimme die Verzweiflung herausgehört, als sie um einen Termin gebeten hatte, denn sie kam nun bereits vor der offiziellen Sprechstunde von Dr. Fulton dran. Oder war er, da er wusste, dass sowohl ihr Vater als auch ihre Großmutter an Krebs gestorben waren, vielleicht noch beunruhigter als sie selbst? Nur dass sie mehr als beunruhigt war. Sie betrachtete ihre zitternde rechte Hand. Am liebsten hätte sie sich die Haare ausgerissen, laut geschrien, sich ihren Sohn geschnappt und ihn nie mehr losgelassen. Ach, wäre doch nur David hier, um ihr zu sagen: »Keine Angst, Babe. Diese Sache stehen wir gemeinsam durch.«

»Und wo bist du?«, schrie sie mit Blick zum Himmel. »Tot, was mir kein bisschen hilft.«

Während ihrer zehnjährigen Ehe war sie David gegenüber niemals laut geworden und hatte ihn auch niemals wirklich kritisiert, obwohl es einmal einen Streit gegeben hatte wegen einer riesengroßen Stereoanlage, für die er ein Monatsgehalt hatte verschleudern wollen. Einen Streit, aus dem sie selbst als Siegerin hervorgegangen war. Und ein paarmal hatte sie sich kurzerhand im Badezimmer eingesperrt und der Tür ein leises »Arschloch« zugeraunt. Aber nun, da David weniger als Luft war, hätte sie sich furchtbar gern mit ihm gestritten. Was zeigte, dass sie im Verlauf der letzten vierundzwanzig Stunden offenbar verrückt geworden war.

Der Motor des Yaris stotterte genauso wie ihr Herz. *Reiß dich zusammen, Tilly. Frauen haben ständig Knoten in den Brüsten, die fast nie bösartig sind. Daran musst du denken, nicht an das genetische Gebräu, das durch deine Adern schwappt und es auf deine Lymphknoten abgesehen hat.*

Bevor ihr Vater seinem Nierenkrebs erlegen war, hatte er ihr beigebracht, vor Monstern in Gestalt von Männern auf der Hut zu sein. Aber was, wenn diese Monster namen- und gesichtslos waren? Was, wenn sie in einem selber existierten?

Tilly legte den Kopf aufs Lenkrad. Tag für Tag stellte das Leben irgendeine neue Stolperfalle für sie auf. Es war wie mit dem Zauberwürfel, und für den hatte sie nie genug Geduld gehabt. Man versuchte, all die blöden, kleinen, bunten Vierecke in eine Reihe zu bekommen, und mit einer kurzen Drehung hatte man die Ordnung schon wieder zerstört. Wobei beim Zauberwürfel unzählige Neuanfänge möglich waren. Man musste sich nicht irgendwann geschlagen geben.

Tilly richtete sich wieder auf. Sie war Gärtnerin. Und auch als Gärtnerin gab man sich niemals geschlagen. Ohne Durchhaltevermögen käme sie in diesem Job nicht weit, und als Witwe sah sie jeden Tag aufs Neue, dass Melodramatik alles andere als hilfreich war.

Entschlossen stellte sie den Blinker ab. Wer zum Teufel sollte das Signal überhaupt sehen? Außerdem war es inzwischen allerhöchste Zeit, dass sie nach Northampton fuhr und die Zukunft aktiv in Angriff nahm. Entschlossen reckte sie die Faust. Denn sie war eine Frau, die ihr Schicksal unter Kontrolle hatte. Dann aber seufzte sie leise auf. *Haha.*

Okay, am besten gehst du die Sache in kleinen Schritten an. Eins nach dem anderen. Als Erstes biegst du nach links ab. Aber auf welche Fahrspur und auf welche Straßenseite? Tilly hasste es bereits seit Jahren, wenn sie in England Auto fahren musste. Kreisverkehren, in die sie nach Erlangung ihres Führerscheins entschlossen eingebogen war, näherte sie sich nun wie eine furchtsame Touristin, denn ihr in Amerika entwickeltes Gespür empfahl ihr, erst mal anzuhalten und in alle Richtungen zu sehen. Wodurch es hinter ihr natürlich jedes Mal zu einer langen Schlange kam. Und was die schmalen Landstraßen betraf, durch die sie früher stets im Höchsttempo geschossen war – wie konnte irgendwer so schnell auf Straßen fahren, die kaum breiter als ein Auto waren?

Im Kriechtempo fuhr Tilly aus der Einfahrt und stellte die Scheibenwischer an. Die Sonne hatte England erst mal wieder Lebewohl gesagt, und am Himmel hingen dicke Wolkenklumpen, die so grau wie Isaacs weiße Socken aussahen, wenn man sie zusammen mit den Jeans wusch. Eigentlich hatte sich der Himmel, der aussah wie zwei Wochen altes Weißbrot, ihrer Stimmung angepasst: denn sie fühlte sich ebenfalls, als hätte sie Schimmel angesetzt.

»Der Fahrer muss in der Straßenmitte sein«, wies sie sich an. »Bleib in der Straßenmitte, Tilly. Weich nicht von der Straßenmitte ab.«

Sie hatte ihren Arztbesuch mit einer Fahrt zum Supermarkt getarnt, und Isaac war nur zu gern daheimgeblieben, um weiter an seiner Wurftechnik zu feilen. Trotzdem hatte sie mal wieder Schuldgefühle. Denn sie hatte Isaac eine dicke, fette Lüge aufgetischt, die wie Pinocchios Nase immer länger geworden war. Dabei war sie eine jämmerliche Lügnerin. Dennoch war es ihr überraschend leichtgefallen, die Wahrheit hinter einem Berg von Worten zu verstecken, bis sie beinahe selbst von ihrer Lüge überzeugt war. Weil bereits ein kurzer Satz – *Daddy ist tot*, oder *Mommy hat Krebs* – das Herz eines Kindes brechen konnte.

Isaac durfte nichts davon erfahren, bis sie einen Plan entwickelt hätte, bis sein Sommer hier in England lang genug gewesen wäre, um ihm dafür in Erinnerung zu bleiben, dass er während dieser Zeit zum Cricket-As geworden war. Rowena hatte recht. Manche Wahrheiten behielt man besser für sich.

Doch für manche Unternehmungen brauchte man ganz einfach einen Plan. Und, verdammt, sie hatte nicht daran gedacht, zu Hause einen Stadtplan von Northampton auszugraben. Mit den vielen Einbahnstraßen, die sich jedes Jahr, wenn sie in Carolina war, scheinbar unmerklich verschoben, kam sie einfach nicht zurecht. Wenn sie sich in Amerika verfuhr, brauchte sie nur den Mund aufzumachen, denn ihr englischer Akzent bescherte ihr dort jede Menge Hilfe. Vielleicht würde sie am besten einfach durch die Gegend fahren, bis sie ein oder zwei Bauwerke erkannte, die ihr noch aus ihrer Jugend in Erinnerung geblieben waren. Außerdem war es noch gar nicht so lange her, seit sie zum letzten Mal in der zwischen einem Fußpflegesalon und einem Friseurgeschäft gelegenen Arztpraxis gewesen war. Wegen dem Pfeifferschen Drüsenfieber, das sie sich am College eingefangen hatte? Nein, da hatte Dr. Fulton einen Hausbesuch bei ihr gemacht. Hausbesuche – ihre Freunde in

Amerika würden bestimmt nicht glauben, dass es so etwas noch gab.

Natürlich war jener Dr. Fulton, den ihre Mutter einst wegen ihres Drüsenfiebers und schon Jahre davor wegen ihrer Masern angerufen hatte, schon seit Jahren pensioniert. Sie hoffte, dass sein Sohn, der als Amerikaner Dr. Fulton junior hieße, warme Hände hatte. Denn sie hasste es, von männlichen Ärzten untersucht zu werden.

Die Landstraße war gesäumt von pinkfarbenen schmalblättrigen Weidenröschen und gelbem Habichtskraut, und aus den gemeinen Waldreben, die in den Hecken wucherten, stieg eine Goldammer in den grauen Himmel auf. In ihren Erinnerungen an die Sommermonate in Bramwell Chase spielten Vögel eine bedeutende Rolle, aber abgesehen von den Tauben, die inzwischen zahlreicher als die Kaninchen waren, hatte sie bisher noch kaum Vögel gesehen. Was war aus dem türkisbrüstigen Eisvogel, den Buch- und Goldfinken, der Bachstelze geworden? Selbst der frühmorgendliche vielstimmige Drosselchor aus ihrer Kindheit war zu einem dürren Solo abgeebbt. Das war das Problem mit Erinnerungen: Selbst wenn man sie hütete wie teure Porzellanfiguren, setzten sie im Verlauf der Jahre Staub an und versanken irgendwann in der Bedeutungslosigkeit.

Tillys Gedanken schweiften zu der Vielzahl an Vögeln ab, die ihren Wald in Carolina Tag für Tag mit Farbe und Musik belebten. Sie vermisste die Rotkardinäle, die um ihre Futterhäuschen flatterten, und den Falken, der ihr immer bei der Gartenarbeit zusah. Und sie vermisste ihre Frauenärztin, die mit ihr gemeinsam die nicht enden wollenden Wehen bei Isaacs Geburt durchgestanden hatte – weil David zu jenem Zeitpunkt in St. Petersburg gestrandet war. Aber dieses Mal brauchte sie keine derartige Unterstützung. Andere Menschen würden sie jetzt wahrscheinlich nur verwirren und daran hindern, ihrem Bauchgefühl zu folgen. Nein, diesmal war alles so einfach, wie an einer Kreuzung abzubiegen. Sie müsste nur die richtige Fahrspur erwischen und dann diesem Kurs folgen.

Wenn der Knoten bösartig wäre, müsste sie die Brust eben entfernen lassen. Aber vielleicht wäre das noch nicht genug. Falls die Ärzte Krebs bei ihr entdeckten, müssten vielleicht beide Brüste abgenommen werden! Sie schlug gegen das Armaturenbrett. Wozu brauchte sie überhaupt ihre Brüste? Isaac war bereits seit Jahren abgestillt, und ihren Busen hatte sie noch nie sonderlich gemocht. Sie hätte immer gern so einen wie Rowena gehabt, mit perfekter Körbchengröße 80C, bei dem sich der Spitzen-BH über den beiden Rundungen spannte und ein schönes Dekolleté formte. Nur, dass sie selbst die Figur eines dreizehnjährigen Jüngelchens hatte. Aber warum eigentlich nicht? Schließlich hatte ihr David immer versichert, dass sie supersexy war. Wozu also brauchte sie Brüste? Sie hatte in ihrem Leben schon genügend Dingen nachgeweint. Und Isaac zuliebe käme jetzt nicht noch etwas dazu. Und wenn der Krebs sich trotzdem nicht besiegen ließ – was dann? Was würde für Isaac das Beste sein? Sollte sie sich an ihr Leben klammern oder so wie David einen klaren Schlussstrich ziehen?

Oh nein. Darüber denkst du jetzt nicht nach.

Sie trat das Gaspedal durch. Sie würde diese Landstraßen hinunterfliegen so wie früher auch. Und hoffen, dass nicht irgendwo ein Blitzer stand.

*

James warf krachend sein Handy auf den Tisch und rammte die Faust in die Trockenbauwand des Wohnzimmers. *Verdammt.* Er schüttelte die Hand mit den pochenden Knöcheln aus. *Verdammt!* Der körperliche Schmerz war ihm egal, doch dass Tilly zur verabredeten Zeit nicht ans Telefon gekommen war, tat ihm so weh, als risse ihm jemand sämtliche Eingeweide aus dem Leib. Wie hatte sie nicht da sein können? Schließlich wusste sie genau, wie wichtig dieser Anruf für ihn war.

Er starrte auf den Gipsstaub, der infolge seines Schlags aufs Parkett gerieselt war. Erst einmal würde er saubermachen, dann müsste er jemanden finden, der den Schaden behob, und danach müsste er dem Vermieter beichten, was geschehen war. Er raufte sich die Haare und versuchte, seine Atmung zu beruhigen. *Atme ein – eins, zwei, drei, vier –, halt den Atem an – eins, zwei –, atme aus – eins, zwei, drei, vier.*

Er lebte seine Wut bereits seit einer ganzen Weile nicht mehr aus. Hatte Tausende von Dollar in diverse Therapien investiert, damit so etwas nicht mehr geschah. Was war nur mit ihm los? Und was war mit Tilly los? Weshalb hatte sie ihre Mutter angewiesen, seinen Anruf abzuwimmeln? Schließlich hatte Tilly doch nicht etwa Angst vor ihm und könnte ihm sicher problemlos erklären, dass sie kein Interesse daran hatte, seinen Garten anzulegen. Als er das erste Mal bei ihr gewesen war, hatte sie ihn schließlich auch lächelnd angesehen und trotzdem nein gesagt. Nur aus Neugierde hatte sie noch mal mit ihm gesprochen. Aber was war in der Zwischenzeit passiert? War sie krank oder verletzt, steckte die Familie in einer Krise? Brauchte sie möglicherweise Hilfe?

Seine Gedanken überschlugen sich – aus Sorge um Tilly,

aber auch, weil er immer noch nicht wusste, ob sie seinen Garten anlegen würde, und schließlich weil ihr Telefonat nun völlig unerwartet hinausgezögert wurde. Und mit Verzögerungen kam er einfach nicht zurecht.

Er stapfte nervös im Kreis. Immer schneller, immer angespannter. Rundherum und rundherum, rundherum und rundherum, rundherum und rundherum. Dabei rieb er sich die Arme – auf und ab, auf und ab, auf und ab. Ein Nebel kalter Panik senkte sich auf ihn herab. Dichter, dunkler Panik, die ihn in den Abgrund zog. Er konnte sich nicht wehren, konnte einfach nichts dagegen tun.

Es gab kein Entkommen aus der grässlichen Spirale, in der er gefangen war.

*

Tilly trug zwei halbgefüllte Einkaufstüten zum Haus und hoffte, sie würden als Erklärung dafür ausreichen, dass sie drei Stunden im Supermarkt gewesen war. Sie hatte drei Viererpackungen Cadbury-Schokoladenmousse, eine Packung Schoko-HobNobs, eine Schachtel Pralinen und zehn Trauben-Nuss-Riegel gekauft. Sowie einen etwas angeschlagenen Granny Smith. Irgendwie war es beruhigend, dass ihre Gesundheit ihr anscheinend immer noch am Herzen lag, doch andererseits ebenso beunruhigend, dass sie nicht hätte sagen können, wie der Apfel – oder überhaupt etwas – in ihrem Einkaufskorb gelandet war.

Dank der Hitze, die der riesengroße Gasofen verströmte, war es in der Küche furchtbar stickig. Und beengt. Früher war ihr Woodend immer riesig vorgekommen, doch inzwischen fühlten sich die Räume dort im Vergleich zu ihrem offenen Haus in Creeping Cedars winzig an. Himmel, sie bekam nur noch mit Mühe Luft und zog nervös am Ausschnitt ihres T-Shirts.

»Schätzchen?«, rief Virginia aus dem Wohnzimmer.

Tilly antwortete nicht. Weil die Antwort, die sie ihrer Mutter geben könnte, alles andere als erfreulich war.

Dr. Fulton, der tatsächlich kalte Hände hatte, hatte ihr das Offensichtliche bestätigt. Hatte ihr erklärt, sie hätte ganz eindeutig einen Knoten in der Brust. Die allermeisten Knoten seien gutartig, hatte er noch hinzugefügt. Vielleicht war es nur ein Fibroadenom, aber da sie sich bisher nicht regelmäßig hatte untersuchen lassen – zur Betonung seines Missfallens über diesen Fehler hatte er eine bedeutungsvolle Pause eingelegt –, konnte er nicht sagen, was genau es war. Danach hatte er sich über das erbärmliche britische Gesundheitswesen ausgelassen, seine Schreibtischunterlage mit der Spitze eines Brieföffners traktiert und von ihr wissen wollen, wie die Arbeitsaussichten für Ärzte in den Vereinigten Staaten waren.

Schließlich hatte er einen Termin im Krankenhaus für sie gemacht. Tilly hatte fälschlicherweise angenommen, dass sie den Termin sofort am nächsten Tag bekäme. Denn wenn eine Zeitbombe in einer ihrer Brüste tickte, zählte doch wahrscheinlich jeder Augenblick? Doch die Ambulanz für Brustuntersuchungen würde sie frühestens in zwei Wochen annehmen. Zwei Wochen! In zwei Wochen hätte sie sich sicher alle Fingernägel abgenagt. In zwei Wochen könnte sie die Chemotherapie bereits zur Hälfte abgeschlossen haben und mit einem schicken Turban wie Joan Collins durch die Gegend laufen, damit niemand ihren kahlen Schädel sah.

»Dieser nette James hat noch mal angerufen«, rief ihre

Mutter abermals über den Flur hinweg. Sie sprach mit ihrer Lehrerinnenstimme, die einst bis in den letzten Winkel eines Klassenzimmers vorgedrungen war. »Er wirkte ein bisschen angesäuert, weil du nicht zu sprechen warst. Meinte, er würde später noch mal anrufen.«

Tilly wickelte einen der Schokoriegel aus, brach ihn in zwei Teile und schob sich den größeren entschlossen in den Mund. *Verflixt und zugenäht.* Als Allererstes müsste sie diesen Kerl loswerden, der noch mehr Probleme zu haben schien als die irre, krebsgeplagte Mutter eines vaterlosen Sohns, als die sie sich momentan fühlte. Wo steckte Isaac überhaupt? Sie sehnte sich danach, ihn an sich zu ziehen, zugleich aber brachte sie der Gedanke, ihm unbefangen gegenüberzutreten, vollends aus der Balance.

Von draußen hörte sie das Scharren von Montys Krallen, das Klacken von Virginias Gipsbein und das Quietschen der Gummispitze ihrer Krücke auf dem Flurparkett.

»Ich kann nicht mit ihm reden, Mum.« Tilly spürte, dass ihre Mutter in die Küche getreten war, starrte aber weiter vor sich auf den Boden. »Heute nicht.« *Hmm, lecker.* Sie zerbiss genüsslich eine Haselnuss.

»Tilly? Ist das … alles, was du eingekauft hast?«

»Selektive Amnesie.« Tilly wickelte den zweiten Schokoriegel aus und biss das nächste Stückchen Schokolade ab. Eine Traube platzte zwischen ihren Zähnen. *Ein Genuss.*

»Hat die was mit Saris Anruf zu tun?«

»Hmm.« Tilly kaute möglichst langsam. Manchmal konnte man kiloweise Schokolade in sich hineinstopfen, und trotzdem bekam man nicht genug. Und manchmal fing man einen Tag mit einer Lüge an, die unzählige weitere Lügen nach sich zog. Natürlich machte sie diese Erfahrung jetzt zum ersten Mal, aber es fiel ihr überraschend leicht. Wer hätte das gedacht?

»Dachte ich mir's doch.« Ihre Mutter seufzte. »Seit diesem Telefonat bist du einfach nicht mehr du selbst.«

Tilly griff nach dem Rest des zweiten Schokoriegels. *Ich selbst. Wann war ich zum letzten Mal ich selbst?*

»Wenn James sich wieder meldet«, fuhr ihre Mutter fort, »soll ich ihm dann sagen, du rufst in ein paar Tagen zurück?«

Tilly bekam ein Stück Schokolade in den falschen Hals und musste mehrmals heftig schlucken, bis sie ihre Stimme wiederfand. »Das wird ihm nicht gefallen. Er wird sicher explodieren. Bist du sicher, dass du damit klarkommst?«

Die leuchtend blauen Augen ihrer Mutter blitzten auf. *Dumme Frage*, bedeutete dieser Blick, und tatsächlich sagte sie: »Überlass ihn einfach mir.«

Die Dankbarkeit, die Tilly empfand, hätte beinahe ihren dicken Schutzpanzer gesprengt, und am liebsten hätte sie wie früher als Kind ihre Mutter als Kummerkasten benutzt. *Hey, Mum. Ich habe einen Knoten in der Brust.* Vielleicht würde dieses Eingeständnis sie erleichtern, doch um welchen Preis für eine Frau, die zwei Töchter begraben hatte und mitansehen musste, wie ihr Mann an Krebs gestorben war?

Nein, Tilly musste ihr Problem für sich behalten, bis sie Klarheit hatte. Weshalb sollte sie Virginia unnötig beunruhigen? Im Vergleich zu einem ganzen Leben waren zwei Wochen nur ein Klacks. Und vor allem hatte sie genügend Schokoladenvorräte gekauft, um diese Zeit zu überstehen.

*

Abermals warf James krachend sein Handy auf den Tisch, auch wenn er diesmal auf eine Abfuhr gefasst gewesen war. Außerdem spielte Tilly offenbar auf Zeit, und er wollte einfach wissen, was sie mit diesen Spielchen bezweckte. Grübelnd starrte er auf seinen Laptop mit dem seltsam beruhigenden Mandala-Bildschirmschoner. Er brauchte etwas Zeit, um die Stimme in ihm zu verdrängen und herauszufinden, ob vielleicht durch einen zu niedrigen Serotoninspiegel in seinem Blut einfach ein neuer Fehlalarm ausgelöst worden war.

Sein Therapeut riet ihm immer, die Angst hinter einem vergifteten Gedanken und einer Befürchtung zu benennen. Nur, dass diese Angst nicht Teil seiner Störung, sondern echt war. Er wusste genau, dass etwas nicht in Ordnung war. Weshalb hatte Tilly zweimal ihre Mutter vorgeschickt? Das passte nicht zu dem, was er über Tilly wusste. Großer Gott. Wie kam er auf die Idee, eine Frau zu kennen, der er bisher nur zweimal kurz begegnet war? Doch er kannte sie, er kannte sie genau. Und er konnte ihr helfen und sie schützen. Doch wovor oder vor wem? Möglicherweise vor sich selbst?

James schnappte sich seine Bourbonflasche und sein Glas und kehrte auf den heißen Balkon zurück. Die Hitze dort machte ihn zwar reizbar, doch nur so kam er gegen seine Zwangsgedanken an. Denn allzu oft trübte ihm die Angst um Menschen, die er liebte, den Verstand, und dann sah er Tragödien, wo es gar keine gab.

Er schenkte sich ein und hielt das Glas gegen das Sonnenlicht, um zu sehen, wie voll es war. Es war weder zu wenig Bourbon darin noch zu viel. Perfekt. Er nahm zwei vorsichtige Schlucke und genoss den warmen Alkohol, der ihm durch die Kehle rann. Jetzt konnte er in Ruhe nachdenken.

Falls Tilly Probleme hätte, wäre auch ihr Junge betroffen. Verdammt. War es nicht bereits schlimm genug, was er für Tilly empfand? Musste er mit siebenundzwanzig auf einmal so etwas wie Vatergefühle verspüren, und das noch nicht mal für sein eigenes Kind?

Er leerte sein Glas in einem Zug, schenkte sich nach und wiederholte den Prozess. Als die Flasche zu einem Viertel leer war, wusste er, was er tun würde. Eine idiotische Idee? Auf jeden Fall. Finanziell gewagt und möglicherweise furchtbar peinlich? Ganz bestimmt. Doch das war ihm egal. Er saß vollkommen reglos da, was ihm sonst nur selten gelang. Er hatte keine andere Wahl. Schicksalsgläubig war er sonst nicht, aber die Begegnung mit der Gärtnerin und ihrem Sohn kam ihm wie eine glückliche Fügung vor. Na toll, er fühlte sich wie ein alter Katholik, der auf einmal calvinistisches Gedankengut zum Besten gab. War er nicht auch ohne Religion schon absonderlich genug? Doch es stand außer Frage. Falls Tilly und Isaac irgendwie in Schwierigkeiten waren, musste er für sie da sein.

*

Tilly sank zurück in den Fersensitz und wischte sich die schwarzen Spinnweben von den Jeans. Sie saß halb in dem Schrank unter der Treppe, wo sich außer dem alten Safe ihres Vaters ein paar Weihnachtsbaumgirlanden sowie ein Berg an Putzmitteln verbargen. Der Schrank roch feucht und modrig, und sie hatte keine Ahnung, was für widerliche Kreaturen vielleicht in den Ecken lauerten. Früher hätten solche Horrorvorstellungen sie bestimmt abgehalten, aber die Furcht vor einer Krebserkrankung hatte Tilly ungewohnten Mut verliehen. Um diese Theorie zu testen, schob sie ihre Hand vorsichtig in die Dunkelheit. Und zog sie eilig wieder zurück.

Warum erschienen einem an Samstagen Probleme in einem anderen Licht? Lag es vielleicht daran, dass die allgemeine Ruhe es einem gestattete, den Schorf von emotionalen Wunden abzukratzen und anschließend etwas so Irres anzustellen, wie die Putzmittel ihrer Mutter zu sortieren? Oder konnte sie einfach nicht mehr klar denken, weil sie kaum noch schlief? In den vergangenen drei Tagen war sie immer schon um vier Uhr wach gewesen und hatte darauf gelauscht, wie die Post mit einem leisen Plumps durch den Briefschlitz auf die Fußmatte gefallen war.

»Da bist du ja! Grundgütiger.« Ihre Mutter blickte argwöhnisch auf sie herab. »Was zum Teufel machst du da?«

»Ist dir eigentlich klar, dass du vier angebrochene Dosen Silberputzmittel hast?« Tilly hievte einen Karton vom unteren Regal und wäre beinahe an dem durchdringenden Politurgeruch erstickt. Dass sie plötzlich Putzmittel sortierte, wirkte sicher wie ein Eingeständnis, dass sie nicht mehr ganz bei Sinnen war. Schließlich war sie in der Familie für ihre Abneigung gegen jedwede Art von Hausarbeit berüchtigt.

Ihre Mutter räusperte sich leise und erklärte dann: »Da Isaac und Rowena bei ihren Fasanenküken sind, dachte ich, wir sollten ein paar Rosen abschneiden und damit zum Friedhof fahren. Denn seit ihr hier angekommen seid, habe ich auf das Grab von deinem Vater keine frischen Blumen mehr gestellt.«

»Das ist eine ausgezeichnete Idee!« Sofort sprang Tilly auf und verstreute achtlos Staubtücher und Putzlumpen im Flur. »Gib mir fünf Minuten Zeit, um mir ein frisches T-Shirt anzuziehen und die Haare zu kämmen. Oh, und außerdem muss ich noch schnell die Zähne putzen. Weil ich dazu heute Morgen nicht gekommen bin.«

»Wir besuchen die Toten, Schatz«, stellte Virginia richtig fest. »Ihnen ist bestimmt egal, ob du mit frisch geputzten Zähnen kommst.«

»Ich Dummerchen. Also dann schneide ich nur schnell die Rosen ab.« Bevor Mrs Haddington Gelegenheit bekam zu fragen, was mit ihr nicht stimmte, rannte Tilly aus dem Haus.

»Hey, du.« Tilly streichelte den glatten Marmorgrabstein ihres Dads und stellte sich sein dröhnendes Gelächter vor. Andere Erinnerungen waren vielleicht verblasst, doch seine herzhafte Art, in der er seiner guten Laune Ausdruck verliehen hatte, würde sie niemals vergessen.

Die Gartenschere ihrer Mutter klapperte in einem gleichmäßigen Rhythmus, und die Sonne schien ihr wärmend ins Genick. In der Ferne blökten Schafe, und hinter den Linden auf dem Sportplatz ihrer alten Schule kreischten und jubelten die Kinder beim Sportfest, das zum Abschluss jedes Schuljahrs stattfand.

Tilly streckte sich und genoss den seltenen Moment heiterer Gelassenheit. Bereits als Kind war ihr der Friedhof ihres Dorfes wie ein Ort erschienen, an dem man, statt über den Tod zu grübeln, das Leben feierte. Sie lächelte, als ihr der berauschend süße Duft von wildem Geißblatt entgegenschlug. Doch ihr Lächeln erstarrte, als sie sah, wie ihre Mutter verdorrte Rosen aus der in die Grabstätte des Vaters eingelassenen Vase riss. Auch wenn die Fäden inzwischen gezogen waren, sollte ihre Mutter die verletzte Hand wohl besser noch nicht wieder benutzen. Die Gefahr eines neuerlichen Aufreißens der Wunde oder einer Infektion war schließlich immer noch gegeben. Virginia hatte, seit sie hier war, alle Vorsicht über Bord geworfen: Sie beugte sich immer wieder gefährlich weit vor, hinkte ohne ihre Krücke durch die Gegend und trug, während ihr Monty um die Beine sprang, Tassen mit kochend heißem Tee zu ihrem Lieblingsplatz im Wohnzimmer.

Als Isaac laufen lernte, hatte Tilly sich darauf gefreut, irgendwann mal wieder Zeit für sich allein zu haben. Wie naiv sie doch gewesen war. Denn je größer ihr Sohn wurde, umso öfter musste sie ihn durch die Gegend fahren und in einer Welt voller verborgener Gefahren dafür sorgen, dass er allzeit sicher war. Mit zunehmender Beklemmung erkannte sie, dass es ihr mit ihrer Mum jetzt genauso ging.

»Es wird bestimmt ein wunderbarer Nachmittag. Einfach prachtvoll.« Ihre Mutter zupfte Blätter von den frischen Rosenstielen ab. »Warum legst du dich nicht mit einem Buch und einem Glas Holunderblütenlimonade in den Garten, wenn du Monty zum Hundefriseur gefahren hast? Ich gehe mit Isaac in die Kirche, wo man sich in die Kunst des Durchpausens von Messingreliefs auf Papier einweihen lassen kann, und du könntest derweil die Zeit nutzen, damit du wieder etwas Farbe ins Gesicht bekommst.«

Bloß nicht, gesunde Bräune hatte Tilly gerade noch gefehlt. Dann weckte ihr Körper, der mit einem unsichtbaren Feind zu kollaborieren schien, sicherlich erst recht noch dessen Aufmerksamkeit.

»Ja. Ein ruhiger Nachmittag wäre bestimmt genau das Richtige für dich.« Ihre Mutter griff in den Gartenkorb und hielt Tilly die Heckenschere hin. »Tu mir einen Gefallen,

Schätzchen, und schneide den Grabstein frei. Dieser junge Bursche mäht einfach die großen Grasflächen und denkt, damit sei er fertig. An die Ränder denkt er nie. Ich habe dem Gemeinderat schon oft gesagt, dass sie jemand anderen einstellen sollen. Übrigens habe ich einen Entschluss gefasst.«

»Was für einen Entschluss?« Tilly säbelte das lange Gras links und rechts des Grabsteins ab, und bei jedem Schnitt quietschte die stumpfe Schere wie aus Protest. »Was es zum Abendessen geben soll?«

Ihre Mutter richtete sich auf und massierte sich den Rücken. »Gott, wie steif ich heutzutage bin. Nein, ich habe überlegt, Woodend zu verkaufen.«

»Du hast …« Tilly stieß ein ungläubiges Lachen aus. »Was?«

»Ich habe überlegt, Woodend zu verkaufen«, wiederholte ihre Mum. »Ich rufe nächste Woche einen Makler an.«

Krachend fiel die Schere auf den Marmorgrabstein ihres Dads. Tillys Beine gaben nach, und sie sank aufs Gras. Dort blieb sie wie erstarrt sitzen, trotz der Feuchtigkeit, die durch das Hinterteil ihrer Hose drang, bis der Stoff sich anfühlte wie kalter Stahl. Der Regen hatte vor zwei Tagen aufgehört, aber das Gras war noch ganz feucht vom Morgentau. Ein unsichtbares Hochdruckgebiet herrschte über Südengland, und auf sämtlichen Kanälen sagten die Meteorologen wochenlangen Sonnenschein voraus. Manche gingen sogar so weit, einen echten Sommer zu prophezeien. Es war geradezu rührend, wie sich Menschen, die sich schmerzlich nach ein bisschen gutem Wetter sehnten, an diesen Hoffnungsstrahl klammerten.

Ihre Mutter meinte es sicher nicht ernst. Sie konnte es nicht ernst meinen. Sie konnte nicht ein Riesenloch in den dünnen Boden stampfen, auf dem Tilly sich bewegte, denn dann stürzte ihre Tochter ins Bodenlose. »Du machst Witze, oder?«

»Tut mir leid, Schätzchen. Ich habe die ganze Zeit auf einen geeigneten Moment gewartet, um es dir zu sagen. Aber dann wurde mir klar, dass es den einfach nicht gibt. Los, stell mir deine Fragen.«

Tilly sah ihr in die Augen und entdeckte darin einen Ausdruck von Entschlossenheit. Ihre Mutter hatte sich entschieden. Hatte ohne vorherige Beratung mit den Töchtern ganz allein für sich das Alte-Frau-allein-in-einem-großen-Haus-Problem gelöst. Und warum auch nicht? Virginia Haddington war eine mittlerweile siebzigjährige Witwe, die in eine neue Phase ihres Lebens eintrat, in der sie, da ihre Kinder groß waren, wieder völlig eigenständig agieren konnte.

Tilly fiel nur eine Frage ein. »Warum?«

Ihre Mutter rückte immer noch den Rosenstrauß zurecht. »Weißt du, der Unfall hat mir die Augen dafür geöffnet, dass ich nicht mehr so jung und energiegeladen bin, wie ich es früher einmal war.«

»Oh Gott. Du hast Osteoporose, oder?«

»Himmel, nein. Wie kommst du denn auf die Idee?«

Tilly zerrte sich ihre Strickjacke von den Hüften, aber es gelang ihr nicht, sie anzuziehen. Die Ärmel waren auf links, und alles war total verdreht.

»Mein Leben ist dabei, sich zu verändern, Tilly, und ich kann das Unvermeidliche nicht länger einfach ignorieren. Ich will damit nicht sagen, dass ich alt und gebrechlich bin, Gott bewahre. Aber ich habe über eine Stunde auf dem nassen Gras gelegen. Es war bitterkalt, und ich war vollkommen allein und hab mir die Seele aus dem Leib gebrüllt, bis mir endlich ein Wochenendbesucher aus einer der umgebauten Scheunen zu Hilfe kam. Hast du eine Vorstellung davon, wie erniedrigend das war, dass ein Fremder mich gefunden hat?«

Ein Tsunami frischer Schuldgefühle wogte in Tilly auf. Ihre Mutter hatte sie gebraucht, und sie hatte sich nicht einmal in derselben Zeitzone befunden.

»Die Sanitäter haben mit dem Mann geredet, als wäre er für mich verantwortlich.« Ihre Mutter tastete nach ihrer Perlenkette, als böte sie ihr Halt. »Und mich haben sie einfach Virginia genannt, Herrschaft noch mal.«

»Auch wenn ich das nur ungern sage, Mum, aber du heißt nun mal Virginia.«

»Sie hätten mich mit Mrs Haddington ansprechen sollen. Das war einfach respektlos. Und als ich dort lag, habe ich an den Sommer vor neun Jahren zurückgedacht, und dabei ist mir klargeworden, dass sich so etwas nicht wiederholen darf. Nicht, wenn es bedeutet, von Fremden abhängig zu sein, die mich Virginia nennen.«

»Aber Woodend ist seit über vierzig Jahren dein Zuhause. Du kannst es nicht einfach verkaufen.«

»Es ist einfach zu groß für mich, Tilly.«

»Dann stell eine Haushaltshilfe ein.«

»Die habe ich doch schon.«

»Dann stell noch jemanden ein.« Tillys Stimme wurde schrill. Es wäre ein absurdes Opfer, Woodend zu verkaufen, eine Schnapsidee, geboren aus dem falschen Wunsch heraus, niemandem zur Last zu fallen.

»Das wäre keine Lösung«, sagte ihre Mutter. »Woodend ist ein Haus für Kinder, nicht nur für Erinnerungen. Marigold und ich haben darüber gesprochen, in eins der netten Häuschen am Badger Way zu ziehen.«

»Und was ist, wenn Isaac und ich zu dir nach Woodend ziehen?« Vielleicht bot ihr das Leben gerade diese Möglichkeit, dieses Schlupfloch aus einem traurigen Schicksal, das Isaac bräuchte, falls der Knoten in ihrer Brust nicht gutartig war. Von Rowena, ihrer Mum und ihren Schwestern wüsste sie ihn geliebt, umsorgt, beschützt. Und außerdem, wenn sie schon dem Tod ins Auge sehen müsste, täte sie das nicht am liebsten an dem Ort, der ihr Zuhause war?

Sie sprang eilig auf. »Das ist derart perfekt, dass ich gar nicht verstehe, weshalb ich nicht schon viel eher darauf gekommen bin. Ich wollte schon immer zurück nach Bramwell Chase. Warum also nicht jetzt? Ich könnte eine neue Gärtnerei eröffnen. Hier.«

»Um Himmels willen, weshalb solltest du hierher zurückkommen wollen? Schließlich hast du dir ein Leben in North Carolina aufgebaut.«

Dann war die Idee also nicht ganz so gut. Aber sie hatte ihre Mum auch völlig damit überrascht, und Virginia hatte Überraschungen noch nie gemocht. Tilly müsste überprüfen, was die Rückkehr finanziell für sie bedeuten würde, und mit einem Banker reden – mit Sebastian. Das würde Eindruck auf ihre Mutter machen. Denn auf Sebastians Meinung hatte sie schon immer großen Wert gelegt. Tilly sprang nervös von einem Bein aufs andere. Am besten würde sie jetzt sofort heimfahren und bei Sebastian anrufen.

»Ich hatte dort ein Leben, aber jetzt ist es nur noch ein Ort voller Zecken und Schlangen, und aufgrund der vielen Stürme bekommt man kaum noch eine Gebäudeversicherung. Wohingegen Woodend …« Tilly schluckte, als sie merkte, dass sich ihre Stimme vor Aufregung überschlug. »Du hast recht, Mum«, fuhr sie etwas ruhiger fort. »In Woodend müssen Kinder leben. Und du solltest nicht alleine sein. Keiner von uns sollte das.«

»Ich werde nicht alleine sein. Das ist ja das Herrliche an meinem Plan. Du und deine Schwestern, ihr habt euer eigenes Leben, wie es auch sein sollte, und ich werde mein Leben mit meiner besten Freundin teilen.« Virginia ließ die Hand vom Hals herabgleiten und legte sie auf die Brust. »Und jetzt will ich nichts mehr davon hören, dass du zurück nach Woodend kommst.«

»So, wie du es sagst, klingt es, als wäre das nicht gut. Aber ich würde alles tun, um Woodend zu retten.«

»Das Haus muss nicht gerettet werden.« Ihre Mutter sprach mit ruhiger Präzision und sah sie dabei forschend an. Das war es dann also. Ihre Mum holte den Anker ein, segelte hinaus aufs Meer und ließ Tilly allein im seichten Wasser treiben.

Tilly blickte auf den Löwenzahn, der auf dem Grab ihres Vaters wuchs. Sie versuchte, sich nicht wie eine Zuschauerin vorzukommen, die hilflos mitansehen musste, wie ihr der Boden unter den Füßen weggezogen wurde. Ihre Mutter äußerte ein leises »Nun«, eine Worthülse, mit der sie sagen wollte, dass das Thema für sie abgeschlossen war. Dann räumte sie das Gartenwerkzeug in den Korb, entfernte das abgeschnittene Gras und die verdorrten Blumen vom Grab und trat, als alles seine Ordnung hatte, durch das überdachte Friedhofstor hinaus.

Tilly blieb stocksteif zwischen den Toten stehen. Ach, wenn doch nur ihr Vater sie an seine breite Brust drücken könnte, die nach Sandelholz-Rasierseife und nach Zigarren roch. Oder wenn David sie in seine Arme ziehen und mit seinem herrlichen, verführerischen Grinsen, das sie ihre

Sorgen immer kurzfristig hatte vergessen lassen, fragen könnte: »Was ist los, Babe«? Aber es war niemand da, um sie aufzufangen. Sie war ganz allein.

Als sie wieder nach Woodend kamen, bellte Monty zur Begrüßung, und das ploppende Geräusch, das der Kies unter den Autoreifen machte, kam der unglücklichen Tilly vor wie ein Echo ihrer traurigen Gedanken. *Plop, weg war ihre Brust. Plop, weg war ihr heißgeliebtes Elternhaus.* Konnte es noch schlimmer kommen? Ja, das konnte es.

Sebastian hockte auf der Hintertreppe und zielte mit Kieselsteinen auf einen umgedrehten Blumentopf wie ein unzufriedener Teenager. Na super. Ihr schwirrte der Kopf von allem, was auf sie einprasselte, und der Vergleich ihrer Lage mit der einer Parkgarage in der Stadt, an deren Einfahrt das Besetzt-Schild leuchtete, drängte sich ihr auf. Und jetzt musste sie auch noch eine Lücke finden für eine Person, deren bloßer Anblick in ihr bereits eine Flut jugendlicher Leidenschaft auslöste. Wie hatte sie vergessen können, dass Sebastian zum Mittagessen und zu einer blöden Cricketstunde hatte vorbeikommen wollen? Allmählich verstand sie, weswegen Schlafentzug als beliebte Foltermethode in diversen Diktaturen galt.

Er stand auf, legte den Kopf ein wenig schräg und riss die Augen auf. Dieser Blick war stets der Vorbote seines Mitgefühls gewesen und Ausdruck der Bereitschaft, Tilly zu behandeln wie ein rohes Ei. Plötzlich war sie wieder achtzehn, und obwohl er nur zwei Jahre älter war als sie, klang er beinahe wie ihr Dad. Sie saßen im Rover ihres Vaters, mit dem sie im Graben rechts neben der Landstraße gelandet war. *Was hast du dir nur dabei gedacht, Tilly?*, fuhr er sie mit vorwurfsvoller Stimme an. *Du kannst doch nicht einfach das Lenkrad rumreißen, nur weil ein Dachs über die Straße läuft. Was, wenn du jetzt etwas an der Wirbelsäule hast?* Dann hatte er sie ganz allein im Dunkeln sitzen lassen und war bis zum nächsten Bauernhof gerannt. Sie hatte ihn angefleht, bei ihr zu bleiben und sie festzuhalten, bis sie nicht mehr zitterte. Aber einfach dort zu sitzen und sie in den Arm zu nehmen hatte seine praktische Natur ihm nicht erlaubt.

»Tilly?« Seine Stimme klang so leise und besorgt wie in ihrer Erinnerung. Sie öffnete die Wagentür und blickte auf die Kletterrose, deren halboffene Blüten vor dem aquarellblauen Himmel leuchteten. Ihr Vater hatte diese Rose aus dem Garten ihrer Großmutter hierher verpflanzt. Eine Rose mit Familiengeschichte. An der ihrer Mutter offenkundig nichts mehr lag.

Sie sollte ihrer Mum beim Aussteigen behilflich sein, sollte Sebastian eine Antwort geben, sollte … einfach wegrennen.

Sie zwängte sich an ihm vorbei und rannte durch die Küche und den Flur bis auf die Toilette, warf die Tür hinter sich zu, drehte entschlossen den Messingschlüssel um und hockte sich auf die kratzigen hellbraunen Teppichfliesen. Sie war inzwischen siebenunddreißig Jahre alt und sperrte sich, wenn sie allein sein musste, immer noch im Badezimmer ein. Wirklich erwachsen war das sicher nicht.

Auf der Toilette war es kühl und still. Aufgrund der dicken Wände war der Raum im Winter warm, im Sommer kühl, und vor allem war die Außenwelt akustisch ausgesperrt. Die Rohre hinter dem Spülkasten gluckerten, was hieß, dass jemand in der Küche Wasser laufen ließ. Bestimmt kochte Sebastian gerade für sie einen Tee, das englische Allheilmittel. Und dann würde er mit sorgenvoller Miene und auf Zehenspitzen herumschleichen, bis er wüsste, wo sie war. Und auch Isaac, der ein aufmerksamer Junge war, hatte inzwischen sicher spitzgekriegt, dass mit seiner Mutter etwas nicht in Ordnung war. Aber vielleicht war ihm das auch schon seit längerem bewusst. Vielleicht lief er deshalb in den letzten Tagen, seinen Plüschteddy im Schlepptau, wie ein kleiner Hund hinter ihr her. Nach dem Tod von David hatte sie nichts unversucht gelassen, um ihr Kind gegen die Schrecknisse des Lebens abzuschirmen, aber was, wenn sie ihm schniefend eingestehen müsste, dass sie ebenso verwundbar war wie sein Vater?

Die Panik nahm ihr regelrecht den Atem. Nein, nein. Das dürfte sie nicht tun. Ihr Sohn hielt sie für Super Mom, für die tolle, starke Frau, bei der er jederzeit sicher war. Und das würde sie auch wieder sein, sobald sie einen Weg gefunden hätte, sich auch künftig nicht anmerken zu lassen, wie es ihr in Wahrheit ging. Sie wischte sich die feuchten Handballen an den Oberschenkeln ab und sah die Toilettenwände an. »Die ältesten Mauern in Bramwell Chase«, hatte der Maurer aus dem Ort einmal gesagt, der ihr immer verbotenerweise Toffee zugesteckt hatte. Diese Mauern waren aus Lehmfachwerk gebaut. Unglaublich, dass sich Schlamm und Schilf aus Zeiten des Mittelalters unbemerkt in die moderne Welt einfügen konnten. Plötzlich sprang sie auf.

Das war's. Es gäbe einen Weg, sich wieder in den Alltag einzugliedern, ohne dass es ihrem Sohn auffiele, dass etwas mit seiner Mutter nicht in Ordnung war. Alle wussten, wie sehr sie Woodend liebte, und wären bestimmt nicht überrascht, wenn sie wegen der Verkaufsabsichten ihrer Mutter Trübsal blies. Das würde sie ausnutzen, bis diese ganze Geschichte mit dem Knoten in der Brust auf die eine oder andere Weise ausgestanden war. Manchmal brauchte man die Fakten nur ein wenig zu verschieben oder wie beim Zauberwürfel in verschiedene Richtungen zu drehen, damit sich ein völlig neues Bild ergab.

»Mom!« Isaac trommelte gegen die Tür. »Wir sind wieder da, und Rowena möchte wissen, ob du Durchfall hast. Oma sagt, du wärst schon ewig auf dem Klo.«

Tilly betätigte die Spülung, was ihr – auch wenn es wahrscheinlich seltsam war – neue Energie verlieh. Dann rief sie mit Cheerleaderinnen-Stimme: »Komme gleich, Glückskäfer! Du musst mir schließlich ganz genau erzählen, wie dein Vormittag war.«

Also gut, Zeit, sich ihrem Sohn zu stellen. Tilly zog sich die Jeans hoch, doch im nächsten Augenblick rutschte sie ihr erneut in die Knie. Wie zum Teufel hatte sie es wieder mal geschafft, sich eine Hose in der falschen Größe zuzulegen? Hatte sie vielleicht der blöden Sari etwas damit beweisen wollen, nachdem die gut gelaunt verkündet hatte: »Du musst sie so eng wie möglich kaufen, Süße. Dann passen sie auch noch, wenn du sie gewaschen hast.« Hauteng war einfach nicht ihr Ding, doch egal, wie oft sie diese Jeans im Trockner hatte dampfen lassen, sie war einfach noch immer viel zu weit. Und das Leben war einfach zu kurz für schlechtsitzende Jeans. Deshalb würde sie beim nächsten Jeans-Kauf besser aufpassen.

13

Hoch über ihrem Kopf kreisten die Schwalben auf der Suche nach Insekten. Tilly glaubte nicht an gute oder böse Vorzeichen, aber sie glaubte daran, dass sich aus dem Verhalten von Vögeln bestimmte Schlüsse ziehen ließen. Und wenn Schwalben derart hoch am Himmel flogen? Hieß das ganz eindeutig, dass das gute Wetter sich noch hielt.

Sie lag bäuchlings auf der alten Liege und lauschte dem schmetternden Gesang eines Zaunkönigs. Was für ein unglaublich dunkler, voller Klang für einen so winzig kleinen Vogel. Sie sollte diesen Moment genießen und für alle Zeit in ihrem Herzen bewahren. Das Leben stand vorübergehend völlig still, sie war im Garten ihres geliebten Woodend und hatte als einzige Gesellschaft eine putzmuntere Vogelschar.

Ihre Mutter hatte Isaac und Sebastian zu Käse, Brot, eingemachten Zwiebeln und dem *besten Chutney im gesamten Umkreis* in die Flying Duck gezerrt, und Rowena hatte Monty zum Hundefriseur gebracht. Ein Satz von Tilly – *ich brauche ein bisschen Zeit für mich* – hatte genügt, und sie hatte alle aus dem Haus gescheucht. Ob das das Geheimnis einer guten Freundschaft war? Dass man Zeit für sich bekam, ohne eine ausführliche Erklärung liefern zu müssen?

Im Fliederstrauch gurrte ein Taubenpaar, und Tilly hob ihre Unterschenkel in die Luft und schwang sie vor und zurück. Gleichzeitig schloss sie die Augen und summte aus welchem Grund auch immer die Titelmelodie der *Sesamstraße* vor sich hin.

Wild flatternd schossen die Tauben in Richtung der Koppel davon. *Was war denn jetzt schon wieder?* Mühsam drehte sie sich um. Falls Sebastian sich hierher zurückgeschlichen hatte, würde es ihm leidtun. Furchtbar leid. Sie atmete schnaubend aus und wappnete sich für einen Streit.

»Oh nein.« Sie rieb sich die Augen. »Entweder ich träume, oder Sie sind eindeutig total verrückt.«

»Ich leide unter einer Zwangsstörung, aber verrückt bin ich deswegen nicht.« James trat so dicht vor ihre Liege, dass er einen Schatten auf sie warf. »Sie hatten mir eine Antwort zugesagt. Nur, dass Sie danach nicht mehr ans Telefon gekommen sind.«

»Sie sind den ganzen Weg hierhergeflogen, um herauszufinden, ob Sie jemanden für Ihren Garten haben? Das ist ja wohl ein Witz.«

James schüttelte sich den Pony aus der Stirn, der jedoch sofort wieder nach vorne fiel. »Ich habe gerade achttausend Dollar für ein Ticket hingelegt. Das ist bestimmt kein Witz.«

Nein, aber sie fand es trotzdem lustig, dass dies schon die zweite riesengroße Überraschung innerhalb von ein paar Stunden für sie war. Oje, sie hatte diesen Menschen vollkommen vergessen. Hatte ihn an ihre Mutter delegiert und keinen weiteren Gedanken an ihn verschwendet. Obwohl er ihr auch vorher kaum einen Gedanken wert gewesen war. Sie spitzte die Lippen. Was zum Teufel hatte ihre Mutter ihm erzählt?

»Könnten wir uns vielleicht erst mal setzen?« James nickte in Richtung der Bank, die unter dem Kirschbaum stand. »Ich bin nämlich total erledigt.«

Schweigend ging Tilly ihm voraus und versuchte zu verstehen, was es zu bedeuten hatte, dass James Healy urplötzlich im Garten ihres Elternhauses stand. War er vielleicht doch verrückt? Weil schließlich niemand einfach so spontan quer über den Atlantik flog. Außer vielleicht David. Nach dem Tod ihres Vaters hatte er das ebenfalls versucht. Und hätte es auch ganz bestimmt getan, wenn ihm Tilly nicht akribisch vorgerechnet hätte, dass sie bereits mit dem Geld für ihren eigenen Flug an die Grenzen ihrer finanziellen Belastbarkeit gegangen waren.

Sie setzte sich an den äußersten Rand der Bank, damit ein möglichst großer Abstand zwischen ihnen blieb. Trotzdem nahm James direkt neben ihr Platz, zog seinen Rucksack an die Brust und unterzog die Sitzgelegenheit einer eingehenden Inspektion. Dabei spannten sich die Beinmuskeln unter seiner schwarzen Jeans sichtbar an, und am liebsten hätte sich Tilly mit einer Hand Luft zugefächelt, weil ihr das Blut in die Wangen schoss.

»Ich bin irgendwie noch gar nicht richtig angekommen«, sagte James. »Es war ein langer, sehr langer Tag. Der Direktflug war schon ausgebucht. Nicht mal in der ersten Klasse hatten sie noch einen freien Platz. Deshalb musste ich am JFK noch mal umsteigen.« Er starrte Tilly böse an. »Dabei mache ich das sonst nie.«

Sie wäre gern ein Stückchen von ihm abgerückt, doch sie saß bereits ganz am Rand der Holzbank.

James rieb an einem unsichtbaren Fleck am Unterarm. »Also. Wie haben Sie sich entschieden?«

»Das ist alles? Wir kommen also ohne jedes Vorgeplänkel direkt zum Geschäft?«

»Ich halte nichts von Smalltalk, Tilly.«

»Nein, natürlich nicht. Ihnen geht es immer nur um das, was Sie selber gerade brauchen.« Tilly spreizte die Finger. »Tut mir leid, aber ich kann Ihnen nicht helfen. Suchen Sie sich jemand anderen.«

»Hier ist es himmlisch. Einfach himmlisch«, stellte er mit überraschend sanfter Stimme fest.

»Danke. Das finde ich auch.«

»Dürfte ich Sie fragen, warum Sie mein Angebot nicht annehmen? Ich hatte das Gefühl, als kämen wir ganz gut miteinander zurecht.«

Auf der Koppel keckerte ein Specht.

»Ich kann Ihnen nicht die Aufmerksamkeit schenken, die Sie brauchen.« Was als Antwort geradezu erschreckend unzulänglich war, aber was sonst hätte sie sagen sollen?

»Wenn es so ist, habe ich gespielt und verloren. Was beides ungewöhnlich für mich ist. Ich hätte Ihnen nichts von meiner Zwangsstörung erzählen sollen. Das ist mir inzwischen klargeworden. Normalerweise spreche ich mit niemandem darüber. Weil ich aus Erfahrung weiß, dass es am besten ist, wenn niemand etwas von meinen Marotten mitbekommt. Im Allgemeinen kann ich andere Menschen gut einschätzen, wobei mir in Bezug auf Sie offenbar ein grober Fehler unterlaufen ist.«

»Es liegt nicht an Ihnen, James. Es liegt an mir. Es würde mich nicht die Bohne interessieren, wenn Sie eine violette Haut, große grüne Ohren und einen buschigen Schwanz hätten. Ich kann im Augenblick einfach keine Kunden annehmen. Ich habe eine ganze Wagenladung voll eigener Probleme, die ich erst mal in den Griff bekommen muss. Da bleibt für die Probleme anderer leider erst einmal kein Platz.«

Sein Seufzer klang nicht im Geringsten überrascht. Wieder sah er forschend auf die Bank, stellte dann aber den Rucksack neben sich. »Lassen Sie mich Ihnen helfen.«

War der Kerl tatsächlich echt? Kein Wunder, dass er als Geschäftsmann so erfolgreich war. Wahrscheinlich sah er niemals irgendwelche Hindernisse, sondern immer nur das Ziel. »Danke, aber lassen Sie das lieber sein. Es tut mir übrigens leid, dass wir Sie so getäuscht haben. Meine Mutter hat Sie mir zuliebe abgewimmelt, aber das haben Sie sich offenbar bereits gedacht. Sie weiß, dass ich im Augenblick etwas neben der Kappe bin ... nur weiß sie nicht, warum. Und – das dürfen Sie nicht falsch verstehen –, aber wenn ich schon mit meiner Mutter nicht darüber rede, werde ich das sicher nicht mit einem Fremden tun.«

»Sie sind für mich keine Fremde, Tilly. Wir beide sind seelenverwandt.«

In den vier Wochen seit ihrer ersten Begegnung hatte er sich den Bart wachsen lassen, ihn aber zugleich auch ordentlich gestutzt. Weshalb er jetzt fast schick aussah. Sein Haar jedoch war noch zerzauster als zuvor, und zum ersten Mal bemerkte sie, dass er in jedem Ohr zwei Stahlstifte trug. Jemanden wie ihn hatte sie noch nie gesehen. Schließlich aber zwängte er das Haar hinters rechte Ohr, und als er sie ansah, verspürte sie dasselbe Mitgefühl, wie es ihr in der Selbsthilfegruppe junger Witwen begegnet war. Weshalb war sie dort nicht mehr hingegangen? Hatte sie die Trauer all der anderen Frauen zu sehr bedrückt, oder war sie davor zurückgeschreckt, ihre eigene Trauer eingehend zu analysieren?

»Und Ihr Sohn ist ein bemerkenswerter Junge. Rundum bemerkenswert.« Beide sahen einander weiter reglos an. »Meine Mutter ist gestorben, als ich nicht viel älter war als er, aber ich bin damit nie so gut zurechtgekommen wie er mit dem Tod seines Vaters. Die netteste Beschreibung, die die Leute für mich hatten, war, dass ich irgendwie *seltsam* war.« Ein Lächeln huschte über sein Gesicht, dann aber wurde er sofort wieder ernst. »Ich kenne das prekäre Gleichgewicht, das zwischen einem Einzelkind und einem trauernden Elternteil besteht, und weiß, wie schnell es kippen kann. Sie brauchen noch jemand anderen zum Anlehnen als Ihren Sohn.«

»Ich möchte Ihnen sicher nicht zu nahe treten, aber wir sind hier nicht bei den Anonymen Alkoholikern. Sie sind nicht der Freund, an den ich mich wende, wenn mich die Trauer übermannt. Es ist etwas in meinem Leben eingetreten, womit ich nicht gerechnet hatte, aber damit komme ich zurecht. Nur, dass ich das mit mir selbst ausmachen muss.«

»Sie haben mir erzählt, die Gartenarbeit wäre für Sie die beste Therapie. Haben Sie es damit schon versucht?«

Tilly zog die Beine an, schlang die Arme um die Knie und schmiegte sich an die Armlehne der Bank. »Hören Sie. Ich weiß Ihre Besorgnis zu schätzen, aber ich stehe gerade eine persönliche Krise durch. Wobei die Betonung auf dem Wort ›persönlich‹ liegt. Zuschauer sind dabei nicht erlaubt. Also verschwinden Sie. Denn es geht Sie nichts an, dass mein Geschäft von einer größenwahnsinnigen Frau mit einer Ozeanphobie geleitet wird, dass meine Jugendliebe aus dem Nichts mit zwei Kindern, aber ohne Frau hierher zurückgekommen ist und sich bei meiner besten Freundin ausheult, die vergessen hat, mir zu erzählen, dass sie ihm ein Haus vermietet hat, dass meine Mutter mein Elternhaus verkaufen will und dass ich einen – ach, verdammt.« Als ihr eine Träne über die Wange kullerte, hob sie die Hand, um sie abzuwischen.

Während er bereits ein Päckchen Papiertaschentücher aus der Außentasche seines Rucksacks zog.

Wortlos nahm sie eins der Tücher an und betupfte sich damit die Augen.

»Dass Sie mich richtig verstehen – ich weine nicht. Weinen ist nur was für Feiglinge«, klärte sie ihn schniefend auf.

»Weinen ist gut für die Seele. Jeder muss mal weinen, Tilly.«

»Weinen Sie?«

»Ich heule schon beim allerkleinsten Piks, egal, ob er körperlich oder seelisch ist. Ich habe eine solche Angst vor Nadeln, dass ich ein Beruhigungsmittel nehmen muss, bevor ich zum Zahnarzt gehe, und außerdem heule ich, wenn ein Film ein Happy End hat, wenn in Büchern Leute sterben …« Er legte eine kurze Pause ein. »… und bei der Kaffeewerbung, die im Fernsehen kommt.«

Sie hob neugierig den Kopf. »Meinen Sie die, in der der Sohn früh am Weihnachtsmorgen mit dem Taxi kommt, sich heimlich ins Haus schleicht, Kaffee kocht und die Mutter im Morgenmantel in die Küche tritt und sagt: ›Oh, du bist zu Hause?‹«

James sah sie mit einem schuldbewussten Lächeln an.

Tilly putzte sich die Nase, ohne dass es wirklich nötig war, weil sie damit einen Grund hatte, woanders hinzusehen. »Und warum haben Sie so viele Löcher in den Ohren, wenn Sie Angst vor Nadeln haben?«

»Denken Sie, nur Frauen hätten das Recht, aus Eitelkeit zu leiden?« James schob einen Daumen in den Bund seiner Jeans und enthüllte eine kleine Tätowierung oberhalb des Hüftknochens. Tilly wusste nicht, ob sie wegen des Bildes einer kleinen zusammengerollten Schlange oder des Blicks auf seine schwarzen Boxershorts erschauderte. »Da war ich betrunken«, räumte er mit einem unmerklichen Schulterzucken ein.

Ihr neuer bester Freund, den sie gar nicht haben wollte:

ein gepiercter, tätowierter Freibeuter. Ihr Sohn würde begeistert sein.

»Ich habe ein paar schlechte Tage hinter mir. Liegt bestimmt an den Hormonen. Manchmal ist es wirklich ätzend, eine Frau zu sein. Aber jetzt geht es mir wirklich wieder gut«, erklärte sie, auch wenn das leichte Zittern ihrer Unterlippe ihm verriet, dass das gelogen war. »Ich bin sozusagen wieder quietschfiedel.«

Ihr verschwamm die Sicht, und er reichte ihr ein frisches Taschentuch.

»Seien Sie bloß nicht nett zu mir.« Sie schneuzte sich vernehmlich in das Tuch. »Denn das wird mir auch nicht helfen. Und vor allem wird es mich bestimmt nicht dazu bringen, mir die Sache mit Ihrem Garten noch einmal zu überlegen.«

Völlig unerwartet legte er ihr den Arm um die Schulter, ohne schwer auf ihr zu lasten oder sie an die Brust zu ziehen. Und ja, wahrscheinlich würde sie den nächsten Satz vor allem deshalb sagen, weil sich James als guter Zuhörer erwiesen hatte und sie einfach reden musste. Aber das alleine war es nicht. Er war wie sie ein Hinterbliebener, eine Partnerpflanze, die denselben Tontopf mit ihr teilte und im selben Gleichgewicht aus Licht und Schatten wie sie selbst gedieh. Er kannte sich mit Schmerzen aus, nicht nur mit denen, die als Folge eines Knochenbruchs oder einer blutenden Wunde auftraten, sondern auch oder vor allem denen, die sich in die Seele bohrten, um an unsichtbaren, zuvor völlig unbekannten Stellen zu explodieren.

»Ich habe einen Knoten«, sagte sie, bevor auch noch der Rest von Optimismus, den sie sich hatte bewahren können, verflog. Es schockierte Tilly, als sie merkte, dass sich die lauten, abgehackten Schluchzer ihrem eigenen Mund entrangen. Was für ein entsetzliches Geräusch, wie das eines hungrigen Babys, das man von der Brust der Mutter riss. Und die ganze Zeit saß James vollkommen reglos da und bot ihr mit seinem Körper Halt.

»In der Brust?«, erkundigte er sich, als nur noch ein leises Wimmern über ihre Lippen kam.

Sie nickte stumm.

»Ich kann Ihnen helfen.« Er drückte ihr sanft die Schulter. »Ich bin nämlich ein wandelndes Lexikon zum Thema Brustkrebs. Das ist eine alte Besessenheit von mir. Damit fing alles an.«

Tilly sah ihn von der Seite an. »Eine Freundin?«

»Meine Mutter. Als sie krank wurde, begann für mich der Alptraum.«

Dann hatte also auch er den Menschen, den er mehr als alle anderen geliebt hatte, verloren. Tilly holte keuchend Luft. Sie hatte vergessen, dass Brustkrebs Menschen mit Namen und Gesichtern, Mütter mit jungen Söhnen tötet. Sie biss sich auf die Lippe, und ein warmer, rostiger Geschmack erfüllte ihren Mund. Sie legte den Finger dorthin, wo sie zugebissen hatte, streckte ihn vor sich aus und starrte auf frisches Blut.

»Wie alt waren Sie damals?«, fragte sie ihn mit belegter Stimme.

»Zehn. Und in demselben Alter habe ich mein Leben an die Zwangsstörung verloren.«

»Gibt es da einen Zusammenhang? Zwischen einer Zwangsstörung und Trauer?«

»Mein Familienstammbaum bietet ein wildes Sammelsurium aus diversen Süchten, Geisteskrankheiten und Hypochondrie ... genügend Krankheiten, um davon auszugehen, dass es eine genetische Veranlagung für meine Störung gibt. Aber ja. Es gibt auch eine Verbindung zwischen Trauer und dem Beginn einer Zwangsstörung.«

»Oh mein Gott.« Tilly bohrte sich die Finger in die Schläfen. »Isaac.«

»Ihr Sohn hat keinerlei Veranlagung zu einer Zwangsstörung. Das hätte ich bemerkt. Ihr Sohn ist kerngesund, Tilly.«

»Aber, was, wenn mir etwas passieren würde?« Am liebsten hätte Tilly sich an seinen Schultern festgeklammert, damit er ihr die Antwort gab, die sie dringend brauchte. »Könnte er dadurch nicht das seelische Gleichgewicht verlieren? Ich meine, für ein Kind, das bereits einen Elternteil verloren hat, wäre so was doch doppelt schlimm.«

»Sie verschrecklichen die Dinge. Aber das dürfen Sie nicht.«

Tilly verspürte einen furchtbaren Druck hinter der Stirn. »Verschrecklichen? Ist das überhaupt ein Wort?«

»Wenn man eine Zwangsstörung hat, auf jeden Fall.«

»Dann gibt es dafür also eine eigene Sprache?«

»Was nur eins von vielen positiven Dingen ist, die einem dieser Defekt bescheren kann.«

Er lächelte sie an, und Tillys Anspannung nahm etwas ab. Sie schmiegte sich in seinen Arm, der immer noch um ihre Schulter lag – und verkrampfte sich sofort wieder. Würde er den Wunsch nach körperlichem Trost möglicherweise falsch verstehen und versuchen, sie zu küssen? Das wäre höchst bedauerlich, denn dann müsste sie ihm eine Ohrfeige verpassen. Aber er blieb völlig reglos sitzen, und in der Gewissheit, dass sie ihm vertrauen konnte, entspannte sie sich wieder.

»Ihnen ist doch bewusst, dass neun von zehn Knoten harmlos sind?«

»Das hat mir auch der Arzt gesagt. Aber das Warten zehrt an meinen Nerven. Denn ich brauche Antworten, damit ich überlegen kann, wie ich weitermachen soll. Ich kann problemlos ohne Liste einkaufen, aber mit einer Krise komme ich nicht ohne Plan zurecht. Ich brauche einen Plan für Isaac. Und einen Termin im Krankenhaus bekomme ich wahrscheinlich frühestens in zehn Tagen. Aber was soll ich so lange machen, um nicht durchzudrehen?«

»Fangen Sie wieder mit der Gartenarbeit an.«

Was die perfekte Antwort war. Aber hatte er nur einen Glückstreffer damit gelandet, oder hatte abermals sein eigener Wunsch, sie als Gärtnerin zu engagieren, ihn zu dieser Antwort motiviert?

»Mir ist klar, Sie können nicht von hier aus einen Garten für mich anlegen«, fuhr er mit ruhiger Stimme fort. »Aber ich habe einen virtuellen Rundgang über das Grundstück auf dem Laptop angelegt. Denn ich hatte gehofft, wir könnten gemeinsam ein paar Ideen durchgehen.«

Natürlich. Tilly wandte sich ihm zu, um ihm mit einem bösen Blick das siegesgewisse Grinsen und die Selbstzufriedenheit aus dem Gesicht zu wischen, aber seine Miene drückte nichts als Verständnis aus. Wieder dachte sie an die Selbsthilfegruppe, bei der sie gewesen war, und mit einem Mal kam ihr eine Idee.

»Haben Sie noch mehr Gepäck?«, erkundigte sie sich.

»Das steht in einer idyllischen Pension, in der Flying Duck«, erklärte er ihr stirnrunzelnd. »Aber dort wohne ich nur vorübergehend, bis ich ein richtiges Hotel gefunden habe. Ich hatte keine Ahnung, dass es Orte gibt, an denen man von Reisenden auch heutzutage noch verlangt, das Bad mit anderen zu teilen.«

»Wie lange wollen Sie hierbleiben?«

»Ich fliege in zwei Wochen zurück. Ich musste sofort ein Rückflugdatum wählen, und die Zahl Zwei ist bei Leuten mit Zwangsstörungen sehr beliebt. Wir haben gerne alles paarweise.« Er streckte die langen Beine aus und legte die Knöchel über Kreuz, ohne dass er dabei den Arm von ihrer Schulter nahm. »Zwei ist eine perfekte Zahl. Rundherum perfekt.«

Sie blieben schweigend sitzen, und am liebsten hätte Tilly kurz die Augen zugemacht. Nur fünf Minuten ... doch die Kirchturmuhr schlug bereits fünfzehnmal. Wo war nur der Nachmittag geblieben?

»Wenn Sie bleiben, können Sie mich auf einer kurzen Besorgungsfahrt begleiten.« Gähnend stand sie auf. »Wie stehen Sie zu debilen English-Springer-Spaniels?«

Ein Dickicht aus Hagebutten, Brennnesseln und zwei Meter hohen Hecken versperrte den Blick aus dem Wagen auf die mit schwarzen Plastikballen voller Silofutter übersäten Felder links und rechts der Straße. Tilly hatte einmal die verschiedenen Buschsorten an diesem Straßenstück gezählt und war auf elf gekommen. Und falls alle hundert Jahre eine Art dazugekommen war, hatten die Angelsachsen diese Hecke bereits vor dem Einfall der Normannen angelegt. Hatte James nicht irgendwann einmal erwähnt, er käme von einem Bauernhof? Vielleicht fände er es dann ja interessant, wie man hier in England auf das Alter einer Hecke schloss. Vielleicht aber auch nicht. Seit sie Monty beim Hundefriseur abgeholt hatten, saß er mit angezogenen Knien, an die Brust gedrückten Armen und den Kopf dicht unter dem Wagendach schweigend auf dem Beifahrersitz ihres winzigen Gefährts. Monty nieste von der Rückbank, und ein grässlicher Gestank, wie der von einem Skunk, wehte durch das Wageninnere.

»Fuchs.« Tilly quetschte den Wagen noch ein wenig dichter an die Hecke, denn ab hier wies die kurvige Straße nur noch eine Fahrspur auf. »Vielleicht machen Sie besser das Fenster zu.«

Aber seine Finger flatterten wie ein benommener Vogel, der gegen Tillys Verandatür geflogen war, und er kratzte sich nervös am Hals.

»Die Straßen engen Sie ein bisschen ein, nicht wahr?«, erkundigte sich Tilly.

Doch er antwortete nicht.

»Oh mein Gott. Sie leiden unter Klaustrophobie. Wie haben Sie es da im Flugzeug ausgehalten?«

Sie erreichten eine in die Böschung eingelassene Bucht, die eine Ausweichmöglichkeit bei Gegenverkehr bot, und James atmete vorsichtig aus. »Mit Yoga-Atemübungen und Selbstmedikation. Bourbon«, fügte er mit einem Blick auf seine leuchtend rote Plastikarmbanduhr hinzu. »Es ist schon zwei nach vier. Ihre Mutter und Isaac warten sicher schon. Mir ist aufgefallen, dass Sie keine Uhr tragen. Warum nicht?«

Tilly konzentrierte sich wieder aufs Fahren und machte einen leichten Schlenker, weil ein Stückchen vor ihr eine Schar Fasanen quer über die Straße stakste. »Das Leben ist bereits stressig genug. Warum soll man da auch noch andauernd auf die Zeit achten?«

»Weil man ohne …« Er atmete hörbar ein und langsam

wieder aus. »Wenn Sie irgendwo hinmüssen, wie kommen Sie da je rechtzeitig an?«

Die Antwort kam prompt. »Durch Improvisation.«

»Durch Improvisation«, wiederholte er, als hätte er das Wort noch nie gehört.

»Keine Angst. Sie brauchen nur lange genug mit mir zu arbeiten, dann finden Sie schon raus, wie man das macht. Also, worauf muss ich mich sonst noch alles einlassen, abgesehen von Klaustrophobie und übertriebener Pünktlichkeit? Ich dachte, Sie hätten eine Zwangsstörung.«

»Niemand hat nur eine Zwangsstörung, Tilly. Mit vielen Zwangsstörungen geht auch noch eine bipolare Störung oder das sogenannte ADHS einher. Ich habe Ihnen doch gesagt, dass es bei Leuten wie mir immer um Paare geht.«

Der Wagen schoss an einer Lücke in der Hecke vorbei, die von zwei riesigen efeuüberwucherten Eichen flankiert wurde.

»Na toll. Und welche Begleiterkrankung hat Ihre Zwangsstörung?«

»Eine allgemeine Angstneurose. Die in fast dieselbe Richtung geht. Heißt das, Sie nehmen mich als Kunden an?«

Inzwischen hatten sie die neue Siedlung mit winzigen Doppelhäuschen am Rand von Bramwell Chase erreicht.

»Nein. Ich habe eine bessere Idee.« Ruckartig trat Tilly auf die Bremse, und sie krochen förmlich unter dem aufleuchtenden Blitzgerät hindurch. »Ich werde Ihnen zeigen, wie es geht.«

»Tut mir leid. Das verstehe ich nicht.«

»Ich werde Ihnen einen Crashkurs in Gartenarbeit geben. Bis Sie wieder heimfliegen, sind Sie garantiert vom

Gärtnervirus infiziert und werden niemanden mehr brauchen. Übrigens ist das die beste Art, seinen vorgezogenen Ruhestand zu genießen. Sie können in die Gärten der Umgebung reinschnuppern, sich angucken, was dort gedeiht, und …« – sie grinste breit – »… improvisieren. Oh, und legen Sie bitte in Ihrem Garten auf jeden Fall einen Komposthaufen an.«

»Einen Komposthaufen?« James' Stimme wurde schrill. »Für verrottete Lebensmittel und so?«

»Genau. Wobei man möglichst auch noch Pferdemist daruntermischen soll. In unserer Gegend von Piedmont ist der Boden ziemlich schlecht. Deshalb brauchen Sie für einen Garten möglichst viel Kompost. Natürlich werden Ihnen andere Leute sagen, dass Sie tonnenweise Mutterboden brauchen, aber dadurch würde das Problem nur überdeckt. Denn irgendwann dringen die Wurzeln in die tieferliegende Erde ein. Mit der Gartenarbeit ist's wie mit dem Leben. Man muss mit dem arbeiten, was einem die Natur gegeben hat. Hey, gucken Sie nicht so ängstlich. Ich bin eine wirklich gute Lehrerin. Und rein zufällig kenne ich hier in der Nähe einen Garten, der nach Hilfe schreit. Ich werde Ihnen zeigen, wie man sich die Finger schmutzig macht. Und danach werden Sie sich fragen, wie Sie jemals ohne Dreck unter den Fingernägeln klargekommen sind.«

Tilly blickte James mit einem breiten Lächeln an, aber er beugte sich abrupt nach vorn und umklammerte das Armaturenbrett. Ihr wurde ganz flau im Magen. Oje, war es jetzt schon zu spät für einen Rückzieher? Warum um alles in der Welt klammerte er sich so in ihrem Wagen fest? Und was machte er jetzt?

Das konnte doch wohl nicht sein Ernst sein! Sie riss energisch seine Hand zurück, denn sonst hätte er bei voller Fahrt die Wagentür geöffnet und sich auf die Straße gestürzt.

Okay, die Sache zwischen ihm und ihr würde kein Spaziergang werden, sondern eher ein Marathon. Aber er war nicht verrückt, und deshalb würde sie ihn auch nicht so behandeln. Die plötzlichen Energieschübe, die er anscheinend hatte, waren keine Wutausbrüche, sondern rührten von abgrundtiefer Panik her. Es war nackte Angst, die ihn dazu bewog, sich ständig zu bewegen, eine Angst, in der er vollkommen gefangen war. Wie hatte es noch im Internet geheißen? Zwangsstörungen waren wie eine Allergie gegen das Leben, die die Betroffenen völlig lähmte. Die Beschreibung hatte sich ihr eingeprägt, denn genau so hatte sich auch ihre Trauer nach Davids Tod angefühlt.

»Bleiben Sie lieber sitzen«, riet sie James. »Denn wenn Sie in den Brennnesseln landen, muss ich Sie von Kopf bis Fuß mit Zinksalbe einreiben, und auch wenn mir das vielleicht durchaus gefallen würde, hätten Sie ganz sicher keinen Spaß daran.«

James lehnte sich wieder zurück und raufte sich die Haare. »Danke.«

»Wofür?«

»Dafür«, antwortete er und brach in lautes Lachen aus.

14

Obwohl sie immer barfuß ging, bewegte sich Tilly mit einer Grazie, die James beruhigend und gleichzeitig sinnlich fand. Hatte sie früher mal klassische Ballettstunden gehabt? Mit kerzengeradem Rücken sowie leicht gebeugten Knien balancierte sie vollkommen mühelos auf den Fußballen und hob einen Topfhandschuh vom Boden auf.

Er könnte ihr den ganzen Tag lang einfach dabei zusehen, wie sie durch die Gegend lief.

Tilly richtete sich wieder auf, lächelte ihn über die Schulter hinweg an, und er lächelte zurück. Obwohl er ohne Zwischenfall in England angekommen war, stieg nackte Panik in ihm auf, wenn er an den Rückflug dachte. Doch die Stille zwischen ihnen wirkte wunderbar beruhigend auf seinen erschöpften Geist.

Trotzdem sagte ihm die Stimme in seinem Inneren ein ums andere Mal: *Das Flugzeug wird abstürzen, und du wirst sterben.*

Er versuchte, diesen grässlichen Gedanken abzuschütteln, aber wie in einer Endlosschleife gingen ihm die Sätze immer wieder durch den Kopf. Und das, obwohl er hundemüde war.

Wenigstens war Tilly keine Plaudertasche. Denn die Stimme eines anderen Menschen hätte ihm im Augenblick auch noch den letzten Nerv geraubt. Frauen, die ohne Pause schnatterten, strapazierten das bisschen Geduld, das er besaß, doch wenn Tilly etwas sagte, saugte er es geradezu begierig auf. Denn sie war einfach ein außergewöhnlicher Mensch, auch wenn sie – herrje, jetzt klatschte sie den Lachs ohne Olivenöl und Schnittlauch in die Pfanne – eine grauenhafte Köchin war.

James bildete einen Stapel aus den Zeitschriften, die auf dem Küchentisch herumlagen. So hatte er etwas zu tun, schuf die Ordnung, die ihm wichtig war, und mischte sich vor allem nicht ins Kochen ein. Gott, sie würde doch wohl keinen Brei aus den Karotten kochen? Er drehte einen Katalog herum, der deutlich kleiner als die anderen Hefte war, und legte ihn, das Titelblatt nach oben, ganz oben auf den Stapel. Dann rückte er sein Kunstwerk ein Stückchen nach rechts, wieder ein Stückchen zurück, nein, doch wieder ein bisschen mehr nach rechts. Perfekt.

Tilly murmelte etwas über die Hitze in der Küche, zog ihr Jeanshemd aus und warf es achtlos über einen Stuhl. James befahl sich, sie nicht anzustarren, aber unter ihrem knappen, ärmellosen T-Shirt lugte ein roter BH-Träger hervor, und einem solchen Anblick konnte sicher kaum ein Mann auf Dauer widerstehen. Nur, warum kam ihm ihr rechtes Schulterblatt ein bisschen spitzer vor als das linke?

Spontan trat er auf Tilly zu und zog mit den Fingerspitzen die Konturen ihrer Wirbelsäule nach.

Sie drehte sich um und sah ihn aus Augen, die wie mattiertes Meerglas schimmerten, abwartend an. »Bisher hat noch niemand was von meiner verkrümmten Wirbelsäule bemerkt«, stellte sie mit ruhiger Stimme fest. »Weshalb ist sie Ihnen aufgefallen?«

»Ihr rechtes Schulterblatt ragt ein bisschen hervor.« Sein Blick wanderte an ihr herab. »Und Ihre Hüfte ist ein bisschen schief.« Weshalb war ihm bisher nicht aufgefallen, dass ihr Oberkörper asymmetrisch war? Asymmetrisch! Mit einem Mal kam ihm sein Tagtraum aus dem Flieger, in dem er diese auf perfekte Weise unvollkommene Frau geliebt hatte, eher wie ein Alptraum vor. Er packte eine Strähne seines Haars und wickelte sie sich eilig um den Finger.

»Unglaublich«, stellte Tilly fest. »Bisher war meine krumme Wirbelsäule mein persönlicher Defekt, von dem niemand etwas mitbekommen hat.«

»Hat man Sie als Kind denn nicht deswegen operiert?« Seine Stimme klang seltsam normal. Aber schließlich hatte er auch lebenslange Übung darin, sich nicht anmerken zu lassen, wenn er innerlich in Aufruhr war. Er löste die Hand von seinem Haar und vergrub sie in der Hosentasche. Was eine normale Männergeste war. Die Geste eines vollkommen normalen Kerls.

Sie sah ihn mit einem unglücklichen Lächeln an. »Das kam nicht in Frage. Meine Mutter ist bei dem Gedanken, dass ich unters Messer kommen sollte, total ausgeflippt, deshalb war ich bis zu meinem achtzehnten Geburtstag jahrelang in ein Korsett gezwängt. Was ein Riesenfehler war, weil mir mein Rücken deshalb heute bei der körperlichen Arbeit, die ich täglich leiste, des Öfteren Probleme bereitet.«

Natürlich hatte sie infolge des Korsetts eine so kerzengerade Haltung, und nicht, weil sie als Mädchen zum Ballett gegangen war. »Hat das weh getan?«

»Meistens war's nur lästig.« Sie rieb sich den Rücken. »Wobei mir das Leder im Sommer oft die Hüften aufgescheuert hat.«

Dieses Mal war das Verlangen, Tilly zu berühren, ganz klar fleischlicher Natur. Eilig zog sich James hinter den Küchentisch zurück und ballte wiederholt die Fäuste.

Das Flugzeug wird abstürzen, und du wirst sterben. Aber schließlich hast du auch den Tod verdient. Weil du ein widerlicher Lüstling bist.

»Vor allem habe ich die Blicke der anderen gehasst.« Sie streckte sich. »Es ist nicht gerade leicht, nicht aufzufallen, wenn man sich wie ein Roboter bewegt. Aber Sebastian hat mich immer vor den anderen beschützt. So haben wir uns auch kennengelernt – die Blödiane aus dem Dorf haben mich aufgezogen, und er ging dazwischen. Weil er Ungerechtigkeit einfach nicht leiden kann. Und dann haben er und Ro an meinem achtzehnten Geburtstag einen Scheiterhaufen errichtet, das Korsett mit Benzin getränkt – und puff.« Sie warf die Hände in die Luft. »Auf Nimmerwiedersehen, du blödes Ding. Das war das schönste Geschenk, das ich jemals bekommen habe.«

Von Sebastian. Verdammt, wie könnte er jemals mit einem Typen konkurrieren, der sie zu der Zeit geliebt hatte, als sie am verletzlichsten gewesen war? Er wollte sich ganz sicher nicht wie ein Idiot benehmen, wenn er diesem Mann zum ersten Mal begegnete, aber bereits bei der Erwähnung seines Namens hätte er sich am liebsten die Haut blutig gekratzt. Und Tilly sprach den Namen ständig aus.

Was für ein Name war das überhaupt? Sebastian. Klang wie die Hauptperson aus einem Mittelalterroman.

»Ich schätze, wir hatten beide als Teenager so unsere Probleme«, stellte er mit rauer Stimme fest.

»Ja, wahrscheinlich.«

»Hier.« Er hielt ihr ihren Gin Tonic hin. »Setzen Sie sich zu Ihrer Mutter. Ich übernehme das Kochen als Bezahlung für den …« – er musste sich räuspern – »… Gärtnerunterricht.«

Tilly zögerte, nahm ihm das Glas dann aber ab. »Ich könnte nein sagen, aber da ich tatsächlich furchtbar ungern koche, nehme ich das Angebot wohl besser an. Sind Sie sich ganz sicher?«

»Ich kann kochen – und Sie nicht.« Verdammt. Das hätte er vielleicht nicht sagen sollen.

»Amen, Bruder.« Tilly prostete ihm zu und wandte sich zum Gehen.

Schau nicht auf ihre Hüfte, James, schau nicht auf ihre Hüfte. Doch natürlich tat er das.

Er umklammerte den Tischrand. War er nicht genau deswegen hier? Um sich seiner Angst zu stellen? Doch jetzt wurde dieses Vorhaben durch plötzliches Verlangen, Eifersucht … und Tillys schiefen Rücken … unnötig erschwert. Unzählige Bilder stürmten auf ihn ein. Erst das von Tilly, wie sie sich auch noch aus ihrem T-Shirt schälte, unter dem sie einen leuchtend roten Büstenhalter trug, während ein gesichtsloser Sebastian nach ihren Brüsten griff. Und dann das von ihrer krummen Wirbelsäule.

Er stieß sich vom Tisch ab und schlug sich mit den Händen an den Kopf. Er musste raus aus diesem Haus, hinaus ins goldene Licht, das ihn an die Abende am Mittelmeer erinnerte, wo er zwanzig Jahre zuvor einmal gewesen war. Er hatte den bisher einzigen Urlaub seines Lebens mit einer Geliebten angetreten, war aber alleine heimgekehrt. Denn irgendwann hatte die Frau von seinen schwachen Ausreden dafür, dass er nie an den Strand gegangen war, einfach genug gehabt.

Er könnte einfach gehen, und Tilly würde nie die ganze grauenhafte Wahrheit über ihn erfahren. Doch er hatte sich inzwischen hoffnungslos in sie verliebt, weshalb es einfach kein Zurück mehr für ihn gab.

»Bist du jetzt total verrückt geworden?«, rief Rowena entgeistert über Montys Kopf hinweg. »Du willst einen Fremden, der wahrscheinlich nicht mal eine Astschere von einer Motorsäge unterscheiden kann, auf Mutters Garten loslassen?«

»So in etwa«, gab Tilly zurück.

»Ruhe.« Ro schlug sich mit beiden Händen auf die Knie und starrte Monty böse an. »Wenn du nicht beim Schlachter landen willst.«

Monty kauerte sich hinter Tilly, hörte aber endlich auf zu bellen.

»Wenn ich eins nicht leiden kann«, stellte Rowena fest, »ist das ein schlecht erzogener Hund.« Sie tätschelte erst Tiddly und dann Winks – oder vielleicht auch erst Winks und danach Tiddly – stolz den Kopf. Denn die beiden saßen schon seit fünf Minuten reglos wie zwei schwarze Statuen da und ignorierten Monty, der wie ein Verrückter zwischen den diversen angeschlagenen Steinurnen herumgesprungen war, um laut bellend seine Duftmarken im Garten zu versprühen. »Deine Mutter verwöhnt ihn einfach viel zu sehr. Ich sage ihr immer wieder, wenn sie ihn mir nur zwei Wochen überlassen würde, brächte ich ihr einen anständigen Hund zurück.«

Zwei Wochen. Tilly legte den Kopf zurück und blickte in den klaren, bleichen Himmel auf. Er wirkte wie ein eindimensionales, tief hängendes Deckenbild, das sicher jeden Augenblick auf sie herunterfiele und sie unter sich begrub. In Creeping Cedars konnte sie immer nur kleine Flecken Himmel zwischen all den Bäumen sehen, doch die fühlten sich fern und riesig an. Der Himmel über Bramwell Hall hingegen war – um das neue Lieblingsattribut von ihrer Mutter zu verwenden – einfach nett. Wobei derart nichtssagende Worte bisher völlig untypisch für sie gewesen waren. Schließlich hatte sie Tilly einst gelehrt, welche große Kraft Worten innewohnte. Doch als Tilly in den Himmel blickte, konnte sie Virginia mit einem Mal verstehen. *Nett* war ein eher inhaltsleeres Wort, nach dessen Verwendung man sofort mit anderen Themen weitermachen konnte, ein ähnlich banales Wort wie *gut*. Mit dem Wort *gut* hatte sie nach Davids Tod immer die Fragen nach ihrem Befinden abgewehrt. Denn die meisten Leute wollten gar nicht wirklich wissen, wie es einem ging. Sie wollten nur ihr Mitgefühl zum Ausdruck bringen und mehr nicht. Obwohl das auf James nicht zuzutreffen schien. Seine Fragen waren wie wärmesuchende Geschosse darauf angelegt, sich direkt in ihr Ziel zu bohren und dort zu explodieren.

Wohingegen ihre Mutter sich mit einem Adjektiv wie *nett* begnügte. Und, ein leises *Vorwärts, christliche Soldaten* auf den Lippen, durch die Zimmer ihres Hauses humpelte und all ihren Besitz mit bunten Aufklebern versah, auf denen wahlweise »behalten«, »für die Mädchen« oder »für den Kirchenbasar« zu lesen war. Wenn sie in diesem Tempo weitermachte, hätte sie die letzten vierzig Jahre ihres Lebens spätestens in zwei Wochen verpackt. Und womit hätte Tilly es in zwei Wochen zu tun?

»Es ist einfach erstaunlich, was ein Mensch in vierzehn Tagen alles leisten kann«, stellte sie fest, während Monty seine Schnauze tief in ihrer Kniekehle vergrub. »Man kann in dieser Zeit einen Hund und einen ganzen Garten retten.«

»Meine Antwort lautet nein. N-E-I-N.«

Tilly sehnte sich danach, Rowena entgegenzuschleudern: *Himmel noch mal, du bist mindestens so herrschsüchtig wie deine Mutter*, doch das wäre dumm und kontraproduktiv.

Ein Vogel brach in lautes Zwitschern aus, verstummte aber sofort wieder, denn an diesem brütend heißen Tag, an dem kein Lüftchen wehte und die Luft wie Blei auf seinem Gefieder lag, fehlte ihm einfach die Kraft für einen anhaltenden Gesang. Hitze in England bedeutete eine Quälerei, die nicht durch eine Klimaanlage gemildert wurde und sogar das Temperament von Mensch und Tier spröde und gereizt machte. Und als wäre das nicht bereits schlimm genug, zog ihre Mutter in Woodend auch noch alle Vorhänge zu, um die Sonne aus den Räumen zu verbannen, und tauchte auf diese Weise das gesamte Haus in stickige Dunkelheit.

Die Kirchenglocken ließen ihre sonntägliche Melodie erklingen, und Tilly stieß einen Seufzer aus. Ihre Mutter wartete wahrscheinlich schon darauf – die Strickjacke bis oben hin zugeknöpft und die Lesebrille sowie die Pfundmünze für die Kollekte eingesteckt –, dass Tilly sie zur Kirche fuhr. Aber Ro zur Eile anzutreiben wäre so riskant wie sich an einen Kupferkopf zu schmiegen und zu sagen: »Los, gib Tilly einen Kuss.« Weshalb ihr als letzte Waffe nur ihr fortgesetztes Schweigen blieb.

Als Rowena endlich wieder etwas sagte, stellte sie mit ruhiger Stimme fest: »Du hast anscheinend Mutters Wutanfall vergessen, als ich mal das Tor nicht richtig zugemacht habe und die dämlichen Karnickel über ihre blöden Pflanzen hergefallen sind. Und im Vergleich zu diesem James kommt mir Peter Rabbit fast schon wie das Gründungsmitglied des Vereins der Gartenfreunde vor. Wenn du jemanden wie diesen Kerl auch nur in die Nähe dieses Gartens lässt, wird Mutter meine Telefonnummer schneller von ihrem Handy löschen, als du ›esst keinen französischen Käse‹ sagen kannst.«

»Rowena, Schätzchen …« Obwohl ihr ein dichter Schwarm Gewittertierchen um die Nase schwirrte, fixierte Tilly ihre Freundin weiter mit dem Blick. Dabei konnten diese Tierchen einen zwar nicht beißen oder stechen, dafür aber derart kitzeln, dass man praktisch den Verstand verlor.

»Der einstige Stolz deiner Mutter ist mittlerweile nur noch eine Wildnis. Aber wenn ich ihn wieder in seine alte Pracht zurückversetzen würde …«, sie gab auf und kratzte wild an sich herum, »… dann bräuchte sie ja gar nicht zu erfahren, wessen Werk das war.«

Das kurze Aufblitzen in Rowenas grünen Augen zeigte, dass sie überlegte. Deshalb war es an der Zeit für Tillys größten Trumpf. »Vielleicht würde Sie dich dann sogar in diesem Jahr an deinem Geburtstag anrufen.«

»In Ordnung, Fräulein Neunmalklug. Aber angenommen, dein Schützling kappt Mutters David-Austin-Rosen?«

»Dann rufe ich deine Mutter an und beichte, was geschehen ist. Du kannst also nur gewinnen, ganz egal, wie's läuft.«

Rowena riss die Augen auf wie ein Kind bei einer Pantomime, raffte ihren langen Rock und ließ die zerknitterte Seide wieder über ihre vielfarbigen Gummistiefel fallen. *Bei dieser Affenhitze stand sie in den Dingern sicher zentimetertief in ihrem eigenen Schweiß.* »Du meinst, wir würden die Rollen tauschen, und ich wäre mit einem Mal das Musterkind, während du die schlampige, kiffende Tochter wärst, die einfach keine Enkel produziert?« Ro zog ein schlaffes Gummiband von ihrem Handgelenk, packte ihr Haar und zwängte es in einen dicken Pferdeschwanz. »Vielleicht würde sie mir dann sogar verzeihen, dass ich vor zwanzig Jahren Klebstoff geschnüffelt habe, aus dem Fenster fliegen wollte und dabei in ihrem Lieblings-Rhododendronbusch gelandet bin. Brillant. Das ist wirklich ein toller Plan. Also los.« Sie scheuchte Tilly fort. »Mach dem Garten mit meinem Segen den Garaus.«

»Danke«, sagte Tilly. »Du bist echt ein Schatz. Übrigens

gibt es um eins den Aperitif und um zwei das Essen, das dein zukünftiger Gärtner kocht.«

»Ein neuer Mann im Dorf.« Ro schlang sich das Ende ihres Pferdeschwanzes um die Hand. »Und dann auch noch ein Typ, der gerne kocht. Ist er sexy?«

Tilly zuckte mit den Schultern. »Er hat nette – seine Augen haben etwas Besonderes …«

Ro warf sich den Pferdeschwanz über die Schulter. »Willst du etwa sagen, dass er *nette* Augen hat? Einen Adonis stelle ich mir aber anders vor.«

James Nealy, ein Adonis? Nein, nicht ganz, auch wenn er durchaus ziemlich sexy war. Tilly konzentrierte sich darauf, sich von der Hundeleine zu befreien, und zum ersten Mal in ihrem Leben war sie Monty dankbar dafür, dass sie derart von ihm eingewickelt worden war.

*

»Du weißt, dass dein Tarnkappenbomber Mist ist.« Tilly zupfte den Papierflieger aus einer Hecke und hielt ihn Sebastian hin.

»Wenigstens ist er noch irgendwo gelandet. Was man von deinem Ufo nicht behaupten kann.« Er nickte in Richtung der aufgeweichten Überreste ihres Fliegers, den Monty abgefangen und zerbissen hatte.

»Ich konnte schließlich nicht damit rechnen, dass der Feind dazwischengeht.«

Ein warmer Schauer durchrieselte sie, und auch wenn er nur ganz kurz zu spüren war, wusste sie, dass Sebastian ständig auf der Lauer lag. Doch morgen würden sie und James mit der Gartenarbeit anfangen, und nichts könnte dann mehr ihre Stimmung trüben. Weder eine kranke Brust noch ein grüblerischer Exfreund noch ein Hund, der erst Papierflieger und dann an einem stinkenden Kaninchenkadaver fraß. Mit einer Sache hatte James eindeutig recht gehabt: Sie musste einfach gärtnern. Doch im Grunde hatte er in vielen Dingen recht gehabt, wie zum Beispiel damit, dass sie eine jämmerliche Köchin war. Zwar hatte sie ein schlechtes Gewissen, weil er jetzt das Sonntagsessen für ein halbes Dutzend Leute zubereiten musste, denen er noch nie begegnet war. Aber schließlich hatte er ihr ein ums andere und dann noch ein drittes Mal versichert, es wäre einfach Blödsinn, wenn sie sich mit einer Arbeit quälte, die für ihn nicht die geringste Mühe bedeutete.

»Ich habe gewonnen!« Isaac sprang mit einer Energie, die bei einer solchen Hitze für Menschen völlig wesensfremd war, vor Sebastian auf und ab. »Mein Saturn V ist am weitesten geflogen. Also habe ich gewonnen!«

Archie rammte ein längst platt gedrücktes Gänseblümchen mit der Spitze seines Turnschuhs in den Boden. Seine Spitfire war immer noch verschollen, nachdem sie auf ihrem Jungfernflug irgendwo in den Spiräen gelandet war. Tillys Meinung nach hatte der Junge es absichtlich darauf angelegt. Schließlich hatte sie ihn schon beim Cricketspiel gesehen und wusste, dass er ein so guter Werfer war wie sein Vater.

Archie sollte eigentlich in der Schule sein, aber ausnahmsweise hatte ihm sein Hausvorsteher die Genehmigung erteilt, am Wochenende heimzufahren. Offenbar hatten Fiona und Sebastian ihren Kindern letzten Sonntag von der Schwangerschaft erzählt, und Archie war in ein so tiefes Loch gestürzt, dass er während des gesamten Unterrichts der letzten Woche teilnahmslos an seinem Platz gesessen hatte und in seiner Freizeit immer nur mit Leichenbittermiene durchs Internat gelaufen war.

Sebastian knüllte seinen Bomber in der Hand zusammen und stopfte ihn achtlos in die Tasche seiner Cargo-Shorts. Er umkreiste seinen Sohn bereits den ganzen Vormittag und hatte in dem Bemühen, ihn aufzumuntern, nicht einfach normale Flieger, sondern derart aufwendige Kreationen hergestellt, dass Archies Interesse schon vor einer Ewigkeit erloschen war. Statt es zu genießen, dass er einen ganzen Tag mit seinem Dad zusammen war, knurrte er Sebastian an, warf ihm böse Blicke zu und ging ihm so gut wie möglich aus dem Weg.

Tilly knabberte an ihrem Daumennagel und dachte daran zurück, wie sie selbst am Vorabend um ihren Sohn herumgetänzelt war. Sie hatte ihm erklärt, sie und James wollten Rowenas Garten retten, und deswegen hätte sie in den nächsten beiden Wochen furchtbar viel zu tun. Noch vor einem Monat hatte Isaac sie bestürmt, James als Kunden anzunehmen, aber gestern Abend hatte er mit gleichmütigem Schweigen auf die Nachricht reagiert. Beinahe wäre Tilly der Verdacht gekommen, er sei eifersüchtig. Oder er hätte vielleicht einfach durchschaut, dass ihre Erklärung nur ein schwacher Vorwand dafür war, ihm möglichst aus dem Weg zu gehen.

Sebastian drückte Isaac die Schulter. »Gut gemacht«, beglückwünschte er ihn.

Archie hielt in der Misshandlung des längst toten Gänseblümchens inne und kehrte seinem Vater und seinem Freund den Rücken zu. Dabei konnte Tilly deutlich sehen, dass er dasselbe steinerne Gesicht machte wie oft sein Vater. Diese kalte, ausdruckslose Miene hatte auch Sebastian ab und zu als Teenager anstelle eines Schmollmunds aufgesetzt.

»Also gut«, sagte Sebastian. »Vielleicht geht ihr Jungs mal in die Küche und fragt Mr Nealy ...«

»James«, versuchte Tilly ihn zu korrigieren, aber er fuhr achtlos fort.

»... ob ihr ihm was helfen könnt.«

Isaac und Archie stöhnten laut.

»Die Mühe könnt ihr euch sparen, Jungs.« Ro trat durch die Flügeltür, durch die man aus dem Wohnzimmer auf die Terrasse kam. Sie hatte ihr Haar mit einem Plastiktütenclip auf ihrem Kopf befestigt und trug ein Tablett mit Lachs-Spargel-Röllchen und zwei Dosen Cola an den Tisch. »Ich hab alles unter Kontrolle. Ich bin nämlich die berühmte Küchenfee und Helferin des größten Pingelpotts, den es auf Erden gibt. Er hat einen *wahnsinnigen* Knackarsch« – Archie musste kichern und presste sich eilig die Hand vor den Mund –, »aber er spült tatsächlich jedes Kochgerät sofort, wenn er es nicht mehr braucht.« Krachend stellte Ro die Sachen auf den gusseisernen Tisch, und Tillys Mutter fuhr erschrocken auf.

»Oh, wie peinlich.« Sie rieb sich die Augen. »Ich bin doch tatsächlich eingenickt wie eine tüdelige alte Frau.«

»Unsinn, Mrs H.«, rief Rowena gut gelaunt. »Sie haben sich einfach etwas von den Staatsgeschäften ausgeruht.«

Ja, mach du nur deine Witze, Ro. Aber seit wann nickst du schon vor dem Mittagessen einfach ein, Mum? Ganz egal, was Tillys Mutter sagte, sie wurde tatsächlich langsam alt. Ihren Vater hatte Tilly nicht altern sehen. Mit ihm war es zu schnell bergab gegangen, doch seine Familie oder sein *Harem*, wie er sie immer genannt hatte, hatte ihn bis zuletzt versorgt. Was aber sollte werden, wenn als Nächste sie selbst Pflege bräuchte? Tilly schüttelte den Kopf. *Darüber denkst du jetzt nicht nach.*

Rowena öffnete die erste Dose Cola und drückte sie Archie in die Hand. »Hier ist dein Trostpreis, Schatz.«

Archie kicherte. »Dad lässt mich keine Cola trinken.«

»Na, dann freu dich, dass ich nicht dein Vater bin.« Ro hielt Isaac die zweite Dose hin. »In einer Viertelstunde wird gegessen, also los, ihr zwei. Geht und tut, was böse Jungen tun.«

Die beiden Kinder sahen sich mit blitzenden Augen an. »Lass uns auf die große Eiche klettern«, schlug Isaac vor, und laut kreischend rannten die beiden zusammen los.

»Rowena!«, polterte Sebastian in dem vergeblichen Bemühen, wie ein empörter Vater zu wirken. »Hast du meinem Sohn eben etwa eine Dose Coca-Cola in die Hand gedrückt?«

»Allerdings, das habe ich. Hast du damit vielleicht irgendein Problem?«

»Nicht, wenn du deine letzte Zigarette mit mir teilst.« Er verzog den Mund zu einem schiefen Lächeln, aber seine Augen in der Farbe aufgewühlten Schlicks folgten James, der gerade durch die Tür auf die Terrasse trat.

»Kann ich Ihnen noch mal nachschenken, Virginia?«, bot er ihrer Mutter höflich an. Er hielt einen geschliffenen Glaskrug voll mit frischem Pimm's in der einen sowie eine Flasche Rotwein in der anderen Hand. Er hatte Tilly voller Argwohn bei der Zubereitung ihres Lieblings-Sommercocktails zugesehen und ihr erklärt, dass er den Alkohol lieber in unverdünnter Form und ohne neckische Verzierung trank.

Trotzdem hatte er sich jetzt auch selbst an die Herstellung dieses Getränks gewagt.

»Danke, gern.« Virginia ließ sich nachschenken und hob das volle Glas an den Mund. »Ich muss sagen, innerhalb von weniger als vierundzwanzig Stunden haben Sie die Kunst der Pimm's-Herstellung geradezu perfekt gelernt. Sind Sie sicher, dass Sie keine englischen Gene haben?«

»Ich bin eine reinrassige Mischung aus Ire und Amerikaner«, klärte er sie auf.

Sebastian beugte sich zu Tilly vor, und sie atmete erleichtert auf, als ihr nicht der vertraute Duft seines Rasierwassers entgegenschlug. »Wie lange bleibt er hier?«

»Zwei Wochen.« Tilly tunkte ein obenauf schwimmendes Stück Erdbeere in ihren Cocktail und versuchte, ihren Ex zu ignorieren. Er hatte einen quengeligen Tonfall an sich. Genau wie damals, als sie ihm erklärt hatte, ein alter, muffiger Schlafsack auf dem Boden wäre nicht das richtige Ambiente fürs erste Mal. *Verflixt.* Warum rief jede Unterhaltung mit Sebastian die Erinnerung an jugendlichen Sex, hektische Fummeleien beim Zuknöpfen ihrer Bluse und das Aufwischen diverser Körperflüssigkeiten, bevor irgendwer ins Zimmer platzte, in ihr wach? Kein Wunder, dass sie sich ins Witwenhaus geflüchtet hatte, um ein wenig ungestört zu sein. Die Geister, die in jener Ruine hausten, hatten sie nicht halb so sehr gestört wie das Leben, von dem Woodend Tag und Nacht erfüllt gewesen war.

Ein Kampfjet donnerte über das Haus, und Tilly zog den Kopf ein. Schon in ihrer Kindheit waren Militärflugzeuge über Bramwell Chase hinweggerast, aber immer noch brachten ihr Anblick und die Schneisen, die sie in den Himmel schlugen, Tilly kurzfristig aus dem Gleichgewicht.

»Warum interessierst du dich für seine Pläne?«, fragte sie. »Bist du etwa eifersüchtig?«

Er verschluckte sich an seinem Drink. »Um Himmels willen, Tilly. Red gefälligst leiser.«

»Es ist nur so – wenn du nicht eifersüchtig bist, solltest du vielleicht aufhören, ihn so anzustarren. Weil das einen falschen Eindruck auf ihn machen könnte. Und schnauz mich gefälligst nicht so an … bei dem Lärm, den der Jet gemacht hat, hat mich garantiert niemand gehört.«

»Ich hab dich nicht angeschnauzt«, erklärte er in einem Ton, der nahelegte, dass das Thema für ihn abgeschlossen war.

Und genau aus diesem Grund wollte sie nicht noch einmal einen Mann in ihrem Leben haben. Denn wer hatte schon die Energie, sich mit Gefühlen aus zweiter Hand herumzuschlagen und mühsam herauszufinden, was der andere wollte, nur weil falscher Stolz es ihm verbot, einfach auszusprechen, was ihm auf der Seele lag. *Du sollst keine Gefühle zeigen.* Das war offenbar für ihren Ex auch heute noch das oberste Gebot. Hatte sie Sebastian je vor Freude oder Zorn ausflippen gesehen? Er war süß, wenn er betrunken war, ein stiller Liebhaber, und er würde sicher nicht einmal zusammenzucken, wenn er unversehens auf einen Kupferkopf träte.

Seine Lebenstüchtigkeit hatte sie als junges Mädchen mit einer gewissen Tendenz zu hysterischen Reaktionen fasziniert. Sogar ihren Wutausbrüchen war er stets mit Ruhe und Zurückhaltung begegnet, und er hatte seine Liebe nie mit Worten, sondern stets durch Taten ausgedrückt. Aber würde ihr so etwas heutzutage reichen?

Tilly blies eine imaginäre Luftblase von ihren Lippen. Gut, dass es in ihrem Job um Pflanzen statt um Menschen ging. Zum Beispiel um die langstieligen Nelken in der Blumenrabatte ihrer Mutter. Sie bräuchte nur einmal die welken Blüten abzuschneiden, und sofort würden die nächsten dicken und gesunden Blüten nachwachsen. Wogegen Sebastian … furchtbar steif geworden war. Er starrte böse auf eine Wespe, die vor einem Augenblick auf dem Rand seines Glases gelandet war.

Sie sagte besser nichts. Weil das Sebastian sicher lieber war.

Wenn sie ihn jetzt bei den Schultern packte, um ihn einmal ordentlich zu schütteln, fielen dann wohl irgendwelche Emotionen aus dem Kerl heraus? War es denn so schrecklich zuzugeben, dass man einen Menschen, der einen verlassen hatte, liebte, oder seine Furcht vor Wespen zu gestehen? Wie hatte Sari doch so zutreffend gesagt? Jeder Mensch hat vor irgendetwas Angst. Außer vielleicht Ro, denn die stürzte sich sehenden Auges und mit einem lautstarken »Jippie!« in jede Gefahr.

Sebastians leises Räuspern war das Zeichen dafür, dass die Wespe nicht mehr auf dem Rand des Glases saß. »Hast du nächsten Samstagabend Zeit?«, erkundigte er sich. »Wir könnten in der Flying Duck was essen gehen.«

Symmetrische Obstwürfel – *dazu braucht man Talent, James* – trieben an der Oberfläche ihres Drinks, aber schließlich blickte sie von ihrem Cocktail auf. »Du willst ein Date mit mir?« Sie wollte lieber sofort wissen, woran sie war.

»Nein, Tilly. Ich will kein Date.« Er strich über seinen Siegelring. »Ich würde einfach gerne mit dir reden.«

Gut. Dann wäre das geklärt. Tilly schnippte eine unsichtbare Fluse von ihrem Kleid. Das Timing war perfekt, denn bei dieser Gelegenheit könnte er ihr sagen, was beim Kauf von Woodend alles zu beachten war. Ihre Mutter war zwar von dieser Idee bisher nicht unbedingt begeistert, aber wenn Sebastian erst auf ihrer Seite wäre …

Plötzlich tauchte James vor ihnen auf, auch wenn wegen des hellen Sonnenscheins nur seine Silhouette zu erkennen war.

Er sah irgendwie fremd und seltsam exotisch aus, wie ein schwarzer Schwan, der sich verschwommen hatte und in einem fremden Biotop gelandet war. Vielleicht lag das an seinem schwarzen Seidenhemd oder den klotzigen Ohrringen, die aussahen wie das @ auf einer Computertastatur. Vielleicht lag es aber auch nur an seiner Größe, wegen der er in Woodend andauernd den Kopf einziehen musste, weil die Türen zu niedrig für ihn waren. Sie hatte noch immer keinen Platz für ihn in ihrer Welt gefunden, aber nun sah er sie plötzlich mit einem Lächeln an. Als wären sie beide Verschworene, was sie aber schließlich inzwischen auch waren. Doch selbst wenn es ihr bisher noch nicht gelungen wäre, seinen Code zu entziffern, hätte sie sich einer so intimen Geste einfach nicht entziehen können. Denn er hatte die seltene Gabe, sich jemandem voll und ganz zu widmen, ohne jede Einschränkung und ohne jedes Abgelenktsein.

Tilly blickte wieder auf ihr Glas. »Es war wirklich supernett, für uns alle zu kochen, James. Ich weiß gar nicht, wie ich Ihnen dafür danken soll.«

»Das war ja wohl das mindeste«, gab er zurück. »Denn schließlich haben Sie mir einen Raum mit einem eigenen Bad verschafft.«

»Ach, tatsächlich?«, mischte sich Sebastian gelangweilt ein. »Und wo?«

»Bei mir!« Ro löste den Tütenclip aus ihrem Haar und

schüttelte es aus. »Meint ihr, ich sollte ihn davor warnen, dass das Bad aus der Zeit des Ersten Weltkriegs stammt und die Dusche nur ein Gummischlauch ist, den man über einen der Wasserhähne stülpen muss?« Sie machte eine zweideutige Handbewegung und wandte sich lachend an Sebastian. »Aber es ist einfach praktisch, wenn er bei mir wohnt. Denn schließlich graben er und Tilly in den nächsten Wochen meinen halben Garten um.«

James blinzelte ein paarmal, legte eine kurze Pause ein und blinzelte erneut. Diese Geste wirkte wie ein Ritual. War sie vielleicht ein Zwang, ein sichtbares Zeichen seiner Störung? Hätte Tilly neben ihm gestanden, hätte sie ihn vielleicht kurz am Rücken oder am Arm berührt.

Doch der Abstand zwischen ihnen war zu groß, und so blickte sie ihm einfach ins Gesicht und hoffte, dass ihr die gute Absicht anzusehen war. Ehe sie jedoch James' Reaktion erkennen konnte, zuckte sie zusammen.

Weil mit einem Mal Sebastian den Arm um ihre Taille gelegt hatte. Seinen anderen Arm legte er um die Taille ihrer Freundin, und er hielt die beiden Frauen derart fest, als wollte er verhindern, dass der Konkurrent sie ihm entriss.

15

James legte den rechten Knöchel auf sein linkes Knie. Das war eine gute, weil legere Pose. Damit sah er sicher wie der ganz normale Alltagsneurotiker kurz vor seiner ersten Gärtnerstunde aus – auch wenn er ganz vorne auf dem Rand der Holzbank saß, damit er ja nicht mit dem kleinen Fleck in seinem Rücken in Berührung kam. Er wippte mit den Beinen wie ein Psychopath auf Amphetaminen und zog an den Schnürsenkeln seiner leuchtend roten knöchelhohen Turnschuhe. *Rot. Die universelle Farbe für Gefahr, Warnung, Stopp. Für: Halt dich von mir fern, Tilly, weil das für dich das Beste ist.*

Doch noch während er dies dachte, trat sie winkend durch das Gartentor. James wollte zurückwinken, das wollte er auf jeden Fall. Stattdessen sprang er auf und rang die Hände, wie um sie mit Luft zu waschen. Wie die dämliche Lady Macbeth.

Was würde Tilly jetzt wohl von ihm denken?

Er konnte das nicht tun. Könnte nicht einmal danebenstehen, wenn sie in der Erde grub.

Krachend fiel das Tor hinter ihr zu, und sie stellte den hölzernen Gartenkorb mit dem Werkzeug auf einen mutierten Löwenzahn. Einen so riesigen Löwenzahn hatte er nie zuvor gesehen. Löwenzahn. Auch vor dem Eisladen hatte der Löwenzahn geblüht. An dem Tag, an dem sich Tilly auf ihn eingelassen hatte. Was doch sicherlich ein gutes Zeichen war. Jawohl, ein gutes Zeichen. Oder etwa nicht?

»Es hat wahrscheinlich keinen Sinn, Ihnen zu erklären, dass Gartenarbeit Balsam für die Seele ist?«, erkundigte sie sich. »Denn Sie sehen so aus, als ob Sie darauf warten, dass man Sie auf die Streckbank packt, vierteilt oder hängt. Wobei ich mir ziemlich sicher bin, dass das in Northamptonshire zum letzten Mal passiert ist, als sich noch die Tudors hier herumgetrieben haben.«

Eilig griff er sich ins Haar und schob sich die dichten dunklen Strähnen aus der Stirn. Dann entfuhr ihm ein Geräusch, das wie eine Mischung aus Gelächter und Ersticken klang. Animalisch. Wie von einem wilden Tier.

»Ein passender Vergleich, aber es könnte noch viel schlimmer sein«, stieß er hektisch aus. *Reiß dich zusammen, James, reiß dich zusammen.* »Ich habe auf meiner Angst-Skala noch keine Zehn erreicht.« Er tat, als wiege er Gewichte mit den Händen ab. »Es hilft mir, meine Angst in Grad zu messen. Wobei zehn die höchste Stufe ist. Im Augenblick bin ich bei acht.« Er stopfte die Hände in die Taschen seiner Jeans und klammerte sich durch den Stoff hindurch an den Oberschenkeln fest. »Wobei die Intensität noch immer steigt.«

»Na toll. Soll ich vielleicht die scharfen Werkzeuge verstecken?« Tilly stieß mit dem Fuß gegen den Korb.

James' explosionsartiges Lachen hatte einen irren Klang.

Was musste sie jetzt von ihm denken? Weshalb tat er ihr das an?

Sie erklärte irgendwas. Er sollte zuhören. Vielleicht lenkte ihn das ja erfolgreich ab. Als ob das jetzt noch möglich wäre. Er war bereits viel zu panisch, um sich jetzt noch ablenken zu können. Müsste seine Panik noch bis auf die Spitze treiben und dann alles rauslassen, nur dass das völlig ausgeschlossen war. Denn er hatte noch nie vor Publikum die Zehn erreicht. Zehn war seine ganz private Hölle. Und er wollte nicht, dass irgendjemand diese Hölle je von innen sah.

Du keuchst. Hör auf zu keuchen. Atme langsam.

Konzentrier dich ganz auf deine Atmung, atme langsam ein und aus.

Worte. Tilly sprach. Irgendwas von der Verbesserung des Bodens. Das war doch wohl sicher nicht ihr Ernst? Erwartete sie wirklich, dass er eine Handvoll Erde aufhob und *durch seine Finger rieseln ließ?* Er stieß ein hyänenhaftes Bellen aus und stellte sich eine Gruppe laut grölender Congatänzer vor.

Tilly sah ihn fragend an. »Ist das eine Zehn?«

»Eine Neuneinhalb, erst eine Neuneinhalb.« Er riss an seinem T-Shirt. Wollte Löcher in den Stoff und in seinen Körper bohren.

Es ist zu stark. Ich komme nicht dagegen an.

Tränen brannten hinter seinen Augäpfeln, und plötzlich sah er Tilly vor sich – grau, erschöpft und krebszerfressen, und sie lag im Sterben. *Nein, nicht Tilly. Nein, nicht sie.*

Die Angst sprang ihn von allen Seiten an und sagte ihm, seine Hände müssten sich verknoten. Denn nur, wenn er seine Hände sechsmal fest verschränkte, würde sie nicht sterben. Würde sie nicht sterben. Würde sie nicht von der Erde, die sie gerade von der *Monsterpflanze* abgeschüttelt hatte, kontaminiert.

»James.« Sie setzte sich auf die Fersen und zog die Gartenhandschuhe aus. »Sie haben mir nicht alles gesagt, nicht wahr?«

Sie hatte ja keine Ahnung. Hatte, gottverdammt, nicht die geringste Ahnung. Doch was war er für ein Schwein, um ihr so etwas anzutun? Er verknotete zum sechsten und zum letzten Mal die Hände, wich vor ihr zurück, stieß gegen etwas Hartes – war da etwa schon die Mauer? – und rutschte daran herunter, bis auch er auf seinen Fersen saß.

»Es tut mir leid, es tut mir leid.« *Es tut mir leid, es tut mir leid.* »Ich kann das nicht, Tilly. Ich dachte, ich wäre dazu bereit. Aber das bin ich nicht. Bringen Sie mich bitte von hier weg.«

Sie trat vor ihn und streckte die Hand in seine Richtung aus. Alles, was er wollte, war, sie zu ergreifen. Ihre Hand zu nehmen, ihre gottverdammte Hand zu nehmen. Doch er brachte es einfach nicht über sich. Denn an ihrem Knöchel klebte etwas Dreck.

Sie zuckte mit den Schultern und sah ihn mit einem engelsgleichen Lächeln an. »Vielleicht sollten wir etwas im Wald spazieren gehen?«, schlug sie ihm vor. »Einen solchen Wald haben Sie garantiert noch nicht gesehen.«

Zu erschöpft für Worte nickte er zum Zeichen dafür, dass er einverstanden war.

Die knorrigen Bäume des Bramwellschen Jagdgebiets bildeten eine Wand aus derart dunklem Grün, dass es für das Auge schwarz wirkte. Dennoch marschierte James schnurstracks durch das Tor, obwohl das Gestrüpp aus Hagebutten- und Holundersträuchern, die das Tor umrankten, seinen Kopf streifte und ein weißer Blütenschauer auf sein schwarzes T-Shirt niederging.

Tilly atmete tief durch und folgte ihm.

Sofort wandelte sich das grelle Licht der Morgensonne in einen strahlenden, doch zugleich weichen gelben Schein. Tilly liebte dieses Licht – als würde der abendliche Dämmerhimmel von einer Million Glühwürmchen erhellt. Die Gärtnerin in ihr nannte es Halbschatten, für die Romantikerin Tilly aber war es Feenlicht. Denn in einer derart sanft leuchtenden Umgebung hätte es sie nicht verwundert, wenn sich irgendwelche zauberhaften Wesen unter dem Blätterwerk versteckt gehalten hätten.

Der Garten von Rowenas Mutter bot nicht den geringsten Schutz vor der brutalen Hitze, die bereits am Morgen ausgebrochen war, weshalb der kühle Schatten, den die tief hängenden Äste warfen, eine herrliche Erfrischung bot.

James blieb stehen, und Tilly übernahm die Führung. Sie hob die Arme über den Kopf und bahnte sich den Weg durch dichtes Farngestrüpp. Ein paar Meter vor ihr verriet leises

Blätterrascheln, dass sich irgendwelche wilden Tiere ganz in ihrer Nähe tummelten. Hoffentlich Kaninchen oder Eichhörnchen und keine Kreuzotter. Denn durch den Kupferkopf, der ihr daheim begegnet war, war ihr Bedarf an Giftschlangen für dieses Jahr gedeckt.

Sie gelangten auf den öffentlichen Reitweg, der von Generationen von Spaziergängern und Reitern eingeebnet worden war, und James schloss wieder zu ihr auf. Während sie des Öfteren über irgendwelche Klumpen harter Erde stolperte, geriet er niemals aus dem Gleichgewicht. Als sähe er die Hindernisse immer schon voraus.

Weiter ging es, vorbei an Baumstümpfen, aus denen neue Pflanzen wuchsen, und an Hufspuren, die in die hart gebackene Erde eingeprägt waren. Das Rauschen des Verkehrs wurde durch den Gesang von Dompfaffen, Buch- und Goldfinken ersetzt.

Eine Schar Fasane schoss über den Weg, und Tilly blickte ängstlich über die Schulter, weil sie tatsächlich an Geister glaubte, wenn sie hier in diesem Wald spazieren ging. Sie sog den berauschenden Duft in sich ein, der sich im Laufe hunderter Jahre herausgebildet hatte: nach zertrampelter Erde, Füchsen, einem altmodischen blumigen Parfüm, das sie nicht genau benennen konnte, sowie – ein einziges Mal, kurz nach dem Tod ihres Vaters – nach würzigem Zigarrenrauch.

»Sie lieben diesen Ort, nicht wahr?«, erkundigte sich James.

Tilly blickte in ein Büschel Leimkraut, das direkt vor ihren Füßen wuchs. »Ich finde es irgendwie beruhigend, dass die Zeit hier stillzustehen scheint. Früher sind Rowena und ich immer auf diesen Baum geklettert.« Sie zeigte auf eine ausladende Eiche mit einem von dicken Knoten übersäten

Stamm. »Und da drüben auf der Lichtung haben wir gepicknickt.« Sie wies auf einen grasbewachsenen Flecken, gesäumt von welken Glockenblumen.

»Und wie alt ist der Wald?«

»Uralt. Im Mittelalter war er königliches Jagdgebiet, aber ich bin sicher, dass er noch viel älter ist. Können Sie sich etwa nicht vorstellen, wie hier einstmals Druiden hindurchgeschritten sind?«

»Oder das Trommeln von Pferdehufen hören und das leise Rascheln eines Rocks im frühmorgendlichen Tau?«

»Rudyard Kiplings *Der Weg durch den Wald.*« Sie blieb stehen und blickte in das schmale, kantige Gesicht mit den großen, schräg stehenden Augen. »Das ist mein Lieblingsgedicht.«

»Meins auch. Ich habe als Kind sehr schlecht geschlafen, deshalb habe ich oft mitten in der Nacht Gedichte auswendig gelernt. In denen es hauptsächlich um Geister und gestörte Menschen ging. Ich glaube, ich habe schon damals unbewusst nach Antworten gesucht.« Er verschränkte die Finger wie zu einem Gebet und drückte sie unter sein Kinn.

Schweigend sahen sie einander an.

»Sie lächeln«, stellte er nach einer Weile fest. »Sie hatten mich in die Schublade des Technik-Freaks gesteckt, nicht wahr?«

»Sie sind auf jeden Fall der größte Freak, der mir jemals begegnet ist. Obwohl das mit den Geistergeschichten durchaus einen Sinn ergibt. Wissen Sie, auf eine kleine Frau wie mich wirkt Ihre Größe geradezu beängstigend. Sie sind doch sicher über einen Meter achtzig groß.«

»Eins achtundachtzig.«

»Und mit diesem Bart …«

»Gefällt er Ihnen nicht?« Er klang wie Isaac. Verletzt, doch gleichzeitig erpicht darauf, ihr zu gefallen.

»Das richtete sich nicht gegen Sie persönlich. Nur habe ich Bärte, ganz egal, in welcher Form, noch nie wirklich gemocht. Haben Sie den Bart schon lange?«

Hoch über ihnen zog ein Bussard seine Kreise, und sie wies auf einen abgebrochenen Ast, der unter dem verzweigten Stamm einer Esskastanie lag. In die Rückseite des Stamms war ein kleines Herz mit den Initialen S. W. und T. H., gefolgt von dem Wort *forever*, eingeritzt. Hatte sie mit fünfzehn tatsächlich geglaubt, ihre erste Liebe wäre für die Ewigkeit gemacht?

»Gibt's hier Zecken?« James blickte sich ängstlich um.

»Nein.«

»Feuerameisen?«

»Nein.«

»Giftiges Efeu?«

»Nein. Nur Brennnesseln. Aber fassen Sie besser trotzdem nicht so einfach ins Gestrüpp. Weil man vom Farn und auch vom Bärenklau einen widerlichen Ausschlag kriegen kann.«

Er wirbelte zu ihr herum. »Ist der gefährlich?«

»James.« Der Bussard stieß einen seiner jämmerlichen Schreie aus. »Setzen Sie sich einfach hin.«

Er kam ihrer Bitte nach, rutschte aber nervös herum, weil er keine bequeme Position für seine langen Beine fand. Schließlich zog er die Knie an, stützte die Ellbogen darauf ab und rieb sich nervös die Hände.

Sie zog es vor zu sitzen, während sie sich unterhielten, weil dabei der Abstand zwischen ihnen kleiner war. Allerdings saß er auch diesmal viel zu dicht an ihrer Seite, und sie konnte durch den Stoff seiner Jeans die Wärme seines Oberschenkels spüren.

Sie beugte sich ein wenig vor und nutzte die Bewegung, um ein kleines Stück von ihm abzurücken. Dann sah sie ihn verstohlen von der Seite an.

Er zupfte nervös an seiner Haut, und der halbe Arm war bereits mit leuchtend roten Flecken übersät. Sie erwog, ihn davon abzuhalten, wie neulich, als er sich aus dem Wagen stürzen wollte, ließ es dann aber sein. Denn wo auch immer er gerade war, gab es nicht genügend Platz für zwei.

»Also, erzählen Sie mir die Geschichte von dem Bart.«

»Ich wollte jemand anderer sein.«

»Und warum wollten Sie jemand anderer sein?« Die guten Vorsätze, die Menschen an Silvester fassten, und den Wunsch, ein Mensch zu sein, der nicht an seinen Nägeln kaute und die Bücher aus der Bücherei verschlampte, konnte sie durchaus verstehen. Doch kein Mensch konnte sich vollkommen verwandeln, und vor allem, weshalb sollte irgendjemand das wollen? Sie hob einen kleinen Zweig vom Boden auf und malte damit Muster in den Staub.

»Wenn ich jemand anderer wäre«, meinte James, »könnte ich auf einem Baumstamm sitzen, ohne mich zu fragen, ob mir dort etwas passieren kann. Oder einfach einen Zweig aufheben, so wie Sie eben. Und manchmal …«, er trat gegen einen Zweig, der mit leisem Blätterrascheln in den Brennnesseln verschwand, »… brauche ich ganz einfach eine Pause von mir selbst. Die Schuldgefühle, über die Sie während unseres Telefongesprächs gesprochen haben – haben Sie die, weil Ihr Mann gestorben ist?«

Sie schüttelte den Kopf und versuchte, das von ihr gezeichnete Muster zu erkennen, aber außer ein paar wilden

Schlängellinien hatte sie nichts produziert. Sollte sie darüber reden? Nein, wohl besser nicht. Weil es das Beste war, diese Dinge fest in ihrem Innern zu verschließen und nie mehr daran zu rühren. Denn durch die Konfrontation mit der Erinnerung würde der Schmerz nur noch verstärkt. Doch seit sie von dem Knoten wusste, schwelte die Erinnerung sowieso ständig in ihr. Sie warf den Zweig zur Seite, rutschte ein Stück auf dem Stamm zurück und zuckte zusammen, als die Rinde ihre Haut aufschürfte.

Drei Meter von ihnen entfernt erschien ein Fuchs, erstarrte kurz und lief dann weiter – ein Sinnbild für die vielen Wesen, für die das Zusammensein mit ihr nur eine Station auf ihrem Weg durchs Leben war.

Urplötzlich fiel ihr eine Krankenschwester aus der Klinik ein. Erstaunlich, dass sie sich mit einem Mal an völlig neue Menschen und Ereignisse aus einer Zeit erinnerte, in der sie wie betäubt gewesen war. Als käme die Erinnerung allmählich Stück für Stück zurück. Ja, eine Schwester hatte sich in dem Ärztezimmer, in dem sie erfahren hatte, wie es um David stand, zu Tilly gesellt. Eine Frau mit warmen Händen, die sie hatte trösten wollen und ihr eine Tasse bestenfalls lauwarmen, widerlichen Tee gebracht hatte. Tilly hatte es nicht übers Herz gebracht, ihr zu erklären, dass sie Tee verabscheute, obwohl sie Britin war. Denn diese Schwester, diese Fremde, war eine Zeitlang einfach für sie da gewesen. So wie sie jetzt für James.

»Meine Schuld«, erklärte sie. »Meine Schuld besteht darin, dass ich meine Familie im Stich gelassen habe.«

Ein Kleiber auf Futtersuche hüpfte einen Baum hinauf. Wie einfach doch das Leben wäre, wenn man so wie dieser Vogel an nichts anderes denken müsste als an die Gegenwart. Wenn man die Vergangenheit und Zukunft einfach ausradieren könnte wie die Schlangenlinien, die Tilly vorhin in den Staub gezogen hatte.

»Bisher kam ich damit irgendwie zurecht.« Sie war sich nicht sicher, ob ihr Lächeln nicht eher zu einer schmerzlichen Grimasse geriet. »Aber seit ich von diesem Knoten weiß, komme ich mir vor, als hätte ich die *Gehen-Sie-nicht-über-Los*-Karte beim Monopoly erwischt, und frage mich einmal mehr, ob es vielleicht meine Schuld ist, dass mein Mann gestorben ist.«

Sie rieb sich die Oberschenkel, und die gleichmäßige Bewegung löste ein wunderbar beruhigendes Gefühl aus. Ob James aus diesem Grund ständig in Bewegung war? Betäubten vielleicht seine Körperbewegungen die Schmerzen seiner Psyche? »Mein Mann hatte eine Patientenverfügung«, fuhr sie fort. »Ich nicht. Das war der einzige Punkt in unserer Ehe, in dem wir verschiedener Meinung waren. Er hat damit argumentiert, die beiden Überlebenden könnten dann leichter und vor allem schneller ihr bisheriges Leben wiederaufnehmen, falls einem von uns etwas passieren sollte. Aber ich hatte meinen moralischen Kompass anders ausgerichtet und beharrte auf meiner Meinung.« Sie massierte sich den steifen Nacken und fuhr fort: »Ich dachte immer, es wäre noch Zeit, um ihn von dieser Verfügung abzubringen. Wer hätte gedacht, dass Zeit das Einzige sein sollte, was uns nicht mehr zur Verfügung stand?«

Sie wollte sich partout nicht vorstellen, was vielleicht geschehen wäre, hätte David noch einmal die Augen aufgemacht. »Er war ein brillanter Mann, für den die Vorstellung, in einem leblosen Körper gefangen zu sein, der reinste Horror war.« Sie machte eine Pause. »Er war wie die Sonne drüben in Rowenas Garten, nur hatte er ständig das Bedürfnis, auch außerhalb zu scheinen. Er musste einfach immer die Kontrolle über alles haben, sogar über seinen eigenen Tod. Deshalb habe ich dem Arzt von der Patientenverfügung erzählt. Ich dachte, dass er es so gewollt hätte. Was mein großer Fehler war. Denn …«, sie starrte auf den Boden, bis sie ihn nur noch verschwommen sah, »… ich glaube, er hatte es sich noch mal anders überlegt.«

Etwas scharrte auf dem Boden. Vielleicht eine Waldschnepfe? Nein, diese Tiere waren viel zu selten. Früher hatte Tilly jedes einzelne Geräusch in diesem Wald gekannt. Aber diese Zeiten waren längst vorbei.

Sie atmete heftig ein und stockend wieder aus. »Er hat fünf Tage durchgehalten. Sie hatten sämtliche Geräte abgestöpselt, aber trotzdem hat er noch fünf Tage gelebt. Ich erinnere mich noch genau daran, wie dankbar ich ihm dafür war – ist das nicht einfach grauenhaft? Dankbar dafür, dass ich seine Haut berühren und das Leben in ihm spüren konnte. Manchmal habe ich mir sogar eingeredet, dass er einfach nur schläft. Er hat also durchgehalten, und ich habe ihm tatenlos beim Sterben zugesehen. Und danach fing ich an, über alles nachzudenken und zu hinterfragen, was geschehen war. Hatte er aus einem bestimmten Grund so lange durchgehalten? Hatte er am Ende vielleicht doch nicht sterben wollen und von mir erwartet, dass ich dafür kämpfe, dass die Ärzte alles für ihn tun?« Tilly presste sich mit Daumen und Zeigefinger die Lippen zusammen, dann fuhr sie fort: »Haben Sie jemals den Film *Und täglich grüßt das Murmeltier* gesehen?«

»Mindestens sechsmal«, gab James mit einem breiten Grinsen zu. »Wissen Sie nicht mehr? Ich liebe Wiederholungen.«

»Ich fühle mich oft wie der Held in diesem Film, denn ich durchlebe immer wieder den Moment, in dem ich gesagt habe …« Tilly erschauderte, denn plötzlich war sie wieder in dem Raum, in dem ihr Leben geendet hatte, während David langsam gestorben war.

»In Ihrem Hirn läuft eine Endlosschleife ab wie in meinem auch«, erklärte James mit der gedämpften Stimme, die man mitten in der Nacht benutzte, wenn die ganze Welt in tiefen Schlaf versunken war.

»Was hier drinnen abläuft, kann niemand mit einem teilen.« Er klopfte sich zweimal mit zwei Fingern an die Schläfe. »Aber wenn man Glück hat, findet man jemanden, der die Schmerzen etwas lindern kann.«

Seufzend stand er auf, und als er sich streckte, sah sie abermals die Tätowierung, die ein Stückchen oberhalb von seiner Hüfte saß. Warum hatte sich ein Mann, der sich vor allem fürchtete, eine zusammengerollte Schlange in den Körper stechen lassen? Sie versuchte, ihren Blick von diesem Bild zu lösen, doch die weiße Haut an seinem Bauch, die sich von der schwarzen Tinte seiner Tätowierung abhob und viel weißer als die Haut in seinem Gesicht und an seinen Armen war, zog sie in den Bann. Sie versuchte, sich den Mann beim Sonnenbad an einem weißen Sandstrand vorzustellen, an dem die Palmen in der milden Brise rauschten. Doch nicht einmal in ihrer Fantasie konnte sie ihn sich still liegend vorstellen.

»Erzählen Sie mir Ihre Geschichte«, bat sie ihn. »Ich muss wissen, was es damit auf sich hat.«

Er hatte versucht, mit seinen Fragen von sich abzulenken, aber sie hatte ihn ausgetrickst. Wie viel sollte er Tilly verraten? Wie viel Wahrheit konnte er riskieren? Wie sollte er Worte finden, die sie nicht verschreckten? James hatte häufig das Gefühl, als wäre er in einem brennenden Gebäude eingesperrt, in dem niemand seine Schreie hören konnte. Aber Tilly bot ihm ihre Hilfe an.

Konnte er sie annehmen?

Sie hatte ihm vertraut. Könnte er ihr vielleicht ebenfalls vertrauen?

Er zupfte ein Stückchen Schorf von seinem Handgelenk und zuckte, als plötzlich etwas Blut aus der offenen Wunde sickerte, ruckartig mit der Hand zurück.

»Sie sind doch wohl nicht plötzlich schüchtern, James?«

»Ich bin einfach nicht gut darin, meine Gedanken auszusprechen. Vielleicht verrate ich dann nämlich zu viel.« Was eine beängstigende Vorstellung war.

»Und langweilen mich damit zu Tode? Sehen Sie sich doch mal um. Wir sind ganz allein mitten in einem Wald, und ich habe gerade nichts anderes zu tun, als Ihnen zuzuhören. Ich habe meiner Mutter und Isaac gesagt, dass ich Ihnen diesen Tag versprochen habe und sie deshalb zum Mittagessen nicht mit mir rechnen sollen.«

Sie hatte ihm den Tag versprochen. Trotzdem traute er sich nicht, sie anzublicken. Denn er wollte weder Mitgefühl noch Grauen in ihren Augen sehen. Doch das, was er in ihren Augen wirklich sehen wollte, würde er dort sicher nicht finden.

»Es ist nun mal nicht leicht, wenn vom Ergebnis einer Beichte derart viel für einen selber abhängt«, sagte er.

»Aber Sie haben doch schon einen Eindruck bei mir hinterlassen, und Sie sind bereits ein Freund. Der Rest ist nur das Sahnehäubchen, das bisher noch fehlt.«

»Das Sahnehäubchen?«, fragte er, doch obwohl er lachte, blickte er weiter vor sich auf den Boden. Denn wenn er ihr in die Augen sähe, würde er sie vielleicht küssen. Und dann würde sie sich garantiert von ihm zurückziehen.

»Ja. Manchmal ist es so süß, dass man es gar nicht essen kann. Und manchmal ist es gerade süß genug. Außerdem hab ich Ihnen eben was erzählt, was ich noch nie jemandem erzählt habe. Deshalb ist es jawohl nur gerecht, wenn auch Sie mir im Gegenzug etwas anvertrauen.«

»Ich wünschte, meine Zwangsstörung wäre tatsächlich nur das Sahnehäubchen. Nur, dass sie eine der Grundzutaten meines Lebens ist.«

»Würde es Ihnen leichter fallen, wenn wir uns bei dem Gespräch bewegen? Wenn Sie wollen, können wir auch weitergehen.« Sie fuchtelte mit dem Arm herum, als weise sie einen Jumbojet auf der Startbahn ein. »Oder zurück. Oder nach links oder nach rechts. Ganz, wie Sie wollen.«

Womit hatte er die Freundschaft dieser Frau verdient? Sie war ein Geschenk des Himmels, weil sie ihn einfach verstand. Eilig lief er los, denn die Alternative wäre schlimmer als ein Kuss. Sein Körper brannte vor Verlangen. Hier und jetzt. Deshalb durfte er sein Tempo nicht verlangsamen und sich vor allem nicht noch einmal zu ihr umdrehen.

Irgendwo im Unterholz hustete ein Fasan, doch James marschierte einfach weiter, und auch seine hektischen Gedanken überschlugen sich. Die Schatten wurden dunkler und die Vogelstimmen seltener. Tillys Nähe gab ihm Kraft, und er wusste, dass er gleich die Dinge würde sagen können, die ihm außerhalb der Praxen verschiedener Psychiater bisher nie über die Lippen gekommen waren. Trotzdem dauerte es noch fast zehn Minuten, bis er endlich sprach.

»Meine Zwangsstörung verursacht Ängste, obwohl es keine wirklichen Gefahren gibt. Sie bombardiert mich mit unerwünschten Gedanken und zwingt mich, Gefahren abzuwehren, die niemand anderer sieht. Der Grund mag aus der Luft gegriffen sein, aber das Gefühl der Angst ist echt.«

So viel zur Theorie, doch wo fing seine eigene Geschichte an? Sollte er mit seiner Mutter anfangen oder mit seinem Vater? Urplötzlich erinnerte sich James an den Campingausflug, den sein Vater gut ein halbes Jahr nach dem Tod der Mutter mit ihm unternommen hatte. Es hatte ein neuer Anfang werden sollen, hatte sich aber genau ins Gegenteil verkehrt.

»Ein Junge stolpert über einen verrotteten Baumstamm und fragt: ›Ist der giftig? Werde ich jetzt sterben?‹ Und sein Vater lacht und sagt: ›Ach, red doch keinen Unsinn, wie zum Teufel soll ein Baumstamm giftig sein?‹ Das Kind klammert sich an die beruhigenden Worte und sehnt sich nach weiterer Beruhigung, gerät dadurch aber in einen Strudel immer grässlicherer Ängste und ist irgendwann der festen Überzeugung, dass es wirklich sterben wird. Doch der Vater sieht auch weiter nur den Baumstamm, und am Schluss verliert er die Geduld und herrscht den Jungen an, dass er sich endlich zusammenreißen soll. Als das nicht funktioniert, droht er ihm Strafen an und setzt die Drohung irgendwann auch um. Wie lange, glauben Sie, hat es gedauert, bis der Junge seine Ängste internalisiert hat und sich diese in eine tickende Zeitbombe verwandelt haben?«

»Dieser Junge waren Sie«, stellte sie mit leiser Stimme fest.

Er schob mit dem Oberkörper einen Ast zur Seite, starrte aber weiter auf den Boden, und nachdem auch Tilly an dem

Ast vorbei war, übernahm er abermals die Führung und setzte den Weg in flottem Tempo fort.

»Ich war damals zehn Jahre alt und vor Trauer wie von Sinnen, aber nichts machte mir damals mehr Angst als die Stimme, die in meinem Kopf das Kommando übernommen hatte und mich zu absurden Dingen zwang.« Er stieß einen leisen Seufzer aus. »In der Schule schaffte ich es irgendwie, die Symptome zu verbergen, aber wenn ich dann nach Hause kam, bin ich förmlich explodiert. Das Abendessen wurde ein Fiasko, weil ich, wenn ich einmal mit dem Händewaschen anfing, ewig nicht mehr aus dem Badezimmer kam. Und wegen der unzähligen Rituale, zu denen mich die Stimme morgens nach dem Aufstehen zwang, habe ich andauernd den Bus verpasst.« Gott, wie sollte er all dieses Grauen in einem Satz zusammenfassen? »Ich bin mir nicht sicher, ob mein Vater diese Verluste, erst den seiner Frau und dann auch noch den meines Verstandes, je verkraftet hat.«

»Großer Gott«, entfuhr es Tilly. »Wie sind Sie beide bloß damit klargekommen?«

»Er hat mich immer angebrüllt oder bestraft und sich in den Alkohol geflüchtet, der ihm offenbar ein Minimum an Trost gespendet hat. Und ich habe mich auf alles gestürzt, was mir Entspannung bot – schnelle Motorräder, Drogen, Sex. Ich ging achtlos mit dem Leben um, aber aus irgendeinem Grund ist mir nie etwas passiert.«

»Warum wickeln Sie ständig Ihre Haare um den Finger? Das wollte ich die ganze Zeit schon fragen, nur hatte ich Angst, dass diese Frage vielleicht zu persönlich wäre. Tut mir leid, ich bin einfach neugierig.«

»Sie brauchen sich nicht zu entschuldigen. Schließlich kehren wir beide gerade unser Innerstes nach außen, und da wäre es wahrscheinlich ziemlich dämlich zu behaupten, diese lächerliche Kleinigkeit ginge Sie nichts an.« Mit jedem Satz entspannte er sich weiter. »Es ist ein Zwang. Meine Störung prophezeit mir fürchterliche Dinge, wenn ich mir nicht die Haare um die Finger wickle.«

»Was für fürchterliche Dinge?«

»Lauter irrationales Zeug.«

»Was zum Beispiel?«

»Dass Sie mich mit Krebs anstecken und ich daran sterbe. Das klingt doch wohl vollkommen verrückt.«

»Nein«, erklärte sie in einem Ton, der wie ein gleichmütiges Achselzucken klang. »Dann ist dieser Zwang also so etwas wie ein Schuss für einen Junkie, richtig?«

»Nach dem ich mindestens genauso süchtig bin.« *Geh weiter, James. Geh immer weiter geradeaus.* »Es fängt mit kleinen Ritualen an, die aber immer komplizierter werden, je stärker mich die Angst beherrscht. Wobei ich, wenn ich einen Fehler, einen einzigen, winzigen Fehler mache, noch mal ganz von vorn beginnen muss. Stellen Sie sich vor, wie das für einen Jungen ist, der sich mit seinen Hausaufgaben quält. Wie soll er die Aufgaben jemals erledigen, wenn er immer wieder alles überprüfen, irgendetwas ausradieren, von vorn anfangen muss?«

»Und wie haben Sie das geschafft?«

»Ich war ein Überflieger, der so gut wie nie geschlafen hat.« Verdammt, er hatte sich nicht umdrehen und sie ansehen wollen. Hatte sich bestimmt nicht nach ihr umdrehen und sie ansehen wollen. Aber als sie ihm zulächelte, war er doch froh, weil er ihr Lächeln sah.

Sie stemmte die Hände in die Hüften und blickte sich suchend um. »Ich glaube, wir haben uns verlaufen.«

»Nein, ich weiß noch, wo wir sind.« Er verschränkte die Hände im Genick und streckte sich. Bisher hatten seine Offenbarungen sie nicht im mindesten schockiert. »Es tut gut, mit Ihnen zu reden, Tilly. Vielen Dank.«

Ein Vogel zwischerte, und Tillys Magen meldete sich mit dumpfem Knurren. Allmächtiger, wie hatte er nur so gedankenlos sein können? Schließlich war die Mittagszeit inzwischen längst vorbei, und sie musste halb verhungert sein.

»Tut mir leid«, erklärte er. »Wenn die Rädchen in meinem Gehirn sich in Bewegung setzen, denke ich nicht mehr daran, dass sich andere nicht auf diesem Karussell mit mir drehen. Lassen Sie uns zurückgehen.«

»Gute Idee. Denn auf Brennnesseln habe ich keinen allzu großen Appetit.«

»Sie setzen Ihren Humor wirklich geschickt ein«, rief er ihr über die Schulter hinweg zu. »Lachen ist ein wichtiges Werkzeug, wenn man seine Angst bekämpfen will. Außer wenn man sich damit über mich lustig macht. Niemand macht Witze über ein gebrochenes Handgelenk, aber wenn man einen Löwenzahn nicht mit der bloßen Hand berühren will und deshalb ein Taschentuch benutzt, lachen einen die anderen gerne schon mal aus.«

»Wir haben Sie nicht ausgelacht, als wir zusammen Eis gegessen haben«, stellte Tilly richtig fest.

»Nein.« Er verlangsamte sein Tempo, bis sie bei ihm war. »Das haben Sie nicht.«

Zum ersten Mal seit Jahren spürte Tilly, wie es war, wenn man sich völlig auf jemand anderen verließ. Noch vor wenigen Minuten hatte sie gegen die in ihr aufsteigende Panik angekämpft, weil sie nicht mehr wusste, wo sie waren. James jedoch war zielstrebig vorangestapft, und sie war ihm einfach blind gefolgt.

Sie stellte ihn sich als kleinen Jungen vor, verdrängte dann aber das Bild des Kindes, das mit seiner Trauer ganz alleine war. Es war unglaublich, das, worum er schon seit Jahren kämpfte, war für sie soeben ein reines Kinderspiel gewesen: Sie hatte einen unschönen Gedanken mühelos verdrängt. James war wie ein Mensch ohne Gesichtsmuskeln, der sich auf eine Art von anderen unterschied, die für seine Umwelt unbegreiflich war.

Obwohl sie immer noch im Schatten gingen, nahm die mittägliche Hitze immer weiter zu. Tilly wollte unbedingt zum Kern seiner Geschichte vordringen und danach wieder in den Garten zurückkehren. Doch was war der Grund für ihre Ungeduld – ganz banal einfach nur ihr Hunger? Oder ahnte sie, dass das Projekt mit James ihr eine Pause oder eine Ablenkung von ihren eigenen Problemen bot, ähnlich dem Plaudern mit einem anderen Reisenden, während man nach einem Flug am Gepäckband wartete? Solche Gespräche waren oft sehr nett, überdauerten aber nur selten die paar Minuten, bis man seine Koffer vom Gepäckband auf den Wagen lud. Doch wenn einem jemand wichtig war, erforderte das Kennenlernen Zeit. Schließlich war ihr selbst bei David erst in der letzten Woche seines Lebens aufgefallen, dass er beim Lesen den Mund lautlos bewegte.

Mit belegter Stimme bemerkte sie: »Eine Zwangsstörung muss doch die Hölle für eine Beziehung sein.«

Nach kurzem Zögern sagte er: »Vielleicht sollten Sie Rowena sagen, dass ich ihren Werkzeugschuppen aufgeräumt habe.«

Nun, mit dieser Antwort hatte Tilly nicht gerechnet.

Weil es eigentlich gar keine Antwort war. »Sie hat gar keinen Werkzeugschuppen.«

»Doch, jetzt schon.«

Sie musste einfach lachen. »Dann sind Sie also wirklich eine Jungfrau. Und zwar eine hundertfünfzigprozentige.«

»Sind Sie denn auch Jungfrau?«

»Meine Güte, nein. Ich bin alles andere als ein Organisationsgenie. Was Ihnen doch inzwischen sicher aufgefallen ist. Nein, Sebastian ist auch Jungfrau und geradezu zwanghaft ordentlich. Sogar in der Schule war sein Spind immer total aufgeräumt. Und wenn man sich einen Kugelschreiber von ihm ausgeliehen hat und er hinterher nicht wieder an genau derselben Stelle lag …« Sie fuhr sich mit dem Zeigefinger quer über den Hals und machte dazu ein gurgelndes Geräusch.

James streckte den Arm nach hinten aus, wie um ihre Hand zu nehmen, und sie hätte beinah einen Freudensprung gemacht und das Angebot angenommen. Aber dann tauchte seine Hand in seiner Hosentasche ab. *Oh.* Wahrscheinlich hatte sich der arme Mann nur wieder mal gestreckt, oder vielleicht litt sie vor lauter Hunger und vor Hitze schon unter Halluzinationen. Ganz eindeutig hielt er nichts vom Händchenhalten. Tilly seufzte, denn die täglichen Berührungen, die Teil eines gemeinsamen Lebens waren, fehlten ihr einfach.

James wirbelte zu ihr herum, und sie machte erschrocken einen Satz zurück. »Und Sebastian ist nur eine alte Jugendliebe, weiter nichts?«

Warum musste James ihr eine solche Frage stellen, die sie in die Bredouille brachte?

»Ich weiß nicht.« Eilig wandte sie sich ab, und nur eine

Armada winziger Gewittertierchen sah die Röte, die ihr bei der Antwort ins Gesicht gestiegen war.

»Und wie steht's mit irgendwelchen Frauen?«, stellte sie die Gegenfrage.

»Mit was für Frauen?« Er sah sie grinsend an.

»Na, Sie wissen schon«, erklärte sie ihm in dem gutgelaunten Ton, hinter dem sie immer ihre Aufregung oder Verlegenheit verbarg. »Partnerinnen, Geliebte. Frauen – oder Männer, falls Sie eher auf Männer stehen.«

»Nein, ich stehe nicht auf Männer, tut mir leid. Ich bin ein langweiliger Hetero. Wobei es in meinem Leben jede Menge oder eher viel zu viele Frauen gab.« Seine Miene wurde ernst, und Seite an Seite setzten sie den Weg zurück in Richtung Waldrand fort. »Eine Beziehung anzufangen war nie ein Problem für mich. Sie aufrechtzuerhalten war erheblich schwerer, und zwar nicht nur wegen meines zwanghaften Verhaltens, sondern auch oder vor allem wegen einer Eigenschaft, die mir schon mein Vater immer vorgehalten hat. Nämlich, dass ich furchtbar egozentrisch bin.«

»Nicht, weil Sie ein Workaholic sind? Der sogar ein eigenes Internet-Imperium errichtet hat?«

»Nein, das war das reinste Kinderspiel für mich. Weil ich der typische Überflieger bin, der nie wirklich mit sich zufrieden ist. Und wenn man einmal in Bewegung ist und die anderen hinter sich zurückgelassen hat, läuft man immer weiter, weil man einfach nicht mehr aufhören kann.« Sprach er von sich selbst oder wollte er sie warnen? Sein Gesicht verriet es nicht. »Aber ich bin fest entschlossen, das zu ändern. Weshalb dieser Garten mir so wichtig ist.«

»Wie soll Ihnen ein Garten dabei helfen?« Tillys Stimme klang leicht angespannt. Aber schließlich hatte sie auch das

Gefühl, als schleiche sie sich heimlich an ein seltenes Wesen an, das leicht zu erschrecken war.

»Ich habe gelesen, dass man sich im Rahmen einer Konfrontationstherapie seinen Ängsten stellen muss«, erklärte er. »Wobei man mit der kleinsten Angst beginnen soll. Nur, dass das bei mir leider nicht funktioniert. Weil ich immer gleich aufs Ganze gehen muss.« Nach kurzem Zögern fügte er hinzu: »Gartenarbeit ist der Hauptauslöser meiner Obsession. Sie ist der Schlüssel zu allem, was mir zu schaffen macht.«

»Ich möchte Ihnen sicher nicht zu nahe treten, aber Gartenarbeit ist ziemlich ungefährlich.« Tilly glitt mit den Fingerspitzen über die samtigen Blüten eines Fingerhuts, der einsam und allein inmitten der Farne stand. Sie hatte Wildblumen bereits als kleines Kind geliebt, und ihrer Meinung nach war der neunte Kreis der Hölle für Wildblumenpflücker reserviert. Wie hatte ihr Vater immer so treffend gesagt? Schnittblumen lächeln, doch Blumen in der Erde lachen laut.

»Wie kann man sich überhaupt vor Gartenarbeit fürchten?«

»Es gibt keine Logik bei einer Zwangsstörung, Tilly«, klärte James sie mit tonloser Stimme auf. Es war ihm deutlich anzuhören, dass ihm langsam die Geduld ausging. »Man besiegt die eine Angst … nur damit einem die nächste direkt vor der Nase explodiert. Ich habe einen bösartigen Angstknoten in meinem Inneren, der nur darauf wartet, sich an alles dranzuhängen. Wenn ich irgendwo an einer Rinde Schimmel sehe, sagt mir meine Stimme, dass es Anthrax ist. Wenn ich eine Sirene höre, sagt mir meine Stimme, dass der Dritte Weltkrieg ausgebrochen ist. Wenn ich einen

Garten sehe, sagt sie, ich bekomme Krebs.« Er trat auf einen Zweig, der knackend brach. »Dann sehe ich immer meine Mutter vor mir, wie sie hektisch in der Erde buddelt, während mein Vater mir erklärt, dass sie bald sterben wird. Und als sie immer kränker wird und ihr Garten allmählich verwildert, spüre ich den Krebs, der in der Erde wächst, um nicht nur ihr, sondern auch unser Leben zu zerstören. Die allergrößte Angst habe ich vor Erde, Tilly. Ich bin fünfundvierzig Jahre alt und fürchte mich vor jedem bisschen Dreck.«

Er sah sie mit einem unsicheren Lächeln an. *Er prüft, wie ich reagiere*, dachte sie, *genau wie Isaac, wenn er sich danach sehnt, dass ich mit ihm zufrieden bin.*

»Ich bin Gärtnerin und habe Angst vor Würmern. Lächerlicher geht's ja wohl nicht mehr.«

Mit einem Seufzer der Erleichterung griff er den Faden wieder auf. »Ich dachte, ich hätte es geschafft, den Kreislauf meiner Ängste zu durchbrechen. Ich ging auf Distanz zu meinem Vater, fing mit Yoga an, stürzte mich in meine Arbeit und lief so vor meiner Angst davon.«

»Aber irgendwas hat dieses Gleichgewicht gestört, nicht wahr?« Oh verdammt, wo sollte das noch für sie enden?

Er nickte. »Vor anderthalb Jahren starb mein Vater. Wir waren uns im Verlauf der Jahre ziemlich fremd geworden, aber trotzdem hat sein Tod all diese Themen wieder aufgewühlt, denen ich mich jetzt endlich stellen muss. Denn mittlerweile wird mein Hirn erneut überschwemmt von Bildern der schmutzigen Fingernägel meiner Mutter, von der Erde, die sie von den Kartoffeln abgewaschen, aber auch aus dem Garten mit ins Haus geschleppt hat. Und diese Erde war für ihre Erkrankung und ihren Tod verantwortlich.« Er starrte seine Hände an, als wären sie Verräter, dann hob er sie hoch zum Kopf und zog an seinen Haaren. »Die kognitive Verhaltenstherapie hat mir zwar geholfen, nur dass dabei alles einfach viel zu langsam geht.«

»Und wie steht es mit Medikamenten?«

»Es gibt kein Mittel gegen meine Störung, Tilly. SSRI und Antidepressiva können meine Angstgefühle dämpfen, aber nicht, wenn man sie nicht verträgt.«

»Und inwiefern vertragen Sie sie nicht?«

»Ich werde davon hyperaktiv«, fuhr er sie an, bevor er eilig weiterlief.

Ein Stück vor ihnen schien helles Sonnenlicht in den dichten Wald herein. James hatte sie also wirklich geradewegs zurück zum Tor am Waldrand geführt.

»Und weshalb hat Sie das alles irgendwann zu mir geführt?«

»An der Universität in Durham führt man klinische Studien zur Konfrontationstherapie durch. Ich habe meine Firma, meine Wohnung in Chicago und den Hof verkauft und bin nach Carolina umgezogen, um an diesen Studien teilzunehmen. Unglücklicherweise wurde der Beginn um ein paar Monate verschoben, und da ich nun einmal ziemlich ungeduldig bin, habe ich selber einen Plan für mich entwickelt. Einen Plan, in dem Sie eine Rolle spielen. Ursprünglich hatte ich nur vor, Ihnen bei der Arbeit zuzusehen und es dann selber mal zu versuchen, wenn mich niemand dabei sieht. Nur dass das, was Sie mir vorgeschlagen haben, noch viel besser ist.« Er sah sie mit einem beinahe scheuen Lächeln an. »Glauben Sie an Schicksal, Matilda Rose?«

Sie fühlte sich wie von der Vergangenheit gestreift und wäre am liebsten durchs Tor hinausgerannt, fort von diesem

Mann, der ihr mit seinen Fragen viel zu nahe kam. Außer ihrem Vater hatte niemand je Matilda Rose zu ihr gesagt.

»Woher kennen Sie meinen vollen Namen?« War er vielleicht doch ein Stalker?

»Aus dem Taufregister. Ich habe gestern noch einen Abendspaziergang gemacht und dabei festgestellt, dass die Tür der Kirche offen stand. Das hat mich ziemlich überrascht – ich war nämlich fest überzeugt, dass sie nachts verschlossen ist.«

»Das sollte sie auch sein.« Sie marschierte Richtung Tor, doch James war vor ihr da und hielt es höflich für sie auf.

»Sie haben meine Frage noch nicht beantwortet. Glauben Sie an Schicksal?«, wiederholte er.

Schon wieder hatte er eine ihrer Schwachstellen erwischt. Denn früher hatte sie daran geglaubt, genau wie an die Ewigkeit. Wie hätte sie sich sonst erklären sollen, dass sie David überhaupt jemals begegnet war? Aber wenn sie mit James über Schicksal spräche, würde das die Balance zwischen ihr und ihm verändern. Weil Schicksal ein Wort mit einer ernsthaften Bedeutung war. Es war, als sähe sie irgendwo im Garten eine schwarze Schlange – die zwar harmlos, aber trotzdem eine Schlange war. Danach bliebe ihr vermutlich ständig im Bewusstsein, dass die Schlange sicherlich noch in der Nähe lauerte, und sie würde sich den restlichen Sommer stets ängstlich umschauen, sobald sie in den Garten hinausginge.

»Ich möchte einfach glauben, dass Menschen, die einander brauchen, sich auch finden.« Sie sah in ein Augenpaar, das im Halbdunkel des Waldes lohfarben leuchtete, mit goldenen Einsprengseln wie ein mit Glimmer durchsetzter Stein. »Und ich möchte glauben, dass man sich in das Leben eines anderen Menschen einfühlen und es dadurch für beide reicher machen kann.« Und wenn nicht, was hatte sie schon zu verlieren? Vierzehn Tage, eine sehr begrenzte Zeit. Im Vergleich zu einem ganzen Leben kaum mehr als ein Schluckauf.

»Sagen Sie mir, was ich wissen muss, falls Sie eine Zehn erreichen«, bat sie, und er sah sie grinsend an.

Bei einem echten Lächeln machte er eine vollkommene Verwandlung durch, und all seine rauen Kanten wurden plötzlich weich und glatt. Mit einem Mal hätte sie liebend gerne sein Gesicht berührt.

»Hatte Isaac früher manchmal Alpträume? Als er noch kleiner war?«

Sie nickte. »Ab und zu.«

»Und was haben Sie dann gemacht?«

»Ich habe ihn zurück ins Bett gebracht und mich dort auf den Fußboden gelegt, bist er wieder eingeschlafen war.«

»Dann wissen Sie schon, was Sie machen müssen. Denn sobald ich anfange, mich hochzuschaukeln, bleibt Ihnen nichts anderes übrig, als abzuwarten, bis der Sturm vorübergeht. Tut mir leid. Das können Sie gerade jetzt sicher nicht gebrauchen, oder?«

»Ich habe meinen Mann verloren, als ich gerade einmal vierunddreißig war. Mit einer gelegentlichen starken Windbö komme ich also bestimmt zurecht.«

James machte einen Schritt zurück, als Tilly in den engen Durchgang trat. Sie war nun nicht mehr im Wald, aber auch noch nicht wieder im Park von Bramwell Hall. Kurzfristig befand sie sich also in einer Art von Niemandsland.

»Aber eine positive Seite hat es, wenn man eine Zehn erreicht«, erklärte James. »Einen derart hohen Angstlevel hält der Körper immer nur ein paar Minuten aus.«

»Na wunderbar. Erinnern Sie mich daran, wenn wir beide in der Hölle schmoren. Was, wenn wir die Buddelei erst mal vergessen und stattdessen die Bäume und die Büsche stutzen, was die Lieblingsaufgabe von Ordnungsfreaks im Garten ist? Manche Gärtner würden sagen, dass man Bäume immer nur im Frühjahr stutzen soll, andere schwören hingegen auf den Herbst. Was beides vollkommener Schwachsinn ist. Weil man dann stutzt, wenn man eine scharfe Schere hat. Wollen Sie es mal versuchen?«

»Der Gedanke ist erschreckend, aber einen Versuch ist es auf alle Fälle wert.« Er streckte eine Hand aus, und sie konnten beide sehen, dass sie heftig zitterte. »Ich habe Ihnen mein schlimmstes Geheimnis offenbart, und trotzdem sind Sie immer noch nicht abgehauen, Matilda Rose. Warum tun Sie sich das an?«

Tilly starrte auf den Stacheldrahtzaun, der die Schafweide umgab. Ein kleines Wollknäuel hatte sich darin verfangen und wehte jetzt zitternd in der sommerlichen Brise hin und her. »Nach dem Tod von meinem Mann haben Isaac und ich täglich stundenlang draußen herumgewerkelt. Irgendwann habe ich ihn gefragt: ›Was hältst du davon, wenn wir diesen Salbei in verschiedene Töpfe pflanzen und ihn auf dem Bauernmarkt verkaufen? Das wäre doch sicherlich ein Riesenspaß.‹ Mein Hobby war also erst meine Rettung, und am Ende habe ich sogar mein Geld damit verdient. Die Gartenarbeit hat mich damals vor dem Durchdrehen bewahrt.«

»Und mich hat sie verrückt gemacht.« Er folgte ihr durch das Tor.

»Genau. Und etwas Traurigeres habe ich noch nie gehört.«

16

»Ich habe das Paradies gefunden«, stöhnte sie, als ihr James mit den Händen über den Rücken strich, ihr mit dem Ellbogen den Strohhut von den Haaren stieß und mit den Fingerspitzen an ihrer Wirbelsäule entlangfuhr. Hätten seine Hände sie nicht festgehalten, wäre sie vor lauter Seligkeit auf Lady Roxtons Bank dahingeschmolzen. Seine Finger krochen über ihr Genick zu ihrem Haaransatz und kneteten ihre Kopfhaut so sanft und langsam, dass ihre Nervenenden kribbelten.

»Woher kannst du so gut massieren?«, fragte sie.

»Ich achte einfach darauf, was sich gut anfühlt.« James beugte sich über die Rücklehne der Bank, und sie roch den säuerlichen Duft seines Schweißes. Sie hatten fast zwei Stunden lang in der brütenden Nachmittagshitze Gartenabfälle verbrannt, deswegen fühlte sie selbst sich auch völlig verschwitzt, was ihn jedoch nicht im mindesten zu stören schien. Denn er beugte sich noch dichter über sie. »Dein Paradies nennt man in Fachkreisen die Heiratsantrags-Streichelei.«

»Auf die man einfach nur mit Ja antworten kann«, erklärte Tilly und verkrampfte sich. *Verflixt.* Flirtete sie etwa mit dem Mann? Und was noch viel schlimmer wäre, dachte er vielleicht, dass sie mit ihm flirtete? Im Umgang mit Männern hatte sie ganz einfach keine Übung mehr, und wahrscheinlich wäre es leichter, ohne Licht und mit zwei platten Reifen während eines Gewitters bei Nacht über die Landstraße zu fahren, als zu verstehen, was zwischen ihr und James gerade passierte.

Er ließ sich neben sie fallen und streckte die Glieder. Wie konnte ein Mann, in dessen Geist und Psyche permanent die schwersten Kämpfe tobten, in Bezug auf seinen Körper so gelassen sein? Himmel, jedes Mal, wenn er sich streckte, bekam Tilly eine Gänsehaut. Waren seine geschmeidigen Bewegungen die Folge jahrelanger Yogapraxis? Es war einfach erstaunlich, dass er jeden Morgen mit geschlossenen Augen und nacktem Oberkörper einen Kopfstand machen und dabei so ruhig wie eine Statue bleiben konnte. Durch den Kopfstand kam sein Gehirn ins Gleichgewicht, hatte er ihr erklärt. Und vor allem kamen seine Bauchmuskeln bei dieser Übung vorteilhaft zur Geltung, hatte ihre Freundin grinsend hinzugefügt.

Ein dumpfes Grollen drang aus seiner Kehle. Und Tilly hatte dasselbe seltsame Gefühl, wie wenn bei einem Gewitter der Geruch von Ozon durch ihren Wald und Garten zog – die mit Händen greifbare Präsenz der ungezügelten Energie, die sie umgab.

»Habe ich dich nicht davor gewarnt, dass Gartenarbeit eine anstrengende Sportart ist?« Sie versuchte, sich zu rühren, aber die Muskeln in ihrem unteren Rücken waren blockiert. »Denk an das Vermögen, das du sparen kannst, weil du nicht mehr ins Fitnessstudio musst.«

»Auf jeden Fall.«

Hoch über ihren Köpfen stießen ein paar Dohlen ihr spöttisches Gelächter aus.

Tilly zuckte zusammen, als es in ihrem rechten Schulterblatt immer stärker pochte. Sie hatte es wieder einmal übertrieben und müsste wahrscheinlich einen Teil des Abends opfern, um sich rücklings und mit einer Wärmflasche im Kreuz auf den Fußboden zu legen und die Beine in die Luft zu strecken, bis sie wieder annähernd beweglich war. Aber es hatte sich gelohnt. Denn die mehrjährigen Pflanzen in der weißen Rabatte hatten endlich wieder Luft zum Atmen. Derzeit wirkte das Beet zwar noch viel zu ordentlich, wie ein zurechtgestutzter Rassehund, aber im Verlauf des Sommers würden sich die Pflanzen immer weiter ausbreiten, und dann nähme der Garten seinen ureigenen Charakter an. *Das haben wir wirklich sauber hingekriegt.* Vielleicht hatte Sari mit dem Vorschlag, sie sollte neben dem Verkauf von Pflanzen auch noch Gärten anlegen, recht gehabt. Obwohl Tillys Talent anscheinend weniger der Neuanlage als vielmehr der Rettung vernachlässigter Gärten galt. Professionelle Gartenrettung, ja, das wäre was.

Wenn James Ende nächster Woche zurück in die Staaten flöge, würde sie allein beenden, was sie angefangen hatten. Ein Gefühl von Traurigkeit stieg in ihr auf. Innerhalb von nur sechs Tagen hatte sich zwischen ihr und James eine gewisse Routine eingestellt, die ihr fehlen würde, ebenso wie er. Wenn auch vielleicht nicht sein zwanghaftes Bedürfnis, alle paar Minuten nachzusehen, ob der Scheiterhaufen, auf dem ihre Gartenabfälle verkohlten, noch unter Kontrolle war. Allerdings, auch das würde ihr fehlen. Genau wie die Art, in der er Büsche schnitt. Mit gespreizten Beinen, ruhigem Atem und zwischen den Zähnen eingeklemmter Unterlippe. Er schnitt nur vom Weg aus – denn er weigerte sich rundheraus, eins der Beete zu betreten. Dennoch war seine Spiräe die erste symmetrisch gestutzte Spiräe, die sie je gesehen hatte. Auch wenn ihr selber Pflanzen, die so wuchsen, wie sie wollten, etwas lieber waren.

Langsam, um ihren Rücken nicht zu belasten, beugte sie sich vor und brach einen Zweig Quendel ab. »Montagmorgen fangen wir mit dem Zurückschneiden der mehrjährigen Pflanzen an. Dann wachsen sie viel dichter nach.« Sie zerrieb den Quendel zwischen den Fingern und sog den Zitrusduft begierig ein. »Hier, riech mal.«

James umfasste ihre Hand und hob sie vor sein Gesicht, als böte sie ihm Wasser daraus an. Seine Hände waren ruhig und sein Atem warm, aber er bewegte leicht den Kopf, wie um ihn auf ihren Fingern abzulegen, und seine Bartstoppeln kratzten an ihrer Haut. Unwillkürlich fuhr sie zusammen, und sofort zog er den Kopf zurück.

»Riecht wie Thymian«, erklärte er, als wäre nichts geschehen. Und vielleicht war das auch so.

Sie stieß einen Seufzer aus. »Genau. Ich denke, du solltest mit einem Kräutergarten anfangen, wenn du nach Hause kommst.«

»Gute Idee.« Als er ihr zuzwinkerte, bemerkte sie, dass seine schwarzen Wimpern viel zu lang und zu schön waren für einen Mann. »Auch wenn das noch eine Weile dauern wird.«

Was hatte er jetzt schon wieder vor? Und warum hatte sie das nagende Gefühl, dass sie der Grund für eine Änderung seiner Pläne war?

»Ich habe mein Rückflugticket umgetauscht.« Er warf sich das lange Haar über die Schultern. »Bei deinem Termin im Krankenhaus wirst du das Ergebnis nicht sofort bekommen, deshalb bleibe ich, bis du es erfährst. Was hast du deiner Mutter und Isaac erzählt, wo du nächsten Freitag bist?«

Damit hatte er den Zauber ihrer gemeinsam vollbrachten Gartenarbeit gebrochen und Tilly den Tag verdorben. Sie hatte James erzählt, dass sie am Morgen den Termin bekommen hatte, dann aber den Gedanken an die Untersuchung erst einmal verdrängt. Doch zu so etwas war er einfach nicht in der Lage. Nein, er musste sich immer in jedes Detail einmischen, ob sie selbst das wollte oder nicht.

Sie blickte auf den modrigen, mit Algen übersäten kleinen Teich, hinter dem ein derzeit nicht wasserspeiender Engel mit ausgebreiteten Armen stand, als wollte er ihr sagen: »Das ist alles, was ich noch zu bieten habe. Eine stinkende Kloake voller Algenschleim und Mückenlarven.«

»Ich habe ihnen mal wieder eine Lüge aufgetischt.« Sie tastete nach dem Brief der Klinik, der in ihrer Hosentasche steckte, und bohrte die Zehen in den Kies. »Dass wir eine besondere Gärtnerei besuchen. Obwohl ich vor lauter Schuldgefühlen wahrscheinlich bald jede Menge Pickel kriege.«

»Gewissenspickel?« James sah sie mit sanftem Lächeln an.

»Isaac hat mir vorgeworfen, ich wäre gemein, weil ich ihn nicht mitnehme. So etwas hat er noch nie zu mir gesagt.«

»Warte, bis er sechzehn ist und schwört, dass er dich bis ans Lebensende hassen wird.« James stand auf, faltete die Hände hinter dem Rücken und beugte sich langsam vor.

Hastig wandte sie sich ab.

»Ich werde zum Ausgleich was mit Isaac unternehmen«, fuhr er fort. »Aber du musst ihn ablenken, wenn er von mir etwas Genaueres über unseren Ausflug wissen will. Weil ich einfach ein schlechter Lügner bin.«

»Liegt das an deiner Störung?« Tilly bedachte ihn mit einem faszinierten Blick.

Er massierte sich das Kreuz und erklärte ruhig: »Ich bin einfach zwanghaft ehrlich, ja.«

»Wirklich?« Was für eine fantastische Information. Zu fantastisch, um sie nicht zu nutzen. »Und, wie sieht's mit deinem Liebesleben aus?«

Die Welt um sie herum war so ruhig und still wie ihr Wald in Carolina, wenn der Schnee in dicken Flocken auf die Bäume fiel.

Himmel noch mal, wie konnte ich so etwas fragen? Tilly packte ihren breitkrempigen Strohhut und setzte ihn sich eilig wieder auf, in der Hoffnung, dass ihr puterroter Kopf auf diese Weise nicht zu sehen wäre. »Das war völlig daneben. Es gibt keine Entschuldigung dafür, dass ich so, so … es ist einfach so, dass ich mich, wenn wir zusammen sind … na, du weißt schon … einfach wohl fühle und das Gefühl habe, dass ich einfach alles sagen kann … das heißt, nicht alles.« Sie schüttelte unglücklich den Kopf. »Weißt du, du könntest mir ruhig ein wenig helfen. Sag doch einfach auch mal was.«

»Ich nehme es als Kompliment, dass dich das interessiert.« Er zog die Brauen hoch. »Obwohl ich nicht die Absicht habe, deine Frage zu beantworten.«

»Siehst du? Deshalb will ich keine direkten Kunden haben. Ich freunde mich einfach zu schnell mit anderen Menschen an, und dann stelle ich Fragen, die viel zu persönlich sind.« Warum hatte sie nur das Gefühl, sie hätte sich total lächerlich gemacht? Die meisten Männer, die sie kannte, würden die Gelegenheit, mit ihrem Sexualleben zu prahlen, nutzen, aber nie auch nur mit einem Wort enthüllen, wie es um ihre Gefühle stand. Nur bei James war das genaue Gegenteil der Fall. Trotzdem war es seltsam. Manchmal hatte Tilly das Gefühl, ihn in- und auswendig zu kennen, doch es gab auch Augenblicke – so wie jetzt –, in denen er ein völlig Fremder für sie war.

»Vielleicht kann ich es wiedergutmachen, indem ich eine ganz banale Frage stelle«, sagte sie. »Was hast du für Hobbys?«

Wieder hob er die Brauen.

»Abgesehen vom Kochen.«

»Inline-Skating.«

Ihr klappte die Kinnlade herunter, und sie starrte ihn mit großen Augen an. Sollte das ein Witz sein? Dieser Kerl, der Angst vor allem hatte, ging in seiner Freizeit einem lebensgefährlichen Hobby nach? Für kein Geld der Welt würde sie jemals Schuhe mit Rollen unter den Sohlen anziehen!

»Ich liebe Geschwindigkeit«, klärte er sie achselzuckend auf. »Du anscheinend nicht.«

»Ich habe eine Heidenangst vor allem, was rollt. Mein Gleichgewichtssinn ist nämlich nicht allzu gut ausgeprägt. Und vor allem habe ich, als ich so alt war wie Isaac, mal einen Purzelbaum über den Fahrradlenker gemacht.« Ihr Gesicht war von dem Sturz derart geschwollen gewesen, dass sie wochenlang nicht richtig kauen konnte und sich wegen ihrer unzähligen Prellungen nachts stöhnend in ihrem Bett gewälzt hatte. »Das hat entsetzlich weh getan. Und wenn ich Schmerzen habe, prägen die sich mir für alle Zeiten ein.«

»Das hatte ich mir schon gedacht. Aber wie dem auch sei, es ist ermutigend zu hören, dass du nicht nur Angst vor Würmern hast.« Er bückte sich, um seinen rechten Turnschuh richtig zuzubinden, obwohl er bereits mit einer makellosen Doppelschleife zugebunden war. »Wovor hast du die größte Angst?«, erkundigte er sich. »Vor dem Sterben?«

»Nein. Davor, zu sterben und mein Kind alleinzulassen.« Sie schlug sich mit der flachen Hand gegen die Stirn. »Verdammt. Ich möchte wirklich nicht darüber nachdenken. Also zwing mich bitte nicht dazu.«

Seine mahagonibraunen Haare, die ihm ins Gesicht fielen, waren inzwischen beinah lang genug für einen Pferdeschwanz. Bisher wiesen sie nicht eine graue Strähne auf. Als junger Mann war er bestimmt ein echter Mädchenschwarm gewesen. Wenn auch sicher nicht so sexy, wie er jetzt mit fünfundvierzig war.

Sie kratzte etwas Dreck unter ihrem Fingernagel hervor.

»Du musst dich in den nächsten Tagen einfach ablenken und deine Angst verdrängen.« Seine Augen funkelten, und Tilly wollte gar nicht wissen, von was für einer Form der Ablenkung er sprach. »Das bringt mich wieder auf die Inline-Skates.«

»Oh nein, auf keinen Fall. Ich brauche weniger Stress im Leben und nicht mehr. Und bis du das Thema angesprochen hast, war ich abgelenkt genug. Na, vielen Dank.«

»Gern geschehen. Sieh es einfach als Teil deiner Konfrontationstherapie an.«

»Das war ziemlich billig.«

»Wie wäre es mit einem Deal?« Er richtete sich wieder auf. »Wenn ich Rowenas Kräutergarten ganz allein wieder in Schuss bringe, fährst du mit mir Inline-Skates. Die alte Straße hinter Bramwell Hall ist dafür perfekt geeignet. Rundherum perfekt.«

»Sie ist voller Schlaglöcher. Und deshalb alles, alles, alles andere als perfekt.«

Plötzlich sah sie vor ihrem geistigen Auge, wie sich James mit einer Geliebten stritt, die Tür hinter sich zuwarf, dann aber wieder ins Zimmer stürzte, sich entschuldigte und es unglaublichen Versöhnungssex zwischen ihm und seiner Freundin gab. Na super, war sie jetzt vielleicht auch noch eine Voyeurin? Oder vielleicht eher pervers?

»Die Schlaglöcher sind ganz am Ende.« Einer seiner Mundwinkel deutete ein Lächeln an.

Verflixt und zugenäht. Er sah viel zu selbstzufrieden aus. »Und woher weißt du das?«

»Weil ich dort jeden Morgen ein paar Runden drehe.« Er zog seine Sonnenbrille aus dem V-Ausschnitt seines T-Shirts und setzte sie auf. »Denn ich habe meine Inliner überall mit dabei.« Sein Lächeln wurde breiter. Sie war mit ihrem Latein am Ende, und das wusste er.

Sie stand auf, kam sich aber im Vergleich zu diesem hünenhaften Kerl wie eine Zwergin vor. »Du verreist mit deinen Inlinern? Packst du sie in deinen Koffer, oder was? Dir ist ja wohl klar, dass das ein bisschen seltsam ist. Ich meine, ich habe nichts dagegen, wenn jemand ein bisschen seltsam ist ... denn das ist gut oder sogar hervorragend, aber – was ist los?«

James starrte wie gebannt auf einen Haufen Schutt neben dem Rhabarberbusch. Schweigend schob er Tilly hinter sich und hielt sie fest.

»Hey, was zum ...«

»Habe ich mir's doch gedacht«, flüsterte er. »Da ist eine Kreuzotter.«

»Eine was?« Tilly lugte unter seinem Arm hindurch und musste schlucken, als ihr Blick auf etwas fiel, was dem Muster auf dem Rücken eines Kupferkopfs erschreckend ähnlich sah.

»Als Kind war ich von Schlangen geradezu besessen. Aber auf eine positive Art. Ich habe Schlangen immer schon geliebt.«

»Wie schön für dich. Mir machen diese Viecher eine Heidenangst. Was glaubst du wohl, warum ich keine Würmer mag?« Dann ging seine Tätowierung also auf eine jungenhafte Begeisterung zurück? Schlangen und Inline-Skates. Unfassbar. Tilly suchte immer noch nach einem gemeinsamen Nenner mit dem Mann, aber anscheinend gab es außer ihrer Trauer nichts, was sie beide verband.

»Liegt Isaac noch mit seinem Comic auf dem Rasen?« James stieß sie vorsichtig an. »Los, hol ihn. Ich behalte die Kreuzotter so lange im Auge.«

»Ich bringe mein Kind bestimmt nicht in die Nähe einer Giftschlange.«

»Ich weiß, was ich tue, Tilly. Du kannst mir vertrauen.« Er drehte den Kopf nach links und rechts und unterzog die Schlange einer eingehenden Musterung. »Wenn du nicht eine echte Schönheit bist …«

So, wie er es sagte, klang es total einfach. *Du kannst mir vertrauen.* Nur dass Vertrauen wie Treibsand war. Man brauchte nur einen Schritt zu weit zu gehen, dann war man verloren. Und in diesem Fall nicht nur sie selbst, sondern auch ihr Kind. Es könnte gefährlich werden, wenn sie die Kontrolle über Isaacs Sicherheit plötzlich einem praktisch Fremden überließ. Und ein solches Wagnis ginge sie bestimmt nicht ein, auch wenn sie schon auf halbem Weg in Richtung ihres Sohnes war.

»Du hast gesagt, dass es in England keine giftigen Schlangen gibt, Mom. Als du den Kupferkopf gefunden hast. Da hast du gesagt, wenn wir in England leben würden, bräuchten wir uns keine Gedanken darüber zu machen, dass dort irgendetwas giftig ist.« Isaac stemmte die Hände in die Hüften und blickte aus zornblitzenden Augen zu ihr auf. Seit wann war er so widerspenstig? Ahmte er möglicherweise Archie nach, oder hatte er etwas gegen James?

»Das habe ich gesagt? Tut mir leid.« Sie hätte wissen sollen, dass es nur Unglück brachte, wenn sie ihren Sohn belog. Und wenn sie sich nicht vorsah, deckte er vielleicht auch noch ihre größte Lüge auf und fand heraus, dass sie am nächsten Freitag nicht in eine Gärtnerei, sondern in eine Klinik fuhr.

»Ist sie tot?« Isaac wollte auf die Schlange zugehen, aber James streckte den Arm wie eine Schutzstange zur Seite aus und hielt ihn so zurück.

»Sie sonnt sich nur.« James ging in die Hocke, damit er auf Augenhöhe mit dem Jungen war. »Möchtest du mir dabei helfen, sie woanders hinzubringen?«

»Auf gar keinen Fall!«, schrie Tilly. »Schließlich sind wir hier nicht bei den Pfadfindern.«

»Darf ich ihm helfen? Bitte, Mom.« Große Haddington-Augen brachten ihren Widerstand zum Schmelzen.

»Ich weiß, was ich tue«, wiederholte James. »Als Teenager habe ich im Sommer oft für einen Schlangenexperten gearbeitet, der die Tiere aus Gärten und von Spielplätzen gerettet hat. Er hat mich gut ausgebildet. Oder sogar sehr gut. Denn bei diesem Job hatte ich sogar mit Wassermokassinschlangen zu tun.«

»Echt?« Isaac juchzte vor Begeisterung. »Sind die nicht *super*aggressiv?«

»Nicht, wenn man sie nicht reizt«, klärte James ihn lächelnd auf. »Diese Tiere werden völlig missverstanden. Wie einige von uns Menschen auch. Aber bevor wir irgendetwas unternehmen, muss dir eine Sache klar sein, Isaac.« Er legte ihm die Hände auf die Schultern und sah ihn eindringlich an. »Das, was ich gleich tue, darfst du selber niemals, wirklich niemals tun. Falls du eine Schlange findest – egal, was für eine –, lässt du sie in Ruhe. Hast du mich verstanden, Kumpel?«

Isaac nickte nachdrücklich.

»Gut. Denn wenn sie sich bedroht fühlt, kann selbst eine ungiftige Schlange einen eklig beißen.«

»Warum lassen wir die Schlange hier dann nicht auch einfach in Ruhe?«, fragte Isaac ihn in ehrfürchtigem Ton.

»Es ist alles andere als ideal für sie, in einem ummauerten Garten mit zwei Menschen eingesperrt zu sein, die mit ihrem Lärm die Tiere vertreiben, von denen sie sich ernährt. Und alleine kommt sie nicht hier weg, ohne dass sie sich in dem Kaninchendraht unter dem Tor verfängt. Außerdem sieht deine Mutter ziemlich panisch aus, und wenn wir diese Schlange nicht entsorgen, dürfte es das Ende meiner Gärtnerstunden sein.« James stand wieder auf. »Es wird Isaac nichts passieren, Tilly. So was habe ich schon sehr, sehr oft gemacht.«

»Du vielleicht. Aber Isaac nicht.«

»Nein, ich meine, ich habe so etwas schon oft zusammen mit einem Kind gemacht. Wenn auch nicht in letzter Zeit. Weil mein Sohn inzwischen siebenundzwanzig und ein erfolgreicher Umweltschützer ist. Obwohl er sich an das Versprechen, das er mir vor elf Jahren gegeben hat, noch immer hält – mich zu hassen. Wir Nealys sind einfach entsetzlich stur.«

Worte schossen ihr durch den Kopf, aber einen ganzen Satz brachte sie daraus nicht zustande. Deshalb sagte Tilly nur: »Verdammte Hacke.«

»Mom!« Isaac kicherte vergnügt.

»Das ist noch milde ausgedrückt«, stimmte James ihr unbekümmert zu. »Dasselbe kann man sagen, wenn man mit achtzehn Vater wird.«

Mit *achtzehn*. Hätte sie selbst mit achtzehn schon ihr Kind bekommen, so wäre dieses Kind nicht Isaac, und vor allem hätte nicht ihr Ehemann, sondern Sebastian es gezeugt. Dann hätten sie sich nicht getrennt, vielleicht hätte sie nie ein Studium am College absolviert und ganz eindeutig nicht fünf Jahre lang als Pressesprecherin eines Londoner Textilherstellers gearbeitet. Und vor allem hätte sie David nie kennengelernt. Oder vielleicht doch, und es wäre zu spät gewesen? Ein Großteil des Lebens basierte auf reinem Zufall, oder nicht? Dass man irgendwo anhielt, weil man sich verfahren hatte, und sich unsterblich in die Frau verliebte, die einem die Richtung wies, oder dass man eine Gärtnerin im Telefonbuch suchte und auf diese Weise einen Menschen fand, der den Schmerz, den man selbst empfand, verstehen konnte. Aber Vaterschaft mit achtzehn? Da war es nicht überraschend, dass er schon mit fünfundvierzig in Pension gegangen war. Denn sein Leben hatte ihn wahrscheinlich ausgebrannt.

»Ich dachte, du hättest gesagt, dass du nie verheiratet warst?«, entfuhr es ihr aus trockener Kehle.

»Das war ich auch nicht. Weil ich für die Ehe einfach nicht geschaffen bin. Ich bin ein Serienmonogamist. Die Mutter meines Sohns war meine erste große Liebe, aber sie hat mich ziemlich schnell gegen den Captain unseres Football-Teams ausgetauscht.«

»Mom, was ist ein Serien-Mo-mo-talist?«

»Ein Mann, der der Frau treu ist, die er liebt«, antwortete James, und Tilly durchrieselte ein heftiger Schauer vom Scheitel bis zu den Zehen.

»Isaac«, fuhr James fort. »Rowena hat ein paar Kartoffelsäcke drüben im Werkzeugschuppen. Könntest du mir einen davon holen? Denn wir sacken gleich eine Schlange ein.«

»Aye, aye, Käpt'n!«

»Tilly? Könntest du mal schauen, ob Rowena irgendetwas hat, was ich als Schlangenhaken benutzen kann? Eine langstielige Greifzange wäre ideal. Aber wenn du sonst nichts findest, reicht mir auch ein Besen. Eine Kreuzotter!« James ließ erwartungsvoll die Knöchel knacken und marschierte auf die Schlange zu.

Tilly stand wie angewurzelt da und sah in ihm plötzlich das Kind, das er einmal gewesen war. War dieser Junge mit seiner Begeisterung für die Natur so sorgenfrei wie Isaac gewesen, bevor seine Welt der Trauer und der Angst anheimgefallen war?

»James«, setzte sie langsam an. »Pass bitte auf, wohin du trittst.«

»Scheiße. Ich stehe im Beet. Ich stehe im Beet!« Eine seiner Hände fuhr hinauf und schnappte sich eine Haarsträhne. »Tilly?«

»Ja?«

»Hilf mir.«

Mit dem leeren Jutesack über der Schulter stapfte James wie eine verschlankte, jahreszeitungemäße Ausgabe des Weihnachtsmanns durch die flirrende Hitze, die über dem Garten lag. Isaac musste sich beeilen, um mit ihm Schritt zu halten, doch die großen Sätze, die er machte, sahen wie Freudensprünge aus. Sie beide waren taub für das Gezirpe und Gefiepe der unzähligen, im Wald lebenden Vögel, denn sie gingen ganz in ihrem männlichen Vergnügen auf.

War nicht offensichtlich, dass James selber Vater war?

Weshalb war ihr das bisher nicht aufgefallen? Und weswegen hatte er das nicht bereits viel eher erwähnt? Wieder einmal hatte er sie mit einer Enthüllung völlig überrascht. Oder vielleicht eher getäuscht? Denn wenn er ihr wochenlang verschwiegen hatte, dass er Vater war, was verbarg er dann wohl noch alles vor ihr? Er hatte ihr bereits eine Menge von sich erzählt, hielt aber offenbar noch mehr vor ihr zurück. Was für ein Mann enthüllte einer Frau seine geheimsten Ängste, prahlte aber kein einziges Mal mit seinem Sohn? War James vielleicht ein gleichgültiger Vater – was ein Grund wäre, ihn nicht zu mögen –, oder reichte sein Vertrauen zu ihr vielleicht einfach nicht aus?

Hass. James hatte in Zusammenhang mit seinem Sohn von Hass gesprochen, aber Isaac blühte sichtlich auf, wenn er sich in seiner Nähe befand. Wie war das möglich?

Sie musste sich zwingen, nicht zu rennen, als sie den beiden entgegenging. Sollte sie sich Sorgen machen? Hatte dieser Mann womöglich seinem eigenen Sohn irgendetwas Schlimmes angetan? Oder hielt er vielleicht einfach enge Beziehungen nicht aus? Und warum tat diese Möglichkeit ihr derart in der Seele weh?

Sie hatte keine Ahnung, was sie von all dem halten sollte. Erneut verspürte sie ein heftiges Pochen in ihrer Schulter. Sie zwackte einen blühenden Grashalm ab, glitt mit zwei Fingern daran herauf und sammelte die Samen in der Handfläche. Dann warf sie sie in die Höhe zum weißglühenden Himmel und sah ihnen nach, als sie wieder zur Erde trudelten.

James hatte ihr erzählt, es ginge im Kampf gegen die Zwangsstörung immer einen Schritt nach vorn und dann wieder zehn zurück. Und genauso fühlte sie sich jetzt in Bezug auf ihre Freundschaft. Und jetzt gerade machte sie nicht nur ein paar kleine Schritte zurück, sondern einen Riesensatz.

»Hattet ihr viele Kupferköpfe bei euch auf dem Hof?«, erkundigte sich Isaac bei James.

»Ja.« James stieß ein raues Lachen aus und kämpfte gegen einen Wirrwarr an Erinnerungen an. Er schüttelte das Haar zurück, doch die Bilder seines Vaters, wie er ihn beschimpfte, gingen ihm nicht aus dem Kopf. »Ich habe sogar ab und zu Kupferkopf-Jagden veranstaltet, denn dann ist mein Vater immer ausgeflippt.«

»Wow. Super. Mein Dad wäre dann genauso ausgeflippt. Er hat Schlangen und Käfer und so ziemlich alles draußen gehasst.«

»Das Problem hast du aber anscheinend nicht.«

»Nee. Ich hab die Liebe zur Natur von meiner Mom geerbt«, klärte Isaac ihn auf.

James hatte ganz vergessen, dass die Unterhaltungen mit Kindern einfach herrlich waren. Warum hatte er nur nie um seinen Sohn gekämpft? Wahrscheinlich einfach aus Bequemlichkeit. Oder vielleicht aus Schuldgefühlen, weil sein Sohn wahrscheinlich unter anderem deswegen als Teenager einen Zusammenbruch erlitten hatte, weil er stets von ihm verlangt hatte, rundherum perfekt zu sein. Und selbst wenn das nicht der Grund gewesen war, hatte er als Daniels Vater elendig versagt. Er hatte niemals vorgehabt, Tilly gegenüber zu erwähnen, dass er Vater eines Sohnes war. Wahrscheinlich hatte es ganz einfach an der Aufregung gelegen, weil er einer Kreuzotter begegnet war. Einer echten Schönheit, was aus Sicht seines verdrehten Hirns, das stets in allem nach einer Bedeutung suchte, etwas Gutes zu bedeuten hatte.

Weshalb er einen Moment lang nicht auf der Hut gewesen war.

James hielt nichts davon, sein Leid mit anderen zu teilen. Denn das war nicht gut, weil es einen innerlich noch mehr zerriss. Und Tillys entgeistertes Gesicht hatte ihm bestätigt, dass es gut war, wenn er nicht über sich sprach. Doch jetzt kannte sie die ganze Wahrheit: dass er keine eigene Familie mehr hatte und dass der Verlust dieser Familie seine eigene Schuld gewesen war. Die Reaktion einer fürsorglichen Mutter, Tochter, Ehefrau konnte er sich bildhaft vorstellen.

Seufzend wandte er sich wieder Isaac zu. »Und was hast du von deinem Dad?«

»Die Liebe zur Mathematik.«

»Dann war er also Mathelehrer?«

»Nein. Er war Professor an der Uni. Er hat ein Buch über *Globallll-iii-siiirung* geschrieben, das auf der New-York-Times-Bestsellerliste stand. Wir kriegen noch immer Geld dafür. Geld, das Mom für meine Ausbildung zurücklegt.« Isaac nickte stolz. »Sie sagt, das hätte Daddy so gewollt.«

Isaac hüpfte fröhlich weiter, James hingegen blieb wie angewurzelt stehen. Silverberg. Doch nicht etwa *David* Silverberg?

»Hieß dein Vater vielleicht David Silberberg?«, fragte er das Kind.

»Genau.« Isaac drehte sich wie ein erschrecktes Kaninchen nach ihm um. »Hast du schon mal von ihm gehört?«

Wie groß war wohl die Chance gewesen, ihn *nicht* zu kennen? »Ich habe sein Buch gelesen.« Und zwölf Exemplare dieses Meisterwerks an Weihnachten verschenkt. Aus dem Gefühl heraus, dass er dem Mann zumindest die Tantiemen schuldig war.

Inzwischen hatte Tilly sie erreicht und stellte übellaunig fest: »Du und jeder andere Unternehmer in Amerika.«

Daniel, David … seine Panik schnürte ihm die Kehle zu. Er glaubte zum Glück nicht an Tarot, denn sonst hielte er wahrscheinlich gerade einen Stapel Todeskarten in der Hand.

Das war's. Das Ende jeder Hoffnung, die es je für ihn und diese Frau gegeben haben mochte. Einen grausameren Scherz hätte sich der Kosmos nicht mit ihm erlauben können. War es nicht schon schlimm genug, sich mit ihrem hübschen Ex-Lover zu messen, der für all das stand, was James bestimmt nicht war: ein Dad wie aus dem Bilderbuch und derart zuverlässig und stabil, dass andere darauf vertrauten, er würde gut mit ihrem Geld umgehen. Musste er sich jetzt auch noch mit einem Geist herumschlagen?

»Wo ist die Kreuzotter?«, fragte ihn Tilly barsch.

»Wir haben sie umgesiedelt.« Isaac baute sich breitbeinig vor ihr auf. »Unten am Bach. Wir dachten, dass es das Beste für sie ist, nicht wahr, James?«

Tilly schlang die Arme um ihr Kind – wenn auch vielleicht etwas zu fest, denn sonst hätte Isaac sich ganz sicher nicht derart gewehrt – und bedachte James mit einem bitterbösen Blick.

Hatte er es doch gewusst. Es war nicht gut, wenn er mit anderen über sich sprach. Deshalb würde er ihr sicher nicht auch noch erzählen, dass es eine Verbindung zwischen ihm und David gab.

»Hey, James.« Isaac duckte sich unter dem mütterlichen Arm hindurch, denn er war schließlich kein kleiner Junge mehr. »Rowena und ich wollen morgen Abend Dachse beobachten, wenn Mom ihr heißes Date mit Sebastian hat.

Willst du vielleicht mitkommen? Sie hat gesagt, ich dürfte superlange aufbleiben.«

»Ein heißes Date?«, mischte sich seine Mutter ein. »Was redest du da für ein Zeug?«

»Ro hat mir erzählt, dass Sebastian und du auch schon früher heiß aufeinander wart. Sie meint, ihr hättet euch so gern, dass du vielleicht sogar bei ihm übernachten wirst.«

»Isaac!« Tilly bekam einen siedend heißen Kopf. »Sebastian und ich sind nicht … wir werden nicht …«

»Danke, Isaac«, sagte James. *Immer mit der Ruhe, James, immer mit der Ruhe. Verlier ja nicht die Beherrschung, reg dich bloß nicht auf.* »Ich würde wirklich gern mit euch Dachse beobachten. Aber falls ihr mich jetzt vielleicht entschuldigt …« Er wandte sich zum Gehen und marschierte Richtung Haus. »Ich habe plötzlich fürchterliche Kopfschmerzen und lege mich am besten erst mal etwas hin.«

17

»Kneif die Arschbacken zusammen, oder, salopp gesagt, KDAZ.« Ro saß in einem blauen Leibchen, das die Brüste kaum bedeckte, und einer grottenhässlichen Pyjamahose, auf der buntkarierte Scotch Terrier zu sehen waren, mit gekreuzten Beinen auf dem Boden des Salons von Bramwell Hall. Sie hatte zwei Gläser sowie eine Flasche Whiskey auf dem abgewetzten Orientläufer abgestellt. Weshalb an eine Flucht nicht mehr zu denken war.

James lehnte in der Tür. »›Kneif die Arschbacken zusammen‹. Sagt ihr das hier bei euch für ›Augen zu und durch‹?«

»Es ist einfach ein Satz, der unsere Kriegsmentalität sehr gut zum Ausdruck bringt. Sir Winston Churchill hat ihn gern benutzt. Außerdem hat er gesagt: ›Wenn ihr durch die Hölle geht, dürft ihr nicht stehen bleiben.‹ Was für einen Politiker erstaunlich weise ist.«

Hätte in dem Raum mit dem sechs Meter hohen Bleiglasfenster, dem leeren steinernen Kamin in der Größe eines Carports und den Ölstillleben toter Wildvögel, in dem sogar einmal Königin Elizabeth I. zu Gast gewesen war, noch eine Ritterrüstung an der Wand gestanden, hätte er vollends wie die Kulisse irgendeines Historienschinkens ausgesehen. Und trotzdem kam er James selbst mit den vielen hellen Lampen, die dort brannten, einladend und irgendwie gemütlich vor. Das künstliche Licht war übertrieben hell, aber die durchgesessenen geblümten Sofas und die abgewetzten Sessel luden einfach dazu ein, dass man sich darin niederließ, und die uralte, aber trotzdem höchst beeindruckende Stereoanlage in der Ecke bettelte darum, zeigen zu dürfen, dass an ihrem vollen Klang auch heute noch nichts auszusetzen war. Man konnte deutlich spüren, dass hier einmal wilde Partys und gediegene Empfänge stattgefunden hatten, aber persönliche Gegenstände seiner jetzigen Bewohnerin suchte man vergeblich. Nur zwei silbern gerahmte Fotos – eins von Isaac als Baby sowie eins von Tilly, die in ihrem Brautkleid mit der Sonne um die Wette strahlte – zeigten, dass Rowena hier zu Hause war. Schluckend wandte James sich von den Fotos ab. Denn wie hätte er sich diese Aufnahme anschauen sollen, ohne gleichzeitig den Mann zu sehen, der darauf nicht abgebildet war? Weshalb war er nicht bereits viel eher darauf gekommen, dass der Ehemann von Tilly, ein brillanter Mensch mit Namen David Silverberg, *der* David Silverberg gewesen war? Aber warum hatte sie den Vornamen von ihrem Mann auch nie erwähnt? Und warum hatte Virginia nicht wenigstens ein Foto ihres Schwiegersohns im Haus? Das Ganze kam ihm wie eine makabere Verwechslungskomödie vor.

»Du könntest natürlich wieder zu einem nächtlichen Spaziergang aufbrechen und dir den Kopf darüber zerbrechen, was wohl morgen Abend zwischen Tilly und Sebastian laufen wird ...« Ro klopfte neben sich auf den Boden. »... oder du kannst dich mit mir besaufen. Es ist immer gut, wenn man verschiedene Möglichkeiten hat, nicht wahr?«

James zögerte. Rowena sollte ihn um jeden Preis sympathisch finden, aber irgendwas an Tillys ältester und bester Freundin schüchterte ihn ein. Sie war exzentrisch und charmant, aber hinter ihrer schillernden Fassade war sie eine Frau aus Eis und Stahl. Eine Werwölfin in einem Wonderbra. Auch wenn sie heute Abend ganz eindeutig keinen trug.

Er suchte den abgewetzten Teppich nach Dreck und Hundehaaren ab, doch er sah überraschend sauber aus. Alt, aber gepflegt. Schließlich nahm er Platz und verschränkte die Beine in der Lotusposition.

»Was machen die Kopfschmerzen?«, erkundigte sich Ro.

»Wenn ich heute Abend etwas trinke, werden sie wahrscheinlich morgen noch viel schlimmer sein.« Trotzdem schenkte er sich kurz entschlossen einen Whiskey ein.

»Wusstest du ...«, Rowena befeuchtete sich kurz die Lippen, »... dass Sebastian und Tilly kurz vor einer Versöhnung standen, als sie David kennengelernt hat?«

»Aus Tillys Sicht ja wohl eher nicht.«

»Oh doch. Denn früher oder später ist sie bisher jedes

Mal zu ihm zurückgekehrt. Weil er ihr Fundament, ihr Fels in der Brandung ist.«

Gott Allmächtiger, wenn einen diese grünen Augen ansahen, fühlte man sich wie ein Beutetier.

»Sie hatte ihn für das Wochenende eingeladen«, fuhr Rowena fort, »... aber er musste in letzter Minute absagen, wegen irgendeiner Krise bei der Bank. Eine Entscheidung, die ihm sicher immer noch zu schaffen macht.«

Als draußen eine Eule schrie, leerte James sein Glas in einem Zug und schüttelte sich, als der brennende Alkohol durch seine Speiseröhre rann. »Und warum erzählst du mir das alles?«

»Weil ich dich gut leiden kann. Weil ich in dir eine verwandte Seele sehe, ein anderes wildes Kind, das geläutert worden ist. Oder vielleicht auch nicht?« Sie setzte ein Lächeln auf, das ihn erschaudern ließ. »Tilly weiß einfach nicht mehr, wo sie heutzutage hingehört. Sie braucht Raum und Zeit, um ihre Gefühle für Sebastian zu sortieren. Und auch wenn ich dir nicht zu nahe treten will – dich braucht sie ganz sicher nicht.«

Damit hatte sie eindeutig recht. »Liebst du sie?«, rutschte es ihm heraus, auch wenn er keine Ahnung hatte, was der Grund für diese Frage war.

»Ich verdanke ihr mein Leben.« Ihre grünen Augen wurden hart. »Du solltest also niemals unterschätzen, was ich tun würde, um sie und Isaac zu beschützen.«

James schenkte sich Whiskey nach und prostete ihr zu. »Wenn das so ist, haben wir erheblich mehr Gemeinsamkeiten, als du dachtest.«

*

Perfektion war nicht so wichtig – es sei denn, man war eine Jungfrau. Während Sebastian stirnrunzelnd mit der Fingerspitze über einen minimalen Kratzer in der Beifahrertür seines Wagens fuhr, versuchte Tilly, ihren Gurt zu lösen – ehe sie den Arm mit einem leisen Stöhnen sinken ließ. Ihr Rücken tat so weh, dass es fast schon witzig war. Sie müsste einfach mehr auf ihren Körper hören und auf die Symptome achten, die ihr deutlich zu verstehen gaben, wenn sie es mal wieder mit der Arbeit übertrieb. Nur widerstrebte es ihr einfach, eine Sache aufzugeben, die nicht ordentlich beendet war. Weshalb wäre sie wohl sonst über Jahre in Sebastians Windschatten gesegelt, weshalb hätte sie ihm sonst wohl dieses jahrelange Hin und Her in ihrer Beziehung zugemutet? Und jetzt saßen sie schon wieder hier und brachten sich erneut in eine Lage, die im besten Fall prekär zu nennen war.

»Macht dein Rücken dir zu schaffen?« Sebastian legte eine Hand auf dem Dach des Jaguars ab und beugte sich zu ihr ins Wageninnere. Tilly nickte unbehaglich, denn er kam ihr viel zu nahe, sein Rasierwasser roch zu stark und, oh Gott, er stieß ihr fast mit der Nase gegen die Brust. Uh, sie hatte ganz vergessen, dass es aufregend, aber zugleich ein harter Kampf war, wenn man sich sexuell zu einem Menschen hingezogen fühlte und es einem vorkam, als versuche man, in einer kleinen Jolle aufzustehen, die gerade auf einer Monsterwelle schwamm.

»So schlimm war es zum letzten Mal während meiner Schwangerschaft.« *Na toll.* War ihr Sprachfilter etwa mit einem Mal defekt? »Gott, Sebastian, tut mir leid. Ich fürchte, dass die Verbindung zwischen meinem Hirn und meinem Mund vorübergehend ausgefallen ist.«

»Kein Problem.« Er löste ihren Gurt und berührte sie am Arm. »Woher hast du diese Kratzer?«

»Vom Zurückschneiden der Büsche in Rowenas Garten. Das heißt, James schneidet, und ich schleppe dann die abgeschnittenen Äste weg.« Sie setzte ihr Wir-sind-alle-eine-große-glückliche-Familie-Lächeln auf und versuchte, sich von ihrem Sitz zu hieven. Doch mit einem leisen *Huh*, mit dem er entweder ein Lachen oder einen Seufzer überdeckte, schlang Sebastian einen Arm um ihre Taille, zerrte sie aus dem Gefährt und stellte sie wie einen Kartoffelsack neben sich auf dem Gehweg ab.

»Ich dachte, dass James der Schüler ist.« Er ließ sie wieder los. »Ist es möglich, dass ihr die Lektion in Knechtschaft übersprungen habt?«

»Haha.« Sie nestelte am Saum ihres kurzen, weich schwingenden Kleids, denn sie wusste nicht, wohin mit den Händen, und er sollte keinesfalls das Zittern ihrer Finger sehen.

Sebastian richtete den Schlüsselring auf seinen Jaguar, der sich mit einem leisen Piepen und kurzen Blinken schloss. Früher hätte sie ihn damit aufgezogen, dass er sein Gefährt in Bramwell Chase nicht einfach offen stehen ließ. Doch inzwischen hatte eine landesweit tätige Diebesbande Blei vom Kirchendach gestohlen, und jemand hatte den Schlachter mit gezückter Waffe ausgeraubt. Tilly hätte gern Bramwell Chase auch heute noch für das verschlafene Nest aus ihrer Kindheit gehalten, in dem die aufregendste Nachricht die von einem wilden Hund auf der Schafweide war, aber da auf ihrer damaligen Lieblingswiese gerade eine gesichtslose Nullachtfünfzehn-Siedlung hochgezogen wurde, wusste sie, dass selbst in ihrem alten Heimatdorf die Moderne angebrochen war.

»James hat eine leichte Erd-Phobie, deshalb säbelt er, und ich sammle die Zweige auf«, erklärte sie und hoffte, dass sie mit diesem Satz keinen Verrat an James beging.

»Er fürchtet sich vor Erde?«

»Ja, aber wir haben alles unter Kontrolle.« Sie marschierte los, und Sebastian folgte ihr.

Ein Wagen rauschte an ihnen vorbei, und Sebastian trat um sie herum, damit Tilly so wie immer, wenn sie irgendwo zu Fuß unterwegs waren, auf der sicheren Seite ging.

»Tilly.« Dieses Mal stieß er einen tiefen Seufzer aus. »Du bist den ganzen Tag und Rowena ist die ganze Nacht mit einem völlig fremden Mann allein. Wie viel weißt du wirklich über diesen James?«

Tilly zuckte mit den Schultern. *Praktisch … nichts.*

Sie betrat den kühlen, ruhigen Pub, und eine Erinnerung drängte sich ihr auf. Zum letzten Mal waren sie beide hier gewesen, als sie ihm erklärt hatte, sie werde einen anderen heiraten. Kein gutes Omen für den dritten Akt im Liebesdrama von Tilly und Sebastian. Aber es war schließlich auch kein Date gewesen. Das hatte Sebastian ausdrücklich festgestellt.

Sie klammerte sich an eine ältere und schönere Erinnerung – an einen nach *Brut*-Parfüm riechenden Sebastian, der hinter dem Kamin, wo niemand sie sehen konnte, kichernd mit ihr herumschmuste. Verflixt. Sie pickten also wie die Geier am Aas einer Beziehung, die für sie als Teenager wichtig gewesen war.

Vorsichtig ging sie über den Boden aus dem sechzehnten Jahrhundert. Auf den unebenen Steinen waren schon zahlreiche Betrunkene gestolpert, einschließlich Sebastian an dem Abend, als sie Davids wegen hier gewesen waren. Verdammt. Wurden die Erinnerungen vielleicht allmählich zu einem Zwang für sie? Hatte sie sich vielleicht irgendwie mit James' Störung angesteckt? Sie schüttelte diesen idiotischen Gedanken ab.

Igitt, im Inneren des Pubs hing ein künstlicher Blumenduft. Und spielte da etwa leise klassische Musik im Hintergrund? Wo waren der Zigarettenrauch, der Hefegeruch verschütteten Biers, das Surren der Dartpfeile und die alte Jukebox mit Liedern aus den Achtzigern? Die Jukebox war herausgerissen, und die Dartscheibe hatte ein kitschiger Druck von einem Fuchs ersetzt, der wahlweise ein Statement für oder gegen die Jagd auf diese armen Tiere war. Noch beunruhigender aber wirkte der Geruch von Weichspüler, der in den Frotteematten auf dem Tresen hing.

»Hat sich ein bisschen verändert, seit die Brauereikette den Laden übernommen hat, nicht wahr?«

Sebastian nickte der Bedienung zu. »Das hat alles kaputtgemacht«, antwortete er und bestellte zwei Gin Tonic, ohne Tilly überhaupt zu fragen, ob ihr nach einem Gin Tonic war.

Sie nickte ein paar Dorfbewohnern zu, deren Ahnenreihe sich anhand der diversen Grabsteininschriften auf dem Friedhof mühelos zurückverfolgen ließ. Sie hielten ihrem Pub auch weiterhin die Treue, auch wenn sie Rowena gegenüber nörgelten, weil er nicht mehr derselbe war. Sebastian würden sie so etwas niemals anvertrauen. Weil er immer nur am Wochenende kam und einfach keiner von ihnen war. Vielleicht sollte sie ihn warnen, dass für jemanden wie ihn das kleine Bramwell Chase eindeutig nicht der beste Ort für einen neuen Anfang war.

Doch erst mal war sie froh, dass er mit einem Platz im Garten einverstanden war. Tilly liebte es, dass es in England abends endlos lange dämmrig war, dass die Vögel trällerten und ihr der schwere Duft des Strauchtabaks entgegenschlug. In North Carolina wurde es im Sommer schlagartig um halb neun dunkel, und die Ruderfrösche begannen ihr lärmendes Konzert.

Eine Horde Kinder rannte kichernd zwischen den Tischen und Bierbänken hindurch, und automatisch lauschte sie nach Isaac. Es war einfach ein Instinkt, der bei ihr als Mutter eines Einzelkinds vielleicht noch etwas ausgeprägter war als bei anderen Müttern.

Im Gegensatz zu David hatte Tilly möglichst viele Kinder haben wollen. Nur dass dieser Traum mit ihm begraben worden war. Und nun war sie wieder an dem Ort, an dem sie schon gelebt hatte, bevor sie ihm begegnet war, dem Ort, an dem sie und Sebastian sich geschworen hatten, dass ihre Liebe ewig währen würde. Und um diesen Schwur zu untermauern, hatten sie an unzähligen Orten ihre Initialen eingeritzt. Sie mussten von der Dauer ihrer Liebe wirklich überzeugt gewesen sein.

»Schade, dass die alten Tische nicht mehr da sind«, stellte Sebastian im selben Augenblick fest. »Sonst hätten wir bestimmt noch einen mit unseren Initialen drin entdeckt.«

Sie hatten auch schon früher ständig die Gedanken des jeweils anderen fortgesetzt. Aber wie ging es zwischen zwei Menschen weiter, wenn ein derart festes Band, von dem man angenommen hatte, dass es nie zerreißen könnte, irgendwann verschlissen war?

Sie setzte sich an den ersten freien Tisch und rückte weit genug auf, dass sich Sebastian zu ihr setzen konnte. Doch das tat er nicht. Er nahm ihr gegenüber Platz, griff nach einem Bierdeckel und löste Papierschicht um Papierschicht davon ab.

»Möchtest du mir vielleicht sagen, warum du aussiehst wie ein Kind, das mit seinem Cricketball das Küchenfenster eingeworfen hat?« Sie schnupperte an dem Wickensträußchen auf dem Tisch.

Er sah sie grinsend an. »Ich wollte es nicht zugeben, Tilly, aber ich habe dich vermisst.«

»Das klingt, als ob es noch ein *Aber* gibt.«

»Das gibt es auch. Aber erst möchte ich mich bei dir entschuldigen, weil ich am letzten Wochenende ein solcher Idiot gewesen bin.« Er spielte mit seinem Siegelring. »Ich komme mit Gefühlen einfach nicht so gut zurecht.«

Was noch deutlich untertrieben war. »Wer kommt das schon?«

Er schob den Papiermüll fort. »Ich hätte dir nach Davids Tod nie weh tun wollen, und jetzt will ich das noch viel weniger.« Er atmete tief durch. »Ich will auf Dauer hierbleiben, in Bramwell Chase. Ich will hier Wurzeln schlagen.« Hatte er jemals zuvor gesagt ›ich *will*‹? ›Ich *muss*‹ oder ›ich *würde gern*‹, aber nie zuvor ›ich *will*‹. »Ich will hier etwas kaufen. Ein Haus, das für Kinder geeignet ist.«

»Nein«, wisperte sie. Nein. Das war ihr Text. »Bitte, bitte nicht.«

»Tilly, Woodend wird auf jeden Fall verkauft. Warum also nicht an mich?«

Weil meine Mutter es an mich verkaufen soll, obwohl ich es mir gar nicht leisten kann und sie es mir nicht verkaufen will, und mein Kind am Boden zerstört sein wird, und ich dann mein Pflanzengeschäft in den Wind schießen kann und … »Weil … weil du vielleicht noch mal heiraten wirst und mich dann nicht mehr über die Schwelle lässt. Weil du vielleicht die Blumen rausreißt, weil dich Blumen nicht so interessieren wie ein Swimmingpool.« *Weil ich Woodend liebe und immer lieben werde. Weil ich davon träume heimzukehren und weil mir nur dieser Traum geblieben ist. Den du mir nicht stehlen darfst.*

»Ein Swimmingpool? Das ist gar keine schlechte Idee.« Zum Zeichen der Versöhnung setzte er sein schiefes Lächeln auf. Das einfach unwiderstehlich war.

»Nicht, Sebastian. Das ist nicht witzig. Wenn du's wissen willst – es stinkt mir sogar ganz gewaltig, dass du Woodend kaufen willst.« Und das war noch milde ausgedrückt.

»Was, wenn ich dir versprechen würde, dass du immer dort willkommen wärst?« Er griff nach ihrer Hand, doch sie riss ihren Arm zurück.

Ging es in dieser neuen Phase der Beziehung zwischen ihnen vielleicht einzig und allein darum, einander ständig weh zu tun? »So was kannst du vielleicht zum Pfarrer sagen – ›Kommen Sie doch mal auf einen Tee vorbei‹ –, aber nicht zu der Frau, mit der du hier in der Gegend – angefangen bei einer historischen Ruine bis zum Rücksitz des Minis deiner Mutter – praktisch schon überall mal geschlafen hast.«

»Pst, Tilly. Nicht so laut.«

»Sag mir nicht, wie laut ich reden soll. Das kannst du nicht tun, Sebastian. Du kannst mir nicht mein Zuhause wegnehmen.«

»Das Haus deiner Mutter, das sie sowieso verkaufen will.« Wieder nahm er ihre Hand und drehte sie diesmal um.

»Erbsenzähler.« Auch wenn ihr Zorn langsam verrauchte, wollte sich Tilly bewusst nicht beruhigen. Denn sie würde ganz bestimmt nicht nachgeben, egal, wie sanft er mit dem Daumen kreisend über ihre Handfläche strich.

»Sture Eselin.«

Sein Daumen hielt in der Bewegung inne, und sie starrten einander reglos an.

»Himmel, ich hatte total vergessen, dass ich dich immer so genannt habe.«

»Ich auch«, murmelte sie.

*

Der Rest des Abends mit Sebastian war wie ein Spaziergang durch den Garten einer guten Freundin, wo man immer wieder stehen blieb, um sich an hübschen Dingen, die man dort erwartet hatte, zu erfreuen. Sie erinnerten sich lachend daran, dass der Wildhüter aufgrund von Tillys lauten Schreien, wenn sie im Witwenhaus miteinander geschlafen hatten, steif und fest behauptet hatte, das Haus würde von Geistern heimgesucht, und dann durchlebten sie erneut den Augenblick, an dem sie sich zum ersten Mal begegnet waren. Sebastian erklärte ihr, ein schöneres, zerbrechlicheres Wesen hätte er damals noch nie zuvor gesehen gehabt, und er wäre vollkommen entsetzt gewesen, als sie dann plötzlich einmal loszeterte, weil die Jungen aus dem Dorf sie geärgert hatten. »Du konntest fluchen wie ein Kesselflicker«, stellte er kopfschüttelnd fest.

Aber dann bat er sie um Erlaubnis, ihre Mutter wegen Woodend anzusprechen, und wieder war sie hoffnungslos verwirrt. Sie hätte ihn am liebsten angeschrien und ihm erklärt, er könnte ihr Elternhaus nicht kaufen, doch was hätte das für einen Sinn gehabt? Mit seinem Realismus würde er sie mühelos entwaffnen und sie zwingen, in Schwarzweiß zu denken, obwohl ihr die Grautöne dazwischen doch viel lieber waren.

Vor ihr wirbelte ein Weberknecht mit ruckartigen Bewegungen über den Tisch. »Mein Vater hat immer gesagt, Häuser wären emotionale Aufnahmegeräte«, sagte sie. »Sie würden die Vergangenheit aufnehmen und wieder abspielen, wenn man sich an irgendwas erinnert, was dort irgendwann einmal geschehen ist. Und Woodend ist mein Aufnahmegerät. Die Geister, die dort leben, wirst du niemals los.«

»Woodend war auch meine Zuflucht, und es könnte auch für meine Kinder eine sein. Himmel noch mal, sie leben in einer Mietwohnung, versuchen, sich an das Leben in England, die Trennung ihrer Eltern, Fionas Schwangerschaft und einen Mann, den sie kaum kennen, zu gewöhnen ...« Er zog seine Jacke aus, legte sie neben sich und krempelte die Ärmel seines Hemdes auf. Das natürlich aus Leinen war. Woher nahm er nur die Geduld, um all das Zeug zu bügeln? Klackend stieß das Metallarmband seiner Uhr gegen den Tisch. »Bitte, Tilly. Meine Kinder brauchen dieses Haus.«

Wie hätte sie Sebastian widersprechen sollen, selbst wenn ihr Herz bei diesem Satz in eine Million Stücke brach?

»Weißt du noch, was wir früher immer gesagt haben?« Sie zog eine Linie an ihrem beschlagenen Glas. »Wenn Woodend uns gehören würde, würden wir dort eine Voliere bauen und mit Wellensittichen füllen.«

»Und mit einem Paar Turteltauben«, fügte er hinzu.

»Ich glaube nicht, dass ich mitansehen kann, wie du das machst.«

»Aber das brauchst du doch auch nicht. Du wirst dann

längst schon wieder in den Staaten sein.« Nach kurzem Zögern fügte er hinzu: »Oder etwa nicht?«

»Ich habe zwei Rückflugtickets für den 7. August, aber ich denke immer häufiger darüber nach, dass meine Mutter nicht allein alt werden soll und wohin ich überhaupt gehöre … Denn in Wahrheit hat ein Teil von mir Bramwell Chase niemals verlassen, und dieser Teil zieht mich hierher zurück. Und du hast alles noch verkompliziert.« *Wahrscheinlich ahnte er nicht mal, wie sehr.*

»Du meinst, du bleibst möglicherweise – hier?« War das Stocken seiner Stimme ein Zeichen von Kritik oder von Schock?

»Ich schwöre dir, ich weiß es nicht«, antwortete sie. Was die Wahrheit war. Denn sie hatte Woodend stets als ihren Anker angesehen. Und jetzt diesen Anker plötzlich einzuholen und für alle Zeit davonzusegeln, brächte sie vielleicht nicht über sich.

Inmitten der Unterhaltungen der anderen Gäste und dem Zischen der leuchtenden Mückenfallen, wenn ein Insekt dagegenflog, saßen sie schweigend da. Die weißen Lichterketten in den Apfelbäumen sprangen klickend an, als die Dämmerung der abendlichen Dunkelheit wich, und am Himmel tauchte eine Handvoll Sterne auf. Tilly fuhr sich mit der Hand durchs Haar, das längst schon wieder mal hätte geschnitten werden müssen, aber ihr fiel einfach kein Gesprächsthema mehr ein.

»Meine Güte, du siehst wirklich sexy aus, wenn du das machst.« Sebastian fuhr sich mit der Hand über den Mund.

Tilly beugte sich über den Tisch und küsste ihn flüchtig auf die Wange, während ihr Herzschlag sie in eine Richtung und ihr Verstand in eine andere Richtung zog. Es war undenkbar, ihm noch einmal weh zu tun, und sie würde niemals zulassen, dass sich wieder etwas zwischen ihm und ihr entwickelte, solange sie nicht wusste, wohin das führen würde. Doch während eines flüchtigen Moments hatte sie ihn begehrt, und sie hatte gespürt, dass das Verlangen gegenseitig war.

»In dem Frühjahr, bevor du David getroffen hast, wären wir um ein Haar wieder zusammengekommen, stimmt's?«

Tilly wollte gerade eine Antwort geben, als sie merkte, dass dies keine Frage, sondern eine Feststellung gewesen war. Sebastian hing in diesem Augenblick ganz seinen eigenen Erinnerungen nach, und eilig wandte sie sich ab.

Doch noch während sie wegen der plötzlichen Enge in der Brust nach Luft rang, dachte sie mit einem Mal nicht mehr an Woodend und auch nicht an Sebastian oder sonst etwas. Denn in diesem Augenblick kamen zwei Gestalten auf sie zu. Die eine fröhlich winkend und die andere mit einem bitterbösen Blick. Und ihr wurde klar, dass wahre sexuelle Anziehung – die Art, die einen wie ein Faustschlag in die Magengrube traf, während man völlig ahnungslos durchs Leben glitt – erheblich trügerischer war als ein Wellenritt in einer kleinen Jolle. Wahre sexuelle Anziehung schaltete zuerst die Außenwelt vollkommen aus und tauchte sie dann in die bunt schillernden Farben ihrer Lieblingstropenpflanzen.

Sie fischte ein Stückchen Eis aus ihrem Glas, und während ihr die Kälte in die Finger biss, hoffte sie inständig, dass Sebastian und sie ausnahmsweise einmal nicht den gleichen Gedanken hatten – nämlich dass sich die Geschichte der misslungenen Versöhnungen zwischen ihnen beiden zu wiederholen schien.

Das Erröten ihrer sommersprossigen Wangen breitete sich aus bis zum Hals und Dekolleté, das er zu gerne geküsst hätte, und dieser Wunsch vertrieb seine Eifersucht. Ihr Haar, das in den letzten Wochen wild und eine Spur zu lang geworden war, hatte sie hinter die Ohren gestrichen, und er sah die großen silbernen Ohrreifen, die ihren Hals berührten, sobald sie sich bewegte. Allmächtiger, mit den gekreuzten nackten Beinen, ihrem durchsichtigen Tuch und dem geblümten Kleid, das ihr über die Schultern rutschte, war sie einfach wunderschön. Heute lugte kein roter BH-Träger unter dem Oberteil hervor. Weil sie – er musste schlucken – völlig ohne Büstenhalter aus dem Haus gegangen war.

»Ju-hu!«, rief Rowena auf dem Weg an ihren Tisch.

Ein paar Leute winkten fröhlich, und ein Mann von um die neunzig stand mit wackligen Beinen auf und nahm höflich seine Mütze ab. Rowena nickte ihm grüßend zu, und Tilly starrte gleichzeitig James mit großen Augen an.

Sie war sauer, oder? Er hatte versucht, Rowena davon abzubringen, in den Pub zu gehen, aber sie hatte ihren Willen durchgesetzt. Und was er infolge leichten Angeheitertseins anfangs durchaus als amüsant, später dann als etwas unpassend empfunden hatte, kam ihm plötzlich nur noch grausam vor. Und er hasste Grausamkeit. Er wollte wieder gehen, doch Ro packte seinen Arm so fest wie ein Pitbull, der die Zähne nicht mehr auseinander bekommt.

»Du hast ja ein Gesicht, wenn du dich rasierst«, stellte Tilly fest.

War das ein Lob oder ein Tadel?

»Allerdings.« Er lächelte sie an, was völlig sinnlos war, denn sie starrte schon wieder vor sich auf den Tisch.

»Ist er ohne diesen Bart nicht wirklich süß?«, schwärmte Rowena ihrer Freundin vor. »Wer hätte gedacht, dass er am Kinn ein so verführerisches Grübchen hat?«

Sebastian trank geräuschvoll seinen restlichen Gin Tonic aus.

»Warum hast du ihn abrasiert?«, erkundigte sich Tilly, ohne aufzusehen.

»Weil mich jemand daran erinnert hat, endlich wieder mal ich selbst zu sein«, gab er zurück. Was stimmte, aber war die Wahl des Zeitpunkts nicht ein kindischer Versuch, besser dazustehen als Sebastian?

»Wir dachten, als Belohnung gönnen wir uns einen Schlummertrunk. Wir stören doch wohl nicht, oder?«, fragte Ro in unschuldigem Ton.

»Nein«, gaben Tilly und Sebastian einstimmig zurück.

Rowena löste sich von James, und mit einem Mal stand er allein da, und seine Nervosität nahm zu. Sollte er gehen oder bleiben? Angst war er gewohnt, mangelndes Selbstvertrauen nicht. Ach, wenn ihm Tilly doch ein Zeichen geben würde, dass sein Auftauchen für sie in Ordnung war. Sie hatte ihn noch nie verurteilt, aber vielleicht hatte er mit seinem plötzlichen Erscheinen ihre Toleranz ja überstrapaziert? Warum, warum um alles in der Welt hatte er sich von Rowena dazu überreden lassen hierherzukommen?

»Rück mal rüber, Schatz.« Rowena schnappte sich Sebastians Jacke, legte sie sich um die Schultern und quetschte sich neben ihn.

James fand, er sollte lieber gehen, ja, er sollte ganz eindeutig gehen. Aber wenn er bliebe, könnte er sich neben Tilly setzen und vielleicht sogar wie zufällig kurz ihren nackten Arm berühren. Verflucht, jetzt führte er sich wirklich auf wie ein unglücklich verliebter Teenie! Doch er musste sie einfach berühren. Selbst wenn es das Ende wäre. *Dafür wirst du in der Hölle landen, dafür wirst du in die Hölle fahren, James.*

Mit klimpernden Armreifen nippte Rowena an dem Guinness, das sie sich gegönnt hatte. »Wir haben nicht einen einzigen verdammten Dachs gesehen«, erklärte sie. »Wir haben gehört, wie sie geschnüffelt haben, aber das war auch schon alles. Trotzdem war mein heißgeliebtes Patenkind am Ende völlig platt. Der arme Schatz ist schon im Auto eingeschlafen, und James hat ihn wie Christopher Robin nach oben ins Bett getragen. Oh, fast hätte ich's vergessen. Ich habe ein kleines Geschenk für dich, Sebastian«, verkündete Rowena und grub in ihrer Tasche. Sebastian ballte ohnmächtig die rechte Faust – was man ihm sicher nicht verdenken konnte, denn schließlich war es schon ziemlich gemein, einem anderen Mann sein Date kaputtzumachen.

Endlich blickte Tilly auf. »Ist das etwa noch die Tasche, die du in der neunten Klasse hattest, Ro? Auf jeden Fall! Ich sehe noch die Stelle, an der deine Mum den ›Anarchie im Königreich‹-Sticker abgeknibbelt hat.«

Sie lachte, und James vergaß, was ihm gerade durch den Kopf gegangen war. Er faltete seinen Körper in der winzigen Lücke neben ihr zusammen und zählte bis sechs. Sechs war eine runde, glatte Zahl, die so perfekt war wie Tillys Lachen.

»Heureka, ich hab's!« Rowena schüttelte einen zerknüllten Flyer auseinander und hielt ihn Sebastian hin. »Willkommen im Dorfleben, dem du dich auf Dauer nicht wirst entziehen können. Der Pfarrer braucht einen Freiwilligen, um das Cricketmatch der Kinder auf dem Dorffest zu organisieren, und hat sich vor lauter Freude beinahe die Soutane nass gemacht, als ich ihm erzählt habe, ich wüsste genau den Richtigen dafür.«

»Danke.« Sebastians Hand entspannte sich. »Archie und ich könnten das Match zusammen organisieren.«

»Genau«, pflichtete ihm Rowena bei und setzte zu einem Gespräch über das Dorffest an.

Tilly saß noch immer angespannt und schweigend da.

Sie hasst dich, James. Sie hasst dich abgrundtief.

Er wandte sich ihr zu. »Tut mir leid, tut mir leid«, erklärte er und kämpfte gegen das Bedürfnis, diesen Satz noch zwanzigmal zu wiederholen, an. *Ich bin kein schlechter Mensch. Ich habe mich zweimal entschuldigt, und das reicht.* »Ich habe versucht, sie davon abzubringen.« *Du musst dich noch mal entschuldigen, wenn sie dich nicht bis ans Lebensende hassen soll.* »Es tut mir leid, es tut mir leid. Es …«

Tilly schmiegte sich an seine Seite, legte ihm eine Hand auf die Schulter und stellte mit leiser Stimme fest: »Ich dachte, du wolltest dir das ständige Entschuldigen allmählich abgewöhnen. Einmal reicht.«

Doch das reichte keinesfalls. Wie aus dem Hinterhalt tauchte ein Bild vor seinem geistigen Auge auf, von zerbrochenem Glas und Blut. Es war die Horrorvorstellung einer potentiellen Handlung, die Umkehrung einer Erinnerung. In Gedanken hatte er Sebastians Glas genommen, auf die Tischkante geschlagen und Sebastian dann den zersplitterten Rand in das makellose Gesicht gerammt. Überwältigt von dem Grauen einer Gewalttat, die er nie begehen könnte, auch wenn seine Störung ihm einsagte, er habe etwas Ähnliches bereits verbrochen und könne es deshalb immer wieder tun, atmete er zischend aus. Seine Störung führte ihm immer auch *bildhaft* vor Augen, zu was er alles in der Lage war.

Tillys Hand glitt über seinen Rücken. Sie verstand ihn.

Er hatte nichts gesagt, und trotzdem wusste sie, wie es ihm ging. War das nicht das Einzige, was Menschen jemals brauchten? Jemanden, der sie verstand?

Und warum hatte er seit seinem zehnten Lebensjahr keinem Menschen mehr die Möglichkeit gegeben, ihn zumindest ansatzweise zu verstehen? Aber das war jetzt vorbei, das war endgültig vorbei. Weil ihn zum ersten Mal in seinem Leben jemand, den er liebte, voll und ganz verstand. Selbst wenn dieser Jemand Davids Witwe war, selbst wenn ihre Jugendliebe ein viel besserer Mann und Vater war als er selbst – diesmal würde er nicht nobel sein. Er würde ihm nicht den Vortritt lassen, würde nicht verdrängen, was er für Tilly empfand.

»Diese Gedanken sind nicht die Wirklichkeit«, raunte Tilly ihm zu.

»Nein«, erwiderte er laut – denn alle Welt konnte es hören. »Aber das hier schon.«

18

Ach, ließe sich doch erotische Anziehung ebenso leicht bekämpfen wie Unkraut. Tilly starrte auf das Kletten-Labkraut, das sie gerade samt Wurzel ausgerissen hatte, weil es dem Vergissmeinnicht die Luft zum Atmen nahm. Haltsuchend klebten die feinen Härchen sich an ihrem Arm fest, doch sie warf das Büschel auf den Boden. Und trampelte wütend auf dem Grün herum.

Wie war sie – geistig und körperlich – dorthin gelangt?

Warum saß sie nun auf einem Zaun am Rande eines Weizenfelds? Es war alles andere als praktisch, dass ihr James mit einem Mal gefiel. Weil es etwas bedrohte, das ihr plötzlich mindestens so wichtig war wie die Luft zum Atmen. Ihm täglich dabei zuzusehen, wie er mit seinen Ängsten kämpfte, hatte sie daran erinnert, was der menschliche Geist alles aushielt und dass sie selbst nach der Beerdigung von David, als sie zum Zerreißen angespannt gewesen war, nur deshalb hatte weitermachen können. Aber dank des Gartens hatte es sie nicht zerrissen, und auch Isaac nicht.

Alles hatte mit dem Roten Salbei angefangen, einer einjährigen Pflanze, die mit ihren Samen um sich warf wie ein angetrunkener Fußballfan, dessen Mannschaft Landesmeister geworden war. Direkt nach der Beerdigung hatte Tilly eine Putzorgie veranstaltet und dabei auch nicht vor ihren Pflanzen haltgemacht. Doch so viel Salbei hatte sie beim besten Willen nicht verschenken können, also waren sie und Isaac mit ihren Setzlingen auf den Bauernmarkt gefahren und hatten sich in das bunte Treiben dort verliebt. Im folgenden Jahr hatte ihr Sohn sie tatkräftig bei der Gründung ihres kleinen Unternehmens unterstützt, und allmählich hatte ihr die Gartenarbeit neuen Lebensmut verliehen. Genau wie jetzt hier in Bramwell Hall. Was dem beharrlichen James Nealy zu verdanken war.

Wenn man an den Teufel dachte … kam er garantiert auf einen zugestapft, als wollte er einem die Seele rauben. Seine flache Hand trommelte einen erbosten Takt auf dem rechten Oberschenkel, und durch die schwarzen Iris-Einsprengsel sahen seine Augen beinahe schwarz aus. Oh verdammt.

»Ich habe dreißig Minuten gewartet, bin fünfzehn Minuten von Bramwell Hall bis Woodend marschiert, habe zwanzig Minuten mit deiner Mutter Kaffee getrunken und danach noch mal …« – er konsultierte seine bunte Plastikuhr – »… fünfundzwanzig Minuten bis hierher gebraucht. Du bist also seit neunzig Minuten überfällig. Würdest du mir vielleicht erklären, was du hier machst?«

»Ich hasse Dienstage.« Tilly baumelte mit den Beinen wie ein trotziges Kind.

»Wirklich witzig. Nur dass ich nicht drüber lachen kann.«

»Das ist mir bereits aufgefallen. Hat dich bisher etwa noch nie jemand warten lassen?«

Er klopfte zweimal auf seine Uhr. »Nicht neunzig Minuten lang.«

Himmel, er war heute aber echt gereizt. Sie stieß einen abgrundtiefen Seufzer aus. »Ich bin vorhin losgegangen und dann einfach immer weiter geradeaus marschiert.« Sie sprang vom Zaun und geriet ins Stolpern, als sie auf eine von der Sonne getrocknete Wurzel traf. »Wie hast du mich gefunden?«

»Indem ich es so gemacht habe wie du.« Er bedachte sie mit einem forschenden Blick, und sie wandte sich ab. Weil es ohne den Bart keine Ablenkung von seinen riesengroßen Augen gab. »Bilde ich mir das nur ein, oder stinkt der Hund nach faulen Eiern?«

»Er ist in der Jauchegrube, die offiziell als Ententeich bezeichnet wird, schwimmen gegangen.« Sonst leinte sie Monty immer an, sobald sie dieses Feld betraten, damit er sich nicht in die stinkende Brühe stürzte, die hinter dem Schilf verborgen war. Aber heute Morgen war sie nur noch zwei Schritte vom Teich entfernt gewesen, als ihr aufgefallen war, wohin sie ging.

»Und wann war das?«, fragte James.

Tilly blickte auf den Hund, der ein Nickerchen im Klee machte und dessen pinkfarbene Zunge zwischen seinen Zähnen hing. Seine Beine zuckten, denn er träumte offenbar von einer wilden Jagd, und das Fell war mit eingetrocknetem Entengrützen-Schleim bedeckt. »Vor einer Weile.«

»Und du hast die ganze Zeit hier rumgesessen?«

Warum formulierte er es so, als ob das ein Verbrechen wäre? »Fast.«

James trat in den Schatten einer Buche, an der jede Menge Eckern in der Farbe von in Karamell getunkten Äpfeln hingen und deren unterster Ast an Weihnachten von ihr und Isaac als Schaukel zweckentfremdet worden war. Wie anders ihr Besuch an Weihnachten doch gewesen war. Wie hatte sich in einem halben Jahr nur derart viel verändern können? Plötzlich war sie völlig erschöpft und verspürte das Bedürfnis, sich dem Leben einen Augenblick zu entziehen.

»Ich kann das nicht mehr«, erklärte sie. »Ich kann mich nicht mehr mit dir im Garten verstecken. Ich würde gerne weglaufen, nur weiß ich nicht, wohin. Ich würde gern laut schreien, nur habe ich keine Ahnung, was ich sagen soll. Sag mir, wie du deine Angst bekämpfst, erzähl mir mehr von dieser kognitiven Verhaltenstherapie.«

»Das hat keinen Sinn.«

Sie funkelte ihn zornig an. Er gab sich nicht geschlagen, weshalb also sollte sie das tun?

»Es hat keinen Sinn.« Seine Stimme wurde sanft. »Denn deine Ängste sind real.«

Sie blinzelte ins helle Sonnenlicht. Was hatte sie sich nur dabei gedacht, hier ohne Hut herumzusitzen? Sie stieß einen neuerlichen Seufzer aus und trat zu ihm in den Schatten.

»Angst ist Angst. Erzähl mir also bitte trotzdem, was du machst.«

James streckte ein Bein aus und massierte den einzigen Fleck auf Montys Flanke, der noch halbwegs sauber war. »Wenn du gegen einen Zwang ankämpfst, veränderst du seine Struktur, drehst ihn um oder – was am besten ist – schiebst ihn vor dir her. Wenn es dir gelingt, ein Ritual um zehn Minuten zu verschieben, legt sich der Impuls. Zumindest in der Theorie. Wenn du ein schlimmes Bild siehst, stell dich ihm, spiel damit herum, versuch, es ins Lächerliche zu ziehen, oder konzentrier dich drauf, bis deinem Hirn langweilig wird und es an etwas anderes denkt. Und im Kampf gegen eine Obsession hast du drei Möglichkeiten. Ihr mit Logik zu begegnen – *was praktisch unmöglich ist* –, dich davon zu distanzieren – *das heißt, den Gedanken einfach davonschweben zu lassen* – oder ihn aktiv zu verdrängen – *nach dem Motto, verpiss dich, du Idiot*. Und wenn du ganz verzweifelt bist, wendest du am besten alle drei Methoden an. So, das war eine kurze Zusammenfassung der kognitiven Verhaltenstherapie.«

Sein Lächeln machte deutlich, dass ihm selbst diese Therapie nicht geholfen hatte. Am liebsten hätte Tilly ihn umarmt, doch dazu fehlte ihr der Mut. Denn sie wusste nicht, wohin es führen würde, wenn sie jetzt die Arme um ihn schlang.

»Dann ist es also schwerer, als es klingt?« Sie verscheuchte eine Bremse.

»Als wollte man noch auf die Schnelle das Schwimmen lernen, während man schon am Ertrinken ist.« Er fuhr sich mit den Fingern durchs Haar. »Wovor hast du dich als Kind gefürchtet?«

»Vor Schlangen und vor Prüfungen. Ich träume selbst heute noch manchmal davon, dass ich irgendeine Prüfung machen muss.«

Sie kramte die Erinnerung hervor. »Mein Puls fing an zu rasen, aber immer, wenn ich dachte, dass ich gleich mein Frühstücks-Toast ausspucken müsste, wurde ich urplötzlich völlig ruhig. Ich weiß noch, das hat sich angefühlt, als wäre ich hellwach und würde trotzdem schlafwandeln. Es war vollkommen surreal.«

»Mit anderen Worten – du hast dich der Angst gestellt, was heißt, dass die Panik ihren Höhepunkt erreicht hat und dann wieder abgeklungen ist. Ich bin kein Psychologe. Aber du bist aus einem bestimmten Grund allein hierhergekommen.« Er packte ihr Handgelenk und hielt es derart fest, dass ihre Fingerspitzen anfingen zu kribbeln, weil das Blut nicht mehr bis dorthin lief. »Schau dir deine Finger an – du hast sie richtiggehend wund geknabbert.« Er ließ wieder von ihr ab. »Gestern habe ich sämtliche Witwenblumen zurückgeschnitten, und du hast es nicht einmal bemerkt. Und vorgestern hattest du dein T-Shirt falsch rum an. Hast du schon mal darüber nachgedacht, ob du nicht vielleicht einfach zulassen solltest, dass du kurzfristig zusammenbrichst?«

Während die Samen einer Pusteblume zwischen ihnen Richtung Himmel wehten, krümmte Tilly ihre Finger. »Ich soll mich also einfach ergeben und sagen: ›Hier bin ich, Angst. Mach mit mir, was du willst‹? Das ist völlig ausgeschlossen.«

»Und warum? Ich kann dich einfach nicht verstehen.«

Eine Gruppe Spaziergänger marschierte Richtung Wald, und zwei Kinder auf Ponys trabten über die Straße Richtung Manor Farm.

Tilly sah den Kindern hinterher, die im Rhythmus ihrer Ponys auf und nieder wippten. »Weil ich eine Mutter bin.«

»Hier geht es nicht um Isaac, Tilly. Hier geht's um dich.«

»Ich komme nicht besonders gut damit zurecht, wenn jemand mir erklärt, wie ich mit meinem Kind umgehen soll. Vielleicht hältst du dich bei diesem Thema also lieber zurück.«

Ein Turmfalke schwebte über sie hinweg. Es musste einfach herrlich sein, auf dem Luftstrom dahinzutreiben, hoch über der Welt zu schweben und für die Geräusche unten auf der Erde taub zu sein.

»Ich habe einmal dieses Buch gelesen, in dem es um Kinder und um Trauer ging.« Unglaublich, hatte er tatsächlich keine Ahnung davon, dass ein Grundpfeiler jedes Gesprächs mit einem anderen Menschen darin bestand, auf die Stichworte, die man bekam, auch einzugehen? »Und zusammenfassend hieß es dort, dass man erst sich selbst die Sauerstoffmaske aufsetzen soll und danach seinem Kind. Das ist eine Philosophie, nach der man leben sollte, findest du nicht auch? Denn wie willst du anderen helfen, wenn du dir nicht selber helfen kannst?«

»Das klingt, als würdest du mir raten, egoistischer zu sein.«

»Dann verstehst du mich absichtlich falsch.«

Wieder funkelte ihn Tilly böse an, doch er zog nur eine Braue hoch.

»Vielleicht solltest du dich fragen, was im schlimmsten Fall passieren kann«, schlug er ihr schließlich vor.

»Im schlimmsten Fall werde ich sterben, was echt ätzend wäre.«

»Ich weiß, dass nicht der Tod dich schreckt.«

»Warum hast du mir diese Frage dann überhaupt gestellt?« Warum hatte er die Sprache abermals auf dieses Thema bringen müssen? Schließlich hatte sie ihm bereits deutlich zu verstehen gegeben, dass er das lassen sollte. Warum hatte diese einmalige Warnung nicht gereicht?

»Kinder sind erheblich zäher, als man denkt. Dafür ist mein Sohn der lebende Beweis.« Monty nieste und fuhr aus dem Schlaf hoch. »Das Beste, was du machen kannst, ist, dass du für den schlimmstmöglichen Fall gewappnet bist. Hast du zum Beispiel schon einen Vormund für den Jungen ausgesucht?«

»Ich habe verfügt, dass Isaac, wenn mir etwas passiert, bei meiner Mutter lebt.« *In Woodend. Nur, dass ihre Mutter dieses Haus in absehbarer Zeit verlassen würde.* »Aber da sie sich räumlich verkleinern will, werde ich wohl Rowena fragen, ob er bei ihr einziehen kann.«

»Und was ist mit Davids Familie?«

»Meine Schwiegereltern beten Isaac an, aber sie leben in einer Pensionärsgemeinde in Florida. Und bei seiner Schwester ist das mütterliche Gen nicht allzu stark ausgeprägt.« Tilly ging vor Monty in die Hocke und klaubte ihm Kletten-Labkrautsamen aus dem Fell. »Außerdem lebt sie in einem Hochhaus in Manhattan, und Isaac hat panische Angst vor Wolkenkratzern. Er denkt, dass sie zusammenbrechen und ihn unter sich begraben.«

»Er ist einfach ein schlaues Kerlchen. Diese Angst habe ich auch.« James massierte sich das Kinn und wirkte überrascht, als hätte er vergessen, was für ein Gefühl es war, wenn dort nichts wuchs. »Und wie sieht es mit einer Patientenverfügung aus?«

»Oh, Pause.« Sie stand auf und stemmte die Hände in die Hüften. Jetzt war er auf jeden Fall zu weit gegangen.

»Genau das meine ich, Tilly, wenn ich davon rede, dass du deine Angst bekämpfen musst. Schicksalsschläge lassen sich nicht verhindern.«

»Du kannst einfach keine Ruhe geben, stimmt's?«

»Wenn ich mich nicht irre, hast du mich um Rat gebeten. Und das tue ich auf die einzig mir mögliche Art – als Mann mit einer Zwangsstörung und nicht als Telefonseelsorger, oder so.« Er setzte ein Lächeln auf, doch seine Augen wurden wieder schwarz.

Tilly schob sich an den Rand des Schattens und starrte ihn an. Sebastian hatte recht gehabt. Sie kannte diesen Mann einfach nicht gut genug.

»Meine Sippe besteht nicht unbedingt aus Menschen, die immer alles durch die rosarote Brille sehen«, erklärte er.

Was zum Teufel machte sie hier bloß? Entblößte ihre Seele einem Mann, den sie – »Wie lange kennen wir uns jetzt?«

»Seit sechs Wochen. Aber ich wüsste nicht, was das für eine Rolle spielt. Du und Isaac, ihr seid ein Teil von meinem Leben, seit ich euch zum ersten Mal begegnet bin.«

War er wirklich so naiv?

»Los, Junge«, sagte James, und schwanzwedelnd sprang Monty auf. »Zeit heimzugehen.«

»Das war's? Du nimmst den Hund, haust ab und lässt mich ganz alleine hier zurück?«

»Die Umgebung hast du selbst gewählt.« James wandte sich zum Gehen, blieb dann aber noch einmal stehen und sah sie über die Schulter hinweg an. »Ich schlage vor, dass du erst mal laut schreist und dann ein bisschen heulst. Mir tut das immer gut. Und während du das tust, entwerfen Isaac und ich ein Baumhaus für die prächtige Eiche auf der Koppel.«

»Du weißt, wie man ein Baumhaus baut?«

James warf sich das Haar über die Schultern und blickte sie grinsend an. Heute hatte er zwei Silberringe und zwei kleine Diamanten in den Ohren. Der Stecker links funkelte in der Sonne und blendete sie. »Du wärst wahrscheinlich überrascht, was ein Junge vom Land alles aus einem Haufen alter Bretter machen kann.«

Monty und James marschierten den Hügel hinab zurück Richtung Haus. »Setz deine Sauerstoffmaske auf«, rief er ihr zum Abschied zu. »Und erschreck die wilden Tiere nicht.«

Noch während sie ihm hinterhersah, schrie sie stumm: *Komm wieder her zu mir!* Wie konnte einem jemand fehlen, den man sogar noch sah?

Sie starrte auf das platt gedrückte Skelett von einem Hasen, das im langen Gras am Wegrand verborgen lag. Dieses ganze Vorhaben war völlig sinnlos. Während sie mit Monty hier gewesen war, hatte sie so tun können, als legte sie während des Spaziergangs nur eine Pause ein. Ohne Hund kam sie sich völlig dämlich vor, und vor allem schwitzte sie elend. Die Hitze in England kam ihr seltsam vor – wie Urlaubswetter, aber im falschen Land. Auch wenn es die Vögel in der Chase nicht sonderlich zu stören schien, denn sie waren genauso laut wie die Vögel bei ihr daheim. Sie sollte sich eine CD mit Vogelstimmen kaufen, wenn sie wieder in den Staaten wäre, dann könnte sie bald mehr der einheimischen Sänger identifizieren.

Sie zuckte zusammen, denn das, was ihr eben durch den Kopf gegangen war, brachte sie aus dem Gleichgewicht. Unglaublich, während sie von etwas so Banalem wie dem Wetter abgelenkt war, hatte ihr Gehirn sie damit konfrontiert, dass bei ihr zu Hause nicht die Finken und die Drosseln sangen, sondern Falken oder Kolibris. Fehlte ihr hier sonst noch was? Die Glühwürmchen, auf jeden Fall! Ihr Garten? Meine Güte, ja!

Hieß das, dass ihr Herz an zwei Orte gehören konnte, auch wenn sie es bis heute hatte zwingen wollen, sich für einen der beiden zu entscheiden?

Sie setzte sich wieder auf den Zaun und dachte an James, wie er zu Hause vor der Eisdiele auf jeden zweiten Löwenzahn getreten war, und an die wunderbare Aussicht dort, die sie genauso liebte wie die Aussicht hier. Die Landschaft hier in Bramwell Chase hatte sich in dreißig Jahren nicht verändert und würde in dreißig Jahren sicher noch genau so aussehen, ob sie nun selbst in dieser Umgebung wohnte oder nicht. Ob sie lebte oder starb. Isaac würde dann bei einem Menschen leben, der ihre Vergangenheit geteilt hatte und in der Lage sein würde, diese Erinnerungen für seine Zukunft zu bewahren. Ja, bei seiner Patentante würde es ihm gutgehen.

Und angenommen … angenommen, sie müsste wirklich sterben. Wie sähe es dann mit einer Patientenverfügung aus? *Fahr zur Hölle James, weil du mich darauf angesprochen hast.* Wenn sie wüsste, dass ihr Sohn der Mittelpunkt des Universums eines anderen Menschen wäre, sollte sie dann vielleicht dafür sorgen, dass es möglichst schnell vorüber war? Wäre das weniger schmerzlich für ihr Kind?

Acht Jahre zuvor, als sie sich geweigert hatte, das Thema mit David zu besprechen, hatte ihre Welt sich noch in eine völlig andere Richtung bewegt. Acht Jahre zuvor hatte sie sich Ideale leisten können. Aber hatte ihr die Trauer nicht gezeigt, dass man es sich ab und zu einfach nicht leisten konnte, nicht von einer Route abzuweichen, die einem zu einem anderen Zeitpunkt gut und richtig vorgekommen war?

James hatte davon gesprochen, dass man erst zusammenbrechen musste, um gestärkt aus dem Zusammenbruch hervorzugehen. Könnte diese einfache Philosophie auch Isaac retten, falls sie starb? Als er noch ein ungestümes dreijähriges Kind gewesen war, hatte sie immer zu ihm gesagt, er müsse die Knie beugen, wenn er hinfiele. *Wenn du stocksteif umfällst, brichst du dir viel eher etwas.* Und jetzt war sie plötzlich selbst stocksteif. Aber woran sonst könnte sie sich klammern, wie könnte sie sonst verhindern, dass sie vollends in der Dunkelheit versank? Oder musste man sich vielleicht manchmal einfach fallen lassen, um dann wieder aufzustehen?

Sie schloss die Augen vor der Aussicht und vor dem Gesang der Vögel und dachte an die heimlichen Stunden nach dem Tod von David, als sie ihre Trauer zugelassen hatte. Als sie *zusammengebrochen* war.

19

Zum ersten Mal seit zweiundzwanzig Stunden und achtunddreißig Minuten waren sie allein. Er trug schwer daran, dass Tilly ihm so wichtig war. Denn jede Stunde, jede Minute, jede Sekunde eines jeden Tages dachte er an sie. Er konnte ihrer beider Schmerz und ihrer beider Bedürfnisse nicht mehr voneinander trennen. Und er wusste ganz genau, was sie von ihm erhoffte, nur, dass das vollkommen ausgeschlossen war. Weshalb hatte seine Störung ihm dazwischenfunken müssen, als er sich aufrichtig darum bemüht hatte, der Mensch zu sein, auf den Tilly sich verlassen konnte, statt des irren James mit den unzähligen Fehlzündungen im Gehirn?

Sie müssten jetzt endlich losfahren, oder sie würden zu spät kommen. Was ebenfalls vollkommen ausgeschlossen war. Trotzdem konnte er nicht tun, worum sie ihn bat. Er konnte es einfach nicht tun. Am Himmel hatte sich eine bedrohlich dunkle Wand aus dichten Wolken aufgebaut, und die feuchte Luft machte das Atmen schwer. Wahrscheinlich würde jeden Augenblick ein furchtbares Gewitter losbrechen.

»Es tut mir leid, Tilly. Es tut mir leid.« Sie sahen einander über die Kühlerhaube des Yaris hinweg an. »Ich kann nicht fahren. Ich kann es einfach nicht.«

»Aber du hast mir doch angeboten, mich ins Krankenhaus zu fahren, oder etwa nicht?«

Der Ärger war ihr deutlich anzuhören.

Rowena hatte ihm erklärt, Tilly bräuchte Zeit für sich. Deshalb hatte er in den vergangenen beiden Tagen alles unternommen, damit Tilly diese Zeit bekam. Er hatte Isaac, Virginia und sogar den irren Hund dazu gezwungen, ihm beim Bau des Baumhauses zur Hand zu gehen, damit Tilly die Gelegenheit bekam, sich vor der Welt zurückzuziehen. Und genau das hatte sie getan und zu einem geborgten Soundtrack Erinnerungsstücke an ihre Familie eingepackt. Einem von *ihm* geborgten Soundtrack, der auf *seinem* neuen iPod Classic abgespeichert war. Zum ersten Mal in seinem Leben hatte sich der stechende Schmerz, den er empfand, wenn er irgendetwas teilen musste, gelohnt. Denn ihr Anblick, als sie zum Klang der Gipsy Kings summend durchs Haus gelaufen war, hatte an sein Herz und seine Männlichkeit gerührt. Und ihn mit Bildern von Sebastian bombardiert. Sebastian, wie er sie im Arm gehalten und mit ihr geschlafen hatte.

Sie liebt nicht dich, sondern Sebastian.

James hätte nicht sagen können, welcher der Rivalen – Tillys toter Ehemann oder ihre putzmuntere Jugendliebe, der loyale Freund, der momentan in London weilte, weil es dort zum Schuljahresende seiner Kinder irgendwelche Feiern gab – die größere Bedrohung für ihn war. Wie um alles Welt konnte ein so anständiger Mensch einem derart unsympathisch sein?

Tilly braucht nicht dich, sondern Sebastian.

James war zu erschöpft, um sich gegen die Gedanken, die ihm durch den Kopf schwirrten, zu wehren. In den letzten beiden Nächten hatte er kein Auge zugemacht. Rowena war zur großen Landwirtschaftsmesse von Yorkshire unterwegs, und er hatte sich angewöhnt, jeden Abend nachzusehen, ob auch alle Türen und Fenster ordentlich verschlossen waren. Das Bewusstsein, ganz allein im Herrenhaus zu sein, rief ein Gefühl der Panik in ihm wach. Doch wo hätte er sonst bleiben sollen?

Sie liebt nicht dich, sondern Sebastian.

»Ich habe nicht gesagt, ich fahre dich, sondern ich komme mit ins Krankenhaus. Denn ich kann beim besten Willen nicht auf der linken Seite dieser obskuren Straßen fahren, an denen ständig irgendwelche Schilder mit *Achtung – Geschwindigkeitskontrolle*, *Langsam fahren* oder *Achtunddreißig Tote in drei Jahren* stehen. Wenn ich fahren würde, kämst du niemals lebend in der Klinik an.« In dem Bemühen, sich einen Taubenschlag voll laut gurrender Vögel vorzustellen, kniff er möglichst fest die Augen zu. Doch es funktionierte nicht.

»Ich sehe ständig Bilder vor mir.« Unglücklich schlug er die Augen wieder auf. »… von dir und mir, wie wir unter einem brennenden Sattelschlepper klemmen.«

»Also gut. Dann werde ich die Todesfalle eben selbst kutschieren.« Tilly schwang sich hinters Steuer, warf die Tür hinter sich zu und wartete, bis James sich neben sie gequetscht hatte. Dann fuhr sie mit laut quietschenden Reifen los.

*

Sie kamen bereits am zweiten Plastikblumenstrauß für eine geliebte Frau oder einen geliebten Mann, eine Mutter oder einen Vater, eine Tochter oder einen Sohn vorbei, die oder der auf dieser viel zu engen und gewundenen Straße umgekommen war, und noch immer sagte sie kein Wort.

Da Tilly bereits sauer auf ihn war, sollte er ihr vielleicht gleich auch noch die Sache zwischen ihm und David beichten, dann hätte er es endlich hinter sich. Noch letzte Woche hatte er gedacht, sie dürfte nie etwas davon erfahren, doch inzwischen hatte sich sein zweites, kindlicheres Ich in die Beziehung eingemischt, und dieses Ich erklärte ihm, dass er von ihr im Stich gelassen worden war. In den letzten beiden Tagen hatte Tilly sich zurückgezogen, und seiner verqueren Logik war total egal, dass das auf seinen Vorschlag hin geschehen war. Er musste sich ihr einfach anvertrauen, musste Tilly dazu bringen zu erkennen, dass ihre Begegnung Schicksal war. Zumindest hoffte er, Tilly würde glauben, dass es Schicksal und nicht irgendein beschissenes Karma war.

Allmächtiger, er kam sich vollkommen idiotisch vor, wie er da eingequetscht in diesem Spielzeugauto saß. Und auch außerhalb des Wagens erschien ihm England wie eine Miniaturwelt. Selbst die Parklücken in diesem Land waren geradezu erschreckend klein.

Er machte zwei Yoga-Atemzüge und dann noch mal zwei.

»Und, wann wirst du endlich damit herausrücken: ›Hab ich dir nicht gesagt, dass die Straßen hier entsetzlich sind?‹«, fragte ihn Tilly erbost.

»Gar nicht. Aber da du wieder mit mir sprichst, würde ich dir gerne eine Frage stellen.« Er öffnete den Verschluss seiner glückbringenden Alessi-Uhr. Und ließ ihn wieder zuschnappen. Machte ihn wieder auf und wieder zu. Auf und ... Tilly legte ihm die Hand auf den Arm.

»Falls du fahren möchtest«, sagte sie, »ist meine Antwort ja.«

James fuhr sich mit der Hand durchs Haar. »Eher würde ich mich umbringen.«

Sie sah ihn von der Seite an. »Könntest du das wirklich tun? Dich umbringen?«

»War nur ein Witz.«

Aber sie lachte nicht. »Du könntest es, nicht wahr? Ich glaube, du wärst dazu in der Lage.«

»Ich will dich nicht belügen, Tilly. Ich hatte schon derartige Tiefs, dass ich kaum noch einen anderen Ausweg sah. Aber das ist jetzt vorbei.« Bitte, lieber Gott, mach, dass sie mir glaubt. »Ich wollte dich fragen, ob ...«

»Du hast schon mal versucht, dich umzubringen?«

Bildete er sich das ein, oder wich sie tatsächlich ein Stück vor ihm zurück? *Sprich weiter, James, sprich weiter.*

»In meinem Leben gab es Augenblicke ...« – *Unter anderem einmal im Zusammenhang mit deinem Mann* – »... da konnte ich verstehen, wenn jemand das Leben völlig sinnlos fand. Und ich glaube, jeder Mensch muss selbst entscheiden, ob er irgendeinen Schmerz, egal, ob körperlicher oder seelischer Natur, irgendwann nicht mehr ertragen möchte oder kann.«

»Ich kann mir einfach nicht vorstellen, jemals zu dem Schluss zu kommen, dass das Leben sich, egal aus welchem Grund, nicht mehr für mich lohnt«, stellte sie mit ruhiger Stimme fest.

»Und trotzdem bringen sich alljährlich Tausende von Menschen um. Ich hatte einfach Glück. Ich bin aus den Depressionen immer wieder aufgetaucht, weil ich ein Überlebenskünstler bin. Und das bist du auch.« Er hatte einen bitteren Geschmack im Mund. *Genug des Vorgeplänkels.* »Hatte David eine Narbe auf der rechten Backe?«

»Woher weißt du das?«

Er wandte sich ihr zu und hätte beinahe einen Rückzieher gemacht. Denn von der Seite sah sie mädchenhaft und unendlich verletzlich aus. Alles an ihr war zart: die bleiche Haut, die Stupsnase, die fein geschwungenen, blonden Brauen. Am liebsten hätte er sie in den Arm genommen und vor allem Leid beschützt. Obwohl sie viel zäher war als er.

Wie zäh genau, würde er gleich herausfinden.

Nachdenklich hob er einen Finger an die Lippen. Doch im Grunde war die Antwort klar.

»Ich habe sie ihm zugefügt.«

Eine leere Plastiktüte trudelte im Luftzug ihres Wagens über den Bürgersteig, bevor sie unter einer dürren Hecke zwischen einer aufgerissenen Kondompackung und einer platt gedrückten Happy-Meal-Box von McDonald's liegen blieb.

Tilly trat ruckartig auf die Bremse, und als James nach

vorne flog, straffte sich der Gurt vor seinem Bauch, und er atmete zischend aus. Himmel, das war gerade noch mal gutgegangen, auch wenn sie jetzt drei Meter vor einem Kreisverkehr mitten auf der Straße stand.

»Du warst der irre Student, der mit einem Barhocker auf David losgegangen ist?«, stieß sie mit unnatürlich hoher Stimme aus.

Er nickte stumm.

»Du warst mit meinem Mann zusammen an der Uni in Chicago?«, rief sie entgeistert.

So weit, so gut. Bisher hatte sie ihn noch nicht rausgeschmissen.

»David hatte gerade erst dort angefangen, und ich selbst bin kurz nach diesem Zwischenfall dort weg. Weshalb ich ihm nur das eine Mal begegnet bin.«

»Du bist wegen meinem Mann dort weg?«

»Nein.« In James stieg ein Gefühl der Ruhe auf. Wer hätte gedacht, dass eine umfängliche Beichte so befreiend wirken konnte? »Ich bin von der Uni abgegangen, weil ich einfach viel zu ungeduldig für das Studium war. Weil mir dort alles zu langsam ging. Die Arbeit hat mich nicht gestört, aber die Zeit, die man dort braucht, bis man irgendwann ganz oben ist. Obwohl David dort sicher ein kometenhafter Aufstieg gelungen ist. Sein Buch hat mir übrigens echt gut gefallen.«

Als hinter ihnen jemand hupte, fuhr er ruckartig auf seinem Sitz herum. »Ich will dir bestimmt nicht sagen, wie du fahren sollst, aber hinter uns ist eine ziemlich lange Schlange. Vielleicht solltest du langsam weiterfahren.«

»Und warum genau bist du mit einem Barhocker auf David losgegangen?« Sie ließ das Steuer weich durch die Hände gleiten, fädelte sich in den Kreisverkehr ein, trat dann aber mit einem Mal das Gaspedal bis auf den Boden durch und schoss über zwei Fahrspuren hinweg.

James klammerte sich haltsuchend am Türgriff fest. Scheiße. Wollte sie ihn vielleicht umbringen?

Ein weißer Lkw fuhr laut hupend an ihr vorbei, und der Fahrer streckte zornbebend den Mittelfinger aus.

»Sorry«, sagte sie und nahm den Fuß vom Gas.

James entspannte sich, starrte aber weiterhin auf das Lenkrad. »Es hatte etwas mit der Frau zu tun, mit der ich damals zusammen war. Allerdings habe ich völlig überreagiert, denn im Grunde war mir klar, dass es nicht seine Schuld gewesen war. Sie hatte mich auch vorher schon mit anderen betrogen, aber ich war einfach hoffnungslos in sie verliebt. Und ja, bevor du fragst – damals habe ich mir überlegt, ob ich mir nicht das Leben nehmen soll.«

Er wartete auf eine Reaktion und fuhr erst fort, als keine kam. »Ich habe die Affäre bis zum bitteren Ende durchgestanden. Was zum Glück der Streit mit David war, denn wegen dieses Streits, nicht wegen meines zwanghaften Verhaltens und meiner diversen Obsessionen habe ich die erste Therapie gemacht. Diese Auseinandersetzung hat mir klargemacht, dass ich ständig unter Strom stand und bereits beim kleinsten Anlass völlig ausgerastet bin.« Er spielte mit dem Diamantstecker in seinem rechten Ohr. »Ich bin damals immer hochgegangen wie eine Rakete, ganz egal, worum es ging.«

»Dann habt ihr euch also, du und mein Mann, wegen einer Frau geprügelt?«, fragte Tilly leise.

Wäre das vielleicht okay für sie? Würde sie ihm vielleicht ebenso verzeihen wie damals schon ihr Mann?

»David konnte nichts dafür, Tilly. Ich bin einfach in die Bar gestürmt, habe mir den Hocker geschnappt und bin auf ihn losgegangen. Er wollte mir ausweichen, was völlig logisch war, aber dabei ist er gestolpert, hat unglücklicherweise einen Tisch mit umgerissen und sich an den Scherben eines der Gläser geschnitten, die dabei zu Bruch gegangen sind.« James vergrub die Hände tief in seinen Haaren und warf den Kopf zurück. Plötzlich sah er wieder deutlich vor sich, wie er David hochgerissen hatte, um ihn windelweich zu schlagen, nur, dass der bereits verletzt gewesen war. »Als ich all das Blut gesehen habe, kam ich wieder zu mir. Obwohl ...« – er machte eine kurze Pause, hoffte er vielleicht darauf, dass Tilly ihm versichern würde, dass sie ihn verstand? – »... mich das Blut erheblich mehr schockiert hat als ihn selbst. Ich habe ihn ins Krankenhaus gefahren, die Arztrechnung bezahlt und ihn dann heimgebracht. Bis dahin hatten wir uns längst wieder versöhnt. Er hatte nicht gewusst, dass Isha mit jemand anderem zusammen war. Und er war wirklich großmütig. Er hätte problemlos Anzeige erstatten können, doch das hat er nicht getan. Er meinte sogar, er könnte mich verstehen. Wofür ich ihm ewig dankbar war.« *Und jetzt?* Am besten wartete er einfach ab ...

Sie atmete vernehmlich aus. »Danke.«

Er riss überrascht die Augen auf. »Wofür?«

»Dafür, dass du mir etwas erklärt hast, was mir über all die Zeit hinweg ein Rätsel war.« Sie setzte den Blinker und sah in den Rückspiegel. »Ich hatte immer das Gefühl, dass mir David in Bezug auf diese Narbe irgendwas verschwiegen hat. Und jetzt verstehe ich, warum. Er hat sich dafür geschämt, dass er mit der Freundin eines anderen geschlafen hat. David hatte zwar ein ausgeprägtes Selbstbewusstsein, aber gleichzeitig ein mindestens genauso ausgeprägtes Ehrgefühl.« Langsam rollte sie auf eine rote Ampel zu. »Und ja, er konnte dich bestimmt verstehen. Er fühlte sich immer von Menschen in Krisen, von Menschen, die ihn brauchten, angezogen. Wenn er ihnen helfen konnte, hat ihm selbst das ein Gefühl von Sicherheit verliehen.«

Die Ampel sprang auf Gelb und kurz darauf auf Grün. Die Ampeln hier in England gaben einem viel mehr Zeit als die daheim, stellte James fest. In Amerika gab es nur Rot und Grün ohne irgendwas dazwischen, doch er liebte und er brauchte einfach möglichst lange Umgewöhnungsphasen, selbst beim Autofahren.

Tilly sah ihn lächelnd an. Er hatte recht gehabt, es ihr zu sagen. Gott sei Dank.

Was für ein Segen konnte doch die Wahrheit sein! Weil man durch sie die Dinge oft aus einer völlig anderen Perspektive sah! Jetzt wusste sie genau, dass aus ihnen beiden niemals etwas werden konnte. Denn seine Enthüllung hatte das, was zwischen ihnen war, ins Gleichgewicht gebracht und ihre Beziehung auf eine Ebene gestellt, die sie verstand. Er hatte ihren toten Ehemann verunstaltet, und deshalb könnte sie sich nie in ihn verlieben. Nie.

Also bitte, das war schließlich eine Riesenschuld, die du damals auf dich geladen hast.

»Wenn David sich zu schwachen Menschen hingezogen fühlte«, sagte James, »verstehe ich beim besten Willen nicht, was er in dir gesehen hat.«

»Ich habe sein Privatleben organisiert, damit er in seinem Job brillieren konnte. Ich war der dienstbare Geist, der ihm die Arbeiten des Alltags abgenommen hat.«

»Das siehst du falsch.«

Was sollte das schon wieder heißen?

»Wie bitte?«

»Falls David sich darauf verlassen hat, dass du sein Leben regelst, warst du die unsichtbare Macht hinter dem Thron und nicht die kleine Dienerin. Du solltest dein Licht nicht unter den Scheffel stellen, Tilly. Du bist eine starke, vielseitig begabte Frau, die aus einer Tragödie heraus ein erfolgreiches Unternehmen gegründet hat.«

Interessant. So hatte sie es bisher nie gesehen, aber das hieß nicht, dass James' Behauptung richtig war. Und auch wenn sie ihm für seine aufmunternden Worte durchaus dankbar war, hatte er einfach keinen blassen Schimmer, wie es ihr damals gegangen war. »Das war keine Absicht, James. Ich habe mich einfach an das Leben, das David und ich uns aufgebaut hatten, geklammert und versucht, es für Isaac zu bewahren. Dabei war die Gründung meines Unternehmens nur Mittel zum Zweck. Wobei die Freude, die ich an der Arbeit habe, nur ein netter Bonus war.«

Sie trat auf die Bremse, denn ein Stück vor ihr begann der nächste Stau. Plötzlich sehnte sie sich nach den breiten, leeren Straßen, die die Wälder in Amerika durchschnitten. Auf denen sie den Geiern auswich, die an irgendwelchen überfahrenen Tieren zupften, oder anhielt, weil direkt vor ihrem Wagen eine Schildkröte über die Straße schlich. Und als sie an einem winzig kleinen, in Pastellfarben gehaltenen Vorgarten vorbeifuhr, sehnte sie sich nach den leuchtenden Gewächsen ihres Sonnenbeets.

Schließlich fuhr sie wieder an, bog in den Klinikparkplatz ein und dachte mit einem Mal an eine Nacht vier Monate vor Davids Tod zurück. Sie hatten sich nach einem fürchterlichen Eisregen notdürftig und ohne fließend Wasser oder Strom im Keller eingerichtet, doch auf ihren Vorschlag hin, endlich Geld für einen Generator auszugeben, hatte David rundheraus erklärt: »Vergiss es, Babe. Das wäre rausgeschmissenes Geld. Denn schließlich sind wir nicht mehr lange hier.« Und wie zum Beweis dieser Behauptung hatte er, sobald das Telefon wieder funktioniert hatte, überall verkündet, dass er andernorts für eine Stelle zu Verfügung stand. Nach fünf Tagen, in denen sie mühsam gefrorene Holzscheite verbrannt und Eis geschmolzen hatten, weil es sonst kein Wasser für die Klospülung gegeben hätte, hatte er vom Leben auf dem Land endgültig die Nase voll gehabt. Und wenn er etwas entschieden hatte, war er nicht mehr davon abgerückt.

Aber sie hatte in Creeping Cedars ihren Garten, ihre Freundinnen und eine eigene, von ihr erschaffene Welt gehabt. Hatte sie nicht deswegen nach Davids Tod einen Teil des ihr von der Versicherung bezahlten Geldes in den Generator investiert, den er nie hatte haben wollen?

Hatten ihre Schuldgefühle ihren Blick auf die Vergangenheit gefärbt und sie all die Dinge ausradieren lassen, die nicht rundum positiv gewesen waren? Ja, natürlich war ihr immer klar gewesen, dass ihr Mann die Zeit in Creeping Cedars immer nur als kurzen Zwischenstopp auf seinem Karriereweg betrachtet hatte. Und der Eisregen hatte ihn in dem Wunsch, endlich wieder in die Zivilisation zurückzukehren, noch bestärkt. Er hätte diesen Plan so schnell wie möglich in die Tat umsetzen wollen, und das hätte irgendwann zu einem Riesenstreit geführt.

Sie drehte den Zündschlüssel im Schloss und streckte die Hand nach ihrem Rucksack aus. Also dann. Jetzt müsste sie sich erst einmal der Zukunft stellen. Die nur sicher war, solange man nicht irgendwie von seinem Weg abwich. Wobei ein Termin zur Untersuchung ihrer Brust ein unvorhergesehener Umweg war. Wie auch der Mann, der neben ihr im Auto saß. Der Mann, in den sie sich niemals verlieben könnte.

Tilly stieß die Wagentür auf, und auf einmal war ihr ganz flau im Magen.

»Wir haben ein Problem. Meine Beine funktionieren nicht.«

Stirnrunzelnd stieg James eilig aus und lief auf ihre Seite hinüber. Er beugte sich zu ihr herab – und unter dem offenen Kragen seines schwarzen Hemds nahm sie seine schwarze Brustbehaarung wahr. Glühendes Verlangen wogte in ihr auf, und sie stellte sich ihn küssend vor. Küsste er wohl eher zärtlich und verführerisch oder heftig und voller Leidenschaft? Sie schüttelte den Kopf.

»Als du letztens wissen wolltest, wovor ich mich fürchte, habe ich nicht alles aufgezählt.« Um sich abzulenken, blickte sie sich hektisch auf dem Parkplatz um und starrte schließlich auf ein fremdes Nummernschild. »Ich hätte es dir sagen sollen, als ich gesagt habe, dass ich nicht ganz alleine in die Klinik fahren kann, aber ich wollte nicht dämlich klingen, wollte nicht, dass du den Eindruck kriegst … ich meine, nein, das war es nicht.« Gott, sie brabbelte nur wirres Zeug. James ging vor ihr in die Hocke und blickte sie weiter schweigend an. »Ich habe miterlebt, wie Daddy hier in diesem Krankenhaus gestorben ist. Und danach habe ich fünf Tage lang mitangesehen, wie David …« Glühend heiße Pfeile bohrten sich in ihre Brust. Ob das eine erste Hitzewallung war? War sie nicht noch viel zu jung für diesen Wechseljahres-Mist?

»Krankenhäuser«, stieß sie heiser aus. »Ich kann sie einfach nicht ertragen.«

Die Hitze breitete sich in ihrem ganzen Körper aus, während zugleich der Parkplatz schrumpfte. Oder eher in tausend Stücke zersprang, als sähe sie ihn durch ein Kaleidoskop. Und ihre Beine kribbelten und waren schwer wie Blei. Wow, sie fühlte sich, als wäre sie plötzlich sturzbetrunken ohne auch nur einen Tropfen Alkohol im Blut. Nur, dass ihre Hände zitterten. Und ihr die Brust so eng wurde, als säße sie in einem unsichtbaren Schraubstock, den eine genauso unsichtbare Hand zusammenschob. Panik wogte in ihr auf.

»Ich – kriege – keine – Luft.« Oh Gott, bestimmt bekam sie gerade einen Herzinfarkt.

James legte ihr die Hände an den Kopf. »Guck auf meinen Mund, und atme parallel zu mir. Ein und aus. Gut. Konzentrier dich ganz auf meinen Mund und atme immer weiter. Ein und aus. Sieh es einfach als Yoga-Übung an.«

Sie war im Begriff zu sterben, und der Kerl wollte ihr beibringen, im Yoga-Stil zu atmen? »N-nein!« Sie versuchte, sich ihm zu entwinden, während ihr Herz einen hektischen Trommelwirbel schlug. *Es ist eine ganz blöde Idee, ihm auf den Mund zu gucken. Kann zu großes Verlangen vielleicht tödlich sein?* »Hol ... einen ... Arzt.«

»Hör mir zu.« Er legte ihr die Hände noch ein wenig fester um den Kopf. *Derart elegante Hände, derart lange, schlanke Finger, derart saubere, ordentlich geschnittene Nägel hatte sie bisher noch kaum je bei einem Mann gesehen.*

»Du hast gerade eine Panikattacke«, stellte James mit ruhiger Stimme fest. »Das nennen die Ärzte Abwehr-oder-Flucht-Reflex. Dein Körper reagiert auf die Information deines Gehirns und wappnet sich gegen eine empfundene Gefahr, indem er versucht, sich zu entscheiden, ob er lieber kämpfen oder flüchten soll.«

»Sorg … dafür … dass … es … aufhört.« Reden tat genauso weh wie Atmen, merkte sie.

»Okay, okay. Konzentrier dich ganz auf meine Worte. Bist du gern am Meer?«

Sie nickte stumm.

»Hast du Angst vor Wellen?«

Sie spürte die Schwielen an seinen Händen, die von der Astschere herrührten. »Nein … du?«

»Das ist eine kurze Frage, auf die ich dir eine lange Antwort geben werde.« Er verzog den Mund zu einem Grinsen, und mit einem Mal nahm ihre Anspannung ein wenig ab. »Ich habe eine Heidenangst davor, dass mich ein Tsunami oder irgendeine Strömung mit ins offene Meer reißt. Dass mich eine Riesenqualle sticht oder mir ein weißer Hai ein Bein abbeißt. Dagegen ist die stinknormale Angst vor Krankenhäusern ja wohl nur ein Klacks.«

Jetzt lächelte sie ebenfalls und merkte, dass das einfacher war als atmen.

»Aber das ist dein Traum«, fuhr er fort. »Und das heißt, dass wir an einem menschenleeren weißen Sandstrand sind.« Er beugte sich noch etwas weiter zu ihr vor. »Schließe deine wunderschönen Augen, hör auf das Plätschern der Wellen, und geh auf das Wasser zu. Kannst du es riechen?«

Tilly nickte, auch wenn alles, was sie roch, sein nach kühlem Wintergrün duftender Atem war.

»Gut. Und jetzt geh zu dem hölzernen Ruderboot, das auf dem Wasser treibt und über dessen Rand die duftenden roten und pinkfarbenen Blüten der Wicken hängen, die du so sehr liebst. Aber bleib unterwegs ruhig noch mal stehen, um zu genießen, wie das Wasser deine Knöchel streichelt, deine Zehen im nassen Sand versinken und die Sonne dir den Rücken wärmt.«

Sie liebte seine Stimme und auch seinen weichen amerikanischen Akzent, über dem – vielleicht als Erbe seines Vaters – ein Hauch irischen Singsangs lag. Außerdem genoss sie die Berührung seiner warmen Hände, die nicht weniger beruhigend war als sein angenehmer Tonfall.

Bitte, bitte, lass mich nicht los. »Bitte, komm mit ins Wasser«, flehte sie.

»Das kann ich nicht. Weil ich nicht so mutig bin wie du. Ich kauere auf einem Badetuch und vollführe ein Ritual, das alle anderen Leute denken lässt, ich wäre aus der Irrenanstalt geflohen.«

Sie schaffte es zu lächeln.

»Aber du gleitest durch das Wasser und spürst, wie es um deine Knie und um deine Oberschenkel streicht …« Erst nach einer kurzen Pause fort er fort. »Jetzt hast du das Boot erreicht, legst alles, was dich belastet, darin ab, schiebst es in Richtung Horizont – es treibt davon und nimmt deine Gedanken mit.«

»Alle meine Gedanken?«

»Nur die, die du loswerden willst. Die anderen kannst du behalten.«

Als sie die Augen wieder aufschlug, blickte er sie reglos an. Ab und zu brachte sein Blick sie aus dem Gleichgewicht, weil sie das Gefühl hatte, er könnte ihr direkt in die Seele sehen. Bei anderen Gelegenheiten hatte dieser Blick ihr ungeahnte Kraft verliehen, und heute war sie davon derart überwältigt, dass sie einen trockenen Mund bekam.

Er kniff ihr zärtlich in die Nase und stand auf. »Wollen wir jetzt reingehen?«

Mühsam hievte sie sich aus dem Wagen. »In einer Sache irrst du dich. Ich bin nicht mutiger als du. Einen so mutigen Menschen wie dich habe ich nie zuvor erlebt.«

Schweigend wandte er sich zum Gehen.

Wartezimmer-Plastikstühle waren einfach ätzend. Unnachgiebig, unbequem, un- ... Ihr Gehirn versagte ihr seinen Dienst, wie auch schon vor einer halben Stunde, als der nette James sie mit Stadt-Land-Fluss von ihrer Angst hatte ablenken wollen. Da ihr schon in der Schulzeit Erdkunde zuwider gewesen war, hatte sie ihm kurzerhand das Lieblingswortspiel ihrer Mutter, *Die Katze des Pfarrers*, beigebracht. Sie waren bis zum *m* gekommen, doch ein anderes Adjektiv als *mausetot* war ihr einfach nicht eingefallen. *Die Katze des Pfarrers ist mausetot.*

Im nächsten Moment wurde ihr wieder flau im Magen.

»Mrs Silverberg?« Die blonde Krankenschwester, die den Raum betrat, sah aus wie eine dralle Gefängniswärterin. Sie verschränkte die Arme über ihrem Clipboard, und ihr diamantbesetztes Tennisarmband schlug klirrend gegen das Plastik. Versuchte sie auf diese Art, ihren Vorbau vor dem Raum voller Frauen zu verbergen, denen man hier farbige Broschüren über Brustamputationen zur Lektüre ausgelegt hatte? Sollte eine Frau wie Dolly Parton überhaupt in einer Brustambulanz beschäftigt sein? Das war ja wohl pervers.

Die Schwester nahm sie ins Visier, und in Tilly brach das Chaos aus. Wieder einmal saß sie im Wartezimmer eines Krankenhauses, und ein Todesengel suchte dort nach einer Mrs Silverberg.

Höchste Zeit, den Rückzug anzutreten. Tilly sprang vom Stuhl auf, doch James ergriff entschlossen ihre Hand und hielt sie fest. Sie wirbelte herum, und zum ersten Mal, seit sie ihn kannte, blickte sie auf ihn herunter. Er war niemand, der jemals Händchen hielt. Aber schließlich war sein Griff auch eher eine tödliche Umklammerung. Seine Lider flatterten, und er schüttelte unmerklich den Kopf.

»Wenn Sie möchten, darf Ihr Mann Sie auch begleiten«, bot die Schwester freundlich an.

James sollte sie sehen, wie sie halb nackt auf einem Tisch lag, während irgendwelche Ärzte sie begrapschten? Das hätte ihr gerade noch gefehlt.

»Soll ich dich begleiten, Liebling?« Er blickte sie unter seinen dichten Wimpern hervor an.

Tilly brach in leises Kichern aus. Sie könnte ihn problemlos küssen. Niemand dächte sich etwas dabei. »Nein.« Sie hörte auf zu lachen, denn mit einem Mal nahm sie die kalten Blicke all der anderen Frauen wahr. »Versprich mir einfach, dass du auf mich wartest.«

»Immer«, antwortete er und hielt sie weiter fest.

Nie zuvor hatte ihn Tilly derart still irgendwo sitzen sehen. Er wirkte beinahe ruhig. Aber was auch immer er noch sagen wollte, mochte sie nicht hören.

Sie entzog ihm ihre Hand und ging vor der Krankenschwester aus dem Raum. Mit seiner Zwangsstörung kam sie zurecht, aber seine wahren Gedanken und Gefühle machten ihr dieselbe Angst wie dieses eine kurze Wort, das er ihr zum Abschied mitgegeben hatte.

James beobachtete ein Paar Schwäne auf dem Fluss. Nach der Untersuchung hatte Tilly ihm erklärt, dass sie das Ergebnis in sechs Tagen bekäme, seither allerdings nichts mehr gesagt. Wobei sechs Tage ein ausnehmend gutes, wenn nicht gar hervorragendes Zeichen waren. Weshalb also schwiegen sie sich seither an? War sie böse, weil er angedeutet hatte, dass er mehr für sie empfand? Obwohl – er hatte es nicht wirklich angedeutet, hatte nur ein Wort gesagt. Doch die Stimme wiederholte unablässig: *Du hast sie verschreckt. Du hast es vermasselt, du Idiot.*

Sie hörten fernes Donnergrollen, und der Himmel flirrte in freudiger Erwartung des Gewitters, das im Anzug war.

»Hast du Lust, dich heute Abend zu betrinken?«, fragte Tilly ihn mit einem Mal. »Ich finde, das habe ich mir verdient, nachdem meine Brüste erst begrapscht, dann zwischen zwei eisige Metallplatten gequetscht und am Schluss sogar mit einer Nadel misshandelt wurden.«

Er kratzte sich sechsmal die Oberschenkel, damit Tilly keinen Krebs bekommen und sterben würde.

Sie stieß einen leisen Seufzer aus. »Ich muss mich bei dir entschuldigen.«

James hielt im Kratzen innen. Sich bei ihm entschuldigen? Wofür? Schließlich hatte ja wohl er sich wie ein Trottel aufgeführt.

»Weil ich furchtbar egoistisch war.«

Tilly? Egoistisch? Sicher wusste sie noch nicht einmal, wie man das schrieb.

»Ich habe dich mit in die Brustambulanz geschleppt und dich gezwungen, dich an deine Mutter zu erinnern und …«

»An meine Mutter habe ich dabei nicht einen Augenblick gedacht.« Er starrte auf seine Glücksuhr und fügte hinzu: »Es ging mir ausschließlich um dich.«

»Okay.« Sie zögerte, was ihm bewies, wie klug sie war.

»Ich weiß nicht, ob ich erfahren will, was dir dabei durch den Kopf gegangen ist.«

Das willst du ganz sicher nicht. »Meine Stimme hat versucht, mir einzureden, dass …«

»… ich sterben werde, stimmt's?«

»Ja.« Unglücklich lehnte er sich gegen die Kopfstütze an seinem Sitz.

»Hey, ich habe nicht vor zu sterben. Du kannst deiner blöden Störung also sagen, dass sie gefälligst die Klappe halten soll.«

»Dass sie die Klappe halten soll? Das gefällt mir.« Trotzdem atmete er mühsam ein. »Aber falls dir irgendwas passiert …«

»Ach, hör auf. Das redet dir doch nur die Störung ein. Auf die du nicht zu hören brauchst.«

»Und wenn es nicht die Störung ist?« Er richtete sich wieder auf. »Was, wenn ich selbst mich davor fürchte? Was, wenn ich dich fragen würde – hier und jetzt –, was du für mich empfindest?«

Sie wurde kreidebleich, stützte die Arme auf dem Lenkrad ab und starrte reglos geradeaus. »Das wäre ein bisschen zu direkt. Selbst für jemanden wie mich.«

Am besten machte er jetzt einen Rückzieher und ließe sie in Ruhe, nur, dass das nicht möglich war. Weil er wegen seiner Störung niemals lockerlassen konnte. Weil er ein ums andere Mal dasselbe dachte und empfand und sich in jedes Vorhaben verbiss. Weshalb er immer Klassenbester gewesen war. Egal, in welchem Fach. »Das ist keine Antwort.«

»Weil man manche Dinge nicht in Worte fassen kann. Weil sie einfach – sind. Wie ein buntgemischtes Beet, das ich instinktiv mit einer Handvoll verschiedener Pflanzen anlege. Es sollte nach nichts aussehen, aber es sieht sogar super aus. Zwing mich bitte nicht, dem, was sich zwischen uns beiden abspielt, auf den Grund zu gehen.« Ihre Stimme klang erbost, und er war ein Idiot. »Weil meine Krankenhausphobie ein Klacks ist im Vergleich zu meiner Angst vor dem, was zwischen einem Mann und einer Frau passieren kann. Ich hatte mein letztes Date mit meinem Ehemann. Und danach …« – sie legte eine dramatische Pause ein – »… hatten wir die Art Sex, die man nie wieder vergisst.«

Himmel. Das war völlig unnötig gewesen. Sicher hätte nicht einmal ein Fußtritt ins Gesicht ihm derart weh getan. Fast hätte er sich gewünscht, sie hätte ihm stattdessen einen solchen Tritt verpasst. Er klopfte sechsmal gegen seinen Sitz. Sechsmal, damit Tilly keinen Krebs bekommen und sterben würde. Und danach noch sechsmal, damit sie ihn nicht hasste.

»Du darfst mich nicht in die Enge treiben«, fügte sie hinzu. »Denn die Konsequenzen würden dir ganz sicher nicht gefallen.«

Er hatte es vermasselt und sie trotz der eindringlichen Warnung ihrer Freundin zu sehr unter Druck gesetzt. Warum hatte er sich diese Frage nicht verkneifen können? Schließlich hatte er bereits die ganze Zeit Angst vor ihrer Reaktion darauf gehabt. Konnte er nicht dieses eine Mal damit zufrieden sein, dass etwas in seinem Leben nicht vollkommen sicher war? Oh nein, das konnte er auf keinen Fall. Dafür war der Einsatz viel zu hoch. Er bemühte sich, Gewohnheiten, die er ein Leben lang gehabt hatte, in ein paar kurzen Wochen abzustellen. Was ihm sicher nicht so ohne Weiteres gelingen würde. Nur, dass in der Liebe, gerade in der Liebe, ein Versagen völlig ausgeschlossen war.

Er sollte ihr versichern, dass er nicht so kleinlich war, ihr zu verübeln, dass sie ihm nicht sofort jauchzend um den Hals gefallen war.

»Was ist das für eine gelbe Blume da am Straßenrand?«, fragte er mit gepresster Stimme. Mit falscher Stimme und geheucheltem Interesse, nur damit ihm Tilly wieder wohlgesonnen war.

Er hatte es die ganze Zeit gewusst. Seine Stimme hatte recht. Er war ein Widerling, ein Schuft, und er hatte sie die ganze Zeit nur ausgenutzt.

»Jakobskraut. Für Pferde tödlich, aber hübsch, nicht wahr? Je karger die Umgebung, desto besser gedeiht es. Weshalb es eine meiner Lieblingspflanzen ist.« Ihr Lächeln war so falsch, wie seine Worte es gewesen waren. »Was ich eben gesagt habe ...«

»Das war alleine meine Schuld.« Er hatte sie nicht anfahren wollen, aber wenn er nicht in möglichst kurzen Sätzen sprach, müsste er sie immer wieder um Entschuldigung bitten. Und Tilly kannte ihn zu gut und würde die Entschuldigung als Zeichen seiner Störung betrachten, was sie schließlich auch war.

»Ein paar Kilometer hinter uns habe ich ein Hinweisschild einer Gärtnerei gesehen. Könnten wir vielleicht noch einen kurzen Umweg machen?« Er zog seinen Geldbeutel hervor. »Denn bei unserem Gärtnereibesuch habe ich ein Mitbringsel für Ro gesucht.« Er zwang sich zu einem Lächeln und fügte hinzu: »Obwohl du es wirst pflanzen müssen. Und deiner Mutter bringe ich eine spektakuläre Rose mit, die sie bei ihrem Umzug mitnehmen kann in ihren neuen Garten.«

Aber die Magie der Ablenkung verpuffte. Denn er wollte keine Spielchen mehr mit Tilly spielen und nicht mehr vor ihr verstecken, welches Ausmaß seine Störung hatte. Er wollte Tilly gegenüber endlich völlig ehrlich sein, wollte sich zum ersten Mal in seinem Leben einem anderen Menschen völlig anvertrauen. Aber vielleicht wusste Tilly ja bereits, wie gestört er wirklich war.

»Ich habe dich zu sehr bedrängt«, gestand er unumwunden ein. »Das mache ich jedes Mal.«

»Ich weiß.« Nach diesem kurzen Satz verstummte sie erneut, und er blickte auf die durchbrochenen weißen Linien in der Straßenmitte, die der Wagen wie die Überreste dieses Tages zu verschlucken schien.

20

Trotz der schwülen Hitze kam der laute Knall, der sie beim Aussteigen begrüßte, nicht von einem Gewitter, sondern rührte daher, dass ein Lederball auf einen hölzernen Cricketschläger traf. Mit einem bekräftigenden Blick auf Woodend stapfte Tilly über den Kies. An ihren Schläfen perlten Schweißtropfen herab, und sie spürte überdeutlich, dass James direkt hinter ihr ging.

Als sie durch einen Rosenbogen trat, machte sie einen imaginären Schritt zurück, um das Hämmern in ihrem Schädel zu beruhigen. Denn der attraktive Mann, der mit Isaac Cricket spielte, war Sebastian, der Junge mit dem engelsgleichen Lächeln, der sie selbst in einer Zeit geliebt hatte, als sie sich wie ein Cyborg vorgekommen war. Das Hemd hing ihm über die Anzughose, und die gelockerte Krawatte flatterte vor seiner Brust, als er einen seiner Arme kreisen ließ. Auch wenn die Schuld vielleicht schon längst beglichen war, hatte sie Sebastian sehr viel zu verdanken. Er war eine gute Seele – freundlich, hilfsbereit, loyal. Und für keine Überraschungen mehr gut, denn für Tilly gab es an ihm nichts mehr zu entdecken. Er war ihr vertraut, berechenbar und bot ihr Sicherheit. Und war damit das genaue Gegenteil von James.

Tilly musste schlucken, denn sie hatte einen bitteren Geschmack im Mund. Ob das der Geschmack von Schuldgefühlen war? Sie verschränkte die Hände und streckte abwehrend die Arme vor sich aus. Sie hatte das Gefühl, als hätten die anderen sie bei irgendeiner Missetat ertappt. Was vollkommen idiotisch war, auch wenn ihr Körper das anscheinend anders sah. Ihre Wangen fingen an zu glühen, und der Puls beschleunigte sich. War das vielleicht die Kämpfen-oder-Flüchten-Reaktion auf eine drohende Gefahr, von der James vorhin gesprochen hatte?

Mit einem lauten Jubelruf schlug Isaac den Ball, und zu einem lauten, zweistimmigen *Nein* aus seinem und Sebastians Mund schoss Monty hinterher. Sie hatten sie noch nicht bemerkt, sie hätte also noch genügend Zeit, sich davonzuschleichen.

Oje, jetzt hatte Monty sie entdeckt. Fröhlich japsend kam er durch das Blumenbeet gerannt und drückte ihre Wicken platt. Tilly streckte blitzschnell das Bein aus, um ihn aufzuhalten, doch es war bereits zu spät. Sie wurde wie von einem wild gewordenen Bulldozer gerammt und stürzte unter der Wucht des Ansturms zu Boden.

»Hey, Monty«, keuchte sie. »Hast du mich etwa vermisst?« Als Antwort leckte er ihr das Gesicht, und sein Atem stank wieder mal nach Aas. »Igitt. Hör auf!«

Während sie versuchte, Monty abzuwehren, erhaschte

sie einen Blick auf ein Paar schwarze Turnschuhe, den Saum einer schwarzen Jeans und eine langgliedrige Hand, die einen angenagten Tennisball aufhob und in die Hecke warf. Mit einem neuerlichen lauten Japsen machte Monty einen Satz und stürzte seiner Beute hinterher.

Hatte James das tatsächlich getan? Hatte er trotz seiner Angst vor Schmutz einen widerlichen Gegenstand vom Boden aufgehoben, der an Ekelhaftigkeit nicht zu überbieten war? Bei Gott, er war tatsächlich mutiger als jeder andere Mensch, dem sie jemals begegnet war.

»Danke«, sagte sie, doch statt einer Antwort wischte er sich die Hand an der Hose ab und verfolgte reglos, wie Sebastian auf sie zugeschlendert kam. Tilly zog am Saum ihres Sommerkleids und hoffte, dass man bei ihrem Sturz nicht allzu viel hatte sehen können.

»Mom!« Isaac rannte auf sie zu und warf sich über sie. »Wie war es in der Gärtnerei?«

Laut zwitschernd verlangten ein paar junge Spatzen, dass die Eltern endlich mit dem Futter für sie kämen, und urplötzlich kehrte Tilly in die Wirklichkeit zurück. Sie hatte sich gar keine Antwort, keinen Plan zurechtgelegt. Doch ihr Hirn hatte vorübergehend die Arbeit eingestellt. War völlig leer gefegt.

»Deine Mutter hat mich fast in den Ruin getrieben«, verkündete James, dabei inspizierte er seine Finger und rieb sie dann noch einmal an seiner Hose ab.

Verdammt, für diese Antwort müsste sie ihm eigentlich um den Hals fallen. Nur, dass Isaac deutlich schneller war als sie.

James beendete die Säuberung seiner verschmutzten Hand. »Sebastian.«

Sebastian hatte sich gerade das Hemd wieder in die Hose stopfen wollen, legte aber eine kurze Pause ein. »James.«

»Mit dieser Frau sollten Sie niemals Pflanzen kaufen gehen.«

»Das habe ich auch ganz bestimmt nicht vor.«

Seit drei Jahren hatte Tilly keinen Mann mehr angesehen. Keinen einzigen. Und jetzt lag sie auf dem Rasen vor dem Haus ihrer Mutter und verfolgte, wie zwei Männer sich mit Worten ihretwegen duellierten. Oder wenigstens nahm sie das an. Und was noch schlimmer war, sie versuchte, ihre sexuelle Fantasie zurückzudrängen, auch wenn sie nicht genau wusste, auf welchen von beiden sie sich bezog. Wurde sie etwa mit zunehmendem Alter leicht pervers, oder lag es daran, dass sie seit drei Jahren mit keinem Typen mehr im Bett gewesen war? Vielleicht hatte ja auch die Angst, mit den Brüsten auch ihre Sexualität zu verlieren, sie zu einer Nymphomanin werden lassen? Nach dem Motto: *Ich will Sex, egal, mit wem?*

Sebastian stieß denselben leisen, aber unverhohlenen Seufzer aus wie David, wenn er ein Gespräch hatte beenden wollen. Dann aber streckte er die Hand aus, und mit furchtsam angehaltenem Atem wandte sich Tilly an James. Denn wenn James die ausgestreckte Hand nicht ergriff, wäre Sebastian beleidigt. Auch wenn es bereits unglaublich war, dass James nicht längst ins Haus gelaufen war, weil dort das Desinfektionsmittel für seine Finger stand.

»Ich kann mir nicht vorstellen, dass Sie meine Hand berühren wollen.« James starrte mit einem Ausdruck größer Abscheu auf seine Rechte. Oh, verflixt. Hatte er je verführerischer ausgesehen?

»Können wir jetzt mit dem Baumhaus weitermachen?«

Isaac hängte sich an seinen Arm. »Bitte, bevor's anfängt zu regnen. Oma hat nämlich gesagt, dass es bald ein Gewitter geben wird.«

Sebastian zerrte Tilly auf die Füße und markierte sie mit einem festen, trockenen Kuss, der den Geschmack von abgestandenem Tee auf ihren Lippen hinterließ, als sein Eigentum.

»Was machst du hier?«, fragte sie ihn.

»In London kommt man sich heute wie in der Sauna vor.« Sebastian legte ihr die Hand auf den Rücken, und sie merkte, dass in seinen Kleidern der Geruch des überhitzten Zugabteils und von Dieselabgasen hing. »Deshalb habe ich beschlossen, heute freizumachen, weil ich schließlich noch mit deiner Mutter reden will. Ich hatte gehofft, dass ich die Kinder nächstes Wochenende mit der Nachricht überraschen kann.«

Dann hatte er im Gegensatz zu Tilly also einen ganz konkreten Plan. Er hatte alles ganz genau organisiert und durchgerechnet und machte jetzt ihren Traum zu seiner Wirklichkeit. Und was hatte sie selbst in all der Zeit getan? Schlicht und einfach überlebt.

»Bist du das, Tilly?«, rief ihre Mutter aus einem der oberen Fenster. »Sari ist am Telefon! Sie ruft wegen einem kaputten Sprühkopf im Gewächshaus an.«

»Na toll. Bin sofort da!« Tilly rannte Richtung Haus, und Sebastian und James sahen ihr böse hinterher. Nun, Sebastian vielleicht nicht, aber trotzdem war sie sicher, dass er mindestens so sauer war wie James. Dem war sein Ärger überdeutlich anzusehen. »Bin sofort wieder da. Fühlt euch wie zu Hause. Wenn ich wiederkomme, bringe ich uns einen Tee mit, ja?« Sie stieg über einen Geranientopf. »Ach, was rede ich da für ein Zeug. Tee? Für Tee ist es ja schon viel zu spät. Möchte vielleicht jemand einen Drink?«

Und noch ehe ihr die Männer eine Antwort geben konnten, stürzte sie ins Haus.

*

Sebastian hielt beide Hände hoch, als er sich in der Küche dicht an ihr vorbeischob. *Hauptsache, er muss mich nicht berühren.* Wo war er geblieben, der Sebastian von früher? Bei dem verführerischen Funkeln in seinen grauen Augen hatte man ihn am Wochenende kurz durchblitzen sehen. Wären Ro und James nicht dabei gewesen, wären sie letzten Samstag ohne Zweifel irgendwo in einem Bett in Manor Farm gelandet, statt sich auf dem Parkplatz einen kurzen Wangenkuss zu geben, nachdem Tilly sich geweigert hatte, sich von ihm oder Rowena heimfahren zu lassen, und, um wieder einen klaren Kopf zu kriegen, ganz alleine zurückgelaufen war. Auch wenn James ihr deutlich zu verstehen gegeben hatte, dass er das für höchst gefährlich hielt. Aber heute Abend war Sebastian ungewohnt zurückhaltend, als hätte die Vertrautheit jenes Abends zwischen ihnen sich mit einem Mal in Luft aufgelöst.

»Sollen wir noch mal versuchen, miteinander auszugehen?« Er stand am Küchentisch und hackte eine Gurke klein. Wenn er sie noch kleiner schnitte, könnten sie Gazpacho trinken statt Pimm's. »Wie sieht es mit nächstem Freitag aus?«

»Sicher. Gern.«

Sebastian hackte weiter. »Hast du eine Ahnung, wann er wieder fliegt?«

»Ich nehme an, du sprichst von James. Und nein, ich habe keinen blassen Schimmer.« Tilly stemmte ihre Hände in die Hüften. Weil das kindische Gebaren der beiden Männer ihr allmählich wirklich auf die Nerven ging. Falls Sebastian Gefühle für sie hatte, sollte er einfach darüber reden, so wie James. Oder vielleicht auch besser nicht. Verdammt. Sie hatte einfach keine Ahnung mehr von diesem Spiel. Vielleicht kehrte sie am besten wieder die trauernde Witwe raus, damit die beiden endlich Ruhe gäben.

Sie zuckte zusammen, denn laut krachend fiel das Messer auf den Tisch.

»Verdammt, ich bin einfach ein Vollidiot«, murmelte Sebastian vor sich hin.

Tilly pflichtete ihm in Gedanken bei. Aber der Mixtur aus Schönheit und Zerknirschung konnte sie beim besten Willen nicht widerstehen. Langsam trat sie auf ihn zu und nahm ihn in den Arm.

Mit herunterhängenden Händen und gesenktem Kopf stand er wie ein reuiger Sünder da, und Tilly zog ihn fest an ihre Brust, weil diese Umarmung beinahe wie eine Heimkehr für sie war.

Sie hatte keine Ahnung, wie lange genau sie beide dort in der Küche gestanden hatten, doch als sich ihr urplötzlich die Nackenhaare sträubten, ließ sie die Arme sinken und sah eilig Richtung Tür. Dort war niemand zu sehen, aber sein Echo klang noch nach. Isaac hatte sie gesehen, das wusste sie genau.

War das der Augenblick, ab dem an diesem Abend alles aus dem Ruder lief? Oder erst, als ihre Mutter und Sebastian, begleitet von lautem Gewitterdonner, auf den Verkauf von

Woodend anstießen und Tilly in Gedanken »Nie im Leben!« schrie? Oder eher dann, als sich James erkundigte: »Kauft er mit diesem Haus auch dich?«, und sie ihm eine schallende Ohrfeige für diese Frage gab? Nie zuvor in ihrem Leben hatte Tilly jemanden geschlagen. Was ja wohl bewies, dass dieser Mann ihr einfach nur zuwider war. Oder war es der Moment, in dem Isaac sie bat, ohne Vorlesen das Licht zu löschen, weil er dafür viel zu müde war?

Die Ablehnung durch ihren Sohn stellte alles andere in den Schatten. Weil die Welt für sie nur dann rundum in Ordnung war, wenn sie und Isaac sich in einem Buch verloren. Und als sie allein in dem durchgelegenen Bett in ihrem alten Kinderzimmer lag, dessen Laken derart zerknittert und brüchig war, dass man meinte, auf einem Nadelkissen zu liegen, sehnte sie sich nach dem Gefühl, wie wunderbar das Leben doch war.

Sie überlegte, ob sie heimlich in das Zimmer ihres Sohnes schleichen und das Buch stibitzen sollte, das sie derzeit zusammen lasen. *Artus – der magische Spiegel*, einen historischen Roman in einer so lyrischen Sprache, dass ihr beim Lesen oft die Tränen kamen. Sie liebte die Substanz von Worten. Weil sie einen nie verließen, ganz egal, was auch geschah. Aber wo bliebe die gemeinsam erlebte Spannung, wenn sie die Geschichte ohne Isaac weiterlesen würde?

Irgendwo im Wald schrie eine Eule, und ein Wagen ratterte die Hauptstraße hinauf. Es wäre sinnlos, so zu tun, als würde sie bestimmt gleich einschlafen. Tilly trat die Decke fort und tastete sich zum Fenster. Nirgends war ein Licht, selbst der Mond war hinter einer dichten Wolkenwand versteckt, und sie sah nichts als abgrundtiefe Schwärze. Auch die Stille fühlte sich geradezu körperlich an, als die kühle, feuchte Luft unter dem Schiebefenster ins Zimmer drang. Zitternd zog sie sich ihr schlabbriges T-Shirt über. In drei Wochen würden sie und Isaac beim Einschlafen wieder von der wunderbaren Symphonie der krächzenden, kreischenden und flatternden Natur in Creeping Cedars umgeben sein. Ihre Mum, Rowena und Sebastian aber würden weiterhin hier der Stille nachlauschen.

Tilly lehnte den Kopf gegen die Fensterscheibe, und ein Wirrwarr düsterer Gedanken schwirrte ihr durch den Kopf. Sollte sie Piedmont Perennials vergessen und um Woodend kämpfen, auch wenn dieses Haus im Grunde viel zu teuer für sie war? War sie mit dem Herzen noch immer hier in Bramwell Chase? Und war sie bereit, zum dritten Mal zu lieben? Aber welchen Mann? Konnte sie sich einen neuerlichen Fehler leisten, oder hatte sie ihre Freischüsse schon alle verbraucht? Ach, wenn sie doch nur David hören könnte, wie er sagte: »Das solltest du machen, Babe.« Aber er schwieg schon so lange, und allmählich war es an der Zeit, ihrer eigenen Stimme zu vertrauen.

Sie schloss die Augen und versuchte, sich auf das Gefühl des kalten Glases, das an ihre Stirn drückte, zu konzentrieren. Und erkannte, dass nur eine Frage wirklich wichtig war. Was wollte sie an diesem Punkt von ihrem Leben? Wobei die Antwort offensichtlich war: Weiterleben, um beim Collegeabschluss ihres Sohnes laut zu jubeln und auf seiner Hochzeit derart viele Tränen zu vergießen, dass es fast schon peinlich war.

Die Dielenbretter knarrten, und sie hörte, dass jemand auf leisen Sohlen den Korridor entlanggeschlichen kam. Mit leisem Quietschen öffnete sich ihre Zimmertür, und das trübe Licht der Flurlampe fiel auf ihr Bett.

Isaac hielt Bownba ans Gesicht gedrückt, und seine Stimme klang gedämpft. »Mommy? Ich kann nicht schlafen.«

»Ich auch nicht, Glückskäfer.« Sie klopfte auf die Matratze ihres Betts. »Möchtest du noch eine Gutenachtgeschichte hören?«

»Nein danke.« Er kam zu ihr ins Bett gehüpft und drehte sich dort wie ein kleiner Hund auf seiner Lagerstatt. »Ich habe eine Frage.«

»Dann werde ich versuchen, sie dir zu beantworten.«

Sie kuschelte sich neben ihn und deckte sie beide sorgfältig zu.

Isaac zog die Beine an und schmiegte sich an ihre Brust, als suche er den Weg zurück in ihren Leib. Und wie um ihm dabei zu helfen, schlang sie ihm die Beine um den Bauch. So hatten sie beide schon gelegen, als er noch ein kleines Kind gewesen war. Ach, könnten sie doch ewig hier zusammen liegen – und vergessen, dass die Zukunft sie dieser Momente irgendwann berauben würde, ganz egal, was auch geschah. Als Isaac dann aber zu sprechen begann, wurde ihr bewusst, dass bereits der erste kleine Riss zwischen ihr und ihrem Kind entstanden war.

»Wirst du Sebastian heiraten?«, erkundigte sich Isaac mit einer Stimme, die seltsam erwachsen klang. »Denn wenn du das tust und wenn er Woodend kauft …« Er zupfte nervös an Bownbas Ohr. »Du bist in Woodend groß geworden, aber ich bin hier nur manchmal zu Besuch. Und ich will wieder nach Hause, Mommy.« Er ballte eine kleine Faust und rieb sich die Augen. »Ich will wieder nach Hause, Mom.«

Tilly knabberte sich ein Häutchen von der Lippe ab. »Ich werde niemanden heiraten, mein Schatz. Denn wenn ich ehrlich bin, kommt es mir immer noch so vor, als ob ich mit deinem Vater verheiratet wäre.«

»Mom?« Isaac schmiegte sich noch enger an sie an. »Gibt es irgendwas zu Hause, was dir hier fehlt?«

»Jede Menge.« Was die Wahrheit war. »Ich vermisse unseren Garten so, dass es mir fast schon weh tut.«

»Mir fehlen die Glühwürmchen«, seufzte Isaac.

»Mir auch!« Könnte sie Woodend loslassen? Könnte sie sich abermals zu einem endgültigen Abschied zwingen? Tilly blickte auf ihr Kind, das unsicher zu ihr aufsah. Ja, um Isaacs Willen brächte sie es über sich. »Wir werden wieder nach Hause fliegen, Schätzchen. Das verspreche ich.«

»Wird Sebastian wütend sein, wenn wir nicht bleiben?«

»Sebastian? Nein, Sebastian wird niemals wütend. Weil er das einfach nicht kann.«

»Ist er dein Freund?« Isaac zog einen Schmollmund. Das hatte sie nie zuvor erlebt.

»Nein. Er war einmal mein Freund, vor langer, langer Zeit. Aber das war, bevor ich deinem Dad begegnet bin.«

»Ich hab gesehn, wie ihr euch umarmt habt.« Isaacs Unterlippe zitterte. »Dabei hatte ich ein komisches Gefühl im Bauch. Hast du Daddy nicht mehr lieb?«

»Ich werde deinen Daddy immer lieben.« Da war wieder dieses Wort, das James ihr hingeworfen hatte. *Immer.* Sie strich Isaac sanft über den Rücken, denn das hatte ihn als kleines Kind immer beruhigt. Könnte sie tatsächlich noch mal jemanden so lieben wie den Vater ihres Sohnes? Nein, aber das hieß nicht, dass sie jemand anderen nicht genauso innig lieben könnte, nur eben auf eine andere Art. Wenn die Leute sie nach ihrer Lieblingsblume fragten, antwortete sie immer, jede Blume sei einzigartig. Waren das Beziehungen nicht auch?

»Ich werde deinen Vater immer lieben. Aber ich glaube, das Herz des Menschen ist wie ein Kuchen.«

»Wie ein Kürbiskuchen?« Wieder kuschelte sich Isaac möglichst dicht an sie. »Mit Sahne obendrauf?«

»Es kann sein wie dein Lieblingskuchen. Oder wie meiner. Brombeer-Apfel. Ebenfalls mit jeder Menge Sahne obendrauf.«

Isaac gähnte. »Und was machen wir mit unseren Kuchen?«

»Schneiden sie in Stücke und verteilen sie. Man kann kein Stück zurücknehmen, aber es gibt immer neue Stücke, die man anderen schenken kann. Die größten Stücke meines Kuchens habe ich an dich und deinen Dad verschenkt, und eines Tages schenke ich vielleicht noch jemand anderem ein Stück. Aber im Augenblick sind eure beiden Stücke die einzigen, bei denen ich mir völlig sicher bin.« Sie strich ihm das zerzauste Haar zurück und küsste ihn zärtlich auf die Stirn. »Ich liebe dich bis zum Pluto und zurück, und das Leben, das wir mit deinem Daddy hatten, wird mir immer furchtbar wichtig sein. Woran nichts und niemand jemals etwas wird ändern können.«

»Wirst du James ein Stück von deinem Kuchen geben?«

Obwohl die Antwort auf die Frage klar war, tat sie überrascht. »Warum fragst du das?«

»Er guckt dir immer hinterher, wenn du von ihm weggehst, und guckt dir entgegen, wenn du wiederkommst. Eigentlich guckt er dich ständig an. Hast du das noch nicht bemerkt?«

Tilly schüttelte den Kopf. Mit jeder Wahrheit, die sie vor

ihrem Kind verbarg, fiel ihr das Leugnen leichter. Wenn sie sich nicht vorsah, würde all die Lügerei noch zu einer regelrechten Sucht.

21

»Sag nichts.« James schlug sich mit dem Daumenknöchel gegen die Stirn. Der Regen tropfte ihm auf die Schultern, aber das war ihm egal. Er wollte Tilly unbedingt schnell ins Trockene bringen, aber vorher musste er noch etwas erklären. Denn er schuldete ihr eine Wiedergutmachung.

Er packte die Kapuze ihrer Regenjacke und stülpte sie ihr über den Kopf. Warum passte sie nicht besser auf sich auf? Der Regen hatte ihre für gewöhnlich wild zerzausten Haare platt gedrückt, und sie sah jetzt aus wie eine Pennerin – winzig klein und rappeldürr, aber mit riesengroßen, wunderschönen und vertrauensvollen Augen. Diese Augen hatten schon gesehen, wie er an seinem Tiefpunkt angekommen war. Wobei er so tief wie am gestrigen Abend kaum jemals zuvor gesunken war. Blinde Eifersucht – ein grässliches Gefühl, das er seit Jahren mühselig in Schach gehalten hatte – hatte ihn dazu gebracht, sie unnötig zu provozieren. Was war nur mit ihm los? Seit er Tilly kannte, hatte er sich immer weniger im Griff. Er verlor langsam, aber sicher die Kontrolle über sich. Das war nicht gut, das war nicht gut.

»Mein Verhalten gestern Abend war total daneben.« Er zitterte am ganzen Leib, war bis auf die Haut durchnässt, doch vor Bedauern und vor Scham hatte er einen glühend heißen Kopf. »Bitte verzeih mir, ja? Auch wenn mein Benehmen unhöflich und unverzeihlich, unhöflich und unverzeihlich war. Ich hatte nicht das Recht, so etwas zu sagen, hatte nicht das Recht dazu.«

»Fürs Protokoll. Ich habe dich geohrfeigt. Weshalb ich dich um Verzeihung bitten müsste, nicht du mich.«

Er starrte vor sich auf den Kies. »Ich war so unhöflich, so furchtbar unhöflich.«

»Hey, du hübscher Bursche, guck mich bitte an.«

Hübsch, sie hatte ihn hübsch genannt. Das musste doch etwas bedeuten, oder? Er zwang sich aufzuschauen, und auch wenn er keine Ahnung hatte, was ihn erwartete, war er völlig überrascht, als er ihre herausgestreckte Zunge sah. Dann nahm sie das alles von der scherzhaften Seite, mehr nicht. Eine Erkenntnis, die ausnehmend schmerzlich für ihn war.

»So«, erklärte sie. »Jetzt war ich mindestens genauso unhöflich wie du. Damit wären wir quitt und können endlich dafür sorgen, dass du irgendwo ins Trockene kommst. Hat dir noch nie jemand erzählt, dass Regenmäntel eine superpraktische Erfindung sind?«

»Was ja wohl auch für Kapuzen gilt.«

»Ertappt.«

Er schüttelte sich wie ein nasser Hund, wobei ein leichter Sprühregen in ihre Richtung stob. »Darf ich trotzdem noch mal sagen, wie leid es mir tut, dass ich …«

»Oh nein.« Sie hob mahnend den Finger. »Weißt du nicht, dass ständige Entschuldigungen total aus der Mode sind? Wo auf deiner Angst-Skala befindest du dich jetzt gerade?«

Obwohl seine Störung in Bezug auf Tilly und auf Isaac beinahe übermächtig war, warf sie ihm mit diesem einen, kurzen Satz wieder einmal eine Rettungsleine zu. Sie hatte sich an seine Angst-Skala erinnert, hatte seiner Störung instinktiv mit einem passenden Befehl den Krieg erklärt. Wie sollte er sich jemals von ihr lösen können?

Doch welche Alternative hatte er schon? Sebastian konnte Tilly Woodend sowie eine komplette Familie bieten. Demgegenüber war das Einzige, was er aufzuweisen hatte, ein Leben voller Angst. Er musste sich um ihretwillen geschlagen geben und den Rückzug antreten. Musste sich um ihretwillen erstmals ein Versagen eingestehen.

»Nur noch auf sieben. Sieben ist nicht schlecht. Aber meine Stimme sagt mir die ganze Zeit, dass etwas Furchtbares passieren wird, wenn ich mich nicht mehr bei dir entschuldige.«

»Was ja wohl ziemlich lachhaft ist. Genau wie dass sie gestern steif und fest behauptet hat, ich würde sterben. Denn vielleicht bin ich ein bisschen angeschlagen, aber trotzdem quicklebendig. Wie du selber sehen kannst. Blablabla. Wenn du mich fragst, ist es stets dieselbe alter Leier, die allmählich wirklich öde wird.«

Sie fand jedes Mal die passenden Worte. Aber trotzdem reichte ihm das nicht. Es reichte ihm nie. Denn er war entsetzlich gierig, und er wollte mehr, als sie zu geben in der Lage war. Aber, Allmächtiger, sie war einfach unglaublich, das müsste ihr doch endlich klarwerden. Sie davon zu überzeugen, wäre vielleicht das einzige Geschenk, das er ihr jemals geben könnte.

Er holte tief Luft. »Würdest du kurz mitkommen?«

Bitte sag mir, dass du immer, immer bei mir bleibst.

Sie lächelte ihn an. »Na klar.«

Das war eine höfliche, bedeutungslose Antwort. Genau diese Antwort hatte er nicht hören wollen, aber seine Stimme sagte ihm, er hätte sie verdient. Ach, könnte er doch nur die

Zeit zurückdrehen bis zu dem Moment am Tag zuvor, als sie über einen Südseestrand gesprochen hatten. Dabei waren Strände ihm verhasst, denn mit all dem Sand kam er beim besten Willen nicht zurecht. Winzige Partikel feingemahlenen Gesteins, die sich ihm zwischen die Finger und Zehen schoben, millimeterkleine Körnchen voll mit unsichtbaren Schmutz, der sich wie Blutegel an seiner Haut festsaugte, um ihn mit diversen fürchterlichen Krankheiten zu infizieren. Aber auf dem Parkplatz vor dem Krankenhaus, als sie über das Meer gesprochen hatten, hatte Tilly glücklich ausgesehen. Und wenn er sie sich jetzt schnappen und sie an den schönsten Strand der Welt bringen könnte, würde er das tun. Dann würde er das tun. Und für Tilly würde er vielleicht selbst auf sein großes Badetuch verzichten und sich in den Sand setzen.

Auf dem Weg über Rowenas Rasen folgten sie einer der zahllosen perfekten Linien, die am Tag zuvor beim Mähen ein greisenhafter Arbeiter mit einem mordsmäßigen Bellhusten gezogen hatte, von dem James nur hoffen konnte, dass er nicht ansteckend war. Die Schafe blökten traurig, und James' nasse Turnschuhe quatschten vernehmlich auf dem vollgesaugten Gras. Selbst der Saum seiner Jeans war vor lauter Nässe schwer wie Blei.

Als sie zum Tor des ummauerten Gartens kamen, fasste er sie am Ellbogen und atmete vorsichtig aus. In der Klinik war es ihm unglaublich schwergefallen, ihre Hand zu nehmen, die noch einen Tag zuvor voll Lehm und Dreck gewesen war. Doch jeden anderen Körperteil von ihr zu berühren kam ihm vor wie der reinste Balsam für seine geschundene Psyche. »Mach die Augen zu«, bat er. »Und versprich mir, nicht zu blinzeln.«

»Großes Gärtnerinnen-Ehrenwort«, gab sie zurück, bevor sie sich vollkommen seiner Führung überließ.

Warum vertraute Tilly ihm? Sie hatte etwas deutlich Besseres verdient. Da hatte seine Stimme ganz eindeutig recht.

Er zog die Hand zurück, blieb aber so dicht neben ihr stehen, dass ihr Feuer und ihr Geist auch weiter spürbar waren. »Jetzt kannst du wieder gucken.«

»Ich rieche Raute.« Lächelnd schlug sie die Augen wieder auf.

»Das ist erst ein Anfang.« Ängstlich blickte er sie an. »Aber wie findest du es?«

Tilly blickte auf zwei makellose Reihen Thymian. »Du bist einfach unglaublich, James! Wie hast du das geschafft?«

Nein, Tilly war unglaublich. Denn sie hatte ihn dazu gebracht. »Mit Gummihandschuhen und zwei dick mit Klebeband umwickelten Müllsäcken pro Arm. Ich habe es nicht über mich gebracht zu buddeln, aber wenigstens das Unkraut habe ich alleine ausgezupft.«

Tilly blickte auf den Haufen ausgerissenen Grünzeugs.

Von dem nur ein Bruchteil wirklich Unkraut war.

»Dann habe ich unsere kleine Wette also verloren, oder?« Tilly schenkte ihm ein unverdientes Lächeln. Doch er würde es sich schon noch verdienen. Oh ja, ganz sicher.

Er klopfte sich zweimal auf den Oberschenkel. »Vielleicht sollte ich dich davor warnen, dass ich ziemlich akribisch bin, wenn es um die Fertigstellung von Projekten geht. Bisher habe ich noch nie einen Termin nicht eingehalten. Wie wäre es deshalb mit Mittwochnachmittag für deinen Skating-Kurs? Rowena hat mir angeboten, mit mir in die Stadt zu fahren, damit ich Inliner für dich besorgen kann. Ich nehme an, dass deine beiden Füße gleich groß sind?«

»Ah! Nur ist es leider so, dass dein brillanter Plan einen winzigen Haken hat. Weil du bei dieser Sintflut hier nichts machen kannst. Und morgen fahren wir in den Safaripark. Ich an deiner Stelle wäre mir also noch nicht so sicher, dass ich diese Wette tatsächlich gewinne, Mister Obergärtner.«

»Ich komme nicht mit in den Safaripark.«

»Unsinn – derart wichtig kann dir dein Sieg doch wohl nicht sein.«

Sie stieß ihn scherzhaft mit dem Ellbogen an, und fast hätte er nachgegeben. Doch er hatte sich die ganze Nacht im Bett gewälzt, bis er zu diesem Entschluss gelangt war, und jetzt würde er bestimmt nicht noch mal davon abweichen. Denn nur so konnte er Tilly vor dem denkbar schlimmsten Grauen bewahren: vor ihm selbst.

»Hör zu, James. Ich werde auch mit dir Inliner fahren, wenn du den Garten nicht mehr fertig bekommst. Denn für das, was du bisher geleistet hast ...« – sie nickte in Richtung des Thymians – »... hast du dir eine Belohnung verdient. Siehst du? Du brauchst nicht extra hierzubleiben und dich weiter mit dem Garten abzuquälen.«

»Das habe ich auch gar nicht vor. Ich muss mich um ein paar persönliche Angelegenheiten kümmern.«

»Aber dieser Ausflug ist bereits seit einer halben Ewigkeit geplant. Morgens wollen wir durch die Tiergehege fahren, mittags gibt es Junkfood, und dann füttern wir die Papageien und paddeln ein bisschen auf dem See herum. Wie kannst du dir einen solchen Spaß entgehen lassen?«

Obwohl Tilly sonst nie herumnörgelte, tat sie das jetzt, denn er brachte sie dazu. Dennoch war es eine gute Idee gewesen, sich ein neues Projekt vorzunehmen. Und dieses Projekt würde er morgen durchziehen, denn wenn er alleine wäre, würde ihn niemand mehr davon abbringen.

Er sah sie reglos an und schottete sich, so gut es ging, innerlich von ihr ab. »Danke, aber nein.«

22

»Wie wäre es mit zwei Pfauen?«, schlug Sebastian vor, als das elektronische Tor des Affengeheges zur Seite glitt. Die Rundfahrt durch den Park näherte sich ihrem Ende, und Tilly hoffte inständig, dass die Kinder nicht um ein zweites Mal betteln würden. Ja, es hatte Spaß gemacht, doch der Schmerz in ihrer Schulter wurde allmählich unerträglich, ganz gleich, wie sie sich setzte. Und was noch schlimmer war, der Schmerz erinnerte sie unablässig an ihre gemeinsame Gartenaktion mit James und an das Gefühl, dass sie mit etwas sehr Kostbarem entsetzlich achtlos umgegangen war. Wieder einmal hatte James sie ganz nah an sich herangelassen, doch dann ganz plötzlich wieder dichtgemacht. Aber schließlich hatte sie auch einen roten Fleck auf seiner Wange hinterlassen. Ob er deswegen noch sauer auf sie war? Weshalb sonst hätte er plötzlich derart kalt sein sollen? Aber wer konnte das schon sagen? Das Zusammensein mit James war oft gefährlicher als eine Autofahrt bei Eis und Schnee. Und auch bei einer solchen Fahrt konnte man zwar den zweiten Gang einlegen und so lange auf die Bremse treten, bis einem fast der Fuß abfiel, aber trotzdem konnte man schon beim geringsten Gefälle immer noch ins Rutschen geraten.

Sophie, die zwischen Tilly und Sebastian auf der Rückbank von Rowenas Wagen saß, reagierte empört: »Pfauen? Sei nicht so gemein, Daddy. Du hast gesagt, dass ich ein weißes Pony kriege. Und Archie einen kleinen Hund.«

»Ich weiß nicht, Leute«, mischte sich Ro von vorne ein. »Ich hätte am liebsten diesen Löwen aus dem Königreich der Raubtiere. Habt ihr sein … bestes Stück gesehen? Ich wette, dass er seine Löwinnen damit echt glücklich macht.« Sie zwinkerte Tillys Mutter, die verlegen kicherte, fröhlich zu und ließ den Wagen langsam durchs Tor rollen. »Welches Tier würdest du am liebsten adoptieren, Haddy?«

»Eine der Giraffen.«

»Interessant«, stellte Rowena fest. »Liegt das vielleicht daran, dass Giraffen riesig sind, große braune Augen und vor allem Wimpern haben, für die Frauen einen Mord begehen würden?«

»Nein, Rowena.« Tilly streckte die Arme nach hinten aus, so dass sich die Ellbogen tief in die Rücklehne hineindrückten. Warum, verdammt noch mal, war jede Position, in der sie saß, so entsetzlich unbequem? »Es liegt daran, dass sie einen Widerspruch verkörpern. Ihre Beine sehen total zerbrechlich aus, aber trotzdem bewegen sie sich kraftvoll und vor allem elegant.«

Der Discovery fing an zu schaukeln, als Archie und Isaac auf den Sitzen hinter ihr wie verrückt auf und ab hüpften, weil urplötzlich ein Husarenaffe mit aufgeblähten Backen vom vielen Futter auf die Kühlerhaube gesprungen war. Er hielt kurz im Kauen inne, starrte Rowena an und wandte ihr dann den nackten Hintern zu.

»Uhhh«, empörte sich Rowena. »Das ist das erste Mal, dass mir ein derart kleines und behaartes Wesen seine Genitalien zeigt.«

Archie brach in wieherndes Gelächter aus, und als seine Schwester missbilligend mit der Zunge schnalzte, mussten auch die anderen lachen. Tilly lehnte sich zurück und sah sich um. Die Stimmung war erheblich lockerer, wenn James nicht in der Nähe war. Denn er war der Eindringling, der nicht dazugehörte, der Kuckuck, der in einem fremden Nest gelandet war.

Persönliche Angelegenheiten, ha. James war nicht mitgekommen, weil er wusste, dass es ohne ihn für alle entspannter war.

Tilly kuschelte sich in ihren flauschigen Kapuzenpulli und schob die Hände noch ein wenig tiefer in die Taschen. Denn seit dem Gewitter gestern Abend hatte es sich merklich abgekühlt. Ihre Fingernägel gruben ein paar Flusen aus den Taschen aus, die sie unbeabsichtigt aus Carolina mit hierhergeschleppt hatte.

»Ich muss mal Pipi machen«, verkündete Ro. Ihre normalerweise bleichen Wangen waren von der Kälte gerötet, und ihre grünen Augen leuchteten, als sie Sophie und deren Vater zuwinkte, die in einem riesengroßen Kunststoffschwan über den See glitten. Isaac und Archie paddelten in einem zweiten Schwan und heckten kichernd irgendwelche Streiche aus. Tillys Mutter thronte auf einer Bank und wirkte selbst mit ihrem zwischenzeitlich etwas angeschmuddelten Gips ganz wie das stolze Familienoberhaupt.

Tilly wandte sich ihr zu. »Es scheint Ro im Augenblick echt gutzugehen. Glaubst du, das liegt daran, dass sie sich so gut mit Isaac versteht?« Sie hoffte es, denn dann würde ihre Mutter das, was sie ihr gleich sagen wollte, vielleicht besser aufnehmen.

»Das ist ganz sicher auch ein Grund«, stimmte Mrs Haddington ihr zu. »Sie ist nicht mehr so aufgedreht, wenn sie mit ihm zusammen ist … und im Gegenzug bringt sie ihm bei, Rückgrat zu beweisen, wenn es nötig ist. Aber nein, ich glaube, dass Rowena endlich ihre Nische gefunden hat. Setz dich doch ein bisschen zu mir.« Ihre Mutter knöpfte ihre Kaschmirjacke von unten nach oben zu, und Tilly hatte das Gefühl, dass ihr das Gespräch, bevor es überhaupt begonnen hatte, schon wieder entglitten war.

»Ich finde es wirklich bedauerlich, dass James nicht mitgekommen ist.« Tilly spürte ihren forschenden Blick. »Er ist ungewöhnlich einfühlsam für einen Mann – weil er dir bei Sebastian nicht in die Parade fahren will.«

»Ich will dir nicht deine Illusionen nehmen, aber ich habe weder etwas mit dem einen noch mit dem anderen Mann.« Tilly hob die rechte Hand. »Großes Pfadfinder-Ehrenwort.«

»Aber du warst doch gar nicht bei den Pfadfindern. Wenn ich mich recht entsinne, hast du dich geweigert, Uniform zu tragen, und irgendeine altkluge Bemerkung über Konformität gemacht.« Mrs Haddington betrachtete ihren Verlobungsring und bewegte den Finger, bis das Sonnenlicht die Steine funkeln ließ. »Wusstest du, dass ich früher immer an deiner Wiege stand und dir beim Schlafen zugesehen habe? Dein Vater dachte, es wäre aus Sorge, dass auch du mir wieder genommen würdest, aber das war es nicht.« Sie spitzte die Lippen. Für gewöhnlich sprach sie nie über Clemie und Henrietta, die vor Tillys Geburt dem plötzlichen Kindstod erlegen waren. »Denn mir war immer klar, dass du überleben würdest. Weil du ein kerngesundes, starkes Baby warst. Aber ich habe zugleich gespürt, dass du für dein Glück einen hohen Preis würdest bezahlen müssen. Und mit dieser Angst habe ich leider recht gehabt.« Sie winkte ihrem Enkel zu und legte die Hand zurück in den Schoß. »Ich dachte, wenn ich auf dich aufpasse, könnte ich das irgendwie verhindern. Der Wunsch, sein Kind vor allem Elend zu bewahren, ist ein Instinkt, den eine Mutter nie verliert. Was mich zu einer Frage führt. Denkst du, dass du mit einer Rückkehr zu Sebastian deine Probleme lösen kannst? Ich weiß, dass du noch immer eine Schwäche für ihn hast.«

»Ehrlich gesagt kommt's mir so vor, als ob *du* noch immer eine Schwäche für ihn hast.« *Schließlich verkaufst du ihm sogar bereitwillig mein Elternhaus.* Selbst wenn sie den Verlust von Woodend akzeptieren könnte, musste sie sich nicht darüber freuen, dass Sebastian es bekam.

»Wirklich? Interessant.« Ihre Mutter nieste einmal herzhaft und zog ein spitzenbesetztes Taschentuch aus ihrer Strickjacke.

»Als es zwischen uns den Bach runterging, hast du deshalb immer nur mir Vorwürfe gemacht. Warum?« Sie dachte lieber nicht daran zurück, welchen Ärger es gegeben hatte, nachdem ihre Mutter sie und Sebastian zusammen im Bett erwischt hatte.

»Nun, abgesehen davon, dass du immer das Tempo vorgegeben hast, war er viel zu angeschlagen, um ihm auch noch Vorwürfe zu machen, als eure Beziehung auseinanderging«, erklärte Mrs Haddington entrüstet. »Gütiger Himmel, ich hab nicht einmal gewagt, ihn auch nur schief anzusehen, nachdem sein Vater abgehauen war. Er hat immer gute Miene zum bösen Spiel gemacht, aber man brauchte kein Hellseher zu sein, um die Risse in der gleichmütigen Fassade zu sehen. Dein Vater und ich haben Sebastian wirklich gerngehabt, doch uns war immer klar, dass du ihm irgendwann entwachsen würdest.«

»Und jetzt?«

Ihre Mutter putzte sich die Nase und steckte ihr Taschentuch dann wieder ein. »Oh, ich denke, dass die Zukunft etwas komplizierter ist, oder was meinst du?«

Trotz der Kälte und des vom vielen Regen schlammigen Bodens war die Luft um sie herum erfüllt von fröhlichem Sommerlärm. »Ist das für dich wirklich in Ordnung, Mum? Tut es dir nicht wenigstens ein bisschen weh mitanzusehen, wie er Woodend übernimmt?«

»Wenn man eine Entscheidung im Nachhinein bereut, vergeudet man nur unnötige Energie. Außerdem ist es nun einmal so, dass Veränderungen immer etwas schmerzhaft sind.«

Erstaunlich, was man alles lernt, wenn man sich in einem Kleiderschrank versteckt.

»Apropos Entscheidungen ...« – *Nun spuck's schon aus, Tilly* – »... ich habe Rowena gebeten, die Vormundschaft für Isaac zu übernehmen, falls mir einmal irgendwas passiert.«

»Hervorragend. Und, ist sie einverstanden?«

Tilly atmete die furchtsam angehaltene Luft aus. »Du bist mir deswegen nicht böse?«

»Schätzchen, ich würde Himmel und Hölle für Isaac in Bewegung setzen, aber falls er – was Gott verhüten möge – je bei einem Vormund leben müsste, wäre es doch wohl erheblich besser, er käme nach Bramwell Hall statt zu zwei alten, Gin trinkenden Weibern, die den Winter damit verbringen, Samenkataloge zu wälzen und am Sonntag in die Kirche zu gehen. Ich bin nur überrascht, weil du Rowena nicht bereits viel eher schon darum gebeten hast. Und warum hast du es jetzt mit einem Mal getan?«

»Ich bin gerade dabei, mein Leben zu überdenken und herauszufinden, wie es weitergehen soll.«

Ihre Mutter beugte sich ein wenig vor und verrückte beidhändig ihr eingegipstes Bein auf dem nassen Gras. »Wenn etwas nicht in Ordnung wäre, würdest du mir das doch sagen, oder?«

»Uh-huh.« Tilly atmete tief ein. Die Luft war schwer vom Moschusduft der feuchten Erde. Einem Duft, den sie normalerweise liebte, der sie aber heute, wie ihre Gedanken, eher herunterzog.

Ihre Mutter blickte wieder auf. »Meine Güte, wenn die da draußen sich nicht vorsehen, gibt es gleich einen Zusammenstoß.«

Grinsend paddelten die beiden Jungen auf Sebastian und Sophie zu. Sebastian hatte sich nach vorn gebeugt, und seine Körpersprache drohte seinem Sohn und dessen Freund an: *Macht euch auf was gefasst.*

Die Luft war erfüllt von lauten Stimmen und Gelächter, doch für Tilly traten all diese Geräusche in den Hintergrund, bis das Einzige, was sie noch hörte, das fröhliche Kichern ihrer Jugendliebe war.

23

Tilly atmete den süßlichen Orangenduft des Bauernjasmins ein und genoss einen seltenen Moment des Nichtstuns, als sie auf der Bank in Lady Roxtons Garten saß. Nur, dass direkt neben ihr James' Garten-Notizbuch mit dem an die Seite mit dem letzten Eintrag geklemmten Montblanc-Füllfederhalter lag. Ein kurzer Blick in dieses Buch konnte doch bestimmt nicht schaden, oder? Nie im Leben würde sie private Aufzeichnungen anderer Menschen lesen, aber irgendwelche Kritzeleien über Pflanzen waren doch eindeutig nichts Intimes. Und vor allem ließe James' Gehirn Einträge verschiedener Art in ein und demselben Buch bestimmt nicht zu. Allerdings würde er vielleicht ausflippen, wenn sie sich ungefragt an seinem Eigentum vergriff. Schließlich hatte in seiner Welt jede Kleinigkeit ihren festen Platz.

In der Ferne rumpelte ein Traktor, und sie schluckte. Denn vom stundenlangen Reden hatte sie einen entsetzlich trockenen Hals. Sie hatte endlos über Gartenarbeit referiert, und James hatte ein Stückchen hinter ihr gestanden und sich jedes ihrer Worte sorgfältig notiert. Natürlich in schwarzer Tinte und in einem schwarzen Buch, denn heute war nicht nur sein Outfit, sondern auch seine Stimmung rabenschwarz. Es hatte ihn nicht interessiert, wie der Familienausflug in den Safaripark gewesen war, und auf ihre Fragen, wie er selbst den Tag verbracht hatte, war er nur mit einem missmutigen Knurren eingegangen. Nicht, dass sie ihn danach hätte fragen müssen, denn die ordentlichen Salbei-Raute-Thymian-Reihen waren urplötzlich von dicken Rosmarinbüschen umgeben. Weshalb die Behauptung von den *persönlichen Angelegenheiten*, die er hatte regeln müssen, der totale Quatsch gewesen war.

Tilly knabberte an einem abgerissenen Stückchen Fingernagel. Sie war hoffnungslos frustriert. Aber schließlich hatte James sich hinter meterhohem Stacheldraht vor ihr verschanzt, nachdem er die Bombe in Bezug auf David hatte platzen lassen. Weshalb ihnen vielleicht als Gemeinsamkeit nur noch die Gartenarbeit blieb.

Wobei er an diesem Vormittag vor Energie gesprüht hatte und wissbegieriger gewesen war als je zuvor. »Erklär mir das genauer«, hatte er sie ein ums andere Mal gebeten und war mit seinem Stift über die Seiten seines Buchs gerast, als schreibe er tatsächlich jedes ihrer Worte mit. Als sie ihm erklärt hatte, dass bei der Gartenarbeit stets mit Überraschungen zu rechnen war, man aber einfach immer wieder neu beginnen konnte und sich deshalb nie geschlagen geben musste, hatte er sich diesen Satz nicht nur notiert, sondern auch noch zweimal unterstrichen. Wie auch ihren nächsten Satz, nämlich dass die Kunst einfach darin bestand, sämtliche Bälle abzufangen, die einem die Natur entgegenschleuderte. Das bedeutete, eine Pflanze, die zu groß wurde, konnte man zurückschneiden und für eine Pflanze, die nicht wachsen wollte, ließ sich ein Ort finden, an dem sie gedieh.

Wieder warf sie einen Blick auf das Notizbuch. Wie lange war James jetzt schon verschwunden? Fünf Minuten? An ihrem ersten Gartentag hatte sie James erklärt, dass es in England meist um elf Uhr ein zweites Frühstück gab, und seither war er jeden Tag, wenn die Uhr über dem Stall elfmal geschlagen hatte, verschwunden und mit irgendeiner süßen Kleinigkeit zurückgekehrt. Sie hatte nie gesagt, was sie am liebsten essen würde, denn das war nie erforderlich gewesen. Im Kühlschrank von Bramwell Hall stand eine große Tupperdose voll mit ihren Lieblingssüßigkeiten – Tillys Vorrat, wie ihre Freundin es genannt hatte.

Was James ihr wohl heute Morgen brächte? Einen Cadbury Flake, was sonst? Denn bei sonnigen fünfzehn Grad war der Riegel aus hauchdünner Schokolade rundherum perfekt. Mittlerweile hatte James sie so eingehend studiert, dass er, bis er wieder nach Hause fliegen würde, sicher mehr über sie wüsste als über Gartenarbeit. Und was wusste Tilly über ihn?

Sie zog den Füller aus dem Buch und schlug es auf. Einen Augenblick starrte sie einfach die Handschrift an, ohne ein Wort zu lesen, dann strich sie vorsichtig über die winzigen, kompakten Buchstaben, die völlig anders waren als ihr eigener geschwungener, ausholender Schreibstil. Er schrieb sich immer ganze Sätze auf, ohne Abkürzungen und grammatikalisch vollkommen korrekt. Sie blätterte die Seiten durch und hielt kurz inne, als ihr Blick auf wütendes Gekritzel fiel, das sich wie ein Blutfleck über eine ganze Seite erstreckte. James hatte den Füller so fest aufs Papier gedrückt, dass es durchlöchert war. Wobei das Gekritzel ausschließlich aus kerzengeraden Strichen zu bestehen schien.

»Na, hast du was Interessantes entdeckt?«, erkundigte er sich.

Mit einem Schreckenslaut ließ sie das Notizbuch fallen. Sie hatte ihn einfach nicht kommen hören.

Er stellte einen der beiden Becher neben Tilly auf die Armlehne der Bank und fischte einen Cadbury Flake aus seiner Jeanstasche.

Tilly dankte ihm und versuchte, nicht daran zu denken, was der Grund für die leichte Erwärmung ihres Schokoriegels war.

Dann hob sie das Notizbuch von der Erde auf, wischte es an ihrem T-Shirt ab und klemmte den Füller wieder an der Seite mit dem letzten Eintrag fest. »Warum machst du heute Notizen?«, fragte sie.

Er schob sich das Haar mit der Sonnenbrille aus der hohen, bleichen Stirn. Irgendwann in seinem Leben hatte er bestimmt mal kurzes Haar gehabt und so ähnlich ausgesehen. Dadurch, dass er plötzlich keinen Pony hatte, wurden seine Wangenknochen und die dichten, dunklen Augenbrauen betont. Nur die Augen sahen völlig unverändert aus.

Er sah sie reglos an »Weil ich alles noch mal nachlesen will, wenn ich ab dem Wochenende wieder zu Hause bin.«

»Was?« Sie fuhr hoch und spuckte ihren Kaffee aus. »Aber ich dachte, du würdest bleiben, bis ich die Ergebnisse bekomme.«

»Das tue ich ja auch.« Er setzte sich neben sie. »Deshalb habe ich ja erst für Freitag einen Flug gebucht.«

»Aber was, wenn ich mich operieren lassen muss?«

»Dann würde dir ein Fremder keine große Hilfe sein.«

»Blödsinn.« Tilly stellte ihren Becher derart unsanft auf dem Boden ab, dass ein Teil des Kaffees über ihren rechten Gummistiefel floss. »Das ist totaler Blödsinn, und das weißt du ganz genau. Denn dieses Gespräch haben wir schon hundertmal geführt. Du bist für mich kein Fremder. Und falls du auf diese Art versuchst, mich dazu zu bringen zuzugeben …«

Er nahm die Sonnenbrille ab und schüttelte seine dunklen Haare aus. »Was?«, fragte er so gleichgültig, dass sie sich nicht gewundert hätte, hätte er dazu noch breit gegähnt.

Sie stöhnte entnervt auf und starrte ihren Stiefel und die Kaffeepfütze an. Sie würde nie behaupten, dass sie irgendwas empfand, ohne dass sie sich ihrer Empfindung völlig sicher war. »Der Garten …« Sie wies auf das Rosenbeet mit den gestutzten Stöcken, den Vertiefungen am Rand und der mit Kompost angereicherten Erde. »Er ist noch nicht fertig.«

»Doch, Tilly, das ist er.«

»Und das Baumhaus?«

»Werde ich am Donnerstag noch fertig bauen, während wir auf den Anruf von dem Arzt warten.«

»Warum, James? Warum verlässt du …« Sie schluckte das Wörtchen *mich* herunter, denn sie hatte Angst, dass sie dann wie ein quengeliges Kleinkind klang.

»Ich bin hier einfach reingeplatzt und habe dich gezwungen, mich vorübergehend aufzunehmen.« Er sah sie mit einem schiefen Lächeln an. »Wir beide wissen, dass es für mich an der Zeit ist, allmählich mein eigenes Leben weiterzuleben. Ich muss mich darum kümmern, dass mein Haus fertig gebaut wird, dann will ich auch mal wieder nach Chicago, ich lasse meinen Alfa dort bei meinen Freunden stehen und fliege weiter nach Seattle.« Er hob seinen Becher beidhändig an den Mund. »Denn ich habe Daniel schon seit einem Jahr nicht mehr gesehen.«

»Wer ist Daniel?«

»Mein Sohn. Der in Seattle lebt.«

Die Brise trug den schwachen Duft des wilden Geißblatts aus der Chase und das Husten eines Fasans über die Mauer. Tilly saß in Rowenas Garten und sprach mit einem plötzlich völlig Fremden.

Mit der Spitze ihres Stiefels stieß sie ein herabgefallenes Rosenblütenblatt an. »Wenn du am Freitag fliegst, sollte ich dir vielleicht langsam zeigen, wie man pflanzt.«

*

»Versprich mir noch ein letztes Mal, dass man von Erde keinen Krebs bekommen kann.« James kauerte auf dem von

Thymian gesäumten Weg, und seine Stimme überschlug sich fast.

»Ich habe es dir schon fünfmal versprochen«, antwortete sie. »Das reicht.«

Doch ihm fehlte das sechste Mal. »Bitte!«

»Nein. Das ist deine Störung, die das will. Das bist nicht du.«

Als eine Schar Spatzen laut zwitschernd über den Garten flog, hätte er am liebsten ein Gewehr zur Hand gehabt. Er hatte zum letzten Mal vor dreißig Jahren mit dem Gewehr von seinem Dad geschossen, aber heute fühlte er sich wie ein Steinzeitjäger, der irgendwo in der Wildnis auf der Lauer lag. Und fand sich widerlich. Denn gegen seinen Willen tauchten lauter widerliche Bilder vor seinem geistigen Auge auf. Er sah sich, wie er seine Finger um den Hals eines Vogels legte, um dem Tier die Gurgel umzudrehen, was vollkommener Schwachsinn war. Denn er wusste ganz genau, er könnte niemals einen Vogel töten. Weil es bereits schlimm für ihn gewesen war, letzte Nacht die Motte zu zerquetschen, die direkt auf seinem Kopfkissen gelandet war, obwohl ihm Motten total unheimlich waren.

Er nahm die Sonnenbrille ab und kniff sich in die Nase. Ihm dröhnte der Schädel, und die Haare, die inzwischen lang genug waren, um sie hinter die Ohren zu streichen, fielen ihm ins Gesicht. Wütend schob er sie zurück. Wie hatte er je denken können, er hätte genug Geduld, um sie wachsen zu lassen? Am liebsten hätte er sein Haar mitsamt der Wurzeln ausgerissen, dann wäre es ihm nie wieder im Weg.

»Also bitte, James. Wie groß ist wohl die Chance, dass man von Erde Krebs bekommt?«

Er blickte auf. »Weniger als null?«

»Genau.« James konnte nicht verstehen, weshalb sie lächelte. Wahrscheinlich vor Erleichterung, weil dies ihre letzte Garten-Stunde war. »Und, bist du bereit, es noch mal zu probieren?«

Nein. Er wollte sie ganz sicher nicht enttäuschen, aber alles, was er jetzt noch brauchte, war Distanz – zu diesem Garten und zu ihr. Weil er in Gedanken längst woanders war.

»Nein. Mir reicht's«, erklärte er, schob sich die Haare mit dem Handgelenk aus dem Gesicht und blickte auf die Gartenhandschuhe, die er entschlossen ausgezogen und wutschnaubend auf den Weg geworfen hatte, nachdem sein Versuch, eine Taglilie mitsamt den Wurzeln auszugraben, fehlgeschlagen war. Eine wunderbare Pflanze, wenn man lernen wollte, wie man Wurzeln teilt, hatte Tilly ihm erklärt. Nicht mal Isaac hätte es geschafft, die Pflanze dabei kaputt zu kriegen. Aber ihm gelänge das wahrscheinlich mühelos.

»Hör zu«, bat sie mit einem Mal. »Hörst du dieses Zwitschern? *Tsii-tsii-tsu-hu-hu-hu?* Das ist eine Blaumeise.«

Und plötzlich wogten wieder Zweifel in ihm auf, ob es tatsächlich richtig war, sie zu verlassen. Wobei Zweifel ein Teil seines Wesens waren und er einfach die Kraft aufbringen müsste, sie zu ignorieren. Das war schließlich sein Ziel gewesen, ehe er Tilly begegnet und in seiner eifersüchtigen Verliebtheit kurzfristig von seinem Weg abgewichen war.

Der Schmerz über die Trennung hatte bereits eingesetzt, würde aber wie die Ängste, die er ständig hatte, irgendwann verblassen. Und selbst wenn es ihm nicht gelänge, noch den letzten Schritt zu gehen und sich seiner größten Angst zu stellen – spielte das noch eine Rolle?

Denn mit Tillys Hilfe hatte er jedenfalls phänomenale Fortschritte gemacht. Er würde nie vergessen, welche Hoffnung Tilly ihm mit dem Hinweis geschenkt hatte, dass es wichtig war zu lachen. Und indem sie für ihn da gewesen war.

Aber dieser Traum war ausgeträumt. Das war ihnen beiden klar.

»Es wird mir fehlen, dass ich meine private Hölle nun nicht mehr mit jemandem teilen kann.« Reglos starrte er auf eine Efeu-Formschnitthecke, die bereits seit langem aus der Form geraten war.

»Mir auch.« Sie seufzte tief auf. »Mir auch.«

24

Sie … würde … sterben. Weil es vollkommener Wahnsinn war, sich irgendwelche Spielzeugrollen unter die Füße zu schnallen, nur damit man wie eine Rakete über eine hartgeteerte Straße schoss. Sie war eine alleinerziehende Mutter, die um jeden Preis noch ihren nächsten Geburtstag feiern wollte, statt ihr Leben zu riskieren, nur weil ihr das vielleicht einen Kick verschaffte, der auf andere Art nicht zu erreichen war. Beinmuskeln, von deren Existenz sie bisher nichts gewusst hatte, waren zum Zerreißen angespannt, und ihre Füße waren schwer wie Blei.

»Ich kann nicht mehr.« Sie ließ sich ermattet auf den Bordstein plumpsen und zerrte an den mehrfachen Knoten, mit dem ihre Inliner von James gesichert worden waren.

Ohne auf ihr Gejammer einzugehen, beugte er sich vor und zog sie wieder hoch.

Er roch heute nach Mandarinen, was nicht wirklich überraschend war. In Bramwell Hall standen an jedem Waschbecken Dutzende von Gläsern Mandarinenseife, da Rowena offenbar befürchtete, die Produktion dieser speziellen Seife würde vielleicht irgendwann mal eingestellt. Auch Tilly liebte ihren Duft, wenn auch vielleicht nicht heute, weil sie ihn mit Weihnachten verband – mit dem Prasseln des Kaminfeuers im Wohnzimmer, dem herrlichen Geruch von Weihnachtsplätzchen, die im Ofen buken, und den Weihnachtsliedern aus dem Radio. Als sie und David sich das Haus in Creeping Cedars angesehen hatten, hatte sie im Wohnzimmer gestanden und ausgerufen: »Das ist der ideale Platz für einen Weihnachtsbaum.« Doch letztendlich hatte sie sich wieder einmal ihrem Mann gefügt. Denn er hatte erklärt, wenn sie erst mal Kinder hätten, sollten die nicht hin- und hergerissen werden zwischen Weihnachten und Chanukka. Weshalb hatte sie ihre geliebten eigenen Traditionen einfach kampflos aufgegeben? Und weswegen hatte sie sich darauf eingelassen, Inliner zu fahren? Verbog sie sich vielleicht erneut, nur um die Erwartungen von jemand anderem nicht zu enttäuschen?

»Die Grundlagen beherrschst du schon ganz gut«, erklärte James. »Jetzt ist es an der Zeit für etwas Tempo.«

Na fantastisch. Das hatte ihr gerade noch gefehlt – ein bisschen Tempo, damit es nicht einmal mehr die kleinste Überlebenschance für sie gab.

»Nein, nein und nochmals nein.« Sie hätte James am liebsten einfach abgeschüttelt, wackelte aber wie eine Marionette an gerissenen Fäden auf den Rollen hin und her und klammerte sich eilig abermals an seinen muskulösen warmen Unterarmen fest.

Mit einem Mal klopfte ihr Herz in einem heißblütigen Samba-Rhythmus, und ihr Magen schlug einen Purzelbaum.

Dieses Inline-Skating war aus ganz verschiedenen Gründen eine ganz schlechte Idee.

»Wenn ich falle«, schimpfte sie, »wird mich der verdammte Asphalt in Stücke reißen.« Und als wäre das nicht bereits schlimm genug, würde sie ihn, wenn sie stürzte, sicher auf sich ziehen … und dann lägen sie Bauch an Bauch und Unterleib an Unterleib auf dem Asphalt. *Verdammt.*

Unter ihrem Griff spannten sich seine Muskeln spürbar an. »Glaubst du etwa, ich würde dich fallen lassen?«, fragte er in scharfem Ton, sein Gesicht jedoch drückte nichts anderes als Verletztheit aus. Unendliche Verletztheit, als hätte Tilly ihn mit diesem Satz verraten.

Eilig sagte sie: »Ich würde dir mein Leben anvertrauen.« Schließlich tat sie das genau in diesem Augenblick. »Aber du und ich haben einfach eine unterschiedliche Vorstellung von Spaß. Im Grunde meines Herzens bin ich furchtbar feige, und das alles überfordert mich total.«

Sein rechter Mundwinkel fing an zu zucken. Immer noch war er ihr viel zu nahe, aber trotzdem klammerte sich Tilly weiter an ihm fest. Weil sie nur mit ihm die Chance hätte, diese lächerliche Mutprobe lebend zu überstehen.

»Wir werden einfach langsam losrollen, okay?«

»Oh nein, das ist ganz sicher nicht okay.« Dieses Mal war es kein glühendes Verlangen, sondern eisiges Entsetzen, das ihr Herz noch schneller schlagen ließ.

»Vergiss nicht – spann die Unterschenkel an. Du darfst deine Knöchel nicht nach innen kippen lassen. Linken Fuß ein bisschen vor und abstoßen. Dann den rechten Fuß ein bisschen vor und abstoßen. Wie wenn du marschieren würdest. Und zum Bremsen drück den Bremsknopf nur ganz leicht auf den Asphalt.«

»Unterschenkel anspannen, kapiert. Linker Fuß nach vorn und abstoßen. Rechter Fuß … verflixt.« Sie drehte sich in der Taille und kniff schmerzhaft in die Haut an seinem Unterarm. »Ich habe es eindeutig *nicht* kapiert.«

»Entspann dich.« Er rollte geschmeidig rückwärts und zog sie hinter sich her. »Lass mich einfach tun, was ich am besten kann – denn ich mache mir sowieso immer Sorgen für zwei.«

Okay, sie würde sich auf seine Lippen konzentrieren, auf das verführerische Lächeln, das aussah, als würde er die Mundwinkel am Ende eines langen Tages noch einmal genüsslich ausstrecken. Aber wie war er jemals auf die Idee gekommen, dass dieses Martyrium auf Rollen auch nur annähernd entspannend war?

Als er den Kopf nach hinten warf, erschien ihr das Grübchen in der Mitte seines Kinns wie ein kleines schwarzes Loch. Sie hatte ihn ein paar Tage zuvor im Scherz als hübsch bezeichnet, aber jetzt lachte sie nicht. David hatte mit seinen dunklen Löckchen und der ausgeprägten Ähnlichkeit mit Botticellis Mars rundherum fantastisch ausgesehen. Sebastians feingemeißeltes Gesicht war nahezu perfekt. Und James? Er sah derart prachtvoll aus, dass es ihr den Atem raubte, und er war sicher der verführerischste Mann, dem sie je begegnet war.

Die kräuselige Eibenhecke rauschte an ihnen vorbei. Moment! Wie waren sie mit einem Mal so schnell geworden? Hatte er ihr nicht versichert, sie würden ganz langsam anfangen? Aber jetzt peitschten ihm seine Haare ins Gesicht, verdeckten seinen Mund, und sie versuchte, etwas zu sagen, brachte aber weder ein entschiedenes *Stopp* noch ein flehendes *Bitte nicht so schnell* heraus. Weil sie in der Luft, die ihr entgegenschlug, ertrank. Dann aber streichelte er sanft die Innenseite ihres Ellbogens, die Enge in ihrer Kehle löste sich, und sie fing an zu lachen. Fing tatsächlich an zu lachen.

Denn er hatte sie an einen Ort geführt, von dem sie niemals angenommen hätte, dass sie ihn jemals würde besuchen wollen. Und weil es wirklich witzig war.

Sie warf ebenfalls den Kopf zurück, kreischte den wolkenbedeckten Himmel an, und er stimmte mit einem lauten, sorgenfreien Lachen ein, das noch viel seltener und kostbarer war als jedes seiner Lächeln. Für dieses Lachen hatten sich ihre Panik, die schmerzenden Muskeln und selbst der drohende Herzinfarkt eindeutig gelohnt.

Was gut und richtig war, denn sicher würde sie nichts anderes mehr hören, bevor sie starb.

Die Zeit dehnte sich aus, und sie nahm eine Vielzahl an Geräuschen und Gedanken wahr: das Surren von Reifen auf dem Asphalt, das Tuten einer Hupe, Panik, die durch ihren Körper schoss – *Wie soll ich bremsen?* –, ihr lautes *Uff*, als sie James in die Arme flog, ihr Herz, das schmerzhaft gegen ihre Rippen schlug – eine Abrissbirne, die ihre gesamten bisherigen Vorstellungen von dem herrlichen Gefühl zerschlug, das sie erfüllen würde, wenn sie diesen Mann in ihren Armen hielte.

Sie hatte sich schon oft gefragt, viel öfter, als sie sich eingestehen wollte – nur dass Ehrlichkeit gegen sich selbst eins der geringeren Probleme war, wenn einen der Tod in Richtung eines schlammbespritzten Wagens fliegen ließ –, wie sich ihre Körper wohl aneinanderschmiegen würden. Und sie war zu dem Schluss gekommen, dass es sicher *seltsam* und *ein bisschen schwierig* wäre, weil er schließlich deutlich größer war als sie und im Gegensatz zu ihr ausnehmend schlank und muskulös.

Doch sie hatte sich geirrt. Denn sein Körper fühlte sich noch weicher an als ein Daunenkissen, und seine Arme hielten sie so sicher fest wie zwei auf sie zugeschnittene Gurte. Es passte alles ganz genau.

Sie spürte seinem Pulsschlag nach, hörte seinen Atem und sog das Gefühl seiner Nähe in sich ein. Langsam legte sich ihr Zittern, und sie juchzte lautlos *Ja*.

»Na, amüsiert ihr euch?« Rowena blickte durch das offene Fahrerfenster des Discovery.

»Hi, Mom! Hi, James!«, rief Isaac aus dem Wageninneren. »Kann ich mitmachen?«

Mit hochrotem Gesicht kehrte Tilly in die Wirklichkeit zurück. Sie stieß sich von James ab, geriet ins Wanken und landete bäuchlings auf der Kühlerhaube des Gefährts.

»Nein«, erklärte sie auf beide Fragen, und sofort tat ihr die Antwort leid.

25

Monty bellte und verstummte. Weil wahrscheinlich irgendwer es tatsächlich gewagt hatte, an *seinem* Zaun vorbeizugehen. Tilly blickte abermals bewundernd auf das Beet, in dem es nichts mehr abzuschneiden, hochzubinden oder auszugraben gab. Auf Bitten ihrer Mutter hatte sie die Gartenarbeit eingestellt, damit der Gärtner weiter denken konnte, dass er nützlich war. Interessante Vorstellung, dass jemand nützlich war. Hatte James vielleicht aus diesem Grund die ganze Zeit bei ihr herumgehangen? Gestern hatte sie ihnen beiden kurzfristig einen Schrecken verpasst, indem während eines Augenblicks heißes Verlangen in ihr aufgeflackert war, und morgen würde er zurückfliegen. Doch was war mit heute? Sie ballte die Fäuste in den Ärmeln ihres Fleecepullovers und erschauderte. Wieder einmal war es ein kühler grauer Tag – was ein durchaus passendes Ende für die Zeit mit diesem Menschen wäre, denn im Grunde war sie heute schon vorbei. Ungeachtet der Ergebnisse der Tests im Krankenhaus würde er am nächsten Tag zurückfliegen, und dann wäre die Geschichte zwischen ihnen endgültig vorbei. Aber was, wenn sie ihn bitten würde hierzubleiben?

Schwanzwedelnd kam der Hund ums Haus.

»Na, du blöder Köter, hast du wieder mal irgendwen erschreckt?«

Zu spät erkannte Tilly, dass er nicht allein war. Direkt hinter Monty erschien James. Er hatte seinen schwarzen Lederrucksack auf der Schulter, und das schwarze Kabel der Kopfhörer seines iPods schlängelte sich über die Brust bis in eine Tasche seiner Jeans.

Sie blickte ihm entgegen und sah jede einzelne Bewegung, die er machte, haargenau voraus. Denn für alles, was er tat, hatte er eine besondere Methode, sogar für das Ausstöpseln der Knöpfe, die er in den Ohren trug. Er wickelte das Kabel sorgsam um zwei Finger, sicherte das Bündel dann mit einem schwarzen Gummiband und schob es in das kleine Aluminiumkästchen, das er aus der Außentasche seines Rucksacks nahm.

Tilly lächelte, doch es war eine leere Geste. Sie kannte all seine Marotten, aber trotzdem fand sie keinen Platz für ihn in ihrem Leben, nicht einmal vorübergehend – und bestimmt nicht dauerhaft. Was sie seit dem frühen Morgen so beschäftigte, war nicht die Frage, ob er sich noch einmal blicken lassen würde – denn das hätte er auf jeden Fall getan –, sondern, wie er reagieren würde, falls der Arzt erklärte, dass die ganze Aufregung umsonst gewesen war. Würde er dann bleiben, um mit ihr zu feiern, oder würde er davonstürzen und packen, weil er fand, er hätte seine Schuldigkeit getan?

Tilly schüttelte die Kissen auf dem Liegestuhl ihrer Mutter aus und versuchte, nicht daran zu denken, wie der Mann sich anfühlte, den sie nicht zu lieben wagte, weil er irgendwann einmal auf David losgegangen war.

Er kam auf die Terrasse. »Hast du schon etwas gehört?«

»Nein. Und starr mich bitte nicht so an.« Tilly knabberte an einem Fingernagel. »Meine Mutter hat mir schon gesagt, ich würde mitgenommen aussehen.«

»Mitgenommen, wirklich? Ich würde eher sagen, du siehst total scheiße aus.«

»Ach ja?« Sie stieß ein hohles Lachen aus. »Wenn es so ist, darfst du bleiben.«

Eine Taube ließ sich flatternd in der Vogeltränke nieder, und ein Stück vom Haus entfernt hatte ein Wagen eine Fehlzündung. Doch weder James noch Tilly rührten sich vom Fleck.

»Ich sollte mit dem Baumhaus weitermachen«, stellte er nach einen Augenblick ohne große Überzeugung fest.

»Nein.« Sie nahm entschlossen seine Hand. »Bleib hier bei mir. Auch wenn ich wahrscheinlich nicht besonders unterhaltsam bin. Denn ich habe die ganze Nacht kein Auge zugemacht.«

Er stieß einen tiefen Seufzer aus. »Dann ging es dir wie mir.«

»Du musst doch inzwischen total aufgedreht sein.« Lächelnd drückte James Tilly die vierte Tasse Kaffee in die Hand. Ein so breites Lächeln hatte sie noch nie gesehen. Es erhellte sein Gesicht und gab ihr das Gefühl, als läge sie in einem wohlig warmen Schaumbad, während die Welt draußen metertief in Eis und Schnee versank.

»Ich bin total aus dem Gleichgewicht.« Sie starrte auf ihr Bein, das unwillkürlich ruckartig gegen das Tischbein schlug. »Ich will einfach nur, dass dieser Tag vorbei ist, nur dass du, wenn er vorbei ist … gehst.« *Und ich mich nicht entscheiden kann, ob das gut oder schlecht ist.*

James scharrte mit seinem gusseisernen Stuhl auf dem Beton und setzte sich, wie immer, zu dicht neben sie. Dann löste er eine ihrer Hände von der Tasse und verschränkte seine Finger mit ihren. Waren sie etwa dabei, sich ineinander zu verlieben, ohne dass es ihnen bisher aufgefallen war? Und falls ja, warum tat es so weh? Wegen ihrer Jugendliebe oder ihrem verstorbenen Mann? Oder spielte Liebe dabei keine Rolle? War das zwischen ihnen lediglich Verlangen oder so etwas wie einer der zahlreichen Zwänge, die James dazu brachten, irgendwelche lächerlichen Dinge zu tun?

Auf dem Feld blökten die Schafe. Tilly hörte immer Schafe, niemals Kühe. Wo waren die schlechtgelaunten Charolais-Rinder, die Geißel ihrer Kindheit? Waren sie der Maul-und-Klauenseuche oder dem Rinderwahn anheimgefallen, oder hatte ganz einfach die Zeit die Gegend jenes Lebens beraubt, das ihr früher so vertraut gewesen war?

Schließlich hatten zwischenzeitlich irgendwelche Fremden ihre alte Dorfschule entkernt und in ein Wohnhaus verwandelt, und auf dem Dorfplatz herrschte freitagabends nicht mehr der vertraute Andrang, wenn der Fish&Chips-Wagen dort hielt. Die Hauptstraße verunzierte nun ein Zebrastreifen, über den noch nie jemand gegangen war, und Gerüchten zufolge würde in ein paar Monaten auch noch das Postamt zugemacht. Ihr geliebtes Bramwell Chase war jetzt ein Pendlervorort voller Menschen auf der Durchreise, ein Ort, an dem sie selbst nicht mehr zu Hause war. Nichts mehr hier war ihr vertraut, außer dem Fremden, der an ihrer Seite saß und ihre Hand umklammert hielt. Dem Mann, der ihr ein vollkommenes Rätsel war.

»Tilly, Schatz. Bist du da unten?«, rief Mrs Haddington aus ihrem Schlafzimmer hinunter. »Telefon für dich. Irgendeine Beth. Oh, und Isaac sagt, ich soll dir ausrichten, er hätte in der Bahnhofsstraße ein Hotel gebaut. Wenn der Schlingel so weitermacht, habe ich keine Chance mehr!«

Beth. Das war die dralle Krankenschwester aus der Klinik, die total auf Tillys »Gatten« abgefahren war.

Irgendwo kicherte Isaac, und Monty bellte, weil er hoffte, dass dann jemand Stöckchen für ihn warf. Tilly knirschte mit den Zähnen und wünschte sich inbrünstig, es wäre ein anderer Zeitpunkt und sie an einem anderen Ort. Zum Beispiel oben, um mit ihrer Mutter und mit ihrem Sohn Monopoly zu spielen. Egal wo, nur nicht in einem dieser einsamen Momente, in denen die Welt sich weiterdrehte und man mit seiner Verzweiflung vollkommen alleine war.

Nur, dass sie dieses Mal gar nicht alleine war.

»Leg mir den Anruf ins Arbeitszimmer, ja?«, rief sie zurück.

James sprang so eilig auf, dass sein Stuhl hintenüberfiel. »Soll ich hier auf dich warten?« Die hektische Zeichensprache seiner Finger konnte sicher nur er selbst verstehen.

»Nein.« Dieses Mal war sie diejenige, die seine Hand ergriff. »Komm mit.«

Sie gingen durch die Flügeltür ins Wohnzimmer, doch als sie vor das Arbeitszimmer ihres Vaters traten, machte James entschlossen einen Schritt zurück, und sie trat alleine durch die Tür.

Sie stolperte über ein kleines Loch im Teppich und erinnerte sich daran, wie ihr Dad auf seinem ledernen Schreibtischstuhl gesessen hatte, als sie in den Raum gestürmt war und verkündet hatte: »David will mich heiraten.« Vor lauter Überraschung hatte er seine Zigarre auf den Orientteppich fallen lassen, der ein Lieblingsstück von ihrer Mutter war, und zum ersten und zum letzten Mal in seinem Leben hatte er laut in Tillys Gegenwart geflucht.

In dem Arbeitszimmer roch es noch genauso wie an jenem fernen Tag – nach einem heiß gewordenen Staubsauger und muffigen Gesetzestexten, nach Zigarre und Lavendel –, denn ihr Vater hatte dieses Kraut geliebt. Oder bildete sie sich vielleicht nur ein, dass es in dem Raum noch immer nach Zigarren roch? Sie trat an den Schreibtisch ihres Vaters und griff nach dem Telefon.

»Tilly?«, fragte Beth in nüchternem, geschäftsmäßigem Ton. *Himmel, war das eher gut oder eher schlecht?*

»Könnten Sie bitte kurz warten?« Tillys Herzschlag hielt problemlos mit dem Knistern in der Leitung mit. »Mum, du kannst jetzt auflegen!«

Sie hörte ein paar tastende Geräusche, denn anscheinend hatte irgendwer – wahrscheinlich Isaac – den Hörer fallen lassen und hob ihn jetzt eilig wieder auf.

James schloss die Tür des Arbeitszimmers und umklammerte den Knauf. Als kleines Mädchen hatte Tilly es geliebt, wenn der kristallene Griff im Sonnenlicht gefunkelt hatte, das durch das Fenster auf der anderen Raumseite gefallen war. Heute aber war der Himmel grau. Deswegen gab es keinen Regenbogen, und der Knauf, den James umfasst hielt, war einfach ein ganz normaler Türknauf.

Mit einem leisen Klicken landete der Hörer oben endlich auf der Gabel, und James wandte sich ihr zu, blieb aber wie angewurzelt stehen.

Nein. Tilly schüttelte den Kopf. *Ich brauche dich hier neben mir.*

Sie streckte den Arm über der mit Tinte aus dem Füller ihres Dads befleckten Schreibtischunterlage aus. James trat hinter sie, und sie lehnte den Kopf an seine Brust.

Seine Hände strichen über ihre Arme, bevor er sie sinken ließ.

»Tut mir leid«, sprach Tilly in den Hörer. »Jetzt bin ich bereit.« Ihr Kopf bewegte sich im Takt von James' schnellen, flachen Atemzügen, was seltsam beruhigend war.

»Ich habe gute Neuigkeiten, Tilly.« Obwohl Beths Stimme weiter kühl und sachlich klang, konnte Tilly deutlich hören, dass sie lächelte.

Sie wirbelte zu James herum, und er bedachte sie mit einem ruhigen, durchdringenden Blick, als präge er sich ihr Gesicht in diesem Augenblick für alle Zeiten ein. »Dann ist der Knoten also gutartig?«, vergewisserte sie sich.

»Ja. Der Hausarzt Ihrer Mutter hatte recht. Ein Fibroadenom. Kommt eher bei jungen Frauen vor, aber schließlich sehen Sie auch wie sechzehn aus.« Und mit einem mädchenhaften Lachen fragte Beth: »Wie machen Sie das nur?«

»Ich arbeite jeden Tag im Garten und trinke vor allem regelmäßig Gin.« Aber Tilly hörte kaum noch zu. Denn James bewegte lautlos die Lippen wie zu einem stummen Dankgebet.

Sie entspannte sich. »Und wie geht es jetzt weiter? Lasse ich den Knoten einfach drin?«

»Jungen Frauen raten wir normalerweise, einfach abzuwarten und erst was zu unternehmen, wenn der Knoten schmerzhaft oder größer wird. Aber da Sie über fünfunddreißig sind, empfiehlt Dr. Parker eine Biopsie.«

»Und was heißt das?«

Beth lachte erneut, und plötzlich hatte Tilly das Gefühl, als wären sie die besten Freundinnen der Welt. Sie konnte Betsy sogar die schmachtenden Blicke in Richtung James verzeihen. »Dass Sie das Fibroadenom chirurgisch entfernen lassen sollten. Aber die Entscheidung liegt bei Ihnen.«

»Hat das noch zwei Wochen Zeit, bis ich wieder zu Hause bei meiner Gynäkologin bin?«

»Natürlich. Aber falls der Knoten sich verändert oder plötzlich weh tut, rufen Sie uns sofort an. Ich schicke Ihnen die Unterlagen zu.« Abermals sprach Beth in kühlem, geschäftsmäßigem Ton. Sicher hatte sie sich in Gedanken schon der nächsten Frau auf ihrer Liste zugewandt. »An die Adresse in Bramwell Chase?«

»Ja.« Plötzlich musste Tilly schlucken. »Danke. Oh mein Gott. Danke, dass Sie angerufen haben.«

»Gern geschehen. Und gute Reise.« Und nach einer kurzen Pause fügte Beth hinzu: »Und grüßen Sie bitte Ihren Mann.«

Gute Reise? In eine noch unbeschriebene Zukunft, die sie selber füllen müsste und in der vielleicht auch der Mann eine Rolle spielen würde, den sie jetzt gleich hier im Arbeitszimmer ihres Vaters küssen würde, auch wenn das wahrscheinlich alles andere als vernünftig war?

Beth hatte inzwischen aufgelegt, und erfüllt von einer plötzlichen Gewissheit, legte auch sie selbst den Hörer wieder auf. Dann drehte sie sich um, doch zu ihrer Überraschung war James inzwischen einen Schritt zurückgetreten.

»Nicht.« Sie packte ihn am Kragen seines Hemds. »Bleib hier.«

Sie stellte sich auf die Zehenspitzen und zog seinen Kopf zu sich herab. Es war ihr vollkommen egal, ob sie dabei vielleicht sein Hemd zerriss, denn endlich lehnte er den Kopf an ihre Stirn, und sie roch den wunderbaren Duft nach Zedern und Honig und nach irgendetwas anderem, das sie nicht benennen konnte, aber das sie stets mit James verband. Zärtlich küsste sie ihn auf die Wange, und sein Atem wärmte ihre Haut.

»Sag es mir jetzt, wenn du nicht willst …« – ihre Lippen glitten über seinen Mund – »… denn gleich kann ich … nicht mehr aufhören.«

*

»Willst du das wirklich, Tilly?« James schob ihre Hand von seinem Hemd weg. Nicht, weil sie es vielleicht zerreißen würde, sondern weil er keine Luft mehr bekam und einfach nicht mehr klar denken konnte, wenn sie ihm so nahe war. Und wenn aus ihnen beiden etwas werden sollte, musste er sich der Angst stellen, dass ihre Liebe vielleicht einem anderen galt.

»Dich küssen?« Mit den hochgezogenen Brauen sah sie so verwirrt und so verletzlich aus, dass er sich zwingen musste, weiterhin Distanz zu ihr zu wahren. »Ja. Ich will dich küssen und diesen Moment genießen. Ist das so verkehrt?«

Er berührte seine Unterlippe, die noch feucht von ihrem Speichel war, und ein Gefühl der Trauer wogte in ihm auf. Er hatte so viel mehr erhofft, so viel mehr gewollt. Nicht nur einen Kuss, sondern eine feste Zusage.

»Für mich ist es total verkehrt.« Er zog ihre Hand an seine Brust. »Ich kann nicht mit der Liebe spielen, Tilly. Für mich gibt es nur alles oder nichts. Ich *will* entweder alles oder nichts.« Stellte er sich seiner Angst, oder ergab er sich mal wieder seinem Zwang, nach einer Bestätigung zu suchen, wo es keine gab?

»Denkst du das von mir? Dass ich mit dir spiele?« Sie versuchte, ihre Hand zurückzuziehen, doch er hielt sie weiter fest.

»Nein, Tilly. Ich denke, dass du einfach nicht weißt, was – und wen – du willst. Ich würde dir gerne sagen, dass du mich willst. Doch das kann ich nicht.« Er legte eine kurze Pause ein. »Oder?« Denn noch immer gab es eine Chance, gab es eine Chance für sie beide, doch noch ehe Tilly etwas sagte, wusste er, er hatte es – erneut – vergeigt.

Du bist ein Trottel, James, ein Riesentrottel. Warum hast du nicht genommen, was sie dir geboten hat?

»James, ich hatte diesen Sommer ständig das Gefühl, als säße ich auf einem Karussell. Ich habe mich mühsam festgeklammert, um nicht herunterzufallen, und alleine dafür meine ganze Kraft gebraucht. Aber du hast auch auf diesem Karussell gesessen, und ich weiß, das ist entsetzlich egoistisch, aber trotzdem würde ich mir wünschen, dass du weiterhin dort sitzen bleibst. Ich kann dir nichts versprechen …« Tilly hatte ihn durchschaut, aber er hatte auch nichts anderes von ihr erwartet. »Ich kann dir noch nicht einmal erklären, warum ich dich in meiner Nähe haben will. Ich weiß nur, dass ich nicht möchte, dass du gehst. Bitte bleib hier.«

Sie sah ihn mit einem unglücklichen Lächeln an, und am liebsten hätte er sie sanft geküsst. Es wäre so einfach, sie zu küssen. Warum konnte er es nicht? Warum konnte er nicht endlich mal ein unkalkulierbares Risiko eingehen? Weil er ein Gefangener seiner Störung war.

Er stieß einen abgrundtiefen Seufzer aus. »Wenn ich dich und Sebastian sehe, weiß ich, dass ihr zwei euch immer noch auf irgendeine Weise liebt.«

»Dann weißt du mehr als ich.« Tilly starrte ihn aus großen dunklen Augen an.

Er ließ ihre Hand los, doch sie presste sie ihm weiter an die Brust. Versuchte sie, ihn von sich wegzuschieben, oder wollte sie dadurch verhindern, dass er ging?

»Dann ist es eben keine Liebe, aber ganz egal, wie du es nennst, ich komme einfach nicht dagegen an.«

»Und deshalb ist es besser, einfach abzuhauen?«

»Ich will nicht die zweite Geige bei dir spielen, Tilly.« Oh, er liebte das Gefühl von ihrem Namen auf der Zunge. *Tilly* – das klang herrlich weich und einfach wunderschön. Der schönste Name, den er jemals ausgesprochen hatte. »Ich will immer Erster sein. Ich könnte dir anbieten zu warten, bis du dich entschieden hast, aber auch das schaffe ich nicht.« Er strich ihr sanft über die Wange und glitt vorsichtig mit den Fingern durch ihr Haar. »Du hattest recht, als du gesagt hast, dass ich dich nicht einengen soll. Aber es ist nun einmal eins meiner größten Talente, Leuten die Pistole auf die Brust zu setzen, weil ich immer gleich eine Entscheidung will. Ich kann die Liebe nicht so lange schleifen lassen, bis nichts anderes mehr bleibt als Hass. Das habe ich schon mal gemacht, und das will ich nicht wiederholen, nicht bei dir. Vor allem nicht bei dir.«

Er drehte ihr das Haar im Nacken immer fester auf und ließ erst davon ab, als sie eine Grimasse schnitt. Hatte er es doch gewusst: Er konnte ihr nur Schmerzen bieten, dabei sollte jemand sie mit Glück und Freude überschütten.

»Wenn ich bleibe, wird der Mann, der ich dann werde, weder mir noch dir sympathisch sein. Ich muss gehen, denn ich kann und will nicht riskieren, dass du eines Morgens wach wirst und mich hasst.« Wie sein Vater, als er ihn am Ende rausgeworfen hatte. Und wie Daniel, als er unter einer schweren Depression gelitten hatte und ihm, James, nichts anderes hatte bieten können als den knappen Satz: »Komm damit klar.« Aber keiner von den beiden hatte ihn damals so sehr gehasst wie er sich selbst.

»Können wir nicht …«

»Bitte sag nicht *Freunde bleiben*. Denn ich habe mich bestimmt nicht gezwungen, acht Stunden in einem Flieger auszuharren und gegen Horrorvisionen von Feuerbällen, die am Himmel explodieren, von einem Sturzflug in den Atlantik oder dass der Flieger bei der Landung über das Rollfeld hinausschießt und gegen den Tower kracht anzukämpfen, nur weil ich einen neuen Kumpel haben wollte.« Er trat einen Schritt zurück und wandte sich zum Gehen.

»Nein, du bist hierhergekommen, weil du einen Garten haben wolltest.«

»Das war nur ein Vorwand, nicht der wahre Grund.«

Plötzlich fiel ein Sonnenstrahl durchs Fenster, und kaleidoskopartig brach sich das Licht im gläsernen Knauf der Tür.

»Nein? Weswegen bist du dann hierhergekommen?«

Seine Hand hing dicht über dem Griff, und das Kind in ihm, das Kind, das gleichzeitig mit seiner Mom gestorben war, sagte: *»Berühr den Regenbogen.«* Doch durch die Berührung löschte er das helle Licht des Regenbogens aus.

»Deinetwegen.« Er starrte auf seine Hand. »Es ging mir immer nur um dich. Du bist der Grund, aus dem ich hergekommen bin, und der Grund, aus dem ich wieder gehen muss.« Er öffnete die Tür und hörte ein wildes Scharren und ein lautes Poltern aus dem oberen Stock.

»Wenn das so weitergeht, Matilda Rose, werde ich von dir bald noch besessener sein als je zuvor von irgendwas.«

26

»Mommmyyyyy!« Isaacs lautes Heulen ging ihr durch Mark und Bein. *Wo ist mein Kind? Was ist passiert?* Tilly rannte Richtung Tür und stieß James unsanft zur Seite.

Oben krachten Krücken auf den Boden, Pfoten scharrten auf der Treppe, und dicht hinter ihnen wurden die stampfenden Schritte eines wütenden Kindes laut. Das musste ein gutes Zeichen sein, nicht wahr? Dann war Isaac doch sicher nicht verletzt. Tilly stolperte und klammerte sich an den Treppenpfosten, als der Hund an ihr vorbeischoss und im Wohnzimmer verschwand.

Inzwischen war auch Isaac unten angekommen und stieß ein ersticktes »Mommy« aus. Doch er blickte nicht auf sie, sondern starrte wie gebannt auf die offene Flügeltür, durch die man in den Garten kam. Aber sie war da, ihr Junge brauchte sie, und sie war da. Sie hatte schon seit Jahren nicht mehr gebetet. Wenn sie ehrlich war, klammerte sie sich nur ihrem Kind zuliebe an den Rest von Glauben, der ihr nach dem Tod ihres Mannes geblieben war. Doch in diesem Augenblick war ihr schwindlig vor Dankbarkeit. Weil ihr Kind sie brauchte und sie noch am Leben war. *Danke, lieber Gott. Ich danke dir.*

»Ich bin hier, Schätzchen.« Sie wandte sich der Treppe zu. »Ich bin hier.«

»Mommy?« Isaac stieß ein abgehacktes Schluchzen aus und warf sich ihr in die Arme. Lautlos stellte James sich hinter ihn und half Tilly, einen schützenden Kokon um ihren Jungen zu bilden, einen elterlichen, schützenden Kokon. Mit leiser Rührung stellte Tilly sich vor, wie er summend ein schreiendes Baby in den Armen hielt und es in diesem Augenblick nichts anderes für ihn gab. Instinktiv begann sie, Isaac hin- und herzuwiegen, während James ihm sanft über die wirren Haare strich.

»Sag deiner Mutter, was passiert ist«, forderte er Isaac mit ruhiger Stimme auf. »Damit wir dir helfen können.«

Wir. James hatte sich ihr Trauma angeeignet, und mit einem Mal trug sie nicht mehr allein an ihrer Last. Wieder einmal hatte sie ihn unterschätzt. Was hatte er vor einem Augenblick gesagt? *Du bist der Grund, aus dem ich hergekommen bin.* Was nicht die ganze Wahrheit war. Denn er war eindeutig auch Isaacs wegen hier.

»Monty …« Isaac musste schlucken. »Er ist auf das Bett gesprungen, als wir Monopoly gespielt haben, und, und …« Zischend atmete Isaac ein, und plötzlich kullerten dicke Tränen über seine Wangen. »Er ist mit Bownba weggerannt. Ich hasse Monty. Hasse, hasse, hasse ihn.«

Als Isaac noch klein gewesen war, war sein zerzauster Bär das vierte Mitglied der Familie gewesen. Der imaginäre Freund in Teddybär-Form hatte sogar seinen eigenen Platz am Esstisch gehabt. Weshalb einfach undenkbar war, dass er Bownba jetzt verlieren oder gar mitansehen sollte, wie der blöde Köter ihn in Fetzen riss.

Tilly legte ihrem Sohn die Hände ans Gesicht und strich mit den Daumen über seine feuchten Wangen. »Habe ich dich je im Stich gelassen, Glückskäfer?«

Der Junge schüttelte den Kopf.

»Dann musst du jetzt hierbleiben, während ich Bownba rette.« Und mit dem Mut der Verzweiflung bat sie James: »Kannst du dich um Isaac kümmern und vielleicht auch meiner Mutter auf der Treppe helfen?«

»Meine Güte, Tilly.« Mrs Haddington nahm vorsichtig auf der obersten Treppenstufe Platz. »Ich bin keine Invalidin. Ich komme sehr gut allein zurecht.« Entschlossen schleuderte sie ihre Krücken Richtung Erdgeschoss und murmelte leise »Huch«, als sie krachend gegen das gedrechselte Tischchen flogen, das ein Erbstück ihrer Großmutter gewesen war. »Und jetzt such endlich nach dem Hund.« Sie scheuchte Tilly aus dem Haus und rutschte auf dem Hosenboden die Stufen hinunter. »Nun mach schon, los!«

Isaac wirbelte herum, warf sich an die Brust von James, und Tilly brauchte ihre ganze Selbstbeherrschung, um ihn nicht zurück an die eigene Brust zu ziehen. *Schließlich ist er mein Kind.* Doch sie könnte nicht immer als Erste für ihn da sein, könnte ihn nicht immer trösten, ganz egal, was auch geschah.

Bisher hatte sie versucht, andere aus ihrer beider Leben auszuschließen – denn mit einem möglichst kleinen Kreis von Menschen nahm auch die Gefahr von neuerlichem Herzschmerz ab – doch in Wahrheit war sie immer nur davongerannt und hatte ihren Sohn hinter sich hergezerrt.

Doch dann hatte ihr James den Weg versperrt, und jetzt übernahm er ihre Rolle, als hätte er sie eingehend studiert. Er zog das schluchzende Kind an seine Brust und wiegte es, wie vorher Tilly, zärtlich hin und her. Dies war einer der Momente, die sie nie vergessen würde, wie auch den Moment, in dem Isaac und Sebastian Cricket gespielt hatten. Nur, dass das ein Schnappschuss reinen Glücks gewesen war, den sie sicher aufgenommen hätte, hätte sie seit Davids Tod nicht mehr nur an den Geburtstagen von ihrem Kind fotografiert. Wohingegen sich das Bild, das sich ihr jetzt bot, ein privates Stillleben zwischen zwei Menschen war.

Sie massierte sich die Stirn. *Denk nach, Tilly, denk nach.* Darin war sie immer gut gewesen. In Familienkrisen hatte sie stets einen kühlen Kopf bewahrt.

Und mit einem Mal kam ihr die rettende Idee. Sie rannte in die Küche, schüttelte die Clogs von den Füßen – denn als Amazone zog man schließlich barfuß in den Kampf – und drehte das kalte Wasser auf, das stotternd und vor allem viel zu langsam in die Schüssel in der Spüle lief. Fluchend stieß sie mit dem Ellbogen gegen den vermaledeiten Hahn. Wo waren die ordentlichen amerikanischen Leitungen, wenn man sie brauchte?

Wenigstens käme der blöde Hund nicht allzu weit. Das Koppeltor und das zur Straße waren zu. Weshalb er in der Falle saß und ihm nur noch der Platz unter der Hecke blieb, wo er seine Beute immer fraß. Und wenn sie hinter der verdammten Töle durch die Büsche kriechen müsste, um sie zu erwischen, würde sie das tun.

Scließlich drehte sie den laut quietschenden Hahn entschlossen wieder zu, hievte fluchend die Schüssel aus dem Becken und schleppte sie zur Hintertür. Begeistert von dem neuen Spiel, rannte der Hund vergnügt im Kreis. Ohne ihn aus den Augen zu lassen, schob sich Tilly Richtung Rasen, wo sie in die Hocke ging. Sie zuckte nicht einmal zusammen, als sich etwas von dem kalten Wasser über ihre Jeans ergoss, balancierte auf den Fußballen und vergrub die Zehen im kalten Gras.

»Monty«, befahl sie mit möglichst dunkler Stimme, während sie mit einem Finger auf den Boden pikste. »Komm. Hierher.« Dann umklammerte sie abermals die Schüssel.

Und der doofe Köter spreizte sprungbereit die Vorderbeine und wedelte fröhlich mit dem Schwanz.

Tilly sah ihn aus zusammengekniffenen Augen an. *Nun mach schon, Mistvieh.*

Als Monty auf sie zugeschossen kam, wusste sie, er würde kurz vor ihr rechts abbiegen. Denn er war durch und durch berechenbar. Eilig sprang sie auf und kippte den Inhalt ihrer Schüssel über seinem Rücken aus. Entsetzt blieb Monty stehen und ließ Bownba fallen.

»Wenn du das noch einmal machst ...« Sie zog den Bären zu sich heran. »... schenke ich dich Ro. Kapiert?«

Winselnd warf sich Monty auf den Bauch.

»Bownba ist in Sicherheit!«, rief sie in Richtung Haus, während sie sich wieder auf die Fersen sinken ließ. Sie war die heldenhafte, stets siegreiche Supermom. *Ich bin eine Mutter, hört mein Brüllen.*

Isaac stürzte auf sie zu. »Du hast ihn gerettet, Mom! Du hast Bownba gerettet!«

»Supermom zu Diensten.« Tilly hielt sich den feuchten,

mit Sabber verschmierten Bären über den Kopf und wartete darauf, dass James ihn nahm.

»Das ist eine ziemlich hässliche Wunde«, sagte der. »Aber das kriegt Supermom problemlos wieder hin.«

Tillys Mutter, die inzwischen aus dem Haus gehinkt kam, fing schallend an zu lachen.

»Mom kann nicht nähen«, erklärte Isaac.

Tilly wandte sich an James, doch der sah angewidert auf den Bären, den er mit spitzen Fingern von sich weghielt. Selbst wenn er sie nicht küsste, war er einfach der verführerischste Mann, dem sie jemals begegnet war.

»Ich nähe nicht, ich putze nicht, ich backe nicht.« Sie stieß ein raues Lachen aus. »Ich bin eine jämmerliche Köchin und verliere ständig Socken in der Waschmaschine.« Wollte sie ihm so vielleicht beweisen, dass sie seiner würdig war? »Ich bin das genaue Gegenteil der guten Hausfrau aus den Fünfzigern.«

»Das sollten alle Frauen sein.« James zog ein zusammengefaltetes weißes Tuch – von der extra reißfesten und extra großen Art – aus der Tasche und wickelte den Bären wie eine Mumie darin ein. »Glücklicherweise habe ich alles dabei, was wir benötigen, um Bownba wieder hinzukriegen. Würdest du mir vielleicht meinen Rucksack holen, Isaac? Der hängt im Flur.«

»Sicher!« Eilfertig lief Isaac los.

»Wie ich sehe, habt ihr beide die Situation unter Kontrolle«, meinte Mrs Haddington. »Ich denke, dann gehe ich jetzt in die Küche, denn gleich fängt meine Lieblingsradiosendung an. Komm mit, Monty, du böser Hund.« Monty schnupperte an ihrem Bein. »Und nein, es nützt dir nichts, wenn du jetzt schön Wetter machst. Das, was du getan hast, war abscheulich. Deshalb kriegst du heute keinen Ochsenziemer, sondern …«, schalt sie ihren Hund, während sie durch die Flügeltür im Wohnzimmer verschwand.

Erst die Klänge eines Radiohörspiels, die einen Augenblick später durchs offene Küchenfenster wehten, durchbrachen die Stille, die mit einem Mal schwer wie die schwüle Luft in Carolina über der Terrasse hing. Tilly lächelte nervös und hätte gern gefragt: *Und jetzt?* Doch bevor sie dazu kam, legte James den Bären auf den Tisch und sah sie fragend an.

»Ochsenziemer?«

»Du willst gar nicht wissen, was …« Sie versuchte, etwas Witziges hinzuzufügen, doch ihr fiel beim besten Willen nichts ein. Und ohne ihren Humor fühlte sie sich völlig nackt. Bisher war es ihr immer leichtgefallen, mit James zu reden, aber plötzlich fühlte sie sich, als hätte sie Gift-Efeu verschluckt.

»Gibt es irgendetwas, was du nicht in deinem Rucksack hast?«, platzte es aus ihr heraus. *Super. Es geht einfach nichts über eine dämliche Bemerkung, Tilly.* Weshalb hatte er sie aber auch nicht küssen können? Einmal kurz. Schließlich wäre das keine große Sache gewesen. Oder vielleicht doch? Zum ersten Mal seit Davids Tod hatte sie versucht, einen Mann zu küssen, und der hatte nicht gewollt.

»Da ich alles andere als spontan bin, muss ich eben stets auf alles vorbereitet sein.« James wickelte den Bären wieder aus dem Tuch, bedeckte seine Finger mit dem Stoff und breitete die Teddy-Arme aus. »Aber das wusstest du bereits. Denn du kennst mich schließlich wirklich gut.«

Ach ja? Sie kannte ihn so gut, dass sie ihn hatte küssen wollen, obwohl das offenbar das Letzte war, woran ihm etwas lag. »Ist es nicht ziemlich spontan, dass du morgen wieder nach Hause fliegst?«

»Wohl kaum.« Lächelnd hob er den Kopf, und wieder mal sah sie das Kind im Mann, das voller Leidenschaft und schnell zu begeistern oder zu verärgern war. »Wenn ich bleibe, wird es damit enden, dass Sebastian und ich uns prügeln. Und auch wenn du das vielleicht nicht glaubst, finde ich ihn eigentlich echt nett. Oder respektiere ihn jedenfalls.«

Sie schlang sich die Arme um den Bauch. »Es wird sich seltsam anfühlen, ohne dich hier zu sein. Weil du inzwischen ein fester Bestandteil der Umgebung bist.« Uhh. Das hatte sie ganz sicher nicht gemeint.

James starrte auf ein Büschel toter Blaukissen, das zwischen zwei Steinplatten gefangen war.

Nein. Es würde nicht mit einem fehlgeschlagenen Kussversuch zwischen ihnen enden. »Wir müssen miteinander reden, James. Über das, was du gesagt hast.«

»Jetzt nicht.« James nickte Richtung Haus.

Isaac hievte gerade seinen Rucksack durch die Flügeltür. »Mann, ist der schwer.« Krachend stellte er die Tasche neben Bownba ab.

»Und zwar aus gutem Grund«, erklärte James. »Willst du mir vielleicht assistieren, wenn ich deinen Bären operiere, Isaac?«

Isaac riss erfreut die Augen auf. Es war einfach unglaublich leicht, einem Kind dabei zu helfen, dass es wieder auf die Beine kam. Man brauchte es nur in den Arm zu nehmen und darauf zu warten, dass das aufgeschürfte Knie in Vergessenheit geriet und der Tränenstrom dem ersten Lächeln wich. Freundlichkeit und Liebe waren das Allheilmittel für jedes Kind.

Aber trotz der unendlichen Liebe, die sie hier an diesem Ort umgab, hatte Tilly weiter das Gefühl, in Treibsand zu versinken. Zahlreiche Gedanken schwirrten ihr durch den Kopf, von denen keiner wirklich greifbar war. Dieser Treibsand, diese Traurigkeit, die sie täglich niederdrückte – waren sie vielleicht die Überreste ihrer Trauer? Oder waren sie die Folge der gestohlenen Träume – all der Kinder, die sie nie empfangen hatte, und der vielen Jahre, die sie noch mit David hätte leben sollen? Träume, denen sie noch immer nachhing, obwohl sie bereits vor langer Zeit vom Leben untergraben worden waren? So blöd konnte man doch wohl nicht sein.

Sie sank auf einen kalten gusseisernen Stuhl und sah zu, wie James mit seinen langen, dünnen Fingern mühelos den Faden durch das Nadelöhr schob. Er war bestimmt ein talentierter, anmutiger, sanfter Liebhaber. Und würde sicher nicht im Dunkeln mit ihr schlafen wollen. Er würde seine Geliebte – sie erschauderte – vollkommen ungeschützt und nackt betrachten wollen.

Vielleicht hatte ihre Mutter recht. Vielleicht hielt sie sich vom Leben fern. Doch wovor hatte sie solche Angst? Dass sie nicht noch einmal lieben könnte oder dass sie dazu in der Lage wäre und ihren verstorbenen Ehemann dadurch verriet?

*

Tilly stopfte den klatschnassen Teddybären in eine Kissenhülle, knotete sie zu und zog die Tür des Trockners auf. Das Baumhaus war bezugsfertig, und selbst der Abendessenstisch war abgeräumt. James hatte keinen Grund mehr, noch zu bleiben, und auch Tilly fielen keine Ausreden mehr ein, um ihn dazu zu bringen. Er lehnte sich mit vor der Brust verschränkten Armen an den Kühlschrank in der Küche und sah sie abwartend an.

»Wie wär's mit einem Kaffee?« Tilly wusste, dass sie sich mit diesem Satz an einen Strohhalm klammerte, weil er abends keinen Kaffee trank, aber ihre Panik ließ ihr einfach keine andere Wahl.

»Nein, ich sollte langsam rübergehen und packen. Morgen früh um sechs holt mich das Taxi ab.«

»Ich wünschte, du würdest dich von mir nach Heathrow fahren lassen.«

»Ich weiß, aber das will ich nicht.«

»Dann warte einen Augenblick, damit ich dich wenigstens noch rüberbringen kann.«

»Nein, Tilly.« Er richtete sich auf und reichte ihr die Hand.

Das war ja wohl ein Witz. Nach allem, was sie zwei geteilt oder auch nicht geteilt hatten, gab er ihr jetzt einfach die Hand? Sie warf die Tür des Trockners zu. »Verdammt. Du wirst nicht einfach ohne eine Erklärung abhauen.«

»Die habe ich dir doch bereits gegeben.« Er schob die Hände in die Taschen seiner Jeans.

»Papperlapapp. Du hast mir irgendwelches schwachsinnige Zeug erzählt. Das hatte nichts zu bedeuten.«

»Für mich schon.«

Es war bestimmt nicht attraktiv, dass sie urplötzlich einen roten Kopf bekam. Oder eher leuchtend rote Flecken auf den Wangen, die wie ein bizarrer Ausschlag aussahen. Na toll, das letzte Bild, das er jetzt mit nach Hause nähme, wäre von Tilly, der Marsbewohnerin.

Er selbst war plötzlich kreidebleich. Kreidebleich und unnatürlich ruhig, und dadurch wirkte er noch größer als zuvor. Sein Gesicht war ausdruckslos, als wollte er um jeden

Preis verhindern, dass ihm irgendwelche Emotionen anzusehen waren. Wobei ein Muskel rebellierte. Dankbar nahm Tilly das unmerkliche Zucken an der Seite seines Halses wahr.

Tonlos sagte er: »Zieh deine Schuhe an. Ich werde mich noch von deiner Mutter und von Isaac verabschieden, und dann verschwinde ich.«

Er stapfte in den Flur, doch die negativen Schwingungen des heißen Zorns, den er versprüht hatte, blieben in der Küche zurück.

Mit ausholenden Schritten stapfte James über die Koppel und dann auf der Holzbrücke über den Bach, wo sie und Rowena früher immer Kaulquappen gefangen hatten. Er tauchte unter den mit harten grünen Früchten übersäten Brombeerbüschen hindurch, öffnete das Tor zum Feld und verließ Woodend, ohne sich noch einmal umzusehen.

Er hatte eindeutig den reizvolleren Weg nach Bramwell Hall gewählt – den durch die Chase.

Tilly hastete ihm hinterher und hoffte, dass er nicht im nächsten Augenblick hinter einem Baum verschwinden würde. Mann, dass jemand so schnell gehen konnte. Sie hielt an, hievte das Holztor aus der Hecke, in der es gelandet war, schob es ordentlich zu, atmete tief durch und nahm die Verfolgung wieder auf. Wobei sie das Gefühl hatte, als stapfe sie durch meterhohen Schnee. Bei jedem ihrer Schritte machten ihre Füße in den Gummistiefeln ihrer Mutter ein seltsames Schlürfgeräusch. Die Blasen, die sie morgen hätte, wären der Beweis dafür, dass die Entscheidung, diese Stiefel anzuziehen, grundverkehrt gewesen war. Aber in der Eile hatte sie nichts anderes gefunden, und sie hatte fürchterliche

Angst gehabt, dass sich James vielleicht heimlich davonmachen könnte, während sie noch auf der Suche nach passendem Schuhwerk war.

Aber das hatte er nicht getan. Stattdessen war er durch die Hintertür gestürmt und hatte sie mit einem bitterbösen Blick herausgefordert, ihm zu folgen, wenn sie keine Memme war.

»Könntest du wohl bitte etwas langsamer gehen?« *Wenn ich mir den Hals breche, ist schließlich niemandem gedient.* »Oder bleib am besten einfach stehen.« Sie sprang über einen Farn und stürmte weiter, bis sie endlich bei ihm war.

»Eins würde mich interessieren.« Mit dem rechten Fuß zertrat er eine Distel. »Glaubst du allen Ernstes, dass ich hergekommen bin, weil du mir Unterricht im Gärtnern geben solltest?«

Feuchtigkeit hing in der Luft, und Tilly konnte riechen, dass ein neuerlicher Regenguss im Anzug war.

»Nein. Ich nehme an, du denkst, dass das meine Idee war.«

»Humor soll dabei helfen, mit der Wahrheit klarzukommen. Nicht, sich vor ihr zu verstecken.«

Sich verstecken? Was zum Teufel meinte er damit? »Und was meinst du, wovor ich mich verstecke?«

»Vor dem wahren Grund meines Erscheinens hier. Vor der Tatsache, dass ich in Liebesangelegenheiten äußerst impulsiv sein kann.«

Genau dieses oder wenigstens ein ähnliches Gespräch hatten sie schon mal an diesem Fleck gehabt. Sie starrte auf die zerquetschte Distel neben seinem Fuß. »Wie kannst du impulsiv sein, wenn du nicht spontan sein kannst?«

»Das ist auch ein sadistischer Zug der Zwangsstörung.

Wenn ich etwas will, bin ich für alles andere taub und blind. Dann konzentriert sich mein Gehirn nur noch auf diese eine Sache und vor allem darauf, dass sie mir, wenn möglich, umgehend gelingt. Wobei es natürlich auch noch eine andere Erklärung gibt.« Sein Lächeln fühlte sich für Tilly an wie eine Ohrfeige. »Nämlich die, dass in der Liebe einfach alles möglich ist.«

Ja genau, dieses Gespräch hatten sie schon einmal gehabt.

Mitten auf dem Feld wedelte ein Shetlandpony fröhlich mit dem Schweif. Tilly und ihre Schwestern hatten jahrelang davon geträumt, ein Pony hier auf diesem Feld zu halten. Irgendwann hatte ihr Vater sich bereit erklärt, Lord Roxton darauf anzusprechen, aber ihre Mutter hatte ihm das ausgeredet, weil aus ihrer Sicht mit einem Hund, vier Wellensittichen und zwei inzestuösen Meerschweinchen die Menagerie komplett gewesen war.

Tilly sah zu den Holunderbüschen mit den weißen Blütendolden links und rechts des Tors von Woodend hin. Dieser Anblick hatte ihr schon immer Kraft verliehen, aber wie oft hatte sie schon hier gestanden und Gespräche über Liebe, ganz gleich in welcher Form, geführt? Mit Ro über die Liebe in den Büchern, die sie begierig verschlungen hatten, mit Sebastian über das Gefühl, das zwei verliebte Teenager verband, mit David über ihre bis zu jenem Zeitpunkt ungeahnte Leidenschaft.

Als das Pony schnaubte, stellte sie sich vor, sie würde in ein schwarzes Loch stürzen, das dann in sich zusammenfiel. Sie konnte praktisch genau spüren, wie sie fiel, denn die Welt um sie herum drehte sich mit einem Mal so schnell, dass sie nicht mehr deutlich zu erkennen war.

»Dann ging es also niemals um den Garten?«, fragte sie.

»Du kannst nicht jeder Wahrheit aus dem Weg gehen.« Er reichte ihr die Hand. »Leb wohl, Tilly. Und vielen Dank.«

Oh nein, mit einem Handschlag wäre es ganz sicher nicht getan. Sie verschränkte die Arme vor der Brust. »Du kannst mir nicht einfach einen Vortrag über Liebe halten und dann abhauen, ohne mir auch nur zu sagen, wie ich dich erreichen kann. Wir müssen über diese Sache reden.«

»Über welche Sache? Darüber, dass du mein Herz in dem Moment erobert hast, als du mit einem Gin-Glas in der Hand vor deiner Veranda auf mich zugekommen bist? Oder über den Augenblick, in dem sich dein Bild so unauslöschlich in mir eingebrannt hat, dass ich mir seither jede Sekunde wünsche, dich vor mir zu sehen?« Die Trauer, die mit einem Mal in seiner Stimme lag, hatte seinen Zorn verdrängt. Sowohl er als auch sie waren ihrem Gefühl gefolgt, und wohin hatte das geführt?

Tillys Seufzer war das Echo der Verzweiflung, die James deutlich anzusehen war. Weshalb zwang sie ihn zu dieser Unterhaltung, ohne überhaupt zu wissen, was sie selber sich davon versprach?

»An jenem ersten Tag«, fuhr er mit rauer Stimme fort, »an dem Tag, an dem wir uns zum ersten Mal begegnet sind, hast du dich mir gegenüber behauptet. Ich kann Menschen überfahren, Tilly, aber gegen dich hatte ich niemals auch nur die geringste Chance. Du hast dich in mein Herz geschlichen und sämtliche Abwehrmechanismen, die ich habe, außer Kraft gesetzt. Ich habe mich dir ergeben und dich sehen lassen, wie es ist, wenn ich mich nicht mehr unter Kontrolle habe. Das hat bisher noch nie ein Mensch erlebt. Du hast mir ein Gefühl von Sicherheit gegeben, denn du hast den echten James gesehen. Und er hat dir keine Angst gemacht.«

Er schob ihr eine Haarsträhne hinters Ohr. »Vor drei Jahren war ich in eine Frau verliebt, von der ich hoffte, sie wäre vielleicht die Richtige für mich. Aber trotzdem habe ich sie nie so nah an mich herangelassen. Ich habe es niemals gewollt. Und als sie mich verlassen hat, habe ich der Liebe abgeschworen. Aber dann habe ich dich getroffen und gewusst, einfach gewusst ...« Er kniff die Augen zusammen. »Mitten in der Nacht, wenn ich vor lauter Verlangen wieder mal nicht schlafen kann, rieche ich den Birnen- und Vanilleduft von deinem Haar.«

Er begehrte sie und weigerte sich trotzdem, sie zu küssen?

»Ich habe deine Stimme Tag und Nacht im Ohr, und sobald ich die Augen schließe, tauchen deine Augen vor mir auf.«

Er kniff sich in die Nase, und auch diese Geste war ihr hinlänglich vertraut. Sie zeigte, dass er Kopfschmerzen bekam. Automatisch griff sie an die Stelle über ihrem rechten Auge, die das Epizentrum ihrer eigenen Migräne war. Auch Migräne war eine Gemeinsamkeit, bei der es nur um Schmerzen ging.

»Weißt du, was passiert, wenn ich mich verliebe?«, fragte James. »Dann setzt umgehend meine Störung ein und quält mich mit meiner Leidenschaft. Wenn du vom Alleinsein sprichst, klingt es, als wäre das dein größter Wunsch. Aber ich habe keine andere Wahl – ich muss alleine sein, wenn ich überleben will. Denn ich wache jeden Morgen auf und habe Panik, dass dir etwas Furchtbares passiert. Und dann?« Er schlug die Augen wieder auf und stieß ein bitteres Lachen aus. »Dann quält mich meine Störung mit meiner Eifersucht und verdreht meine Gefühle, bis ich mich selbst verabscheue. Bis ich das Gefühl habe, von innen heraus zu verbrennen oder zerfressen zu werden von den Bildern von dir und deiner Jugendliebe, oder dir und deinem Mann …« Er raufte sich die Haare. »Ständig sehe ich David vor mir.« Seine Stimme wurde hart. »Kurz vor seinem Sturz gegen den Tisch. Er sah schockiert und angewidert aus. Ich sehe seinen Geist, der uns beobachtet und immer wieder sagt: *Jeder andere außer ihm.* Und ich sehe Sebastian, dessen Blick verrät, dass ihr eine gemeinsame Geschichte habt, und ich höre, wie er sagt: *Ich weiß mehr über sie, als du je wissen wirst.* Wenn ich dich bitten würde, dich von ihm zu lösen und ihn nie wiederzusehen – würdest du das tun?«

Ihr schoss ein Gedanke durch den Kopf. Vielleicht hatte sie sich selber in den Treibsand manövriert? Hätte sie dann vielleicht auch die Kraft, sich selber wieder daraus zu befreien?

»Nein«, erklärte sie. »Weil du das nicht entscheiden könntest. Das müsste ich selber tun.« Und zum ersten Mal seit Tagen war sie plötzlich völlig ruhig. Das hieß, nicht nur ruhig, sondern abgrundtief erleichtert. Weil es nicht zu diesem Kuss gekommen war. Weil sie nicht schon wieder einen Lebensweg gewählt hatte, der nicht ihr eigener war.

»Ich wollte Sebastians Freundschaft nie verlieren, und jetzt habe ich eine zweite Chance. Ich weiß nicht, wohin das führen wird, aber ich möchte es herausfinden, ebenso wie ich möchte, dass du bleibst. Macht mich das wankelmütig? Ja, vielleicht. Aber ich bin keine Spielerin. Ich will mich einfach durchwursteln, mir Zeit lassen und keine unnötigen Risiken eingehen. Du hattest recht. Ich weiß nicht, was ich will, aber ich brauche die Freiheit, es herauszufinden.«

Und ich bin ganz sicher nicht bereit für ein Gespräch über alles verzehrende Liebe oder Leidenschaft. Denn das habe ich alles schon erlebt. Bevor es mit dem Tod geendet hat.

»Ich habe meinen Namen, mein Zuhause und meine Karriere für David aufgegeben. Habe nur noch für ihn, seine Erfolge und seine Ziele gelebt. Ich habe nicht einmal mehr Rot getragen. Rot ist meine Lieblingsfarbe, aber er hat mich lieber in Braun gesehen. Und weißt du was?« Sie zupfte an ihrem roten langärmligen T-Shirt mit den glitzernden Pailletten auf der Brust. »Jetzt trage ich keine braunen Sachen mehr.«

Sie klopfte auf das Fibroadenom in ihrer Brust und fühlte sich mit einem Mal gesund und stark. »Dieser Knoten hat mich dazu gebracht, viele Dinge zu bereuen und zu hinterfragen. In den letzten Wochen habe ich so eingehend wie nie zuvor über mein Leben nachgedacht. Selbstgeißelung ist super für die Seele, nicht?« Eigentlich hätte das ein Abend zum Feiern und nicht wieder einmal zum Abschiednehmen sein sollen. »Aber zugleich hat er meine Welt in tausend Stücke gesprengt, und ob du das gern hörst oder nicht, ist eines dieser Stücke nun einmal Sebastian. Und wenn ich meine Welt wieder zusammensetzen will, muss ich herausfinden, an welche Stelle er gehört.«

Plötzlich wallte heißer Zorn in ihr auf, wie eine unsichtbare Faust, die ihr in den Magen schlug. Sie wollte gegen Davids Brust trommeln, ihn anschreien, weil er sie im Stich gelassen hatte, wollte David hassen, weil sie sich der drohenden Erkrankung ihrer Brust ohne seine Unterstützung hatte stellen müssen, wollte ihn vor allem hassen, weil er viel zu früh gestorben war und sie deshalb wieder dort stand, wo sie eingewilligt hatte, seine Frau zu werden, und wo sie voll Glück und Zuversicht gewesen war. Wenn sie sich noch einmal darauf einließe zu lieben, täte sie das in dem Wissen, dass sie abermals verlieren könnte. Und wer hatte schon die Willenskraft, so etwas noch einmal durchzustehen?

Vor drei Jahren hatten James und auch sie selbst der Liebe Lebewohl gesagt – nur hatte sie im Gegensatz zu ihm gar keine andere Wahl gehabt. Aber heute hatte sie die Wahl, und deshalb wollte sie eine freie Entscheidung treffen.

Sie atmete hörbar aus. »Deine Entschlossenheit und deine zielstrebige Art erinnern mich total an David. Und das macht mir Angst. Ich habe keine Angst, dass ich dich nicht lieben kann, sondern davor, es zu können. Denn du bist ein Mann, in den ich mich hoffnungslos verlieben könnte. Aber dabei würde ich mich selbst wahrscheinlich abermals verlieren. Und dieser Preis wäre zu hoch. Ich kann nicht noch einmal zulassen, dass jemand anderer mein Leben bestimmt. Das kann ich einfach nicht.«

Sie dachte an Sebastian. Einen treuen, zuverlässigen, berechenbaren Mann. Er bog genau wie Monty immer in dieselbe Richtung ab. Und in diesem Augenblick erkannte sie, dass James tatsächlich gehen würde – und sie würde ihn gehen lassen. Weil es von Beginn an darauf zugelaufen war. Warum hatte sie nicht einfach seinen Auftrag angenommen, seinen Garten angelegt und sich dann wieder ihren eigenen Angelegenheiten zugewandt? Aber sie war, sogar in Beziehungen, einfach vollkommen desorganisiert.

»Ich will den leichten Ausweg«, sagte sie. »Denn manche Dinge tun einfach zu weh, als dass man sie wiederholen will. Was du offenbar genauso siehst, denn weshalb würdest du sonst gehen?«

Er schüttelte den Kopf. »Nein. Ich glaube, dass man sich

dem Schmerz des Herzens wie dem Schmerz des Geistes stellen muss – um ihn zu entmystifizieren.« Er warf sein Haar zurück. »Und ich würde bleiben und gegen all die Monster in meinem Gehirn und sonst wo kämpfen, wenn ich glauben könnte, dass du dann freiwillig zu mir kämst, weil du sicher wüsstest, dass du nur mich liebst.« Nach einer Pause fuhr er fort. »Aber es hat einfach keinen Sinn zu hoffen, wo es keine Hoffnung gibt. Ich bin vieles, aber ganz bestimmt kein Narr.« Sein Blick folgte einem Reiter, der am Horizont im Galopp hinter einer Hügelkuppe verschwand. »Ich verstehe einfach nicht, warum du so hart zu dir selber bist. Du hältst dich für schwach, aber ich halte dich für stark. Ich halte dich für eine Frau, die sich vor keinem Mann der Welt je ducken würde, nicht einmal, wenn er so fordernd ist wie ich.«

Er machte zwei Schritte in Richtung des Zauntritts, über den man in die Chase gelangte, und blieb stehen, ohne sich noch einmal nach ihr umzudrehen. »Aber ich kann dich nicht lieben, Tilly. Weil es mich zerstört.«

Er trat in den zitternden Schatten der Druideneichen und wurde nach ein paar Metern von der Dunkelheit des Waldes verschluckt.

James schlug sich mit der Faust gegen die Hand. So dumm und selbstzerstörerisch konnte doch wohl niemand sein. Was zum Teufel tat er da? Warum räumte er das Feld? Sie hatte gesagt, dass sie ihn lieben könnte. Warum also blieb er nicht und kämpfte wie ein Mann um sie?

Mit Sebastian würde er problemlos fertig. Weil der Typ ein Anzugträger und ein Weichei war. Er trieb nicht einmal regelmäßig Sport – dieses gediegene Spiel aus den ruhmreichen Zeiten des Britischen Weltreichs zählte schließlich nicht. James könnte diesem Schwächling alle Knochen brechen. Es wäre das reinste Kinderspiel für ihn.

Und was hatte er damit gemeint, dass er sie nicht lieben könnte? Er könnte niemals aufhören, sie zu lieben. Hatte er das nicht bereits versucht? Er hatte seine gesamte Logik aufgeboten, und es hatte nichts, *nada*, *niente*, null gebracht.

Er hatte sie bereits geliebt, als sie sich zum ersten Mal begegnet waren, er würde sie morgen lieben, wenn er in den Flieger stiege, und auch in den nächsten Wochen, Monaten und Jahren würde das, was er für sie empfand, bestimmt nicht abnehmen. Er wollte sie berühren, wollte mit ihr schlafen und sie ganz für sich gewinnen. *Für sich.*

Sie gehörte zu ihm, nicht zu Sebastian.

Eifersucht und Wut – vergiftete Gefühle – wogten in ihm auf. Er verschränkte die Arme über dem Kopf und hätte sich am liebsten in Luft aufgelöst. Er war einfach krank. All das wäre nicht passiert, wenn er sie geküsst hätte. Sie hatte sich nur einen Kuss von ihm gewünscht. Den hätte er ihr geben sollen, und zwar auf eine Art, die sie hätte erkennen lassen, was sie tatsächlich für ihn empfand. Er war fünfundvierzig Jahre alt und brachte es nicht über sich, die Frau zu küssen, die ihm wichtiger war als alles andere auf der Welt. Deshalb waren all die Fortschritte, die er in seinem Kampf gegen die Angst erzielt hatte, nicht das Geringste wert.

Er konnte einfach nicht verstehen, was er getan hatte. Konnte nicht verstehen, was er jetzt tat. Seine Störung und sein Jähzorn waren mächtige Verbündete. Wenn sie sich gegen ihn verschworen, war er wirklich aufgeschmissen. Und deshalb musste er hier weg.

Bravo, James. Es geht doch einfach nichts über einen gesunden Selbsterhaltungstrieb.

Als über seinem Kopf ein Raubvogel, ein Bussard, schrie, blickte er auf und sah ihm hinterher, wie er majestätisch seine Kreise zog.

Und dann tat er das Einzige, wozu er in der Lage war: Er lief, so schnell es ging, davon.

27

Dieser Tag brachte sie um. Die Zeit verging so langsam wie an Isaacs erstem Kindergartenmorgen. Seit Tilly um sechs die Augen aufgeschlagen hatte, sah sie regelmäßig auf die Uhr und vollzog James' Flucht aus ihrem Leben in Gedanken nach. *Jetzt steigt er ins Taxi, jetzt geht er an Bord des Flugzeugs, jetzt sucht er sich seinen Platz, jetzt hebt der Flieger ab.* Die Anstrengung ihrer Überlegungen erschöpfte sie, und alles tat ihr weh.

Am liebsten hätte sie sich, wie vor Jahren ihre Mutter, irgendwo in einem Schrank versteckt und die Welt um sich herum vollkommen ignoriert. Doch sie hatte Isaac einen Spielenachmittag, ihrer Mutter eine abendliche Unterhaltung und Rowena einen mittäglichen Restaurantbesuch versprochen – falls ihre Freundin jemals ihr Telefonat beenden würde.

»Fördergelder zum Landschaftsschutz«, las sie den Titel der Broschüre, die auf einem Haufen anderer Papiere auf Rowenas Schreibtisch lag. Sie versuchte, nicht zu lauschen, während Ro mit hochgelegten Füßen und ans Ohr geklemmtem Hörer stirnrunzelnd in ihrem Schreibtischsessel lümmelte und mit ihrem Banker stritt.

Winks und Tiddly schnarchten friedlich auf ihren karierten Hundebetten, die riesige schwarze Standuhr tickte feierlich, und der gleichmäßige Regen trommelte leise gegen die Oberlichter des Büros. Zu Hause in Carolina waren solche Tage kostbar. Denn die plötzlichen Wolkenbrüche, die es dort im Sommer regelmäßig gab, drückten die Blumen platt, schwemmten die Erde weg und zogen dann genauso plötzlich, wie sie über die Gegend hereingebrochen waren, wieder ab. Genau wie James.

Ein dicker Brummer tippelte über das staubbedeckte Fensterbrett, und Tilly streckte sich. Uh, da war wieder das knirschende Geräusch hinter ihren Ohren. Zeigte es vielleicht an, dass sie langsam älter wurde? Konnte sie inzwischen hören, wie der Körper ihr langsam seinen Dienst versagte, wie sie langsam auseinanderfiel, bis alles schlaff an ihr herunterhing? Doch bei ihren kleinen Brüsten bliebe ihr ein Hängebusen sicherlich erspart. Es gab einfach nichts, was nicht auch seine gute Seite hatte, ganz egal, wie negativ es auf den ersten Blick erscheinen mochte. Und morgen früh würde sie nach einem neuerlichen Date mit ihrer Jugendliebe Sebastian wach werden und wissen, dass James' Abreise ein Segen und kein Fluch gewesen war. Oder etwa nicht?

Es war seltsam beunruhigend, einfach herumzusitzen, ohne irgendwas zu tun. So wie damals, wenn sie sich auf Geheiß von David im Kosmetikstudio mit einer Rundumerneuerung verwöhnen ließ. Dabei hätte er ihr seine Liebe auch einfach dadurch zeigen können, dass er ab und zu Pizza Hawaii für sie geordert hätte. (Auch wenn seiner Meinung nach der einzig passende Belag für eine Pizza Salami war.)

Sie starrte auf den neuen Bambusboden, der in einem alten Haus wie diesem eher ungewöhnlich war. Früher war Lord Roxtons Arbeitszimmer ein düsteres Loch mit dunklen Holzpaneelen an den Wänden, jeder Menge Zaumzeug in den Ecken sowie einem großen Waffenschrank gewesen, und mit einem leichten Schauder dachte Tilly an den mit Schlammspritzern übersäten Boden, den Geruch von Feuchtigkeit und die leisen Scharrgeräusche in den Ecken, aufgrund derer sie als junges Mädchen immer fluchtbereit direkt neben der Tür stehen geblieben war.

Jetzt wirkte der Raum mit den gekalkten Wänden und den elegant geschwungenen Deckenlampen wie ein Atelier. Und anders als die Müllhalde, in der sie schlief, war Rowenas Arbeitszimmer blank geputzt und, abgesehen von den Papierbällchen, die links und rechts des Mülleimers gelandet waren, aufgeräumt. Das riesengroße Diagramm und die Versicherungsurkunden an der Wand, die ordentlich geführten Bücher, die symmetrischen Papierstapel und die Regale voll mit Rechnungsordnern wiesen Ro als gutorganisierte, nüchterne Geschäftsfrau aus. Nur der Haken mit den nach nassem Labrador stinkenden Hundehandtüchern und der bunte Bilderrahmen auf dem Schreibtisch hatten nichts mit ihrer Tätigkeit als Gutsherrin zu tun. Tilly nahm den Rahmen in die Hand und lächelte das Foto eines breit grinsenden Isaac an.

»Diese verdammten Banker«, schnaubte Ro und ließ den Hörer wütend auf die Gabel fallen.

Tilly drehte den Rahmen wieder so, dass das Bild in Richtung ihrer Freundin stand.

»Dann ist James also weg.« Rowena drückte ihren Teebeutel am Rand des angeschlagenen Bechers aus. »Wusstest du, dass er den Haufen Gummistiefel in der Abstellkammer erst geputzt und die Dinger dann paarweise geordnet hat? Und jeden Tag Punkt acht stand ein tolles Frühstück für mich auf dem Tisch. Der Yankee wird mir fehlen.« Sie blies in ihren Tee und schickte eine kleine Wolke aus heißem Dampf über den Tisch. »Das ist die Stelle, an der du sagen musst: ›Ja, aber mir noch mehr.‹«

»Ich bin mir aber gar nicht sicher, ob er mir tatsächlich … fehlen wird.«

»Ach, hör auf, Schätzchen. Wenn du anfangen willst zu lügen, solltest du erst einmal bei mir in die Lehre gehen. Vor seiner Abreise hat er dir doch ganz sicher noch erklärt, dass er dich ewig lieben wird.«

Beinahe hätte Tilly ja gesagt. Aber liebte er sie wirklich, oder zeugten seine Worte von Besessenheit?

Rowena sah sie reglos an. »Ist das ein Ja?«

»Er hat die ganze Zeit von seinem Schmerz gefaselt, und dann ist er abgehauen. Wirklich großes Kino war das nicht.«

»Wirklich großes Kino?« Ihre Freundin runzelte die Stirn.

»Es war nicht gerade so, dass ich vor lauter Rührung in Tränen ausgebrochen wäre, oder so.« Allerdings hatte sich Tilly später fast die Augen aus dem Kopf geheult. Wobei diese Tränen ihrem toten Mann gegolten hatten, und nicht James.

»Ah.« Ro blätterte einen Stapel mit Papieren durch. »Das erklärt, warum ihr euch in seiner letzten Nacht hier nicht noch die Seele aus dem Leib gevögelt habt. Dabei bin ich fest davon ausgegangen, dass ihr das vor seiner Abreise noch tut, denn als ich euch mit euren Inlinern getroffen habe, habt ihr wie zwei echte Turteltauben ausgesehen.« Ihre grünen Augen funkelten vergnügt. »Ich hoffe, dass er dir wenigstens noch einen anständigen Abschiedskuss gegeben oder noch ein bisschen an dir rumgefummelt hat. Ich nehme an, ein so sinnlicher Mann wie er weiß ganz genau, was er mit seinen Händen machen muss.«

»Sei bitte nicht so ordinär.«

»Sei du bloß nicht so prüde.«

Tilly nahm die Fördergeldbroschüre in die Hand und legte sie in den Posteingangskorb. »Dir geht's immer nur um Sex, nicht wahr?«

Rowena fuhr erschreckt zusammen, als ihr alter Schreibtischstuhl beinahe kippte, stellte dann aber mit einem gleichmütigen Achselzucken fest: »Bei einer romantischen Beziehung geht's nun mal um Sex, Tilly. Wozu soll sie sonst gut sein? Ich meine, wer glaubt schon an den Blödsinn, dass man seinen besten Freund heiraten soll? Ich habe eine beste Freundin – und zwar dich. Sollte das, was man mit einem Partner hat, nicht etwas anderes sein? Und erreicht man diese andere Beziehungsebene nicht am ehesten durch Sex, weil es schließlich nichts Intimeres zwischen zwei Menschen geben kann? Gibt es vielleicht sonst noch irgendwas, was einen dem anderen derart nahebringt?«

»Liebe.«

Ro bedachte sie mit ihrem Hältst-du-mich-für-blöd-Blick.

»Also bitte, Ro. Früher hast doch gerade du immer an den Traumprinzen geglaubt. Wann hat das aufgehört?«

»Super Taktik.« Ihre Freundin klatschte spöttisch in die Hände. »Lenk ruhig von dir selber ab.«

»Ich versuche gar nicht, von mir abzulenken. Nur habe ich einfach keine Lust, über einen Kerl zu reden, der sich in mein Leben gedrängt hat und dann mit einem Mal einfach wieder verschwunden ist. Aber du verschwindest nicht. Du wirst immer meine beste Freundin sein. Und ich bin einfach neugierig. Wie hast du es angestellt, dich von einem Kind, das von der großen Liebe träumt, in einen überzeugten Single zu verwandeln? Du willst doch wohl nicht enden wie die gute alte Miss Havisham bei Charles Dickens?«

»Haha. Als kleines Mädchen habe ich auch an den Weihnachtsmann geglaubt, aber trotzdem pflaumst du mich nicht an, weil ich nicht mehr jedes Jahr am vierundzwanzigsten Dezember einen Strumpf an den Kamin hänge.« Rowena legte den rechten Knöchel auf ihr linkes Knie und pulte an einem Loch in ihrem fuchsienroten Strumpf. Ihr leuchtend bunter Zigeunerinnenrock warf Falten zwischen ihren Oberschenkeln.

»Sagen wir einfach, dass ich kein Kind mehr bin und mir inzwischen klargeworden ist, dass ein Mann in meinem Leben offenbar nicht vorgesehen ist. Die Liebe meines Lebens sind 1200 Hektar Land, die so schön sind, dass ihr Anblick mir oftmals Tränen in die Augen treibt.« Sie drehte sich auf ihrem laut knarrenden Schreibtischstuhl herum und blickte aus dem Fenster. »Obwohl – heute vielleicht nicht.«

Die graue Stimmung, die über der Umgebung hing, hätte eher zu einem düsteren Novembernachmittag gepasst.

Entschlossen drehte sie sich wieder um. »Du weißt, wie sehr ich mich gewehrt habe, als Dad mir diese Ländereien übertragen hat. Weil ich keinesfalls die nächsten vierzig Jahre hier festsitzen wollte, ohne dass ich auch nur einmal anständig in Urlaub fahren kann. Nicht, dass wir jemals irgendwo an einen Strand gefahren wären, um dort Sandburgen zu bauen, selbst wenn Daddy hätte fahren können, doch inzwischen habe ich gemerkt, dass mir die Erhaltung dieses Anwesens und die Landschaftspflege wirklich Spaß machen, weil ich dadurch – auch wenn das sicher kitschig klingt – etwas bewirken kann. Zum ersten Mal in meinem Leben geht es nicht mehr nur um mich. Und wenn ich eines Tages sterbe, gehen die gesamten Ländereien an den National Trust, damit darauf nicht irgendwelche blöden Siedlungen entstehen. Mein Erbe wird nicht die Fortführung des Namens Roxton, sondern der Erhalt von Bramwell Chase, der Erhalt unserer Gemeinde sein.« Ro flocht ihren Pferdeschwanz zu einem Zopf und löste ihn dann wieder auf. »Außerdem haben die Mäuse das uralte Taufkleid unserer Familie angenagt. Was ein eindeutiges Zeichen dafür ist, dass es für die Kirche keine weitere Generation von Roxtons geben wird. Stört mich das? Kein bisschen. Denn ich habe ein wunderbares Leben. Weshalb sollte ich mir das mit einem Mann kaputtmachen?«

Wenn Ro in Fahrt geriet, hörte man am besten einfach schweigend zu. Tilly seufzte und ließ die Hoffnung auf ein Mittagessen mit der Freundin fahren. Wenigstens hatte sie keinen Hunger. Denn ihr war schon seit dem Morgen schlecht.

»Männer sind wie Mähdrescher«, fuhr ihre Freundin fort. »Riesengroß und furchtbar laut und darauf programmiert, mein Leben mit schwachsinnigen Ritualen auf den Kopf zu stellen. Wie zum Beispiel sich jeden Abend irgendwelchen Schwachsinn in der Glotze anzusehen und dann um Punkt neun ins Bett zu gehen. Was ich beim besten Willen nicht gebrauchen kann. Ich gucke mir manchmal eine ganze Nacht lang irgendwelche Filme an, einfach, weil ich es kann.«

Tilly dachte an Davids Direktive, immer um Punkt zweiundzwanzig Uhr das Licht zu löschen, und daran, wie sie darauf gewartet hatte, bis er endlich eingeschlafen war, um dann auf Zehenspitzen zurück ins Wohnzimmer zu schleichen und zu lesen, bis sie selber müde war.

»Die Arbeiter, die hier ständig um mich herumschwirren, sind schon schlimm genug.« Rowena zog die Schreibtischschublade auf und schob sie wieder zu. Was um alles in der Welt war heute nur mit ihr los? Sie war ja noch unruhiger als James. »Ich schlage mich Tag für Tag mit lauter blöden Kerlen rum – einem Wildhüter, der säuft, zwei Farmarbeitern, denen außer mir sonst niemand jemals einen Job gegeben hätte, und einem uralten Gärtner, der nichts anderes kann, als schnurgerade Linien zu mähen und meine Hecken derart zu verunstalten, dass sie in ihrer Hässlichkeit beinah schon wieder schön zu nennen sind. Ich werde nie verstehen, wie ich Daddy versprechen konnte, diese Kerle nicht zu feuern.«

Du hast einfach ein butterweiches Herz und beschäftigst diese Männer ganz bestimmt nicht, weil du deinem Vater irgendwas versprochen hast.

»Gott sei Dank, dass ich inzwischen nur noch einen Pächter habe«, fuhr Rowena fort. »Sonst würden sich wahrscheinlich noch viel mehr von dieser nichtsnutzigen Spezies hier herumtreiben. Wobei ich meinen süßen Isaac natürlich ausnehme, denn er ist der Inbegriff männlicher Perfektion. Auch Archie hat noch Potential, und der Testosteronspiegel von James ist offenbar so niedrig, dass er beinahe schon als Frau durchgeht.«

Tilly öffnete den Mund, um nach Sebastian zu fragen, doch Rowena setzte ihre Rede bereits fort.

»Männer kann man nur beim Sex gebrauchen, sonst sind sie zu kaum was gut, Haddy. Und nur, damit du's weißt. Mein letztes Mal ist zwischenzeitlich acht Monate her, und ich glaube nicht, dass sich in absehbarer Zeit daran was ändern wird.«

Tilly fiel die Kinnlade herunter. Weil Rowena seit der Schulzeit niemals länger als zwei Wochen ohne Mann gewesen war.

»Während wir uns unterhalten, rosten meine Genitalien vor sich hin«, erklärte Ro und sah an sich herunter.

»In Ordnung, dann vergiss den Sex, aber wie sieht es mit Freundschaften aus? Ist es nicht gelegentlich ein bisschen einsam, wenn du als Heilige der ländlichen Gebiete ganz allein in einem Haus herumgeisterst, das für uns als Kinder immer eher ein Museum als ein Zuhause war?«

Rowena schüttelte den Kopf. »Nein. Ich habe hier eine Aufgabe, und das Haus atmet lebendige Geschichte. Was ja wohl nur schwer zu überbieten ist. Die Ländereien und Bramwell Hall sind das, was mich ausmacht und was aller Welt zeigt, wer ich bin. Und was macht dich aus, MRH?«

»Mein Kind.«

Rowena schnappte sich ein Stück Papier vom Tisch, knüllte es zusammen, zielte auf den Mülleimer – und traf den Fußboden. »Ich habe gefragt, was *dich* ausmacht, Matilda Rose Haddington.«

Vor lauter Ärger wurde Tilly puterrot. »Spielt es etwa keine Rolle, dass ich Mutter bin?«

»Streich die Mutter, Ehefrau und Witwe, und erzähl mir, wer du selber bist.«

Tilly starrte durch das große Panoramafenster auf die verregnete, monotone Landschaft. Dann dachte sie plötzlich an North Carolina, hörte im Geiste die Rufe der Falken und sah die lichten Schatten ihrer Wälder vor sich. »Meine Gärtnerei.«

Ro schob auf der Schreibtischplatte einen Stapel mit Papieren hin und her. »Überzeug mich.«

Tilly überlegte. War sie nicht ein kleines bisschen stolz auf ihr Geschäft, das völlig ohne Werbung, nur dank der Empfehlungen zufriedener Kunden groß geworden war? Warum las sie Ro nicht einfach den Geschäftsplan vor, den Sari ihr gemailt hatte und der noch ungelesen zwischen ihren Slips in der Kommode lag? Und vor allem, hatte sie nicht auch aus diesem Grund James abgewiesen – um endlich herauszufinden, wer sie selber war?

»Vielleicht mache ich noch einen Einzelhandel auf.« *Warum auch nicht?* Allmählich taute Tilly etwas auf.

»Verdammt, wir haben unsere Sache wirklich gut gemacht, nicht wahr, Haddy? Haben aus den Trümmern unseres Lebens unser Glück gemacht. Ich wünschte nur, dass das Sebastian ebenfalls gelingen würde. Er ist echt ein armer Schatz.« Sie klimperte mit ihren Wagenschlüsseln. »Ha! Habe ich euch gefunden. Glaubst du, dass er … in der Gegend … bleiben wird?«

»Wenn er Woodend haben will, gehört es ihm.«

Rowena sah sie reglos an. »Warum scheint dich das nicht im mindesten zu freuen?«

Tilly zuckte mit den Schultern, weil das deutlich leichter war, als zu versuchen, ihrer Freundin zu erklären, was sie deswegen empfand.

»Irgendwie kommt's mir so vor, als hätte James in deinen Teich gepisst.«

»Ihhh! Was für eine ekelhafte Vorstellung.« Obwohl sie durchaus passend war, weil sie in Bezug auf ihn völlig im Trüben fischte, obgleich das Gewässer auch schon vorher nicht ganz klar gewesen war. »Es geht hier nicht um James.«

Das klang herzlos. Doch es nützte nichts, ihn weiterhin in ihre Überlegungen miteinzubeziehen. Schließlich war er nicht mehr da. »Ich bekomme eine zweite Chance bei jemandem, der immer irgendwie ein Teil von meinem Leben war. Wie viele Leute haben schon ein solches Glück?«

Ro hielt sich einen verschlossenen Umschlag vors Gesicht und versuchte, durch das Sichtfenster zu spähen. »Ist das nicht eher eine dritte oder eine vierte Chance, oder zählen die fehlgeschlagenen Versuche nicht?«

Tilly hoffte, dass das grässliche Gefühl der Entfremdung sich legen würde, als der grauenhafte Tag endlich zur Neige ging. Sie kniff erst das eine und danach das andere Auge zu, aber abgesehen von den mehltaufarbenen Wolken, die sich schwerfällig über den Himmel schleppten, gab es nichts zu sehen. Schließlich wandte sie sich wieder ihrem leeren Gin-Glas zu. Alles schwankte, selbst ihre Gefühle, obwohl ihre Emotionen hoffentlich nicht so sehr aus dem Gleichgewicht geraten waren, dass sie etwas Falsches sagen würde, wenn man sie auf James Nealy anspräche. Sie würde es sich ein Mal eingestehen und danach nie mehr: Er fehlte ihr, und das tat furchtbar weh. Als hätte jemand sie zerrissen und würde die Stücke von ihr, die noch Leben zeigten, in den Staub treten. Aber vielleicht war sie auch nur sternhagelvoll.

»Wo ist Isaac?« Nach seinem vertraulichen Gespräch mit Mrs Haddington kam Sebastian aus dem Haus.

»Baumhaus.« Tilly schloss die Augen, aber das Gefühl des Schwindels blieb.

»Ist James gut losgekommen?«

Offenbar gab es an diesem Tag einfach kein anderes Thema. Weil sie erst von Isaac, danach von Rowena, dann von ihrer Mutter und jetzt auch noch von Sebastian auf den Flüchtling angesprochen wurde. Isaac hatte wissen wollen, ob James ihn zur Schlangenjagd besuchen könnte, wenn sie erst wieder zu Hause wären. Und ihre Mutter hatte, wie zuvor schon Ro, erklärt, dass James ihr fehlen werde, danach hatte sie Tilly teilnahmsvoll gefragt: »Und wie steht es mit dir, mein Schatz?«

Obwohl sich Tilly die Augen rieb, bevor sie wieder in den Himmel sah, bot er noch ein genauso trübes Bild. »Er ist verschwunden, hat sich aus dem Staub gemacht.« Sie streckte die Hand nach oben aus, doch ihr Arm fiel schlaff zurück in ihren Schoß, wo er schwer wie ein Sack Blumenerde liegen blieb. Okay, sie war sternhagelvoll. »Ist davongeflogen und kommt nie wieder zurück. Zufrieden?« Würden ihre Beine sie wohl tragen, wenn sie gleich versuchte aufzustehen?

»Mehr als das.« Sebastian blickte sie mit einem treuherzigen Grinsen an.

Sie erwiderte sein Lächeln, was ein pawlowscher Reflex auf seine Schönheit war, brach aber innerlich in Tränen aus. Denn auch wenn Sebastian vielleicht glücklich war, sie war es nicht. Ganz im Gegenteil. In der Erwartung, dass er seinen Stuhl über die Terrasse schieben würde, um so nah wie möglich neben ihr zu sitzen, beugte sie sich vor. Lehnte sich dann aber wieder enttäuscht zurück, als sie erkannte, dass James Nealy so etwas getan hätte, nicht aber ihre Jugendliebe. Wie um ihr das zu beweisen, sank Sebastian schwerfällig ein gutes Stück von ihr entfernt auf einen Stuhl, legte die Beine übereinander und verschränkte die Arme vor der Brust. Doch zumindest wollte er sich offenbar nicht mit ihr unterhalten – wofür sie ihm in ihrem Zustand wirklich dankbar war.

Die Kirchenglocken setzten zum gewohnten freitagabendlichen Übungsläuten an. Himmel, waren die laut. Aber nicht so laut wie die Stimme in ihrem Inneren, die alle zwei Sekunden fragte: »Wo ist James? Überquert er gerade die Stelle, an der die *Titanic* auf dem Grund des Meeres liegt, oder ist er vielleicht schon auf halbem Weg die amerikanische Ostküste hinunter? Fragen, die vollkommen uncool waren. Und vor allem in höchstem Maße unerwünscht. Was würde James ihr deshalb raten? *Lass sie einfach wegtreiben, wie die Wolken, die über den Himmel schweben.* Wieder sah sie auf. Immer noch dieselben blöden Wolken, die anscheinend ausnahmslos im neunten Monat schwanger waren.

Eine Krähe sang sich krächzend für die abendliche Serenade ein, Schwalben kreisten über ihr, und unter der Hecke stob die Erde auf, denn Monty buddelte dort wieder einmal irgendeinen Tierkadaver aus. Der Regen hatte eine angenehme Abkühlung gebracht, und in dem verzweifelten Verlangen, diesen Augenblick des Glücks zu konservieren, atmete Tilly so tief wie möglich ein.

Doch bereits nach kurzer Zeit geriet ihre Zufriedenheit erneut ins Wanken, denn mit einem Mal wurde ihr klar: In Zukunft würde Woodend keine Festung der Familie Haddington mehr sein, und bald schon wären der Garten, die Einrichtung und das Dekor nicht mehr wiederzuerkennen. Oh Gott, womöglich hätten Sebastian und sie sogar eines Tages Sex im Schlafzimmer ihrer Eltern.

»Isaac liebt die Natur, nicht wahr?« Sebastian bückte sich nach einem toten Pfauenauge und legte es zwischen ihnen beiden auf den Tisch. »Ich glaube, den werde ich für ihn rahmen. Ich habe nämlich gerade jede Menge Fotos weggeworfen und weiß beim besten Willen nicht, was ich mit all den leeren Bilderrahmen machen soll.«

»Hast du die Fotos deiner Frau entsorgt?« Sie war im Augenblick bestimmt nicht in der Lage, irgendwelche Ratschläge zum Eheleben anderer Leute zu erteilen, zog aber, wie sie hoffte, aufmunternd die Brauen hoch. Hin und wieder war es einfach besser, wenn man anderen die Führung bei einer Unterhaltung überließ, vor allem, wenn man sturzbetrunken war.

»Alle außer einem. Das hebe ich der Kinder wegen auf.« Sebastian stieß einen Seufzer aus. »Ich konnte mich einfach nicht entscheiden, ob der Typ es eher auf dich oder auf Rowena abgesehen hatte.«

»Er war hier, weil er mich engagieren wollte. Ende der Geschichte.« Wenn sie es nur häufig genug wiederholte, würde sie es vielleicht selbst irgendwann glauben. Und das musste sie, denn sonst glaubte ihr auch Sebastian sicher nicht.

James hatte immer großen Wert auf Ehrlichkeit gelegt, was ihrer Meinung nach vollkommen übertrieben war. Denn weshalb sollte sie Sebastian damit quälen? Reichte es nicht schon, wenn sie allein in ihrer alkoholbedingten Hölle schmorte? Sie hätte auf den zweiten Drink verzichten sollen. Genau wie auf den dritten, denn der trübe Rest vom Flaschenboden hatte eher nach Beizmittel als nach Gin geschmeckt.

Sebastian stellte die Füße kurz nebeneinander, legte dann aber den rechten Knöchel auf sein linkes Knie. »Du bist zwar eine talentierte Gärtnerin, aber wenn du wieder nach England ziehst, sollest du dann nicht lieber wieder in die Werbebranche zurückgehen? Da würdest du schließlich viel mehr verdienen.«

Das passierte, wenn sie ihm die Führung überließ. Sie sprangen zwischen toten Schmetterlingen, seiner Exfrau,

James und kostenloser beruflicher Beratung hin und her. Aber was wollte er wirklich sagen? Vielleicht »Bitte Tilly, komm zu mir zurück«?

»Ich soll wieder in die Werbebranche gehen? Eher würde ich den Inhalt meines Kompostierers fressen. Weil das eine Arbeit ist, bei der man immer nur …« Jetzt bekam sie auch noch einen Schluckauf. Himmel, war sie blau. »… die zweite Geige spielt.« Sie hob das leere Glas an den Mund und stellte es krachend wieder auf den Tisch. Sie mochte das Geräusch, also tat sie es sofort noch mal. »Und vor allem dehne ich meinen *ausnehmend* erfolgreichen Großhandel bald auch auf ein Einzelhandelsgeschäft aus.«

Wow. Das hatte sie nicht einfach so dahingesagt. Rowena gegenüber hatte sie bei diesem Satz noch leicht gezögert, aber plötzlich waren auch noch die letzten Zweifel wie weggewischt. Doppel-Wow.

Sebastian blickte über die Schulter, als erwarte er Verstärkung. Oder dachte er vielleicht an Flucht? Bei ihm wusste man schließlich nie.

»Ich dachte, du willst wieder nach England ziehen?«

Huch. Ihr England-Traum war ausgeträumt. Aber wie hätte sie ihm das sagen sollen, solange ihr das selber noch nicht bewusst gewesen war? Sie tastete nach seiner Hand und drückte sie.

»Nein, ich fliege bald wieder zurück.« Wieder einmal hatte sie ihn ausgetrickst. Nur, dass sie keine Teenager mehr waren, denen es um ein paar schnelle Fummeleien ging. Die wichtigsten Stufen ihres Lebens hatten sie genommen und konnten die Dinge jetzt langsamer angehen. »Aber wenn ich wieder nach Hause fliege, muss das für uns beide nichts bedeuten.« *Uns?* Es gab kein *Uns*. Verdammt, sie stellte sich in diesen Dingen tatsächlich noch blöder an als Sebastian. »Warum bleiben wir nicht einfach in Verbindung und sehen, was passiert?« Das war einmal ein Satz, der nicht allzu erschreckend klang.

»Du meinst, dass wir die Sache mit dem Sex vergessen sollen?« Er sah sie grinsend an.

»Du siehst erleichtert aus.« Und was empfand sie selbst? Nichts. Oder noch weniger als nichts.

»James hat das Tier in mir geweckt. Ich habe ihm gegenüber mein Revier markiert. Und hatte deshalb Angst, dass ich vielleicht doch so wäre wie mein Vater. Der denkt schließlich auch immer mit seinem Schwanz. Und ich bin tatsächlich erleichtert, weil jetzt dieser Druck von mir genommen ist.«

»Weil du eine andere liebst?« Das war eine Frage, die ihr wie ein Stein im Magen lag. Seit Wochen hatte niemand seine Exfrau mehr erwähnt, und Sebastian wirkt so gelöst, als hätte er sich irgendwie von einer Last befreit. Oder vielleicht hatte er auch einfach das getan, was er am besten konnte, und seine Gefühle wieder einmal sorgfältig versteckt. Er konnte Fotos zerreißen, soviel er wollte, trotzdem liebte er Fiona noch. Das hatte er Tilly gegenüber bei dem sonntäglichen Picknick bei Rowena praktisch eingeräumt.

»Du liebst deine Frau noch immer, nicht?«

Er zog seine Hand zurück, rückte aber den Stuhl ein Stück näher zu ihr heran. »Ja und nein. Dürfte ich dich vielleicht küssen, Tilly?«

Der letzte Kuss, den sie von einem Mann bekommen hatte, war drei Jahre her. Vorher hatte gut zehn Jahre lang immer nur David sie geküsst, denn der fehlgeschlagene Versuch mit James zählte wahrscheinlich nicht. Deshalb wäre jetzt wohl ein Freudentanz angebracht. Vor allem weil Sebastian der erste Junge war, der sie je geküsst hatte. Ihr Körper würde sich also sicherlich daran erinnern, was er machen müsste, selbst wenn ihr Gehirn in Panik ausbrechen sollte, weil es nicht mehr wusste, wie so etwas ging.

Er legte einen Arm über die Rückenlehne ihres Stuhls. »Bitte.«

»Sicher.« Wie hätte sich Tilly weigern sollen, wenn er sie so höflich darum bat?

»Küss mich.« Sie schlang ihm die Arme um den Hals und begann den alten Tanz, der ihr noch wunderbar vertraut war, auch wenn sie seit Jahren aus der Übung war. Ihre Lippen passten wie zwei Puzzleteile zueinander, aber statt zu rasen, schlug ihr Puls bei der Berührung plötzlich deutlich langsamer als noch einen Moment zuvor.

Aber hätte er sie sonst wohl auch erst höflich um Erlaubnis bitten müssen? Schlagartig wurde sie nüchtern und blickte Sebastian fragend an.

»Es fehlt die Leidenschaft, nicht wahr?«

»Es tut mir leid, Tilly.« Sebastian blickte sie aus plötzlich leuchtend blauen Augen an. »Ich musste mir einfach ganz sicher sein.«

Trotzdem zog sie ihre Arme nicht zurück, und eingehüllt in die Erinnerung an die gemeinsame Geschichte, saßen sie einen Moment lang einfach schweigend da. Tilly dachte daran, wie sie ihm zum ersten Mal begegnet war. Seine Schönheit hatte ihr damals den Atem geraubt. Bei ihrem ersten Kuss zu »You're the Best Thing« von Paul Weller war sie vor Verlangen dahingeschmolzen, und als er sie schließlich entjungfert hatte, hatte sie das Gummi des Kondoms gerochen. Auch wenn sie beide ziemlich unbeholfen vorgegangen waren und sie außer Schmerzen kaum etwas empfunden hatte, würde sie Sebastians Blick niemals vergessen, als sie ihm erklärt hatte, er sei die Liebe ihres Lebens.

Ganz anders war sein Blick vor einem Moment gewesen. Vor ihrem letzten Kuss.

»Ich hatte mir geschworen, dich aus meinem Leben zu verdrängen. Und wie es aussieht, hat es tatsächlich geklappt«, stellte er mit ruhiger Stimme fest. Er hatte sich noch immer nicht von ihr gelöst. Die Zeit schien stillzustehen, denn dies war der Moment des endgültigen Abschieds, der Tilly mit David nicht vergönnt gewesen war. Sie fuhr Sebastian mit den Fingern durch die Haare, in der Erinnerung an ihre seidige Textur. Doch die blonden Strähnen waren dick gegelt, und sie zog ihre Finger zurück. Weil das, was sie dort spürten, nicht ihrer Erinnerung entsprach.

»Es wäre allzu leicht gewesen, einfach dort weiterzumachen, wo es zwischen uns geendet hat«, fuhr Sebastian fort. »Und ein Teil von mir hätte das wirklich gern gewollt.«

»Nur weil etwas einfach ist, muss es nicht richtig sein.« Schließlich führte auch ihr Lieblingswanderweg in Creeping Cedars sie durch einen Wald voller Gift-Efeu, in dem es jede Menge Kupferköpfe gab. Die anderen Wege waren deutlich weniger gefährlich, boten aber keine so phänomenale Aussicht. Und allein für diesen wunderbaren Blick nahm sie die Risiken des Wegs bereitwillig in Kauf.

»Es tut mir leid, Tilly. Ich kann mich nicht wieder in dich verlieben. Es ist einfach … nichts mehr da.«

Männer, die nicht in der Lage waren, sie zu lieben – es kam ihr so vor, als wäre das ein Thema, das sich plötzlich wie ein roter Faden durch ihr Leben zog.

In ihrem Kopf machte es Klick. Beinahe meinte sie, es zu hören.

»Weißt du, ich bin selber nicht bereit, mich noch mal auf dem Liebeskarussell zu drehen. Und zwar mit niemandem.« Ein Lächeln huschte über ihr Gesicht. Sie hatte sich Fantasien über zwei Männer hingegeben, die beide nicht David waren, und der Himmel war nicht eingestürzt. Was ihr erst einmal genügte – was auf jeden Fall ein Anfang war, eine Hoffnung für die Zukunft, in der sie vielleicht noch einmal eine neue Liebe finden würde. Und bis dahin hätte sie das Rettungsseil, das Sebastian und James ihr hingeworfen hatten, und sie würde ganz sicher nicht noch einmal untergehen. »Wirst du mir zumindest hin und wieder eine E-Mail schreiben, damit wir beide sehen können, ob wenigstens eine ganz normale Freundschaft möglich ist?«

Statt einer Antwort stand Sebastian auf und warf dabei einen kleinen Topf mit einer Fuchsie vom Tisch. Tilly streckte den Arm aus, um ihn aufzufangen, doch sie kam zu spät. Der Keramiktopf zerschellte auf dem Boden, und mit hochrotem Gesicht sammelte Sebastian die Scherben und die Erde wieder ein. »Mein Gott. Es tut mir leid.«

Tilly hätte gern etwas Beruhigendes gesagt, aber er sah so elend aus, dass ihr kein Wort über die Lippen kam. Also packte sie die Fuchsie und stellte sie entschlossen in ihr leeres Glas. »Hier. Tu einfach eine Handvoll Erde drauf.« Aber er stand nur da und starrte auf die Erde, die über sein Bein rieselte.

»Das muss ja ein Kuss gewesen sein«, rief Rowena vom Rosenbogen zu ihnen hinüber und kam dann mit einem Korb über den Rasen auf sie zu. »Ich wollte eure kleine Feier ganz bestimmt nicht sprengen. Ich dachte, ihr wärt in Sebastians Haus.« Sie hob eine Ecke des Geschirrtuchs an, unter dem der Inhalt ihres Korbs versteckt war, und Tilly schlug ein verführerischer Duft entgegen. »Mir war gerade langweilig, und da hab ich was gekocht. Aber ihr kennt mich ja – ich hab wieder so viel gemacht wie für eine ganze Armee. Ehe ich michs versah, waren es drei Schüsseln voll.«

»Fasanenlasagne, hmm.« Plötzlich merkte Tilly, dass sie völlig ausgehungert war. »Du bist einfach ein Schatz.«

»Ich dachte, eine von den Schüsseln lade ich bei deiner Mutter ab. Aber hier, nehmt einfach ihr sie.« Ro stellte den Korb vor Tilly auf den Tisch und machte ein paar übertrieben große Schritte rückwärts, wie eine Figur in einem Comic, die erkannte, dass sie überflüssig war. »Knutschen könnt ihr sicher besser ohne mich.«

»Warte!« Tilly griff über den Tisch. »Warum essen wir drei nicht zusammen hier auf der Terrasse? Schließlich haben wir das früher auch immer gemacht.«

»Nein.« Hektisch wischte sich Sebastian die Erde von der Hose ab. »Bleib du hier, Rowena. Ich verschwinde.«

»Was ist los?« Stirnrunzelnd blickte Ro erst Tilly und danach Sebastian an. »Sebastian?« Doch er schlug sich die Hände vors Gesicht und antwortete nicht.

Rowena wirbelte herum, und ihre Arme waren so angespannt, als klammere sie sich an einer unsichtbaren Stange fest. »Bist du dieses Spiel nicht langsam leid, Tilly? Hast du Sebastian nicht schon oft genug an der Nase rumgeführt? Musst du ihm jetzt noch mal das Herz brechen? Aber so geht das nicht.«

»Wow. Jetzt halt mal kurz die Luft an, ja? Warum bist du so sauer?« Tilly hätte gerne etwas in der Art gesagt wie *Er hat angefangen. Es war alles seine Schuld.* Stattdessen hob sie die Hände und zeigte ihrer Freundin so, dass sie sich geschlagen gab. »Es ist nicht, wie du denkst. Sebastian liebt mich nicht.

Er liebt noch immer seine Frau.« Sie machte eine beschwichtigende Abwärtsbewegung mit den Händen. »Es ist nichts passiert. Niemand hat hier irgendwem das Herz gebrochen. Sebastian ist okay, und ich bin auch okay. Wir sind alle eine große, glückliche Familie, nicht wahr, John Boy?«

Sebastian hob den Kopf. »Ich muss gehen.«

»Ist es denn nicht so?«

»Vergiss es, Tilly.«

»Also gut, ich habe nicht daran gedacht, dass du *Die Waltons* hasst, aber deshalb brauchst du doch nicht abzuhauen. Und auch dass du deine Frau noch liebst, interessiert uns beide nicht. Nein, das ist nicht wahr. Natürlich interessiert es Ro und mich. Es interessiert uns sogar sehr, nicht wahr?« Sie wandte sich wieder ihrer Freundin zu.

»Hör auf«, herrschte Sebastian sie an, und die beiden Frauen tauschten überraschte Blicke miteinander aus. Weil sie sich beim besten Willen nicht daran erinnern konnten, dass er bisher jemals laut geworden war. »Ich liebe meine Frau nicht mehr. So, zufrieden?«

»Weshalb hast du dann gesagt …« Jetzt stand auch Tilly auf.

»Ich habe nichts gesagt. Du bist einfach davon ausgegangen, dass ich sie noch liebe, und ich habe dich in dem Glauben gelassen. Meine Güte, Tilly.« Er massierte sich den Unterkiefer und verrieb dabei ein bisschen Erde auf seinem Kinn. »Warum musst du mich immer zwingen, meine Gefühle zu analysieren? Weißt du eigentlich, wie weh das tut? Ich mache häufig einfach dicht und lasse die Leute denken, was sie wollen, weil ich mich nur auf diese Weise schützen kann. Ich bin nicht so wie du und werde es auch niemals sein. Ich kann nicht über Liebe sprechen. Ich bin feige …«, hilflos hob er die Hände, »… und ich habe bis zu diesem Augenblick geglaubt, dass es leichter für mich ist, die Augen vor der Wahrheit – und vor ihren Folgen – zu verschließen.« Er sah zu Rowena hinüber, und mit einem Mal wurde sein Stirnrunzeln durch das traurigste Lächeln, das Tilly je gesehen hatte, ersetzt. Es war deutlich, dass er in diesem Fall auch ohne einen Probekuss wusste, was er empfand.

Tilly schoss eine Reihe wilder Flüche durch den Kopf. Sie öffnete den Mund, ohne dass auch nur ein Laut über ihre Lippen kam. Doch Sebastian und Rowena hätten nicht mal einen lauten Schrei gehört. Denn sie starrten einander an, und Ro wurde so blass, dass selbst das Rot aus ihren Lippen wich.

»Ich liebe dich«, sagte Sebastian und sah ihr ins Gesicht, als präge er sich ihre Züge bis an sein Lebensende ein. »Und ich verstehe, wenn du mich nicht mehr als Mieter haben willst. Wenn du möchtest, ziehe ich noch dieses Wochenende aus.« Er atmete vernehmlich ein. »Sag es mir bitte jetzt, falls du mich jetzt nicht mehr sehen willst. Denn dann muss ich Mrs Haddington erklären, dass ich Woodend doch nicht kaufen kann.«

»Nein!«, schrie Ro. Im Wohnzimmer fing Monty an zu heulen, und Mrs Haddington befahl ihm, still zu sein.

Ro umklammerte die Rückenlehne eines Stuhls. »Wie kannst du es wagen, so etwas zu sagen, nachdem du dreiundzwanzig Jahre lang immer abwechselnd der Freund oder der Exfreund von meiner besten Freundin warst? Dreiundzwanzig Jahre. Haben die denn plötzlich nichts mehr zu bedeuten?« Krachend stieß sie mit dem Stuhl gegen den Tisch. »Falls du dich an Tilly rächen oder sie auf diese Weise eifersüchtig machen willst, reiße ich dir höchstpersönlich die

Eingeweide aus dem Leib. Tilly und Isaac sind meine Familie, und falls du ihnen weh tun willst, bekommst du es mit mir zu tun. Geh zurück nach Manor Farm, und pack dein Zeug, bevor ich dich rausschmeißen lasse.« Wütend streckte sie den Arm in irgendeine Richtung aus. »Hau ab!«

Tilly stemmte die Hände in die Hüften. *Gib's ihm, Schwester. Du hast völlig recht.*

»Nein. Ich habe es mir noch mal überlegt. Ich gehe nicht.« Sebastians ruhiger Ton war das genaue Gegenteil von Rowenas wütender Tirade, und Tilly starrte ihn mit großen Augen an. Denn ihre Freundin würde es ihm zeigen. Davon war sie überzeugt.

»Ich will, dass alle Welt erfährt, dass ich die Frau liebe, die immer zu mir gestanden hat, obwohl ich viel zu dumm war, das zu sehen.« Er trat entschlossen auf Rowena zu. »Und ich gebe zu, dass ich ein Haus hier kaufen möchte, um ihr möglichst nah zu sein.« Tilly rang nach Luft, doch Sebastian fuhr entschlossen fort. »Als wir zwei zusammen essen waren und du mir angeboten hast, nach Manor Farm zu ziehen, kam es mir so vor, als träfen wir beide uns zum ersten Mal. Und du sahst …« Er blickte sie mit einem sanften Lächeln an. »Himmel, du sahst aus wie ein Engel, der zu meiner Rettung angetreten war. Ich hatte das Gefühl, als hättest du mich von den Toten auferweckt. Und dann hast du erzählt, Tilly würde nach Hause kommen, und da stieg sofort wieder die alte Unsicherheit in mir auf. Ich dachte, ich sei einfach zu verwirrt, um zu wissen, was ich will. Aber als dann James zu dir gezogen ist und du jede Nacht mit ihm alleine warst, hätte ich den Kerl am liebsten … umgebracht.«

Hatte Sebastian eine plötzliche Erkenntnis oder einen Zusammenbruch? Oder vielleicht hatte auch einfach sie selbst den Faden irgendwann verloren. Tilly kam sich vor, als wäre sie im Kino kurz rausgegangen, um sich Popcorn-Nachschub zu besorgen, und dann in den falschen Saal zurückgekehrt. In dem nicht nur ein anderer Film, sondern obendrein ein Film aus einem völlig anderen Genre lief. Auf Japanisch. Ohne Untertitel.

»Ich liebe dich. Oh Gott, ich liebe dich.« Seine Stimme hatte einen eindeutig verrückten Klang. Wenn er sich nicht vorsähe, würde er von Ro bestimmt gleich eine geklebt bekommen. »Und ich habe nicht die Absicht, von hier wegzugehen. Ich bleibe, und ich kaufe dieses Haus. Denn ich denke, du liebst mich auch.«

»Du arrogantes Arschloch«, stellte Ro mit rauer Stimme fest.

»Liebst du mich?« Er stürzte auf sie zu, packte sie an den Schultern und zwang sie, ihn anzusehen.

Ro sackte in sich zusammen, als hätte jemand ihr die Knochen aus dem Leib gesaugt. »Nicht«, stieß sie mit weinerlicher Stimme aus. »Ich flehe dich an, Sebastian. Frag mich nicht.«

»Warum denn bitte nicht? Schließlich liebe ich dich doch auch!« Er lachte glücklich auf.

Alles klar, er war vollkommen durchgedreht. Nur führte auch Rowena sich in höchstem Maße seltsam auf.

»Bitte lass mich in Ruhe, ja? Ich liebe Tilly, und ich liebe Isaac. Ich – ich habe meinen Frieden mit all dem gemacht. Bitte lass mich einfach in Ruhe«, wiederholte sie und stieß ein schwaches Heulen aus, als hätte jemand ihr die Stimmbänder gekappt.

Tilly tastete nach der Tischplatte, denn mit einem Mal ergaben viele Dinge, die sie nie verstanden hatte, einen Sinn:

Rowenas zornbebende Predigt, nachdem Tilly und Sebastian es zum ersten Mal gemacht hatten, Rowenas Alkoholvergiftung an dem Abend, als sie nach der ersten Trennung wieder zusammengekommen waren, ihre Zerstreutheit, mit der sie gerade drei Schüsseln Lasagne statt der einen ursprünglich von ihr vorgesehenen gemacht hatte.

Ro hing zusammengesunken an Sebastians Brust. Hätte er sie nicht festgehalten, wäre sie wahrscheinlich wenig sanft auf den Betonboden gefallen. Genauso hatten die Stoffpuppen ausgesehen, die ihnen Tillys Mom in der Grundschule genäht hatte. Tilly wusste noch, wo ihre Puppe war, aber wo war die von Ro? Sicher hatte sie auf Holly Hobbie auch nicht besser achtgegeben als auf das kostbare Taufkleid der Familie Roxton, das nun von Mäusen angeknabbert war. War es möglich, einer Person dreißig Jahre zu vertrauen und am Ende festzustellen, dass man sie überhaupt nicht kannte?

»Sebastian hat dich was gefragt«, wandte sie sich ihrer Freundin zu. »Und zwar, ob du ihn liebst.«

»Ja.« Ro vergrub die Ellbogen im Bauch, ließ den Kopf nach vorn sinken, und ihr langes rotes Haar fiel ihr wie ein samtener Vorhang vors Gesicht. »Gott steh mir bei. Ich liebe ihn, schon seit ich denken kann. Nur durfte das keiner von euch beiden je erfahren. Und ihr hättet es auch nie erfahren sollen. Ich wollte mein Geheimnis mit ins Grab nehmen. Das müsst ihr mir einfach glauben.«

»Pst, Liebling.« Sebastian zog sie an seine Brust. Und mit einem Mal fiel Tilly etwas auf. Warum hatte sie das bisher nie bemerkt? Die beiden hatten genau die gleiche Größe, bildeten ein wunderbares Gleichgewicht, und während sie einander in den Armen hielten, hätte Tilly gern woanders hingesehen. Nur, dass ihr das einfach nicht gelang.

»Und Isaac?« Abermals riss sich Rowena von Sebastian los. »Was willst du zu Isaac sagen?«

»Das lass einfach meine Sorge sein.« Tilly klang so ruhig, wie sie sich fühlte – völlig hohl, als hätten die Geschehnisse ihre gesamten Emotionen ausgemerzt. »Wir sind seit über dreißig Jahren Freundinnen, und du hast mir nie ein Wort davon gesagt. Deine Gefühle niemals auch nur angedeutet. Das war ja wohl eiskalt.«

»Es war einfach zu schrecklich, um es zuzugeben«, stieß Rowena schluchzend aus, und wieder zog Sebastian sie fest an sich. »Ich konnte einfach nicht riskieren, dich zu verlieren, Haddy. Du und Isaac, ihr seid alles, was ich habe. Ich würde mir eher die Augen ausreißen, als einem von euch beiden weh zu tun. Ich hatte einfach keine andere Wahl. Hast du noch nie ein so entsetzliches Geheimnis mit dir rumgetragen, ohne einem Menschen davon zu erzählen? Nein, Tilly?«

Rowena hätte sie nicht mehr verletzen können, hätte sie ihr gnadenlos ein Messer in die Brust gerammt.

Sie presste sich die Hand vor den Mund, um nicht laut zu schreien, und kämpfte verzweifelt mit der grässlichen Erinnerung. Sie hatte gedacht, sie wäre sicher, wenn sie alle Gedanken daran für alle Zeit in ihrem Innersten verborgen hielte und niemals mit jemandem darüber spräche. Dabei hatte James ihr deutlich zu verstehen gegeben, dass nur vollkommene Ehrlichkeit im Kampf gegen ein Trauma half. Aber traf dies auch auf ihre Wahrheit zu? Er würde ihr sagen, sie solle sich der Wahrheit stellen, sie sich ins Bewusstsein bringen und sie dort bewahren, bis am Ende das Interesse ihres Gehirns an dem Gedanken nachließe. Doch wie sollte sie sich je dem Grauen jenes letzten Satzes stellen, den sie zu ihrem Ehemann gesagt hatte, dem einzigen Versprechen, das sie jemals gebrochen hatte?

Ich lasse dich nicht allein, Liebster. Ich lasse dich ganz sicher nicht allein.

Doch dann war sie eingenickt und irgendwann abrupt und mit wild klopfendem Herzen wieder aufgewacht. Das Pochen ihres Herzschlags hatte sie vollkommen taub gemacht für das Piepen der Apparate neben Davids Bett.

Sie hatte vor lauter Panik einen bitteren Geschmack im Mund gehabt, und ihre Haut hatte gebrannt, als hätten sich Hunderte von Feuerameisen über sie hergemacht. Auch das schmerzliche Verlangen, auf der Stelle heimzufahren, nach Isaac zu sehen und sich zu vergewissern, dass er anders als ihr Mann am nächsten Tag wieder aufwachen würde, hatte sich ihr unauslöschlich eingebrannt. Sie war ihrem Instinkt gefolgt und hatte ihr Muttersein über alles andere gestellt. Und nun war ihr nichts mehr geblieben als das. Weil David in jener einen Stunde, den sechzig Minuten, in denen sie nach ihrem Kind gesehen hatte, ganz allein gestorben war.

Tilly rang nach Luft, machte auf dem Absatz kehrt und spuckte ihren Gin in die Geranien.

»Haddy!« Ihre Freundin stürzte auf sie zu. »Mein Gott, bist du okay?«

»Nicht wirklich. Das war der letzte Rest des teuren Gins vom Flughafen.« Tilly stieß Rowena mit dem Ellbogen von sich fort und fuhr sich mit dem Handrücken über den Mund.

»Bitte, Tilly. Bitte verzeih mir, ja?« Ro drehte sich verzweifelt nach Sebastian um.

»Vielleicht sollte sie sich erst mal setzen.« Er trat zu den beiden Frauen und griff nach Tillys Arm.

»Hört endlich auf, ein solches Aufhebens um mich zu machen«, stöhnte Tilly, ließ sich aber von Sebastian zu einem Stuhl führen. »Ich hab auf leeren Magen jede Menge Gin getrunken, bin also eindeutig selbst schuld an meinem Elend.«

Sie legte den Kopf zwischen die Beine und atmete keuchend ein und aus. Seit wann fiel ihr das Atmen derart schwer?

»Hört zu, ihr seid zwei ungebundene Erwachsene und könnt miteinander machen, was ihr wollt.« Tilly zwang sich, wieder aufzusehen. Weswegen fühlte sich ihr Kopf bloß so schwer an? Sie sehnte sich nach Dunkelheit, traumlosem Schlaf, Vergessen. Sie wollte sich momentan nicht mal selber zuhören. »Ihr braucht meinen Segen nicht.«

»Aber wir hätten ihn trotzdem gern.« Sebastian reichte Ro die Hand. Hatte er Tilly jemals so angesehen? Mühsam zwang sie ihre Augen auf, doch statt der Erinnerung an das Gefühl, von ihm geliebt zu werden, nahm sie nur ein quälendes Stechen oberhalb des rechten Auges wahr.

»Ich möchte mich für euch freuen«, stieß sie mit rauer Stimme aus, dann ließ sie den Kopf erneut zwischen die Knie sinken. »Und sobald ich meine Überraschung überwunden habe, gelingt mir das auch sicher. Gebt mir nur ein bisschen Zeit. Außerdem habt ihr doch bestimmt furchtbar viele Dinge zu bereden. Also packt eure Lasagne wieder ein, und nehmt sie mit zurück nach Bramwell Hall.«

»Gott, was ist hier los? Ich war gerade am Telefon, und da habe ich plötzlich einen Schrei gehört.« Tilly wirbelte herum, als sie die Stimme ihrer Mutter hörte, aber die Bewegung war zu viel. Denn sofort wurde ihr wieder schwindlig, und vor ihren Augen tauchten lauter bunte Lichter auf.

»Hmm, das riecht aber gut.« Mrs Haddington kam durch die Flügeltür gehinkt und sah Sebastian strahlend an. Das unverhohlene Verlangen, das in seinem Blick lag, als Rowena ihm den Schmutz vom Kinn wischte, erstaunte sie anscheinend kein bisschen.

Tilly runzelte die Stirn. Ihre Mutter hatte es die ganze Zeit gewusst.

»Hallo, Rowena-Schatz. Hast du etwa wieder diese köstliche Fasanenlasagne gekocht? Das am Telefon eben war übrigens Sari.«

Tilly hatte nicht gehört, dass jemand angerufen hatte. Aber schließlich hatte ihr Körper soeben neben einem Rest zollfreien Gins auch die ganze fürchterliche Wahrheit ausgespuckt.

»Geht es dir gut, Schätzchen?«

Tilly lachte. »Zu viel Realität und zu viel Gin auf leeren Magen sind einfach nicht gut. Sebastian …« Sie sah zu, wie Rowena ihm den Arm um die Taille legte und er bei ihr das Gleiche tat. Auf einmal kamen ihr die beiden vor wie zwei Hälften eines Ganzen. »Sebastian und Rowena wollten gerade gehen. Und ich lege mich am besten etwas hin. Ich kriege nämlich gerade Migräne.«

»Du Ärmste«, sagte Mrs Haddington in mitfühlendem Ton. »Dann fasse ich mich besser kurz. Sari sagt, dass du dir keine Sorgen machen sollst. Sie hat die Hollywoodschaukel abgehängt, das Gartendekor und die Gartenmöbel in die Garage gestellt …«, hakte sie die Punkte wie bei einer Einkaufsliste an den Fingern ab, »… sämtliche Töpfe unter den Balkon gezerrt und die Kellerfenster verbarrikadiert. Falls die Telefonverbindungen zusammenbrechen, meldet sie sich, sobald das wieder möglich ist. Und es tut ihr leid, dass sie nicht eher angerufen hat, aber sie haben erst heute Morgen in den Nachrichten verkündet, dass der Sturm die Richtung ändert und dass jetzt die – wie hat sie es formuliert?« Tillys Mutter kräuselte missbilligend die Nase. »Dass die Exkremente am Dampfen wären oder so.«

»Wovon redest du?«, murmelte Tilly, die sich immer noch den Kopf hielt.

»Von Hurrikan Evelyn«, gab Mrs Haddington zurück. »Der anscheinend direkt auf eure Gegend zuhält.«

»Hurrikan Evelyn? Aber der hat doch die Küste von Florida erwischt, bevor er wieder auf den Atlantik rausgezogen ist. Das haben sie gestern in Radio 4 berichtet.«

»Anscheinend hat er über dem Meer noch einmal neue Kraft gesammelt, kehrtgemacht und hält jetzt Richtung Nordwesten wieder auf die Küste zu. Er hat mit Stärke 3 die Ostküste bei Wilmington erreicht. Aber Sari sagt, inzwischen hätten sie ihn schon wieder auf zwei herabgestuft.« Mrs Haddington sah sie mit einem aufmunternden Lächeln an, bei dem ihre Lippen eine schmale Linie bildeten und die Grübchen links und rechts vom Mund sich so vertieften, dass sie auf absurde Weise mädchenhaft wirkte. »Es wird also ganz sicher nicht so schlimm.«

Nicht für jemanden, der sich noch an die Rationierungen der Kriegszeit erinnerte, aber andererseits hatte ihre Mutter auch nicht tagelang im Keller ausgeharrt und das apokalyptische Krachen und Donnern direkt über sich gehört, als bei Hurrikan Fran die zwanzig Meter hohen Eichen wie die Kegel umgefallen waren. Und damals hatte Tilly noch nicht mal ein Gewächshaus gehabt. Verflixt. Wie schützte man eine Konstruktion, die ausschließlich aus Plexiglas bestand?

Im Haus bellte der Hund. Dieser blöde Köter. Hielt er vielleicht irgendwann auch mal das Maul?

»Und was ist mit dem Gewächshaus? Hat sie …« Tilly stieß ein halbherziges Lachen aus und bohrte sich die Fingerspitzen in die Schläfen. Denn, so wie es aussah, war sie jetzt diejenige, die völlig durchdrehte. Eine Wahnvorstellung suchte sie heim, ausgelöst durch Stress und Gin.

Es konnte gar nicht anders sein, denn der große, düster dreinblickende Mann, der mitsamt Gepäck ums Haus marschiert kam, sollte eigentlich gerade jetzt, in diesem Augenblick, in Raleigh aus dem Flugzeug steigen.

»Entweder ich habe die Migräne meines Lebens, oder ihr könnt mich langsam in die Klapsmühle einliefern«, erklärte sie mit einer Stimme, die wie eine hoffnungslos verkratzte Platte klang. »Bist du vielleicht hier, weil du das Finale mitbekommen willst?«, fragte sie James Nealys Doppelgänger. »Dann hat deine Rückkehr sich auf jeden Fall gelohnt.«

Er ließ seine Reisetasche fallen, schwang den Kleidersack von der Schulter und stellte den Rucksack auf den Tisch. »Sie haben uns ewig in der Wartehalle sitzen lassen und uns jede halbe Stunde mitgeteilt, dass der Start sich noch verschieben wird, bis sie sicher wissen, wohin sich der Hurrikan bewegt. Es war die Hölle, Tilly.« Für gewöhnlich sprach er langsam und bedächtig, aber jetzt klang er atemlos, als müsste er die Worte noch eilig über die Lippen zwingen, da er sie sonst nicht mehr herausbekäme. »Es war einfach die Hölle. Dann wurde der Flug gestrichen, und sie haben uns gesagt, dass wir morgen wiederkommen sollen, aber das kann ich nicht, Tilly. Ich kann nicht in den Flieger steigen.«

Er sah ihre Mutter an. »Reisen macht mich fürchterlich nervös«, erklärte er und raufte sich das Haar.

Tilly wusste, durch die ungünstigen Wetterbedingungen und die Verschiebung seines Abflugs wurde seine Störung verschlimmert. Er hatte ihr einmal erklärt, dass es bei seinen Zwängen immer um Kontrolle ging. Allerdings war das Leben auch für alle anderen Menschen hin und wieder unkontrollierbar und deswegen manchmal total ätzend.

Er sah sie nervös zwinkernd an. Auch Rowena und Sebastian hatten den Blick erwartungsvoll auf sie gerichtet, damit sie ihnen endlich ihren Segen gäbe. Sogar die Schwalben stießen auf ihrer Insektensuche ein gedämpftes kollektives Pfeifen aus, das wie ein *wir wollen, wir wollen* klang. Jeder wollte irgendwas, doch sie alle würden warten müssen. Weil sie selbst vor einer dicken Mauer stand und einfach am Ende war.

Tilly legte die Finger in Form eines Tipis aneinander und starrte darauf wie auf ein Versteck, in das sie sich zurückziehen konnte vor den Forderungen all der anderen und von dem aus sie verfolgen konnte, wie das bernsteingelbe Licht der Sonne durch die Wolken brach.

Plötzlich schoss ihr ein Gedanke durch den Kopf, und sie seufzte entsetzt auf. Sie hatte bisher nur an ihr Gewächshaus, doch nicht an die alte Eiche über Davids Studio gedacht: der zweihundert Jahre alte Baum, der halb tot und deswegen gefährlich schräg über dem Dach hing. Wenn er umfiele – was würde dann aus den Regalen hinter Davids Schreibtisch, seinem Hochaltar, auf dem sich Zeitschriften und Bücher stapelten, die seine Worte, seine Theorien, seine Leidenschaften enthielten? Warum hatte sie nur damals vor Beginn der Hurrikan-Saison nicht den Baumchirurgen bestellt? Wegen einer lächerlichen Idealvorstellung, dass auch das Leben von Bäumen heilig sei. Dafür würde sie jetzt bezahlen.

Ihre Miene bestätigte, was ihm schon vorher klar gewesen war. Er hätte nicht zurückkommen sollen. Warum, warum nur war er noch einmal hierhergefahren? Weil es ihn wie eine blöde Brieftaube zu seinem Ausgangspunkt zurückgezogen hatte. Doch egal, was er auch täte, er wäre auf alle Fälle angeschmiert. Denn er konnte nicht bleiben und genauso wenig wieder gehen.

Ich muss diese Sache ganz allein durchziehen. Aber ohne Tilly schaffe ich es nicht.

Hass mich nicht, oh, bitte, bitte, hass mich nicht.

Er blickte hektisch von einem zum anderen wie ein Roboter mit Kurzschluss und zitterte am ganzen Leib. Er musste aufhören zu zittern. Doch das war nicht möglich, weil sich seine Angst nicht mehr beherrschen ließ.

Rowena lächelte ihn an, und er bemühte sich zurückzulächeln. Sie stand ihm gegenüber. Arm in Arm mit diesem Mann? Dann hatte sie Sebastian also endlich offenbart, was sie für ihn empfand. Das war schön, das war wirklich schön für sie. Aber hieß das …, dass Sebastian Tilly gar nicht liebte? Doch wie war das möglich? Schließlich hatte er sie doch immer schon geliebt. Rowena hatte ihm erzählt, seine Ehe wäre daran gescheitert, weil Fiona aus diesem Grund mit einem anderen ins Bett gegangen war.

Sebastian liebte Tilly nicht? Allmächtiger, die arme Tilly. Er müsste versuchen, ihr zu helfen, müsste sich bemühen … Aber um was zu sein? Der Trostpreis? Wie um alles in der Welt sollte er Tilly oder irgendeinem anderen Menschen helfen? Solange er selbst vollkommen hilflos war? Er zitterte noch immer, und er konnte nichts dagegen tun.

Reiß dich zusammen, James, reiß dich zusammen.

Mrs Haddington starrte ihn an und hielt ihn offenkundig für total übergeschnappt. *Sie haben recht, Virginia, Sie haben völlig recht.*

Er musste sich die Haare um den Finger wickeln, musste sie sich um den Finger wickeln, weil er morgen abermals nach Heathrow fahren und dort in ein Flugzeug steigen müsste. In. Ein. Flugzeug.

Und er musste sich die Haare um den Finger wickeln, denn nur so ließ sich vermeiden, dass der Flieger abstürzte und er bei diesem Absturz starb. Ohne Tilly je gesagt zu haben, dass er sie abgöttisch liebte. Dass er wieder mal alles vermasselt hatte. Dass er niemals hätte gehen sollen. Dass er sie niemals verlassen könnte.

»So. Und jetzt lasst mich allein«, scheuchte Tilly ihn und all die anderen fort.

Aber doch sicher nicht ihn?

Doch, natürlich dich. Weil du ein Spinner bist und sie dich hasst.

»Ich meine es ernst«, wiederholte sie mit lauter Stimme. »Geht. Ich muss Sari anrufen, solange das noch möglich ist. Also geht, bevor ich ungemütlich werde, ja?«

»Ich auch?« Plötzlich tauchte Isaac auf der Terrasse auf und schob sich unter ihren Arm. Dann rief er glücklich »James!« und versuchte, sich ihr zu entwinden, aber Tilly hielt ihn fest.

Dann ließ sie also nicht mal mehr das Kind in seine Nähe? Dabei hätte er eine Umarmung dringender als alles andere gebraucht, und niemand konnte einen besser in die Arme nehmen als ihr kleiner Sohn. *Bitte, Tilly.*

»Nein, mein Glückskäfer, denn du gehörst als Einziger zu mir. Tut mir leid, Mum. Abgesehen von dir.«

»Aber ...«, keuchte James und raufte sich erneut das Haar.

Sebastian griff nach seiner Reisetasche und nickte ihm zu. »Komm mit, Kumpel. Sie meint es offensichtlich ernst.«

28

Leere Fenster rahmten das nächtliche Dunkel, und die Giebelwände ragten in den Himmel wie die Takelage der *Marie Celeste*. Die Steinmauern des Witwenhauses waren nichts weiter als eine Kulisse der Vergangenheit. Tilly zog an Montys Leine und ließ die Ruine hinter sich zurück. Die Tabletten, die sie gegen die Migräne eingeworfen hatte, hatten ihr Gehirn in einen weißen Nebel eingehüllt und sie fast betäubt. Aber eben nur fast.

Auf der anderen Seite des Atlantiks war ein Hurrikan dabei, das Leben, das sie letztlich doch hatte behalten wollen, in Trümmer zu schlagen, während hier in Bramwell Chase die herrlich kühle Luft nichts anderes als zarten morgendlichen Tau versprach. Der Mond glänzte in der Farbe voll erblühter Goldruten, und der sternlose Himmel schimmerte in einem tiefdunklen Türkis, das Tilly an den künstlich angelegten Teich ihrer Nachbarn denken ließ, der das Sonnenlicht verschluckte. Neben ihr der dunkle Wald wirkte wie ein kilometerlanger Riss im samtenen Firmament.

In Creeping Cedars gab es kein so helles Zwielicht, doch die klaren Nächte auf dem Piedmont-Plateau, in denen ihr der Himmel immer wie ein mit weißgoldenen Sternen übersäter Umhang eines Zauberers vorkam, waren einfach unvergleichlich. Sie liebte es, von der Hollywoodschaukel auf der Veranda aus in ihrem privaten Planetarium oberhalb der Baumwipfel nach Sternschnuppen zu suchen, die sie dann auch fast allnächtlich dort beobachten konnte. Deshalb konnte sie nur hoffen, dass zumindest ihre Schaukel den hereinbrechenden Sturm schadlos überstehen würde.

Tilly wandte sich nach links und ließ die Lichter des Dorfs und das gelegentliche Dröhnen von Motoren auf der Straße hinter sich zurück. Sie stapfte in ihren Doc Martens über die geteerte Straße, an der Hütte des Wildhüters und der Jagdhütte vorbei in Richtung des von freiem Feld gesäumten Wegs zur Manor Farm. An einem klaren Tag hatte man von dort aus eine wunderbare kilometerweite Sicht.

Der Glanz der Abenddämmerung verblich, aber Tilly fand die Dunkelheit, die sich über die Umgebung senkte, wunderbar beruhigend und setzte ihren Weg entschlossen fort. Nachts wurde das Leben auf das Wesentliche reduziert, weil man ohne Ablenkung die Dinge oft aus einer völlig neuen Perspektive sah. Wie zum Beispiel, dass sie ihre Mutter um Verzeihung bitten müsste, weil sie einfach ungerecht gewesen war.

Ja genau, Tilly, gute Idee.

Einen Streit mit Mrs Haddington vom Zaun zu brechen hieß, dass man ihn auch beenden müsste, denn sie würde aufbleiben, bis Tilly wiederkäme, und sei das auch erst morgen früh. Es war dumm und völlig unsinnig gewesen, dass sie ihren Frust an ihrer Mutter ausgelassen hatte, doch mit ihrem beiläufigen Kommentar – *Ich nehme an, ich sollte mich nach einem Makler umsehen. Denn schließlich werden die beiden bestimmt nicht zwei Häuser hier in der Gegend haben wollen* –

hatte sie das Fass zum Überlaufen gebracht. Die Bemerkung wie auch schon ihr aufmunterndes Lächeln war Tilly wie ein Faustschlag in den Magen vorgekommen. *Die beiden.* Dann waren Sebastian und Rowena jetzt also schon *die beiden.* Dann waren *die beiden* aus Sicht von Mrs Haddington jetzt also ein Paar. Und dass ihre eigene Tochter dabei in die Röhre guckte, schien ihr vollkommen egal zu sein. Mitanzuhören, wie Sebastian ihrer besten Freundin seine Liebe eingestand, nachdem sie selbst während der letzten Wochen in Gesprächen mit besagter *bester Freundin* ihre eigenen Gefühle für Sebastian hatte klären wollen, hatte ihre Welt vorübergehend vollends aus dem Gleichgewicht gebracht. Okay, dann war sie also noch nicht völlig abgestumpft. Aber bitte. Seit wie vielen Jahren hatten sie und Ro denselben Jungen und später denselben Mann geliebt? Und in all der Zeit sollte Rowena nie die Möglichkeit gehabt haben, ihr wenigstens mit ein paar Worten anzudeuten, dass sie etwas für Tillys Ex empfand? Nicht einmal nach Tillys Hochzeit und nachdem sie nach Amerika gezogen war?

Warum fühlte sie sich so verraten? Das Gefühl der Zurückweisung, die Verletztheit und sogar den Zorn, den sie deshalb empfand, konnte sie durchaus verstehen, aber dieses kindische Beharren darauf, dass sie hätte gewinnen sollen, jetzt aber mit einem Mal verloren hatte, war ganz sicher nicht angebracht. Denn schließlich waren sie und Ro keine kleinen Mädchen mehr, die darum konkurrierten, wer bei einem Reitturnier das blaue Band ergatterte.

Natürlich könnte sie versuchen, die Schuld an diesem Gefühlswirrwarr jemand anderem in die Schuhe zu schieben. Vielleicht hatte ja Sebastian ihrer besten Freundin Hoffnungen gemacht, oder vielleicht hatte Ro ihn mit einem

Trick dazu gebracht, ein heimliches Verhältnis mit ihr anzufangen. Bisher hatte Tilly die Beziehung zu Rowena als einen der Eckpfeiler ihres Lebens angesehen, weil die Freundin sie bereits zweimal in ihrer tiefen Trauer nach Todesfällen begleitet hatte. Außerdem hatten sie beide ihre Freundschaft durch unzählige Geheimnisse genährt. Aber war sie zugleich vielleicht auf irgendwelchen Lügen aufgebaut? Wohin sollte man sich wenden, wenn die Vergangenheit mit einem Mal noch unwägbarer war als die Zukunft?

Tilly fühlte sich betrogen, ja, genau. Denn ihr war offenbar als Einziger nicht klar gewesen, dass Sebastian und Ro heiß aufeinander waren. Sie hätte das Verlangen, das die beiden verströmt hatten, mit Händen greifen können, aber außer ihr hatte sich offenkundig niemand daran gestört. Isaac hatte nicht einmal geblinzelt, als er Ro und Tillys Jugendliebe Arm in Arm auf der Terrasse hatte stehen sehen, und auch James hatte nicht im Geringsten überrascht gewirkt. Hatte er es vielleicht schon die ganze Zeit gewusst? Hatte sich Rowena zwar nicht Tilly, aber vielleicht diesem Fremden anvertraut?

Sie hörte das Röhren eines Hirsches. Ein gespenstisches Geräusch, das sie als Frau, die nicht einmal mehr das Heulen von Kojoten erschreckend fand, erschaudern ließ. Erleichtert lauschte sie auf die schnuppernden Geräusche, als der Hund die Schnauze in einem Kaninchenloch vergrub, während direkt neben ihm ein Igel schwerfällig über die Straße lief. Na, da hatte der Igel aber noch mal Glück gehabt. Zwei Minuten früher hätte Monty sich begeistert auf das arme Tier gestürzt, und nicht mal seine Stacheln hätten es vor dem sicheren Tod bewahrt. Wenn man an die Reihe kam, konnte man nur beten, dass es, anders als bei David, möglichst schnell vorüber war. Oh nein, darüber wollte sie jetzt lieber nicht nachdenken. Ihre beste Freundin hatte sie k.o. geschlagen, ihre Jugendliebe hatte noch mal nachgetreten, und ihre Existenz wurde von einem Hurrikan bedroht. Da würde sie bestimmt nicht aufspringen und noch um einen Nachschlag bitten.

Oder vielleicht doch?

Als kleines Mädchen hatte Tilly manchmal Trost in stereotypen Abläufen gesucht. Sie hatte sehr gerne mit einem Spirographen stets dieselben Muster, die von außen nach innen immer kleiner wurden, auf einem Blatt Papier gezogen. Und so kreiste sie in Gedanken auch immer noch weiter um den letzten Willen ihres Ehemanns, um ihr gebrochenes Versprechen und um die fünf Tage, bis er gestorben war. Wie sollte sie jemals durch so viele Lagen von Schuldgefühlen bis zum Kern des Ganzen vorstoßen? Oder waren es vielleicht mehr als einfach nur Schuldgefühle? War es vielleicht eine Art Besessenheit?

Immer weiter wurde sie von unliebsamen Erinnerungen bombardiert. Sie ging darin unter … konnte nicht mehr atmen … spürte nur noch einen glühend heißen Schmerz. Dazwischen hörte sie immer wieder James' Stimme, die so dunkel und beruhigend klang. *Konzentrier dich ganz auf deine Atmung, Tilly. Atme durch die Nase ein. Saug die Luft tief in den Bauch und dann erst in die Brust …*

Das hilft mir nicht! Sie raufte sich die Haare und versuchte so, das Bild von Davids Mund mit dem Beatmungsschlauch aus ihrem Kopf zu reißen. Wie kämpfte man laut James am besten gegen schreckliche Gedanken an? *Denk nach, Tilly, denk nach.* Aha! Geh auf Distanz zu ihnen. Nur dass sie das inzwischen seit drei Jahren tat. Ohne den mindesten Erfolg.

Also, was für eine Möglichkeit hatte sie noch? Logik! Ja genau, die würde sie ganz sicher weiterbringen. Warum war sie so fest davon überzeugt, dass David seine Meinung letztendlich geändert hatte und nicht hatte sterben wollen? Einfach, weil er nicht sofort gestorben war. Und warum nicht? Das war doch ganz einfach, weil er Tilly nicht hatte alleine lassen wollen. Aber was, wenn sie diesen Gedanken umdrehte? Was, wenn er nur deshalb nicht gestorben war, weil sie ihn nicht hatte gehen lassen wollen? Angenommen, großer Gott, angenommen, ihre Gegenwart hätte David all die Zeit über in jenem Nichts zurückgehalten, das er doch um jeden Preis hatte vermeiden wollen?

Sie schrie auf, und Monty wirbelte zu ihr herum. Ihre Panik nahm noch zu, und Tränen stiegen ihr in die Augen. Und wieder dachte sie an James. Wenn er sich seinen Ängsten stellen konnte, dann könnte sie das auch. Sie musste in dem Krankenzimmer von damals bleiben, musste ihre Erinnerungen durchforsten, weil es irgendwo dort zwischen all den Schuldgefühlen auch Vergebung gab.

Nutze die Dinge, die dir James geschenkt hat, Tilly. Nutze deinen Verstand. Sie atmete langsam ein und aus. Erst mal würde sie sich auf Davids Persönlichkeit und seine Vorliebe für große Gesten konzentrieren. Niemand hatte ihm je vorgeworfen, er sei zu zurückhaltend oder zu bescheiden. Und angenommen, seine Größe hätte ihn dazu bewogen, sich ein letztes Mal zu opfern. Angenommen, David hätte ihr einfach ersparen wollen mitanzusehen, wie er starb. Das wäre genauso ehrenwert gewesen wie nach einem Schiffbruch seine Rettungsweste einem Schwächeren zu überlassen – und genau das hätte er auf jeden Fall getan.

Gott, mit einem Mal ergab das alles einen völlig anderen

Sinn. Der angezeigte Wert auf ihrer Panik-Skala nahm allmählich wieder ab. Auch wenn etwas an dem Bild einfach nicht stimmte. David wäre nie freiwillig ganz allein gestorben. Denn er hatte es gehasst, allein zu sein, und immer einen Kreis Bewunderer um sich geschart. Verdammt, er hatte nicht einmal allein zu Hause bleiben können, wenn sie einkaufen gefahren war. Aber schließlich hatte er auch Angst vor der Natur gehabt. In seinem Arbeitszimmer hatte er den Wald mit R. E. M.-Musik oder indem er sich irgendwelche Wiederholungen von *Law & Order* reinzog, ausgeblendet oder sich einfach ganz auf seine Arbeit konzentriert. Tilly schlug sich vor die Stirn. Ja, genau! Das war's! Ihre Panik verflog so schnell wie ein Tornado, der nach wenigen Minuten wieder hinter einer Wolkenwand verschwand, denn mit einem Mal wurde ihr etwas klar: Wenn David sich hatte konzentrieren müssen, hatte er sich stets zurückgezogen. Durch ihre Nähe würde er nur abgelenkt, hatte er ihr lachend erklärt und Abgeschiedenheit in seinem außerhalb des Hauses gelegenen Arbeitszimmer gesucht.

In ihrer Entschlossenheit, ihn in den letzten Stunden seines Lebens zu begleiten und bei seinem letzten Atemzug an seinem Bett zu stehen, hatte sie nicht einen Augenblick bedacht, dass man im Tod wie in der Trauer sowieso allein war. Vielleicht musste nicht David ihr verzeihen, sondern sie sich selbst.

Tilly breitete die Arme aus und drehte sich im Kreis, bis ihr vollkommen schwindlig war. »Wahnsinn.« Sie blieb stehen und schlug die Augen wieder auf. Sie spürte, dass die morgendliche Dämmerung im Anzug war. Endlich mal wieder ein Tag, den sie willkommen hieß.

Die vertrauten Hügel und die Furchen in den Feldern grüßten sie. Tilly liebte diese Stelle unter den Buchen, die das Ende des Weges säumten. Ihr Versteck, hatte sie diesen Ort immer genannt – an den sie ab und zu vor ihren Schwestern, ihrer besten Freundin, jeder Menge Haustiere und irgendwann auch vor Sebastians bisweilen erdrückender Hingabe geflüchtet war.

Ein Rotfuchs huschte über eins der Felder. Völlig anders als der graue Fuchs bei ihr daheim, der gemächlich durch den Garten trabte, um ihr zu zeigen, dass er dort genau wie sie zu Hause war. Sie freute sich schon ungemein darauf, ihn bald wieder zu sehen.

Sie war von nervöser Energie erfüllt wie kurz vor einem Sprint. Nur ging es diesmal nicht um Flucht, nicht darum, einfach loszustürzen, denn jetzt hatte sie ein Ziel. Sie wollte alles möglichst schnell in Angriff nehmen: packen, heimfliegen, die Zukunft ihres Unternehmens planen, ihr Schlafzimmer rot streichen, falls ihr danach war. *Nein, vergiss die Farbe, leg dir endlich einen Teppich zu!*

»Ich liebe dich, David«, rief sie aus. »Und es tut mir leid, aber deine Bücher müssen weg. Genau wie dein alter MGB. Und ich kaufe mir endlich einen Teppich fürs Schlafzimmer.« Die Luft griff ihre Worte auf und trug sie Richtung Manor Farm, wo im Erdgeschoss bereits die Lichter brannten und wo eine hochgewachsene Gestalt das Küchenfenster aufschob und nach draußen sah. Dann hatte also auch er kein Auge zugemacht. Hatte er womöglich über sie gewacht?

Tilly hielt den Atem an. Von seinem Platz aus konnte James sie weder sehen noch hören, aber vielleicht spürte er ja einfach, dass sie in der Nähe war, vielleicht spürte er die

Verbindung, die es zwischen ihnen gab und vor der sie sich gefürchtet hatte, seit sie sich zum ersten Mal begegnet waren. Konnte diese seltsame Verbindung wirklich Liebe sein? Hatte sie vielleicht aufs falsche Pferd gesetzt und Sebastian gewählt, obwohl James der Richtige gewesen wäre?

Tilly blickte auf zum Mond, bis ihre Augen von seinem hellen Schein anfingen zu brennen. Nein, sie hatte nicht nach einer neuen Liebe gesucht. Sie hatte sich durch ihre schmerzhafte Trauer mit der Liebe aus der Vergangenheit versöhnen wollen – und sich hartnäckig daran festgeklammert, statt sie endlich loszulassen und nach vorn zu blicken.

Als David noch am Leben gewesen war, hatte sie, wenn sie in einen Raum kam und ihn sah, gewusst, dass sie zu ihm gehörte. Ohne ihren Mann hatte sie sich unsichtbar gefühlt – ein jämmerlicher Zustand.

James hingegen hatte ihr das Gefühl vermittelt, dass sie selbst auch wichtig war. Aber seine Ansprüche waren einfach zu hoch. Er war wie ein Magnet, der sie gleichzeitig anzog und abstieß, doch sie brauchte Geborgenheit und keine Liebe, die ihr das Gefühl gab, sie müsste mitten in einem Schneesturm den Mount Everest erklimmen. Sie wollte kein Gefühl der Leere in sich haben, wenn der andere nicht in der Nähe war, wollte sich nicht noch einmal ohne ihren Partner unsichtbar vorkommen. Sie kniff die Augen zu und hoffte, dass er hören konnte, was sie dachte:

Wenn ich in die Zukunft reisen könnte, würde ich mir wünschen, dass ich dich dort finde. Doch die Zukunft macht mir Angst, und deshalb bleibe ich erst einmal in der Gegenwart.

Sie warf eine Kusshand dorthin, wo er stand, und wandte sich dann wieder ihrem eigenen Leben zu.

Sebastian und Rowena waren am Vorabend in Richtung Bramwell Hall verschwunden, und jetzt war er ganz allein in Sebastians Haus. Ro hatte darauf bestanden, er solle sie beide begleiten, aber schließlich hatte sie seit über zwanzig Jahren auf diese Nacht gewartet, und er hätte schon ein echter Spaßverderber sein müssen, um ihr dieses Fest zu ruinieren.

Am Ende hatte sie ihm noch das Gästebett in Manor Farm gemacht, obwohl er ihr versichert hatte, er hätte nicht die Absicht, überhaupt ins Bett zu gehen. Denn nicht einmal mit einer Dreifachdosis Schlafmittel hätte er die Augen zugekriegt. Schließlich hatte er bereits die doppelte Menge Clonazepam wie sonst genommen, und selbst die hatte seine Angst nur leicht gemildert.

Anfangs war er oben durch den Flur gestapft, dann aber hatte er den schlichten, funktionalen Trost der Küche und der damit verbundenen Erinnerungen an die Backkünste seiner Mom gesucht. Sie hatte ihm seine erste Kochstunde gegeben, als er fünf gewesen war. Die Armen Ritter, die sie zubereitet hatten, hatten herrlich süß geschmeckt, und danach – James berührte seine Wange – hatte sie ihm einen dicken Kuss gegeben und erklärt, er hätte die besten Armen Ritter der Welt für sie gemacht. Er hatte ein Leben voller Leistung hinter sich und schon viel Lob eingeheimst, aber dieses Kompliment hatte alles übertrumpft.

James stemmte das große Schiebefenster hoch und sog tief die frühmorgendliche Luft ein. Wieder einmal war er durch sein eigenes Tun an einen Scheideweg gelangt. Wieder einmal hatte er jemanden abgestoßen, der gewagt hatte, ihm zugetan zu sein. Wieder einmal hatte er es vollkommen vermasselt. Dieses Wort hatte er von Rowena übernommen, weil es seiner Stimmung haargenau entsprach.

Vielleicht sollte er am besten nie wieder nach Chapel Hill zurückkehren, wo alles ihn an die Ereignisse der letzten Monate erinnerte. Vielleicht sollte er das Haus verkaufen und nach Durham oder Raleigh ziehen, bis die Versuche an der Uni abgeschlossen wären. Und bis sie anfingen, sollte er vielleicht erst einmal nach Illinois zurückkehren, wo seine Freunde waren, bis er die Kraft aufbrächte, um nach Seattle zu fliegen und sich dem Gespräch mit Daniel zu stellen.

Morgen würde er erst mal zurück nach Raleigh reisen, auch wenn er bei dem Gedanken ständig einen abstürzenden Flieger, einen auf dem Boden aufprallenden Flieger, eine grauenhafte Explosion sowie ein wild loderndes Flammeninferno, das sämtliche Insassen verzehrte, vor sich sah.

Seufzend starrte James in die morgendliche Dämmerung hinaus. Tilly war dort draußen, räumlich nah, doch gleichzeitig so weit wie nie zuvor von ihm entfernt. Sogar auf der Fahrt nach Heathrow hatte er sich der lächerlichen Fantasie hingegeben, sie würde ihm folgen. Er hatte es geschafft, sich einzureden, sie würde sich im letzten Augenblick doch noch für ihn entscheiden und nicht für Sebastian. Doch sie hatte ihn um ihrer selbst willen zurückgewiesen und nicht wegen eines anderen Mannes. Ein Gedanke, der ihm fast das Herz zerriss. Das Spiel war aus. Verdammt, das Spiel war aus.

In seiner Fantasie hatte er sich ihretwegen sogar duelliert. Nur, dass er jetzt gegen niemanden mehr kämpfen konnte, außer natürlich gegen sich selbst. Ach, hätte er ihr doch einfach genügend Raum gelassen. Oder sich sofort zurückgezogen, als sie ihm zum ersten Mal erklärt hatte, sie könne ihm nicht helfen.

Aber das hätte er einfach nicht gekonnt. Denn naiv und gleichzeitig romantisch, wie er war, hatte er gedacht, es wäre

Schicksal, dass er ihr begegnet war. Und auch wenn das nach den Dingen, die geschehen waren, völlig irre war, glaubte er das immer noch.

Zum ersten Mal in seinem Leben plagten ihn nicht irgendwelche Zweifel, sondern eine mindestens genauso schreckliche Gewissheit. Denn er wusste, was er wollte, und er wusste auch, dass die Erfüllung dieses Wunsches völlig ausgeschlossen war.

Er griff nach seinem iPod und klickte sich durch die diversen Songs. Musik war seine neue Lieblingsdroge, und im Augenblick brauchte er einen möglichst schwermütigen Text, in dem es um Leidenschaft und Herzschmerz ging. Deshalb wählte er »A Letter to Georgia« von The Airborne Toxic Event, und als er zu den beiden Zeilen kam, in denen es um Angst, Wahrheit, Schmerz und Liebe ging, brach er in Tränen aus. Auch wenn die Verzweiflung, die ihn innerlich zerriss, nicht die Folge einer Trennung war.

Zum dritten Mal in seinem Leben versank James in abgrundtiefer Trauer, und wahrscheinlich würde er nie wieder daraus auftauchen.

29

»Hallo, mein Hübscher. Willst du vielleicht mitfahren?« Tilly hatte die Beifahrertür geöffnet und sah blinzelnd in den samstagmorgendlichen Sonnenschein. Die Welt außerhalb des Yaris war einfach viel zu klar umrissen und zu hell. Viel zu intensiv. Was natürlich vielleicht einfach eine Folge ihres Schlafmangels und ihres Tête-à-têtes mit einer rotwangigen Ro noch vor dem Frühstück war.

James riss sich den Stöpsel seines iPods aus dem rechten Ohr und sah stirnrunzelnd ins Wageninnere. »Wie bitte?«

Vom Sportplatz her erklang der Lärm von einem Cricketspiel. Sebastian nahm daran teil, und Rowena feuerte ihn an. Weshalb sie selbst am besten möglichst umgehend von hier verschwinden sollte.

»Mich hat die Reiselust gepackt.« Sie sog den Duft des frischgemähten Grases ein. »Hast du vielleicht Lust, mich zu begleiten?«

»Warum nicht?« Seine kühle Reaktion brachte Tilly aus dem Gleichgewicht und weckte neuerliche Zweifel an ihrem Plan, von dem sie noch vor wenigen Minuten völlig überzeugt gewesen war. Nämlich James zu suchen und ihm alles zu erklären.

Begonien! Zwei zum Preis von einer! pries die Tafel vor der Tür des kleinen Lebensmittelgeschäfts die Ladenhüter an. Ein kleiner Junge kam auf den Bürgersteig herausgehüpft und ließ seinen Lutscher in die welken Blumen fallen, worauf er fürchterlich zu schreien begann. Tilly befingerte nervös die Autoschlüssel. In der Zeit, die James zum Einsteigen benötigte – mein Gott, wie konnte jemand derart trödeln –, hätte sie problemlos in den Laden laufen und die Leute bitten können, auf das Schild zu schreiben *Kränkelnde Begonien in gute Hände abzugeben* oder so. Mist! Sie wurde ihrer Mutter immer ähnlicher. Aber wie sollte sie das Leben eines anderen Menschen in die richtigen Bahnen lenken, wenn sie schon mit ihrem eigenen Leben völlig überfordert war?

»Na, was hörst du gerade?« *Prima, Tilly, zeig ihm, dass du glücklich und zufrieden bist. Und pass vor allem auf, dass du möglichst locker klingst.*

Er schob einen seiner Stöpsel in ihr linkes Ohr, und Tilly

gab sich alle Mühe, sich nicht anmerken zu lassen, wie schockiert sie war. Von allen Liedern, die er hätte hören können, hatte er das Einzige gewählt, das sie beim besten Willen nicht ertrug. Sie zog sich den Stöpsel wieder aus dem Ohr und gab ihn James zurück, blickte dabei aber weiter auf das Armaturenbrett. »›Stuck in a Moment‹ von U2. Das höre ich immer, wenn ich traurig bin.«

»Und ich, wenn ich die Stimme übertönen will. Diese Musik ist eine gute Therapie, wenn ich mich von einem Gedanken nicht mehr lösen kann.« Wie immer wickelte sich James die Schnur der Ohrstöpsel behutsam um zwei Finger, zog die Aluminiumbox und das schwarze Gummiband aus der Außentasche seines Rucksacks und packte den iPod weg. »Ich war gerade auf dem Weg zu dir.«

»Ach ja?« Die Luft im Wageninneren wurde erschreckend dünn.

»Ich habe mit einem Freund in Asheville telefoniert. Den Nachrichten zufolge gab es einen Tornado in Wake County, und vorübergehend sind dort einundzwanzigtausend Häuser ohne Strom, aber die Schäden sind nicht annähernd so groß wie nach Hurrikan Fran. Ich bin mir also sicher, dass mit deinem Haus alles in Ordnung ist.«

Doch sie hatte sich nicht um ihr Haus gesorgt.

»Danke.« Sie blickte über die Schulter und lenkte den Wagen auf die Hauptstraße zurück. »Wohnst du in Sebastians Haus?«

»Woher weißt du das?«

»Ich war fast die ganze Nacht lang draußen unterwegs und habe hinter dem Küchenfenster Licht gesehen.«

James sah sie mit einem schwachen Lächeln an. »Wohin geht es überhaupt?«

Gute Frage. »Wie wäre es mit Olney? Einem süßen kleinen Ort, in dem man herrlich in den alten Läden stöbern kann.«

James antwortete nicht.

»Der Dichter William Cowper und auch John Newton haben dort gelebt. Newton hat *Amazing Grace* geschrieben, während er dort Pfarrer war.« *Ach, halt die Klappe, Tilly.* »Außerdem findet in Olney seit dem fünfzehnten Jahrhundert das berühmte Faschingsdienstagsrennen statt. Dann laufen die Hausfrauen dort herum, schwenken ihre Pfannen und wenden die Pfannkuchen in der Luft. Denn das ist der letzte Tag vor Beginn der Fastenzeit, in der man Fett und Milchprodukte meiden soll. Etwas wie Mardi Gras in New Orleans, nur ohne Karneval.«

»Mein Vater war irisch-katolisch, Tilly. Ich weiß also, was Faschingsdienstag ist.«

»Richtig.« Tilly nahm die Hände kurz vom Lenkrad und wischte sie nacheinander an den Hosenbeinen ab. »Es gibt dort ein tolles Küchenfachgeschäft und einen phänomenalen Oxfam-Buchladen.« Warum erzählte sie ihm das? »Ich mag vor allem historische Romane, bin aber generell nicht allzu wählerisch.« Was wirklich super klang. »Wie steht es mit dir? Was liest du am liebsten?«

Sie sah James an, doch der wandte sich gerade von ihr ab. »Fantasy-Romane.«

»Und was war dein Lieblingsbuch als Teenager?« *Bestimmt* Der kleine Hobbit *oder so.*

»*Der kleine Hobbit.* Und was war dein Lieblingsbuch?«

Sie überprüfte kurz, wie schnell sie fuhr, denn gleich kam ein Blitzgerät. »*Grüne Dunkelheit* von Anye Setin. Darin geht es um vergangene Leben und ungelöste Probleme. Ziemlich passend, findest du nicht auch?«

Er nahm einen Zettel von der Ablage am Armaturenbrett, faltete ihn zweimal ordentlich, strich die Falten mit dem Daumennagel glatt, legte ihn an seinen alten Platz zurück und verschob ihn nach kurzem Überlegen etwas mehr nach links.

»Das mit Sebastian und Rowena tut mir leid.« Zum ersten Mal, seit er neben ihr Platz genommen hatte, klang seine Stimme freundschaftlich.

»Tja, nun. Ich habe mir eine Theorie zurechtgelegt, einen echten Tillyismus. Möchtest du ihn hören?«

Als er mit den Achseln zuckte, musste sie ein Seufzen unterdrücken. Weil es so viel zu sagen gab und sie nur diese eine Chance hätte, es auf die richtige Art zu tun. »Schlimme Dinge sind wie sommerlicher Hagel, der in wenigen Minuten die Veranda vor dem Haus bedeckt.« Sie wählte ihre Worte mit Bedacht und kämpfte gegen das Gefühl an, dass ihr Herz auf einem unsichtbaren Trampolin olympiareife Purzelbäume schlug. Warum war sie mit einem Mal derart nervös? Das war James. Ihr Verbündeter, ihr Freund, ihr ... ja, was war er eigentlich genau? »Und dann weht der Wind über die Hagelkörner, bringt sie zum Schmelzen, und die Luft kommt einem irgendwie gereinigt vor. Es ist eine kurze Verschnaufpause nach wochenlanger Hitze, ein unerwartetes Geschenk wie die Schafskälte.«

»Schafskälte?«, erkundigte sich James in einem Ton, der trotz seiner Nachfrage kein großes Interesse verriet.

Verflixt, bei ihrer Probe vor dem Badezimmerspiegel hatte sie sich deutlich besser angestellt.

»Sie ist das Gegenteil des Indian Summer, da es dann eigentlich schon warm sein sollte, aber plötzlich noch mal richtig eisig wird. Weshalb man die Muttertiere und die

Lämmer immer erst ab Mitte Juni schert.« Sie sah ihn mit einem möglichst breiten Grinsen an, aber er grinste nicht zurück. »Der Frühling auf der Piedmont-Hochebene ist derart schön, dass er bei fast jedem, der dort lebt, den inneren Gärtner zum Vorschein bringt. Die Pflanzenverkäufe boomen, und die Umsätze meines Unternehmens explodieren. Wobei ein Tag mit Hagel oder Schnee durchaus auch ein Segen ist. Weil er mich kurzfristig nach drinnen zwingt und mir die Gelegenheit gibt, gemütlich herumzusitzen und mir zu überlegen, was für neue tolle Pflanzen ich vielleicht noch züchten könnte.« Sie legte eine kurze Pause ein. »Ich nehme an, an einem solchen Punkt bin ich jetzt auch. Dies ist meine ganz private Schafskälte, der Bruch zwischen dem alten und dem neuen Leben, eine kurze Pause, in der ich erst einmal zu Atem kommen kann.«

»Du hast es nicht kommen sehen? In all den Jahren eurer Freundschaft hast du nie auch nur etwas geahnt?«

Verdammt, er traf den Nagel auf den Kopf. »Nein. Aber du hast es geahnt, nicht wahr?«

»Ihr Überschwang hat mich daran erinnert, wie sich Behinderte häufig mit ihren Gebrechen arrangieren. Ich dachte, dass sie irgendetwas kompensiert. Und dann am Abend vor Sebastians und deinem Date ...«

»Das war kein Date, sondern ein Treffen, bei dem mir Sebastian sagen wollte, dass er Woodend kaufen will.«

Jetzt grinste James zum ersten Mal. »An dem Abend haben wir uns gemeinsam betrunken, und bereits nach ein paar Gläsern war uns beiden klar, dass wir beide aus demselben Grund so unglücklich waren.«

»Und du hast mir nichts davon gesagt?«

»Hätte das denn einen Unterschied gemacht?«

Plötzlich spürte sie die Nachwehen der Migräne vom Abend zuvor. »Nein, wahrscheinlich nicht.«

Inzwischen hatten sie das Radargerät hinter sich gelassen, aber Tilly kroch auch weiterhin mit Tempo fünfzig dicht am Straßenrand entlang. »Wie ich inzwischen weiß, hatten die beiden mal auf irgendeiner Party in leicht angetrunkenem Zustand zu *Nights in White Satin* rumgeknutscht, bevor ich Sebastian überhaupt zum ersten Mal begegnet war. Ro, die schon mit zwölf echt viel vertragen hat, konnte sich im Nachhinein noch gut genug daran erinnern, um zu wissen, dass sie hoffnungslos in ihn verschossen war. Während sich Sebastian nur daran erinnern konnte, dass es ihm am nächsten Morgen einfach dreckig ging.« Sie stieß einen Seufzer aus. »Ro war damals schon im Internat, deshalb haben wir uns nur geschrieben. Sie hat mir die ganze Zeit von einem geheimnisvollen Jungen vorgeschwärmt, und dann haben Sebastian und ich uns im Dorf kennengelernt. Und irgendwann habe ich ihn Rowena vorgestellt, und er hat sie nicht mal mehr erkannt. Kannst du dir vorstellen, was für ein Gefühl das für sie war?«

Das erklärte auch, weshalb sie und Ro wegen des dämlichen Kratzers in der blöden Platte so heftig in Streit geraten waren. Denn erst hatte sie Ro ihren angehimmelten Jungen abspenstig gemacht und dann auch noch den Soundtrack ihrer Erinnerung an ihn zerstört. Wohingegen Ro alles für sie geopfert und niemals auch nur mit einem Wort verraten hatte, dass Sebastian ihre große Liebe war. Und Tilly ihrerseits hatte Rowena nie so sehr geliebt wie an diesem Morgen, als sie, beide Hände auf dem Rücken, mit leicht gespreizten Beinen und herausfordernd gerecktem Kinn vor ihr gestanden und verkündet hatte: »Das ist alles Schwachsinn, denn ich liebe ihn zwar unendlich, aber eine Nacht mit ihm ist bereits deutlich mehr, als ich mir je erträumt hätte. Und wenn du möchtest, gebe ich ihn dir zuliebe wieder auf.« Darauf hatte Tilly sie gefragt: »Dann willst du also meinen Segen gar nicht haben?«, und danach waren sie gemeinsam in Tränen ausgebrochen. Was Tilly, seit sie James begegnet war, inzwischen beinahe täglich tat.

»Sebastian und ich hatten nur einen kurzen Flirt mit der Vergangenheit.« Tilly atmete tief durch, denn jetzt käme der Punkt, um den es ging. »Und vor allem, wenn ich jetzt eine Beziehung eingehen würde – ganz egal, mit wem –, dann würde dadurch meine Entscheidung, mich beruflich zu verändern, nur unnötig verkompliziert.«

»Du willst dein Unternehmen ausbauen?«

»Ja. Aber nicht durch Landschaftsgärtnerei. Ich denke daran, dass ich auch mal als Einzelhändlerin mein Glück versuchen sollte. James ...«

»Schon gut, Tilly. Schon gut. Ich habe mich dir geöffnet, und du hast mein schwarzes ausgebranntes Herz gesehen. Was du damit machen willst, liegt ganz allein bei dir. Ich werde dich nicht mehr bedrängen, sondern einfach hoffen, dass du eines Tages anrufst, um mir zu sagen, dass ich kommen soll. Und falls dieser Anruf jemals kommt, mache ich mich sofort auf den Weg.« Er wandte sich ihr zu, um sie von der Seite anzusehen, und ein kleiner Teil von ihr hätte ihm am liebsten beide Arme um den Hals geschlungen und ihn nie mehr losgelassen. Was entsetzlich kitschig und vor allem vollkommen idiotisch war, da sie schließlich hinter dem Lenkrad eines Wagens saß.

»Ich bin etwas verwirrt. Du hast gesagt, dass du nicht auf mich warten wirst«, entgegnete Tilly.

»Damit wollte ich dich in die Ecke manövrieren, nur, dass du mal wieder deutlich klüger warst als ich.«

»Nein, ich habe dir geglaubt.« Sie stieß ein schwaches Lachen aus. »Du überraschst mich einfach immer wieder.«

»Interessant. Denn ich finde mich todlangweilig und durch und durch berechenbar. Außerdem kann ich einfach nicht lockerlassen, deshalb bin ich abgehauen. Oder habe es auf jeden Fall versucht. Ich musste einfach weg von dir, sonst hätte ich die Fehler der Vergangenheit noch mal gemacht und dir eine Entscheidung aufgezwungen, die du vielleicht bis an dein Lebensende bereut hättest.«

»Wovon redest du?«

James fuhr sich mit dem Zeigefinger um den Mund. »Als ich fünfzehn war, hat mein Vater sich verliebt, und ich habe ihn vor die Wahl gestellt – ich oder die andere Frau. Unnötig zu sagen, wer gewonnen hat. Sie ist weggezogen und hat irgendwann geheiratet. Was wir erst Jahre später mitbekommen haben, als Dad zufällig an einer Straßenecke in Chicago mit ihr zusammengestoßen ist. Kannst du dir vorstellen, wie groß die Chance ist, dass man in einer Millionenstadt zufällig jemanden trifft?«

Oh ja, das konnte sie. Weil die Begegnung zwischen ihr und James genauso zufällig gewesen war. Ihre Leben hatten sich gekreuzt, und sie hatten erkannt, dass sie Seelenverwandte waren. Jetzt bräuchten sie sich nur wieder zu trennen, und schon hätte sich das Schicksal seines Vaters wiederholt.

»Meine Beziehung zu meinem Vater war zu jenem Zeitpunkt derart angespannt …« – James beugte sich vor und schob den Belüftungsregler erst ein Stück nach links und dann wieder nach rechts – »… dass sie nach dem Wiedersehen mit ihr vollends in die Brüche ging und es bis zu seinem Tod zu keiner Versöhnung mehr gekommen ist.« Er lehnte sich auf seinem Sitz zurück. »Ich habe also bereits einen Menschen, den ich liebte, an den Hass verloren. Noch mal würde ich das nicht ertragen. Nicht mit dir.«

»Ich dachte, du und dein Vater, ihr hättet wegen deiner Störung Probleme miteinander gehabt.«

»Damit fing alles an … aber erst meine fürchterliche Ich-Bezogenheit hat unserer Beziehung den Todesstoß versetzt.« James strich sich die Haare aus der Stirn, hielt sie einen Moment lang fest und ließ sie wieder los. Mittlerweile waren sie lang genug für einen Pferdeschwanz. »Ich will mit dir zusammen sein, Tilly – und zwar jeden Tag bis an mein Lebensende. Das weiß ich genau. Nur musst du das auch wollen.«

Sie folgten einer Kurve, doch schon bald waren sie auf der alten römischen Handelsstraße, die schnurgerade bis zum Horizont verlief.

»Zur Hälfte will ich es. Genau das ist mein Problem.«

»Aber ich möchte, dass du es von ganzem Herzen willst. Glaubst du, dass das irgendwann passieren wird?«

Sie fuhren durch den hellen Sonnenschein auf einer kerzengeraden Straße, und sie wusste, was das Ziel der Reise war.

Trotzdem schüttelte sie unglücklich den Kopf. »Dazu bin ich noch nicht bereit.«

»Ich fliege morgen nach Amerika zurück.« Und leise fügte er hinzu: »Falls ich es schaffe, in den Flieger einzusteigen.«

»Was ist gestern auf dem Flughafen passiert?«

Ohne darauf einzugehen, erklärte er: »Ich habe beschlossen, nicht direkt zurück nach Chapel Hill zu fahren, damit mein Bauleiter noch etwas Ruhe vor mir hat. Zweifellos ist er der Einzige in der Region, der sich darüber freut, dass er augenblicklich nicht erreichbar ist. Ich werde erst für eine Woche nach Chicago fliegen, und dann schiebe ich noch einen ausgedehnten Urlaub in Seattle nach.«

Dann schloss er sie also aus seinem Leben aus. Aber konnte sie ihm das verdenken?

»Ich muss endlich einmal etwas Zeit mit Daniel verbringen. Auf der Beerdigung von meinem Vater haben wir zum ersten Mal seit fast zehn Jahren überhaupt ein Wort gewechselt, aber jetzt würde ich die Beziehung zwischen uns gern reparieren …« – er klopfte sich zweimal und danach noch zweimal aufs Bein – »… und seine Verlobte kennenlernen, die mein Enkelkind unter dem Herzen trägt.«

»Deinen Enkel? Wahnsinn! Gratuliere.« Tilly hätte gern noch mehr gesagt, aber bisher hatte sie noch nicht einmal die Mitteilung, dass er Vater eines Sohnes war, verdaut. Was würde James ihr wohl als Nächstes beichten? Vielleicht, dass er auch mit der Mutter seines Sohnes noch irgendwie verbandelt war?

»Ich wollte es dir längst schon sagen, aber meine Eitelkeit war mir dabei im Weg.« Er drehte an einem der Stecker, die er in den Ohren trug. »Und nachdem ich meine Aufgabe als Vater bereits total vermasselt habe, dachte ich, es würde vielleicht Unglück bringen, wenn ich irgendwem erzähle, dass mein Sohn mich bald zum Opa machen wird. Meine Güte, Tilly, wenn du wüsstest, wie ich wirklich bin.«

»Das weiß ich, James.« Warum hatte sie das jemals hinterfragt?

»Oh nein, das weißt du nicht. Du weißt nur das von mir, was ich dich habe wissen lassen.«

»Dann erzähl mir noch den Rest. Und ich verspreche dir im Gegenzug, dich auch morgen früh noch zu respektieren.« Sie machte eine Pause, doch entgegen ihrer Hoffnung griff er das Stichwort nicht auf. Sie könnte ihn in Ruhe lassen, könnte die unausgesprochenen Wahrheiten auch weiter zwischen ihnen dulden, aber das entsprach einfach nicht ihrer Art.

Deshalb blieb ihr nur noch eine Möglichkeit. Es war eine ziemlich billige Methode, aber sie würde ganz sicher funktionieren.

»Wenn du mich wirklich liebst«, sie bekam bei diesen Worten eine Gänsehaut, fuhr aber trotzdem fort, »erzählst du mir auch noch den Rest.«

James stieß einen abgrundtiefen Seufzer aus. »Mein Sohn litt als Junge unter starken Depressionen. Ich dachte, wenn ich mit den Dämonen, die mich plagen, fertig würde, dann könnte er das auch. Ich war möglichst streng mit ihm, und als Folge hatte er einen Zusammenbruch. Und auch wenn es erstaunlich klingt, habe ich aus meinen damaligen Fehlern offensichtlich nichts gelernt. Nimm zum Beispiel dich und mich. Ich wünschte mir, wir könnten noch mal ganz von vorn beginnen. Dann würde ich es richtigmachen, würde von Beginn an dafür sorgen, dass es zwischen uns perfekt wäre.«

»Ich will gar keine Perfektion. Perfektion ist langweilig. Ich mag es chaotisch, und ich mag es, wenn jemand jede Menge Macken hat. Ich mag dich und mich. Ich mag, dass wir zwei angeschlagene Menschen sind, die sich verstehen. Ich habe von dir gelernt, mich zu behaupten und mir selber zu vertrauen. Jetzt ist es an dir, mir zu vertrauen. Erzähl mir, was am Flughafen passiert ist. Damit ich dir helfen kann.«

»Ich will nicht darüber reden.«

Tilly fuhr in eine Parkbucht, schaltete den Motor aus, und James bedachte sie mit einem bösen Blick.

»Weichst du deiner Angst dadurch nicht aus?«, erkundigte sie sich. »Und hast du mir nicht beigebracht, dass man das nicht machen darf?«

»Ich war einfach am Boden. Ich habe auf meine Zwangsstörung gehört und dadurch den Kreislauf meiner Angst wieder in Gang gesetzt. Wie viel schlimmer kann es wohl noch werden?«

Ein Lkw mit einer wild flatternden Plane raste so dicht an ihnen vorbei, dass die Erschütterung im Wageninneren zu spüren war.

»Du hast mich wohlbehalten aus dem Krankenhaus herausgebracht, und jetzt bringe ich dich aus deiner Flugangst raus. Denn auch wenn du das vielleicht nicht wahrhaben willst, sind wir im Kampf gegen die Angst einfach ein unschlagbares Team.«

»Ich will nicht noch mal durchleben, was am Flughafen geschehen ist«, erklärte er mit einer rauen Stimme, in der eindeutig eine Warnung lag. »Zwing mich nicht dazu.«

Tilly lachte innerlich auf. Bildete er sich tatsächlich ein, er könnte sie verschrecken? Sie legte den Arm über das Lenkrad und beugte sich zu ihm. Sie war ihm etwas schuldig, und jetzt war es an der Zeit, dass sie diese Schuld beglich. Sie sog den Duft nach Honig, Zedernholz und seiner eigenen Note, die ihn ausmachte, in sich ein und fuhr entschlossen fort. »Wovor hattest du Angst?«

»Hör auf, Tilly. Bitte hör auf.«

»Nicht, solange du mir nicht gesagt hast, weshalb du so panisch reagiert hast.«

Er hob abwehrend die Hände und krümmte seine langen Finger wie die Krallen eines Adlers. Aber sie wich nicht vor ihm zurück, sondern legte die Hand fest und beruhigend auf seinen Oberschenkel. »Ganz egal, in welchem Fuchsbau du dich jetzt verkriechst, ich kann nur hoffen, dass der Platz dort für uns beide reicht. Denn ich komme auf alle Fälle mit. Du schließt mich nicht noch einmal aus.«

Ohne dass sich seine Finger entspannten, wiegte er sich langsam hin und her. Hin und her und hin und her und hin und her. »Das Flugzeug, das Flugzeug ist abgestürzt. Ist abgestürzt und explodiert. Feuer, überall war Feuer. Flammen. Ich habe gebrannt. Aber das war nicht das Schlimmste. Das Schlimmste war, dass du mich nicht gehört hast, als ich dich gerufen habe, und das Wissen, dass ich sterben würde, ohne dich jemals geschmeckt zu haben, ohne deinen Freudenschrei gehört zu haben, während du mit mir zusammen warst. Nicht mit David oder mit Sebastian, sondern mit mir. Mit mir.« Wieder wurde seine Stimme rau. »Wie hätte ich dem Tod ins Auge sehen sollen, wenn ich befürchten musste, dass du mich vielleicht nie lieben wirst?«

Ohne Vorwarnung presste er seine kalten, harten Lippen derart fest auf ihren Mund, dass ihr Kopf heftig gegen die Rückenlehne ihres Sitzes schlug. Sie entwand sich ihm, da sie unter dem Ansturm keine Luft bekam, und er zog sich umgehend wieder zurück. Ein dünner Speichelfaden war das Einzige, was sie einen kurzen Augenblick noch verband, doch dann brach auch diese Brücke entzwei.

»Es tut mir leid. Es tut mir leid«, stieß er mit erstickter Stimme hervor.

Tilly hob die Hand an ihren wunden Mund. Nie zuvor hatte ein Mann sie mit einem Kuss verletzt.

James zerrte an seinem T-Shirt und wiegte sich wieder hin und her. »Die Leute denken, eine Zwangsstörung sei zum Lachen, Tilly. Menschen, die an einer solchen Störung leiden, seien verrückt, weil selbst in ihren Kühlschränken immer penible Ordnung herrscht. Aber sie haben keine Ahnung. Keine Ahnung davon, wie es ist, wenn einen die eigenen Gedanken quälen, wenn man ständig auf der Flucht ist, aber niemals fliehen kann. Wenn einen die Anstrengung der Rituale und der Angst derart erschöpft, dass man manchmal denkt, man übersteht den Tag nicht. Ich komme von diesem Karussell nicht runter, Tilly, ich schaffe es ganz einfach nicht. Als Kind hatte ich ständig Alpträume. Mit elf konnte ich nicht ins Kino gehen, denn ich war überzeugt, das Kino würde anfangen zu brennen und ich käme nicht mehr raus. Mit fünfzehn dachte ich, jeder Mann, der mir über den Weg lief, wollte mich vergewaltigen. Mit sechzehn hielt ich mich selbst für einen Vergewaltiger, und mit siebzehn war ich immer derart zugedröhnt, dass mich das alles nicht mehr gekümmert hat. Dann hab ich gelernt, meine Ängste zu verbergen, weil die Menschen nur ihre Ruhe haben wollten, ohne dass die Dunkelheit, die mich umgab, sie dabei stört. Denn es war *meine* Dunkelheit, das Grauen war in *mir.*« James schloss die Augen. »Ich fürchte mich vor dem Leben, Tilly, vor dem Tod, vor der Liebe … und vor dem Versagen. Dabei habe ich in meinem Leben ständig versagt. Ich bin ein richtiger Versager. Die Stimme in meinem Kopf hat recht, wenn sie mir das immer wieder vorwirft.«

Er hielt seine Hände fest verschränkt, aber Tilly zwang sie auseinander und hob eine Hand an ihr Gesicht. Ein Seufzer drang aus seinem Mund, seine Finger schmiegten sich an ihre Wangenknochen, und einen Augenblick lang kam es ihr so vor, als spende nicht sie ihm, sondern er ihr durch seine sanfte Berührung Trost.

»Warum, mein Liebster?«, fragte sie. »Warum bist du ein Versager?«

»Weil ich nicht mal eine blöde Blume in die Erde setzen kann. Meine Stimme sagt, ich sei ein Versager, weil ich abgehauen bin, bevor du mir gezeigt hast, wie man eine Blume pflanzt. Siehst du, wie sie sich an die Gegebenheiten anpasst, wie sie immer alles pervertiert? Früher hat sie mir gesagt, dass ich nicht gärtnern darf, wenn ich nicht sterben will. Und jetzt behauptet sie, ich hätte meine Angst nicht in den Griff bekommen und aus diesem Grund versagt.«

»Also gut.« Tilly legte seine Hand zurück in seinen Schoß, ließ den Motor wieder an, machte mit quietschenden Reifen kehrt und schoss zurück in die Richtung, aus der sie eben erst gekommen waren.

»Was machst du da?«, erkundigte sich James mit schwacher Stimme.

»Was machen *wir*? Wir haben diese Sache angefangen, und wir werden sie zu Ende führen, James. Wir fahren zurück nach Bramwell Hall und werden dort so lange bleiben, bis du schwarze Hände hast. Das ist mein Geschenk an dich. Ohne das du England nicht verlassen wirst.«

*

Tilly hockte hinter James und hielt ihn von hinten fest umschlungen. Ihre Beine waren gegen seine Schenkel gepresst, und ihr rechter Arm ruhte auf seinem Arm wie eine Schlange, die gemütlich in der Sonne schlief. Eine ihrer Hüften war schon völlig taub, und in der anderen bekam sie langsam, aber sicher einen Krampf, doch sie wagte es nicht, sich zu rühren. Noch nicht.

Sie atmeten gemeinsam ein, und sie legte ihre nackten Finger um den Handschuh, den er trug, und verstärkte den Griff, bis er die Pflanzschaufel umklammert hielt. Bevor er auch nur wieder ausgeatmet hatte, schoss ihre Hand nach unten, rammte die Spitze der Schaufel in den Boden und zog sie wieder heraus. Sie spürte, wie er rasselnd Luft holte und innerlich erbebte. Anfangs zitterte nur die Hand, aber als sie ihn ein zweites und ein drittes Mal zum Graben zwang, bebte er am ganzen Leib.

Er murmelte irgendeine Beschwörungsformel, aber Tilly hörte gar nicht zu. Sie filterte die ganze Welt – seine Stimme, den Gesang der Vögel, den torfigen Geruch der Erde, das warme Licht der Abendsonne, das ihr auf die Schulter fiel – aus ihren Gedanken heraus und dachte an ihr Blumenbeet daheim, an den Garten, der erst ihr und dann auch James Hoffnung verliehen hatte. Einen Garten, den sie in der Trauer um den toten Ehemann erschaffen hatte, damit ihre Welt nicht vollkommen im Chaos unterging.

Am besten konzentrierte sie sich weiter auf ihr Ziel, denn sie durfte keinen Zweifel daran hegen, dass es sich erreichen ließ. James hatte davon gesprochen, dass er das Gefühl hatte, in einem brennenden Gebäude eingesperrt zu sein. Nun, zumindest wäre er dort jetzt nicht mehr allein.

Sie griff nach der Tabakpflanze, schüttelte die Blumenerde von den Wurzeln, drückte sie ihm in die Hand und umfasste sie von unten, bis es keinen Unterschied mehr zwischen ihren beiden Händen gab. Zusammen schoben sie die Wurzeln in das Loch, strichen die Erde glatt und warteten. Jetzt bliebe nur noch eins zu tun, etwas, was sie selbst innerhalb von wenigen Sekunden ohne nachzudenken hinbekäme. Doch für James dehnte sich diese kurze Zeitspanne in lebenslanges Grauen aus. Ob sich so ein Feldchirurg fühlte, der ohne Betäubungsmittel operieren musste?

Tilly hielt den Atem an. Sie hatte James eingehend darauf vorbereitet, was als Nächstes käme, aber würde sie es wirklich über sich bringen, einem Menschen derart weh zu tun? Könnte sie ihn dazu zwingen, das, wovor ihm so unendlich graute, zu berühren, es am eigenen Leib zu spüren, sich ihm direkt zu stellen? Sie könnte niemals eine Schlange anfassen. Verdammt, sie würde niemals auch nur einen Regenwurm vom Boden aufheben.

Am liebsten hätte Tilly ihn beruhigt und ihm erklärt, er müsste es nicht tun. Aber das wäre verkehrt. Denn wenn sie ihn jetzt einfach gewähren ließe, würde sie seine Geschichte nur verdrehen und seinen Weg mit ihren Augen betrachten. Doch das wäre kurzsichtig und grundverkehrt. Sie wusste, was James wollte, und sie kannte auch die Rolle, die sie dabei spielen sollte. Denn das hatte er ihr jeden Tag erklärt, seit sie mit der Gartenarbeit angefangen hatten. Wie auch David ein ums andere Mal erklärt hatte, wie wichtig es ihm war, im Falle einer Krankheit oder eines Unfalls seinen Tod nicht unnötig hinauszuzögern. All die Jahre hatte sie gewusst, was er von ihr erwartete, falls das Unvorstellbare geschähe, und nachdem es eingetreten war, hatte sie rein instinktiv genau das Richtige getan. Und das würde sie auch jetzt tun.

Du kannst es, James. Ich weiß, dass du es kannst.

James riss seine Finger los wie eine Schlange, die sich ihr entwand. Aber sie war schneller, stemmte sich mit aller Kraft von hinten gegen ihn, packte sein rechtes Handgelenk, umklammerte es fest und riss ihm mit der linken Hand den Handschuh weg.

Sein erstickter Schrei klang wie das Heulen eines Tiers, aber Tilly wollte jetzt nicht aufgeben. Sie zwang seine Hand entschlossen in den Boden, drückte dort die Pflanze fest und setzte seine nackte Haut so lange der Erde aus, bis sie dort einen Abdruck hinterließ.

»Geschafft«, erklärte sie und ließ ihn los.

Er sank rücklings gegen sie, und ihr Hintern plumpste auf den Kies. Ein stechender Schmerz zog durch jeden ihrer Wirbel, aber trotzdem hielt sie ihn auch weiter in den Armen, während er schluchzend den Kopf an ihrem Hals vergrub. Ob vor Tränen oder vor Erleichterung hätte sie nicht sagen können, aber das war auch egal. Gemeinsam hatten sie's geschafft – das gab ihr jeder ihrer Muskeln deutlich zu verstehen.

Sie zog ihn eng an ihre Brust, schloss die Augen und sah statt der Vergangenheit oder der Zukunft plötzlich einzig und allein die Gegenwart.

»Das ist besser als Sex«, erklärte James. Und tatsächlich hatten er und Tilly etwas wesentlich Intimeres geteilt, und wenn er irgendwann im Sterben läge, würde er bestimmt an diesen Augenblick zurückdenken. Dies war der Moment, an den er sich in seiner letzten Stunde klammern würde. Dies war die Belohnung dafür, dass er seit drei Stunden Blumen pflanzte und mit bloßen Händen in der Erde grub.

»Gartenarbeit als Orgasmus?« Tilly sah ihn lächelnd an. »Das klingt gut.«

»Du hast die ganze Zeit gewusst, dass ich es schaffen würde, oder?«

»Weil Versagen für dich nicht in Frage kommt.« Fröhlich stießen sie mit ihren Bierflaschen auf das gelungene Unternehmen an. »Außerdem hattest du schon im Krankenhaus deine Angst vorm Händchenhalten überwunden, um mir beizustehen, bist in zwei Flugzeuge gestiegen …«

»Auch nur deinetwegen«, warf er ein.

»Der Grund spielt keine Rolle, denn nur das Ergebnis zählt. Du bist wirklich der mutigste Mensch, der mir jemals begegnet ist. Ich finde dich einfach unglaublich.«

Sie stieß gegen sein Bein, und James legte ihr die Hand aufs Knie. Alles, was sie zwei zusammen taten, fühlte sich vollkommen richtig an, selbst wenn sie nur auf einem moosbewachsenen Weg an einer alten Mauer lehnten, so wie jetzt. Eingehüllt in den verführerischen Duft der Tabakbüsche, die er selbst – er selbst! – gepflanzt hatte.

Nicht mal das inzwischen warme Bier, mit dem Sebastian vorhin vorbeigekommen war, dämpfte seine Euphorie. Nie zuvor in seinem Leben hatte er ein derart reines Glück empfunden. Fühlte es sich so an, wenn man ein normaler Mensch ohne abstruse Ängste war? Aber ein normaler Mensch würde er sicher nie werden.

Seine Störung würde auch in Zukunft einen Schatten auf sein Leben werfen, das war ihm bewusst. Aber heute hatte er sie kurzfristig besiegt. Heute hatte er gelernt, dass er seine Angst in eine Ecke drängen und erfolgreich daran hindern konnte, dass sie die Oberhand gewann. Heute hatte er gelernt, dass er selber die Kontrolle übernehmen konnte, dass er seiner Angst nicht hilflos ausgeliefert war. Wenn er sie dieses eine Mal besiegen konnte, dann könnte er das sicher noch einmal. Und in diesem Fall würde die Wiederholung kein Problem, sondern die Lösung sein.

Außerdem war ihm nach fünfunddreißig Jahren endlich klargeworden, dass er nicht völlig allein war in seinem Kampf gegen die Ängste. Wieder hob er die Flasche an den Mund und schüttelte sich leicht, als das Gebräu durch seine Kehle rann. »Ich hasse warmes Bier.«

»Und ich hasse Bier im Allgemeinen.« Trotzdem trank auch Tilly einen möglichst großen Schluck.

»Hat Sebastian das denn nicht gewusst?«

»Ich nehme an, er hat es einfach irgendwann vergessen.« Sie knibbelte das Etikett von ihrer Flasche ab. »Weil Männer fürchterlich vergesslich sind.«

»Ich nicht, Tilly.« James lehnte den Kopf gegen die Mauer. Großer Gott, er könnte nie auch nur die kleinste Kleinigkeit vergessen, die Matilda Rose betraf.

»Nein, wahrscheinlich nicht.« Tilly atmete tief ein. »Mmm. Riechst du das? Das ist die *Gloire de Dijon*, die gelbbraune Rose, die dort drüben blüht.« Sie wies mit ihrer Flasche auf den Stock. »Duftet sie nicht einfach wunderbar?«

Der ganze Tag war wunderbar. Weil diese stille Freudenfeier eindeutig der Höhepunkt seines bisherigen Lebens war. Es gab keinen Champagner und kein Feuerwerk, sondern jede Menge Dreck, lauwarmes Bier, süßen Rosenduft und das Bewusstsein, neben der Person zu sitzen, die die Liebe seines Lebens war.

James hatte immer Angst gehabt, dass der beste Teil von ihm mit seiner Mom gestorben wäre, aber Tilly hatte ihm bewiesen, dass dem nicht so war. Er brauchte sie nur anzusehen, um zu wissen, dass er sie genauso leidenschaftlich lieben könnte wie sein Vater ihn. Auch er könnte sein eigenes Glück dem Menschen opfern, der ihm wichtiger war als alles andere. Und das würde er auch tun. Ihm zuliebe hatte Tilly sich in seine ganz private Hölle vorgewagt, und er würde sie bestimmt nicht bitten, das noch mal zu tun. Er würde sie vom Haken lassen. Würde Tilly freigeben. Aber nicht ohne einen angemessenen Dank.

Er sprang auf und schob sich die Haare mit den Handgelenken aus der Stirn. »Du bist ohne jeden Zweifel das Beste, was mir je passiert ist. Hoch mit dir.« Er zog sie auf die Füße. »Seit wir uns zum ersten Mal begegnet sind, hast du mich nur um eins gebeten, und das habe ich dir nicht gegeben.«

»Eine Fahrt ins Krankenhaus?« Sie sah ihn mit einem unsicheren Lächeln an, denn sie hatte überhaupt keine Ahnung, was er sagen wollte. Allmächtiger, wie wunderschön sie war. Ungeschminkt, mit wirrem Haar und Bierschaum auf der Oberlippe.

»Davon abgesehen.« Er nahm sie in den Arm und seufzte leise auf. Er hatte sie schon mal im Arm gehalten, und es hatte sich fantastisch angefühlt. Wobei es jetzt noch besser war. »Du hast mich um etwas gebeten, wogegen ich gekämpft habe, seit ich zehn Jahre alt war, seit die Angst die Kontrolle über mein Leben übernommen hat.«

»Du hast mich gebeten, in der Gegenwart zu leben und es zu genießen.« Er sah auf sie herab, und sie legte den Kopf zurück und sah ihn mit großen Augen an. Trotzdem fuhr er fort. »Du wolltest von mir einen Kuss, mit dem keine weiteren Erwartungen verbunden sind.«

Sie atmete hektisch ein und aus und keuchte: »James.« Gott, wie süß sie war. »Du hast gerade einen Höhenflug. Und den solltest du nutzen und morgen das Flugzeug nach Amerika besteigen. Weil die Störung sonst gewinnt. Durch einen Kuss würde die Sache für uns beide nur unnötig verkompliziert. Ich …«

Mit einem leisen »Pst« machte er einen Schritt zurück. Es ging hier nicht um irgendwelche Zweifel und auch nicht um Logik, sondern einfach um seinen Instinkt. »Du redest zu viel, und ich denke zu viel«, erklärte er. »Aber jetzt reicht's. Ich hätte gern, dass du auf Augenhöhe mit mir bist. Also spring.«

Sie drückte sich vom Boden ab, und mühelos fing er sie auf. Denn sie war federleicht.

»Warum zitterst du?«, erkundigte er sich.

»Warum bist du so ruhig?«

»Weil ich …«, er legte eine kurze Pause ein, »… mit mir im Reinen bin.«

Sie schlang ihm die Beine um die Hüften, und er spannte seine Arme unter ihren Armen an.

Würde es ein erster und vielleicht zugleich ein letzter Kuss? Aber war das nicht egal? Er wusste nur eins: Er wollte den Moment genießen. Den Moment mit dieser Frau.

Er hatte keine Ahnung, ob, und falls ja, wann er Tilly wiedersehen würde. Er wusste nur, dass er ihr einen Zettel mit Daniels Adresse und mit seiner Handynummer geben und dann einfach abwarten würde, wie sie sich entschied.

Manchmal musste man das nehmen, was das Leben einem bot. Und manchmal musste man sein Glück einfach genießen, auch wenn es wahrscheinlich nicht von Dauer war. Und manchmal brauchte man zu diesem Glück nicht mehr als einen Kuss.

Sie schob sich noch ein Stück an ihm herauf, und lächelnd glitten seine Lippen über ihren Mund.

»Wie soll ich dich jemals gehen lassen, wenn wir das jetzt tun?«

Er spürte das Zittern, das bei diesem Satz in ihrer Stimme

lag, und gab in ruhigem Ton zurück: »Du wirst es können. Und wenn du bereit bist, wirst du wissen, wie du mich erreichen kannst. Aber lass dir Zeit, bis du dir völlig sicher bist.«

Sie schmeckte nach Hopfen und nach reifen Erdbeeren. Und obwohl er ihren Namen am liebsten laut herausgeschrien hätte, sprach er ihn flüsternd aus.

Für sie wollte er sein Leben in den Griff bekommen. Für Tilly wollte er der Mensch werden, auf den sein Vater hätte stolz sein können. Denn im Grunde seines Herzens hatte er sich das immer schon gewünscht.

30

Tilly ignorierte das eifrige Scharren, mit dem Monty das enthauptete Kaninchen, das er kurz zuvor unter den Brombeeren hervorgezerrt hatte, begrub. Sie bückte sich nach einem Büschel weichen, weißen reinen Fells, legte es sich in die Hand und schob es hin und her. Nirgends sah man eine Spur von Blut oder irgendeinen anderen Hinweis auf den gewaltsamen Tod des kleinen Tiers. Seltsam, wie trügerisch das Äußere oft war, wie leicht man einen Menschen oder Ort anblicken konnte und nur die Dinge sah, die man sehen wollte. Zum Beispiel war ein Garten auf den ersten Blick ein sanfter Ort der Harmonie, aber wenn man einmal kurz nicht hinsah, fraßen bösartige Schlangen Frösche, Gottesanbeterinnen machten sich gewissenlos über andere Insekten her, und Füchse bissen harmlosen Kaninchenbabys gnadenlos die Köpfe ab. Und ein Mann wie James versteckte hinter seiner souveränen und erfolgreichen Fassade, dass er innerlich total zerrissen war und ein schreckliches Geheimnis barg.

Eine Schar von Saatkrähen, die zu ihrem Schlafplatz flatterten, verdunkelte den leuchtend blauen Himmel, und die Äpfel, die vor ihrer Zeit vom Baum gefallen waren, wurden unter Tillys Clogs zu feuchtem Matsch. Sie machte einen Schritt zur Seite und fing an zu grinsen, als sie begeistert auf den nächsten Apfel trat. Äpfel zu zerquetschen war sogar noch amüsanter, als in irgendwelche Pfützen zu springen.

Denn bei Äpfeln dachte sie an Halloween, Isaacs eindeutigen Lieblingsfeiertag. Und damit finge die Serie der Feiertage erst an. Vielleicht würden sie in diesem Jahr ja an Thanksgiving mal daheimbleiben, statt zu Davids Schwester nach New York zu fahren. Und vielleicht würden sie sich zu Chanukka einen Tannenbaum holen und neben ein paar Dreideln eine blaue Lichterkette daran aufhängen. Vielleicht wäre es ein gutes Jahr, um ein paar neue Traditionen zu begründen. Das Wörtchen »vielleicht« klang gut. Weil die Ungewissheit vielversprechend war.

Sie umrundete den Fliederbaum und wählte zum x-ten Mal dieselbe Nummer. Endlich kam sie durch. Sie hatte ganz vergessen, wie frustrierend einige Aspekte des Lebens auf Woodend sein konnten, wobei die schlechten Telefonverbindungen das Allerschlimmste waren. Mit wild klopfendem Herzen warf sie sich ins Gras.

»Sari, ich bin's, Tilly! Ich …«

Sie vernahm ein lautes Kreischen und riss eilig ihr Telefon vom Ohr.

»Tils! Bleib dran«, schrie Sari. »Ich wollte dich gerade anrufen. Telefon und Strom waren schon nach einer Stunde wieder da! Gott, ich bin so aufgeregt, dass es mir sogar egal wäre, wenn irgendjemand den *Ann Coulter frisst kleine Kinder*-Aufkleber von meinem Wagen abreißen würde. Das Haus und das Gewächshaus haben nicht den allerkleinsten Kratzer abgekriegt. Die Blumen sind ein bisschen platt gedrückt, aber das bekomme ich problemlos wieder hin. Schön, von dir zu hören.«

Tilly lächelte. »Ist mit Aaron und den Jungs und eurem Haus alles okay?«

»Alles paletti, wie man bei euch in Europa sagt.«

Tilly wusste, was als Nächstes käme. Denn sie hatte es bereits aus den Dingen, die Sari bisher nicht gesagt hatte, herausgehört. »Die Eiche ist umgefallen, stimmt's?«

Es folgte eine Pause.

»Sie ist mitten ins Arbeitszimmer gekracht, Schätzchen. Aber die Bücher sind noch ganz, was das reinste Wunder ist. Und Aaron ist aufs Dach geklettert und hat dort eine Plane gespannt.« Sie stieß einen Seufzer aus. »Mein Held.«

Tilly klemmte sich ihr Handy zwischen Hals und Schulter, zerrte einen Kugelschreiber hinter dem Ohr hervor und tastete in der Gesäßtasche ihrer Jeans nach einem kleinen Block. Verdammt, in ihrem ganzen Leben hatte sie bisher noch nie eine To-do-Liste erstellt. Wenn das nicht erwachsen war.

»Perfekt.« Auf einer Blockseite malte sie ein paar Blumen und kritzelte weiter, bis kein Platz mehr für die Liste blieb. »Wenn ein Baum im Spiel ist, zahlt meine Versicherung.«

»Tils? Du machst mir Angst. Aber du kommst doch sicher bald wieder nach Hause, oder? Denn ich drehe hier langsam durch. Ich bräuchte dringend wieder mal eine Heiße-Stein-Massage und vor allem eine ausgedehnte Shopping-Therapie. Hey, sollen die Jungs die Bücher einpacken und irgendwo ins Haus stellen?«

»Nein danke. Um die Bücher werde ich mich kümmern, wenn ich wieder da bin. Vielleicht ist es gut, wenn ich mich ihnen selber stelle.« Jetzt klang sie wie James, aber mit einem Mal ergaben diese Worte durchaus einen Sinn.

»Tut mir leid, Schätzchen. Ich habe keine Ahnung, was du damit meinst.«

»Ich habe einen Entschluss gefasst.« Tilly knabberte am Ende ihres Stifts herum. »Ich habe deinen Fünf-Jahres-Plan studiert und bin damit einverstanden, aus Davids Studio ein Büro zu machen und Piedmont Perennials für Privatkunden zu öffnen. Allerdings sind noch ein paar Dinge zu klären, bevor ich mit dem Plan zur Bank gehen kann. Am besten rufst du erst mal auf dem Bauamt an und findest raus, ob wir irgendeinen Antrag stellen müssen, wenn wir einen Verkaufsraum aus dem Studio machen wollen. Oh, und frag bitte auch nach, ob eine bestimmte Anzahl von Parkplätzen für so was vorgeschrieben ist.«

Sari rang nach Luft, doch Tilly fuhr entschlossen fort. »Und als zweiter Schritt käme dann der Versand. Pflanzenversandhandel haben eine durchschnittliche Lebensdauer von vierzehn bis fünfzehn Jahren, deshalb müssen wir alles genauestens planen, bevor wir einen Katalog herausgeben. Weil die Verpackung und Verschiffung empfindlicher Pflanzen alles andere als einfach ist.« Sie legte eine kurze Pause ein. »Du kannst gern was dazu sagen, wenn du willst.«

»Ich – ich kann nicht. Ich stehe noch völlig unter Schock.« Dann aber fragte Sari schniefend: »Warum hast du es dir plötzlich anders überlegt?«

Tilly streifte sich die Clogs von den Füßen und vergrub

die Zehen im dichten Klee. »Ich weiß nicht mehr, wann ich zum letzten Mal etwas nur um meinetwillen erreichen wollte, doch inzwischen ist mir klar, dass ich mein Geschäft – wenn auch vielleicht nur um meinetwillen – erweitern will.« Sie atmete tief durch. »Außerdem werde ich Davids MGB verkaufen, weil ich für den Unternehmensausbau jeden Cent gebrauchen kann.«

»Das ist wirklich schlau.«

Als plötzlich auf der Koppel eine Taube gurrte, dachte sie an James. Sie stellte ihn sich vor, wie er ihr in Manor Farm, an den Türrahmen gelehnt, hinterhergesehen hatte, als sie rückwärts auf den Wagen ihrer Mutter zugegangen war. Er hatte sich dabei das wirre Haar aus dem Gesicht gestrichen, sie mit einem Lächeln, das nur ihr allein gegolten hatte, angesehen und ihr einmal kurz zugewinkt. Und nachdem sie aus der Einfahrt auf den Weg eingebogen war, hatte sie noch einen letzten Blick auf ihn geworfen und bemerkt, dass er noch immer auf die Stelle sah, von der sie kurz zuvor verschwunden war.

»Und mit diesem süßen James hat das alles natürlich überhaupt nichts zu tun.« Saris Stimme triefte vor Sarkasmus, klang aber zugleich so ruhig, als hätte sie einfach laut nachgedacht.

Süß. Was für ein unpassendes Wort für jemanden wie James. Tilly blätterte in ihrem Block, notierte *Kostenvoranschlag Geschäft* und warf ihre Schreibsachen ins Gras. Plötzlich war ihr kalt. Eiskalt.

»Er ist in dich verliebt, nicht wahr?«

Tilly schlang sich die Arme um den Bauch. Noch immer war ihr schwindlig von dem herrlichen Gefühl, als James erst mit der Zunge ihren Mund erforscht hatte und danach gierig mit den Lippen über ihren Hals und ihre Brust und wieder hinauf zu ihrem Mund geglitten war. Und danach hatte er die Augen zugemacht und ihren Leib erkundet wie ein Blinder, der mit den Fingern Brailleschrift las.

»Ja. Er ist in mich verliebt.« Es überraschte sie, wie angenehm ihr dieses Eingeständnis war. *Er ist in mich verliebt.* Tilly lehnte sich gegen den Fliederbaum und zuckte zusammen, als die Rinde sich in ihre rechte Schulter grub. Ihr Rücken tat ihr von dem stundenlangen Pflanzen weh, doch die Schmerzen hatten sich auf jeden Fall gelohnt. Denn sie hatten zu diesem einmaligen Kuss geführt, auf den sie zum Glück bis zu dem Augenblick gewartet hatte, in dem ihre Leidenschaft für ihn ebenso groß gewesen war wie seine Leidenschaft für sie. »Jemanden wie ihn habe ich nie zuvor getroffen, Sari. Er ist intelligent und sonderbar, leidenschaftlich, und ich bin total verrückt nach ihm.«

»Klingt genau wie Aaron. Vielleicht sollten wir einmal zu viert ausgehen, wenn du wieder zu Hause bist.«

Vorsichtig stand Tilly wieder auf und wischte sich den Dreck von ihrer Jeans. »James wird erst mal nicht dort sein. Denn zwar hat das Gefühl gestimmt, nur kam es zur falschen Zeit am falschen Ort. Aber vielleicht hättest du ja Lust, mal mit mir allein essen zu gehen.«

»Das wäre schön.«

»Dürfte ich dir vielleicht eine Frage stellen, auch wenn sie echt peinlich ist? Ich habe gestern die Waschmaschine angestellt, ohne dass was drin war. Ist dir so was Blödes auch schon mal passiert?«

Sari brach in schallendes Gelächter aus. »Oh, Schätzchen. Warte nur, bis du erst in den Wechseljahren bist. Seither verliere ich nicht nur meine Autoschlüssel, sondern gleich den ganzen gottverdammten Wagen. Erst vor ein paar Tagen dachte ich, irgend so ein Idiot hätte meinen Passat vor dem Einkaufszentrum geklaut. Aber dann hat sich herausgestellt, dass ich vorn geparkt hatte und hinten wieder rausgekommen war. So blöd kann man doch gar nicht sein.«

Jetzt lachte auch Tilly fröhlich auf. »Könntest du uns zufällig am nächsten Donnerstag vom Flughafen abholen?«

»Flug AA173, Ankunftszeit 16.10 Uhr? Ist schon längst notiert, Schätzchen.«

Als die Drossel sie mit ihrem morgendlichen Liedchen weckte, schlich sich Tilly lautlos hinunter ins Erdgeschoss. Bald müsste sie Isaac wecken, sich von ihrer Mum verabschieden und fahren. Aber vorher musste sie noch etwas tun.

Der Hund bedachte sie mit einem argwöhnischen Blick, als sie in die Küche kam, stand dann aber auf und trottete zur Hintertür. Sie ließ ihn raus und folgte ihm. Das feuchte Gras kitzelte ihre nackten Füße, hoch oben im Kirschbaum gurrte eine Taube, und ein köstlicher Lavendelduft hing in der Luft.

Sie würde nie wieder hierher zurückkommen. Das war ihr inzwischen klar. Sebastian würde zu Rowena ziehen, und ihr Elternhaus würde an irgendwelche fremden Leute gehen. Aber vielleicht war das auch besser so. Denn so gäbe es einen klaren Schnitt, und sie könnte ungestört nach vorne sehen.

Sie schlenderte gemächlich durch den Garten, den sie schon als kleines Kind geliebt hatte, und prägte sich jeden Busch und jede Blume ein. Hin und wieder blieb sie stehen, vergrub die Nase in den Wicken, strich mit der Hand über die leuchtend roten Blüten der Montbretie und bewunderte die spitzen Blätter eines riesigen Akanthus, denen die korinthischen Säulen im alten Griechenland nachempfunden waren.

Irgendwann kam sie zu einem kleinen Beet, das halb im Schatten des hölzernen Gartenhauses lag. Matildas Rosengarten, hatte ihr verstorbener Vater dieses Beet immer genannt, obwohl darin nicht eine einzige Rose stand. Ihre Mutter hatte ihr empfohlen, eine sonnigere Stelle für ihr erstes Beet zu wählen, weil dort leichter etwas wuchs. Aber Tilly hatte nicht auf sie gehört. Denn sie hatte sich damals in diesen Flecken Erde verliebt. Und sie hatte schon als Kind genau gewusst, was sie wollte, und die meisten ihrer Wünsche durchgesetzt.

Sie machte ein paar Yoga-Atemzüge, die ihr James empfohlen hatte, und zitierte wie auch schon auf der Beerdigung ihres Vaters den Prediger Salomo.

»Ein jegliches hat seine Zeit, und alles Vorhaben unter dem Himmel hat seine Stunde. Geboren werden hat seine Zeit, sterben hat seine Zeit; pflanzen hat seine Zeit, ausreißen, was gepflanzt ist, hat seine Zeit.«

Und auch das Abweichen vom Drehbuch hatte seine Zeit.

»Das Weitergehen hat seine Zeit …« Sie drehte sich um und blickte auf ihr Elternhaus zurück. »Und der Abschied hat seine Zeit.«

31

»Dad!«, rief Daniel vom Fuß der Treppe. »Los! Sonst kommen wir zu spät.«

James warf einen Blick auf seine Armbanduhr. Sie hatten

noch drei Minuten Zeit. Auch Daniel hatte einen Hauch von einer Zwangsstörung, aber sie hatten ein gutes Gespräch darüber geführt. Eins von zahlreichen Gesprächen über Ängste, Depressionen und den ganzen anderen genetischen Ballast. James hatte seinem Sohn sogar von seiner jüngsten Reise durch die Welt der Konfrontation erzählt, auch wenn es ihm dabei im Grunde nur um Tilly Haddington gegangen war. Glücklicherweise hatte Daniel nichts davon bemerkt. Denn James war hin- und hergerissen zwischen dem verzweifelten Verlangen, Tilly weiterhin als Teil von seinem Alltag anzusehen, und der Angst vor irgendwelchen Fragen, bei denen es um ihre Nicht-Beziehung ging. Wenn er jemandem erklären müsste, was er für diese Frau empfand, würde er zusammenbrechen. Er hatte ihre Stimme vor fünf Wochen und sechs Tagen zum letzten Mal gehört, doch sobald er ihren Namen aussprach, schlug ihm das Herz bis zum Hals.

»Gib mir zwei Minuten«, rief er jetzt zurück. Er saß auf dem Bett im Gästezimmer seines Sohns, presste sich das Handy ans Ohr und widerstand dem Drang, eine Strähne seiner Haare aufzudrehen. War ein Anruf Samstagabend vielleicht eher ungünstig?

»Virginia!« Als sie an den Apparat kam, sprang er auf. »Hier spricht James Nealy.«

»James! Was für eine nette Überraschung. Wie geht es Ihnen, mein Lieber?«

»Danke, gut.« Und so sollte es auch sein – denn er joggte jeden Tag, quälte seinen Körper, bis ihn die Erschöpfung in die Knie zwang und sein Verlangen nach der Tochter dieser Frau nicht mehr stärker als der Schmerz in seiner Lunge war. Der September in Seattle hatte ihn mit endlos warmen Sonnentagen überrascht, dabei hatte er auf einen grauen Himmel und auf Regen ohne Unterlass gehofft. Auf Wetter, das von Tilly sprach.

Er räusperte sich leise. »Ich fürchte, dass dies nur ein kurzer Anruf wird, weil mein Sohn mit mir ins Kino will.«

»Wie schön.«

James lächelte. Er vermisste Mrs Haddington, wenn auch vielleicht nicht unbedingt ihren verrückten Hund. Und er vermisste Woodend. Nirgends war er je so glücklich oder unglücklich gewesen wie in diesem Haus – dank der Qual der Liebe oder eher der Liebe zu Matilda Rose, die ihn zwar langsam umbrachte, aber trotz allem einzigartig und kostbar war. Die einzige Verbindung, die er momentan zu Tilly hatte, waren die beiden Telefongespräche, die er wöchentlich mit ihrer Freundin führte, weil er einfach wissen musste, dass es Tilly und dem Jungen gutging und sie glücklich und zufrieden waren.

Wieder räusperte er sich. »Rowena hat gesagt, dass Sebastian Woodend doch nicht kaufen will.«

»Das stimmt. Weiß der Himmel, weshalb er das nicht bereits viel eher entschieden hat. Dann hat sie ihm wohl endlich einen Heiratsantrag gemacht?«

»Den er angenommen hat.« Dann überraschte es Virginia also nicht, dass er und Rowena in Kontakt geblieben waren. Aber schließlich war Virginia auch eine Frau, der nie etwas verborgen blieb. »Haben Sie schon einen neuen Interessenten?«

»James.« Virginia klang wie seine Spanischlehrerin im zehnten Schuljahr, wenn sie ihn getadelt hatte. Was fast täglich vorgekommen war. »Ich werde Ihnen Woodend nicht verkaufen.«

»Nicht mal, wenn ich Sie auf Knien anflehe?« Oder wenn er den Preis verdoppelte, was durchaus möglich wäre, wenn er sein noch nicht bezogenes Haus verhökerte.

»Sie gewinnen Tillys Herz ganz sicher nicht mit einem Haus. Haben Sie einfach Vertrauen.«

Genau das hatte auch Rowena schon zu ihm gesagt, nur, dass sein Vertrauen allmählich zur Neige ging. Genau wie alles andere. Tilly hatte ihm den Weg ins Leben aufgezeigt, doch was nützte ihm das ohne sie? Ohne sie war alles öd und leer.

*

Auf Tillys Gärtnerinnengebet hin hatte ein tropisches Unwetter ihr sieben Zentimeter Regen sowie angenehme einundzwanzig Grad beschert. Der rote Salbei wucherte zwischen den Nesseln, deren Blätter Buntglasfenstern ähnelten, und die Riesenlöwenohren und der Rizinus sahen wie aus dem Lehrbuch aus. Hatte ihr Hauptbeet jemals so prächtig ausgesehen?

Es war Sonntagnachmittag, und sie versuchte, zu entspannen und die Klänge der Umgebung zu genießen: den Gesang des Goldkehlchens, den Schrei des Falken, das Hämmern des rotköpfigen Spechts. Der Sonnenschein war warm, der Geruch von einem Holzfeuer zog durch die Luft, doch der Kloß in ihrem Magen trübte den Genuss.

Sie blickte auf das kupferne und scharlachrote Laub des Hartriegels, das zeigte, dass erneut ein Jahr ohne ihren Ehemann vorüberging. Nur, dass dieses Jahresende anders, dass sie selbst verändert war. Noch immer quälten sie die Bilder des Beatmungsschlauchs in Davids Mund – als hätte auch sie selbst seit dem Moment nicht mehr genügend Luft bekommen – aber sie bemühte sich nicht mehr verzweifelt, sich an Davids Stimme zu erinnern, und sie redete sich nicht mehr ein, dass er zwar nicht zu sehen, aber noch immer in der Nähe war. James hatte sie gelehrt, die Erinnerung an ihren Mann nicht länger mit Schuldgefühlen zu überfrachten, sondern sie mit einem innerlichen Lächeln zu bewahren.

Grinsend dachte Tilly an den Tag zurück, an dem Mrs Haddington an Davids Krankenbett erschienen war. Noch vollkommen benommen von dem langen Flug hatte sie die falsche Schnur im Bad gezogen, und bevor sie auch nur ihre Hose wieder richtig angezogen hatte, war bereits ein ganzes Heer von Schwestern in den Raum gestürzt. Tilly und Isaac hatten sich vor Lachen nicht mehr halten können, und wenn David etwas davon mitbekommen hätte, hätte er noch schallender gelacht. Weshalb dies ihr letzter großer Spaß im Familienkreis gewesen war.

Zwei Kolibris zwitscherten über ihren Köcherblümchen, und die glückliche Erinnerung wich einem dumpfen Schmerz über nicht gesagte Worte. Allerdings betraf er nicht ihren Ehemann.

Tilly hatte vor knapp dreiundzwanzig Stunden James auf seinem Handy angerufen, das er immer bei sich trug. Als die Mailbox angegangen war, hatte sie vor lauter Aufregung nicht mehr als einen kurzen Satz herausgebracht. Wie hatte sie sich seiner – oder ihrer beider – nur so sicher sein und sich damit derart irren können? Doch inzwischen war ein Tag vergangen, und sie brauchte es nicht einfach hinzunehmen, dass er schwieg. Sie würde Isaac nachher erklären, dass vorübergehend Sari bei ihm bliebe, und der Freundin eine Liste all der anderen Mütter machen, die auf ihre Bitte die täglichen Fahrdienste zur Schule und zurück nach Hause übernehmen würden. Wofür sie den Frauen nach ihrer Rückkehr etwas schuldig war.

Würde Isaac sich freuen oder jammern, wenn er hörte, dass sie James nach Hause holen wollte? Und wie würde wohl James selber reagieren? Und sein Sohn? Okay, sie machte sich vielleicht zur Närrin, doch es wäre noch viel schlimmer, nichts zu unternehmen und es bis ans Lebensende zu bereuen. Und mit Reue kannte sie sich aus.

Eine Gruppe von Motorradfahrern rauschte auf der Straße vor dem Haus vorbei, und eine Eichel rollte übers Dach, bis sie im Netz einer fetten roten Spinne hängenblieb. Der Oktober war der Monat der Motorradfahrer, Eicheln, Spinnen. Und, wenn Tilly James dazu bewegen könnte mitzukommen, auch der Monat ihres eigenen neuen Glücks.

»Mom …« Isaac drehte einen großen Stein im Garten um, unter dem sich, wie er hoffte, eine Eidechse verbarg. Tilly lächelte, als sie sein schmuddeliges T-Shirt, seine offenen Turnschuhe und seinen viel zu langen Pony sah. Aber schließlich wollte Isaac genauso langes Haar wie James. »Wann schmücken wir endlich für Halloween?«

»Wie wäre es mit heute Nachmittag?« *Prima, Tilly, mit Bestechung kriegst du ihn auf jeden Fall herum.*

»Au ja!« Er legte den Stein zurück an seinen Platz und hob den nächsten an. »Brauchen wir denn dieses Jahr keine neue abgestürzte Hexe?«

»Die habe ich schon gekauft.« Verflixt, das hatte eine Überraschung werden sollen.

»Echt? Wahnsinn. Du bist einfach die Beste, Supermom.«

»Auf jeden Fall.« Bisher hatte es ihr stets genügt, die Supermom zu sein, aber das war jetzt vorbei. Tilly legte sich auf den Rücken und breitete die Arme über die Stufen der Veranda aus.

Im selben Augenblick schrillte ihr Handy, und mit wild klopfendem Herzen sprang sie auf. *Lass es bitte James sein. Lass es bitte* – eilig drückte sie den grünen Knopf.

»Piedmont Perennials.«

»Hallo, Tilly.« Sprach Sebastian wohl mit dieser Stimme, wenn er seine Bankkunden beriet? Oder hatte er sich einen ganz speziellen Ton für die Exfreundin und gleichzeitige beste Freundin seiner großen Liebe zugelegt? Die Konstellation wäre wahrscheinlich Grund genug für ein oder zwei Sitzungen bei einem Psychologen. Doch einen Termin bei einem Seelenklempner würde er wahrscheinlich niemals auch nur in Erwägung ziehen.

»Hey. Das ist aber eine ... nette Überraschung«, antwortete sie. Warum war es nicht James gewesen? War es denn so schwer zurückzurufen? Oder hatte er das vielleicht gar nicht vor?

»Wie laufen die Geschäfte?« Auf Sebastians Seite klirrte Eis in einem Glas, obwohl die Cocktailzeit in England längst vorüber war.

»Sie florieren. Sari, meine Partnerin, marschiert mit einem Wodka Tonic in der Hand voraus, und ich folge ihr mit meinem Gin.« Der Humor tat seine Wirkung, und der Strudel in ihrem Gehirn löste sich auf.

»Dann ist es ja gut.«

Wo blieb seine Schelte, weil sie bei der Arbeit trank?

»Willst du mir vielleicht erzählen, was der Grund für deinen Anruf ist?«

Sebastian machte ein Geräusch, als würde er eine Zitrone auslutschten. »Ist das so offensichtlich?«

»Normalerweise kommst du immer sofort auf den Punkt.«

»Ich bin ein neuer Mensch. Total gefühlsbetont.«

»Das kann ich mir vorstellen.« Auch wenn sie das so gut es ging vermied. »Wie geht es Ro?«

»Himmel, sie ist einfach wunderbar.« Sebastians Stimme klang wie die von einem kleinen Kind bei seinem ersten Feuerwerk. *Igitt.* Tilly steckte sich den Zeigefinger in den Mund, und als Isaac sie fragend ansah, scheuchte sie ihn fort.

»Und die Kinder?« Sie klemmte sich das Handy zwischen Ohr und Schulter und schob sich die Hände in den Rücken. Sie war total steif, denn sie hatte Stunden im Gewächshaus zugebracht, und trotzdem blieb noch endlos viel zu tun, vor allem, nachdem auch noch die Halloween-Dekoration dazugekommen war. »Wie kommen Archie und Sophie mit der Situation zurecht?«

»Du meinst, damit, dass sich ihr Vater plötzlich aufführt wie ein liebeskranker Teenager?«

Nicht ganz, aber so ungefähr. Tilly bückte sich, strich mit den Fingern über ihre Duftnessel, hob sich die Hand vors Gesicht und schnupperte. *Hmm. Anis. Ein herrlicher Geruch.*

»Tut mir leid«, sagte Sebastian. »Das wolltest du bestimmt nicht hören.«

»Unsinn. Auch wenn mir bei diesem Satz ein bisschen schlecht geworden ist, war er irgendwie auch süß. Ich freue mich für euch. Wirklich.«

Wieder klirrte Eis, und Sebastian hob das Glas an den Mund. Sie hatte den ganzen Sommer lang versucht herauszufinden, was sein Lieblingscocktail war, aber er war jemand ohne besondere Vorlieben geworden, ein Chamäleon, das trank, was jeder trank. Was sie seltsam störend fand.

»Die Kinder kommen supergut damit zurecht. Sie beten Rowena an. Um *sie* mache ich mir keine Sorgen.«

Ah, dann war also sie selber das Problem. »Falls Ro sich immer noch Gedanken macht, sag ihr, dass sie das nicht tun soll.«

»Das sage ich ihr immer wieder, aber das genügt ihr nicht. Deshalb möchte ich ihr ein besonderes Geschenk machen, wenn wir nächste Woche drei Monate zusammen sind. Ein ganz besonderes Geschenk.« Tilly verdrehte die Augen, als er so geschwollen sprach. »Und zwar dich.«

»Mich? Ich bin vielleicht nicht allzu groß, aber trotzdem ganz unmöglich zu verpacken. Und die Frachtkosten wären wahrscheinlich unerschwinglich. Kauf ihr also lieber irgendwelchen Schmuck. Das kommt dich billiger.«

»Haha«, erklärte er, lachte aber nicht. Gott, wie hielt Rowena es mit diesem Kerl bloß aus?

»Ende Oktober muss ich geschäftlich nach Washington. Ich dachte, ich nehme Rowena mit und fliege dann über das Wochenende mit ihr runter zu dir. Oder wäre dir das vielleicht nicht recht? Ist das vielleicht eine bescheuerte Idee?«

»Machst du Witze? Das wäre fantastisch! Hey, Isaac! Was hältst du davon, wenn Ro und Sebastian an Halloween mit uns zusammen um die Häuser ziehen?«

Isaac verrenkte die Glieder und wirkte wie eine Mischung aus verrücktem Fußballfan und Disco-Queen. Würde er sich vielleicht auch über die Neuigkeit, die Tilly für ihn hatte, freuen?

»Isaac ist einverstanden. Ihr könnt kommen, wann ihr wollt.«

»Super, klasse, toll«, juchzte Sebastian ins Telefon. »Auch wenn ich noch eine Bitte hätte.« Wieder nahm er einen Schluck von seinem Drink. »Du bringst uns doch wohl nicht in getrennten Zimmern unter, oder? Es ist einfach so, dass wir es nicht ertragen, nicht im selben Bett zu schlafen.«

»Also bitte …« Hatte er das wirklich sagen müssen?

Sie erschauderte. Sebastian und Rowena teilten sich inzwischen Tisch und Bett und wahrscheinlich sogar eine Zahnbürste. Sie bauten sich gemeinsam eine Zukunft auf und taten genau das, was sie auch mit James plante. Ein gelbes Eichenblatt trudelte vor ihr auf die Erde, und sie starrte es mit großen Augen an. Ihre Bewunderung für Ro steigerte sich ins Unermessliche. Denn sie hatte mit dieser Sehnsucht über zwanzig Jahre leben müssen, während Tilly sich nicht mal sicher war, ob sie die nächsten vierundzwanzig Stunden noch überstehen würde.

»Wie geht es James?«, erkundigte sich Sebastian, wobei ihm deutlich anzuhören war, dass er dem anderen Mann noch immer nicht verziehen hatte, ein paar Wochen lang Rowenas Gast gewesen zu sein.

»Der ist immer noch auf Wanderschaft.« Tilly betrachtete besorgt einen Rosendorn, der tief in ihrem Finger steckte. Endlich war er wieder an der Oberfläche, und mit einem kurzen Ruck hätte sie ihn draußen.

»Rowena dachte, er wäre vielleicht wieder zurück.«

Na toll. Jetzt tauschten sich Sebastian und Rowena auch noch über Tillys Leben aus. »Ich auch, was nur beweist, dass es mit der weiblichen Intuition nicht so weit her ist, wie oft angenommen wird. Aber sein Haus ist fertig, und du solltest es mal sehen.« Sie öffnete die Schmetterlingsklammer in ihrem Haar. »Wobei die blöde Kletterei über den Zaun und der endlos weite Weg die Einfahrt rauf die Besichtigung etwas erschweren.«

»Du bist dort eingebrochen?«

»Ich wollte nur kurz sehen, wie man seinen Garten am besten gestalten kann. Das hätte James ganz sicher nicht gestört. Das Haus ist einfach wunderschön, mit jeder Menge spitzer Winkel und mit Dutzenden von bodentiefen und schmalen Fenstern.« Bereits bei der Erwähnung seines Namens – *James* – hätte sich Tilly am liebsten irgendwo verkrochen und vor lauter Schmerz geheult. Sie war in einem Zustand, den sie nie wieder hatte erleben wollen – hoffnungslos verliebt. Und es war das grässlichste Gefühl der Welt.

»Tilly. Warum gibst du nicht zu, dass du ihn liebst?«

Jetzt erteilte ihr Sebastian auch noch Ratschläge in Liebesangelegenheiten. Was echt seltsam war. Sie musste während dieses Sommers wirklich neben sich gestanden haben, um sich ernsthaft einzubilden, dass eine normale Freundschaft zwischen ihnen beiden möglich war. Da kämen sie vielleicht noch eher damit zurecht, dass er der zukünftige Ehemann ihrer besten Freundin war. Denn damit gingen nicht die mindesten Verpflichtungen einher.

Sie machte den Schmetterling wieder in ihrem Haar fest. »Ich bin inzwischen selber zu dem Schluss gekommen, dass mir etwas an ihm liegt. Deshalb habe ich ihn angerufen und ihm eine Nachricht auf der Mailbox hinterlassen, ohne dass er mich zurückgerufen hat. Weißt du, wir hatten diese Übereinkunft, dass er warten würde, bis ich anrufe. Nur, dass er seinen Teil des Abkommens nicht eingehalten hat.«

Tilly schnippte ein totes Blatt von ihrer roten Kletterrose ab. Das ganze Frühjahr über hatte sie versucht, sie an einem Spalier hochzuziehen, aber während sie und Isaac nicht da gewesen waren, hatte sich die Pflanze kurzerhand davon befreit. Jetzt wuchs sie, wie sie wollte, und im nächsten Jahr würde sich Tilly nicht mehr einmischen, denn die Wirkung war einfach phänomenal.

Mit einem Mal wogte die Sehnsucht nach den Überraschungen des Frühlings in ihr auf, wenn sich zarte Pflänzchen nach dem harten Winter durch die Erde bohrten, einjährige Pflanzen sich von selbst an völlig neuen Stellen ausgesät hatten und mehrjährige Pflanzen unerwartet starben und es plötzlich Platz für neue Büsche oder Blumen gab. Ihr Garten war ein Ort des Todes, der Wiedergeburt und der Veränderung und würde sich wie auch ihr Leben immer wieder neu erfinden, ob James Nealy sie nun liebte oder nicht. Trotzdem würde sie ihn suchen und zur Rede stellen, und wenn er sie zurückwies, würde sie einfach hierher zurückkommen. Denn manche Dinge waren die Furcht vor einem gebrochenen Herzen einfach wert.

Sebastian räusperte sich leicht. »Ruf noch mal bei ihm an. Denn Nachrichten können verlorengehen, oder vielleicht war ja einfach der Akku seines Handys leer.«

»Nicht in seiner Welt. Niemals. Er hat meine Nachricht auf jeden Fall bekommen. Die Frage ist nur, was er damit machen will.« Der Rest der Geschichte ging Sebastian nichts an.

»Das hast du nicht von mir, okay?« Plötzlich klang Sebastians Stimme so gedämpft, als hätte er sich von ihr abgewandt. »Im Dorf erzählen sie, ein wohlhabender Amerikaner hätte Woodend gekauft.«

Nein! Das hätte ihre Mutter ihr doch gesagt. Oder nicht?

Tilly spreizte die Finger vor den Augen und sah einer Kumuluswolke am Himmel hinterher. *Wo bist du, James?*

»Mom?« Isaac berührte sie am Arm. »Ist dir schlecht? Du siehst irgendwie komisch aus. Wow!«, er machte eilig einen Satz zurück. »Hast du das gesehen? Da unten am Bach?«

»Tilly?« Sebastian klang besorgt – oder vielleicht eher erzürnt?

»Tut mir leid. Isaac hat mir gerade was gezeigt. Wahrscheinlich eine Schlange.«

Sebastian stieß einen Laut des Erschauderns aus. »Wie kommst du nur mit allen diesen Schlangen klar?«

»Sie leben hier, genau wie ich. Deshalb kann ich wohl kaum jedes Mal hysterisch werden, wenn ich eine sehe.« Das hatte ihr James beigebracht, wie vieles andere auch. Er war nicht hier und würde vielleicht auch nie mehr hierher zurückkommen, aber trotzdem würde er für alle Zeit ein fester Bestandteil ihres Lebens bleiben.

Sie hatten alle Themen durch. Für Sebastian war es an der Zeit, sich zu verabschieden, und auch Tilly würde sich am besten wieder ihren eigenen Angelegenheiten widmen. Sie zwinkerte Isaac zu, aber er winkte sie stirnrunzelnd heran.

In diesem Augenblick entdeckte sie den Kupferkopf. Aber was zum Teufel tat ihr Sohn? Er machte plötzlich auf dem Absatz kehrt und sprintete – als wäre ihm eine Horde Kannibalen auf den Fersen – in die entgegengesetzte Richtung los.

Sie presste die Hand vor den Mund und unterdrückte so ihr *Ohmeingott*.

»Tilly?«, fragte Sebastian. »Bist du …«

Sie warf das Handy auf den Mulchhaufen und rannte hinter Isaac her.

Eine hochgewachsener, ganz in Schwarz gekleideter Mann in roten Turnschuhen und mit einer großen schwarzen Reisetasche in der Hand, kam die Einfahrt heruntermarschiert. An seiner einen Schulter baumelte ein schwarzer Lederrucksack, über der anderen hing ein Kleidersack. Die schwarze Schnur der Ohrstöpsel hing vor seiner Brust, und durch das zu einem glatten Pferdeschwanz gebundene graumelierte Haar wurde die raue Schönheit des Gesichts mit dem feingemeißelten Kinn, den scharf geschnittenen Wangenknochen und den riesigen, leicht schräg stehenden Augen noch betont.

Tilly blieb wie erstarrt am Rand der Einfahrt stehen und brachte keinen Ton heraus. Sie hatte auf seiner Mailbox nur drei Worte hinterlassen – Lass uns reden –, und sofort war er hierhergeeilt. Obwohl es nicht einmal einen Direktflug gab. Er war ihr zuliebe umgestiegen, dabei war ihm Umsteigen ein Graus. Das musste doch wohl ein gutes Zeichen sein.

Er zog sich die Stöpsel aus den Ohren, als Isaac mit ihm zusammenstieß. »Du kommst gerade rechtzeitig!«, rief der Junge aufgeregt. »Denn da unten ist ein Kupferkopf.«

»Behalt ihn im Auge, ja?« Isaac versuchte loszurennen, aber James hielt ihn zurück. »Stell dich dazu hinter den Brunnen. Lass mich deiner Mutter noch schnell hallo sagen, und dann komme ich, okay?«

»Okay.« Kaum hatte James ihn losgelassen, rannte er bereits davon.

Isaac begab sich in die Nähe einer Giftschlange, aber trotzdem unternahm sie nichts. An einem Baum huschten zwei Eichhörnchen hinauf und hieben ihre Krallen, die sie sonst benutzten, um Tillys geliebte Pflanzen auszureißen, in den Stamm, und trotzdem unternahm sie nichts. Hirsche trotteten durch ihren Wald und knabberten an ihren Büschen, aber trotzdem unternahm sie nichts. Sie war vor Furcht und vor Verlangen wie gelähmt und bekam nur noch mit Mühe Luft.

»Deine Haare«, sagte James.

»Sehen entsetzlich aus, nicht wahr?« Sie zog die Schmetterlingsspange heraus. »Sie wachsen wie Unkraut. Aber deine auch.« Oh, verflixt, jetzt hatte sie ihn ganz bestimmt gekränkt. Eilig wandte sie sich einem anderen Thema zu. »Wo ist der Alfa?«

»In der Stadt. Ich habe ein Taxi vom Flughafen hierher genommen.« James trat auf sie zu, stellte sein Gepäck ordentlich in einer Reihe auf, zog seinen iPod aus der Hosentasche und drückte ihn ihr in die Hand. »Du wolltest reden?«

»Konntest du nicht einfach anrufen, wie das normale Leute tun?« Die Panik schnürte ihr die Kehle zu. Sie ruinierte alles. Weil er nicht wie andere Leute war. Aber das wollte sie auch gar nicht. Sie wollte den James Nealy, der er war. Tilly hörte das Pochen ihres eigenen Herzens und das Heulen eines Wildhundes im Wald.

James runzelte die Stirn. »Warum hätte ich das tun sollen? Ich habe gesagt, wenn du mich anrufst, komme ich.«

»Beeilt euch mal, ihr Trödler!«, brüllte Isaac.

Das Rotwild ergriff die Flucht, und die Äste knackten unter den Hufen, als es davonstob.

»Als du mich nicht zurückgerufen hast, bin ich in Panik ausgebrochen. Ich … ich wollte heute Abend zu dir kommen. Hatte bereits einen Flug gebucht und so.« Tilly streckte die freie Hand in seine Richtung aus und verschränkte ihre Finger mit den langen, schlanken Fingern seiner Hand. »Ich wollte dir sagen, dass ich mich jetzt doch als Landschaftsgärtnerin versuchen will. Wenn auch nur einmal. Und nur, wenn dir noch etwas daran liegt. Ich meine, es ist okay, wenn du das nicht mehr willst.« Als sie sich das erste Mal die Hand gegeben hatten, hatte sich seine Berührung schlaff und flüchtig angefühlt. Und heute hielt er ihre Hand zwar fest, umklammerte sie aber nicht. Als hielte er sich absichtlich zurück. Und da wurde ihr klar: Die Entscheidung, wie es weitergehen würde, läge jetzt bei ihr.

Sie hielt seinen iPod, den er ihr ohne zu zögern überlassen hatte, sowie seine überraschend kühlen, wenn auch etwas feuchten Finger fest, und es kam ihr so vor, als balancierten ihre Hände ihre Zukunft aus und wiederholten, was ihr schon die ganze Zeit bewusst gewesen war.

»Nein, das ist es nicht«, erklärte sie. »Das ist alles andere als okay, denn obwohl ich sechs Wochen gewartet habe und mir sicher bin, dass dir in dieser Zeit irgendeine dralle Schönheit über den Weg gelaufen ist, ist es nämlich einfach so, dass ich dich liebe. Und zwar nicht nur, weil du heiß bist. Was durchaus der Fall ist. Sondern ich bin rettungslos in dich verliebt und einfach vollkommen verrückt nach dir.« Während das Echo ihrer Worte noch in ihren Ohren rauschte, sprang sie vor, küsste ihn eilig auf die Wange und zuckte zusammen, weil sein überwältigender Duft – dieser wunderbar vertraute Mix – sie abermals das Gleichgewicht verlieren ließ.

»Eine dralle Schönheit? Und ich dachte, ich wäre derjenige mit der überbordenden Fantasie.« Seine Augen blitzten, und das Grübchen in der Mitte seines Kinns vertiefte sich. »Wie lange wirst du für diesen Garten brauchen?«

Wieder war sie wie erstarrt. Nichts an ihrem Körper funktionierte außer ihrem Herz und ihrem Unterleib, die beide derart heftig pochten, dass sie sicher gleich zusammenbrechen würde. Sie sah ihm in die Augen und entdeckte dort sich selbst.

»Der englische Autor H. E. Bates hat mal gesagt, ein fertiger Garten sei tot.« Sie hielt seinem Blick stand und atmete im selben Takt wie er. »Deshalb werde ich ein Leben lang damit beschäftigt sein. Weil es in einem Garten pausenlos Veränderungen gibt.«

Er hob ihre und seine Hände an und zog mit dem Finger die Konturen ihrer Wange nach. »Bist du dir ganz sicher? Denn schließlich hat man auch mit mir mehr als genug zu tun.« In seiner Stimme lag ein Hauch von Traurigkeit. Oder war es einfach reine, nackte Ehrlichkeit, die ein Beweis seines Vertrauens war?

»Wirst du Woodend kaufen?«

»Hättest du das gern?« Er riss entsetzt die Augen auf.

»Nein. Ich brauche dieses Haus nicht mehr.«

»Gott sei Dank. Weil deine Mutter es nämlich nicht an mich verkaufen will.«

Tilly blickte ihn mit einem breiten Lächeln an, und er atmete erleichtert auf.

»Frag mich, was ich brauche, so wie an dem Tag, als wir uns zum ersten Mal begegnet sind.« Mit jedem ihrer Worte gewann ihre Stimme an Entschlossenheit.

»Also gut, Matilda Rose, was brauchst du?«

Selig sog Tilly sein Lächeln in sich auf. »Ich brauche dich.«

»Beeilt euch!«, forderte ihr Sohn sie mit eindringlicher Stimme auf.

»Bin sofort da!«, rief James, zog Tillys Arm um seine Taille und schob seinen Mund so dicht wie möglich an ihr Ohr. »Du hättest bis Thanksgiving Zeit gehabt«, raunte er ihr zu. »Dann hättest du auf alle Fälle mir gehört.«

Verlangen wogte in ihr auf, und ihr Herz klopfte vor Erregung, Freude sowie einem plötzlichen leichten Erschrecken.

James machte einen Schritt zurück, verstärkte aber gleichzeitig seinen Händedruck. »Hast du Angst?«

»Ein bisschen.«

»Weißt du, warum ich bereits unten an der Straße aus dem Taxi ausgestiegen bin?«

Sie schüttelte den Kopf.

»Ich dachte, wenn ich zu Fuß die Einfahrt runterkomme, zittern meine Knie, bis ich hier bin, nicht mehr ganz so stark.«

»Und, hat es gewirkt?«

»Nein. Sie haben erst aufgehört zu zittern, als ich der Frau, die ich liebe, gegenüberstand.« Er warf ihr eine derart zarte Kusshand zu, dass sich seine Lippen kaum bewegten. Jemand, der ihn nicht so gut gekannt hätte wie sie, weil ihm nicht bereits die allerkleinste Regung seines prachtvollen Gesichts tief ins Gedächtnis eingegraben war, hätte diese Geste unter Umständen gar nicht bemerkt.

»Und jetzt gehen wir und schauen uns die Schlange an«, erklärte er und schob sie behutsam vorwärts.

Danksagungen

Es bedurfte eines ganzen transatlantischen Dorfs, um diesen Roman zu schreiben, und ich danke Menschen auf beiden Seiten des großen Teichs dafür, dass sie ihre Geschichten und ihre Fachkenntnisse mit mir geteilt haben: Caroline Crawford, Dee Crump, Coleen Miller, Carol Sazone und Carol Young von www.youngwidow.org; Deborah Smith, Rose Stone, Eileen Ingram und Sharon Ireson für Informationen zur Behandlung von Brustkrebs in England; Pam Baggett, Sharon Snider und Karen Suberman für alles, was mit der Gärtnerei zusammenhängt; Aaron Burris von den Piedmont Wildlife Services (ebenso wie dem Piedmont Wildlife Center); Robert Cain und Charlotte Dunn für ihre Hilfe in Bezug auf das englische Erbrecht, Jonathan Boyarin für seine Kritik an dem von mir beschriebenen brooklynschen Akzent; Jeremy Packer für sein motortechnisches Knowhow, Mike Edwards, Teresa Parsley Edwards und Donna Gilleskie für ihre Hilfe bei der Darstellung von Berufen, von denen ich keine Ahnung habe; Daniel Hanbury Higgins für seine Erklärungen zum englischen Gutswesen; Stephen Piercy dafür, dass er einem Menschen, der es nie begreifen wird, das Bankwesen erläutert hat; Patty Rich und Charles Rose für ihre medizinische Beratung; Jennifer Leaf vom Bauamt von Orange County sowie Harry Rose, Jack Rose und Carolyn Wilson (einem unglaublichen Schatz) für die Beantwortung von unzähligen, nervtötenden Fragen.

Viele Leser und Leserinnen sowie Autoren und Autorinnen haben großzügig ihre Zeit geopfert, um mir mit ihrem Feedback und ihren guten Ratschlägen zur Seite zu stehen, wobei mein besonderer Dank Joyce Allen, Elizabeth Brown, Bernie Bro Brown, Marcy Cohen, Sheryl Cornett, Cathy Davidson, Therese Fowler, Ann Weibel Jarvie, Sharon Rothspan Kurtzman, Martin Langfield, Joanne Rendell, Maureen Serhbondy, Caroline Upcher, Densye Woods und Anne Gentry Woodman gilt und Dan Hill, mein Sprachenguru, eine dicke Umarmung verdient hat.

Ein Riesen-Dankeschön auch Dr. Pat Gammon vom Zentrum für Kinder- und Familienstudien der Duke Universität und an Dr. Mike Gammon, die meiner Familie die erforderlichen Werkzeuge gegeben haben, um uns erfolgreich gegen das Monster der Zwangsstörung zu wehren.

Dank allen bei Spencerhill Associates und bei MIRA Books. Ewiger Dank Nalini Akolekar und Miranda Indrigo dafür, dass sie an Tilly und James geglaubt und mir den letzten Teil der langen Reise bis zur Veröffentlichung unglaublich erleichtert haben.

Dank auch meiner Mutter, Anne Claypole White, die eine außergewöhnliche Rechercheassistentin war und mich ständig angefeuert hat, meiner Schwester Susan Rose (die eine wandelnde Enzyklopädie über das englische Landleben ist) und der Familie Grossberg – Al, Mike, Linda, Jeff, Sharon, Andy, David, Karen, Miriam und Edie.

Meinen alten Freundinnen Jocelyn Piercy und Carolyn Wilson danke ich dafür, dass sie trotz des ersten Manuskripts nie die Hoffnung aufgegeben haben, Julie Smith, Catherine Parker und Jull Sugg dafür, dass sie das Team Barbara geworden sind, den Fahnenschwenkern Hannah und Hugo Piercy sowie Danlee Glidersleeve, Chuck Whitney und Ellen Wartella dafür, dass sie meine Männer vor dem Wahnsinn bewahrt haben. Meine Liebe und Dankbarkeit gilt all den alten und auch neuen Freundinnen und Freunden, die mich unterstützt haben.

Tränen der Dankbarkeit gelten meiner Betaleserin Leslie Gildersleeve, die von Anfang an stets hinter, neben oder vor mir stand, sich all meine Ideen angehört und die weniger genialen Vorschläge verworfen hat. Was würde ich nur ohne dich und unsere Freitagnachmittage tun?

Einen Kuss für meinen Ehemann, Lawrence Grossberg, ohne den nichts wäre. Danke dafür, dass du mich ermutigt hast, meinen Träumen hinterherzujagen, dass du über Monate hinweg ein ungeputztes Bad ertragen und mich nicht erwürgt hast, als ich dich zum x-ten Mal gebeten habe, meinen Text noch mal zu lesen, und weil du verstehst, dass eine Frau ganz einfach ihren Garten braucht, selbst wenn sie sich die ganze Zeit über Rotwild, Wühlmäuse, Mottenschildläuse und anhaltende Trockenheit beschwert.

Und ein Kuss für meinen preisgekrönten Dichter-Sohn, Zachariah Claypole White – du bist mein Held. Danke, dass du mich so oft zum Lachen oder Lächeln bringst, dass du weißt, wann du mich mit U2 beschallen musst, und mir zeigst, was es bedeutet, mutig und loyal zu sein, und mir ständig die Schönheit von Worten ins Gedächtnis rufst.

Nicht zuletzt danke ich auch meinem Vater, dessen Tod mich dazu inspiriert hat, dieses Buch zu schreiben. »Schau, was ich geschafft habe, Daddy.«

PS: Die Bemerkung über Kinder und Sauerstoffmasken hat James aus dem von John W. James, Russel Friedman und Dr. Leslie Matthews herausgebrachten Buch *When Children Grieve.*

Interview mit Barbara Claypole White

Was hat Sie zu diesem Roman inspiriert?

Dies ist in vielerlei Hinsicht eine persönliche Geschichte, die sich wie Tillys Blumenbeete im Verlauf der Zeit entwickelt hat. Die ursprüngliche Idee kam mir, als ich beobachtete, wie meine frisch verwitwete Mutter durch ihr neues Leben steuerte, und ich mich gefragt habe: »Was würde ich an ihrer Stelle tun?« Ich war damals eine junge Mutter ohne eigenes Einkommen und ohne die Staatsbürgerschaft des Landes, in dem ich lebte. Ich bin Engländerin, aber mein Mann ist Amerikaner – ein renommierter Akademiker, der gerne Witze darüber macht, dass ich ihn in meinem ersten Roman getötet habe. (Wobei er David, abgesehen von seiner Angst vor Käfern und seiner Philosophie über Pizza-Beläge, nicht im Geringsten ähnlich ist.)

Ich wusste von Anfang an, dass meine Heldin eine Gärtnerin sein würde, weil auch meine Therapie die Gartenarbeit ist, aber ich wollte der Frage auf den Grund gehen, weshalb sie nach dem Tod von ihrem Ehemann bestimmte Entscheidungen getroffen hat. Ich habe Linda Feinbergs wunderbares Buch I'm Grieving As Fast As I Can (Ich trauere, so schnell ich kann) *gelesen, eine Gruppe junger Witwen interviewt, und es dauerte nicht lange, bis ich Tilly fand.*

Die Suche nach James war deutlich schwieriger und führte erst nach Jahren zum Erfolg. Mein ursprünglicher Held war ein trau-

ernder Vater, aber als ich auf der Flucht vor der Zwangsstörung unseres Kindes war, bekam er plötzlich eine andere Gestalt. Also schrieb ich meinen Helden noch mal um, hielt mich aber zunächst zurück und wich seinen dunklen Seiten aus. Was deutlich zu spüren war. Deshalb habe ich das Manuskript noch einmal weggelegt, weiterrecherchiert, mich einer anderen Geschichte zugewandt und mich in einem realen Projekt für Eltern von Kindern mit Zwangsstörungen engagiert.

Trotzdem ging mir James als positiver Zwangskranker nicht mehr aus dem Sinn, und schließlich gab ich nach. Ich schrieb das Manuskript noch einmal um und gab James seine wahre Stimme, denn ich wollte die Seite dieser Störung zeigen, die ich selber täglich sah. In der Populärkultur werden Zwangskranke oft als Opfer dargestellt, als Serienmörder oder als Menschen, über die man lacht, aber ich sehe bei ihnen vor allem Mitgefühl, Empathie und den unglaublichen Mut, den man im Kampf gegen unerwünschte Gedanken braucht. James ist wirklich der mutigste Mensch, dem Tilly je begegnet ist.

Viele junge Mädchen leiden unter Wirbelsäulenverkrümmungen. Ist Tillys krummer Rücken als autobiographisches Element dieses Romans zu sehen?

Ja. Meine Wirbelsäule hat eine so wunderbare S-Form, dass schwere Gartenarbeit das reinste Gift für meinen Rücken ist. Doch das hält mich nicht von dieser Arbeit ab. Deshalb liege ich ständig wie Tilly auf dem Boden meines Schlafzimmers und strecke die Beine in die Luft. Die Skoliose wurde bei mir festgestellt, als ich zwölf oder dreizehn war, weshalb ich als Teenager ständig mit einem Korsett herumgelaufen bin. Ein widerliches Folterinstrument, das allerdings meine lebenslange Liebe zu Schals begründet hat.

Denn damals trug ich ständig irgendwelche Tücher um den Hals, damit niemand das Metallgestell in meinem Nacken sah. Vielleicht könnte man sogar sagen, dass ich von Schals und Tüchern geradezu besessen bin …

Gibt es irgendwelche Hilfen, die Sie von Zwangsstörungen betroffenen Einzelpersonen oder Familien empfehlen können?

Ich rate jedem, der von einer Zwangsstörung betroffen ist, die IOCDF, die International Obsessive Compulsive Disorder Foundation, über www.ocfoundation.org (bzw. die Deutsche Gesellschaft für Zwangserkrankungen e. V., www.zwaenge.de) zu kontaktieren und sich eine Liste von Selbsthilfegruppen und in kognitiver Verhaltenstherapie und Konfrontationstherapie versierter Psychologen zusenden zu lassen. Nicht alle Psychologen sind gleich gestrickt, und die Zwangsstörung ist ein in höchstem Maße individualisiertes Leiden, weshalb der Kontakt zu dem richtigen Spezialisten lebenswichtig ist. Außerdem hat mir die englische Gruppe OCD-UK nützliche Informationen zur Verfügung gestellt.

Ich persönlich habe mich vor circa einem Jahr einer Selbsthilfegruppe für Eltern von Kindern mit Zwangsstörungen angeschlossen und verstehe nicht, weshalb ich nicht bereits viel eher auf die Idee gekommen bin. Die Geschichte der Zwangsstörung meines Sohnes ist eine Erfolgsstory, aber Stress oder Erschöpfung können noch immer Schübe auslösen, und ich bin froh, mich mit Menschen austauschen zu können, die den einfachen Satz: »Er hat mal wieder alles zehnfach überprüft«, verstehen. Die Treffen unserer Gruppe fangen jedes Mal mit Tränen an, hören aber immer mit Gelächter auf. Es ist ein wahrer Segen, dass ich einen Kreis gefunden habe, in dem ich so gut aufgehoben bin.

Als Lesestoff empfehle ich alles von Dr. John March und die folgenden Memoiren: Devil in the Details *von Jennifer Traig,* Rewind, Replay, Repeat *von Jeff Bell und* Nowhere Near Normal *von Traci Foust.*

Haben Sie eine Lieblingsszene in Ihrem eigenen Roman?

Am liebsten hatte ich immer die Szene in der Chase. Die Umgebung orientiert sich an den mindestens siebenhundert Jahre alten Badby Woods in Northamptonshire. Im Frühjahr ist der Boden dort mit Glockenblumen übersät, aber auch ansonsten ist der Wald das ganze Jahr hindurch ein zauberhafter Ort. Meine Schwester lebt dort in der Nähe, und jedes Mal, wenn ich den Wald betrete, kommt es mir so vor, als würde ich in eine andere Welt versetzt. Während James und Tilly tiefer in den Wald eindringen, fällt alles von ihnen ab, bis wir nur noch die beiden sehen. Sie haben bereits Vertrauen zueinander entwickelt, aber erst hier fängt ihre wirkliche Beziehung an.

Wenn ich eine zweite Lieblingsszene nennen müsste, wäre es wahrscheinlich die, in der Rowena und James in Bramwell Hall auf dem Boden sitzen, nachdem Rowena Sir Winston Churchills »Augen zu und durch« *zitiert. Die gesamte Szene dreht sich hauptsächlich um diesen einen Satz.*

Hat irgendetwas an dem Manuskript Sie überrascht?

Nachdem ich James von der Leine gelassen hatte, hat er mich immer wieder überrascht. Zum Beispiel war die Entdeckung, dass nicht die Erlebnisse mit seiner Mutter, sondern die mit seinem Vater die Ursache seiner Probleme waren, ein echter Schock für mich. Denn ich war überzeugt davon gewesen, dass der Tod der Mutter die Wurzel allen Übels war. Und auch die Szene, in der er plötzlich durch den Wald läuft, kam einfach aus dem Nichts und wurde nur durch einen Soundtrack ausgelöst. (»I Wanna« von All-American Rejects)

Warum haben Sie als Orte für diesen Roman England und Amerika gewählt?

Ich musste Tilly in diesen beiden Welten sehen, um mir vorstellen zu können, welchen Garten sie am Ende wählt – den Garten ihrer Kindheit oder den, den sie in ihrer Trauer um den toten Ehemann geschaffen hat. Weil ein Garten ein sehr wichtiger Teil der Geschichte und des emotionalen Wohlbefindens eines Menschen werden kann. (Habe ich schon erwähnt, dass ich selber gartenarbeitssüchtig bin?) Und weil ich mich gefragt habe, ob sich Trauer in Liebe verwandeln kann.

Dies ist Ihr erster Roman, der veröffentlicht worden ist. Haben Sie noch mehr geschrieben?

Der erste Roman, den ich geschrieben habe, liegt irgendwo im Schrank versteckt, wo er auch hingehört. Aber ich interessiere mich einfach für psychische Erkrankungen und für die Menschen, die an ihnen leiden, deshalb schreibe ich auch jetzt wieder an einer Liebesgeschichte, in der es um geschädigte Menschen geht. Weil ich als Romantikerin einfach glaube, dass die Menschen, die einander brauchen, sich auch finden.

Wie gehen Sie beim Schreiben vor?

Als Erstes frage ich: »Was wäre, wenn?« Dann verliere ich mich in meiner Recherche und folge meinem Instinkt. Dieser Teil des

Schreibprozesses beinhaltet Interviews, die Lektüre von Autobiographien, das Fotografieren möglicher Schauplätze, das Erstellen der Profile meiner Hauptfiguren und so. Dabei muss ich mich am Schluss immer gewaltsam von meinen Recherchen losreißen, denn sie machen einfach einen Riesenspaß. Genauso liebe ich es, die verschiedenen Ideen, die ich habe, miteinander zu verbinden oder fremde Leute zu beobachten, weil ich von ihnen immer irgendwelche seltsamen Marotten für meine Figuren stehlen kann.

Dann fange ich irgendwann mit Schreiben an, und wenn ich so weit bin, habe ich die erste und die letzte Szene immer schon im Kopf, während alles, was dazwischen kommt, eine wunderbare Reise ist, auf der sich die Route immer wieder ändern kann. Ich glaube an die Anne Lamottsche Theorie von schäbigen ersten Entwürfen und schreibe meine Manuskripte immer unzählige Male um. Außerdem nutze ich die Bewusstseinsstromtechnik als Werkzeug und dringe mit ihrer Hilfe immer tiefer in die jeweiligen Szenen ein.

Ich bin niemand, der den Handlungsstrang bereits eingehend im Voraus plant. Ich wünschte mir, ich wäre so organisiert, aber mit dem ersten Entwurf lege ich nur einen groben Arbeitsrahmen fest und zwinge mich, so strukturiert wie möglich vorzugehen, auch wenn mein Gehirn einfach nicht auf diese Weise funktioniert. Während ich diese Sätze tippe, starre ich die Beschreibungen der Charaktere meines neuen Buchs, ihrer Motive oder möglicher Konflikte sowie die unzähligen bunten Haftnotizen an den Wänden meines Arbeitszimmers an. Mehr Struktur bekomme ich einfach nicht hin.

Ich schreibe jeden Vormittag zwischen zwei Achtzig-Kilometer-Touren zur Schule und zurück. (Mein Sohn ist sehr begabt, und wir hatten das große Glück, die perfekte Schule für ihn zu finden. Nur, dass sie eben nicht gerade um die Ecke liegt.) An den Wochenenden lege ich die Sitzungen am Schreibtisch vor das Frühstück, denn dann ist es für gewöhnlich noch vollkommen still im Haus. Und falls ich mein Pensum in dieser Zeit nicht schaffe, arbeite ich nachts, was jedoch weder für mich noch für meine Familie das Ideale ist. Denn wenn ich nicht abends um zehn mit einem Buch im Bett liege, kann es passieren, dass ich am nächsten Morgen unausstehlich bin.

Wie sind Sie zur Schriftstellerei und zu einem Verlag gekommen?

Ich habe schon als Kind Geschichten und Gedichte verfasst und davon geträumt, Romanschriftstellerin zu werden, mich dann aber als Teenager dem Modejournalismus zugewandt. Nach einem Umweg über ein Geschichtsstudium an der Universität von York – wo es mir hauptsächlich um die Geschichte der Frauen und des Mittelalters ging – landete ich als PR-Frau in der Londoner Modeindustrie. Ich hatte das Riesenglück, für einige der besten Designer der Welt wie zum Beispiel die erstaunliche Vivienne Westwood tätig zu sein, und schrieb Presseerklärung um Presseerklärung. (Denn dem Schreiben bin ich selbst in dieser Phase treu geblieben!). Doch dann begegnete ich meinem Mann auf dem JFK-Flughafen in New York und zog in eine kleine College-Stadt im Mittleren Westen, wo mein Lebenslauf auf vollkommenes Unverständnis stieß.

Ich gründete eine Modeseite in einer Lokalzeitung und versuchte mich ein bisschen in der Schriftstellerei, bevor ich abermals einen PR-Job fand, der so kräftezehrend war, dass mir außerhalb meines Büros kaum noch die Energie für irgendetwas anderes blieb. Deshalb wandte ich mich meinem Manuskript erst wieder zu, als ich als Hausfrau und Mutter im ländlichen North Carolina lebte und mein Sohn dort in den Kindergarten ging. Es war mein schmutziges, kleines Geheimnis, dass ich morgens, statt das Haus zu putzen, hinter meinem Schreibtisch saß und schrieb. Aber erst, nachdem ich zufällig in einem Abendkurs des örtlichen Kunstzentrums gelandet war, fand ich den Mut zu sagen: »Hi, ich heiße Barbara, und ich bin Schriftstellerin.«

Ein paar Jahre verlor ich an die Zwangsstörung meines Sohnes, aber schließlich lernte ich, mir täglich etwas Zeit für meine Schreiberei zu nehmen, beendete meinen ersten Roman und begann mit meinem zweiten Buch. Schließlich wurde mein Sohn älter, unsere Familie war nicht mehr die Geisel seiner Störung, und ich fuhr zu Konferenzen, schloss mich einem Netzwerk anderer Schriftsteller an, nahm an Wettbewerben teil und las Bücher von Verfassern und Verfasserinnen, die ich bewunderte. Wie die meisten Autoren und Autorinnen reichte ich meine Werke viel zu früh bei den verschiedenen Verlagen ein und wurde deshalb immer wieder abgelehnt. Doch ich weigerte mich aufzugeben, schrieb die Werke um, reichte sie gezielter ein, erhielt deutlich freundlichere Absagen und irgendwann die ersten Anfragen nach kurzen Probetexten. Eines Freitagsmorgens dann, nachdem ich vierzehn Tage lang an meinem Anschreiben gefeilt hatte, schickte ich mein Manuskript Nalini Akolekar zu. Und sieben Tage später – an dem denkwürdigen Freitag, den ich nie vergessen werde – rief sie bei mir an. Und ließ sich nicht davon erschüttern, dass mir außer einem wiederholten »Wahnsinn« oder »Wow« kaum etwas über die Lippen kam. Nalini hat es mir von Anfang an unglaublich leichtgemacht, und drei Monate später hatte ich einen Vertrag.

Welches sind Ihre Lieblingsautoren und -autorinnen?

Ich habe eher Lieblingsbücher als -autoren oder -autorinnen, und lese praktisch alles – von Sachbüchern und Memoiren über Psycho-Thriller, Frauenliteratur und historische Romane bis hin zu Ju-

gendbüchern und viktorianischen Klassikern. Und dank meines Sohns, dessen Gedichte landesweit prämiert wurden, habe ich die Freude an der Poesie wiederentdeckt. Mein Lieblingsroman ist Jane Eyre, *und zu den Autoren und Autorinnen, die ich immer wieder gerne lese, gehören Kate Atkinson, Eoin Colfer, Dave Eggers, Therese Fowler, Tana French, Jennifer Haigh, Kristin Hannah, Angela Huth, Marian Keyes, Barbara Kingsolver, Carole Matthews, Kate Morton, Jodi Picoult, Karen White und Denyse Devlin/Denyse Woods. Und auch oder vor allem Terry Pratchett ist einfach genial.*

Was für Hobbys haben Sie außer dem Schreiben?

Hausarbeiten gehe ich so gut wie möglich aus dem Weg, aber ich bin gern mit meiner Familie allein daheim, werkle in meinem Garten oder lese. Das Allerschönste ist für mich, mich abends um neun mit einem Buch ins Bett zu verkriechen und zu lesen, bis ich die Augen nicht mehr offen halten kam. Außerdem macht es mir einen Riesenspaß, mit meinen Freundinnen zu plaudern, Cocktails zu schlürfen oder gemeinsam auf Shoppingtour zu gehen (auch wenn ich nicht übertrieben eitel bin), dann brauche ich meinen alljährlichen Strandurlaub mit meinen lieben Freunden Ellen, Chuck, Cathy und Ken, und mein Mann würde bestimmt mit einem Seufzer anfügen, dass ich eine Schwäche für Pflanzen und für Buchbasare habe und mir allzu häufig eine Shopping-Therapie bei LARK, meiner Lieblingsboutique in Chapel Hill, genehmige.

Falls Sie sonst noch irgendwelche Fragen an mich haben, erreichen Sie mich unter bclaypolewhite@gmail.com.